KB248946

연극의 담론과 창조

한국연극사학회 편

국학자료원

목 차

채만식의 <심봉사> 연구 .... 김 동 권… 5

송영의 국민극 연구 .... 이 미 원… 41

유치진 희곡의 이중 구조 연구 .... 윤 금 선… 67

동학소재 희곡에 차용된 '칼노래' 연구 .... 신 원 선… 95

1960년대 희곡에 나타난 4·19와 세대의식 .... 정 호 순…135

1960년대 오태석 희곡 연구 .... 백 로 라…167

메타연극 연구(1) .... 김 성 희…205

사무엘 베케트의 <고도를 기다리며>와 박조열의

　　<목이 긴 두 사람의 대화>의 대비연구 .... 송 정 애…247

새로운 성 역할 정체성의 추구: .... 전 연 희…299

살아있는 스타니슬랍스키 시스템, 그 실제적 활용에

　　대한 연구 .... 김 태 훈…327

<물고기 남자>의 연출과정 연구 .... 이 은 경…363

체홉 희곡작품 飜譯의 문제점 .... 안 숙 현…389

채만식의 〈심봉사〉 연구

김 동 권*

<목 차>

1. 문제 제기
2. <심청전>과 <심봉사>
3. 소설 <심봉사>
4. 각색과 창작의 거리
5 결론을 대신하여

1. 문제 제기

채만식에 대한 논의는 희곡과 소설에 걸친 작가의 작품 활동과 걸맞게 다각적으로 시도되어 왔다. 소설에 대한 기존의 평가에 뒤이어 희곡에 대한 평가[1]도 활발하게 있어 왔다. 그리고 채만식을 연구하는데 있어서 작가가 하나의 소재나 모티프를 가지고 소설과 희곡 등으로 다양한 형상화를 꾀했음은 주지의 사실이다.[2]

---

* 용인송담대학

1) 채만식 희곡에 대한 기존의 연구 성과는 다음과 같다. 유민영, 『한국현대희곡사』, 홍성사, 1982. 우명미, 「채만식론」, 『한국연극』, 1977. 11,12월호. 김윤식편, 『채만식』, 문학과 지성사, 1987. 유인순, 「채만식 최인훈의 희곡작품에 나타난 심청전의 변용」, 「비교문학」, 11집, 1986. 배봉기, 『김우진과 채만식의 희곡연구』, 태학사, 1998. 서연호, 「현실인식과 대응방법」, 『채만식』, 태학사, 1996. 이재명, 「채만식 희곡과 비판의식」, 위의 책. 김만수, 「채만식 희곡의 시간구조」, 위의 책. 김동권, 「1930년대 희곡의 형상화과정 연구」, 건대박사, 1998.

2) 이에 대한 것은 조남현, 「채만식 문학의 모티프」, 「민족문화연구」 20호, 고대

이제 채만식에 대한 연구를 하려면 이러한 기존의 논의와 평가를 뛰어넘는 바가 있어야 한다. 조남현의 지적처럼 "동반자작가의 경향, 풍자정신과 아이러니의 수법, 작중인물로서의 지식인의 선호, 세태묘사로써의 서술방법, 궁핍상에 대한 집요한 터치, 분배의 문제에 대한 개안, 당대의 정신사적 흐름의 감지"3) 등 식민지 시대를 살아가는 지식인으로서 문제 의식을 지니고 이를 형상화했었다는 평가를 바탕으로 해야 한다. 이렇게 연구 논자들로부터 긍정적 평가를 받는 채만식 문학이 지니는 장르상 논쟁의 쟁점은 하나의 모티프를 가지고 희곡·소설·수필 등으로 다양한 시도를 했다는 것과 희곡이라 하기에 문제를 지닌 촌극과 대화소설 등의 형식에 관한 것이다. 이러한 문제는 작가의 변에서도 나타난다.

> 내가 이러한 形式의 것을 쓰기는 [間島行], [조그만한 企業家]가 한가지로 本誌를 통하여 이번이 세번째다. 그런데 小說도 아니요……또 어느때인가 白鐵君이 말한바와가치 이러한 形式의 文藝品이 成立될 수가 잇는가? 하는 것도 실상은 생각中에 잇는 것이다. 그런데 한편 우리에게는 지금 무엇인가 새로운 形式이 必要한 바와 또 한가지 材料에 잇서서……4)

작가가 스스로 밝히는 자신의 창작에 대한 변명이지만 새로운 형식의 필요성과 제재가 마땅하여 새로운 형식실험을 시도한다고 한다. 이러한 점에서 채만식은 개안한 작가라 하겠다. 양식 문제는 채만식이 희곡과 소설이외에도 촌극과 대화소설을 썼다는 점과 고전을 소재로

민족문화연구소, 1987. 김윤식, 앞의 책, 김동권, 앞의 논문. 등을 참조하면 알 수 있음.
3) 조남현, 앞의 논문, 208~9면
4) 채만식, 『채만식전집10』, 창작과 비평사, 1989. 336~337쪽. 이후에 나오는 채만식의 저작물은 이 전집에 나오는 것을 대상으로 했으므로 앞으로 인용할 때에는 전집 권수 면수 표시만 하겠음.

한 <심봉사>·<배비장전>·<허생전>·<홍보씨>·<동화> 등을 통해서
작가가 심혈을 기울였음을 알 수 있다. 작가가 필요성에 따라 형식을
선택하여
　창작에 임하고 있다. 그리고 이러한 형식에 담고자한 것은 우리가
익히 알고 있는 일제 식민지라는 어두운 현실이었다.

> 이 作家의 소재는 언제나 판에 박은드시 ─ 세방살림, 求職 돈打
> 令, 가난병들이다. 돈천원쯤맡기면 이 作家는 興奮된 남어지살심 할
> 지도몰은다. (弄談) 이처럼 이 作家는 옹색한살림에 대한탄식과 헷
> 푸념의 나열로 讀者의 머리를 무겁게, 憂鬱하게한다. 失職憂鬱, 盜
> 心, 돈타령, 공상, 자금행각중심 ─ 가난 知識層靑年의 身邊雜記로
> 되여있다.
> 　그곳에는 「삶」의 명랑성도 가난한 생활에서만 찾어볼 수 있는 笑
> 談한 生氣도 安貧樂道의 아치도 찾어볼수없다. 오직 절망과 낙담의
> 심연이 가루놓여있고 황금에향한책망과 회구가얽크러저있고 求職者
> 의 실심과 自暴自棄가 性格描寫의 관조도 미약하게 지저분하게 나
> 열되여있다.5)

　작가가 그리고자 하는 것이 전부 '가난'·'求職'·'돈타령'이다. 이러
한 작가의 노력은 <심청전>이나 <홍부전>의 소설화 내지는 희곡화에
서도 나타난다. 채만식은 <심청전>을 <童話>로 <홍부전>을 <홍보씨>
로 현대 소설화하고자 시도한다. <홍보씨>는 판소리의 기법6)을 현대소
설에 접목시켜 실험한 것이고, <童話>7)는 <심청전>을 식민지하의 농
촌현실과 빗대어서 그려내고 있다. 작가의 의도에 의해 '심청이는 민족
의 수난 그리고 그 때문에 가중되는 민중의 고통을 표상하는 상징'8)으

---

5) 김우철, 「채만식론」, 『풍림』, 1937.3. 33면.
6) 최원식, 「채만식의 고전소설 패러리에 대하여」, 『민족문학의 논리』, 창작과
　비평사, 1982. 173면.
7) 채만식, 「童話」, 여성, 1938.3.

로 부각시키고 있다. 이것은 절망과 낙담의 심연 속에서 황금을 향한 바램과 자포자기가 미약하게 지저분하게 나열되었다는 김우철의 지적과 일맥상통한다.

그리고 채만식이 <심청전> 모티프를 재구성한 것은 희곡 <沈봉사>였다. 작품 발표연대는 부정확하게 추정되지만 1936년에 희곡 <沈봉사>를 집필했고, 소설 <심봉사> (「新時代」, 1944.11~1945.1)를 발표하고, 다시 희곡 <沈봉사> (「全北公論」, 1947.10~11)으로 나타난다.

이와 같이 <심청전>모티프가 소설과 희곡으로 반복되어 시도되고 있다는 점에 의미를 두어야 한다. 이는 작가가 뚜렷한 의도를 지니고 집필한 것이다. 작가가 남긴 창작후기에 남긴 이야기를 보아도 알 수 있다. "다만 아무런 이유도 없이 그러한 態度로 집필을 한 것은 아닌 것임을 말해둔다"[9]고 작가 자신이 명백한 의도 하에서 집필한 것임을 분명히 밝히고 있다. 심봉사를 표제로 하여 재구성하여 창작을 한 것은 나름대로 이유와 명분을 지닌 것임을 분명히 한다. 이러한 <심봉사>에 대한 기존의 평가를 보면 서연호의 "식민지 시대의 지식인으로서 나라를 상실한 뼈아픈 참회로 상징화 된 것으로 확대해석"[10] 할 수 있다는 평가와 이재명이 당시의 시대적 상황과 연계하여 "아무런 희망도 가질 수 없는 작가의 현실에 기인한"[11]이라는 관점, 그리고 김만수가 지적한 "심봉사가 처한 무능력한 지식인의 고민"[12] 이라는 평에서 엿볼 수 있듯이 동시대 지식인이 처한 상황을 우의적인 수법으로 표현한 것이라는 작가의 창작의도가 드러난다.

이러한 창작의도와 평가는 다음과 같은 점과 연계성을 지닌다. 먼

---

8) 최원식, 앞의 책, 170면.
9) 「전집 9」, 168면.
10) 서연호, 앞의 논문, 37면.
11) 이재명, 앞의 논문, 100면.
12) 김만수, 앞의 논문, 203면.

숙기 내지는 전성기에 이르는 때이다. 이 때에 왕성한 창작욕이 나타나 대표작이랄 수 있는 <天下太平春>(「朝光」, 38. 1~) · <明日>(「朝光」, 36.10~12) · <濁流>(「朝鮮日報」, 37.10.12~38.5.17) · <레디메이드人生>(「新東亞」, 34.5~7) 등이 36년 전후에 쓰여졌다. 다음으로는 <沈봉사>로 시작으로 해서 <興甫氏>(「人文評論」, 1939.10) · <許生傳>(1946, 단편집 「許生傳」) · <裵裨將>(1943. 단편집 <裵裨將>) · <옥랑사> (1948년 집필, <希望> 1955.5~56.5) 등 고전에서 소재를 채택한 모티프를 재구성해서 썼다는 점이다. 작가가 고전에 눈을 돌린 이유는 기존 연구자들에 의해 논의된 바와 같이 시대적 상황과 연관지어 해석할 수 있으며, 이들 작품이 작가에 의해 새롭게 현실성을 지니고 등장한다는 특징에 유념해야 한다.

특히 채만식이 <심청전>을 <심봉사>라는 표제로 소설과 희곡으로 지속적으로 다룬다는 점에서 이에 대한 보다 구체적인 대비 고찰이 요구된다 하겠다. 이는 작품의 구성과 주제, 그리고 희곡에 있어서는 연극으로 형상화 가능성 등을 함께 살펴보아야 한다.

이러한 사항에 비추어볼 때 <심청전>과 <沈봉사>의 구성 및 사상을 살펴보는 것은 의미있는 시도라 여겨진다. 이러한 대비를 시도해 봄으로써 작가의 집필의도가 드러나고, 채만식 문학세계의 규명을 위한 보다 발전적인 장르론적 차원의 접근에 그 의미를 두고자 한다.

2. 〈심청전〉과 〈심봉사〉

우리는 흔히 신화 · 설화 · 민담이 소설이라는 서사양식의 전형이라고 한다. 그래서인지 소설을 보면 그 제재를 설화나 민담 · 신화 등에서 취하는 경우가 종종 있다. 설화를 소설화하는 방법은 고전과 현대의 접맥이라는 의의가 있다. 설화를 소설화하는 데에 3가지 방법이 있다. 1) 옛날 설화의 세계로 거슬러 올라가서 시간적·공간적 배경을 옛날 그대로 두고 재구성하는 것과, 2) 고전세계와 현대와의 영합, 이것은 옛설화를 현대적으로 해석하든가 아니면 현대생활에 적용하는 방법 3) 고전적 소재가 완전히 현대적으로 융합되어 버리게 하는 방법13)이 있다. 장덕순이 지적한 설화에서 제재를 취해 재구성하는 방법은 희곡문학에도 그대로 원용될 수 있으며 또 많이 나타난다. 이는 동·서양을 막론하고 나타나는 현상이다.14) 어쩌면 이러한 것은 현실에 대한 우화나 풍자로서 효과가 더욱 크기 때문에 취하는 방식이기도 하다. <심청전>을 모티프로 한 <심봉사>를 볼 때 이러한 범주 속에서 보아야 한다. <심청전> 판본은 여러 이본이 많이 있으나 완판본과 36년에 창작한 <沈봉사>를 통해 상관성을 살펴보겠다. 판본을 비교한다는 점에서 보면 비교대상이 되는 판본의 중요성이 크다. 그런데 채만식이 <沈봉사>를 창작하면서 보여준 창작의도나 목적성을 식민지 시대를 우의적으로 드러내고자 했다는데 둔다면 <심청전>의 판본은 크게 문제가 되지 않는다. 다만 판본이 객관성과 일반성을 지닌 것이냐는 문제이다. 그래서 완판본을 택하고자 한다. 이는 완판본이 내용이 다채롭고 홍미로운 선행본이기 때문이다. <沈봉사>에는 판소리 <심청전>이 등장하며, 이것은 콜롬비아판 SP음반 40412B면이라는 구체적인 대상을 효과음악으로 지시하고 있다. 이것은 당대에 판소리가 유행했었고 작가가 판소리를 들었다는 점을 상기시켜 주는 것이며 이를 사용하여 배경과 주제의 효과를 최대한 높이고자 한 의도가 있는 것이다.

---

13) 장덕순, 「한국설화문학연구」, 서울대 출판부, 1978. 310~11면.
14) David Z. Burrows, F. R. Lapides, J. Shawcross edited, *Myth and Motifs in Literature* Free Press, N.Y.1973, 1면 참조.
   신화비평·신화문학론의 원형(archetype)이론이 이러한 사실을 바탕으로 이루어지고 있다.

최인훈이 희곡화한 <달아달아 밝은 달아> 역시 <심청전>을 소재로 재구성한 작품이다. 일찍이 중국과의 교역이 있었던 사실과 역사상에 나타나는 인신매매 사실에 바탕을 두어 심청이 중국의 청루에 팔려갔다 되돌아오는 것을 줄거리로 삼고 있다. 이 작품도 역시 심청이 중심 인물로 등장하여 이야기가 전개된다. 그러나 채만식의 작품 <沈봉사>는 주인공이 심봉사이다. 모든 이야기 구성이 심봉사를 축으로 전개된다. 심청의 등장은 주인공이 아닌 부수적인 역할로 등장한다.

배경문제를 보면, 완판본 <심청전>은 "송나라 말년의 황국 도화동의 한 사람이 잇스되 성을 심이요 명은 학규라"[15]로 명시되어 있다. 이는 <沈봉사>의 무대설정이 "高麗 初葉때에 黃州桃花洞 其他 及 松都 王宮"으로 된 것과 시기와 장소가 일치한다 하겠다. 장덕순이 말한 바와 같이 설화를 재구성하는 데에 있어 설화의 시대로 거슬러 올라가 같은 시대적·장소적 배경 하에서 재구성하는 방법으로 희곡화하고 있다. 그리고 나서 주인공을 심청에서 심봉사로 하고 이야기의 중심을 바꾸었다.

주인공의 작품 속에 신분도 두 작품 모두 몰락한 가문의 양반이다. 배운 것은 있어서 지식층이지만 경제적인 몰락과 실명으로 현실에 대해 무능한 지식인이다. 이러한 현실에 대해 무능한 주인공 설정은 채만식 희곡과 소설 전반에 걸쳐 나타나는 모티프이다.

지식인 무능모티프를 통해서 궁핍상을 이야기 하지만 "識者에 대한 예부터의 고정관념을 뛰어 넘을 필요성을 역설하려는 의도"[16]를 지니고 있기도 하다. 이러한 의도와 양상은 <沈봉사>에서도 찾아 볼 수 있다. 이를 살펴보기 위해 <심청전>줄거리 구성을 대별해 보면 다음과 같이 4가지로 나뉜다.

---

15) 최운식, 「심청전」, 시인사, 1985, 20면.
16) 조남현, 앞의 논문, 245~6면.

1. 심청의 출생

  1) 귀한 집안의 晩得獨女이다.
  2) 仙人 謫降의 태몽을 꾸고 잉태하여 출생한다.

2. 심청의 성장과 효행

  1) 심청은 일찍이 모친을 잃고, 봉사인 부친의 양육을 받는다.
  2) 심청이 동냥·품팔이를 하여 부친을 봉양한다.
  3) 심청은 부친의 개안을 위하여 공양미 300석에 몸을 판다.

3. 심청의 죽음과 재생

  1) 심청이 재물로 물에 들어간다.
  2) 모녀상봉 후, 용왕의 도움으로 연꽃을 타고 돌아온다.

4. 부녀상봉과 개안

  1) 심청이 왕후가 된다.
  2) 심 왕후가 부친을 만나기 위해 맹인잔치를 연다.
  3) 부녀상봉 후, 심봉사 갑자기 개안한다.
  4) 후일담으로 심봉사 개안하여 부귀영화 누린다.

  <심청전>줄거리는 판본에 따라 약간의 차이는 있으나 1~4까지의 골격은 같고 후일담의 유·무라든가 사소한 점에 있어서 나타나는 차이 외에 내용이 거의 대동소이하다. 창으로 된 창극 <심청전>역시 같은 내용이다. 그리고 채만식이 쓴 <沈봉사>의 줄거리는 서막 외 7막 20장으로 되어 있다. 이를 나누어 보겠다.

서막 : 심청 탄생. 원죄의식(노승의 말)

1막
 1장 : 곽씨부인 죽음. 심봉사 나이 20에 실명
 2장 : 곽씨부인 장례. 심청이 곽씨부인 죽였다고들 한다.
 3장 : 심봉사 심청이 젖동냥 다님.

2막 : 심봉사 밥빌어다 심청이 먹인다. 어머니 산소 알려줌.

3막
 1장 : 심청 12살 판소리 <심청가>효과음악으로 쓰임. 심청이 개에게
       물려 수난 당하며 밥 얻으러 다님.
 2장 : 밥 얻어와 아버지 공양

4막
 1장 : 심청이 15살. 심봉사 심청이 기다리다 물에 빠짐. 탁발승이 구
       해줌.
 2장 : 심봉사의 신세 한탄과 탁발승에게 개안을 위한 공양미 300석
       약속
 3장 : 귀덕어미가 심청에게 상인들이 용왕제숙 구한다 알려줌.
 4장 : 심청이 심봉사 속이고 용왕제숙으로 몸을 팔아 공양미 받침.

5막
 1장 : 심청이 용왕제숙으로 팔려가는 날 새벽, 신세한탄 함.
 2장 : 1장의 아침. 판소리 <심청가>부분중에 <심청하직>唱. 심청이 팔
       려가는 사실이 밝혀지고 떠남. 심봉사 신세한탄.

6막
 1장 : 후처로 들어온 뺑덕어미가 심봉사 가산 탕진함.
 2장 : 장승상 부인 한양으로 가면서 죽은 심청을 그리워하는 심봉사
       위해 망녀대를 세워줌.

3장 : 뺑덕어미가 장승성 부인이 남겨준 가산까지 탕진. 심봉사 맹인
　　　 잔치에 참석하라는 전갈 받고 떠남.

4장 : 심봉사와 함께 한양 가던 뺑덕어미 황장사 만남.

5장 : 황장사와 뺑덕어미 서로 눈이 맞아 도주. 심봉사 신세 한탄.

7막

1장 : 심청을 제숙으로 사간 선원 장가가 봉사됨. 죄 값에 대한 업보.

2장 : 선원 장가를 통해 심청이 임당수에 용왕제숙으로 들어가는 장
　　　 면·회상.

3장 : 장승상 부인과 왕비가 시녀를 분장시켜 장님 잔치온 심봉사를
　　　 상면시키자 심봉사 개안함. 그러나 심청이 아닌 시년줄 알고
　　　 난 심봉사, 자신의 손으로 눈알을 빼고 망녀대를 찾아 떠남.

　　<심청전>과 <沈봉사> 두 작품에 구성과 내용을 나누어 보았다. 이제
이들의 상이점을 대비해 보기로 하자. 먼저 표제 문제이다. 고전 <심청
전>을 바탕으로 쓰여졌으나, 채만식 희곡은 <沈봉사>이다. 이는 주인
공이 <심청전>에서는 심청이지만, <沈봉사>에서는 심봉사이기 때문이
라 생각된다. 구성상에 심청이 재생하여 왕비가 되는 것이 아닌 죽음
으로 결말을 짓기 때문에 심청의 죽음은 곧 막의 종말을 의미한다. 그
렇기 때문에 표제를 <沈봉사>로 했고, 전체 극을 심봉사 중심으로 하
여 전개함으로써 근대적인 사실주의 묘사를 꾀하고자 했다. 비극적 상
황을 살아가는 심봉사를 내세워 어려운 현실을 직시케 하고 있다. 그
렇다고 해서 이야기 진행의 개요가 달라진 것은 아니다. <심청전>이 1)
심청의 출생, 2) 심청의 성장과 효행, 3) 심청의 죽음과 재생, 4) 부녀상
봉과 개안장면으로 구성되었고, <沈봉사>는 1) 심청의 출생(서막), 2)
심청모의 죽음과 심청의 성장·효행(1막~4막), 3) 심청의 죽음(5막), 4)
심봉사의 개안과 자학에 의한 실명으로 되어 있다. 작품에 나타나는
설화를 보면, <심청전>은 5개의 배경설화로 구성되어 있다.

1. 심청의 출생 — 태몽설화
2. 심청의 성장과 효행 — 효행설화 인신공희설화
3. 심청의 죽음과 재생 — 재생설화
4. 부녀상봉과 개안 — 개안설화

<심청전>이 5개의 설화로 이루어진 반면에 <沈봉사>는 설화적 배경을 무시하고 있고, 또한 이 것은 작가가 의도적으로 행한 것임을 밝히고 있다.

> 이것을 脚色함에 있어서 첫째 題號를 '沈봉사라'고 한 것, 또 沈青傳의 커다란 低流가 되어 있는 佛教의 '눈에 아니보이는 힘'을 完全히 抹殺無視한 것, 그리고 特히 在來 沈青傳의 傳統으로 보아 너무도 大膽하게 結幕을 지은 것[17]

작가가 말하는 배경설화를 완전히 무시하고 사실적인 구성을 바탕으로 하였다는 점과 박진·이하윤 등의 도움을 받았다는 점에서 주목해 볼 필요성이 있다 하겠다.

이은상·박진은 문인이다. 특히 박진은 희곡작가이다. 이는 당시에 채만식이 창작한 희곡이 연극계의 관심 밖이었고, 그의 작품이 실제 상연과는 거리감이 있었다는 점으로 미루어 볼 때 창작에 대한 자문의 고마움의 표시로 생각된다.

그리고 다음은 이기세·이하윤으로부터 재료를 받았다는 점이다. 이는 당시 이하윤이 해외문학파의 일원으로 활약을 했고, 전공이 영문학이었다는 점에서 마지막 부분의 극적인 결말처리와 우연성의 배제에 대한 영향으로 여길 수 있겠다. 작가 채만식도 영문학을 전공했었다는 점에서 수긍이 간다 하겠다.

물론 작가의 부기를 바탕으로 작품의 분석 및 해석에 임한다는 것이

---

17) 「전집 9」, 168면.

결정론(determinism)에 의해 독단에 빠질 우려성이 없는 것은 아니다. 그러나 작가의 의도성이 두드러지게 나타남을 볼 때 이는 주목해 볼 필요성이 있는 것이다. 어쩌면 이는 만족의 심상이 투영된 신화나 설화속에서 보편적인 모티프를 찾아 그것을 예술형식으로 재창조하는 작가에 의해 우리는 원초적인 것 속에 포함된 미개한 것의 순화와 극복이라는 극문학의 새로운 과제[18]와 만나게 되는 것이라 할 수 있겠다. 그리고 채만식도 심청이가 아버지에 대한 효를 보여주는 효행설화, 인신공희설화, 개안설화 등을 작품에 바탕으로 하고 있다.

<沈봉사>의 저류에 흐르는 '죽음'과 '실명'에 대한 문제를 살펴보기로 하겠다. 먼저 심청의 출생에 대한 것으로 심청이 태어나는 순간 노승이 등장한다. 노승은 도승과 같은 외양을 지녔다는 데 출생을 '사바의 고해'로 그리고 출생의 기쁨보다는 '업'의 중요성을 강조한다. 이는 일종의 불교적인 업보다는 기독교적인 원죄의식에 가깝다고 할 수 있겠다. 극의 진행상 결말에 대한 복선과 함께 극의 흐름을 예측할 수 있게 해 주는 독백이다.

인간의 원죄사상에 대한 것은 심봉사를 통해서 더욱 분명하게 나타난다. 개천에 빠졌을 때 구해준 탁발승에게 하는 신세한탄에서 엿보인다.

沈봉사 네 좀 말씀해 주시오. 내가 아까 개천에 빠져 죽게 된 것을 구해 준 것이 대산데 아마 분명 부처님께서 지시해 보내신 대산가부? 그래서 내 눈까지 뜨게 해 주시자는 것인 듯 하니 인제는 아마 내가 전생에서 지은 죄를 다 속량한 듯하오. 그렇지 다 속량했지. 그만큼 죄다짐을 하고 그만큼 고생을 하고 그만큼 피눈물이 나는 일을 당했으면 전생의 죄가 아무리 중했더

---

18) 李相日, 「극시인의 탄생」, 『옛날예적에 휘어이 휘이』, 文學과 知性社, 1980. 318면 참조.

래도 다 속량이 되었겠지. 속량이 되고 말고 자아 대사 그 도
리라는 게 무어요? 천하에 없는 일이라도 다 해볼 테니 말씀하
시요.19)

자신의 '失明'이 전생의 죄에 대한 업보다 생각하고 있다. 현실속에
서의 문제가 현실에 인해 발생한 것이 아니라 전생에 의한 것으로 탓
한다. 이러한 원죄에 대한 의식은 불교에 나오는 전생과의 인연에서
생겨난 인과응보해서 '업보'에 관한 것 같으나, 실상은 기독교적인 원
죄의식에 가깝게 나타난다. 이러한 죄의식의 일단은 장가 선원의 실명
에서도 나타난다. 심청의 무고한 죽음으로 인한 당연한 하늘의 벌이라
생각하는 것이다.

　張봉사　그렇게 정신이 아찔해서 앞으로 넘어졌다가 일어나니 웬 일인
　　　　　지 눈이 아프기 시작해서 그 뒤 갖은 약을 다 써 보았으나 종
　　　　　시 듣지 않고 영영 안맹을 하여 그것이 소맹의 안맹한 연유올
　　　　　쑵니다. 아마도 출천 효녀 심소저를 제숙으로 사다가 임당수에
　　　　　제숙으로 넣은 천벌인가 하옵니다.
　王　후　음 천벌이지, 천벌이고 말고, 너는 그렇듯 네가 저지른 천벌로
　　　　　눈이 먼 것이니 낸들 하늘의 뜻을 거슬려 너를 구호할 수는 업
　　　　　으니 그리 알고 물러가거라.20)

장가의 '실명'이 인과응보에 의한 하늘의 벌로서 당연하다는 논리를
펴고 있다. 이러한 죄의식의 극단은 심청을 팔아 눈을 개안하려는 심
봉사의 '개안' 장면에서 보인다.

　沈봉사　(自己 손가락으로 두 눈을 콱 찌르면서 엎드러진다)

19) 「전집 9」, 135면.
20) 「전집 9」, 167면.

아이구 이놈의 눈 구먹! 딸을 잡어 먹은 놈의 눈 구먹! 아주
눈 알맹이째 빠져 버려라.
(마디 마디 사무치게 흐느껴 운다) 아이구우 아이구우.
舞臺 뒤에서 短簫로 「신아위」를 아주 얕게 분다. 張승상夫人
은 손을 대지도 못하고 서서 눈물을 흘린다. 다른 인물들도 추
렷이 보고만 있다.

沈봉사 (일어서서 비틀 거리며 下手로 걸어간다. 눈은 눈알이 빠져서
아주 움푹 들어가고 피가 흐른다) 아이구 아이구우 아이구우.
가자 가자아 망녀대를 찾어가아 망녀대로 가자아

退場하기 前에 急히 幕[21]

임당수에 빠져 죽은 심청이 살아왔다고 하는 순간 이를 보려고 개안
을 한다. 그러나 그것이 왕후와 장승상부인이 꾸민 거짓임을 알고 그
순간 자신의 그릇되고 어리석음을 깨우치고 자학을 한다. 자신이 딸을
희생시킨 죄인임을 내세워 눈알을 뽑고 망녀대로 향해간다.

이는 소포클레스의 비극 <오이디프스왕>에서 오이디프스가 자신의
죄를 아는 순간 눈을 뽑고 방황하는 장면을 연상케 한다. 이를 채만식
이 의식하고 썼는지의 직접적인 영향관계는 드러나지 않으나 흡사하
다. 이 점에 대해 유민영도 서양작품을 읽는 듯하다고 추측에 그치고
있다.[22] 그리고 채만식이 불교적인 설화를 무시했다는 점과 결말에 나
타나는 <오이디프스왕>과의 유사성은 서구적인 원죄, 즉 기독교적인
원죄에 더 가깝다고 여겨진다. 이러한 점은 심봉사의 개안이 공양미
300석 때문이 아니라는 점의 암시에서 찾아 볼 수 있겠다.

沈봉사 바루 여기요. 좀 들어갑시다. 내가 하마 죽을 것을 그것도 하나

---

21) 「전집 9」, 167면.
22) 유민영, 「시니시즘의 美學」, 김윤식편, 앞의책, 168~9면.

님이 지시하셔서 당신을 구해 주려 보내셨나 봅니다. 원참 이
은혜를 어떻게 갚아야 할지! 어이 치워.

托鉢僧 대관절 앞 못 보는 양반이 무엇하려 밖에는 나왔다가 이 봉변
이요. 하기야 눈 먼 것도 다 전생의 업원이지만.[23]

탁발승은 눈이 먼 것이 전생의 '업'이라고 하나 심봉사는 개천에 빠
진 자신을 구해준 중에게 '하나님'의 지시에 의한 구원임을 논하고 있
다. 이러한 점에서 심봉사의 개안과 죄는 사실주의적인 묘사와 함께
영문학을 전공했었다는 점으로 보아서 다른 의미가 있다 여겨진다.

작가가 의도한 개안은 실제에 있어서의 육체적인 개안이 아닌 정신
적인 개안과 식민지라는 시대적 상황의 비장함에 대한 의식의 깨우침
을 우회적인 수법으로 나타낸 징표로 볼 수 있다. 개안의 의미와 상징
성은 궁핍함에서 오는 식민지 현실에 대한 인식으로 이것을 우회적으
로 술회한 것에 다름 아닌 것이다. 이러한 것은 작품의 창작시기로 추
정되는 1936년 전후에 쓰여진 일련에 작품상에 나타난 '궁핍'·'가
난'·'돈'에 대한 것과 이들 작품에 대한 기왕의 평가 면을 비추어 보
다 선명히 부각된다.

시대와 환경을 현대로 놓고 보았을 때 심봉사는 식민지 시대를 사는
나약한 지식인, 무능한 인텔리로 화한다. 일제에 빌붙어 출세도 못하고
무위도식하는 룸펜으로 남의 도움 없이는 살 수 없는 현실에 부적응
하는 지식인상을 보여주게 되는 것이다.

그렇기 때문에 작가는 시대의 부적응주의자인 심봉사를 통해 정신적
인 개안은 했으나 차라리 눈을 감는 편이 나은 식민지라는 참담한 현
실을 묘파하려 한 듯 하다. 무기력한 심봉사를 통해 '망녀대'에서 하염
없이 자신의 과오를 뉘우치기만 하는 실천력과 행동이 결여된 나약한
지식인 상을 그리고 있다.

---

23) 「전집 9」, 57면.

구성문제에 있어서 <심청전>과 <沈봉사>의 문제점과 다른 점을 살펴보겠다. 심청의 출생에서 보면 만득독녀인 것은 같으나 <沈봉사>에서는 출생의 신비성이 없고, 노승의 등장으로 심청의 출생에 대한 복선이 깔린다.

> **老僧** (하얗게 늙은 道僧風貌. 마지막번 아기 울음 소리가 날 때에 사립문 안으로 끼웃이 들여다보면서 獨白 ― 沈봉사의 마지막번 臺詞와 竝行이 된다) 허어 이 집에도 새 인생 하나가 사바의 고해를 나왔구나! 너의 부모야, 자손을 보았대서 기뻐하리라마는 인간은 삼천세계에 가장 업이 중한 것(고개를 끄덕거린다) 사주 보시오… 평생 사주 팔자 보시오… (徐徐히 내리던 幕이 말이 끝나기 前에 다 내린다)24)

노승의 독백을 통해 '인간은 삼천세계에 가장 업이 중한 것'이라며 작품전체에 대한 일종의 묵시적인 암시를 주고 있다. 이러한 노승의 암시가 <沈봉사>에서는 곽씨 부인의 죽음과 함께 심봉사의 운명에 대한 예시로 나타나는데 <심청전>의 곽씨 부인 죽음보다 강조되어 있다.

다음으로 심청의 성장과 효행은 <심청전>과 <沈봉사> 모두 젖동냥·밥동냥의 장면으로 구성된 점과 공양미 300석에 대한 개요는 같다. 그러나 세부적인 면에 있어서 보다 사실적인 구성과 묘사가 <沈봉사>에서 나타난다. 그리고 <沈봉사>에서는 심청의 어머니인 곽씨 부인의 죽음이 1막의 3장 중에서 2장을 차지할 정도로 비중있게 다루어져서 탄생과 죽음의 의미가 교차 대비되어 나타난다. 탄생에서 등장하는 노승의 대사를 이용한 복선과 함께 '죽음'이 부각되고 있다.

다음은 <심청전>나오는 심청의 '죽음과 재생'문제이다. <심청전>에서는 심청의 죽음과 용궁에서의 생활 그리고 모녀상봉으로 그려진다.

---

24) 「전집 9」, 116면.

그러나 <沈봉사>에서는 심청이 상인에 팔려가는 이별장면이 나오고, 후에 7막 2장에서 임당수에 빠지는 장면만 그림으로 간략하게 처리하고 있다. 기연성과 우연성이 속출하는 재생의 장면을 생략하여 현실적으로 이해하기 어려운 우연적 허구성을 배제해 버렸다.

마지막은 부녀상봉과 개안 그리고 그 후일담으로 <심청전>은 해피 앤딩(happy ending)의 극적구성을 꾀하고 있다. 그러나 <沈봉사>는 심청의 죽음으로 인한 결말을 선원 장가의 실명과 심봉사의 개안, 그리고 자학적인 실명으로 맺는다.

이는 <심청전>이 고전물로서 닫힌 결말형식이 길게 늘어짐에 비교해서, 짧게 극적인 비극으로 막을 내린다. 또한 장가의 실명에 있어서 인과응보적인 인상이 짙으나 심청이 임당수에 빠질 때에 배의 진동으로 인해 넘어졌다가 일어나니 "왠일인지 눈이 아프기 시작해서 그 뒤 갖은 약을 다 써 보았으나 종시 듣지 않고 영명 안맹을 하여"[25] 결국은 장님이 된 것으로 나타난다. 이는 <심청전>의 상인들이 심청의 제수로 인해 황해의 험한 뱃길을 무사히 다녀온다는 것과 대조적이다. 이것은 비극적 결말을 위한 복선 처리로써 작가의 의도적인 주제 반복에 의해 구성된 결과라 본다.

이러한 작가의 작위성은 인물묘사에서도 엿보인다. 봉은사의 시주승을 묘사하는 데 <심청전>에서는 진지한 인물로 그리고 있는 데 반해, <沈봉사>에서는 장난끼가 잔뜩 있는 인물로 설정하여 잠시 전체적인 장면 분위기를 일신시킨다.

공양미 300석을 내겠다는 심봉사 말에 입을 '삐죽'거리고, 심봉사를 구해주는 장면도 익살스럽다.

托鉢僧 체 … 신수 고약스럽다. 좌우간 무엇인가나 좀 보고(下手로 퇴

---

25) 「전집 9」, 96면.

장)

沈봉사 허어푸푸 허푸푸

托鉢僧 아마니 여보 오뉴월도 아닌데 멱을 감는단 말이요? 왜 개천에 들어가서 죽네사네 야단을 치오.[26)]

심봉사가 개천에 빠져 구해달라는 소리를 듣고 달려가서 하는 소리가 왜 '야단'을 치느냐는 반문이다. 또한 '신수가 고약'하다고 푸념을 행한다. 다분히, 해학적인 인물로 묘사하기 위한 작자의 의도성이 포함되어 있다. 듀이(Dewey)의 말대로 표현활동도 그와 다름없는 단순한 'marking'이 아니라, 사실은 'Perceiving'과의 유기적인 관계가 있는 것[27)] 임을 생각할 때 작가의 작위성이 엿보인다. 심봉사의 개안과 실명이 종교적 절대자나 공양미 등에 의해 결정될 사항이 아님을 보여주기 위한 암시적인 표현을 위한 구성이라 하겠다.

그렇게 함으로써 결말부분에 이르러 왕비가 자신의 아버님을 위로하기 위해 벌인 맹인잔치에서, 심봉사의 이야기를 장승상 부인에게 듣고 심봉사를 위해 분장한 가짜 심청과 심봉사의 극적인 상봉에서 개안을 하게 된다. 이러한 심봉사의 개안은 후천적인 실명에서 빚어진 맹인에게 있음직한 일로써 희곡이 해피엔딩으로 유도되는 듯하나, 자신의 자학으로 인한 실명으로 급격한 반전을 도출하여 결말을 맺는다. 서막부터 이어지는 비극적인 결말의 증후가 급격한 반전의 효과로 극에 달했을 때 끝을 맺어 전체적인 효과가 배가 되고 있다.

문학연구에 있어서 작품을 이해하는 것이 일관적인 의미화(signification)속에서 텍스트의 총체를 이해할 수 있느냐 아니면 없느냐가 유일한 지표[28)]라고 생각할 때, <沈봉사>에 나타나는 '죽음'과 '실명'으로 반복

---

26) 「전집 10」, 137면.
27) 吳昞南, 「美學」 제3집, 한국미학회, 서울대, 1975. 25면.
28) 루시앙 · 골드만, 송기영 · 정과리역, 「숨은신」, 연구사, 1986. 11면.

되어지는 비극적인 처리가 심봉사의 개안과 실명이라는 급전에서 오는 반전의 효과와 함께 작품 전체에 나타난다.

또한 문학사회학적 입장에서 문학적인 혹은 철학적인 작품을 이해하기 위해서는 그 시대의 사회적이고 경제적인 생활의 총체와 연결시킬 수 있어야만 한다면 채만식이 <沈봉사>에서 시도한 비극적인 결말 처리는 의미가 있다고 본다.

이는 역사가 인간의 과거행위 또는 그것의 탐구와 해석에 관한 서술을 의미한다는 점에서 후자에 주안점을 두었을 때, 예술과 역사의 관계에서 "예술은 때때로 역사의 함축이다. 즉 그 자신의 시대에 대한 자기반성적인 논평"29)인 것이다. 식민지 시대라는 시대적 상황과 심봉사가 행동과 실천력이 결여된 나약한 지식인이라는 가정을 놓고 보면 <沈봉사>의 비극적 결말을 심봉사 개인이 아닌 식민지 시대를 살아가는 동시대인을 표상하는 시대적 의미를 내포한 것이다.

3. 소설 〈심봉사〉

소설 <심봉사>는 1944년 11월과 12월, 1945년 1월과 2월에 『신세대』라는 잡지에 연재한 된 것이다.

실린 내용이 전체가 아닌 부분으로 심청의 탄생과 성장에 그치고 있어서 아쉽지만 발표된 내용만으로도 희곡 <심봉사>에 견주어 몇 가지 사항을 유추해 볼 수 있다. 소설 <심봉사>의 작품 길이는 중편소설이다. 작품내용은 서장이 있고, 1. 운명의 탄생, 2. 슬픈 대상(代償), 3. 성장 등으로 되어 있다.

---

29) 멜빈·레이더, 버트랑제셉, 김광명역, 「예술과 인간가치」, 이론과 실천사, 1987, 315면 참조.

24

서장은 "하늘도 아니요. 땅도 아니요 한 회색공간"[30]에 회색옷을 입고 회색 살빛을 하고, 회색표정을 한 인간세계의 운명을 맡아보는 늙은 신 양주가 등장한다. 신인 이들 늙은 양주가 인간들이 비극이란 걸 얼마나 견디어내는 끈기가 있을지 시험해 본다는 것이다.

인간의 정해진 운명을 신이 심심하다는 이유로 장난 삼아 구경꺼리로 시험하는 것으로 소설이 시작된다.

> "황주 도화동 심학규."
> 머리에 이렇게 쓰이고, 장님인 것, 안해는 누구, 신분은 무엇, 가산은 어떻고, 성행, 학문, 그 밖에 여러 가지로 자상한 것이 잔주로 씌어 있다.
> "하필, 장님이 걸렸어. 궁하고 자식도 없고 한!"
> 영감이 혼잣말로 중얼거리는 것을, 노구가 같이 들여다보면서 말한다.
> "신세가 그만침 기구하니, 차라리 부려보기 마찹지요!"
> "딴은 그렇기도 하렷다!"
> 영감이 붓을 들어, 넘엇장에다 심학규의 운명을 기록하기 시작한다. 노구가 옆에서 연해 이래라저래라 묘한 훈수질을 한다.
> 마침내 마지막 한 절이 기록되었다.
> 양주가 같이서, 죽 한번 읽는다. 그리고는 만족히 고개를 끄덕인다.
> "이만하면!"
> 영감이 그런다.
> "보암즉할까 보군요."
> 노구가 그렇게 화한다.[31]

<심봉사>의 구성이 액자소설 형태를 지니고, 신들의 이야기 속에 심

---

30) 「전집 6」, 165면.
31) 「전집 6」, 166면.

봉사 이야기가 시작한다. 신 양주의 심심풀이로 시작한 놀이에 의해 인간 심학규의 운명이 결정되어 이야기가 전개된다. 신들이 등장하는 서장 다음에 심봉사 이야기가 나온다. 그것이 1장 운명의 탄생에서 심청이 탄생하여 세상에 나오는 장면이다. 2장 슬픈 대상에서는 심청이 운명의 탄생에 따른 대가를 치른다는 것으로 그 대가가 심청 어머니의 죽음이다. 그리고 3장은 심청의 성장과정이다.

이러한 내용을 통해 유출해 본다면 서장부분을 제외하고는 기존 <심청전>과 큰 차이가 없다. 그리고 <심청전>을 <심봉사>로 하여 재구성한 희곡 <沈봉사>와 내용에 있어서 큰 차이가 없을 듯하다.

희곡 <沈봉사>에서 심청의 탄생을 노승을 통해서 업에 의해 태어났다는 인연 생기설에 의한 것과 신이 등장하는 것은 그 의미가 상통하는 것이다. 그리고 신이 등장하여 시험해 보고자 하는 "인간들이 비극이라는 걸 얼마침이나 견디어 내는 끈기가 있을꾸?"[32]하는 것이 주제라면 이는 희곡 <沈봉사>의 내용과 동일선상에 있는 것이다.

소설 <심봉사>는 액자소설 형식을 지니고, 신을 등장시켜 인간의 비극적인 내용을 보여주는 형식으로 구성되어 있다. 심봉사를 주인공으로 하여 신에 장난에 의해 비극적 삶을 살게 되는 과정을 보여준다. 심봉사가 자신의 의지와는 별개로 신이라는 불가항력적인 절대자에 의해 비극적 운명과 삶을 살아간다는 사실을 액자형태로 분명하게 보여준다. 이는 식민지라는 시대적 상황과 40년대 중반의 대동아 공영을 내세우고 내선일체를 주장하는 등 한계점을 넘는 일제의 행태 등과 연관지어 볼 수 있는 것이다.

작가가 <심청전>이라는 설화를 가지고 시대적 상황을 우의적으로 표현하여 형상화 하고자 했다는 것은, 희곡 <沈봉사>를 통해 미루어 진작 할 수 있다. 그런데 보다 분명하게 신을 등장시켜 신의 장난에 놀

---

32) 「전집 6」, 165면.

아나는 무기력한 인간 '심봉사'를 그려서 보여주고자한 것은 무엇일까 하는 궁금증이다. 이는 설화를 통한 우의성이라는 특성을 감안해 본다면 식민지라는 동시대를 사는 무능력하고 나약한 지식인의 형상을, 신의 손에 놀아나는 심봉사를 통해 보여주고 깨우쳐 주고자 했다고 생각된다. 결국 채만식은 액자소설이라는 형식을 통해 우의적으로 적절한 풍자를 행하고 있는 것이다. 자신의 의지와 무관하게 전개되는 현실을 신이라는 존재를 등장시켜 현실 상황을 빗대어 보여줌으로써 식민지라는 한계상황을 분명하게 인식시켜 주고 있다. 결국 소설 <심봉사>는 액자형식이 지니는 특성을 살려서 보다 명료하게 식민지하를 살아가는 지식인으로서 시대정신에 입각한 현실상황을 고발하는 것이다.

4. 각색과 창작의 거리

희곡 <沈봉사>[33]는 1936년에 쓴 것과 1947년 4월과 10월에 「전북공론」 5월호와 6월호에 게재한 것이 있다.

<沈봉사>1과 <沈봉사>2는 <심청전> 모티프를 가지고 형상화한 것이다. 동일한 모티프를 형상화했지만 두 작품은 장막의 길이와 등장인물, 그리고 줄거리에 차이가 있다. <沈봉사>1은 일제시대에 쓰여진 것으로 서막외 7막 20장이고, <심봉사>에 등장하는 인물과 역할과 기능까지 동일하다. 그런데 <沈봉사>2에는 심봉사, 심청, 귀덕이네, 탁발승, 뺑덕어멈만이 등장하고 송달과 홍녀라는 새로운 인물이 나온다. 사건이 일어나는 장소는 <沈봉사>1이 황주 도화동 기타 송도이고 시간은 고려 초엽이다. <沈봉사>2는 고려중엽대 황주 도화동과 예성강 어귀의 해변

---

33) 채만식이 쓴 희곡 <沈봉사>는 2가지이다. 그래서 1936년에 창작한 것은 <沈봉사>1이라 하고, 1947년도 것은 <沈봉사>2라 하겠다.

이다. <심봉사>1에서는 장소 변화가 있으나 시대와 사건 배경이 황주 도화동인 것은 동일하다.

그리고 <沈봉사>1은 콜럼비아판 SP 40412B면에 '심청가'를 배경음악 으로 사용하고 있으며, 심청전에 나타나는 서사적인 구성과 같이 심청 이의 일대기적 구성 상황과 동일하다. 심청의 탄생에서 죽음에 이르는 서사적인 연대기적 구성으로 되어있다. <沈봉사>2는 심봉사의 공양미 300석 시주 약속장면과 심청이가 공양미 300석에 남경상인에게 몸을파 는 장면, 그리고 청이를 기다리던 심봉사가 청이가 죽은 사실을 뺑덕 어미에게 듣고 낙담하는 장면과 홍녀의 계략에 의해 '청이 돌아왔다'는 거짓말로 심봉사가 눈을 떴다가 다시 눈을 찔러서 봉사가 되는 것으로 구성되어 있다. <沈봉사>2는 아버지에 대한 효성으로 남경상인에게 몸 을 파는 청이와 이를 뒤늦게 전해들은 심봉사, 그리고 심봉사의 개안 과 때늦은 후회가 주된 이야기이다. 이를 막과 장으로 나누어 보겠다. 장은 장면단위 나뉨과 같이 구성되어 있다. 3막이 각각 2개의 장으로 나뉘어 6개의 장면으로 나뉜다.

1막
1장 3월 중순 화창한 봄날오후
    집에서 글읽던 심봉사, 송초시에게 가려고 나섰다가 개천에 빠
    진다. 탁발승의 도움을 받은 심봉사 눈을 뜨게 해준다는 이야
    기에 공양미 300석을 시주하기로 한다. 이를 송달에게 자랑하
    다가 자신의 행동이 잘못됐음을 깨닫는다.
  2장 4월 상순 한낮
    심청이 남경 상인에게 공양미 300석에 몸을 판다. 청이 애인
    인 송달이 청이에게 몸을 피하라고 한다. 그러나 청이가 거부
    한다.

    2막

1장 심봉사 뺑덕어미와 같이 산다. 심봉사는 청이를 기다린다. 뺑덕
     어미가 청이 죽었다는 사실을 심봉사에게 알려준다. 송달을 통
     해 청이의 죽음을 확인한다.

2장 심봉사 청이가 죽었다는 사실을 알고 낙담한다. 송달을 사모하
     던 술집여자 홍녀가 계략을 제시하며 대신 자신을 사랑해 달
     라고 함.

3막
  1장 홍녀가 청이로 가장하고 심봉사 앞에 나타난다.
       그 순간 심봉사 눈을 뜬다. 그러나 청이가 살아온 것이 아니
       라는 사실을 알고, 자신의 눈을 찌른다.
  2장 '효녀 심랑지사'라는 현판이 걸려있는 2층 누각에 심봉사와 송
       달이 앉아있다. (신해우 퉁소소리)

<沈봉사>2의 길이는 3막으로 전체가 6개의 장면으로 되어있다. <沈
봉사>1이 서막외 7막 20장의 21개 장면으로 구성되어 있는 것에 비해
서 <沈봉사>2는 길이가 짧다. <沈봉사>2는 심청의 효행과 죽음, 그리
고 심봉사의 개안으로 되어있다. 심봉사가 개안한다는 개안 설화와 심
청 효행을 바탕으로 한 효행 설화, 인신공희 설화를 배경으로 한다. 그
리고 심청의 출생과 가정환경은 송달의 말을 빌어 간략하게 제시된다.

송 달 청이 그 극진한 효심을 낸들 헤아리지 못하는 배는 아냐. 우러
        러보두룩 갸륵한 줄 잘 알아. 그렇지만 대체 효도를 하는 데도
        분수가 있구, 한정이 있는 법이지. 효도요 부모를 위하는 노릇
        이라고 그래 자식이 생목숨을 끊어야 옳아? 그게 차라리 불효
        지 어떻게 효도가 되는고? 자식이면 다른 자식인가?
        무남독녀에, 그러나마 3일간에 어머니를 여읜 것을, 피눈물 흘
        려가면서 겨우 저만치나 길러낸 청이 아냐? 그런, 남 열 남매
        하고도 아니 바꿀 혈육을, 그래 임당수 제숙으로 팔아서 3백
        석 공양미를 내구서 부처님 벌을 면하고 그러구 눈을 뜨구 하

> 신 것인 줄을 아신다면, 그래 그 으런이 사뭇 열길 뛰시다, 까
> 물쳐, 돌아기시지, 가만히 기실 상부르든감?

심 청 (고름을 문다)[34]

청이는 <심청전>에 주인공 청이와 동일 인물로 태어난 지 3일만에 어머니를 여의고 자란 심봉사의 무남독녀이다. 청이는 지극한 효심이 있어서 아버지의 개안을 위해 자신을 희생하여 공양미를 마련한다. 이러한 효행이 주된 이야기로 전개된다. 그러면 여기에서 짚고 넘어가야 할 사항이 있다. 1936년판 <沈봉사>1과 1947년 <沈봉사>2의 변별력이 무엇이냐는 점과 창작의도는 무엇인가 하는 것이다.

앞에서 논의했던 바와 같이 <沈봉사>1은 <심청전>을 각색한 것으로 작가가 언급한 바와 같이 '눈에 보이지 않는 힘'에 의한 우연적 구성에 해당하는 비논리적인 부분을 제외한 작품이다. 그렇기 때문에 창작보다는 각색에 치우친 점이 있다. 심청에서 심봉사로 이야기 중심을 옮겨, 심청의 탄생에서 죽음과 그 이후의 심봉사의 상황을 그리고 있다. 1947년판 <沈봉사>2는 심청의 아버지 심봉사의 공양미 기증 약속 장면에서 시작한다. 심청이 공양미 300석에 용왕의 제숙이 되고, 심청의 애인 송달이 심청을 애타게 기다리는 심봉사를 위해 술집작부 홍녀와 모의하여 말하는 심청이 돌아왔다는 거짓말에 개안을 한다. 그리고는 오디프스처럼 자신의 눈알을 뽑아 버린다. 이러한 설화를 작품화하는 것은 우의적인 것으로 현실을 빗대어서 우회적으로 비판하는 것이라 본다.

그렇다면 <沈봉사>1이 눈에 보이지 않는 힘에 의한 우연성의 배제를 통해 당대를 살아가는 무기력하고 무능력한 지식인을 통해 식민지라는 현실을 직시케 했다면 <沈봉사>2가 말하고자 하는 것은 무엇인가이다.

---

34) 「전집 9」, 184~185면.

1947년이라는 시대적 상황은 '해방공간'이라 불리우는 때로 1945년 8월 이후 국토가 남·북으로 분단되어 미군과 소련군에 의해 군정이 실시되고, 이념상 좌익과 우익이 대립하던 때이다. 이러한 시기를 담고 있는 작품을 보면 소설 <맹순경>을 들 수 있다. <맹순경>은 일제시대에 순경을 하던 맹씨가 8·15 해방이후 실업자가 된다. 그러다가 친일파가 다시 득세하는 것을 보고 자신도 다시 순경이 된다. 그런데 문제는 자신의 집 행랑채에 살던 우미관 뒷골목 출신 노마와 살인범이었던 강봉세가 같은 동료 순경으로 근무하게 된다. 노마는 일자무식으로 배운 것이 없고 강봉세는 맹순경과 원수같은 사이다. 이러한 친일파와 살인자, 그리고 무능력한 노마 등의 등장인물을 통해 해방공간의 혼란상과 문제점을 드러내 준다. 이와 같이 해방공간의 문제점과 특성을 직시하고 있는 채만식이 또다시 <沈봉사>2를 창작한 이유와 배경은 무엇인가 하는 점이 궁금하다. 이는 작가가 인용한 조장의 우화를 통해 간접 제시해 주는 것이 아닌가 한다. 해방공간이라는 시대적 상황과 조장의 우화를 빗대어서 견주어 보아야 한다고 본다.

> (송인(宋人))이 유민기묘지 부장이알지자(有閔其苗之不長而揠之者)러니 망망연귀(茫茫然歸)하야 위기인왈(謂其人曰), 금일(今日)에 오병의(吾病矣)와 라 여(予) 조묘장의(助苗長矣)와라 하야날, 기자추이왕시지(其子趨而往視之)하니 묘즉고의(苗則稿矣)라 천하지부조묘장자(天下之不助苗長者) 과의(寡矣)니"하고 「맹자(孟子)」공손추장의 이 대문을 구성지게 읽다가
> "과의니 ―"
> 하고 끝을 길게 빼다가 그친다. 그러고는 조금 후에
> "천하지부조묘장자 ㅣ 과의니"
> "천하지부조묘장자 ㅣ 과의니"
> 하고 더듬는다.35)

---

35) 「전집 9」, 172면.

조장(助長) 이야기는 묘가 자라게 묘를 뽑는 행위와 같이 백해 무익하고 자신의 그릇된 행동으로 남을 해치는 행동에 대한 것이다. 자신이 무엇인가 도움이 되고자 행동하나 그것이 오히려 무익하고 해치는 것을 말한다. 이는 해방공간이라는 특수한 현실 속에서 현실에 대한 대응력이 없고 행동과 실천력도 없는 나약하고 무능한 지식인에 대한 우의적 표현인 것이다. 작가는 이것을 심봉사라는 현실에 대한 대응력이 없는 무능력자를 대비시켜 해방공간의 혼란상 속에서 지식인이 처한 상황을 빗대어서 간접적으로 표출시켜 보여준다. 무능하고 무기력한 지식인이 문제임을 보여줌으로써 해방공간의 문제가 바로 이러한 공리공론에 의해 야기됨을 보여준다. 이는 김만수의 지적처럼 "지식인의 허망한 관념과 냉혹한 생활세계 사이의 철저한 대립"36)으로 해방이 되었지만 미군과 소련군이 군정을 실시하고 국토는 양분된 상황 속에서 좌익과 우익이라는 이념논쟁을 펼치고 있는 당대 식자층을 빗대어서 이들의 행태를 고발하는 것이다. 그리고 이들 지식인이 문제 있음을 심봉사의 행동을 통해 보여준다.

예문 1)
심봉사 (자기 손가락으로 두 눈을 콱 찌르면서 엎드러진다) 아이구 이놈의 눈구먹! 딸을 잡어 먹은 놈의 눈구먹! 아주 눈알맹이째 빠져 버려라. (마디마디 사무치게 흐느껴 운다)아이구우 아이구우.
　　무대 뒤에서 단소로 시나위를 아주 얕게 분다. 장승상 부인은 손을 대지도 못하고 서서 눈물을 흘린다. 다른 인물들도 추렷이 보고만 있다.
심봉사 (일어서서 비틀거리며 하수로 걸어간다. 눈은 눈앞이 빠져서 아주 움푹 들어가고 피가 흐른다.) 아이구 아이구우 아이구구. 가자 가자아 망녀대를 찾어가아 망녀대로 가자아.
　　　　　　　　　　　　　　　　　퇴장하기 전에 급히 막37)

---

36) 김만수, 앞의 논문, 202면.

예문 2)
> **심봉사** (맹렬히) 영영 죽어? 영영 우리 청이가 죽어? 이 늙어빠진 송장
> 다 된, 아무 소용두 없는 애비 하나 눈떠주자구, 그래(광적으
> 로) 우리 청이가 죽어? 임당수 제숙으루 공양미 3백 석에 몸을
> 팔구서, 생주검을 했어? 응응? 응응? (손가락 두 개를 벌려, 두
> 눈을 가리키면서) 이 눈구멍 때문에 자식을 죽여? 천하를 주어
> 두 아니 바꿀 내 자식을, 우리 청이를 생으루 죽여? 응응. (이
> 를 뽀도독, 가리키던 손가락으로 사정없이 두 눈동자를 찌른
> 다)
>
> (송달과 홍녀, 놀라 달려들었으나 미급하였고)
>
> **심봉사** (계속하여) 이 눈구멍 하나 뜨자구? (얼굴이 온통 유혈, 피묻은
> 눈동자를 움켜, 태질을 치면서) 이 원수의 눈구멍(땅바닥에 가
> 쓰러진다)원수의 눈구멍. (송달과 홍녀 좌우에서 부축해 일으키
> 려 애를 쓰고 급히 막)[38]

　예문 1)은 <沈봉사>1의 결말장면이고, 예문 2)는 <沈봉사>2의 3막 1
장의 결말 장면이다. 예문 1)에서 심봉사가 자신의 딸이 죽은 것을 알
고 나서 오디프스의 행위를 모방하듯이 단순하게 눈에 대한 제재를 가
하고 있다. 반면에 예문 2)는 자신의 그릇된 행동에 대한 벌로 눈을 희
생시키지만 그보다는 자신에 대한 반성과 회한이 나타나고 있다. 조장
의 우화에 나오는 지식인과 같이 잘못된 자신의 행위에 대한 문제를
제기하고 이를 후회하고 있다. 그리고 2장에서는 이러한 회한의 감정
을 장면처리로 드러내어 반성하고 후회함을 보여주고자 했다.

---

37) 「전집9」, 101면.
38) 「전집 9」, 196면.

제 2 장

[무대]

단청이 새로운 2층으로 된 누각 2층 처마에는 효녀심랑지사(孝女
沈娘之祠)라는 현판. 배경은 바다.

늦은 가을, 황혼. 막이 열리면, 누각 기둥에 지여, 바다를 향하고
섰는 심봉사 손에는 장님 지팡이. 넌지시 비껴 전면을 향하고, 고개
를 떨어뜨리고 앉았는 송달.

(고요한 파도 소리)

(먼 퉁수 소리) (曲은 신해우)

<全北公論 5 · 6월호, 11월호, 1947년 4 · 10월>[39]

현실에 대해 무능하고 무기력한 자신에 대해, 조장의 이야기처럼 어
리석고 무능한 지식인 자신의 행동에 대한 반성과 후회 뒤에 오는 다시
한번 자신을 고요히 되돌아보는 장면이다. 파도소리와 퉁소소리가 어울
려서 잔잔한 반성과 회한을 불러일으키고자 했다. 이러한 내용구성은
연극으로의 상연을 전제로 했을 때에 문제가 생긴다. 실제 공연을 할
때에 내용과 구성이 주제 전달을 위한 소기의 목적을 이룰 수 있을 지
여부가 의문이다. 또한 전체 내용과 구성이 <심청전>이라는 널리 알려
진 모티프를 빌어서 이를 통해 조장의 이야기 속에 담긴 또다른 우의적
내용을 표출한다는 데에 심청전 모티프가 지니는 내용과 이미지로 인하
여 표출과 전달이 적절하게 이루어질지 여부가 의문이다.

특히 마지막 3막의 1장에서 끝을 맺어야 하는데 2장을 다른 하나의
장으로 처리했다는 것은 조장의 이야기를 재음미하기 위한 것으로 보
여진다. 그리고 이러한 비연극적인 요소가 공연과 내용 전달에 부적절
하게 작용한다. 결국 채만식은 공연을 전제로 한 희곡의 창작보다는
하나의 우의적인 이야기를 통해 해방공간 이라는 특수한 시대적 상황
과 지식인이 처한 현실에 문제를 제기하고 있는 것이다. 해방공간의

---

39) 「전집9」, 196면.

궁핍하고 좌우이념의 극한대립으로 어려움에 처한 지식인 형상과 이들이 범하고 있는 그릇된 판단과 행동에 대해 문제제기를 하고 있는 것이다.

물론 <沈봉사>2는 <沈봉사>1에서 나타나는 연대기적 구성에 의한 서사적 요소의 배제로 인해 주요 갈등상황을 집약적으로 표출하고 있다. 즉 심봉사를 중심으로 한 쟁점을 형상화하여 <沈봉사>1에 비해 무대형상화에 적합하다. 그러나 전술한 바와 같이 마지막 3막 2장 부분의 대사 없는 장면처리로 인해 극적 결말을 맺지 못하는 문제를 지니고 있다.

5. 결론을 대신하여

채만식의 <沈봉사>는 <심청전>이라는 고전을 현실에 빗대어 우의적 수법으로 표현한 것이다. 작가가 <심청전> 모티프에 천착하여 소설과 희곡으로 창작을 시도한 것은 심봉사라는 인물이 처한 비극적 상황과 작가 살아가던 동시대 현실과의 상관관계에 의해 나타난 것으로 직접적인 풍자가 가능하지 않았기 때문이라 생각된다.

채만식은 심봉사라는 양반이자 배운 식자층을 대표하는 인물을 통해서 동시대의 역사의식과 통찰력이 부족한 지식인을 풍자하고 있다고 할 수 있다. 지식인이란 항상 시대의 정신사와 연관되어 있으며 '시대정신의 대변자'[40]이어야 한다고 본다면, 이는 동시대의 지식인에 대한 일종의 경고라 볼 수 있다. 심봉사라는 식자층인 지식인을 문제 인물로 설정하여 현실 속에서 소명의식이 약한 눈먼 세대인 지식계층에게 정신적인 개안이 필요함을 각성시키고 있다. 식민지하라는 특수 상황

---

40) 페터 루쯔, 김영번·지승종 역, 「인텔리겐챠의 비교연구상의 방법론적문제」, 『인텔리겐챠와 지식인』, 학민사, 1983. 43면.

이나 해방공간이라는 시대에 있어서 지식인이 지녀야하는 본연의 임무와 책임에 대한 문제를 제기하는 것이다. 이러한 우회적인 수법은 소설 <심봉사>에서도 나타나는데 액자소설의 형식을 빌어서 표출하고 있다. 신을 등장시켜서 이들이 인간의 운명을 주도하는 형식으로 동시대를 살아가는 지식인의 처지를 우회적으로 풍자하여 이들의 행동과 실천력이 부족함을 비판한다고 생각된다.

이러한 비판과 풍자가 보여주는 것은 작가 채만식 스스로가 동시대의 의식있고 깨어있는 시대정신의 대변자로서 창조적인 작가의 역할을 수행하고 있음을 대변해주는 것이다. 직설적으로 표출하기 힘든 이야기를 우회적인 수법으로 깨우쳐 보여주는 것이다.

희곡 <沈봉사>1과 <沈봉사>2를 보면 , <沈봉사>1은 <심청전>을 인물의 주체만을 바꾸어서 당대의 지식인이라는 문제인물을 심봉사를 통해 보여준다면, <沈봉사>2는 <심청전>의 주요 인물과 이야기만 가져다가 다시 재구성하여 창작한 면이 보인다. <沈봉사>1이 각색의 수준에 머물고 있다면 <沈봉사>2는 창작에 가깝다고 본다. 그리고 현실성 있는 이야기로 구성된 면모도 있다. 그러나 연극으로 상연을 전제로 하였을 때에는 <沈봉사>2는 3막 2장의 장면으로 인해 형상화에 문제점을 지닌다고 볼 수 있다. 한 장을 하나의 정지된 화면과 같은 장면처리를 함으로써 극적 형상화에 문제가 있음을 보여준다.

<沈봉사>1에 비해 <沈봉사>2는 해설적이고 서사적인 부분을 생략하고, 심청전의 주요 갈등 부분만을 쟁점화하여 <沈봉사>1보다는 무대상연에 적합한 형태이다. 그러나 앞에서 지적한 3막 2장의 회한과 관조의 상황을 표출하는 장면처리가 지니는 문제점이 극적 형상화에 걸림돌이다.

작가 채만식은 <심청전>에서 심청전 모티프를 가져다가 심봉사를 주동인물로 하여 소설과 희곡으로, 각색에서 창작의 수준까지 시도해 보여주고 있다. 이러한 새로운 시도는 장르상 형식 실험이 아닌 당대

의 문제점과 지식인의 소명의식을 깨우쳐 지식인이 역사의식과 통찰력을 지니고 시대정신의 대변자가 되어야 함을 역설하고 있는 것이다.

그리고 이러한 소설양식과 극양식으로의 형상화에 있어서 현실에 대한 우의적인 풍자라는 것을 소설양식에서는 액자형태를 빌어 이야기 속의 이야기 형식으로 해결하고 있음을 볼 수 있고, <沈봉사>1의 극양식에서는 서사적인 면모를 벗어나지 못하는 한계를 보여주고 있다. 이는 채민식이 동일 모티프를 형상화하는데 있어서 소설양식에서 보다 적절하게 능력을 구사하고 있다는 것을 증명해 주는 것이다. 또한 장면단위 구성은 소설양식이나 극양식에 동일하게 나타나고 있으며, 이러한 것이 극양식에 관조적인 장면처리 형식으로까지 발전되고 있음을 볼 수 있다.

참고 문헌

채만식전집 전10권, 창작과 비평사, 1989.

김동권, 「1930년대 희곡의 형상화과정연구」, 건대박사논문, 1998.

김만수, 「채만식 희곡의 시간구조」, 『채만식』, 태학사, 1996.

김우철, 『채만식론』, 풍림, 1937.3.

김윤식편, 『채만식』, 문학과 지성사, 1987.

루시앙 골드만, 『숨은신』, 송기영 정과리역, 연구사, 1986.

멜빈 레이더 버트랑제셉, 『예술과 인간가치』, 김광명역, 이론과 실천사, 1987.

배봉기, 『김우진과 채만식의 희곡연구』, 태학사, 1998.

서연호, 「현실인식과 대응방법」, 『채만식』, 태학사, 1996.

오병남, 『미학』제3집, 한국 미학회, 서울대, 1975.

우명미, 「채만식론」, 『한국연극』 1977. 11 · 12월호.

유민영, 『한국현대희곡사』, 홍성사, 1982.

유인순, 「채만식 최인훈의 희곡작품에 나타난 심청전의 변용」, 『비교문학 11집』, 1986.

이상일, 「극시인의 탄생」, 『옛날옛적에 훠어이 훠이』, 문학과 지성사, 1980.

이재명, 「채만식희곡과 비판의식」, 『채만식』, 태학사, 1996.

장덕순, 『한국설화문학연구』, 서울대 출판부, 1978.

조남현, 「채만식문학의 모티프」, 『민족문화연구20호』, 고대민족문화연구소, 1987.

최운식, 『심청전』, 시인사, 1985.

최원식, 「채만식 고전소설 패러리에 대하여」, 『민족문학의 논리』, 창작과 비평사, 1982.

페터 루쯔, 「인텔리겐챠의 비교연구상의 방법론적문제」, 김영번 지승종역,

『인텔리겐챠 지식인』, 학민사, 1983.
David Z. Burrows, F. R. Lapides, J. Shawcross edited, *Myth and Motifs In Literature*, Free Press, N.Y. 1973.

<Abstract>

A study on the Chae's *Shimbongsa*

Kim, Dong-Kwon

Chae Man Sik's *Shimbongsa*(심봉사) is allegorical expression *Shimchungjun* (심청전) compared on real life. What writer try to create into a novel and a play on the base of *Shimbongsa* motif is showed by co-relation of tragic situation that the character, Shimbongsa, meets and contemporary reality that writer lives. The reason is considered because it was impossible to satirize directly.

Chae satirizes historical consciousness of contemporary and the intellectual class with lack intuition through Shimbongsa who is representative of the aristocratic class in Korea and the informed stratum. If we would think that the intellectual class is always linked to mind-history of the times and is representative of the spirit of the times, it could be sort of warning for the intellectual class. Chae set up Shimbongsa, who is intellectual, to character with problem so makes the intellectual who have week social consciousness awaken that they need to open their eyes mentally. This is bringing up a problem about duty and responsibility that the intellectual class should have under the particular colonial situation or in the age of liberation space(해방공간). This roundabout is showed in the novel *Shimbongsa* and this is a form of frame novel. It would be considered that this is criticizing thier behavior and lack of executive faculty as satirizing circumstance of the intellectual class.

What this criticizing and satire show is that Chae performs a role of creative writer as a spokesman of the spirit of the times that is conscious and enlightened. That is, this shows story that is very hard to express directly through roundabout. In the play *Shimbongsa*1 and *Shimbongsa*2, *Shimbongsa*1 shows problematic character through Shimbongsa who is the intellectual in those days changing subject of character in *Shimchungjun* On the other hand, *Shimbongsa*2 seems to be reconstructed as taking main character and story from *Shimchungjun*. It would be said that *Shimbongsa*1 stays in the level of the plot of play, on the other hand, *Shimbongsa*2 seems to be close to creation. And there is some part that is composed with realistic story. But assuming for performing on the stage, there could be problem to shape due to three acts and two scenes. This shows that there is problem for dramatical formation as the last scene is disposed like one stopped scene.

Chae's tries to show in *Shimchungjun* that he writes novel and drama with Shimbongsa who is motive power character and dramatizes and creates. This attempt asserts that the intellectual class have to become a representative of the spirit of the times having history consciousness and intuition through contemporary problem and realizing of consciousness of the intellectual not a formal experimentation in a genre.

송영의 국민극 연구

이 미 원*

─────────── <목 차> ───────────

1. 서어: 송영 친일 국민극 연구의 의의   3. 결어: 송영 국민극의 의의
2. 본론: 송영 국민극에 나타난 지배담
　론과 기법

1. 서어: 송영 친일 국민극 연구의 의의

일제치하의 국민극에 대한 연구는 아직껏 우리 신연극사에서 가장 미진한 영역의 하나이다. 이는 국민극이 우리 연극사의 치욕의 장이라는 역사인식과 함께, 어느 작가에 있어서나 국민극 참여를 적극적으로 은폐하려고 했기 때문이다. 그러하기에 자료가 유실되었고, 그나마 있는 자료도 오늘날 저작권법 등으로 그 유통이 거의 막혀있는 상태이다.

그간 국민극에 대한 가장 큰 오해의 하나는 유치진 등 민족진영 작가들이 적극적으로 국민극을 썼던 반면, 좌익계열 작가들은 국민극에 거의 동참하지 않았다는 인식이다. 이는 극예술연구회가 30년대 가졌던 연극적 역량으로 인하여 이 주요멤버들이 자연스럽게 가장 먼저 국민극에 동원될 대상이었다는 사실도 있었지만, 또한 이들이 대한민국 건국 이후에도 연극계에서 주도적인 역할을 했기 때문이라고도 하겠

---

* 경희대 교수

다. 기성 세력에 대항하는 하나의 방편으로 이들의 친일극 행각을 부각시키려는 시도는 꾸준했던 반면, 좌익계열 작가들의 경우는 연구자체가 오랜 기간 금지되어 왔었다. 해금 이후에는 그간 좌익계열 작가들이 지나치게 폄하되어 왔었다는 의식의 반작용으로, 한동안 이들의 빈자리를 메워주기에 열중했기에 이들에 대한 정당한 평가가 아직 미완인 것도 사실이다. 따라서 이들의 친일극 연구는 더욱 미진한 상태이다.

본고는 일제시대 프로 연극의 주도적인 역할을 했다고 할 송영의 친일극을 살펴보겠다. 이는 굳이 한 작가의식을 폄하하기 위해서가 아니라, 좌·우 극작가의 전체적인 역사인식의 균형을 재고하고자 하는 하나의 시도라고 하겠다. 또한 전반적으로 연구가 미진한 국민극에 대한 보다 세부적인 분석도, 연속적인 연극사 서술을 위해 요구되는 시점이라고 생각되기 때문이다. 송영의 친일극을 살피기 위해, 본고는 대표적인 친일극 행사였던 국민극 경연대회에 출품되었던 송영의 작품을 분석해 보겠다. 송영은 4편의 희곡을 국민연극 경연대회에 출품하였으니, 제 1회(1942년)의 <산풍>(청춘좌, 나웅 연출), 제 2회의 <역사>(예원좌, 나웅 연출), 제3회의 <신사임당>(청춘좌, 안영일 연출)과 <달밤에 걷던 산길>(성군, 한노단 연출) 등이 있다. 이들은 분명한 목적극인만큼, 분석의 핵심은 무엇보다도 그 정치담론의 구체화에 있다고 하겠다. 뿐만 아니라 작품이 정해진 결론을 향하는 만큼, 극적 흥미유발을 위해 어떤 구성과 장치를 가졌는지도 살피겠다.

이러한 국민극 연구는 비단 일제치하의 친일극과 그 사적 의의를 살펴본다는 의미 이상을 갖고 있다. 연극이 인간관계를 그리는 만큼, 모든 연극은 어떤 의미에서든지 그 정치 지배담론의 영향을 받는다고 하겠다. 일찍이 피스카토르도 모든 인간관계는 궁극적으로 정치화 안에 그 뿌리를 박고 있다고 단언하며, '연극은 정치기관이 되어버렸다'는 사실을 확증한다는 것은 오히려 "연극이 사회적인 기구로서 발달해 온 지금까지의 과정을 설명해 주는 단 하나의 가능성을 지님으로 해서 올바른 길이라는 것을 증명해 주기 때문에 중요하다"고 했다.[1] 이러한 진술은 국민극 연구가 다양한 목적극 연구의 일환이 될 수 있음을 시사한다. 가장 확실했던 목적극의 표본을 통해서, 오늘날 대중산업사회의 더욱 복잡해진 담론 아래서 미묘한 목적극을 연구하는 한 기초가 될 수도 있으리라고 생각된다. 어느 시대든지 적어도 대중문화에 대한 정치담론은 어떤 형식으로든 작용할 것이며, 이는 곧 목적극과 연결되기 때문이다.

2. 본론: 송영 국민극에 나타난 지배담론과 기법

비단 국민극 뿐만 아니라 식민지 치하의 모든 문화는 어떤 형태로든 정치적 지배담론에 지배받고 있다고 해도 과언이 아닐 것이다. 주지하다시피 불행하게도 우리 신문화는 식민지 치하에서 시작되어 성장했으니, 물론 연극도 예외가 아니다. 신문화는 제국주의의 문명적 이기를 받아들이려는 극복의 노력인 동시에 제국주 탐욕의 희생물이 될 수밖에 없는 이율배반적인 담론에서 벗어날 수 없었다. 더구나 국민극의 경우는 제국주의의 야욕이 분명하게 종용된 경우이다. 푸코가 권력이 어떻게 지식을 종용하여 당대 이데올로기와 결탁시켜서 스스로를 합법화시켜 나가며 언술의 힘을 행사했나를 주목했듯이,[2] 일본 제국주의는 국민극이라는 유화책을 통해서 전시체제의 식민지 수탈을 정당화시키

---

1) 에르빈 피스카토르, 『연극과 사회』, 양혜숙 역, 현암사, 1984, 13면.
2) 미셀 푸코, 『감시와 처벌』, 오생근 역, 나남출판사, 1994.
   김성곤 편, 『탈구조주의의 이해 ─ 데리다, 푸코, 사이드의 문학이론』, 민음사, 1988. 등등 참조.

고 대동아제국을 구상했던 것이다.

송영 역시 당시 지배담론을 자신의 국민극에 적극적으로 반영하였다. 4작품 모두 정도의 차이는 있으나, 일본 제국주의의 수탈정책을 찬양·고무하고 있다. 동시에 이러한 목적을 은폐하기 위해서, 나름대로 간접적으로 우회하기도 하고 여러 극적인 재미를 가미하기도 했다. 따라서 당시 사회적 현실을 극적 사건을 통해 왜곡시키고, 이데올로기 설파를 위한 이상적 인물을 등장시켜 이를 선동했으며, 다양한 멜로드라마의 기법이 보이기도 한다. 이를 발표순으로 구체적으로 살펴보면 다음과 같다.

1) 사회적 조건과 극적 사건

국민연극 경연대회 제1회 출품작인 <산풍>은 한적한 산골마을을 배경으로 꿋꿋하게 살아가는 한 불구자 과부를 그렸다. 산마을 주지승의 아내였던 그녀는 한 팔이 없는 불구의 몸으로 억척스럽게 일하며, 어린 남매를 키운다. 남편의 죽음으로 합사(合寺)가 되면서 폐사가 된 절에서 살면서, 남편의 분신과 같은 불상마저도 다른 절로 옮겨진다. 어린 남매를 바르게 교육시키리라는 일념으로 여인은 모질게 살기 위해서 몸부림친다. 그러나 우연히 길을 잃은 딸은 도시의 부유해 보이는 부인의 양녀로 가나, 알고 보니 퇴기였다. 딸은 기생이 되어서 병들어 찾아오고, 산림의 지도자가 되어 스스로 고장을 지키겠다던 아들은 산을 떠나서 도시 부호의 데릴사위가 되려 한다. 어머니는 스스로의 자책감과 아들, 딸의 허영심을 경계하고자 양잿물을 먹고 죽으며, 며느리감으로 약속했던 오목이의 절을 받는다.

이 작품에서는 당시 식민지의 어려운 경제적 여건과 사회상을 비교적 사실적으로 반영하고 있다. 한 산골마을의 빈한한 사회적 여건은 남편의 사망 보험금의 대부분을 받는 즉시 빚갚음 해야 하는 현실이다. 그리고 그 남은 돈을 탐내서 아는 마을청년이 도둑질을 시도할 정도이다. 이곳의 아이들이 학교에 다닌다는 것을 엄두하기조차 힘들다. "내가 그렇케 어려워도 그 녀석을 핵교 졸업을 식혀놨드니만 저렇게 面所규-가 됐단말야. 허― 저 아래 마을사람들도 날만보면 야단들이란말야. 산속 산아래 쳐놓고 面所벼슬단이는 사람은 생원님 자제님이 처음이라고"라는 오생원의 자랑은, 열악한 교육환경을 단적으로 나타내고 있다. 그러면서도 어려운 어머니네 살림을 걱정하는 풋풋한 산골마을 인정을 함께 그려서 리얼리티를 살렸다.

이러한 사회적 조건 아래에서 작가는 몇가지 극적 사건을 만들었다. 우선 딸이 길을 잃고 도회에 나갔다. 그래서 어머니는 더욱 아들 교육에 열심이게 되니, 아들 종성은 야학에 부지런히 나가며 글을 배운다. 한편 애태웠던 잃어버렸던 딸은 수양모와 함께 찾아오는데, 수양모는 정식으로 수양딸로 줄 것을 어머니에게 요청한다. 도회지 생활을 동경하는 딸의 행복을 바라며 어머니 수양딸을 허락한다. 어머니의 정성으로 야학을 해서 보통학교를 마친 아들은 더욱 정진하여 군삼림원으로 채용되어서 제탄(製炭)지도원이 되었다.

여기서 작품이 끝났다면, 전형적인 멜로드라마적 결말을 가졌을 것이다. 그러나 작품은 의외로 어머니의 자살로 끝나서, 한 불구 과부가 온갖 고생 끝에 아들 딸이 성공한다는 행복하고도 기대되는 결말을 피해 가고 있다. 도회지 부유한 가정의 수양딸이 된다는 신데렐라적 발상은 허구임이 곧 드러난다. 딸을 수양딸 삼은 여자는 실은 퇴기로, 기생을 만들기 위해 수양딸을 삼았던 것이다. 결국 딸은 병들고 지친 몸으로 산골로 찾아와서, 자살소동을 벌인다. 한편 성공한 아들은 휴양차 산골에 왔던 부유한 집안의 외동딸 신여성과 연애를 하며, 어머니가 정해준 약혼녀 오목이를 멀리한다. 딸에 대한 자책감과 허영으로

중심을 잃어가는 아들에 대한 마지막 경종으로, 어머니는 양잿물을 마
신다. 아들은 "이 산속에 살면서두 얼마든지 이 동리를 잘 만들고 나도
훌륭이 될 수 있소"라며, 어머니에게 잘못을 빈다. 울부짖는 아들과 딸
에게 둘러싸여, 어머니는 며느리로서의 오목이의 절을 받으며 죽어간
다.

　이렇듯이 권선징악적 해피엔딩한 결말을 피함으로써, 작품은 다음
두 가지 효과를 얻는다. 우선 멜로드라마의 전형에서 벗어나서, 작품의
사실성을 보다 강화시켰다 하겠다. 대동아 공영이라는 친일적 담론이
다른 국민극보다 직접적으로 느껴지지 않는 것도, 극적 사건 전개가
보다 사실적인 데에 기인한다고 하겠다. 한편 어머니는 죽음을 선택함
으로써, 영웅적 인물의 성격을 띠게 된다. 따라서 어머니는 산골에서
흔히 대할 수 있는 사실적인 인물임에도 불구하고, 강력한 정신적 지
주로 자리잡는다. 그리고 그녀가 갖는 일상적 친근성 때문에 그녀의
주장이 보다 사실적으로 착각된다. 비록 어머니는 죽지만, 그녀의 굳은
의지는 아들의 마음을 돌림으로써 죽음을 이기고 관철된다. "<산풍>의
어머니는 강인한 성격을 만드는데 성공했다. 심리와 감정을 통해서 구
상화되는 형태로서의 어머니를 똑바로 잡았다. 그 인물은 무대에서 약
동하고 그 감정을 관객에게 구체적으로 전달한 수가 있었다"라는 당시
의 공연평은, 어머니가 공연에서도 관중에게 성공적으로 전달되었음을
입증한다.[3] 즉 비록 전형적인 멜로드라마적 해피엔딩의 결말에서는 벗
어났지만, 결국은 승리한 어머니를 그려서 그 영웅성은 더욱 강화되었
다.

　즉 작품은 산골판 브나르도 운동의 다짐이라고 하겠다. 그리고 이
운동이 일반성을 띠고 있어서, 일제의 정치담론이 확연히 드러나지 않
았을 뿐이다. 그러나 신교육, 특히 일본어 교육의 필요성은 적절히 부

---

3) 안영일, 「연극배우고」, 『신세대』, 1943.3. 118면.

각시켰으니, "국어나 잘배왔드면 저자식처럼 지도원이나 돼서 뽐매볼 걸 그렇지"라는 탄부의 대사는, 아들의 성공이 일본어에 달려 있었음을 단적으로 나타냈다. 또한 아들을 통해서 당시 대동아전쟁에 필요했던 증산운동을 철저하게 실행하고 강조하였다. 즉 숯탄 증산을 위해 펄프를 꼭대기까지 벗기는 책임의식이 강조되었다. 이렇듯이 <산풍>은 주인공의 산골판 브나르도 운동이 특정 정치권력을 떠난 보편적 공감대를 형성하고 있어서, 목적극의 선동이 절대적이지는 않지만 역시 기성 정치 담론을 은연중에 설파하고 있다.

다음 제 2회 작품 <역사>의 경우는 목적극의 의도가 보다 분명하게 드러나서, 사회적 조건과 극적 사건 사이에 괴리가 크다. 줄거리는 4대에 걸쳐서 복잡하게 전개되는데, 작품의 가장 큰 갈등은 개화와 보수라는 당시의 사회적 조건을 반영하고 있다. 완고한 시아버지 밑에서 숨죽이며 살아온 문향은 어느덧 손녀까지 본 할머니다. 일진회 개화운동에 참여했던 남편은 시아버지의 완고함에 출가하여 일찍이 객사하고, 맏아들은 할아버지께 순종하며 수전노란 말을 들을 정도로 사업에 열중한다. 둘째 아들은 소설가로 할아버지와 형을 비판하며 반항적으로 가출한다. 딸 혜옥은 의료원에 나가며 봉사활동을 하는데, 큰오빠에게 의료기를 위해 기부금을 부탁한다. 둘째아들의 아기를 배었다는 기생 산월의 등장으로 가족간의 완고함과 개방의 갈등은 더욱 첨예화되나, 결국 맏아들이 변화하여 산월을 며느리로 인정하고 소위 개화를 택한다. 이에 감상적이던 둘째아들도 돌아와서 대동아주의를 찬양하며 국민문학운동의 기수가 되기로 작정하며, 셋째 아들은 대동아전쟁에 지원병으로 나간다. 맏아들의 딸 명원과 명희는 삼촌에게 위문편지를 쓰며, 제기류 헌납의 필요성과 정당성을 주장한다. 할머니 문향까지도 애국부녀반 일에 열심이며, 소위 국어운동에 동참하여 일본어를 손녀에게서 배운다.

작품에서 강조한 사회적 조건은 가부장적 봉건제의 모순이다. 할머니가 된 며느리 문향을 지금까지 일일이 까탈하며 괴롭히는 시아버지는 가부장적 폭력을 잘 표상하고 있다. 더구나 그에게서 어떤 봉건제의 정신적 지주도 찾기 어렵기 때문에, 봉건제는 가부장적 폭력으로 간주되기 쉽다. 작가는 여기에 극적 사건을 조작하여 봉건을 사회악과 거의 동일시시킨다. 문향이 남편을 일찍이 여위고 긴 인고의 세월을 살아온 것도, 개화에 반대하던 시아버지의 완고함에 남편이 가출했다 객사했기 때문이다. 시아버지는 지금도 세숫물 수발등 사소한 일상으로 문향에게 까탈을 부린다. 할아버지에 순종하는 문향의 맏아들은 수전노이기에, 동생이 부탁하는 병원의료기 헌납도 거절한다. 즉 봉건은 사회 봉사는 물론 인륜의 정마저를 거부하는 절대악으로 그려졌다.

반면 개화는 절대선으로 대조시키고 있다. 개화된 딸은 병원봉사에 열심이며, 기성 시누이상과 달리 너그럽다. 더구나 개화는 기생을 며느리로 맞아들인다는 신분제의 융통성까지를 보여서 서민들을 포용하고 있다. 즉 가부장제의 폭력에 맞서는 사람들은 대체로 막연하게라도 개화를 향하게 그려졌다.

여기에 작가는 극적 사건의 교묘한 전개를 통해서 개화와 친일을 동일시하였다. 즉 문향의 맏아들이 봉건에서 개화로 전향함에 따라서 온 가정은 시할아버지를 소외시킨 채, 화목한 평화를 얻게 된다. 기생은 며느리로 인정을 받게 되고, 둘째아들은 집으로 돌아온다. 딸은 병원의료기를 헌납받고 즐거워한다. 이러한 변화는 완고했던 큰아들의 근본적인 변화라기보다는 어머니의 눈물어린 호소를 받아들였기 때문이다.

작가는 이러한 가정의 화목함을 자연스럽게 친일로 연결시켰다. 기생 출신의 여인을 부인으로 인정받게 된 둘째아들은 집으로 돌아왔을 뿐만 아니라 국민문학의 기수로 활약하겠다고 다짐하고, 셋째아들을 갑자기 대동아전쟁에 지원병으로 나선다. 떠나간 셋째아들을 그리며 어머니는 일본어 공부와 부녀반 일에 열심이게 되고, 어린 손녀들은 삼촌에게 위문편지를 쓰며 제기헌납의 필요성을 역설한다. 그러나 이러한 친일적 이야기는 봉건과 개화의 대결에서 필연적인 결과는 아니다. 작가는 맏아들의 완고함을 굽혀서 얻은 가정의 평화를, 교묘하게 구체적인 친일 운동으로 연결시켰을 뿐이다. 그리고 그러한 극적 전개 필연성의 결여를 상쇄하기 위해서, 기생의 신분상승 모티프나 온화한 어머니의 감정적 호소 등 멜러드라마적 기법을 활용하고 있다. "이조에서 개화에로, 개화에서 황민화에로의 전환기를 겪으면서 신세대적으로 각성해 가는 경로를 원숙한 수법으로 그려낸 근래의 가작이었다"라는 당시의 평가는 왜 이 작품이 경연대회에서 각본상을 수상했었나를 단적으로 말해 준다.4) 따라서 작품은 일본 제국주의의 대동아건설이라는 목적극의 역할을 충실하게 이행하게 된다.

제3회 경연대회에는 송영의 작품이 2편이나 공연되니, <신사임당>과 <달밤에 걷든 산길>이 그것이다. <신사임당>의 경우는 역사극으로, 국민극 말기극으로 보기 힘들 정도로 직접적인 목적극의 선전이 미약하다. 이는 "무엇보다 공연단체인 청춘좌와 작가 송영, 그리고 연출가 안영일이 당국으로부터 사상적으로 신임을 받았기 때문에 가능했던 것으로 볼 수 있다"5)는 추론이 나올 정도로, <신사임당>은 역사의 사회적 조건과 극적 사건간에 별 괴리가 없다.

신사임당은 10년을 약조로 남편을 서울 과거 길에 보내며, 다짐의 징표로 머리카락을 잘라 준다. 그녀는 남자 동기가 없는 장녀로서 친정에 남아서 노부모를 봉양하며, 어린 두 아들을 엄격히 교육한다. 그러나 도중에 남편은 방탕한 생활에 빠지게 되고, 이러한 소문에도 불

---

4) 오정민, 「예원좌의 <역사>」, 『조광』, 1943.10. 105면.
5) 서연호, 『식민지시대의 친일극 연구』, 태학사, 1997, 138면.

구하고 신사임당은 흐트러짐 없이 스스로의 예능을 연마하며 자신의 본분을 충실히 수행한다. 어린 율곡은 이러한 어머니를 흠모하며, 방탕한 아비를 서울까지 찾아가 어머니의 명화 '곤충그림'을 보여주며 꾸짖고, 가출까지 하려던 형을 바로잡을 만큼 어린 시절부터 총명하다. 더구나 노비의 사랑을 알고, 그녀를 속량시켜 양민과의 결혼을 가능하게 한다. 남편 이씨는 감동되어서 마음을 바로잡고, 과거에 급제하여 10년 만에 금의환향한다.

<신사임당>에는 당시 대동아제국의 사회적 조건을 거의 반영하지 않았다. 다른 작품과 달리 사극이었던 만큼 현실조건에서 보다 자유로울 수 있었겠지만, 실로 의외일 정도이다. 특히 1·2회 출품작품과 달리 일어 번역이 한국어와 병기되어 있지만, 작품의 시대적 특성상 대화에서도 일본어를 찾기 힘들다. '忠誠忠' 정도의 일본식 한자어가 눈에 띌 정도이다. 극적 사건과 창작 당시의 사회적 조건을 굳이 연결시킨다면, 다만 신사임당의 결연한 의지와 인내심이 간접적으로 전시의 인내심 고양에 이어진다고 하겠다.6) 실로 <신사임당>을 목적극으로 간주하기에는 지극히 예외적이다. 이는 송영 개인에 대한 당국의 신뢰도 있었겠지만, 각회 국민국 경연대회마다 일방적인 목적극의 성향을 은폐하기 위해서 선전 목적에 위배되지 않는 한, 한 두 편의 일반적인 작품을 끼워 넣은 당시 대회의 레파토리 선정에 기인한 것이 아닌가 싶다.

반면 <달밤에 걷든 산길>은 전형적인 국민극의 모델을 말해 주고 있다. 노경찰인 김산(金山)은 오직 국가를 위한 봉사정신으로 무장되어 있는 나라의 충복이다. 가뭄이 들어 웃마을과 아랫마을간에 물꼬를 두고 싸움이 벌어지자, 이를 말리며 사람들을 독려하여 지하수를 판다. 그의 딸 영자는 일찍 결혼했다 청상과부가 된 여성지도자로 일본어를

---

6) 졸고, 「국민연극 연구」, 『한국근대극 연구』, 현대미학사, 1994. 357면.

가르치며 아버지의 개화운동을 돕는다. 이동홍열(伊東洪烈) 역시 김산을 돕는 마을 청년지도자로 유망한 의학도이다. 영자와 홍열은 사상의 공통성으로 은근히 서로에게 마음이 끌리나, 영자는 자신의 결혼경험이 홍렬과의 사랑에 짐이 되고 마을 개화운동에도 부정적이라고 판단한다. 그녀는 웃마을 유촌장의 딸 춘옥에게 스스로 사랑을 양보하고, 자신은 대동아전쟁의 전장간호부로 꿋꿋하게 지원한다. 결혼식날 유촌장 집에 원인 모를 방화가 일어나자, 김산은 한때 영자를 의심하기도 했지만 범인이 잡힌다. 범인은 자신의 선친과 유촌장은 친구사이로 부친끼리 자신과 유촌장의 딸은 혼약을 약조한 사이였으며, 가산이 기울자 재산과 함께 유촌장에게 어린 자신을 맡겼으나 유촌장이 재산만 빼앗고 그를 머슴으로 보낸 것에 원한을 품었다고 말한다. 유촌장은 거짓이라고 우긴다. 영자가 전장으로 향하기 전날 밤 홍렬은 영자와 달밤에 산길을 걸으며, 영자의 훌륭한 국민정신에 감복된다.

전형적인 국민극답게 극에서 묘사된 사회적 조건은 전혀 현실성이 없다. 사회적 조건이 현실성이 없다 보니, 극적 사건 역시 선전을 위해 조작된 느낌이다. 전시 친일 정책을 독려하는 일개 경찰 김산은 민중의 지도자로 그려져 있는 반면, 양반가의 지도자 유촌장은 편협하고 이기적인 인물에 더하여 친구의 아들을 속인 사기한으로 묘사되었다. 극적 사건의 중심을 이루는 영자와 홍렬과 춘옥의 삼각관계는 통상 삼각관계와 비교할 때 현실성이 부족하도록 이상적이다. 또한 아버지 김산은 공익을 위해 자신의 딸마저도 방화범으로 의심하여 구속하고자 한다. 즉 극적 사건은 인물들의 영웅성만을 강조했을 뿐, 사회적 현실을 무시하고 있다. 더구나 마지막 밤 홍렬에게 털어놓은 영자의 군지원 동기는 공익적 국민정신의 노골적인 선전이라고 하겠다. 영자는 "묵묵히 자기의 직책만에 충실하게 지내가시고 가십니다. 저에게는 이러한 아버지를 모신 기쁨이 있습니다. 이것이 저의 행복이올시다. 그래서 이 행복을 행복다히 보전하려면 아버지의 정신을 제 정신으로 삼지 않으면 안됩니다. 제가 이번에 特志 간호부로써 제일선으로 나가려는 것도 오직 이러한 정신을 실천하려 함에 있습니다. 결코 실연을 한 고향에 있기가 싫어서 떠나 가려는게 아닙니다. 이 영자는 그러케까지 녹녹한 여자는 아니올시다"[7]라고 말하며, 직책의 충실한 이행만이 행복임을 강조하고 있다. 그러나 이러한 해피엔딩이라는 극적 진행은 실제적인 현실의 사회에서는 일본 전시책략의 희생자가 되는 길일뿐이다. 이러한 극적 사건과 사회적 조건간의 괴리는 작품을 선전 목적극임을 분명하게 한다.

이렇듯이 송영은 정도의 차이는 있으나 당시 사회적 조건에 기반을 두지 않은 극적 진행으로, 선전 목적극의 임무를 수행하고 있다. 그 괴리를 감추기 위해서, 멜로드라마의 기법을 활용하였다. 즉 인과율적 논리보다는 관객의 감정에 집요하게 호소하며, 극적인 반전으로 연극적 재미를 높였다. 따라서 주인공들은 자기 희생적이며 반복적으로 그들의 주장을 호소하며, 극적인 반전을 통해서 사건의 진행에 활력을 주었다.[8] 이는 궁극적으로 당시 정치담론을 설파하여 목적극의 임무를 수행하고 있다.

2) 인물구도와 이데올로기

송영 국민극에 나타난 인물들은 쉽게 3그룹으로 나뉘어지니, 이상적 인물군과 부정적 인물군 및 사실적 인물군으로 대별된다. 이상적 인물군은 물론 작가의 선전 목적에 부합하는 인물로, 여러 인간적인 장점을 가지고 작가의 의도를 실행하는 인물이다. 선전의 목적성을 상쇄하

---

7) 송영, <달밤에 걷든 山길>(제3회 연극경연대회참가작 대본), 159~60면.
8) Peter Brooks, *The Melodramatic Imagination*, (N.Y.: Columbia University Press, 1985) 참조.

기 위해서, 이 인물은 종종 공익성을 앞세우며 초인적인 의지나 성실성을 가져서 영웅의 면모까지를 띤다. 그리고 그 보편적 영웅성을 친일정책 수행과 교묘하게 연결시켰다. 반면 부정적 인물군은 주로 한국적 전통을 고수하는 보수 인물이거나 무위도식하는 부르조아 인물로 그려졌다. 이들은 공익보다는 일신의 안일함을 쫓고 개화와 제국주의 정책에 반대하는 인물들이다. 가부장적 봉건제도와 부르조아지의 부정적인 측면을 과장시켜, 이들의 제국정책 수행의 비협조를 부정적인 행위로 자연스럽게 연결시켰다. 즉 이상적 인물군과 부정적 인물군은 목적극의 담론을 설파하기 위한 설정이라고 하겠다. 그러나 이들 인물군만 있을 경우 지나치게 선전 목적극임이 명백하여 극적효과가 줄어듦으로, 작가는 리얼리티의 재현을 위해서 사실주의 인물군을 추가하였다. 사실주의 인물군은 극적 사건 수행에 대체로 큰 역할은 하지 못하지만, 주변인물들로 작품에 사실성을 부여하고 있다. 이러한 인물구도는 송영 국민극 전반에서 나타난다.

<산풍>의 인물도 물론 이상적 인물군과 사실적 인물군 및 부정적 인물군으로 대별된다. 이상적 인물군을 대표하는 것은 어머니이다. 촌부이면서도 목숨을 스스로 끊어 자식을 가르칠 정도로 정신적 목표가 분명하다. 그녀는 올바르게 자식을 키우겠다는 일념으로 사는데, 그 일념에는 강인한 어머니로서의 의지와 당시 지배담론이 뒤섞여 있다. 아들이 고장을 지키는 훌륭한 젊은이로 성실하고 정직한 인물이 되기 바라는 것은 일반적인 진실이나, 작가는 그녀의 교육열은 교묘하게 일본어 공부와 연결시켰다. 나아가서 이상적 젊은이는 일본치하 면서기나 감독관 등 공무원을 꼽아서, 친일을 권장하게 되는 결과를 가져온다. 아들 종성은 군삼림원 감독관으로 성공했으며, 결국 어머니를 통해서 산골을 지킬 훌륭한 젊은이로 남는다. 그러나 결국 대동아전쟁 물자를 위해, 증산을 독려하는 권력의 시녀일 뿐이다. 어린 종성의 모델이 되

었다고 할 면서기인 오생원네 아들도 말할 수 없는 효자로 그려져서, 일본식 교육이 입신출세 뿐만 아니라 전통적 가치인 효의 배양에도 효과적임을 설파하고 있다. 즉 전통가치를 통해서 친일에 그 정당화를 더했다. 이렇듯이 이상적 인물군은 이상적인 전통가치나 근대화의 일반적인 가치를 통해서, 결국은 친일을 독려하게 된다.

반면 아이러니컬하게도 사실적 인물군이나 부정적 인물군은 친일적 행위와 무관하다. 사실적 인물군들은 어머니 마을 주변의 사람들로, 작품에 리얼리티를 부여한다. 개개인이 별 중요한 이데올로기를 나타내지는 않지만, 전체적으로 산골의 인정과 풍속을 그려내서 리얼리티를 부여하는 주요한 역할을 한다. 한편 부정적 인물군으로는 기생과 부르조아 신여성이 등장하고 있다. 대표적 프로작가답게 송영은 기생은 퇴폐적으로, 부르조아 신여성은 변덕스럽고 나약하게 그렸다. 개화를 상징하는 신여성이 허약하고 허영심에 가득찬 응석받이로 그려진 것은 드문 경우로, 송영의 부르조아 계급에 대한 반감을 간접적으로 나타내고 있다고 하겠다. 더구나 신파극의 경우와 달리, 기생을 사기(詐欺)적이며 퇴폐적으로 그린 것도 작가의 프로의식을 반영하고 있다고 하겠다. 이들에 대한 작가의 서민적이고 사실적인 시각은, 작품에 한층 리얼리티를 부여함은 물론, 작품을 관주도의 선전극과 멀게 느껴지게 하고 있다. 또한 이들이 갖는 친일과의 관계가 중립적으로 그려진 것은, 이 작품의 선전성을 더욱 약하게 하는 데 기여했다. 뿐만 아니라 작가는 전통적인 며느리상인 오목이를 두둔함으로써, 개화와 친일정책이 서민들의 일상가치와 동떨어진 것이 아님을 다시금 확인시켰다.

<역사>의 인물들은 크게 부정적 인물군 및 사실적 인물군으로 나눌 수 있다. 다른 작품과 달리 이상적 인물군이 미약하나, 사실적 인물군과 교차되어 나타나서 송영 인물군의 구도를 벗어났다고는 하기 어렵다. 우선 부정적 인물군으로는 완고하게 폭력에 가까운 가부장적 권위

를 휘두르는 시할아버지를 꼽겠으며, 맏아들의 부인도 허영심에 찬 부
르조아 여성으로 곱지 않게 그려져 있다. 시할아버지는 봉건주의의 장
점을 제거한 사대주의자로 묘사되었고, 부르조아 여성에 대한 작가의
프로의식적 반감은 여전히 나타나고 있다.

한편 사실적 인물군으로는 우선 문향의 두 아들을 꼽겠다. 맏아들은
식민지 치하에서 철저한 개인주의자로 그려져 있으며, 둘째아들은 이
상주의자를 지향하나 방황하는 지식인 룸펜이다. 이들은 급작스런 화
해 이전까지 상당한 사실성을 유지하나 이후는 사실성을 잃게 된다.
반면 문향과 딸은 사실적 인물이면서도, <산풍>에 보였던 이상적 인물
군을 지향하고 있다. 문향은 부정적 인물군과 사실적 인물군 사이의
조정 역할을 맡고 있으며, 딸은 사회 공익 봉사를 최우선으로 실천하
는 인물이다. 그러나 <산풍>의 어머니와는 달리 이들 모녀는 뚜렷한
인생관이 드러나지 않아서 이상적 인물군으로 따로 분류하기도 쉽지
않다. 이러한 이상적 인물군의 약화는, 작품의 반전을 쉽게 가능하게
했다 하겠다. 즉 봉건적이던 문향이 기생을 며느리로 받아들이고 일본
어 공부까지 하는 전폭적인 변화를 수긍하게끔 한다. 그러하기에 4편
의 작품 중에서 유일하게 인물의 변화로 인한 반전이 있는 극적 전개
를 갖고 있다.

<신사임당>의 인물 역시 크게 이상적 인물군과 사실적 인물군 및 부
정적 인물군으로 나뉜다. 이상적 인물군을 대표하는 것은 물론 어머니
인 신사임당과 어린 이율곡이며, 외조부 신진사도 넣을 수 있겠다. 이
들은 분명한 목표를 가지고 인내를 다하여 성실히 노력하는 사람들이
다. 실존하는 역사적 인물이기에 이상적 인물이면서도 손쉽게 현실성
을 갖는다. 사실적 인물군으로는 이율곡의 아버지 이원수와 형을 들
수 있다. 이들은 이상적 인물을 지향하면서도 현실적인 유혹 앞에서
흔들리는 인물들이다. 부정적 인물군으로는 신사임당의 여동생들을 들

겠다. 이들은 현실에 안주하면서, 한 몸의 안일만을 꾀하며 이상적 인
물들의 고통을 비웃는다. 뿐만 아니라 이들은 게으른 여인들로 그려져
서, 송영의 무위도식하는 부르조아 여성에 대한 프로적 적개 의식을
여전히 느낄 수 있었다.

그러나 인물군의 유형과 목적극적 친일 성향과는 무관하다. 이는 역
사적 사실의 실재화라는 제재상의 이유가 크겠으나, 인물들을 굳이 현
재화하려는 의도가 없었기 때문이라고 하겠다. 다만 이상적 인물군의
인내력을 오늘의 전쟁 영웅상과 연결지으려는 의도는 암암리에 전달되
고 있었다.

<달밤에 걷든 산길>도 역시 이상적 인물군과 사실적 인물군 및 부정
적 인물군으로 인물들을 나눌 수 있다. 이들 중 특히 이상적 인물군이
강조되었으니, 주인공 김산과 젊은 지도자상인 영자와 홍렬이 이들이
다. 이들은 사리사욕에서 완전히 벗어난 충직한 공복으로 그려져 있다.
그러나 극에서 이상적 인물군일수록 현실적으로는 일본 제국주의에 협
력하는 반이상적 인물인 것이다. 이러한 정치적 목적을 은폐하기 위해
서, 작가는 이상적 인물군에게 개인적인 미덕-성실하고 사리사욕이
없는 청빈한 인간상을 부여했던 것이다.

반면 부정적 인물군으로는 유촌장을 꼽을 수 있으나, 반가 출신의
촌장이라는 사회 통념적인 그의 지위로 인하여 정면으로 부정적으로
그리지는 못했다. 일제 목적극답게 전통적인 마을의 지도자를 비하하
는 반면, 일본 제국주의의 앞잡이라고 할 경찰 김산을 이상적 인물로
미화하였다. 한편 사실적 인물군은 작품 진행상 별로 드러나는 인물들
은 아니니, 마을 사람들을 꼽을 수 있다. 이들은 극적 사건의 진행을
담당하고 있지는 않으나, 작품에 리얼리티를 부여하고 있다.

이렇듯이 인물구도는 이데올로기의 설파를 염두에 두고 설정되었다
하겠다. 대체로 이상적 인물군은 제국주의에 협력하는 영웅적 인간상

으로 그린 반면, 부정적 인물군은 봉건가부장제의 모순을 지닌 개화와 제국주의에 반대하는 인간상으로 묘사되었다. 이들 인물들을 통하여 일제의 정치담론을 설파하여 목적극의 역할을 수행하였다. 그리고 작품의 리얼리티를 살리기 위해, 여기에 주변인물들로 사실적 인물군을 설정하였다 하겠다.

3) 사실주의적 기법과 멜로드라마적 기법: 현실과 그 왜곡

송영 국민극은 사실주의극의 테두리에 있다. 그러나 사실주의가 현실의 객관적인 재현에 주력하고 있다면, 국민극은 정치담론의 선전과 선동에 그 목적이 있음으로 현실이 왜곡될 수밖에 없다. 그 괴리를 결국은 드라마의 테크닉으로 메울 수밖에 없는데, 송영 역시 다른 국민극의 작가들처럼 멜로드라마의 기법을 활용하였다. 즉 인과율적 객관적 논리보다는 관객의 감정에 집요하게 호소하며, 극적인 반전으로 연극적 재미를 높였다. 따라서 주인공들은 주로 여성이며 자기 희생적이며 반복적으로 그들의 주장을 호소하며, 극적인 반전을 통해서 사건의 진행에 활력을 주고 있다. 또한 단순한 해피엔딩보다는 주인공들로 하여금 영웅적 선택을 하게 하여, 전시에 요구되는 자기 희생의 표본을 제시하였다. 뿐만 아니라 현실을 바라보는 작가의 시각이 선악의 개념이 분명하고 대립되어서 흑백논리적 사고를 보여준다. 이러한 멜로드라마적 기법들이 사실주의적 기법들과 뒤섞여 현실의 리얼리티를 가장하여 교묘하게 왜곡하고, 일제의 선전을 선동하고 있다.

우선 <산풍>의 사실주의극적 면모는 다음과 같다. 한적한 산골의 척박한 일상을 담담하게 재현하고 있어서, 소위 사실주의극이 요구하는 '환경의 재현'을 무리없이 그렸다고 하겠다. 대사는 일상어를 활용했으며, 등장인물들로 평범한 사람들을 그렸다. 더구나 주인공만이 강조되어 그려진 것이 아니라, 주인공을 중심으로 그 주변 인물들이 골고루 부각되어 한 사람만을 주인공으로 쉽게 골라내기도 어렵다. 작품에서 물론 '어머니'가 주인공이겠지만, 아들 종성 역시 이상적 젊은 이상으로 작품을 끌어가고 있다.

<산풍>에서 친일적인 분위기가 별로 느껴지지 않는 것은 사실주의 극에 입각하여, 현실의 왜곡이 거의 없기 때문이라고 하겠다. 어머니의 인간상은 산골의 한 건전한 촌부상에서 크게 벗어나지 않았다. 아직 창씨개명한 성씨조차 쓰지 않고 있다. 아들 역시 아직은 어머니의 영향력 아래 있어서, 신교육의 새로운 변화를 찾기 힘들다. 따라서 일본 제국주의의 영향력과 선전은 그만큼 적게 작용하고 있다. 군청 산림 지도요원의 지위강화나 펄프를 꼭대기까지 벗기라는 증산 및 철저한 책임의식 정도가 친일 제국주의 선전의 요지일 것이다.

그러나 역시 멜로드라마적 기법으로 극적인 전개를 하고 있다. 길 잃은 딸이 하필이면 기생의 수양딸이 되었다가 몸을 망치고 돌아와서 자살을 기도하는 것이라든가(여성 수난 모티프), 어머니의 마지막 자살 실행 등은 작품에 극적 반전을 주고 관객의 감정에 호소하는 수법이라고 하겠다. 즉 어머니의 설득은 이성적이기보다는 극한 방법으로 인한 감정에의 호소인 것이다. 뿐만 아니라 주요인물들은 손쉽게 흑백논리적인 선인과 악인의 그룹으로 대별된다. 어머니는 절대적 선으로 그려져서, 필요 이상의 영웅성을 부여하기도 했다.

<역사>는 멜로드라마적 기법이 더욱 많고, 현실의 왜곡이 심하다. 둘째 아들의 반항적 가출이나 돌아옴도 급작스럽고, 셋째 아들의 지원병 지원도 사건 전개상의 필연성을 결여하고 있다. 특히 그는 작품 중반까지 등장하지도 않았던 인물이었다. 기생 출신의 며느리를 받아들인다는 설정도 멜로드라마적 신분상승 모티프의 재현이다. 이를 적극 중재했던 딸도 사회봉사에의 욕구만을 지닌 비현실적 인물이다. 또한

시할아버지의 까탈도 과장되었다. 즉 반복적으로 인물들은 자신의 감정이나 주장만을 반복하여 표현주의적이기까지 한데, 이는 피터 브룩이 말했듯이 멜로드라마의 특징이라고 하겠다.9) 무엇보다도 작품을 보수와 개화의 대립구도로 몰아가면서, 보수는 악으로 개화는 선으로 단순하게 양분시켰다. 이는 도덕적 흑백논리로 멜로드라마의 전형적인 특징이다.

식민지 치하의 서민들의 생활고는 전혀 외면되었으며, 갈등은 완고한 시할아버지와 이에 반항하는 둘째아들을 주축으로 가족사에 국한시켰다. 특히 개화를 친일과 동일시하는 기법은 실로 절묘한 현실의 왜곡이라고 하겠다. 그러면서도 그 보수와 개화의 대립을 역사라고 제목하고, 가족간의 화해를 친일의 과정으로 동일시했다. 그러므로 당국의 친일적인 선전이 강하고도 구체화되었는데, 지원병, 제기류 헌납운동, 애국부녀반운동 및 일본어 사용 등등을 꼽을 수 있다.

따라서 작품은 사회의 타부시되는 절실한 사회문제를 진단 고발한다는 사실주의극 정신에서 크게 벗어나고 있다. 다만 <산풍>과 달리 대사에 눈에 띄게 지식인들과 아이들이 일본어를 많이 구사하고 있어서, 당시 조선어 말살 정책이 얼마나 잘 진행되고 있었나를 보여주고 있다. 이는 일상어의 재현으로 거의 유일하게 사실주의 기법에 충실한 측면이라고 하겠다. 그러나 대사에서 일본어의 사용도 실상 일제 국민연극의 정책에 부합하고 있어서, 일상어의 재현이라는 측면에서만 평가할 수 없다. 또한 봉건의 중심인물인 할아버지도 별수 없이 遠山三霞라는 창씨개명한 성씨를 쓰고 있는데, 이는 사실적인 동시에 일제 정책에 부응하고 있다.

---

9) Peter Brooks, 위의 책, 56면.
   "Melodrama, we saw, is an expressionistic form. Its charcters repeatedly say their moral and emotional states and conditions, their intentions and motives, their badness and goodness."

　<신사임당>은 역사극인만큼 사실주의 기법의 잣대로만 평가할 수는 없다. 그러나 작품은 우선 과거 사실에 대한 별 역사적 왜곡이 없으니, 역사의 사실적 재현이라고 하겠다. 과거길을 떠나다 되돌아온 남편에게 신표로 머리카락을 잘라주는 신사임당 일화나, 사임당의 곤충그림 일화는 널리 알려진 사실이다. 또한 극적인 이원수의 귀환도 사실이었던 만큼, 손쉽게 멜로드라마적 해피엔딩으로 간주하기도 어렵다. 즉 한 여주인공이 온갖 어려움을 인내하여 온 가족이 결합하고 성공한다는 한 전형적인 멜로드라마의 모티프를 극화했지만, 그 역사적 사실성으로 인하여 현실의 왜곡과 연결짓기가 힘들다. 역사극이었던 만큼, 대사에서 일본어의 사용도 보기 힘들었다. 즉 대사에서 일본어 병용이라는 정책에도 불구하고 사실적 일상어의 영역을 지켰던 것이다. 비록 일본어정책에 따라서 번역이 병기되었지만, 이는 번역인 만큼 일본어 병용과는 별개 문제였음으로 일상어의 왜곡도 없었다고 하겠다. 작품의 시대가 시대인 만큼 물론 창씨개명한 이름들도 사용하지 않고 있다.

　굳이 현실의 왜곡을 찾는다면, 돌아온 이원수가 아들들을 데리고 忠誠忠 같은 일본식 한자어를 사용하며 충성을 강조하는 것이나, 노비가 율곡의 청원으로 사면되어 무장의 아내가 된 것 정도를 꼽겠다. 忠의 강조는 전시체제 아래에서 전체주의적 발상을 설득하기 위한 수단으로 여겨지며, 노비의 신분상승은 신분제가 제도적으로는 몰라도 관념상으로 아직 완전하게 없어지지 않았던 당시에, 평등을 주장하여 서민들의 호응을 얻으려는 의도가 아닌가 싶다. 또한 신사임당의 인내력과 성실성을 대동아 전시체제의 이상적인 어머니상과 연결시켜 강조한 것도, 사임당의 곧은 정신을 왜곡한 것이라 하겠다. 그러나 이러한 왜곡들은 당시 국민극에 비하여 미미한 것이라 하겠다.

　<달밤에 걷든 산길>의 경우는 일상의 지엽적인 묘사만이 사실적일 뿐, 근본적인 현실의 파악에는 왜곡이 많다. 가뭄 끝에 물꼬를 두고 윗

마을과 아랫마을이 싸우는 일화는 농촌의 사실적 재현이라고 하겠다. 그러나 그 중재와 해결을 일본의 앞잡이라고 기피했던 한 경찰관이 한 다는 것은 이미 현실의 왜곡이다. 더구나 자신을 따르는 유망한 젊은 이에게 청상과부라는 이유로 자신의 딸을 단념하게 하거나, 딸의 심리 상태 때문에 그녀를 범인으로 지목하는 경찰관 아버지는 이미 관념의 덩어리이지 실재적인 인물과는 거리가 멀다. 그리고 당시 친일파일수 록 자신의 직계는 군대에 보내지 않았었기에, 영자의 군지원은 사실적 이기보다는 감정적이고 극적인 결말을 지향하고 있다고 하겠다. 영자, 홍열, 춘옥의 삼각관계 역시 비현실적으로 미화되었다. 또한 일상어의 재현에서는 당시 지식인들처럼, 등장인물 중 지도자급들이 일상어에 일본어를 자연스레 섞어 쓰고 있다. 뿐만 아니라 주요등장인물들이 모 두 창씨 개명을 하였다. 주인공 경찰관은 물론 마을 지도자 청년 홍렬 과 촌장인 춘보까지, 金山, 伊東, 大山 등으로 창씨개명한 성씨를 쓰고 있다. 그러나 이 역시 일상의 재현이라는 사실적 기법이라기보다는, 당 시 일제의 정책을 충실히 이행한 결과라고 하겠다. 한마디로 작품은 작가의 선전 목적에 겨냥하여 현실을 재단하였기에, 사실보다는 관념 에 기저를 둔 인물이요 극적 전개였다고 하겠다.

대체로 국민극은 작가의 작품 선동방향이 미리 분명하게 정해진 후 현실을 묘사하다보니, 사실주의에 충실한 현실묘사는 처음부터 불가능 했다고 하겠다. 결국 감정적인 호소와 빠른 사건전개와 반전으로 인한 극적인 긴장, 흑백 논리적인 감정의 이입 등에 호소하는 멜로드라마적 기법이 활용될 수밖에 없었다. 이렇듯이 목적과 기법이 작품을 전개했 기에, 국민극의 경우 장막극이 그토록 짧은 기간에 양산될 수 있었던 것이 아닌가 싶다.

3. 결어: 송영 국민극의 의의

이상으로 국민극경연대회에 출품되었던 송영의 4작품을 살펴보았다. <산풍>과 <신사임당>이 비교적 현실의 왜곡이 적었었기에, 목적극적 선전이 쉽게 드러나지 않았다. 반면 <역사>와 <달밤에 걷든 산길>의 경우는 현실을 일제의 선동에 맞게 왜곡하였기에, 친일적 선동성이 강하다. 어찌되었건 작품의 주인공들은 모두 이상적 인물상에 가깝다고 하겠는데, 이는 영웅적 면모를 강조하며 전시에 필요한 자기 희생을 요구했기 때문이다.

목적을 선전하기 위해 기본적으로 현실을 왜곡하였기에, 작가는 멜로드라마적인 기법을 활용하여 극적 재미를 더하였다. 우선 인물들의 선악 구별이 간단하다. 이는 이상적 인물군과 부정적 인물군으로 나타났으며, 사실적 인물군들이 간간이 등장하여 작품에 리얼리티를 부여했다. 사건 진행 역시 극성을 강조하였는데, <산풍>의 어머니는 죽음을, <신사임당>에서는 이원수의 극적인 귀환을, <역사>에서는 큰아들의 변화를 통한 가족의 화해를, <달밤에 걷든 산길>에서는 군부대 지원이라는 크나큰 변화로, 작품을 마무리하고 있다. 뿐만 아니라 주인공들은 자신의 올바른 주장을 시종 확고하게 되풀이하고 있다. 이로 인하여 핍박과 고통을 겪지만, 결국은 이를 이겨내는 인간으로 그려졌다. 물론 <산풍>에서 어머니는 자살하고 <달밤에 걷든 산길>에서는 결혼 대신 군간호부를 선택하지만, 이는 표면적인 좌절일 뿐 궁극적으로는 자신이 선택했던 올바른 주장을 실현하는 것이다. 국민극의 이러한 멜러드라마적 기법들은 선전을 위해 현실을 왜곡할 필요가 있었기에 강조되었으며, 특히 해방후에서 50년대의 한국 희곡에 나타났던 멜로드라마적 기법의 확산에도 그 밑거름이 되었다고 하겠다.

이렇듯이 송영의 국민극은 다른 국민극이 그러했듯이, 당시 정치 지배담론을 충실하게 반영하였다. 그리고 그 선동에 있어서 교묘하고 뛰어나서, 아이러니컬하게도 송영의 극작술을 다시금 확인하게도 했다. 다만 이러한 국민극에서도 송영은 여전히 부르조아 여성에 대한 강한 계급적 반감을 나타내고 있다. <산풍>의 요양왔던 신여성이나 <신사임당>의 사임당 여동생들, <역사>의 큰아들 처, 미약하지만 <달밤에 걷든 산길>의 춘옥 등은 무위도식하는 부르조아 계급을 대표한다고 하겠다. 이러한 프로의식의 가미는 송영 국민극만이 갖는 특징이라고 하겠다.

외부 정치적 압력으로 인한 송영의 국민극은, 당시 프로 작가의 전향 문제를 단적으로 보여준다고도 하겠다. 프로극에서 통속극으로 다시 국민연극을 거쳐서 해방과 함께 프로극으로 바뀌어 가는 송영의 작품세계는, 그의 작가의식의 한계를 보여주기도 한다. 그가 국민극에서 보여 주었던 친일의 적극성은 작가의식의 훼절을 의미하기도 한다. 그를 '극예술연구회'의 민족계 연극인들보다 철저했던 사상가로 간주할 특별한 근거는 없다. 역사의식의 훼절이라는 뼈아픈 수치에도 불구하고 굳이 그 긍정적 의의를 찾는다면, 뻔한 목적극이면서도 직접적인 구호의 나열을 지양하고 우회하여, 구성전개의 흥미를 유지한 비교적 효과적인 목적극이었다는 점을 꼽겠다.

참고문헌

1. 일차 자료

<산풍> : 제 1회 국민연극 경연대회 대본 (1942.9)
<역사> : 제 2회 국민연극 경연대회 대본 (1943.9)
<신사임당>: 제 3회 국민연극 경연대회 대본 (1945.2)
<달밤에 걷든 산길>: 제3회 국민연극 경연대회 대본 (1945.2)

2. 이차 자료

김성희, 「국민연극에 관한 연구」, 『한국연극학』 2호, 1985.
서연호, 『식민지시대의 친일극 연구』, 태학사, 1997.
송 영, 「국민극과 희곡」, 『매일신보』, 1941. 6.17-26.
_____, 「국민극의 창작-작가적 입장에서」, 『매일신보』, 1942.1.15-1.20.
이두현, 『한국신극사연구』, 서울대학교 출판부, 1966.
이미원, 「국민연극 연구」, 『한국근대극 연구』, 현대미학사, 1994.
푸코, 미셸, 오생근 역, 『감시와 처벌』, 나남출판사, 1994.
Brooks, Peter. *The Melodramatic Imagination*. N.Y.: Columbia University
        Press, 1985.

〈Abstract〉

A Study on the Pro-Japanese Plays of Young Song in the Early 1940s.

Lee, Mee-won

Young Song is an important playwright as he is a major leader of left-wing writers in Korean colonial period. This essay will study Young Song's Pro-Japanese plays in the early 1940s. It is not because to devaluate Young Song's plays but because to give right evaluation to the historical conscience of the playwrights in the Japanese colonial period. Since studies on the left-wing playwrights have not been progressed as much as those on the left-wing playwrights, it has been wrongly considered that the right-wing playwrights tend to be more cooperative with Japanese colonial policies. This essay also intend to study the dramaturgies of plays with special purpose. It is good to know how political discourses impact on plays, because it could happen in any period.

This essay selects four Pro-Japanese plays of Young Song. <The Wind from the Mountain (Sanpung)> deals with a rural enlightenment drive under Japanese colonial policy. <Mother Sinsaimdang> is an heroic portray of Sinsaimdang, a historical woman in Choson period. The propaganda of the Japanese colonial policy is not direct or clear in these two plays, though self-sacrificial and heroic natures of the main character are emphasized. In contrast to these plays, <History> and <A Forest Path Walking under the Moon> put emphasis on advertizing Japanese colonial policy during World War II period. <History> distorts the conservatism in the early 20th century in oder to identify Japanese colonial policy with the progressivism of that period. <A Forest Path Walking under the Moon> portrays an heroic heroine, who is leading the rural enlightenment movement in her village, sacrificing her love and volunteering for military nurse.

All these plays apply melodramatic techniques in order to cover the monotony, which is often found in propaganda plays. They build up dramatic tensions and appeal to the emotion. They also convey anti-Bourgeois feelings. Though these plays reveal the author's lack of historical conscience, they still show us how propaganda plays are effectively built.

유치진 희곡의 이중 구조 연구

윤 금 선*

┌─────────────── <목 차> ───────────────┐

1. 머리말   3) 이념전달의 용이
2. 이중 구조의 극적 기능   3. 구조적 특징과 작가의식 ─ 맺음
 1) 현재적 의미의 강화   말에 대신하여
 2) 장면교체 효과

└─────────────────────────────────────┘

1. 머리말

유치진 희곡의 대부분이 이중 구조를 띠고 있음은 주지의 사실이다. 본고에서는 그의 희곡에 드러난 이중 구조를 조명함으로써 그 특징을 해명하려는 데 목적이 있다. 작품세계의 시기별·쟝르별 이행 과정에 따라서 농촌소재극과 역사소재극 및 전쟁소재극 등 3유형으로 구분[1]하

---

* 한양대 강사.

1) 본고에서는 농촌소재극은 30년대 초기에 쓰여진 <토막>(1932), <버드나무 선 동네풍경>(1933), <소>(1935) 등 '농촌 3부작'과 <빈민가>(1933) 등을, 역사소 재극은 30년대 중반 이후부터 50년대 중반까지의 작품인 <마의태자>(<개골산 >)(1936), <자명고>(1947), <별>(1948), <원술랑>(1950), <가야금>(1952), <사육 신>(1955) 등을, 전쟁소재극은 50년대의 <푸른 성인>(<순동이>)(1951), <청춘 은 조국과 더불어>(1951), <통곡>(1951), <나도 인간이 되련다>(1953), <자 매·2>(1955), <한강은 흐른다>(1958) 등을 대상으로 하였다. 작품들은 『동랑 유치진 전집』(서울예대출판부, 1993)에 수록된 것을 텍스트로 삼았다. 이후

여 살펴보았다.

각 시기의 이야기의 전개 과정에서 보면, 첫째, 농촌소재극은 공개 사건과 은폐 사건의 이중 구조로 짜여져 있는데, 이는 무대의 현재적 의미를 강화시키는 장치로서 작용하고 있다. 둘째, 역사소재극은 사회적인 동적 사건과 개인적인 정적 사건의 이중 구조로 전개되고 있으며, 이는 장면 교체 효과를 자아내고 있다. 대극장 연극으로 제작된 이러한 역사소재극은 무대장관을 중시한 외재적 기법과 맞물려 낭만적인 무대를 형성하고 있다. 셋째, 전쟁소재극은 사회 사건과 애정 사건의 이중 구조로 전개되고 있는데, 이는 효과적인 이념 전달의 장치로 쓰이고 있다. 이제 본론에서는 간단히 지적한 이중 구조의 기능을 작품을 통하여 구체적으로 고찰해 보고자 한다.

2. 이중 구조의 극적 기능

1) 현재적 의미의 강화

농촌소재극은 중심 플롯과 부수적인 플롯(subplot)이 병렬적으로 전개되는 이중 구조로 이루어져 있다. 의미상 두 플롯은 유사한 내용을 지니고 있는데, 즉 <토막>에서 명서네−경선네, <버드나무 선 동네풍경>에서 계순네−덕조네, <소>에서 말뚱이−개뚱이, 계순−유자나무집 딸, <빈민가>에서 따슨−쇼우슨 등 쌍을 이루어 중층적으로 이야기가

인용문은 『전집·권수번호』로 약하여 면수와 함께 쓰겠다. 단 여러 번 개작되어 판본의 차이를 보이는 <소>는 어문각판 『한국문학전집』(1979)에 수록된 1934년도 작품을 다루었다. 왜냐하면 본고에서 농촌소재극의 시기적 범주를 주로 초기 30년대로 잡고 있기 때문이다. 이후로 인용문은 『전집』으로 약하고 면수와 함께 쓰겠다.

전개되고 있다. 이에서 농촌 현실의 비극성이 보다 강도있게 제시되고 있다.

<토막>이 전개되는 극중 장소는 시종일관 '명서의 토막집'이지만, 전체적인 극의 줄거리는 명서네와 경선네의 두 줄기 이야기로 전개된다. 명서네 이야기란 바로 아들 명수 사건과 관련된 것이다. 명수 사건은 '명수의 소식 없음-명수의 구속 사건-명수의 유골 도착'이라는 플롯으로 진행되며 은폐 줄거리로 전달된다. 명수는 극중에서 한 번도 등장하지 않은 채 주로 인물들의 대사를 통해서 전달되는데 보고된 내용에서 7년 전 일본으로 돈을 벌러 갔고 몇년째 소식이 없다는 것을 알 수 있다. 떠나기 전의 명서의 모습은 무대 위의 삼조를 통하여 제시된다.

명 서 너희들은 재주두 좋다. 가뭄에 빗방울보다 귀한 돈을 어디서 구해서 그만저만의 노자를 다 장만했니?

삼 조 집을 잽혔주, 뭐.

명 서 집을? 하어, 그게 될 말이라구?

삼 조 거기 가기만 하믄 그까짓 돈쯤이야....

명 서 집꺼정 팔아가지구 가두오두 못하는 사람이 부산 뱃머리에는 장군같다더라. 너무 헤픈 생각 말구 너두 미리 조심해라. 그리구 일본 가걸랑 우리 집 명수 만나보구 그 놈이 요즘 뭘 하는지 좀 기별해다구. 재작년 섣달부터선 도무지 소식이 없구나.

(……중   략……)

삼 조 명수가 나오믄 뭘 시킬려구 그러슈? 이 고장에서 살아나갈 방도가 있겠수?

명서처 남의 집을 살아두 내 고장에서 살구, 흙을 파먹어두 같이 파먹지.

삼 조 아따, 남의 집 살덴 있구, 흙 파먹을 덴 있답디까?

명 서 나와서 장가두 들어야지. 그애 나이가 벌써 반 쉰이 넘었단다.

삼 조 장가가 다 뭐유? 죽자꾸나 농사를 지어두 입엔 거미줄을 면치 못하는 세상인데……

<토막>[2]

고향에서의 고통스러운 삶은 끝이 없고 해결책도 없다. 삼조는 최소한 고향을 벗어나기만 하면 돈도 벌 수 있고 살기도 나아질 것이라 생각한다. 삼조는 떠나기 전의 명수의 모습이기도 하다. 그런데 극중 결말 부분에서 명수는 유골로 돌아온다. 고향을 떠나기만 하면 그래도 살 수 있을 것이라는 희망은 죽음이라는 절대적인 절망으로 드러난다. 명수의 종말은 역으로 삼조의 미래 상황을 암시해 준다. 명서와 삼조는 거울 관계처럼 서로를 반영하고 있는 것이다.

명서네 이야기와 함께 경선네의 몰락 과정이 병행되어 전개된다. 경선네 이야기는 '빚을 짐-집을 빼앗김-경선의 가출-경선가의 탈향'이라는 플롯으로 진행된다. 명서네와 달리 경선네의 몰락 과정은 모두 공개 사건으로 진행된다. 쌀 몇 가마니를 꾸어 먹은 경선네는 가재도구는 물론 집까지 빼앗긴다. 이에 경선은 분노와 자포자기의 심정으로 유랑 생활을 택하며, 그의 처는 막막한 현실에서 정신까지 황폐해져간다. 결말 부분에서 경선이 돌아와 가족마저 데리고 농촌을 떠나버린다. 이와같이 실제적인 농촌 몰락의 과정은 경선네를 통해 구체적으로 제시된다. 그런데 '경선 일가의 몰락-고향을 떠남'이라는 플롯 구조는 명서 일가의 플롯과 의미론적으로 통합3)되면서 극적 의미가 강화된다. 즉 명서네와 경선네의 이야기는 공통적으로 '떠남'이라는 극적 사건을 지니고 있다. 결핍된 현실을 탈피하고자 하는 떠남은 토막의 공간에서 끊임없이 일어나는 사건으로서 이곳의 암담한 삶을 제시하는 측면이다. 그러나 명수의 죽음은 그들의 떠남이 구원이 될 수 없으며, 오히려 완전한 절망으로의 이행임을 드러낸다.

특히 명수 사건이 '해방 운동'과 연관되는 것은 명서네와 경선네의

---

2) 『전집 · 1』, 41면.
3) 김성희, 「'토막'의 플롯구조와 등장인물 분석을 통한 의미론적 고찰」 『유치진』, 태학사, 1996. 198면.

비극적 몰락이 결국 식민지하의 구조적 모순임을 드러낸다. '해방'은 피지배층의 억압된 삶을 근본적으로 뒤바꾸어 놓을 사건이며, 그것을 명수가 담당하고 있는 것이다. 그래서 검열과 무관할 수 없었던 당대 문학적 현실에 비추어 볼 때, 명수 사건은 공개 사건으로 제시될 수 없었는지도 모른다.4) '여기'에서 일어나는 부정적인 상황들은 바로 보이지 않는 억압 세력에 의한 것이고, 궁극적으로 그가 했다는 '해방 운동'은 그 억압 세력에 대한 저항이다. 하지만 명수가 주검으로 돌아왔다는 것은 가장 근본적인 저항이 좌절됨을 의미하며 '토막' 공간의 피폐한 삶이 여전히 극복될 수 없음을 암시한다. 여기에서 해방 운동의 좌절은 경선가를 통해 보여지는 농촌 몰락의 결정적인 원인이 되는 것이다.

<버드나무 선 동네풍경>에서 계순네와 덕조네 이야기도 이중 구조로 전개되는데, 이 작품 또한 떠남과 죽음이라는 의미론적 구조를 띠고 있다. 극중 사건이 벌어지는 주요 공간은 '계순의 집'이다. 공개 사건으로 진행되는 계순의 이야기는 주로 떠나기 전의 상황이다. 서울로 갈 생각에 들떠 있는 계순, 분바르고 좋은 옷 입고 서울 가는 계순을 부러워하는 두리, 어쩔 수 없이 손녀를 팔아야만 하는 착잡한 심정의 할머니, 정작 떠나려는 마당에 눈물을 흘리는 계순 등의 이야기는 무대 공간에서 이루어진다. 덕조네 이야기는 '산'에서 주로 벌어지는 은

---

4) 이외에 작가가 사건을 무대 뒤로 옮기는 데는 여러 가지 이유가 있다. 첫 번째 요인으로는 작품에 없어서는 안되지만 그 속성상 전혀 묘사 불가능하거나 아니면 복잡한 기계장치를 통해서만 묘사될 수 있는 사건으로서 화재라든가 해전, 민중들 소동, 말이나 마차를 타고 벌이는 싸움 내지는 자연의 거대한 힘이나 많은 사람들 무리가 커다란 움직임 속에서 작용하는 것이 있다. 이같이 다른 사람들의 인상을 통해 이루어지는 행위가 효과를 일으키기 위해서는 특히 무대상의 조그마한 암시에 의해 도움을 받아야 한다. 바깥에서의 외치는 소리나 포성 내지 관객에게서 상상을 불러일으키고 누구나 쉽게 알아볼 수 있는 이와 유사한 무대 효과들이 이에 해당된다. (구스타프 프라이탁/임수택, 김광요 역, 『드라마의 기법』, 청록출판사, 1992. 72면 참조)

폐 사건이다. 덕조는 약초를 캐러 갔다가 소식이 없다. 덕조 어머니는 아이들과 함께 덕조를 찾아 산을 헤맨다. 덕조 이야기는 무대 밖에서 벌어지며 사건의 경과는 등장인물들의 보고로써 전달될 뿐이다.

계순네와 덕조네 이야기는 둘 다 '자식을 떠나 보냄'이라는 유사한 사건으로 이루어져 있다. 덕조네는 약초 캐러 아들을 떠나 보냄에서, 계순네는 딸을 서울로 떠나 보냄에서 갈등은 심화된다. 그런데 결말 부분에서 병렬적으로 진행되던 두 일가의 이야기가 통합되면서 극의 클라이맥스가 형성된다.

> **덕조 모** 그 자식을 키우노라고 품팔이를 할 때나 품앗이를 갈 때나 산으로 들로 이 등이 썩는 줄도 모르고 달고 다녔는데. (글썽거리며) 계순네, 자식을 낳으려고 열 달 동안이나 부른 배를 추스리고 그걸 키우려고 안 나오는 젖꼭지를 물려가며 애태우던 마음은 그것을 죽이는 심정에 비하면 아무것도 아니었구려.
>
> **계순 모** (눈물을 씻으며 위로하듯) 덕조네! 덕조네! 덕조네 한 사람이 자식을 잃은 게 아니우. 우리 계순이도 그예......(그러나 울음을 참는다)
>
> **덕조 모** (조용히 고개를 들고 한마디, 한마디씩) 하느님, 이렇게 뜻없이 자식을 잃어버려야 되겠습니까? 그렇다면 뭣 때문에 우리는 자식을 낳겠으며, 그 자식을 낳았다고 무얼 자랑하겠습니까? 예?
>
> <버드나무 선 동네 풍경>[5]

인용문에서 보듯 계순을 떠나 보내고 울고 있는 계순모 앞에 덕조모가 등장한다. 구천동 골짜기에서 아들의 짚신만을 발견한 그녀는 덕조가 죽었음을 알린다. 여기에서도 '떠남'과 '죽음'의 의미가 부각되어 있는데, 계순의 떠남은 바로 덕조가 맞은 죽음과 같다는 것이 암시되어 있다.

---

5) 『전집·1』, 77~78면.

<소>도 말똥이와 개똥이, 귀찬이와 유자나무집 딸의 이야기가 각각 공개 사건(무대 안)과 은폐 사건(무대 밖)으로 이중화되어 진행된다. 그런데 이 작품은 지주와 소작인의 대립으로 인해 무대 밖은 지주층의 공간으로, 무대 안은 소작인들의 공간으로 규정되면서 대립적인 공간으로 화한다는 점이 특징적이다.

먼저 이 작품에서는 '머무름'과 '떠남'이라는 대립적인 의미에서 공개 사건과 은폐 사건이 상호작용을 한다. 말똥이와 귀찬이는 머무름과 연관되어 무대 공간의 사건을 담당한다. 그러나 개똥이와 유자나무집 딸은 떠남이라는 무대 밖의 사건과 연관된다. '여기―지금'이라는 무대 안에서 말똥이와 귀찬이는 서로 사랑하며 머무르기를 바란다. 말똥이가 필사적으로 소를 지키는 것도 귀찬이를 서울로 팔려가지 않게 하려는 데 있다. 반대로 개똥이와 유자나무집 딸은 '예전에―다른 곳'이라는 무대 밖을 지향하는 인물들이다.

> **개똥이** 생각해 봐요. 우리가 여기서 농사를 지어서 언제 허리를 펴. 우리도 어서 돈을 모아 규모있게 살아봐야지. 여보란듯이 살지는 못하더래도 그래도 입에 풀칠을 해야 하지 않어? 그렇잖어, 어머니.
>
> **처** 허기야 그렇지.
>
> **개똥이** 그러니까 내가 하는 소리야.
>
> **처** (솔깃이 끌려서) 거기가 어딘데 그렇게 돈벌이가 많대?
>
> **개똥이** 이 멍텅구리 봐! 박면장 집 큰 아들이 그러지 않았어? 부산 앞바다에 고등어가 터졌다구. 굉장해. 항구에는 얼마나 돈이 풍성거리는지. 그래 그 댁에선 얼마 안되는 밑천으로 벼락부자가 됐지. 불과 이태 동안에...
>
> <소>6)

---

6) 『전집』, 468면.

개똥이는 장사를 하다 귀향한 인물이다. 그는 고향으로 되돌아왔지만 수확없는 농사는 지어봤자 소용없다고 생각하며 다시 예전의 그곳으로 되돌아갈 궁리만 한다. 유자나무집 딸도 서울에서 되돌아 온 인물이다. 육체적으로나 정신적으로 상처투성이가 되어버린 그녀는 늘상 그리워하던 고향에 찾아 온 것이다. 그러나 인심도 각박해지고 물질주의가 팽배해진 고향을 보게 되며 동네 사람들의 따돌림 속에서 소외감까지 느낀다. 그러므로 이전의 고향을 잃어버린 그녀는 개똥이를 따라 다시 떠나고 싶어한다. 하지만 결말 부분에서 '소'의 상실과 함께 귀찬이가 팔려가게 됨으로써 개똥이와의 결합은 불가능해지며 말똥이는 방화범으로 지서에 끌려갈 판이다. 그러므로 머무름의 소망은 무화된다. 그래서 이들의 절망적인 상황은 무대 밖을 지향할 수밖에 없는 개똥이의 욕망을 설명해 주며, 유자나무집 딸의 현 상황은 귀찬이의 말로를 예견해 준다. 특별히 귀찬이와 유자나무 집 딸은 가난한 농촌에서 젊은 여성들의 처지를 양면적으로 보여준다. 무대 공간에서 귀찬이가 보여주는 것은 왜 딸들이 팔려가야만 하는지를 드러내고, 유자나무집 딸을 통해 보고되는 무대 밖의 상황은 귀찬이가 어떻게 될 것인지를 제시해 주기 때문이다. 이에서 귀찬이는 유자나무집 딸의 과거상을, 유자나무집 딸은 귀찬이의 미래상을 보여준다고 할 수 있다. 이렇듯 <소>는 두 부류의 인물들이 각각 무대 안과 무대 밖이라는 대립적인 공간을 지향하고 있으며, 공개 사건과 은폐 사건의 이중 구조를 통해 제시되고 있다.

또한 <소>는 크게는 무대 공간을 차지하는 소작인 공간과 무대 이면의 지주 공간으로 대별되기도 한다. '무대 안'은 일년내 농사짓고도 헐벗어 가는 상황인데, 아이러니컬하게도 '무대 밖'에서는 풍년 놀이가 행해지고 있다. 다시 말해 극중에서 농촌의 몰락상은 국서 일가를 중심으로 하여 제시되고 있는데, 극의 전개는 이들의 상황이 점차적으로 악화되어가는 방향으로 진행된다. 그런데 몰락상이 부각되는 장면마다 무대 밖에서는 어김없이 풍악 소리가 들려온다. 이것은 은폐된 무대 밖이 무대를 차지하는 국서 일가 등 소작인들의 공간과 대비적임을 암시한다. 실상 풍년 놀이를 즐겨야 할 곳은 '여기'인데 이곳은 빈 공간이고 정작 '저기' 지주 공간에서는 수확을 즐기는 풍악 소리가 들려온다. 빼앗기고 박탈당한 공간으로 들려오는 풍악 소리는 오히려 '여기'의 상실감을 더욱 부각시키는 결과를 낳게 한다.

<빈민가>에서도 따슨과 쇼우슨의 이야기가 이중으로 전개된다. 무대 안에서의 주요 사건은 쇼우슨의 이야기이다. 쇼우슨은 석회 공장에서 일하다가 열악한 노동 조건으로 인해 폐병에 걸린 인물이다. 그의 병세는 점점 악화되어 간다. 그런데 갑자기 화색이 돌며 기운을 차린다. 그를 바라보는 가족들은 불길한 예감에 사로잡히는데, 결국 그는 죽고 만다. 이렇듯 무대 공간에서 공개되는 주요 사건은 쇼우슨의 병세의 경과와 죽음이다. 무대 밖에서 은폐되는 사건은 따슨의 이야기다. 그는 일할 임금 인상을 위해 스트라이크를 벌이고 있다. 경찰들의 호루라기 소리, 잡혀서 매맞는 운동원의 소리, 삐라 뭉치를 들고 피해 다니는 노조원들의 행동 등 시종 긴장 속에서 따슨의 이야기는 전개된다. 이 사건들은 따슨네 출입문을 통해 '창문 내다보기' 방식으로 전달된다.

그런데 주목할 것은 무대의 쇼우슨의 병세와 따슨의 임투가 서로 유사한 의미로 진행된다는 점이다. 쇼우슨이 병석에 누워있는 무대 공간에 따슨의 동료 A, B가 나타난다. 그들의 보고에 의하면 따슨이 주동자이기 때문에 신변에 위험이 있으며, 그의 임투가 비관적인 것으로 전달된다. 그와 비례해서 쇼우슨의 병세도 악화된다. 뿐만 아니라 무대 밖의 노동자들이 겪는 탄압도 격해진다. 그런데 쇼우슨이 막 숨을 거두고 나자 따슨이 등장한다. 일할 인상의 조건이 관철되었다는 소식을 전하기 위함이다. 가족들의 예상과 달리 그의 임투는 성공한 것이다.

따슨이 죽기 직전 화색이 돌던 때에 임금 인상이 수락된 것이다. 그러나 따슨이 임투의 성공을 전하려고 등장했을 때 쇼우슨은 막 숨을 거둔 상태이다. 이때 따슨은 미행해 온 일경들에게 체포되고 만다. 그가 체포된다는 것은 쇼우슨의 죽음과 연결되면서, 결과적으로 그의 노조 운동이 실패로 돌아갔음이 제시된다. 여기에서 보듯 따슨과 쇼우슨의 이야기는 의미상 유사한 플롯으로 진행되고 있다.

이상 살펴본 바와 같이 '농촌 3부작'과 <빈민가>의 극적 구성은 공개 사건과 은폐 사건의 이중 구조로 이루어져 있다. <버드나무 선 동네풍경>의 계순네-덕조네, <소>의 말똥이-개똥이, 귀찬이-유자나무집 딸 그리고 <빈민가>의 따슨-쇼우슨 등의 이야기는 각각 공개 사건과 은폐 사건을 담당한다. 세 작품에서 전항은 중심 플롯을, 후반부의 항은 부차적인 플롯이라 볼 수 있는데 주로 전자보다 후자의 이야기가 먼저 해결됨으로써 중심 플롯의 중요성이 최종적으로 드러나도록 구성되어 있다. 이러한 구조적 특성으로 인해 작가의 전언, 즉 '농촌 몰락의 비극상 제시'라는 주제가 보다 효과적으로 부각되었다고 본다. 그런데 이러한 이중 구조는 무대 조건과 긴밀한 연관성을 갖는다. 무대에서 실연되었을 때, 각각의 이야기는 무대에서 공개되는 '무대 안' 사건과 은폐되어 보고되는 '무대 밖' 사건으로 양분되어 전개된다. 무대의 속성을 '지금-여기'로 규정할 수 있다면 그것은 '옛날-그곳'이라는 공간을 전제하고서이다.[7] 농촌소재극에서 경선네, 계순네, 말똥과 귀찬, 쇼우슨의 이야기는 '지금-여기'라는 무대 안 사건으로서 직접 관객들에게 현시화된다. 반면에 명서네, 덕조네, 개똥과 유자나무집 딸, 따슨이 속하는 공간은 '예전에-다른 곳'이라는 무대 밖 사건이다. 은폐된 이야기는 상연의 장소인 무대에서는 공개되지 않는다. 이들에게 일어나는 사건들의 정보는 오직 등장인물들의 담화 속에서만 존재한다. 연

---

7) 신현숙, 『희곡의 구조』, 문학과 지성사, 1990. 120면.

극은 이 두 사건을 포괄함[8])으로써 이루어진다고 할 수 있다. 농촌소재 극의 은폐된 사건은 비록 공개되어 드러나지 않고 전달될 뿐이지만, 그 정보들로 인하여 공개 사건들의 의미가 확연해진다. 즉 은폐 사건 은 무대 공간의 공개 사건의 미래상을 제시하거나, 혹은 원인과 결과 로서 작용하고 있다. 결국 이 두 사건은 무대에서 현재적인 상황으로 통합되어 극적 의미를 강화시킨다고 볼 수 있다.

2) 장면교체 효과

역사소재극은 사회성을 띤 국가적인 사건과 개인성을 띤 애정 사건 의 이중 구조로 이루어져 있다.[9]) 국가적인 사건은 사실(史實)로서 알려 진 고정된 틀에서 이루어진다. 이 사건은 당대의 정치적 혼돈상을 비 판하는 우회적 장치로서 작가의 이념 전달의 기능을 담당하며, 애정 사건은 인물들의 내적 갈등의 요소로 작용하고 있다. 또한 전자는 외 적 행동으로 전개되어 동적인 장면을 형성하고 있으며, 후자는 이념 세계와 상충된 감정 세계로서 사랑의 장면을 주로 한 정적인 장면을 형성한다. 이렇듯 역사극은 공적인 동적 사건과 사적인 정적 사건의 이중 구조로 이루어져 있다. 극중에서 이 두 장면은 교체됨으로써 극 적 리듬과 반대 색조의 분위기를 형성하며, 막 구성의 원리와 밀접한 연관성을 지니고 있다. 실제로 분할된 막의 내용을 통해 장면 교체의 실제를 살펴보겠다.

먼저 <마의태자>의 경우 1막은 태자와 간신배, 충신과 간신, 왕건과 태자, 경순왕과 태자 등의 격렬한 말다툼과 격정 장면으로 이루어져

---

8) 신현숙, 앞의 책, 1990. 120면.
9) 이미 이상우가 역사소재극은 '사랑과 이념'의 이중 구조로 이루어져 있다고 하였다. (이상우, 「유치진 희곡의 변모과정 연구」, 고려대 박사논문, 1995 참 조)

있다. 그러나 2막은 개막 장면부터 '낙랑공주가 머무는 신라의 미술공
예를 극한 처소'[10]로서 서정적인 장면이다. 여기에서는 태자를 연모하
는 공주의 모습이 중심이 되며, 고려 수비군에 의해 쫓겨온 태자와 극
적인 만남이 이루어진다. 3막은 자객을 찾고자 혈안이 된 왕건과 고려
신하들의 행동, 태자 일당과 고려 신하들의 충돌 등 동적 사건이 중심
을 이룬다. 4막은 태자와 공주의 사랑 장면과 항서의 승인을 둘러싼 격
정 장면이 비슷한 양으로 분할되어 있다. 5막은 개골산 장면으로 망국
의 비애와 사랑의 아픔이 감도는 정적인 장면이다. 정리하면 <마의태
자>의 막 구성은 1막은 동적 사건, 2막은 정적 사건, 3막은 동적 사건,
4막은 정적 사건과 동적 사건, 5막은 정적 사건 등으로 이루어져 있다.

　<자명고>의 막 분할은 1막은 자명고를 제거하기 위한 호동의 침입,
호동과 장초와의 격전 장면이 주를 이룬다. 2막의 서두는 화창한 봄날
아름다운 왕검성을 배경으로 한 잔치 장면이다. 공주는 호동을 사로잡
은 장초에게 반하고, 궁녀와 공주의 노래 소리가 무대를 메우면서 서
정적인 장면을 이룬다. 2막의 마지막 부분은 호동과 공주의 만남이 이
루어지면서 공주가 갈등하는 장면이다. 3막은 옥중에서의 호동과 공주
의 사랑 장면이 중심을 이룬다. 4막은 공주와 왕의 대립, 장초와 공주
의 대립이 시작되며 공주는 자명고를 찢게 된다. 5막에서는 자명고의
훼손으로 한의 장초와 호동, 공주와 장초의 대립, 왕에 의한 공주의 죽
음, 한나라와 낙랑의 격전 장면 등이 주를 이루며, 공주를 잃은 호동의
슬픔을 드러낸 정서적 장면으로 끝난다. <자명고>의 막 구성을 정리하
면, 1막은 동적 사건, 2막과 3막은 정적 사건, 4막은 동적 사건, 5막은
동적 사건과 정적 사건으로 교차된다.

　<별>의 막 분할은 1막은 구슬아기와 포교들의 대립, 이씨의 자살, 구
슬아기의 탈출 등의 장면이다. 2막은 구슬아기가 정판서 집에 잠입하

---

10) 『전집 · 2』, 324면.

는 장면이고, 3막은 전반부에서는 정판서의 음모, 도령의 방해, 구슬아기의 복수 실행 등의 장면과 구슬아기와 도령의 사랑 장면이 교차된다. 4막은 구슬아기의 정체 폭로, 정판서의 격정, 구슬아기의 투옥 등의 장면이며, 5막은 옥중에서의 구슬아기와 정도령의 사랑 장면과 김판서 부부의 환영 장면으로 구성되어 있다. <별>의 막 구성을 정리하면, 1막은 동적 사건, 2막은 정적 사건, 3막은 동적사건, 4막은 동적 사건, 5막은 정적 사건으로 나타난다.

<원술랑>의 막 분할은 1막은 당과의 격전을 위해 원술이 출전하는 장면, 2막은 화랑의 계율을 어긴 원술이 축출되는 장면, 3막은 원술과 구슬아기의 사랑 장면이 중심이 된다. 4막은 '지옥을 연상할 수 있는 악몽적인 협곡'[11]의 그로데스크한 환상 장면으로서 시작된다. 이 장면은 원술의 내적좌절감[12]을 상징적으로 드러내는 것으로서, 4막의 대부분은 원술의 갈등 장면이 주를 이룬다. 5막은 원술과 당과의 격전, 승리를 축하하는 잔치 장면 등으로 구성되어 있다. <원술랑>의 막 구성은 1막과 2막은 동적 사건, 3막과 4막은 정적 사건, 5막은 동적 사건으로 교차된다.

<가야금>의 막 분할은 1막은 가야와 신라의 무력 격돌의 장면이며, 2막과 3막은 가야금 선율이 배경을 이루면서 가실왕/배꽃아기/우륵, 공주/우륵/배꽃아기 등의 사랑 장면이다. 4막은 가야와 신라의 격돌 장면으로 이루어져 있다. <가야금>의 막 구성은 1막은 동적 사건, 2막과 3

---

11) 『전집 · 2』, 145면.
12) 프로이드는 심리적인 좌절감을 내적 좌절감과 외적 좌절감으로 나누어 보았다. 내적 좌절감은 내부적인 자기 억압상태와 연결된다고 한다. 즉 마음속의 자아나 양심(초자아)이 그것을 저지하고 못하게 하는 경우에는 내적 좌절감이 발생하게 된다고 하였다. 반면에 외적 좌절감을 형성하는 것은 목표로 삼는 대상을 얻을 수가 없게 될 때 형성되는 것으로서 일종의 결핍상태나 빈곤상태를 의미한다고 보았다. (캘빈 S. 홀, 백상창 역, 『프로이드 심리학』, 문예출판사, 1992, 75면 참조)

막은 정적 사건, 4막은 동적사건으로 교차된다.

이상 살펴 본 바와 같이 역사소재극의 이중 구조는 사회적인 동적 사건과 개인적인 정적 사건으로 이루어져 있는데, 장면 분할에서 확연하게 드러난다. 이러한 이중 구조는 역사적 사건이라는 무거운 극적 내용과 그러한 역사적 사건의 담당자인 주요 인물들의 행위와 고통을 효과적으로 전달하는 장치일 뿐 아니라, 이념과 사랑의 문제로서 작용하고 있는 각각의 사건들은 전체적인 극의 무드면에 있어서 반대 색조를 형성하는 기능까지 하고 있다. 밝고 따뜻한 후자의 장면은 격렬하게 뒤흔드는 전자의 장면과 반대로 가슴들을 뭉클하게 하는 계기들을 담고 있다. 이에서 역사소재극의 이중 구조는 극의 전반적인 효과면에서 장면 교체 효과를 용이하게 하는 장치라 여겨진다. 즉 극의 속도 조절과 톤과 무드의 변화13)를 가져오고 있다. 전자의 효과면에서 보면, 동적 사건은 격전과 충돌의 장면을 형성하여 극의 속도를 가속화시키며, 정적 사건은 사랑과 내적 갈등의 장면을 이루면서 극의 속도를 완만하게 한다. 등장인물의 수에 있어서도 동적 사건에는 다수의 인물이 등장하여 활발한 움직임을 보이며, 정적 사건에는 소수의 인물이 등장함으로써 움직임이 별로 없다. 또한 후자의 측면에서는, 동적 사건은 격렬함과 흥분, 심각함의 분위기를 형성함에 비해, 정적 사건은 따뜻함과 애잔함의 낭만적인 분위기를 보여주고 있다. 무대장치 면에 있어서도 동적 사건은 천둥, 번개 등의 자연현상을 동반하여 격렬한 분위기를 조성하며, 정적 사건은 아름다운 밤하늘, 잘 꾸며진 궁전 등의 배경과 노래 등의 효과음이 설정되어 정서적인 분위기를 형성한다. 동적 사건과 정적 사건을 드러내는 각각의 장면은 상호간의 장면을 부각시키는 작용을 하기도 하며, 강한 액션과 긴장감의 사이사이에 삽입된

---

13) William Miller, 전규찬 역, 『드라마구성론』, 나남출판사, 1995. 217~235면 참조.

사랑 이야기는 궁극적으로 상연시 관객에게 긴장 상태의 강화와 이완의 반복을 경험케 함으로서[14] 극적 긴장을 유지하게 할 수 있다.

3) 이념 전달의 용이

전쟁소재극에서도 역사소재극의 '사랑과 이념'의 문제가 두 줄기의 이야기를 형성하고 있다. 그러나 그 양상을 달리한다. 역사소재극에 비하여 이념적 전언은 강화되었고, 애정 양상은 보다 통속화되어 나타나고 있다. 여기에서 전쟁소재극의 이중 구조는 이념 전달의 사회 사건과 오락 전달의 애정 사건으로 이루어져 있음을 볼 수 있는데, 작가는 이러한 구조를 통해 이념을 효과적으로 전달하려 한 것 같다.

그런데 전쟁소재극은 주제적인 측면에서 반공 이념적인 작품과 전후의 폐해상을 다룬 작품 등 두 계열로 다시 나뉘어질 수 있다. 전자로는 <푸른 성인>, <청춘은 조국과 더불어>, <나도 인간이 되련다> 등이고, 후자로는 <통곡>, <자매·2>, <한강은 흐른다> 등이 각각 해당된다.

반공 이념극에서 표층에 뚜렷하게 제시되는 것은 공산주의에 대한 혐오이다. 그러나 인물들의 갈등 양상을 보면 애정의 삼각 관계와 얽혀 있다. <푸른 성인>에서 순동과 곰이는 표면적으로는 이타주의자/이기주의자, 민주주의자/공산주의자의 대립이다. 그러나 심층적으로는 덕이를 둘러 싼 삼각 관계가 갈등의 주요인이다. 즉 악인의 전형으로서 역할하는 곰이는 실제로 덕이가 순동이를 사랑하자 보복심으로 공산당원이 된 것이고, 여기에서 공산당이 아닌 순동이는 저절로 선한 민주주의자가 되는 형국으로 극이 전개되고 있다. 순동과 곰이는 궁극적으로 선악 이데올로기의 대립자로 그려져 있지만, 덕이를 향한 곰이의 애욕이 지나치게 부각되어 극의 진행상 부조화를 낳고 있다. 이 작품

---

14) 김성희, 『연극의 세계』, 태학사, 1997. 148면 참조.

과 유사한 줄거리를 지닌 <청춘은 조국과 더불어>에서도 연길과 옥란, 김주사 간의 애정 갈등이 김주사로 하여금 공산당에게 협조적인 인물로 화하게 한다. 여기에서도 인물들의 비약적인 성격 변화는 구성상 파탄화를 초래하고 있다. <나도 인간이 되련다>에서도 석봉과 복희를 질투하는 나타샤 김의 행위가 공산주의자의 비인간성으로까지 확대된다. 이 작품도 공산주의에 대한 인간성 회복이 주내용이지만 남녀간의 애정 갈등과 애욕의 문제가 노골화되어 나타난다.

특히 반공극에서는 이념은 보다 생경하게, 애정 양상은 보다 통속적인 양상을 띤다. 공산주의는 악이요, 민주주의자는 선이라는 단선적인 구조하에 애정 갈등은 흥미유발을 위한 작위적인 장치로 삽입된 인상을 준다.

옥 란   안돼, 그런 불길한 소릴 해선. 아무러한 불바다 속에서라도 연
        길은 살아야 돼. 그래야만 한많은 삼팔선이 트일 때 연길은 주
        야 상승하던 어머니를 뵐 게 아냐?
연 길   노력 없는 공을 바랄 순 없는 법야. 내가 죽어 삼팔선이 튄다
        면……. 삼팔선이 틔어 굶주리고 계신 우리 어머니를 구해낼 수
        있다면 ……. 나는 몇 백번 죽어도 여한이 없어. 옥란이, 내가
        죽는다고 조금도 서러워 말고, 우리 어머니 뵙걸랑 연길인 씩
        씩하게 싸우다가 죽었다고 말해 주어. 응, 부탁야!
옥 란   (참지 못하며) 연길이! (하며 그의 품에 얼굴을 묻고 흐느낀다)
                                        <청춘은 조국과 더불어>[15]

석 봉   이왕이면 옷을!
나타샤 김   (못 알아 들은 듯) 응?
석 봉   뭣이 부끄러워?
나타샤 김   (용기를 얻어) 천만에, 육체를 신비화하려는 것은 동양적인
           케케묵은 관념 유희에 불과한 검매. (가운의 띠를 끄르려다가

---

15) 『전집·3』, 238면.

무엇이 생각났는지) 가만, 동무! 이왕이믄 동무가 좀 수고해 주
는 게 어떻소?

석 봉 그래도 좋지! (하며 나타샤의 옷을 벗기기 시작) 한가지! (하며
우선 가운을 벗긴다) 그 다음엔......(하고 스커트를 벗기려니까)

<나도 인간이 되련다>16)

<청춘은 조국과 더불어>의 옥란의 대사에는 관객에게 전달하고자
하는 작가의 이념이나 메시지가 반영되어 있다. 즉 여기에서 그녀의
역할은 극작가 대변인17)으로서 대사의 내용을 살펴보면 이념적인 전언
은 여과되지 않은 채 그대로 표출되고 있다. <나도 인간이 되련다>에
서 석봉과 나타샤 김의 자극적이고 충동적인 애욕 장면은 극의 전체
흐름과 상관없이 작위적으로 삽입되어 극을 통속적으로 몰아가는 한
원인으로 작용하기도 한다. 이렇듯 반공 이념극을 보면 이념은 보다
직접적으로, 애정은 보다 자극적으로 제시되고 있음을 볼 수 있다.

전후 의식에 바탕을 둔 작품은 작가가 지나친 목적극에 회의한 이후
에 쓰여져서인지, 반공극에 비해 이념과 사랑이 객관적인 조화를 이루
고 있다.18) 이 계열의 작품에서는 전후의 가족 붕괴 현상, 육체적·정
신적 상처의 문제, 사회의 혼돈상과 전도된 가치관 등이 이념적인 전
언으로 자리하고 있다. 그러나 여전히 애정의 삼각 관계가 갈등 양상
을 첨예화시키는 요소로서 작용하고 있다. 후방의 타락상을 제시하는
<통곡>에서 대길과 강억조는 애국주의자/비애국주의자라는 대립 세력
을 형성하고 있다. 그러나 보다 심층적인 갈등 요인은 옥실이와의 삼
각 관계 때문이다. <한강은 흐른다>에서도 희숙과 철, 미꾸리와 클레오

---

16) 『전집·2』, 415면.

17) 민병욱, 『현대희곡론』, 삼영사, 1997. 167면.

18) 김옥란이 이미 <자매·2>와 <한강은 흐른다> 등 두 작품이 당대의 현실에
대한 객관적인 사실성을 획득하고 있다고 본 바 있다. (김옥란, 「유치진의
50년대 희곡 연구」『한국극예술연구』5집, 1995. 249면)

파트라 등은 전후의 상처와 타락상들을 제시해주면서 서로 대립되어 있는데, 이들 사이에 얽혀 있는 치정 양상이 극중 주요 동인으로 작용하고 있다. 특히 이 유형의 작품군에서도 전후의 와해된 사회상이 제시된 장면에서 여전히 통속적인 경향이 잔존해 있음을 볼 수 있다.

> **행상녀** 아따! 얼렁뚱땅해서 사람 감아 넘기려구? 어림없다. 이래봬두 난 저 압록강가에서 이 남쪽 끝 부산바닥까지 횡횡 날으는 대포알을 헤치고 기어온 사람야. 물어 뜯어도 피 한방울도 안 나.
> **가짜 아저씨** 왜 안 그렇겠어? 저렇게 호초씨같이 생겼는데........ 그만두우. 그러면 자네 문자대로 우리 살이나 섞지. (베개를 찾아낸다)
> **행상녀** (구미가 당기는 듯 씩 미소를 지으며) 호호호....... 좋아하시네. (주위를 살핀다)
> **가짜 아저씨** 우리 둘뿐야.
> **행상녀** (안심하고 홀떡 자빠져 누우며) 아따! 이거나 공짜로 먹어요. 덩말 인심 후하다. (자기의 유방을 끌어내어 가짜 서방에게 물려준다)
>
> <자매 · 2>[19]

인용된 <자매 · 2>에서 가짜 아저씨와 행상녀는 이상(異常)적인 부부관계를 맺고 있는 사이다. 이들의 애욕 장면은 지나치게 감각화되어 제시되고 있다. 이외에도 흑인 병사에게 매춘 행위를 하는 성희, 교태스런 댄서들 등에서 성의 문란상이 여실하게 드러나고 있는 작품이다 <한강은 흐른다>의 클레오파트라와 철, 미꾸리 등의 노골적인 애욕 장면에서도 마찬가지로 통속성을 엿볼 수 있다.

유치진은 역사소재극에서 사실(史實), 즉 사회적인 동적 사건은 정치적 혼돈상을 비판하는 우회적 장치로, 개인적인 정적 사건인 애정 문제는 인간적 고뇌를 드러내는 장치로서 극을 구성했다. 전쟁소재극에

---

19) 『전집 · 3』, 218면.

서도 사회 사건은 반공 이념의 전달과, 전후 사회의 혼돈상을 고발하는 내용이다. 그러나 전대에 비하여 이념은 여과되지 않은 채 노출된다. 애정 문제 또한 흥미 위주의 통속성으로 흐른 감을 준다. 이것은 작가의 지나친 계몽의식에서 비롯된 것으로 보인다. 공산주의에 대한 거부감이 유달리 강했던 유치진은 작품에서 이념을 우선시했을 것이다. 하지만 정작 관극해야 할 관객들은 단순한 목적극은 보지 않았을 것이다. 그러므로 극적 요소 중 재미를 줄만한 것들이 필요했을 것이고, 결국 유치진이 선택한 애정 플롯은 이념적 전언을 지루하지 않게 전달하고자 하는 부수적 장치라고 할 수 있다. 여기에서 전쟁소재극의 애정 문제는 경직된 이데올로기를 효과적으로 전달하기 위한 흥미거리에 불과한 것이라 요약할 수 있겠다.

3. 구조적 특징과 작가의식 — 맺음말에 대신하여

지금까지 유치진 희곡의 이중 구조의 특성과 그 의미에 대해 살펴보았다. 시기별·장르별 특성에 따라 그의 희곡을 농촌소재극과 역사소재극 및 전쟁소재극의 3유형으로 분류하여 각 시기의 주요 작품들을 분석하여 보았는데 그 결론은 다음과 같다.

첫째, 농촌소재극은 공개 사건과 은폐 사건의 이중 구조로 이루어져 있다. <토막>의 명서네 — 경선네, <버드나무 선 동네풍경>에서 계순네 — 덕조네, <소>의 말똥 — 개똥, 귀찬이 — 유자나무집 딸, <빈민가>의 쇼우슨 — 따슨 등의 이야기는 병렬적인 사건으로, 각각 '무대 안'의 공개 사건과 '무대 밖'의 은폐 사건을 담당하고 있다. 농촌소재극을 보면 공개 사건과 은폐 사건이 유사한 내용으로 진행되고 있다. 이것은 앞서 언급한 바와 같이 무대 실연을 염두에 두고 살펴보았을 때, 무대 밖의 은폐된 사건은 무대 안의 공개된 사건을 확충시키는 역할을 한다. 역으로 무대 밖에서 진행되는 사건들은 무대 안 사건으로 인해 보다 의미가 명확해지기도 한다.[20] 이 두 사건은 연극 공간에서 합쳐져 현재적인 의미로 제시됨으로써 비극의 상승 효과[21]를 거두게 한다. 여기에서 이중 구조는 무대의 현재적 의미를 강화시키는 장치라고 하겠다.

둘째, 역사소재극은 사회성을 띤 국가적인 사건과 개인성을 띤 애정 사건의 이중 구조를 띠고 있다. 각각의 이야기는 막 구성상 서로 교차되면서 전개되고 있다. 역사적 사건에 토대를 둔 사회적 사건들은 무대의 움직임을 동적으로 만들며, 반대로 사랑의 장면은 정서적인 장면들로서 정적인 무대로 화하게 한다. 극중에서 반대 색조를 띠는 이 두 사건은 장면 교체 효과로 작용하고 있었다.

셋째, 전쟁소재극에서도 역사소재극의 '이념과 사랑'이라는 둘 줄기의 이야기가 그대로 이어지는데 그 양상을 달리한다. 역사소재극에 비하여 이념적 전언은 강화되었고, 애정 양상은 보다 통속화되어 나타나고 있다. 여기에서 전쟁소재극의 이중 구조는 이념 전달의 사회 사건과 오락 전달의 애정 사건으로 이루어져 있음을 볼 수 있는데, 작가는 이러한 구조를 통해 이념을 효과적으로 전달하고자 의도한 것 같다.

이상 살펴 본 바 유치진 희곡의 이중 구조는 3유형에 따라 서로 그 의미하는 바가 상이하게 나타나고 있었다. 그러나 이것은 병치(juxtaposition)와 대조(cotrast)의 기법에 토대한 시기별·쟝르별 변형에 불과한

---

20) 신현숙은 무대 안을 '무대 공간'으로, 무대 밖을 '드라마 공간'으로 규정하고, "상연의 장소인 무대공간과의 관계에서 드라마 공간의 기능은 무대 밖에서 일어나는 사실에 대한 정보를 제공함으로써 무대의 지평을 넓히고, 여러 전망을 첨가시키는 것"이라고 하였다. (신현숙, 앞의 책, 1990. 120면)

21) 이상우는 유치진이 극의 줄거리를 이원화시키는 수법을 사용한 것은 당대 일반 민중의 삶을 중층적으로 묘파함으로써 극중의 삶이 우리 민족의 보편적인 현상임을 제시함으로써 비극의 상승효과를 거두고 있다고 지적한 바 있다. (이상우, 앞의 책, 1995. 26면 참조)

것이라고 본다. 병치와 대조의 기법은 1. 짧은 장면과 긴 장면, 2. 공개
적인 장면과 개인적인 장면, 3. 한 집단과 그에 대립하는 한 집단 장면,
4. 희극적인 장면과 심각한 장면 등이 번갈아가며 이뤄지는 표현기법
이다.22) 유치진은 이중 구조를 통해 이러한 기법들을 효과적으로 실현
하고 있는데, 단일한 플롯의 구성에서 얻을 수 없는 아이러니와 신랄
함을 획득하고 있다.

분석한 작품에서 볼 때, 농촌소재극의 이중 구조도 단일 구성에서
얻을 수 없는 극적 효과를 거두고 있는데, 한 집안이 아닌 두 집안, 한
인물군이 아닌 두 인물군을 통하여 극의 줄거리가 병치되어 제시된다.
이에서 농촌의 몰락상은 보편적인 사회 현상으로서 확대되며, 그 비극
적인 강도가 훨씬 더 배가되고 있음을 볼 수 있다. 또한 본고에서 살피
지는 않았지만 유치진의 농촌소재극에서 반복적으로 나타나는 희비극
성은 비극과 희극이 교체되는 현상이다. 비극적인 장면에 대한 희극적
인 장면은 긴장 이완의 효과로서 작용하고 있을 뿐 아니라, 현실에 대
한 이중적인 감정, 즉 인간 삶의 리얼리티를 보다 풍부하게 제시해 주
는 기능까지 한다. 여타 논자들에 의해서 농촌소재극의 구조는 '원심적
구조'와 '무대리 기법'23) 등의 측면에서 논의되기도 하였다. 이러한 토
대에 기반해서라도 그의 작품에 드러난 이중 구조는 극 구성상 효과적
인 장치라고 할 수 있다. 소규모의 소극장 무대인 농촌소재극에서 현
실을 다면적으로 드러내어 삶의 다양한 양태를 제시해 주며('원심적 기
법'), 무대 안 사건을 확충시키는 효과로서 작용('무대리 기법')하고 있
기 때문이다.

역사소재극에서 동적 사건과(역사) 정적 사건(사랑)의 두 줄기 이야
기는 무겁고 어두운 극의 무드와 가볍고 밝은 극의 무드를 교체시키는

---

22) 에드윈 윌슨, 채윤미 옮김,『연극의 이해』, 예니, 1998. 262~263면 참조.
23) 유치진, 「노동자 출신의 극작가 숀 오케이시」,『전집·7』, 108면.

장치로 파악되었다. 또한 앞서 자세히 다루지 않았지만 다이알로그의
표현에 있어서도 장중한 대사와 시적인 대사(혹은 노래), 대화와 독백,
군중 장면과 소수 장면24) 등이 교체되어 나타나기도 한다. 역사소재극
은 대극장 무대 연극으로서 외재적 기법에 의존한 무대장관적 요소가
부각되어 있는데, 이러한 다양한 변주는 무대 조건과도 부합된다 할
수 있다. 또한 유치진은 스스로 말한 바 역사극을 통해 낭만적인 세계
관을 투영시키고자 했다. 작가의 이러한 집필 의도는 개인적인 사건인
애정 문제를 통해 제시되고 있다 하겠다. 극중 주요 인물들의 애정 양
상이 '정적에서 연인으로의 반전 모티브'25)로서 드러나는데, 이는 사회
적 자아로서의 억압과 개인적 자아로서의 갈등을 조성하는 요인이다.
이는 역사소재극에서 단순히 사실(史實)전달만이 아닌 현재적인 공감
을 불러일으키는 요소로서 작용하고 있다. 여기에서 역사적 사실이라
는 고정된 동적 사건에 정적인 사건을 교체시킨 것은 역사극의 구성에
있어서 보다 효과적인 것이라 여겨진다.

　전쟁소재극도 이념적인 사회 사건과 오락적인 애정 사건의 이중 구
조이다. 전쟁기라는 50년대는 이념적인 문제가 직접적인 상처로 다가
오던 시기였다. 특히나 전투지구에 그대로 남아 이데올로기의 직접적

---

24) '장면의 대조'는 서로 종류가 다른 내용을 통해서 뿐만 아니라 움직여지는
　　장면들과 움직이게 하는 장면, 두 사람 장면과 많은 사람들 장면 등의 교체
　　를 통해서도 생겨난다. (구스타프 프라이탁, 앞의 책, 1992. 78면)
25) 이상우는 유치진의 역사극에서 드러난 애정 양상을 '정적(政敵)에서의 연인
　　으로의 반전' 모티브로 언급하면서 이를 대중적 요소로 보았다. 즉 <마의
　　태자>의 '마의태자/낙랑공주', <자명고>의 '호동/공주', <별>의 '도령/구슬아
　　기' 등이 모두 처음에는 '망국의 태자/정복국의 공주', '민족국가 고구려의
　　왕자/중국 예속국가 낙랑의 공주'. '당쟁의 승리자의 아들/당쟁의 패배자의
　　딸'이라는 식의 적대적인 정적 관계를 형성하고 있었으나 극이 진행되면서
　　한쪽이 다른 쪽에 의해 의식적으로 감염되는 과정을 통해 점차 갈등이 해
　　소되고 마침내 서로 사랑하는 연인 관계로 반전되는 양상을 보여준다. 이같
　　은 극적인 반전 또한 드라마적인 묘미를 제공할 뿐 아니라 대중적 흥미를
　　배가시키는 기능을 한다"고 보았다. (이상우, 앞의 책, 1995. 125면 참조)

인 피해자로서 경험했던[26] 유치진에게 있어 사랑의 문제는 부차적일 수밖에 없었을 것이다. 보수적인 우익을 지지했던 그에겐 공산주의가 얼마나 극악한 것인지를 고발하는게 우선적인 문제였을 것이다. 또한 전시 체제의 각박한 현실에서 위안과 도피를 원했던 당대 관객층은 내적 갈등의 복잡성보다 볼거리가 필요했을 것이다. 그러므로 생경한 이념적 줄거리에 애욕적인 장면이라는 흥미거리가 이중 구조로 자리하게 된 것이다.

유치진은 근대 연극사에 있어서 사실주의 극의 완성자로서 평가된다. 그러나 살펴본 바와 같이 구조적인 측면에서는 정통적인 사실주의 극의 성향과는 다소 차이를 갖고 있음을 볼 수 있다. '압축'하여 잘 짜여진 극으로 된 사실주의극이라기보다 '확대'적인 에피소드적인 사실주의 극 구조[27]를 갖고 있다. 이것은 사실주의 극이 가지고 있는 틀의 한계를 극복하고자 한 작가의 노력이라고 볼 수 있겠다. 일찍이 그는 극연의 일원이면서도 그 소속원들과 다른 면모를 띠고 있었다. 극연이 소극장의 엘리트주의를 추구했다면 유치진은 소인극과 같은 대중성을 지향했다.[28] 이것은 민중지향적 연극관에서 비롯된 것인데, 그가 이상적으로 생각하는 연극은 다수 민중을 대상으로 하는 연극인 것이다. 하지만 현실적으로 그러한 무대 조건을 만나기는 쉽지 않았다. 그러므로 그는 연극을 시작할 때부터 끊임없는 극작술의 모색을 통하여 무대의 한계를 극복하고자 한 것이다.

또한 유치진은 일찍이 '연극의 대중성'을 논하면서 대중성 획득을 위해서는 '교화적 대중성'과 '오락적 대중성'을 필수 요건으로 든 바 있다.

---

26) 유치진, 『자서전』(『전집·9』), 221면 참조.
27) 에드윈 윌슨, 앞의 책, 259~263면 참조.
28) 양승국, 「1930년대 유치진의 연극비평」 『한국근대 연극비평사 연구』, 태학사, 1996. 366~374면 참조.

90

　나는 이상 각 항에 긍하여 연극의 대중성에서 중요한 요소의 대
강을 조감하였다. 그러나 그중에서 빠져서는 안될 두 가지 요소가
남았다. 즉, 연극의 오락적 대중성과 교화적 대중성이 그것이다 (.....
중 략......) 인생생활의 미묘한 단편을 끌어서 무대 위에 재현시켜 그
재현적 미로서 우리를 '미소시키면서도' 한편으로 그 미속에서 우리
의 나아갈 바 한 줄기의 '교훈'을 암시하는 것이다. 이 교화성은 연
극이 그 대자(對者-관람자)에 대한 영향이 직접적인 만큼 가장 대중
적이다.29)

　지금까지 살펴 본 바, 그의 희곡에 드러난 이중 구조의 기능들은 바
로 '오락'과 '교화'의 측면과도 상관된다고 할 수 있다. 유치진은 1931
년 극예술연구회의 멤버로 처음 연극계에 입문하면서부터 민족을 위한
삶의 구현 방법으로 연극운동을 택하였고, 그래서 그의 작품의 일관된
흐름은 다름 아닌 '계몽성'에 토대를 둔 것이었다. 작품 속에서 '교화'
적인 측면은 바로 계몽주의자로서의 그의 면모를 드러냄이다. 그러면
서도 '오락'적인 측면은 바로 극작가 유치진으로서의 일면을 보여준다.
　다시 말해 그는 계몽성 일변도의 내용과 달리 관객을 끌어들이기 위
한 다양한 기법들을 통하여 연극적 측면에서 보다 효과적인 장치들을
구상해 내고 있다. 이것은 무대 공연의 실제적인 면을 중시하고 있음
을 드러내는데, 누구보다도 관객의 문제에 민감했던 작가의 모습을 반
영하고 있는 것이다. 관객과의 상관성 속에서 '보게 만드는' 극을 만들
어내려는 극작가의 고민이었기 때문이다. 그가 대중성을 운운하면서
연극의 필수 요소로서 '교훈'과 '오락'을 들었듯이, 이중 구조는 내용의
계몽성과 무대의 볼거리 제시에 적합한 장치이다. 관객에게 교훈도 주
고 시각적으로 즐거움도 주려는 작가의 의도가 형식적으로 맞아떨어진
경우라 하겠다.

---

29) 유치진, 「연극의 대중성」(1932), 『전집·7』, 39면.

참고문헌

1. 자료

『동랑유치진전집』 전9권, 서울예대 출판부, 1993.
『유치진희곡선집』 상·하권, 성문각, 1971.

2. 논문 및 저서

김성희, 『한국희곡과 기호학』, 집문당, 1993.
_____, 「'토막'의 플롯구조와 등장인물 분석을 통한 의미론적 고찰」, 『유
　　　치진』, 태학사, 1996.
_____, 『연극의 세계』, 태학사, 1997.
김옥란, 「유치진의 50년대 희곡」, 『한국극예술연구』 제5집, 태학사, 1995.
민병욱, 『현대희곡론』, 삼영사, 1997.
신현숙, 『희곡의 구조』, 문학과 지성사, 1990.
양승국, 「1930년대 유치진의 연극비평」, 『한국근대 연극비평사 연구』, 태
　　　학사, 1996.
이상우, 「유치진 희곡의 변모과정 연구」, 고려대 국문과 박사학위 논문,
　　　1995.
구스타프 프라이탁, 임수택, 김광요 역, 『드라마의 기법』, 청록출판사, 1992.
에드윈 윌슨, 채윤미 옮김, 『연극의 이해』, 예니, 1998.
윌리암 밀러, 전규찬 역, 『드라마구성론』, 나남출판, 1995.
캘빈 S. 홀, 백상창 역, 『프로이드 심리학』, 문예출판사, 1992.

〈ABSTRACT〉

A Study on Double Plot of Yoo Chi-Jin's Drama

Yoon, Keum-Sun

The purpose of this study is to investigate the double plot of Yoo Chi-jin's dramas. And this treatise aims at the material classification of his works such as 'peasant drama', 'history drama', 'war drama', etc.

Each work group not only has a distinctive feature of material but also the common purpose, the realistic reflection which is based on utility.

This paper is a study on the double plot of Yoo Chi-jin's drama and the cognitive structure of his dramatic world.

The following are the summaries of each chapter:

The first chapter is to study the aspect of peasant drama. The structural characteristics of his works is the duplicity of concealment and opening to the public, and is to function as a drama focused on present.

The second chapter is to study the aspect of history drama.. The structural characteristics of his works is the duplicity of dynamic events and static events, and fuctions as a shift effect of scene. History drama is played in a large theater, and used a outward technique which made much of stage spectacles.

The third chapter is to study the aspect of 'war drama'. The structural characteristics of his works is the duplicity including affectional events and social events, and is to function as a effective install ation of idea transmission.

Yoo Chi-jin's drama is closely connected with the historical upheaval times such as the period of colony, liberation and war. Every time he met a crisis, he made a dramatic version of realities — who had a grave mission as a dramatist — This confrontation process determines the form and pattern of his works.

동학소재 희곡에 차용된 '칼노래' 연구

신 원 선*

<목 차>

1. 머리말
2. '칼노래'의 역사적 의미
3. 희곡 속에 나타난 '칼노래'
  1) 전투적 굿판의 혁명적 노래

2) 혁명을 넘어선 개벽의 노래
4. 희곡에 차용된 '칼노래'의 의미
5. 맺음말

1. 머리말

포덕 140년 3월 21일 천도교 중앙 총부에서는 동학 혁명 105주년 기념식을 거행했다. 동학 혁명 105주년, 그러나 동학 혁명이 이 땅에 일어난지 어언 100년이 넘어가고 있다는 것을 아는 대부분의 사람들도 수운 최제우가 이 땅에 동학을 창도한지 140년이 되었다는 포덕 140년을 기억하는 사람은 그리 많지는 않은 듯 싶다. 이처럼 동학에 대한 일반적 이해는 동학 자체가 아니라 '동학혁명'과 관련되어 있다. 아직 동학전반에 걸친 사상이나 철학적 조명이 성숙되지 않은 반면 동학혁명에 대한 논의와 조명은 동학혁명이 바로 동학 자체인양 오도될 정도로 많은 조명을 받아 온 것 또한 사실이다. 그리고 이 동학 혁명을 얘기하면서 항상 관심의 초점이 되는 것이 동학 남접과 북접의 갈등 부분이

---

* 중앙대 강사

다. 그러나 이들 모두의 정신적 기반은 '시천주'의 인간 평등에 대한 수운 최제우의 깨달음과 "십이제국 괴질 운수 다시 개벽 아닐런가" 등의 개벽에 대한 비전이라고 볼 수 있다. 다만 이들의 차이점이라고 한다면 개벽을 어떻게 보느냐 그리고 그 시기를 언제로 보느냐의 차이일 뿐이다.

동학은 나와 내 안의 한울님이 합일되는 경지를 거쳐 깨달음에 이르는 종교다. 이 깨달음이 전제되지 않은 혁명은 성공한다 하더라도 참된 의미의 개벽이 아니며 단순한 정권의 교체일 뿐이다. 동학 남.북접의 차이는 바로 이 혁명이냐, 개벽이냐의 차이이다. 그러나 지금까지 동학하면 우리들 대부분은 이 동학혁명이라는 동학의 국부적인 사건에만 정신을 집중시키는 바람에 동학의 진정한 개벽사상의 의미에는 눈을 돌릴 여유가 없었던 것도 사실이다.

동학에 대한 이러한 대중적 이해는 동학의 문학 작품형상화에도 많은 영향을 미쳐 동학을 소재로 한 대다수의 문학작품들은 동학이 곧 동학혁명이라는 일반 대중들의 생각에 더 확신을 주는 방향으로 창작되었던 것 또한 사실이다.

상연을 전제로 창작되는 희곡 장르에서 이러한 경향이 두드러지는 것은 어쩌면 너무도 당연한 일인지도 모른다. 일단 무대 위에서 보여주기 위해서는 개벽보다는 혁명이 훨씬 극적이며 극적 긴장감을 유발할 수 있는 부분들이 많기 때문이다.

한국 현대 희곡사상 최초로 동학을 얘기하고 있다는 점에서 한국문학사에서 이미 주목을 받은 바 있는 김우진의 <산돼지>(1926)를 필두로 우리 희곡문학사에는 그동안 많은 수의 동학 소재 희곡들이 창작되고 공연된 바 있다.

필자는 이미 이들 희곡들을 단순 소재 차용으로서의 동학, 혁명으로서의 동학, 역사적 사실의 재해석으로서의 동학으로 나누어 현대 희곡

속에 나타난 동학의 의미를 살펴 본 바 있다.[1]

필자는 여기서 한 걸음 더 나아가 이들 동학 소재 희곡 속에 차용된 '칼노래'를 중심으로 현대 희곡 속에 나타난 동학의 의미를 좀 더 깊이 있게 고구해 보고자 한다.

동학의 창시자 수운 최제우가 은적암에서 도를 닦을 때 불렀다는 '칼노래' 역시 아직 정리되지 않은 동학의 의미만큼이나 그 의미에 대한 의론이 분분한 편이다.

이 글에서는 그동안 희곡 문학 속에서 동학의 '칼노래'가 어떠한 시각으로 조명되어 왔고 소재적으로 차용되어 왔는지 살펴보고자 한다. 필자는 동학을 소재로 한 희곡 중 여러 편에서 이 칼노래가 중요하게 부각되고 있다는 점에 일단 주목하고자 한다.

그동안 창작되었던 동학 소재 희곡 중에 이 '칼노래'가 차용되고 있는 희곡은 박노아의 <녹두장군>(1950), 극단 아리랑의 <갑오세 가보세>(1988), 김용옥의 <천명>(1994), 김정숙의 뮤지컬극 <들풀>(1994), 극단 '함께 사는 세상'의 <궁궁을, 1894>(1994) 등이다. 이중 박노아의 <녹두장군>을 제외하곤 대부분의 희곡 작품들이 80년대 후반부터 90년대 들어 발표된 최근의 작품들임을 알 수 있다. 어떠한 이유로 그동안 50년대의 극작가 박노아 이외에는 관심권 밖에 있던 이 <칼노래>가 80년대 후반 이후의 극작가들의 주목을 받으며 희곡문학속에 다시 등장한 것일까, 이들 작가들이 이 칼노래를 자신들의 희곡에 등장시킴으로써 얻고자 했던 효과는 과연 무엇인가, 필자는 이 글을 통해 그 의문들을 하나 하나 풀어 나가고자 한다.

---

1) 졸고, 「현대 희곡에 나타난 동학 연구」, 『한국 극예술 연구』 제 9집, 1999. 4.

2. 칼노래의 역사적 의미

'칼노래'는 수운 최제우가 관변측의 탄압과 지목을 받아 고향을 떠나 있던 시절 한동안 머물며 도를 닦았던 은적암에서 지어진 노래이다. 은적암은 남원읍 서편 이십리 밖에 있던 산성내 보국사(輔國寺)에 딸린 한 방의 명칭이다. 최제우는 자신이 머물던 이 방의 방명을 스스로 은적암(隱寂菴)이라 칭하고 수도를 시작했다고 하는데, 『천도교 창건사』 제 1편 대신사(大神師) 제 7장 은적암(隱寂菴)에 기록되어 있는 이 '칼노래' 부분을 한 번 살펴보기로 하자.

大神師-隱寂菴에 留하신지 八個月間에 道力이 더욱 서시고 道理가 더욱 밝아감애 스스로 喜悅을 禁치 못하며 또한 至氣의 降化-盛旺함애 스스로 劍歌를 지으시고 木劍을 집고 月明風淸한 밤을 타서 妙高峰上에 獨上하야 劍歌를 노래하시니 歌에 갈으되

時乎時乎 이내 時乎 不再來之時乎로다. 萬世一之丈夫로서 五萬年之時乎로다 龍泉劍 드는 칼을 아니 쓰고 무엇하리 무수장삼 떨처입고 浩浩茫茫 넓은 天地 一身으로 비껴서서 이칼 저칼 넌줏들어 칼노래 한 曲調를 時乎時乎 불러내니 龍泉劍 날랜 칼은 日月을 戱弄하고 게을은 舞袖長衫 宇宙에 덮여 잇다. 萬古名將 어대잇나 丈夫當前無壯士라 좋을시구 좋을시구 이내 身命 좋을시구2)

박영학은 『東學運動의 公示構造』3)에서 위에서 인용한 '칼노래'가 최제우의 현상학적 개벽의지를 드러내 주는 좋은 예라는 주장을 하고 있기도 하다. 만약 최제우가 보국안민 관제창생의 실천방법을 종교적 수

---

2) 『천도교 창건사』, 32~33면.
3) 박영학, 『東學運動의 公示構造』, 나남, 1990.

련이나 인격완성에만 두었다면 무식한 평민들이 최제우를 좋아하지 않
았을 것이라는 것이다. 박영학은 <몽듕노소문답가>의 "하원갑 지내거
든 상원갑 호시절의 만고 업는 무극대도 이 세상의 날거시니"를 근거
로 최제우가 거사의 날을 1864년으로 잡고 그의 추종자들에게 검가(劍
歌)와 검무(劍舞)를 가르치고 무술을 연마시키는 한편 양병(洋兵)이 조
선을 침범할 때 오히려 그것이 계기가 되어 지상신선(地上神仙) 사회를
건설할 수 있다는 주장을 하고 있다. 그에 의하면 최제우는 구체적으
로 양병(洋兵)이 침입하는 때를 혁명의 때로 보았으며 이 양인(洋人)을
물리치는 방법이 대검무(大劍舞)였다는 것이다.

　동학혁명 100주년이 되던 1994년에 출간된 『동학 이야기』에서 김지
하 역시 다음과 같이 이 '칼노래'의 혁명성에 대해 언급한 바 있다.

> 　수운 선생은 홀로 나무 칼을 들고 달 밝은 밤이면 교룡산성의 뒷
> 산, 묘고봉(妙高峰)에 올라 이 「칼노래」를 부르며 칼춤을 추었습니
> 다. 이 칼노래와 칼춤은 동학 민중 혁명의 전과정에서 혁명적인 노
> 래의 핵심이 되었고, 가장 중요한 전투적 굿판의 핵심적인 춤사위가
> 되었습니다. 이것은 바로 민중의 혁명적 행동과 그대로 직결된 의식
> 이요, 노래였던 것입니다. 때문에 수운 선생이 체포되어 대구 장대
> 에서 죽임을 당했을 때 수운 선생에게 좌도난정률(左道亂正律)의 주
> 문(主文)의 내용은 주로, 칼노래, 칼춤에 걸려 있었던 것입니다. ……
> 「칼노래」로써 국가의 정사를 모반했으니 좌도 난정률에 따라 처형
> 함이 마땅하다는 것입니다.4)

　그러나 '칼노래'가 혁명을 위한 노래이며 혁명을 위한 무술 연마의
일환으로 행해지던 검무(劍舞)와 함께 불려지던 노래라는 위와 같은 일
련의 주장들에 반해 김인환은 바로 이 '칼노래'에 대해 다음과 같은 입
장을 피력하면서 이 '칼노래'가 결코 사회적 저항의 노래가 아님을 밝

---

4) 김지하, 『동학 이야기』, 솔출판사, 1994. 84면.

히고 있다.

> 「검결」은 결코 사회적 저항의 노래가 아니다. "때는 왔다. 때는
> 왔다."라고 할 경우의 때를 반항의 기회라고 보는 것은 전혀 그릇된
> 해석이다. 만년에 한 번 나오는 장부로서 5만년에 한 번 닥치는 때
> 를 만난다는 표현은 깨달음의 소중함을 의미한다. 최제우는 거짓되
> 고 치우치고 복잡하고 간사하게 엉켜 있는 마음의 실타래를 용천검
> 으로 끊어내고 단순하고 소박한 마음 가닥을 찾아내라고 노래했을
> 뿐이다. 이 시에서 칼의 이미지는 춤의 이미지와 겹쳐져 있다. 두
> 차례나 거듭 나오는 '무수장삼'에 유의하여 살펴볼 때, 「검결」을 민
> 란과 연관지을 수 없다는 사실이 분명히 드러난다. 전쟁하는 사람이
> 소매 긴 적삼을 입을 리는 없기 때문이다. ……칼은 아득하고 넓은
> 천지와 사이좋게 노는 수단이며, 우주 도는 일월을 상대로 하는 놀
> 이의 도구이다. …… "때가 왔다"고 하는 경우의 때가 깨달음의 순간
> 임은 의심할 여지가 없다. "좋도다 이 나의 신명, 나의 신명 좋도다"
> 라는 「검결」의 마무리 문장은 깨달음과 환희와 깨달음의 신비를 노
> 래한 것이다.[5]

그렇다면 최제우가 '칼노래'를 통해 얘기하고 싶었던 것은 박영학이
나 김지하의 주장처럼 혁명인가 아니면 김인환의 주장처럼 깨달음의
환희인가, 필자는 '칼노래'에 대한 이러한 양분된 주장 역시 최제우가
창도한 동학에 대해 지금도 여전히 분분한 견해와 같은 선상에서 논의
될 성질의 문제라는 생각이다. 최제우가 창도한 동학을 바라보는 입장
은 최제우가 사후의 영생이나 내세관에 대한 언급이 없이 현실의 모순
에서 벗어나는 방법을 위주로 사상체계를 전개하였다는 점을 들어 최
제우의 사회개혁자적인 성격을 앞세우는 견해[6]와 그의 현실 비판적인
시각이 단지 개탄적인 차원에서 맴돌 뿐이고 급박한 현실 문제를 해결

---

5) 김인환, 『동학의 이해』, 고려대학교 출판부, 1994, 53~54면.
6) 신복룡, 『동학당 연구』, 탐구당, 1973. 33~34면.

하기 위해 몸부림치는 교도들을 오히려 경계했다는 점을 들어 종교 창
도자로서의 현실 초월성을 더 강조하는 견해7)로 양분할 수 있다. 하지
만 대부분 종교 운동의 사회운동적인 성격을 볼 때 필자는 최제우가
창건한 동학은 기본이 종교 운동이면서 그 일부로서 사회개혁적인 모
습을 보여준 것이 아닌가 하는 생각이 든다. 그러나 동학을 믿게 된 민
중들은 바로 그 종교운동으로서의 동학이 아니라 사회개혁적인 의미의
동학에 더 큰 영향을 받은 것이 아닌가 한다. 왜냐하면 동학이 내세웠
던 그 '후천개벽' 사상이라는 것이 각자 해석하기에 따라 그 의미가 양
분될 여지가 얼마든지 있기 때문이다. 첫째 후천 개벽의 의미를 인간
의 정신적인 의미의 개벽으로 보는 정신 개벽적인 측면이 그것이고 다
른 하나는 기존의 현실 질서에 도전하는 현상 개벽적인 측면이 바로
그것이다. 동학이 내세웠던 후천개벽의 이러한 양가적인 성격 때문에
동학은 그 전개 과정에서 항상 이 현상개벽적인 측면의 과격성이 정신
개벽적인 측면의 온건성보다 우위에 설 수 있는 여지가 늘 잠재되어
있었던 것으로 볼 수 있다.8) 따라서 '칼노래' 역시 그 혁명성이나 종교
성으로 확연히 구분될 수 있는 그런 성질의 노래는 아니며 이 양가적
인 측면 모두를 가지고 있는 해석의 여지가 늘 잠재되어 있는 그런 노
래라고 할 수 있다. 그러나 일단 이 '칼노래'의 시작이 최제우가 도를
닦던 중 그 희열을 이기지 못하고 부르게 되었다는 『천도교 창건사』
부분을 참고할 때, 동학의 기본이 종교운동이면서 그 일부로서 사회개
혁의 모습을 보여 준 것처럼 '칼노래' 역시 이러한 선상에서 이해할 성
질의 노래라고 할 수 있다.

---

7) 김의환, 『우리나라 근대화사론고』, 삼협출판사, 1964. 187~188면.
8) 이필제가 영해. 문경의 난을 일으키기 앞서 최시형을 찾아와 동조할 것을 간
   청한 사실이 이를 입증한다. 김용옥은 그의 희곡 <천명>에서 이필제의 이러
   한 행동을 상당히 부정적인 시각으로 그리고 있다. 김용옥의 이러한 시각은
   그가 『천도교 창건사』의 시각을 그의 희곡 <천명>속에 그대로 반영하고 있
   음을 증명하고 있는 단적인 예이다.

최제우가 체포되었을 당시 함께 체포된 최제우의 추종자 19명의 심문 보고서에 따르면 심문내용이 기록된 14명의 기록서 중 이정화(李正華), 최인득(崔仁得), 성일규(成一奎)의 심문기록문에 이 '칼노래'에 대한 사항이 언급이 되어 있음을 발견할 수 있다.

> **이정화** 崔가 木劍으로 洋人의 甲을 물리칠 수 있다고 하였다.
> **최인득** 광기가 발동하여 劍舞를 추고 劍歌를 불렀다.
> **성일규** 처음 劍舞를 배울 때 몸이 떨림을 경험하였다.9)

위의 인용문을 통해 미루어 짐작해 볼 때 이 검무(劍舞)나 검가(劍歌)가 동학의 종교의례 때 접신의 한 방법으로 쓰였던 것이 아닌가 추정해 볼 수 있다. 이 검무(劍舞)는 입산행제(入山行祭)의 과정으로 진행되었던 것으로 짐작되는데 최제우의 아들 최인득(崔仁得)은 이 검무(劍舞)에 대해 말하길 "검무를 배우려면 먼저 하느님께 제사를 지낸다"고 진술한 바 있다.10) 최제우 주변을 감시하던 선전관(宣傳官) 정운구(鄭雲龜)도 최제우가 매월 삭망(朔望)에 산제를 지냈다는 보고를 한 바도 있다.11) 선전관(宣傳官) 정운구(鄭雲龜)는 같은 보고문에서 행제(行祭) 시 의례(儀禮)는 먼저 검무가(劍舞歌)를 함께 독송하고 몸이 떨리는 것을 체험하게 하는 것으로부터 시작되는데 최제우는 이 강신(降神)을 얻기 위해 이러한 제천의식(祭天儀式)을 매월 초하루와 보름날 거행(1863)했다는 것이며 1864년에도 여러 차례 이러한 모임을 갖은 걸로 보고하고 있다. 그렇다면 이 칼노래의 시작은 바로 종교적인 의례의 한 방식으로 시작된 것으로 이해할 수 있다.12) 이러한 검무가(劍舞歌)

---

9) 『徐憲淳 狀啓』.
10) "時乎時乎之曲 而欲習此 則生祭天云"『徐憲淳 狀啓』.
11) "每月朔望殺猪買果 入去淨僻山中 設壇祭天 誦文降神", 『宣傳官鄭雲龜書啓』.
12) 필자는 이러한 종교적인 의례로서 행해지던 동학 劍舞歌의 전통 의식이 현재에도 남아 있나를 확인하기 위해 그동안 천도교의 시일식과, 동학혁명

는 무당들이 가무를 통해 접신을 시도했던 것과 거의 같은 연장선상에
서 이해할 수도 있으나 그 춤과 노래가 칼을 들고 추었던 검무가(劍舞
歌)였다는 점에서 후세의 논자들에게 많은 논란거리를 제공해 주게 된
다.

　흔히 '검결'이라 불리던 이 칼노래는『고종실록』고종 1년(1864) 2월
29일 조(條)에 세 차례나 기록이 되어 있을 정도로 그 당시 큰 사회적
이슈였던 것으로 추정된다. 조동일은『카타르시스. 라사. 신명풀이』[13]
에서 최제우가 칼춤을 추면서 '검결'을 노래하는 행위로 자기 생각을
펴고자 한 것은 한국 사상사가 '신명풀이 이론'의 역사임을 말해주는
단적인 증거라고 주장하면서 최제우의 '칼노래'를 신명풀이의 원리로
설명하고자 한 바 있다.

　이와 같이 '칼노래'가 종교적인 의례에서 행해진 단순히 종교적인
의례이든 혹은 현상개벽론자들의 주장처럼 혁명의 노래이든 '칼노래'
의 극적 효과는 동학을 연극으로 형상화 하고자 하는 극작가들에게 관
심의 대상이 되기에 충분하다. 일단 노래와 함께 춤이 가미된다는 점
에서 이 '칼노래'는 동학소재 희곡의 그 극성을 높이는데 일조를 할 수
있기 때문이다. 또한 이 '칼노래'에 대한 작가적 해석에 따라 그 작가
가 보는 동학의 의미가 문학적으로 새롭게 재조명될 수 있기 때문에
동학 소재 희곡에 차용된 이 '칼노래'에 대한 심도있는 고구가 필요하
다 하겠다.

　105주년 기념식, 그리고 포덕 140년 천일기념식 등에 참여한 바 있으나 이
러한 의례들에서 문헌에 기록된 劍舞歌의 흔적을 찾아 볼 수는 없었다. 다
만 수운 최제우가 동학을 창도한 것을 기념한 천일 기념식에서 봉독된 용
담가 중의 "만세일지 장부로서 좋을시고 좋을시고 이내 신명 좋을시고"란
부분이 칼노래 가사와 부분적으로 일치한다 사실을 발견했을 뿐이다.
13) 조동일,『카타르시스. 라사. 신명풀이』, 지식 산업사, 1997. 103~104면.

3. 희곡 속에 나타난 '칼노래'

1) 전투적 굿판의 혁명적 노래

우리 희곡문학사상 최초로 '칼노래'가 등장한 작품으로는 1950년에 발표된 박노아의 <녹두장군>을 들 수 있다. 필자는 이미 박노아의 <녹두장군>이 우리 희곡문학사상 전봉준을 무대 전면의 부각시킨 최초의 희곡이라는 평가와 함께 박노아의 <녹두장군>을 시작으로 우리 희곡문학에서 본격적으로 혁명으로서의 동학을 얘기하게 되었다는 사실을 언급한 바 있다.

<녹두 장군>의 주인공은 작품의 제목이 암시하고 있듯이 동학 혁명이 선봉장이었던 전봉준 장군이다. 이 작품은 동학 전체를 문학적으로 재조명한 작품이라기 보다는 전봉준 등에 의해 주도되었던 실재했던 동학혁명을 작가적 상상력을 발휘해 문학적으로 형상화 하고 있는 작품이다.

물론 동학전체를 바라보는 작가 박노아의 자기 혼란성으로 인해 이 작품이 많은 논란이 여지를 남겨 두고 있는 것도 사실이지만 박노아의 <녹두장군>은 우리 희곡문학사상 최초로 전봉준을 작품 전면에 부각시키며 농민전쟁으로서의 동학혁명을 그리려 했다는 점에서 그 작품성 여부를 떠나 매우 중요한 의미를 지니는 작품이라 할 수 있다.

<녹두장군>에는 도합 세 번에 걸쳐 이 '칼노래'가 중요하게 부각된다. 첫 번째는 혁명의 복선으로서이며 두 번째는 전봉준을 암살하려는 강삼룡이 전봉준의 시해를 기생인 그의 누이 향월에게 사주하는 부분, 그리고 동학 기도식에서 전봉준과 신도들이 '칼노래'를 부르면서 무예를 연마하는 부분이 그것이다. 그런데 '칼노래'가 등장하는 이 세 번째

부분은 강삼룡의 사주에 의해 향월이 기도식에서 신도들과 '칼노래'를 부르는 전봉준을 시해하려다 전봉준에 대한 사랑 때문에 포기하는 부분이기 때문에 두 번째 칼노래에 대한 언급이 나오는 장면과 연상선상에서 논의 될 수 있는 부분이라고 할 수 있다.

우선 혁명의 복선으로서 언급된 '칼노래' 부분을 살펴보기로 한다.

노 인 (곁에 가서 들여다 본다) 글씨 잘 쓴다. 필력이 좋은걸...... 오만년 수운대의라. 오만년 운수를 받은 대의라...... (무릎을 탁치고) 됐다!

鄭 노인장, 아십니까?

노 인 응, 노형만치는 몰라도 대강 짐작은 하지요.

鄭 핫하하하.
(이때, 전이 죽림 속에서 읊는 劍歌소리 멀리 들려온다. 一同, 귀를 기우린다.)
(時乎 時乎 이내 時乎)
(不再來之 時乎로다.)

鄭 (마루 끝에 나와서서) 자아, 저걸 들어 보시오 어떤가.

노 인 그래 뭐야?

鄭 저 노래가 우리......

노 인 우리 뭐야?

鄭 저 노래가 우리......

노 인 우리 뭐야?

鄭 나중에 차차 알게 되지요.

노 인 이런 싱겁기라니, 숨길게 뭐람!
(검가 멀어졌다 가까워졌다 하면서 여전히 들려온다. 정은 신이 나서 어깨가 으쓱거린다.) 14)

바로 위 인용문에서의 검가 즉 '칼노래'는 혁명을 위한 준비가 차차 진행되고 있음을 암시하는 역할을 하고 있다. 아직은 드러내 놓고 말

---

14) 박노아, <녹두장군>, 『회곡 속의 동학 혁명』, 중문 출판사, 1994. 165~166면.

할 단계는 아니지만 새로운 세상의 도래를 염원하는 민중들의 바람이 이루어질 수 있을 것이라는 희망으로서의 복선의 역할을 이 멀리서 들려오는 검가가 하고 있는 것이다. 그러기에 동학군인 정익서(鄭)가 이 칼노래 소리를 듣고 어깨를 으쓱거리며 희망에 차 있는 모습을 보여주고 있는 것이다. 그런데 '칼노래'가 들려오는 대목에서 우리가 주목해야할 부분은 이 '칼노래'를 부르고 있는 사람이 최제우가 아니라 동학혁명의 선봉장이었던 전봉준이라는 사실이다. "전봉준이 죽림에서 읊는 검가 소리가 들려온다"는 사실이 의미하는 것은 무엇인가. 여기에서의 '칼노래'는 단순한 종교의례로서의 의미가 아니라 무력혁명을 위한 무예연마로서의 의미로 보는 것이 훨씬 타당하다. 이 '칼노래' 의식은 이 희곡의 사건 전개에 있어 매우 중요한 역할을 하게 되는데 동학군에게 죽음을 당한 아버지의 원수를 갚으려는 강삼룡과 그의 누이 동생 향월이 전봉준을 암살하려고 계획한 날이 바로 동학군들이 '칼노래'를 부르는 지일(地日) 기도식 날이다.

姜   오늘밤에 지일(地日) 기도가 끝나면 검무를 춘단다.
향월   검무요?
姜   응, 검가(劍歌)라나 하는 노래를 부르면서 칼춤을 추는데, 대장 칼을 내준다니 춤은 어떻게 하던지 네가 꼭 춰야한다.[15]

이러한 사전 모의에 의해 향월은 전봉준의 칼을 받아 동학의 지일 기도식날 '칼노래'에 맞춰 칼춤을 추게 된다.

全   그럼 먼저 기도하고 다 같이 검가(劍歌)를 부릅시다. 여러분도 아시겠지만 검가는 교조 수운 선생이 대장부의 기개를 읊으신 것으로, 우리는 이 노래를 부르는 동안 부지불식간에 기개가 고상해 지고 마음이 활연히 열려서 도의를 깨닫게 되고 또 이

---

15) 박노아, 앞의 희곡, 198면.

노래에 맞춰서 검무를 추고 보면 자연 무예를 연마하게 되는
것이요.

…중략…

全 여러분 중에 혹 검무 잘 추는 분이 있으면 나와서 이 칼을 들
고 추시오.

(하고, 차고 있던 삼척보검(三尺寶劍)을 끌러 놓고 좌중을 둘
러 본다.

…중략…

(일동의 환시 중에 향월이 걸어 나와서 전이 집어주는 칼을 받
아들고 선다.)

(이윽고 일동이 부르는 검가에 맞춰 춤을 추기 시작한다.)

(검가) 時乎時乎 이내時乎
不再來之時乎로다
만세일지 丈夫로서
五萬年之 時乎로다
龍泉劍 드는 칼을
아니쓰고 무엇하리
좋을시고 좋을시고 이내 신명 좋을시고

(춤을 추면서 두어번 전의 목을 찌를 듯이 겨누고, 돌아갔다.
왔다. 책 돌아섰다 한다. 그럴 때마다 노래 소리가 속으로 들어
간다.)

…중략…

좋을시고 좋을시고 이내 신명 좋을시고

(여전히 찌를 듯이 전을 겨누고 돌아가더니 그만 전의 앞에
폭 쓰러지면서 엎드려 운다, 일동, 놀랜다. 강은 대경질색해서
도망할 틈을 엿보고 있다.)16)

위 인용문에서도 알 수 있듯이 이 '칼노래'는 종교의례의 하나로 행
해지던 예식으로 추정되는데 전봉준은 이 '칼노래'에 맞춰 검무를 추고

---

16) 박노아, 앞의 희곡, 201~203면.

나면 자연 무예를 연마하게 된다는 말을 통해 이 '칼노래'를 단순히 종교 의례적인 행사로서만 생각지 않는 모습을 보여주고 있다. 다시 말해 <녹두장군> 속의 전봉준은 이 '칼노래'를 장차 그가 선봉이 되어서 일으킬 동학 혁명을 위한 무예연마로서의 의미에 더 큰 방점을 두고 있는 것이다. 만약 전봉준이 종교적 의례 쪽에 더 치중해서 '칼노래'를 동학교도들과 함께 불렀다면 실제 자신의 칼을 들고 신도들에게 춤을 춰 보라는 종용을 하지는 않았을 것이다. 목검을 들고 불렀다는 최제우의 '칼노래'가 박노아의 <녹두장군> 속에서는 실제 칼을 들고 추는 '칼춤'과 함께 불려지고 있는 것이다.

우리는 이 부분을 다음과 같은 두 가지 입장에서 해석할 수 있다. 첫째는 동학을 바라보는 박노아가 서 있는 지점에 대한 해석이다. 그는 분명 동학을 소재로 해서 희곡을 창작하고 있긴 하지만 우리는 이 작품을 통해 동학의 구체적인 사상이나 동학혁명이 의미하는 바를 알기는 매우 어렵다. 이 희곡에서 내세우고 있는 동학 사상이라는 것이 "오만년 수운대의"정도 뿐이기 때문이다. 이 희곡 속의 전봉준이란 인물 역시 동학 사상을 실현하기 위해 혁명을 주도 했다고 보기에는 다소 무리가 따르는 인물일 뿐이다. 다시 말해 이 희곡에서 전봉준이 주도한 동학 혁명은 확대된 민란의 다른 형태일 뿐이며 그 겉을 피상적으로 포장하고 있는 것이 동학일 뿐이다. 이 희곡 속의 '칼노래' 역시 그런 의미에서 이해하는 것이 타당하다. 이 희곡에서 꼭 수운 최제우가 불렀던 '칼노래'가 필요했던 것이 아니라 전봉준이란 인물의 뿌리가 동학이라는 것과 그의 혁명성을 드러내 주기에 적합했던 것이 '칼노래'였기 때문에 '칼노래'가 이 희곡에 차용되었을 뿐이다. 그가 이 '칼노래'를 이 작품 속에 차용한 궁극적 이유는 전봉준의 무력 혁명의 준비 모습을 좀 더 효과적으로 보여 주기 위함이었다고 보는 것이 타당할 것이다.

두 번째는 기생 향월이 동학 기도식날 동학교도들의 '칼노래'에 맞춰 실제 칼을 들고 칼춤을 추면서 전봉준을 그 칼로 찔러 죽이려다 전봉준에 대한 사랑 때문에 포기하고 마는 장면에 대한 해석이다. 어쨌거나 이 부분이 이 희곡에서 가장 극적인 부분임은 두말할 나위가 없을 것이다. 이 희곡에 나오는 동학군이 모두 출연해서 '칼노래'를 부르고 향월이 그 노래에 맞춰 칼춤을 추는 이 대목은 이 희곡의 내용 여부를 떠나 이 희곡이 공연되었을 경우 관객들의 흥미와 관심을 불러 모으기에 충분한 부분이라 할 수 있다. 특히 향월이 여러 차례 칼로 전봉준을 겨눌 때 동학교도들의 속으로 잦아지는 '칼노래'는 이 부분의 극적 긴장감을 극대화하는데 일조하고 있다고 할 수 있다. 집단으로 부르는 '칼노래'의 웅장함과 이 '칼노래'에 맞춰 '칼춤'을 추면서 전봉준을 암살하려는 향월의 여러 차례의 시도는 이 희곡의 가장 극적인 부분이라고 할 수 있다.

다시 말해 <녹두장군>의 작가 박노아는 그의 희곡 작품 속에 '칼노래'를 차용해 씀으로써 극적 효과의 극대화와 동학을 혁명으로 해석하는 작가적 시각의 투영이라는 이중적 효과를 동시에 얻고 있는 것이다.

박노아의 <녹두장군> 이후 한동안 동학을 소재로 한 희곡에서는 이 '칼노래'가 자취를 감추게 된다. 이는 그동안 동학을 소재로 한 희곡 창작이 활발하지 못한 탓도 있지만 '칼노래'를 작품에 드러내 놓고 사용하기가 어려웠던 시대적 상황에 대한 영향도 간과할 수는 없을 것이다.

이 '칼노래'가 동학 소재 희곡에서 다시 중요하게 부각된 작품으로는 80년대 후반 극단 아리랑의 <갑오세 가보세>(1988)를 들 수 있다. 군사정권의 연장이긴 했지만 80년대 후반부터는 운동권이나 대학가 이외에서도 혁명으로서의 동학을 얘기할 수 있는 분위기가 조성되었는데 이러한 시대적 흐름을 타고 발표된 기성 극단의 공동창작 작품이 극단 아리랑의 <갑오세, 가보세>이다. 아리랑의 <갑오세 갑보세>는 1988년 3월3일부터 4월30일까지 서울 예술극장 미리내에서 공연된 제 1회 민족극 한마당에서 참가작 중 맨 마지막으로 공연된 작품이다.

희곡 <갑오세 가보세>는 처음 시작부터 이 '칼노래'를 중요하게 부각시킨다. 그런데 특이한 점은 이 희곡에 등장하는 '칼노래'는 『천도교 창건사』에 소개되고 있는 어려운 한문투의 가사가 아니라 한글로 쉽게 바꾼 '칼노래'란 점이다. 뿐만 아니라 일부 원전 '칼노래'의 가사를 이 희곡에 맞게 개작하고 있기까지 하다.

(징소리가 울리면 배우들, 죽창과 깃발을 들고 검가를 부르며 나와 둥글게 선다.)

때가 왔네 때가 왔어 다시 못 올 때가 와
만세조선 장부로서 오만년의 때가 와
용천검 날랜 칼은 아니 쓰고 무엇하리
좋을씨고 좋을씨고 이내 신명 좋을씨고
보국안민 떨쳐들고 이칼 저칼 넌즛 들어
(마주보며 춤을 춘다.)
호호망망 넓은 천지 한몸으로 비켜서서
칼노래 한 곡조를 우렁차게 불러내니
좋을씨고 좋을씨고 이내 신명 좋을씨고
용천검 날랜 칼은 하늘에 번득이고
(둥글게 돌면서 춤을 춘다.)
왜군진멸 높은 뜻은 우주에 덮여 있네
천하명장 어데 있나 장부 앞에 장사없네
좋을씨고 좋을씨고 이내 신명 좋을씨고[17]

위 인용문의 '칼노래'와 『천도교 창건사』 속에 소개되고 있는 칼노

---

17) 민족극 연구회 엮음, <갑오세 가보세>, ≪민족극 대본선≫ 4, 1991. 133면.

래를 비교해 보면 위 인용문의 '칼노래'는 확실히 혁명을 선동하는 입장에 서 있음을 어렵지 않게 알 수 있다. 일단 이 '칼노래'가 혁명의 노래인가 혹은 깨달음의 노래인가에 대한 논란의 여지를 남겨뒀던 '무수장삼'이란 부분이 <갑오세 가보세> 속의 칼노래에서 원문의 "무수장삼 떨쳐입고"가 "보국안민 떨쳐 들고"로 그리고 "게으른 무수장삼 우주에 덮여잇다"가 "왜군진멸 높은 뜻은 우주에 덮여 있네"로 개작되어 있음을 알 수 있다. 이 두 부분의 개작으로 <갑오세 가보세>의 '칼노래'는 더 이상 논란의 여지가 없는 완벽한 혁명의 노래로 변모를 하고 있다. 게다가 죽창과 깃발을 들고 등장하는 배우들에 의해 '칼노래'가 불려진다는 설정자체가 <갑오세 가보세> 속의 '칼노래'를 더 이상 깨달음의 노래로만 머물게 하고 있지는 않다.

이 희곡에서의 '칼노래'는 단순히 깨달음의 노래로서의 의미가 아닌 무력 혁명의 실천 방법으로 부각되고 있는 것이다. 이와 같은 입장은 최제우가 사후의 영생이나 내세관에 대한 언급이 없이 현실의 모순에서 벗어나는 위주로 사상을 전개하였다는 점을 들어 최제우의 사회개혁적인 성격을 앞세우는 견해와 궤를 같이 하는 입장이다.

아래 인용문 역시 이 '칼노래'가 혁명을 위한 무예연마의 도구로서의 역할을 하고 있음을 보여주고 있는 부분이다.

> **장 령** …중략…그럼 시방부터 검가와 탈춤을 배우겠다. (세 사람은 무기를 든다.)내가 동작과 노래를 할팅게 잘 보도록 해라. 자, 세 사람 뒤로 세 발짝씩 물러서.
> (검가를 부르며 칼을 휘두른다.)
>
> 때가 왔네 때가 왔어
> 다시 못 올 때가 와.
> 만세조선 장부로서
> 오만년의 때가 와.

장 령 이것은 교주 최수운님이 한울님의 뜻을 받아서 지은 노래다. 이
노래를 부르면서 춤을 추게 되면 관군허고 쌈에서 이기고 도
통을 하게 된다. 자 긍게 세 사람 정신 똑바로 챙기고 따라 해
봐라. 알겠나?[18]

이쯤 되면 '칼노래'가 종교적인 의례로서의 의미가 있다든가 혹은
접신을 위한 하나의 방편으로 쓰였을 거란 추측이 무색해지게 된다.
이 희곡에서의 '칼노래'는 혁명을 위한 무예 연마를 위해 필요한 방책
일 뿐이기 때문이다. 위 예문에서 장령이 동학군들에게 '칼노래'를 가
르쳐 주며 하는 "이것은 교주 최수운님이 한울님의 뜻을 받아서 지은
노래다"까지는 그런대로 역사적 사실에 근거한 말이지만 "이 노래를
부르면서 춤을 추게 되면 관군허고 쌈에서 이기고" 등의 말은 이 희곡
창작자들의 주관이 개입된 부분이라고 할 수 있다. 물론 앞서 살펴 본
대로 박영학이 이와 비슷한 주장을 하고 있기는 하지만 희곡작품 속
장령의 이러한 말을 글자 그대로 받아들이기에는 많은 무리가 따른다.
작중 인물의 '칼노래'에 대한 이러한 해석은 이 희곡의 공동 집필자들
이 바라보는 '칼노래'에 대한 해석일 뿐이기 때문이다. 우리는 여기서
이 희곡의 창작자들이 어떠한 이유에선지 이 '칼노래'의 종교성을 거의
완벽하게 거세해 내고 있다는 사실에 주목할 필요가 있다.

이 희곡에서의 '칼노래'는 앞서 살펴봤던 김지하의 주장처럼 동학
혁명의 전과정에서 민중의 혁명적 행동과 그대로 직결된 의식이요, 노
래로서 작용하고 있다.

(깃발든 동학도인들의 요란한 승전 외침이 끝난 뒤 요란한 풍물
소리와 함께 함성을 지른다. 함성이 끝난 뒤 검가를 부르며 전봉준
과 손병희를 중심으로 두 줄로 선다. ......)[19]

---

18) 민족극 연구회 엮음, 앞의 책, 150면.

위의 지문 역시 <갑오세 가보세>에서의 '칼노래'가 민중의 혁명적 행동과 직결된 혁명을 선동하는 노래임을 드러내 주고 있는 부분이다.

아리스토텔레스는 일찍이 시학에서 연극에 필요한 여섯가지 요소로 플롯, 사상, 인물, 화법, 음악, 스펙타클 등 여섯 가지를 든 바 있다. 이 중 스펙타클은 무대공간, 무대 장치, 의상, 조명, 음악 등의 모든 시청각적인 측면으로 이해할 수 있는데, 연극에서 가장 효과적인 스펙타클은 역시 몸을 사용한 춤동작이라고 할 수 있다. 특히 음악이 가미된 춤동작은 관객들의 시건을 붙잡기에 가장 효과적인 스펙타클한 요소임에 틀림없다. <갑오세, 가보세>는 연극 시작 처음부터 배우들이 집단으로 '칼노래'를 합창하며 함께 무대 위를 돌면서 '칼춤'을 추는 모습을 통해 관객의 흥미와 관심의 집중을 의도적으로 노리면서 볼거리를 통한 극적 효과의 극대화를 꾀하고 있다. 다시 말해 <갑오세 가보세>의 공동 창작자들은 '칼노래'를 자신들의 공동창작 작품에 사용함으로써 혁명으로서의 동학의 재조명함과 아울러 관객들에게 다양한 볼거리 제공이라는 두 가지 이중적인 효과를 자연스럽게 표출하고 있는 것이다.

김정숙의 뮤지컬극 <들풀>(1994)에도 역시 이 '칼노래'가 등장한다. <들풀>은 극단 '모시는 사람들'에 의해 1994년 동학 혁명 100주년 기념작으로 공연된 작품이다. 이 작품은 혁명으로서의 동학항쟁의 의의를 작가 나름대로 긍정적인 시각으로 재조명하고자 한 작품이라 할 수 있다. 혁명으로서의 동학을 얘기하고 있는 다른 동학 소재 희곡들에 한결같이 전봉준이 등장하고 있듯이 <들풀>에도 역시 전봉준이 등장한다. 그러나 이 희곡의 제목<들풀>이 암시하듯 이 희곡의 진짜 주인공은 갑오년 동학혁명을 주도했던 전봉준 등이 아니라 갑오동학 혁명 당시 이름 없이 죽어간 이름없는 평범한 들풀같은 민중들이다. 이 희곡

---

19) 민족극 연구회 엮음, 앞의 희곡, 177면.

의 작가 김정숙은 동학 혁명을 '갑오동학농민혁명'이라고 명명하고 있
는데 이는 이 작가가 동학을 바라보는 입장을 확연히 드러내주고 있는
부분이라 할 수 있다. 물론 이 희곡에도 동학의 주문인 '십삼자 주문'
이라든가 혹은 '궁궁을을'이라는 동학의 상징적인 말들이 쓰이고 있긴
하지만 이 모든 것이 동학 혁명이 구호와 뒤섞인 채 하나의 구호 식으
로 사용될 뿐 그 이상의 의미로 사용되고 있지는 않다. 작가는 '칼춤'
을 추는 민중들을 바라보면서 군자홍이 부르는 노래 <내가 아주 어렸
을 적엔>을 통해 들풀같은 우리의 민중들 하나 하나가 새 세상을 열어
갈 아기장수임을 역설하며 민중들을 독려하는 모습을 보여 주고 있는
데 이쯤 되면 김정숙이 이 뮤지컬 극을 통해 얘기하고 싶었던 것이 동
학 전체에 대한 조망이 아니라 갑오년에 있었던 바로 그 단일한 사건
만이었음을 알 수 있다.

김정숙의 <들풀>에 등장하는 '칼노래'는 '검결'이라는 여섯 번째 음
악곡으로 등장하는데 이 희곡의 검결 즉 '칼노래'는 『천도교 창건사』에
기록되어 있는 '칼노래'를 개작없이 그대로 옮겨 놓은 것이다. 그럼에
도 불구하고 이 희곡에서의 '칼노래'는 '칼노래'가 혁명의 노래다, 혹은
깨달음의 노래다라는 기존의 논란과는 상관없이 확실한 혁명의 노래로
써만 사용되고 있다. 이 희곡에서 '칼노래'에 맞춰 추는 '칼춤'즉 검무
역시 무예연마를 위한 하나의 방책일 뿐이다.

음악5 <농민군 행진 풍물>

농민군 귀득이 맨앞에 무등을 타고 남색기를 휘두르며 지휘를 하고사
람들 귀득이의 기를 보고 따른다.
호적과 풍물을 앞세우고 기를 든 자, 칼춤을 추는 자, 죽창을
든자 모두 진을 짜며 풍물에 맞춰 행진을 한다. 행진이 검무대
형이 되면

음악6 <검결(劍訣)>

농민군 농민군의 합창. 검무를 추며 노래한다.

> 시호(時乎시호 이내 시호 부재래지(不再來之) 시호로다
> 만세일지(萬世一之) 장부로서 오만년지(五萬年之) 시호로다
> 용천검(龍泉劍)드는 칼을 아니 쓰고 무엇하리
> 무수장삼(舞袖長衫) 떨쳐 입고 이 칼 저 칼 넌즛 들어
> …중략…
> 좋을시고 좋을시고 이내 신명(身命) 좋을시고 (노래끝)

> 노래가 끝나면 농민군들은 제각기 무리를 지어
> 검무를 익히며 훈련에 열중한다.[20]

위 인용문에서 확인할 수 있는 바와 같이 칼춤을 추는 자나 기를 든 자, 그리고 죽창을 든 자 사이의 변별성은 거의 없다. 이들은 모두 농민군으로서 동학혁명에 참여하고자 하는 들풀인 민중일 뿐이다. 이 희곡이 상연되었을 경우 관객들 누구도 이 '칼노래'를 부르고 '칼춤'을 추는 농민군들의 모습을 통해 이들이 깨달음의 환희를 노래하고 춤추고 있는 것이라고 생각하는 사람은 거의 없을 것이다. 이 칼노래에 대한 깊이 있는 배경 지식이 없는 대다수의 관객들은 '칼노래'와 '칼춤'을 혁명을 위한 준비단계로 이해하게 된다고 할 수 있으며 작가 역시 그러한 의도로 이 희곡에서 '칼노래'와 '칼춤'을 사용하고 있다고 볼 수 있다. 그러기에 작가는 '칼노래'가 끝나면 농민군들이 검무를 익히며 훈련에 열중하고 있다는 지문을 통해 관객들의 추측에 더 확신을 주고 있기까지 하다. 이는 <들풀>의 작가 김정숙이 이 희곡에서 그려내고자 하는 동학의 축이 어디에 서 있는가를 확연히 드러내 주고 있는 부분이라고 할 수 있다.

---

20) 김정숙, <들풀>, 《블루사이공》, 도서출판 모시는 사람들, 1997. 149~150면.

희곡 <들풀>은 음악극의 대본이다. 이 희곡에는 도합 26번의 음악이 등장한다. 김정숙은 <들풀>의 기본 사건전개는 일반 희곡처럼 대사 위주로 풀어 나가면서도 특별히 강조하거나 장면 효과의 극대화가 필요한 부분에서는 어김없이 음악을 사용하고 있다. 이 음악은 '농민군 풍물 행진 음악'처럼 가사가 없는 음악이 사용되기도 하지만 대부분은 이 음악에 따른 가사가 있어 출연자들에 의해 이 가사는 노래로 불려지게 된다. 이 음악곡의 노래들은 때로는 출연자 개인에 의해서 혹은 출연자들끼리 주고받는 노래로 또는 집단적으로 불려지게 된다. <들풀>속에서 집단적으로 불려지는 노래들은 보통 민중들의 힘을 과시하거나 혁명의 정당성을 얘기하는 부분에서 많이 사용되고 있는데 <들풀>에서의 '칼노래' 역시 농민군들에 의해 집단으로 합창되고 있으며 이 '칼노래'에 맞춰 추는 검무 역시 집단으로 추는 군무 형태로 진행되고 있다. 이는 농민군의 혁명 준비의 모습을 상징적으로 보여주기 위해 이 '칼노래'와 '칼춤'이 이 희곡에서 사용되고 있기 때문이다. 특히 <들풀>에서는 남장을 하고 동학혁명군에 참여했다 비참한 최후를 맞이하는 군자홍이 '검무'를 추는 무리 가운데 돋보이게 춤을 추게 배치하는 등 작가는 이 '칼노래'와 함께 진행되는 '검무' 부분을 통해 극적 효과를 꾀할 뿐만 아니라 이 '칼노래' 부분에 작가 나름대로 상징적인 의미까지도 부여하고 있다.

2) 혁명을 넘어선 개벽의 노래

1990년대 들어 발표된 동학 소재 희곡 중 김용옥의 <천명>이나 극단 '함께 사는 세상'의 <궁궁을을 1894> 등은 그동안 동학을 혁명으로서만 이해하려했던 대다수의 사람들에게 보수 반동 세력으로 지탄받아 오던 최시형이란 인물의 사상과 인물됨을 집중적으로 조명하고 있는 작품들이다. 이 두 희곡 작품들은 해방 이후 역사적으로 혹은 문학적으로 많은 비난을 당했던 최시형이란 인물을 작품 전면에 배치함으로써 그동안 동학의 무력적인 혁명 부분에 가려 제대로 알려지지 않았던 동학의 또 다른 부분들을 알리고자 한 작품들이다. 이 두 작품에도 역시 '칼노래'가 중요한 의미로서 등장하고 있다.

우선 김용옥의 희곡 <천명>속에 등장하는 '칼노래'부터 살펴보도록 하자. 이 희곡에서 매우 중요하게 부각되고 있는 수운의 '칼노래'는 이 희곡의 두 주인공인 해월 최시형과 녹두 전봉준에 의해 각기 다른 의미로 해석되고 있다. 전봉준은 흔히 검결이라 불려지는 이 칼노래를 혁명에 의해 개벽이 달성될 때가 왔음을 얘기한 노래로, 해월 최시형은 아직 개벽을 이룰 근원이 차지 않았기에 좀 더 인간이 바뀌고 새로워져야한다는 수심정기(守心正氣)의 노래로 받아들이고 있다. 이렇듯 이들은 최수운의 칼노래마저 서로 다르게 해석했기에 보은집회의 해산을 종용하는 해월에 대항해 전봉준과 군중들은 최수운의 이 '칼노래'를 외치며 고부 봉기를 일으키는 모습을 보여주고 있다.

해 월   내 말을 깊게 새기고 해산하시오

전   지도부는 수탈당하는 백성들의 절박한 현실에 우원하오. 때는 이때요! 우리는 무기력하게 해산할 수만은 없오. 믿을 수 있는 것은 오로지 민중의 힘일 뿐이요! 때를 놓치지 마시오!
      (전봉준의 말이 끝나면서 군중들이 전봉준을 에워싸면서 환호한다. 그러면서 때가 왔다는 "時乎"구호를 외쳐댄다.
      시호시호 시재시재
      (時乎時乎 時哉時哉)
      시호 시호 시재시재……

4. 검무장면. 군중들의 일부가 전봉준을 환호하면서 에워싸고 점차 마당이 형성되는가 하면, 그 배경으로는 해월, 손병희 손천민 등 지도부와 일반 군중들이 보따리를 싸 짊어지고 흩어지

는 장면이 연출된다. 이 검무는 둘러싸인 군중 한가운데서 전봉준이 홀로 춘다. 창은 춤추는 전봉준이 부르면서 해도 좋고, 주변의 군중이 창을 하면서 전봉준이 춤만 추어도 좋다. 전봉준이 창하고 군중이 후렴 비슷하게 받아해도 좋을 것이다. 칼춤은 칼이 번뜩이며 달빛 아래 엄청난 다이내미즘을 과시하는 안무의 묘가 충분히 표출되어야 할 것이다.

시호시호(時乎時乎) 이내시호 부재래지(不再來之) 시호로다
만세일지(萬世一之) 장부로서 오만년지(五萬年之) 시호로다
용천검(龍泉劍)   드는칼을 아니 쓰고 무엇하리
무수장삼(舞袖長衫) 떨쳐입고 이칼 저칼 넌즛들어
호호망망(浩浩茫茫) 넓은천지 일신으로 비껴서서
칼노래   한곡조를 시호시호 불러내니
용천검   날랜칼은 일월을 희롱하고
게으른   무수장삼 우주에 덮혀있네
만고명장(萬古名將) 어데있나 장부당전(丈夫當前) 무장사라(無壯士)라
좋을시고   좋을시고 이내신명(身命) 좋을시고[21]

위 인용문에서 확인할 수 있는 바와 같이 <천명> 속의 '칼노래'는 『천도교 창건사』에 소개되어 있는 '칼노래'의 원문을 그대로 사용하고 있다. 따라서 이 '칼노래'에 대한 시각이 지금도 분분한 것처럼 이 희곡 속에 등장하는 주인공들이 생각하는 '칼노래'의 의미 역시 동일하지는 않다.

<천명> 속의 전봉준이나 전봉준을 추종하는 민중들은 최수운이 말한 개벽의 때가 비로소 왔다고 믿었으며 그 때는 자신들의 힘에 의해 즉 최수운이 말한 용천검 드는 칼 즉 무력적인 힘에 의해 이루어질 수 있다고 믿고 있다. 그들이 믿었던 개벽이란 오로지 무력적인 혁명에 의해 달성될 수밖에 없는 바로 그런 것이었는지도 모른다. 그러나 과

---

21) 김용옥, 앞의 책, 40~42면.

연 이 희곡의 전봉준이 민중 혁명의 노래로 사용한 최수운의 칼노래가 과연 민중들로 하여금 칼을 들고 무장봉기하라는 노래였는지에 대해서는 역시 의문이 들지 않을 수 없다. 왜냐하면 아래의 해월의 대사는 결코 '칼노래'가 전봉준의 무장봉기의 도구로 쓰일 수 없는 노래임을 나타내 주고 있기 때문이다.

> **전**   개벽이 무엇이오니까?
>
> **해 월**   인간세의 오만년 운세가 다하고 새로운 운명세가 도래한다는 말이요.
>
> **전**   개벽은 오로지 혁명으로만 달성될 뿐이오.
>
> **해 월**   개벽은 命을 혁파하는 것만으로는 이루어지지 않소. 命의 주체인 인간이 바뀌고 새로워져야 하오. 수운 선생임은 말씀하시었소. 개벽은 수심정기(守心正氣)네 글자에 있느니라.[22]

해월은 아직 개벽의 때가 아니라고 본 것이다. 그에게 있어 개벽은 단순한 정권의 교체만을 의미하는 것이 아니라 인간이 삶의 모든 양식에 일대 변혁을 가져오는 문명사적 대전환을 의미하는 것이었기 때문이다. 따라서 해월은 전봉준 등이 주장하는 혁명을 이루기 위해서는 수심정기의 정신 개벽이 선행되어야 한다고 본 것이다. 해월에게 있어 개벽이란 혁명을 넘어선 모든 존재를 한울님으로 자각하는 시각의 변화, 인식론의 대전환을 전제한 이후에야 가능한 그런 것이었던 것이다.

그렇다고 해서 해월이 전봉준의 무력혁명에 의한 개벽 부분을 전면적으로 부정하고 있다고 보기는 어렵다 왜냐하면 위의 대화에서 해월은 개벽이란 命을 혁파하는 것만으로는 이루어지지 않는다는 얘길 하고 있기 때문이다. 그럼에도 불구하고 해월에게 있어 개벽이란 어디까지나 인간이 바뀌고 새로워져야한다는 의미로서의 개벽의 층위가 한층 더 강하다고 볼 수 있다. 그렇다면 이러한 입장의 해월에게 있어 수운

---

22) 김용옥, 앞의 책, 40면.

선생의 '칼노래'는 전봉준 식의 민중을 선동하는 무장 봉기의 노래로서
의 의미는 아니었을 것이다. 그러나 동학하면 지금도 대다수의 사람들
이 전봉준이나 동학란을 연상하고 있듯이 최수운의 '칼노래'하면 그 때
나 지금이나 모두 전봉준식의 의미로써 받아들이는 것이 일반적인 경
향인 듯 하다.

그러나 도올의 희곡 <천명> 속의 해월은 그 당시 최수운의 이 '칼노
래'에 대한 해석을 이런 식으로 하고 있지 않음을 위 예문에서 밝힌
바 있다. 해월은 개벽이란 수심정기(守心正氣)네 글자에 있다고 분명히
말하고 있다. 그렇다면 최수운의 '칼노래' 중 "용천검 드는 칼을 아니
쓰고 무엇하리"란 과격한 어구에 대해 해월은 과연 어떤 식으로 받아
들였기에 최수운의 뜻을 가장 충실히 따랐으면서도 전봉준 등의 무력
혁명 주장에 대해 그토록 반대적인 입장에 섰는가 궁금하지 않을 수
없다. 앞서 살펴봤던 '칼노래'에 대한 김지하의 주장보다는 김인환의
주장이 해월이 수운의 칼노래를 받아들이고 이해했던 측면과 어느 정
도 유사하게 근접해 있다고 볼 수 있다. 그러나 해월이 전적으로 김인
환의 주장처럼 최수운의 '칼노래'를 사회적 저항을 전혀 배제한 단지
깨달음의 노래로만 받아 들였다고는 볼 수 없다. 적어도 해월은 아직
때가 이르지 않았으니 그 때를 위해 마음을 닦아야 한다는 얘기를 하
고 있기 때문이다. 다시 말해 김용옥은 그의 희곡 <천명> 속의 '칼노
래'를 통해 전봉준으로 대표되는 급진개혁론자인 동학 남접과 최시형
으로 대표되는 보수 온건노선의 미묘한 갈등을 얘기하고 있다고 할 수
있다. 동학교조인 수운 최제우가 가르쳐 준 '칼노래'에 대한 이처럼 각
기 다른 해석은 동학 혁명 당시 동학의 남접과 북접의 갈등을 확연히
드러내주고 있는 부분이라 할 수 있다.

<천명> 속의 '칼노래' 역시 앞서 살펴봤던 다른 희곡 속의 '칼노래'
와 마찬가지로 매우 극적으로 연출되고 있다. 다만 동학을 소재로 한

다른 희곡들과 마찬가지로 군중집단에 의해 이 노래가 불려지는 것은 같으나 '칼노래'를 부르는 군중들에게 휩싸여 전봉준이 홀로 검무를 추는 장면이 연출된다는 점이 다른 희곡에 비해 <천명>의 특이한 점이라 할 수 있다. 또한 이 '칼노래' 장면은 동학혁명을 바라보는 작가 김용옥의 생각을 비유적으로 보여주고 있기도 하다. "군중들의 일부가 전봉준을 환호하면서 에워싸고 점차 마당이 형성되는가 하면, 그 배경으로는 해월, 손병희 손천민 등 지도부와 일반 군중들이 보따리를 싸 짊어지고 흩어지는 장면이 연출된다."라는 위 인용문의 지문은 바로 전봉준을 선봉으로 일어났던 동학혁명이 최시형을 비롯한 동학의 지도부와 일반민중들에게 어떠한 식의 후유증을 남겼는가를 암암리에 상징적으로 보여주고 있기도 하다.

김용옥은 이 희곡에서 '칼노래'에 맞춰 추는 전봉준의 칼춤은 칼이 번뜩이며 달빛 아래 엄청난 다이내미즘을 과시하는 안무의 묘가 충분히 표출되어야 할 것이다라는 말로써 전봉준의 칼춤이 희곡 <천명>의 연극성을 높이는데 매우 중요한 역할을 해야한다는 입장을 드러내고 있기도 하다. 어쨌든 노래와 춤이 어울어진 '칼노래'와 '칼춤'의 사용은 희곡 <천명>의 극성을 높이는데 일조하고 있음이 사실이다. 특히 그 '칼노래'가 개인이 아닌 집단의 합창으로 이루어지고 있기 때문에 그 웅장한 힘의 역동성은 이 희곡이 연극으로 상연되었을 경우 매우 힘있게 관객들에게 다가갈 수 있는 여지를 제공해 주고 있다 하겠다.

극단 '함께 사는 세상'의 <궁궁을을>(1894)는 동학 혁명 100주년이 되던 해인 1994년 제 7회 전국 민족극 한마당에 참가하여 공연된 작품이다. 극단 '함께 사는 세상'의 공동창작 희곡인 <궁궁을을>(1894)에도 두 번에 걸쳐 '칼노래'가 등장한다. 첫 번째는 여덟째 거리 '칼춤' 부분이며 두 번째는 이 희곡의 마지막 판닫음 부분에서 이 연극의 끝을 알리는 음악으로 '칼노래'가 사용되고 있다. 그런데 <궁궁을을>(1894)[23]

는 그 제목이 암시하는 바와 같이 봉기 위주의 동학 혁명이라는 부분
에서 탈피해서 동학이라는 사상적인 면과 신앙조직적인 면에 치중해서
동학을 조명하고 있는 작품이다. 따라서 이 '칼노래' 장면도 단순히 봉
기위주의 무예 연습을 위한 방책으로써의 '칼노래'가 아니라 동학이라
는 종교에서 어떻게 무력혁명인 '갑오동학혁명'이 나올 수밖에 없었는
가를 비유적으로나마 나름대로 보여주려 하고 있다는 점에서 주목을
요한다.

　　　　'시천주조화정 영세불망만사지'[24) 주문이 점점 커지며 사람들 무
　　　대 위에 등장한다. 사람들이 자리를 잡고 앉으면 두 명의 무사가 나
　　　오고 주문이 시호로 바뀌며 칼춤을 춘다.

　　　　(노래―칼노래)

　　　　　시호 시호 이내 시호 부재래지 시호로다
　　　　　만세 일지 장부로서 오만년지 시호로다
　　　　　용천검 드는 칼을 아니 쓰고 무엇하리
　　　　　무수장삼 들쳐입고 이칼 저칼 넌주들어
　　　　　호호망망 넓은 천지 일신으로 비켜서서
　　　　　칼 노래 한곡조를 불러내니

---

23) 弓乙이나 弓弓은 그 글자 모양이 활을 상징하는 것으로 弓弓은 활이 두 개
　　란 뜻이다. 그러므로 두 개의 활을 맞대 놓으면 둥근 원을 그리게 된다. 다
　　시 말해 弓乙은 바로 圓에 乙을 그린 것이니 바로 태극 모양을 뜻하는 것
　　이다. 弓弓을 모아 이루어진 둥근 圓은 인간의 本心이 원래 둥글게 되어 있
　　다는 뜻이다. 즉 본래 마음은 모나거나 이지러짐이 없이 원만하다는 것을
　　상징하는 것이다. 지금도 천도교에서는 이 궁을 모양을 그린 궁을기를 천도
　　교의 상징물로 사용하고 있다.
24) 흔히 십삼자 주문이라 불리는 동학의 이 주문은 현재에도 천도교의 시일식
　　와 각종 행사에서 중요하게 암송되고 있는 동학의 핵심 사상을 담고 있는
　　주문이다. 원래 주문의 글자는 21자였으나 '지기금지원위대강(至氣今至願爲
　　大降)'이란 8자는 요즘 주문을 외울 때 암송하지 않고 인용한 13자만 사용
　　하고 있다.

    용천검 날랜 칼은 일월을 희롱하고
    만고명장 어디있나 장부단검 무장사라
    좋을시고 좋을시고 이내 신명 좋을시고(반복)[25]

　인용문에서 확인할 수 있는 바와 같이 <궁궁을을>(1894)의 '칼노래' 가사는 『천도교 창건사』에 소개 되어 있는 '칼노래'와 부분적으로 틀린 부분들이 발견된다. 원문의 "무장장삼 떨쳐 입고"가 "무수장삼 들쳐 입고"로 원문의 "장부당전 무장사라"가 "장부단검 무장사"로 그리고 원문의 "이칼 저칼 넌즛 들어"가 "이칼 커칼 넌주들어" 등으로 바뀌어 있다. 그리고 원문의 '칼노래'와 가사 순서도 틀리게 배열되어 있다. 그러나 극단 아리랑의 <갑오세, 가보세> 속에서 개작된 '칼노래'에서처럼 <궁궁을을>(1894) 속의 '칼노래'가 작가의 의도된 개작부분이라고 보기에는 무리가 따른다. '칼노래'를 차용해 쓰는 과정에서 일어난 단순한 단어나 순서의 변화로 이해하는 것이 타당하리라는 생각이며 원문과 틀린 '칼노래' 부분에 지나친 의미를 부여할 필요는 없다는 생각이다.

　다만 이 희곡에서 특별히 의미를 부여해야할 지점이 있다면 '시천주 조화정 영세불망만사지'라는 동학 주문이 어느 순간에 '칼노래'로 바뀌고 있다는 바로 그 지점이다. 위 인용문에서 확인할 수 있는 바와 같이 동학의 주문이 곧 '칼노래'로 바뀐다는 것은 종교와 현상학적 혁명이 결코 둘이 아닌 하나임을 암시하고 있는 것으로 이해할 수 있다. 시천주조화정 영세불망만사지, 즉 한울님을 모시면 조화를 얻게되고 길이길이 잊지 않으면, 온갖 이치를 깨닫게 된다는 동학의 주문 내용처럼 민중들이 무장봉기한 이유는 바로 이러한 동학의 사상을 실현하기 위함이었음을 이 희곡은 얘기하고 있다. 모든 사람들이 한울님을 모시고 있는 귀중한 존재임에도 불구하고 주린 배 움켜쥐고 평생 설움 속에

---

25) 김재석·최재우 엮음, <궁궁을을>(1894), ≪이 땅은 니캉 내캉≫, 태학사, 1996. 288~289면.

살아야 하는 민중들의 설움이 바로 무장봉기로 일어났으며 이러한 무
장봉기는 바로 동학의 시천주 사상 실현의 일환이었기 때문에 이 둘은
별개의 것이 아니라 결국은 하나라는 것을 <궁궁을을>(1894)는 주문이
칼노래로 바뀜을 통해 상징적으로 보여 주고 있다고 할 수 있다. 그러
나 이 희곡이 동학의 주문과 '칼노래'를 하나의 연장선상에서 이해하고
있음에도 불구하고 일단 이 희곡의 사람들이 부르는 '칼노래'와 '칼춤'
은 무력혁명으로 일어났던 '갑오동학혁명'을 상징적으로 보여주는데
사용된다. <궁궁을을>(1894)의 공동창작자들이 민중들의 억눌림의 분출
을 이 '칼노래'와 '칼춤'에 담아 표현하고 있기 때문이다.

지금까지 살펴보았던 동학 소재 희곡 속에 등장하는 '칼노래' 와 '칼
춤' 들은 보통 연극의 출연자들에 의해 집단적으로 불려지고 추어졌음
에 반해 이 희곡 속의 '칼노래'와 '칼춤'은 '칼노래'를 부르는 사람과
'칼춤'을 추는 사람이 분리된 채 진행되고 있다. 물론 김용옥의 <천명>
에서도 민중들에 의해 둘러싸인 전봉준이 홀로 '칼춤'을 추는 모습이
연출되기도 했으나 '칼춤'을 추었던 전봉준이란 인물이 연극의 주인공
이었다는 점 그리고 역시 그를 둘러싼 민중들이 열광적인 분위기에서
'칼노래'를 부르며 전봉준과 호흡을 맞추며 '칼노래'와 '칼춤'이 진행되
었다는 점이 <궁궁을을>(1894)와 다른 점이라 하겠다. <궁궁을을>
(1894) 속에서 '칼노래'를 부르는 사람들은 주문을 외우던 사람들이며
이들은 주문을 외우면서 무대에 등장한 채 본격적으로 자리를 잡고 앉
아 '칼노래'를 부른다. 또한 이 희곡에서의 특이한 점이라면 '칼노래'가
등장하는 이 여덟번째 거리에서 무대상에 등장하지 않는 무사 두 명을
등장시켜 칼춤을 추게 하고 있다는 점이다. 무사가 구체적으로 어떤
인물을 가르키고 있는지 인용한 지문만을 통해서는 자세히 알긴 어렵
지만 어쨌든 이 두명의 무사가 추는 춤은 무예에 가까운 춤임에 틀림
없을 것이다. 농민들이 아닌 무사를 통해 상징적으로 보여 주는 무사

의 '칼춤'은 분명 관객들의 호기심과 관심을 집중시키기에 손색이 없으
며 실제 무대에서 이 무사들이 뛰어난 '칼춤' 솜씨를 보여 주었을 경우
희곡상의 나타난 '칼노래'나 '칼춤'의 효과보다 더 큰 극적 효과를 기
대할 수 있을 것이다.

4. 희곡에 차용된 '칼노래'의 의미

우리들은 때때로 일상생활 속에서 '극적'이라는 말을 쓰기도 하며
혹은 '연극적'이라는 말을 쓰기도 한다. 이 때 우리가 전달하려는 의미
는 흥미진진하고 뭔가 신비롭고 자극적이며 현란한 그러나 한 마디로
정의 내리기 어려운 그 무엇이다. 연극을 보기 위해 극장을 찾는 대부
분의 관객들이 바로 이러한 극적인 볼거리를 위해 극장을 찾고 있다고
해도 과언이 아닐 정도로 많은 수의 연극 관객들은 연극을 통해 이러
한 극적인 재미를 얻기를 원하고 있다.

이러한 연극의 모본이 되는 희곡 역시 이러한 연극의 극적효과와 분
리해서 생각할 수 없는 문학 작품이다. 희곡문학은 단순히 읽기 위한
문학 작품이 아니며 희곡을 쓰는 극작가들 역시 자신이 희곡작품이 읽
혀지기보다는 공연되기를 바라며 희곡을 창작하고 있음 또한 사실이
다. 따라서 대다수의 극작가들은 자신의 희곡이 공연되었을 경우 그
작품의 극적 극대화를 위해 자신이 동원할 수 있는 모든 수단을 사용
하여 희곡을 창작하려 한다고 할 수 있다.

물론 이러한 연극의 극적 효과를 높이기 위한 방법은 여러 가지가
있을 수 있으나 일반적으로 우리가 가장 손쉽게 사용할 수 방법은 음
악과 춤동작의 사용이라고 할 수 있다. 따라서 동학을 소재로 희곡을
창작하고자 했던 작가들이 이 춤과 노래를 함께 보여 주면서 사건을

전개시킬 수 있었던 '칼노래'에 주목을 하게 된 것은 너무도 당연한 일인지도 모른다. 동학 소재 희곡에서 이 '칼노래'를 사용했을 경우 일단 극적일 수밖에 없다. 노래와 춤이 동시에 어우러지며 보통 한 명이 아닌 집단으로 노래하고 춤추는 모습이 연출되기 때문이다.

'칼노래'를 자신의 희곡작품에 차용한 극작가들은 이 '칼노래'를 사용함으로써 극적 효과의 극대화뿐 아니라 이미 앞에서 살펴본 바대로 지금도 여전히 분분한 '동학'의 역사적 의미를 이 '칼노래'를 통해 작가적 시각으로 재창조하고 있기도 하다.

우리 희곡문학사상 최초로 '칼노래'가 희곡 속에 차용된 작품은 1950년에 발표된 박노아의 <녹두장군>을 들 수 있는데. 그 이후 한동안 이 '칼노래'는 우리 희곡문학사에서 사라졌다가 1980년대 후반 극단 아리랑의 <갑오세 가보세>를 기점으로 동학 소재 희곡에 다시 등장하게 된다. 5공화국 후반기를 뜨겁게 달구었던 사회운동의 분위기와 함께 군사정권의 연장이긴 했지만 6공화국이 시작된 80년대 후반부터는 운동권이나 대학가 이외에서도 혁명으로서의 동학을 얘기할 수 있는 분위기가 조성되었는데 이러한 시대적 흐름을 타고 발표된 기성 극단의 공동창작 작품이 극단 아리랑의 <갑오세, 가보세>라고 할 수 있으며 혁명으로서의 동학을 얘기하면서 겉으로 드러난 대표적 동학의 소재가 이 '칼노래'라고 할 수 있다.

물론 90년대 들어 90년대 초반 대학가에서마저 더 이상 반정부 시위를 찾아보기 힘들었던 다양성의 시대인 90년대적 사고의 반영으로 그동안 보수 온건 논자라는 비난을 받아 오던 북접의 최시형에 대한 역사적 재해석을 시도하는 희곡 작품인 김용옥의 <천명> 극단 '함께 사는 세상'의 <궁궁을을>(1894)등이 발표되면서 동학을 단순한 소재차용이나 혁명으로서 뿐만 아니라 동학 전체를 총체적으로 다시 재조명하려는 노력들이 시도되었다. 이들 작품들은 지금도 여전히 분분한 '칼노래'의 역사적 의미를 작가적 시각으로 재창조하고 있기도 하다. 작가는 자신의 작품을 통해 세계와 인간 해석에 관심을 갖게 마련이다. 동학을 소재로 한 희곡들이 넓게 말해 역사극의 모본이라고 할 때 극작가들 역시 역사가와 마찬가지로 역사의 해석자라고 볼 수 있다. 그렇다면 작가들이 자신의 희곡작품에 사용하고 있는 '칼노래' 역시 동학을 바라보는 작가들 주관에 따라 다르게 차용될 수밖에 없는 것은 당연한 일일 수밖에 없다. 그럼에도 불구하고 이 희곡의 독자나 이 희곡을 모본으로 상연되는 연극의 관객 모두 이 '칼노래'에서 종교적 깨달음의 환희를 발견하기란 거의 불가능한 노릇이다. 작가의 '칼노래'에 대한 해석 여부와 상관없이 희곡 속의 등장인물들은 모두 혁명의 도구로써만 이 '칼노래'를 사용하고 있기 때문이다. 김용옥의 <천명> 속의 등장인물 최시형은 이 '칼노래'를 혁명의 노래로서만 보지 않는 입장을 취하고 있기는 하나 정작 이 '칼노래'에 맞춰 '칼춤'을 추는 전봉준은 이 '칼노래'를 무력혁명을 고취하기 위한 혁명적인 노래로써만 이해할 뿐이다. 일종의 비판을 위한 보여주기인 것이다. 그러나 비판을 위해 필요했던 전봉준의 '칼노래'가 이 희곡을 모본으로 하는 연극을 보는 관객들에게 혁명을 위한 노래로 다가선다 해도 그것 역시 어쩔 수 없는 노릇이다. 혁명을 넘어선 동학의 개벽 사상을 얘기하기 위해서 우리가 어쩔 수 없이 동학의 혁명을 얘기해야 하듯이 혁명을 넘어선 개벽의 노래인 '칼노래'를 얘기하기 위해서 작가는 어쩔 수 없이 혁명으로써의 '칼노래'를 얘기해야 했기 때문이다.

<궁궁을을>(1894) 속의 '칼노래' 장면 역시 동학의 십삼자 주문이 '칼노래'로 바뀜을 통해 이 희곡의 집단 창자자들이 단순히 이 '칼노래'를 혁명의 노래로써만 사용하고 있지만은 않은 모습을 보여주고 있다. 이처럼 이 희곡의 창작들이 이 희곡이 동학의 주문과 '칼노래'를 하나의 연장선상에서 이해하고 있음에도 불구하고 일단 희곡 작품 속

의 등장인물에 의해 불리는 '칼노래'와 '칼춤'은 무력혁명으로 일어났던 '갑오동학혁명'을 상징적으로 보여주는데 사용될 뿐이다.

이처럼 지금까지 '칼노래'를 희곡 작품 속에 차용한 극작가의 의도가 혁명의 노래로서의 '칼노래'를 얘기하려 했던 혹은 그 혁명을 넘어선 '개벽'의 의미로서의 '칼노래'를 얘기하려 했던 이들 희곡 속에 차용된 '칼노래'가 무대를 통해 관객들에게 전달되었을 경우 동학이나 '칼노래'에 대한 전반적인 이해가 없는 대다수의 관객들에게 이들 두 가지 시각의 '칼노래' 모두가 혁명의 노래로서만 이해될 뿐이라는 한계점이 지적 될 수도 있다. 그러나 '칼노래' 차용의 이러한 한계점에도 불구하고 어쨌든 대부분의 극작가들은 이 '칼노래'를 자신의 희곡 작품에 차용함으로써 희곡 작품의 극적 효과의 극대화라는 부분과 동학이라는 실재했던 역사적 사건에 대한 작가적 재해석과 조명이라는 이중적 효과를 얻고 있다고 할 수 있다.

5. 맺음말

지금까지 동학 소재 희곡 속에 차용된 '칼노래'에 대해서 살펴보았다. 우리 희곡문학사상 최초로 '칼노래'가 희곡 속에 차용된 작품은 1950년에 발표된 박노아의 <녹두장군>을 들 수 있다. 그 이후 한동안 이 '칼노래'는 우리 희곡문학사에서 사라졌다가 1980년대 후반 극단 아리랑의 <갑오세 가보세>를 기점으로 동학 소재 희곡에 다시 등장하게 된다. 5공화국 후반을 뜨겁게 달구었던 사회운동의 분위기와 함께 군사정권의 연장이긴 했지만 6공화국이 시작된 80년대 후반부터는 운동권이나 대학가 이외에서도 혁명으로서의 동학을 얘기할 수 있는 분위기가 조성되었는데 이러한 시대적 흐름을 타고 발표된 기성 극단의 공동창작 작품이 극단 아리랑의 <갑오세, 가보세>라고 할 수 있으며 혁명으로서의 동학을 얘기하면서 겉으로 드러난 대표적 동학의 소재가 이 '칼노래'라고 할 수 있다. 이후 90년대 들어 동학 소재 희곡 속에 이 '칼노래'가 직접적으로 차용된 경우로는 김용옥의 <천명>(1994), 김정숙의 뮤지컬극 <들풀>(1994), 극단 '함께 사는 세상'의 <궁궁을을>(1894)(1994) 등을 들 수 있다.

대부분의 극작가들은 이 '칼노래' 차용을 통해 이중적 효과를 얻고 있다고 볼 수 있는데 이 두 가지는 희곡 작품의 극적 효과의 극대화라는 부분과 동학이라는 실재했던 역사적 사건에 대한 작가적 재해석과 조명부분이다.

연극의 극적 효과를 높이기 위한 방법은 여러 가지가 있을 수 있으나 일반적으로 우리가 가장 손쉽게 사용할 수 방법은 음악과 춤동작의 사용이라고 할 수 있다. 따라서 동학을 소재로 희곡을 창작하고자 했던 작가들이 이 춤과 노래를 함께 보여 주면서 사건을 전개시킬 수 있었던 '칼노래'에 주목을 하게 된 것은 너무도 당연한 일인지도 모른다. 동학 소재 희곡에서 이 '칼노래'를 사용했을 경우 일단 극적일 수밖에 없다. 노래와 춤이 동시에 어우러지며 보통 한 명이 아닌 집단으로 노래하고 춤추는 모습이 연출되기 때문이다.

'칼노래'를 자신의 희곡작품에 차용한 극작가들은 이 '칼노래'를 사용함으로써 극적 효과의 극대화뿐 아니라 이미 앞에서 살펴본 바대로 지금도 여전히 분분한 '동학'의 역사적 의미를 작가적 시각으로 재창조하고 있기도 하다. 작가는 자신의 작품을 통해 세계와 인간 해석에 관심을 갖게 마련이다. 동학을 소재로 한 희곡들이 넓게 말해 역사극의 모본이라고 할 때 극작가들 역시 역사가와 마찬가지로 역사의 해석자라고 볼 수 있다. 그렇다면 작가들이 자신의 희곡작품에 사용하고 있는 '칼노래' 역시 동학을 바라보는 작가들 주관에 따라 다르게 차용될 수밖에 없는 것은 너무도 당연한 일일 수밖에 없다.

물론 지금까지 '칼노래'를 희곡 작품 속에 차용한 극작가의 의도가 혁명의 노래로서의 '칼노래'를 얘기하려 했든 혹은 그 혁명을 넘어선 '개벽'의 의미로서의 '칼노래'를 얘기하려 했던 이들 희곡 속에 차용된 '칼노래'가 무대를 통해 관객들에게 전달되었을 경우 동학이나 '칼노래'에 대한 전반적인 이해가 없는 대다수의 관객들에게 이들 두 가지 시각의 '칼노래' 모두 혁명의 노래로서만 이해될 뿐이라는 한계점이 지적 될 수도 있다. 그러나 '칼노래' 차용의 이러한 한계점에도 불구하고 대부분의 극작가들은 이 '칼노래'를 자신의 희곡 작품에 차용함으로써 작품의 극적 효과뿐 아니라 '동학'의 역사적 의미를 작가적 시각으로 재창조하는 등 이중적 효과를 얻고 있는 것이다.

참고문헌

1. 기본 자료

고종실록.

김용옥, ≪천명. 개벽≫, 통나무, 1994.

김재석. 최재우 엮음, ≪이 땅은 니캉 내캉≫, 태학사, 1996.

김정숙, ≪블루 사이공≫, 모시는 사람들, 1997.

민족극 연구회 엮음, ≪민족극 대본선≫004, 풀빛, 1991.

오지영, 『동학사』, 대광문화사, 1996.

황　현, 『매천야록』 국사편찬 위원회, 1971.

『동학사상 자료집』1. 2. 3, 아세아 문화사, 1979.

2. 저서

김용옥. 『독기학설』, 통나무, 1990.

김의환, 『우리나라 근대화사론고』, 삼협출판사, 1964.

김인환, 『동학의 이해』, 고려대학교 출판부, 1994.

김일영 해설/엮음, 『희곡 속의 동학 혁명』, 중문 출판사, 1994.

김지하, 『동학 이야기』, 솔출판사, 1994.

박영학, 『동학운동의 공시구조』, 나남, 1990.

부산예술문화대학 동학 연구소 엮음, 『해월 최시형과 동학 사상』, 예문서
　　　원, 1999.

신복룡, 『동학당 연구』, 탐구당 1973.

＿＿＿, 『동학사상과 갑오농민 혁명』, 평민사, 1991.

신일철, 『동학사상의 이해』, 사회 비평사, 1995.

이현희 엮음, 『동학 사상과 동학 혁명』」, 청아 출판사 1984.

이현희, 『3.1 혁명 그 진실을 밝힌다』, 신인간사, 1999.

조동일, 『카타르시스. 라사. 신명풀이』, 지식산업사, 1997.

조용일, 『동학조화사상연구』, 동성사, 1990.

최동희, 『동학의 사상과 운동』, 성균관대학교 출판부, 1980.

황선희, 『한국근대사상과 민족운동 I -동학 천도교 편』, 혜안, 1996.

한국 정신문화 연구원, 『한국근대사에 있어서의 동학과 동학 농민 운동』,
        1994.

아리스토텔레스, 천병희 옮김, 『시학』, 문예출판사, 1998.

〈ABSTRACT〉

A Study on the "Sword-Song" used in a play with the subject of "Dong-Hak"

Shin, Won-Sun

The popular way to raise dramatic effect in the play would be making the use of music and dance (or motion)

Therefore, it is natural for all the writers who has taken "Dong-Hak" for the subject of his play, to have focused on the "Sword-Song" with Music and dance.

And that surely has dramatic effects on the play because the "Sword-Song" was expected to be represented as a mass dancing (or singing).

Much more, most of the play writers who used "Sword-Song" can get the another valuation that he tried to reconstruct and refocus on the "Dong-Hak" using the "Sword-Song" a real historical event in his play.

1960년대 희곡에 나타난 4·19와 세대의식

정 호 순*

1. 들어가는 말

1960년대 희곡은 개인과 사회적 변혁의 관계를 다룬다는 점에서 50년대 희곡의 연장선상에서 볼 수 있으나 시민혁명의 이념에 뿌리를 둔 역사의식이 제기된다는 점에서 새로움을 찾을 수 있다. 60년대 희곡이 지닌 새로움은 외형적으로 50년대 중·후반기에 등장한 극작가들과 60년대에 대거 등장한 신인작가들의 왕성한 활동 그리고 이들의 작품 주제를 비롯한 극적 형식의 다양성1)에서 찾아질 수 있다. 그러나 무엇보다 창작의 다양성을 가능하게 해 준 것은 동시대 현실에 대한 합리적 인식이다. 즉 전쟁과 분단 상황에 대한 객관적 거리를 유지할 수 있게 되면서 전후 사회의 현실적 모순을 구체적으로 바라보게 된 것이다.

따라서 60년대 희곡은 50년대에 이어 역사적 변혁기를 살아가는 개인의 주체로서의 자각과 관련하여 역사와 현실의 문제를 다루게 된다. 특히 4·19혁명을 소재로 한 작품에서는 신세대의 세대의식이 역사적

---

* 한양여대 강사
1) 유민영, 「희곡문학의 다양성」, 『한국현대문학사』, 현대문학사, 1993. 337~338면.

주체로서의 자각으로 나타난다는 점에서 주목할 만하다. 50년대 중·후반기에 등장하여 60년대까지 활발한 활동을 벌인 전후세대 극작가들은 신구세대의 갈등을 통해 전후사회의 혼란을 다루었는데, 이러한 주제는 60년대에도 추구되었다. 그런데 전후세대 극작가들이 50년대의 작품에서 드러낸 세대의식은 대개 가부장제에 기초한 전통적 가치관이나 도덕과 관련한 것으로 개인적 삶에 국한된 것이었다. 주로 가정이나 가족문제를 중심으로 작품에 드러낸 세대의식은 전통적 가치체계와 질서에 대한 긍정적 도전으로서의 의미를 획득하지 못한다. 그런데 4·19를 경험한 60년대의 세대의식은 획일성과 권위주의로 요약될 수 있는 정치 현실에 대한 강력한 저항으로 표현되며 개인의 삶은 사회·역사적 삶으로 확대되었다. 이러한 변화는 4·19혁명의 정신과 지향점이 작가의식에 반영된 결과라고 할 수 있다.

이 글은 4·19혁명의 이념과 지향을 세대의식으로 드러내고 있는 네 편의 작품, <껍질이 째지는 아픔 없이는>, <피는 밤에도 자지 않는다>, <절규>, <종착지>를 대상으로 한다. 이 작품들은 1960년과 1961년에 발표된 것으로 4·19 전후의 사회 현실에 대한 문제의식에서 출발하고 있으며 그 과정에서 4·19혁명의 의미를 묻고 있다. 대상 작품은 모두 전후에 등장하여 사회 변화에 따른 신구세대 갈등을 사실주의극에 담았던 작가들의 작품이며 50년대에 이어 인간의 삶과 외적 현실의 역학관계를 주제로 삼고 있다는 점에서 공통점을 지닌다. 아울러 이 작품들은 개인과 사회 역사적 변화의 관계에 대한 60년대의 문학적 대응방법과 조응하여 50년대의 사실주의극이 지녔던 문제의식이 4·19를 경험하면서 심화된 양상을 보여준다. 그러므로 이 글에서는 전후세대 작가들의 문학적 변모의 계기로 작용한 4·19혁명이 작품 속에 어떻게 투영되어 있는지 세대의식을 중심으로 살펴보려고 한다.

2. 세대갈등과 역사적 주체로서의 자각

차범석의 <껍질이 째지는 아픔 없이는>과 이용찬의 <피는 밤에도 자지 않는다>는 신 · 구세대의 갈등을 다루고 있으며 4 · 19혁명의 담당 주체인 대학생을 등장시켜 새세대 의식의 대두와 그 의미를 탐색하고 있다. 이들 작품의 신구세대 갈등은 기존 정치권력의 유지와 부정이라는 형태로 그려지며 그 중심에 4 · 19혁명이 놓여 있다. 그러므로 부패한 구세대의 몰락은 필연적이며 신세대가 추구하는 새로운 세계상의 정당성이 확보되고 있다.

4 · 19혁명은 표면적으로는 제1공화국의 반민주적 정치에 대항하여 일어났지만 단순한 권력교체만을 목표로 한 것이 아니었다. 그것은 전후 사회 구조가 안고 있던 총체적 모순이 심화되어 표출된 것이었으며, 정치 권력에 집중된 불신과 저항은 사회구성체 전반의 민주적 변혁운동의 성격을 띤다. 그러므로 학생들에 의해 제기된 민주주의 실현의 요청은 8 · 15이후 재편된 신식민적 지배질서에 대한 근본적인 회의와 도전이었으며 민주주의를 기초로 한 시민사회 건설 의지의 표현이라고 할 수 있다.[2]

강대국에 의해 도입된 제도적 민주주의와 경제적 자본주의는 대다수 민중을 소외시키고 권위주의적 통치권력의 유지를 위한 이데올로기였다. 때문에 선거제도는 민중의 유일한 정치 참여 통로였다. 그러나 이승만 정권의 부정선거로 인해 좌절되자 그 불만은 단순히 선거에 대한 비난을 넘어 정치권력의 정통성에 대한 불신과 비윤리성에 대한 저항으로 이어졌다.

---

2) 김동춘, 「민족민주운동으로서 4 · 19시기 학생운동」, 『분단과 한국사회』, 역사비평사. 1997. 259~264면.

4·19를 소재로 한 차범석과 이용찬의 두 작품은 정치모리배인 아버지와 자식 세대의 대립과 충돌을 통해서 정통성을 상실한 당대 정치 권력의 성격을 밝히고 있으며 신세대의 역사적 주체로서의 자각과 실천을 보여준다. 그것은 혈연관계로 묶여있는 가족내의 부자간의 갈등 구도를 통해서 이루어진다는 점에서 강한 사회적 의미를 획득하게 된다.

1950년대, 차범석과 이용찬은 전후 한국 사회의 위기를 부권 중심의 가족제도의 미덕을 강조함으로써 극복할 수 있다는, 전통적인 가부장적 가족제도를 옹호하는 작품 경향을 보인 작가들이다. 따라서 신세대들은 개성이 억압당하는 고통을 겪으면서도 억압 현실에 대한 자각과 자아 해방을 추구하려는 인식을 보이지 않고 오히려 가부장적 질서에 회귀하고 있다.3) 따라서 60년대에 보여준 작품의 변화는 사회 제 영역에서의 민주주의를 실현하고자 했던 4·19정신의 반영이며 새로운 인간 주체의 형성이 그것을 가능하게 할 수 있다는 자각의 표현으로 볼 수 있다.

1) 가부장적 질서에의 저항과 역사적 실천

차범석의 <껍질이 째지는 아픔 없이는>(1960.8)은 1960년, 대통령 선거를 앞둔 혼란한 정국과 부정선거 그리고 혁명에 이르기까지의 과정을 야당 정치인의 가정을 중심으로 보여주고 있다. 이 작품은 4막으로 구성되어 있는데, 부정한 음모와 야합에 따른 강기수 의원의 정치행로를 추적하고 있다.

강기수는 보수당(야당)의 중앙위원으로 대통령 선거에서 야당이 승리할 것을 믿고 있었다. 그러나 오박사의 사망으로 그 꿈이 깨어지자

---

3) 김성희, 「1950년대 한국희곡에 나타난 가정문제 고찰」, 『한국연극학』9호, 평민사, 1997. 68~77면.

여당인 공화당으로 당적을 옮긴다. 그는 자신의 정치적 입장과 행동이 민심을 따르는 신념에서 비롯된 것으로 내세우고 있지만 그것은 일신상의 안위와 강한 권력 지향성에 의한 것임이 드러난다. 대통령 선거를 앞두고 여당의 야당 의원들에 대한 선무공작이 벌어지고 야당 당수가 사망하는 상황에서 강기수는 경제적 어려움을 비롯한 여러 가지 불이익을 당하게 된다. 결국 그는 보수당의 분열을 이유삼아 여당의원으로 입당하여 권력의 핵심을 벗어나지 않게 된다.

이러한 정치행로는 당시 무이념의 보수 정당으로 채워졌던 정치권의 정통성 상실과 비윤리성을 시사하고 있다. 민의를 배반한 채 권력만을 쫓아 변절을 일삼는 정치인의 행태는 민중과의 신뢰관계를 형성할 수 없다. 강기수는 부정선거로 국회의원에 당선되었지만 선거구민들의 부정선거 규탄 데모로 궁지에 몰리게 된다. 그러나 그는 자신의 권력을 위협하는 민중의 저항을 '빨갱이들의 수작'으로 몰아 붙이고 공권력으로 저지하려고 한다.

> **청년A** 들리는 이야기로는 지난번 선거 때 영감님을 국회로 보내기 위
> 해 표를 던진 것은 보수당이니까 던졌었는데 이제 추세를 따
> 라 공화당으로 옮겼다고 그러는가봐요……
>
> **기 수** 내가 보수당이건 공화당이건 제 놈들에게 해로운 일만 안 하면
> 되지않아! 그리고 설사 마음이 변했기로 무슨 상관이야? 응?
> 그래 강기수가 처신하는데 제깟놈들에게 일일이 사전 결재를
> 얻어야 한단 말이야? 내가 공화당에 입당한 것도 그럴만한 이
> 유가 있고 정치적 신념이 있어서 한거지 무작정 한 일인줄 아
> 나?[4]

강기수의 정치적 신념이란 기껏해야 개인적인 처세에 불과한 것으로

---

4) 차범석, <껍질이 째지는 아픔없이는>, 《껍질이 째지는 아픔없이는》, 정신
사, 1960. 57~58면.

단독 정부 수립과 한국 전쟁을 겪으면서 유지되어온 정치권력의 성격과 동일하다. 해방 이후 미국은 일제관료와 총독기구를 활용하여 미국식 이념과 체제를 수용한 보수우익 정권을 창출하였고, 60년대에 이르기까지 이승만을 중심으로 한 친미 보수엘리트 주도의 지배 질서를 구축하였다.5) 당시의 정치권은 미국의 원조와 민중의 수탈을 그 물질적 기반으로 하고 있었으며 분단 국가의 조건이 초래한 변혁운동세력의 완전한 거세로 거의 무제한적 권력을 휘두르는 기형적 정치구도를 형성했다.6) 따라서 당시 이승만 정권에 대한 국민들의 강한 반감을 고려할 때, 선거제도는 지배집단의 기득권을 위협하는 것이었으며 물리력에 의한 부정 선거가 정권유지의 유일한 방법이었다.

강기수는 신념 없는 정치모리배에 불과한 인물로 그가 내세우고 형편에 따라 기대하는 민의는 기득권 유지의 수단일 따름이다. 이와 같은 인물에게 확고한 정치이념이나 투명한 도덕성을 기대하기란 불가능하다. 정치인으로서의 무이념과 비도덕성은 사위인 도영을 이용하여 민중당 당수를 암살했던 과거에서도 잘 드러난다. 10년 동안이나 행적을 감추었던 딸, 애선의 등장으로 그가 정치적 생명의 연장을 위해 정치적 암살까지도 서슴지 않는 인물임이 밝혀진다.

구세대와 신세대가 인식하는 한국의 정치 현실은 동일하다. 강기수는 자신에게 쏟아지는 비난에 대해 한국의 정치는 순수하지 않다고 대응하며 대영은 한국의 정치가를 협잡배와 동일시하고 정치를 불신한다. 그런데 동일한 현실은 세대간의 갈등을 유발하는 직접적 계기로 작용하고 있다. 구세대는 권력을 유지하여 민중에 대한 일방적 지배질서를 강화하려 하고 신세대는 구시대의 지배질서를 삶의 모순을 초래하는 것으로 파악하여 저항하게 된다.

---

5) 김도현, 「이승만노선의 재검토」, 『해방전후사의 인식』, 한길사, 1980. 315~318면.
6) 김동춘, 앞의 논문, 262~264면.

　정치적 부정을 일삼는 강기수는 선거구민뿐만 아니라 자식인 대영과 유미에 의해 비난받는다. 대영은 아버지의 위선적 정치 행동을 비판하고 4 · 19대열에 뛰어든다. 아버지를 신념있는 정치인이라고 믿고 있던 유미 역시 선거구민의 규탄 데모를 계기로 아버지를 불신하게 된다. 특히 대영은 아버지의 권력이 자신의 안일한 삶을 보장하는 기반이라는 점을 자각하는 인물로 주목된다.[7] 대영이 피아니스트로서의 꿈을 실현할 수 있는 미국 유학을 보류하고 4 · 19데모행렬에 뛰어든 것은 아버지로 상징되는 구시대 정치권력에 대한 정면 도전이며 가정이라는 사적 공간에서 벌어지는 갈등의 차원을 넘어서고 있다. 즉 개인의 존재를 한 가정의 구성원으로 국한하여 규정하지 않고 사회, 역사적 존재로서 인식한 결과라고 할 수 있다.

　정치불신론자로서 유학을 현실의 도피처로 삼고 있던 대영이가 현실의 모순을 인식하게 된 계기는 정치적 암살을 숨겨온 아버지의 부정을 목도하게 된 데 있다. 그러나 권력의 힘 안에 안주해온 위선적 삶을 경멸하고 변혁운동의 대열에 참여하는 본질적인 동력은 신세대의 순수함이었다. 대영의 주체로서의 자각과 실천은 민주주의가 실현된 새로운 세계상을 지향하고 있다. 따라서 개인적인 안위를 위협하는 고통은 필연적으로 겪어야할 과정으로, '싸워서 빼앗아야 하는 것이라면 목숨을 걸어야 할'(68면)가치임을 역설하게 된다.

> **대 영**　어머니! 저는 어머니와 토론을 하고 싶지 않아요. 그리고 아버지의 과거를 추궁하고 규탄하자는 게 아닙니다. 지금은 한 개인의 쓰라린 하소연이나 한사람의 영웅을 숭상하는 시기는 아니니까요. 어머니 말씀대로 평범한 인간들이 모여사는 커다란 덩치가 큰 문제지요. 제가 지금까지 허위와 기만의 껍질에서 살

---

7) 대영 (전략)모순 위에 서서 모순을 미워해야 하는 어릿광대를! 창녀가 창녀의 딸을 보고 꾸지람하는 격이지!(53면)

아나온 이상 내일부터는 새로 움터나오는 새싹을 보고 싶어요.
껍질이 째지는데 왜 아픔이 없겠어요? 하지만 참아야지
요!(67~68면)

4·19 당시의 대학 사회는 사회구조적 병폐가 그대로 투영되어 관제
화되어 있었으나 교육제도만은 민주주의의 가치를 전파하고 심어주는
기능을 하였다. 따라서 교육과정의 젊은 세대는 이상과 현실의 괴리에
민감할 수밖에 없었다.[8] 즉 그들은 민중[9]은 아니었으나 사회적 의식과
실천의 역량면에서 가장 민중성이 강한 집단으로서 현실 모순의 극복
의지를 표출한 것이다.

이 작품에서 신세대는 가정과 사회의 억압적인 가부장적 질서를 부
정하고 역사적 변혁운동에 참여하는 행동으로 역사적 주체로서의 자각
과 실천을 보여주고 있다. 그리고 가장의 정치적 부정이 가정을 위한
것으로 합리화되어 자식들의 이해로 수용되지 않고, 강기수라는 개인
에 대한 비난이나 규탄을 목적으로 하지 않고 있어 세대간의 갈등이
사회적 의미를 확보한다. 그런데 대영과 유미의 삶의 조건은 혁명이

---

8) 한상진, 「4·19혁명과 학생운동」, 『현대사를 어떻게 볼 것인가』 3, 동아일보
사, 1990. 66면.

9) 1950년대 한국의 계급구성은 농민과 농민층의 분해와 도시로의 이주로 인한
도시소상품 생산층(쁘띠부르주아)이 70%이상의 비중을 차지했으므로 사회구
성체의 성격도 자본주의의 전형성을 갖지 못한다. 1960년에 노동자가 26.6%
로 급증했지만 이들의 취업이 지극히 우연적이고 상대적인 안정성을 가졌기
때문에 일반론적인 노동자 계급의 성격과는 달리 소시민적 보수성을 지니게
된다. 그러므로 자본주의 기본모순인 노동자계급의 생활상의 요구 폭발보다
는 광범한 농민층과 도시 쁘띠부르주아계급의 생활상의 요구 폭발이 혁명을
일으키게 하는 주된 경제적 모순이었다. 그러나 이들은 해방 후, 이념과 정치
투쟁이 결과한 비극적 역사와 냉전반공논리에의 함몰 때문에 현실참여에의
기피 현상을 보였다. 반면에 전후에 급증한 대학생들이 능동적 운동세력으로
등장하지 못한 민중의 요구와 임무를 대신하게 된 것이다. 전철환, 「4·19혁
명의 사회경제적 성격」, 『현대사를 어떻게 볼 것인가』3, 동아일보사, 1990.
41~45면.

일어나게 된 사회경제적 모순과 괴리된 것이었다. 이들은 대학 졸업 후에도 고등실업자로 경제적 어려움을 겪었던 대다수의 대학생과는 달리 미국 유학과 상류층의 결혼이 보장된 조건을 누리고 있었다. 물론 대영과 유미의 현실참여가 개인적 기득권을 포기했다는 점에서 더욱 가치가 있지만 그들의 삶의 조건은 피상적인 현실인식을 초래하게 된다. 정치불신론자를 자처하며 현실을 외면했던 대영의 전환은 아버지의 정치적 암살의 과거를 알게 된 것이 결정적 동기가 되어 일어난다. 유학을 앞두고 늘 피아노 앞에만 앉아있던 대영이 인식한 현실적 모순은 불투명한 것이었다. 따라서 아버지의 부정으로 인한 자각의 과정과 행동의 전환은 대학생으로서 예술가로서 지닌 순수한 열정에서 비롯된 것으로 생각된다. 또 아버지의 정치적 부정에 대해 둔감하고 불안한 정국에도 아랑곳하지 않고 데이트를 즐기던 유미가 선거구민의 규탄에 동조하고 대영과 함께 혁명의 대열에 뛰어드는 것은 설득력을 지니기 어렵다. 그러므로 이 작품은 민중의 생활조건을 악화시킨 사회경제적 모순에 대한 인식없이 강기수의 행동으로 전형화된 정치악에 한정되어 있어 아쉬움을 남긴다.

2) 전통적 가족관계의 해체와 개인의 사회적 책임

이용찬의 <피는 밤에도 자지 않는다>(1960,10)는 차범석의 <껍질이 째지는 아픔없이는>과 같이 가족 내의 신구세대 갈등을 통해 부패한 정치권력을 상징하는 구세대의 몰락과 신세대의 새로운 세계로의 지향을 보여주고 있다. 이 작품은 4 · 19혁명 직후를 시대적 배경으로 하여 혁명의 이상이 사라진 현실에 대한 비판을 하고 있으며 아울러 4 · 19 정신을 환기시켜 세대의식의 의미를 추구하고 있다. 그것은 가정적으로도 사회적으로도 윤리적 책임을 방기한 아버지와 두 아들의 갈등으로 구체화되고 있다.

이용찬은 1957년 발표한 첫장막극이자 대표작인 <가족>이후 지속적으로 가족 관계, 특히 부자관계를 통해서 가족의 개념과 의미를 주제화시킨 작가이다. 그는 가족을 끊어지지 않는 끈으로 얽혀있는 혈연집단으로 파악하고 세대간의 갈등과 대립은 애정에 기초한 것이므로 한 차원 높은 인간애로 감싸안을 수 있다고 보았다.10) 이러한 가족관은 작품에서 그가 궁극적으로 추구하는 인간 공동체로서의 가족에 대한 이상11)과 괴리되어 있다. 사회적 존재로서의 개인의 책임을 부자간이라는 혈연관계와 애정이 결과한 용서와 화해로 무화시키고 있기 때문이다.12) 즉 급변하는 사회의 위기 의식을 전통적 가치관의 붕괴에서 원인을 찾고 그것은 사회의 최소단위인 가족의 애정과 질서를 전제로 한 가족의 의미를 회복함으로써 극복할 수 있다는 보수적인 작가의식의 반영으로 볼 수 있다.

그는 가족관계의 변화와 세대간의 갈등을 외부현실과의 충돌에서 야기된 가치관의 변화에 의한 것으로 보고 언제나 정치사회의 변동에 따른 현실상황을 작품의 주제와 밀착시키고 있다.13) 이 작품에서는 전통적인 가족개념의 적용이 어려운 가족을 보여주고 있다.

타락한 가장인 최종수는 가족에 대한 책임을 방기한 까닭에 가장으

---

10) 이용찬, 「후기-이력서를 대신하여」, 『가족』, 예니, 1986. 424~426면.

11) …가족이라는 것은 어느 사회에서나 매우 중요한 핵이 아니겠는가. 여기에서 가족이라함은 단지 혈연관계라는 좁은 의미에서만이 아닌, 아니 그보다도 더 큰 비중으로 이 사회를 구성하는 모든 소집단의 단위 조직을 이루는 비혈연 관계의 가족까지를 포함해서 광의로 파악하고 싶다. 이용찬, 앞의 글, 426면.

12) 그것은 이용찬의 대표작인 <가족>에서 확인할 수 있다. 종달은 억압적인 가부장적 질서에 고통을 겪는 신세대이면서도 아버지에 대한 애정 때문에 살인을 저지른다. 살인에 대한 사회적 도덕적 책임의식도 아버지에 대한 애정에서 비롯된다.

13) 이용찬, 앞의 글, 426~427면.

로서의 권위를 상실한다. 최종수는 전처인 박씨와 이혼하고 장남인 철호가 있다는 사실을 속인채 윤씨와 결혼하여 경호, 민호, 정애를 낳는다. 그는 권력에 기생하여 사업을 하다가 횡령죄로 고발당할 상황에 처하자 가족을 버리고 민마담과 일본으로 도주한다. 아버지가 부재한 상황에서 윤씨의 소생인 경호가 해장국집을 경영하면서 가장의 역할을 대신한다. 때문에 이 가정은 가부장적 부계질서가 무너진 가족 관계를 형성하고 있다.

한국의 가족구조는 가부장제 부계사회의 특성을 지니고 있다. 가장은 타가족원의 복종을 요구하는 강한 권력을 소유하는 대신 전가족의 생활의 안정을 보장하는 의무를 지게 된다. 이런 특징을 가지고 있는 가족구조에서는 가족성원간에 신분상하의 차이가 존재하고 자유로운 평등관계가 이루어지지 않는다.14) 그러므로 가장으로서의 위치와 권위를 상실한 아버지가 늙고 병들어 돌아왔을 때, 아버지의 존재를 잊고 지내온 자식들은 쉽게 아버지를 받아들이지 못한다. 자식들은 아버지의 가장으로서의 무책임과 함께 귀국 후에도 본질을 속이고 애국자인양 행세하며 정치인들에게 선거 자금을 뜯어내는 비윤리성을 문제삼는다. 효를 절대적인 윤리규범으로 한 전통적인 부자관계가 해체된 상황이다.

이러한 가족관계의 해체는 4 · 19 혁명이라는 역사적 변혁의 영향과 관련지어 생각해 볼 수 있다. 시민사회 건설을 목표로 한 4 · 19는 권위주의적 국가 권력과 국민의 수직적인 관계를 극복하고 자유롭고 평등한 인간관계 형성과 시민의 권리를 실현하고자 한 근대정신의 산물이라고 말할 수 있다. 정치사회구조에서도 지속되어 온 가부장적 질서를 부정하고 모든 인간관계를 이성과 윤리의 기준으로 재확립하려는 의지를 전통적 가족관계에서 유지되어온 질서에 대한 문제의식으로 표출한

---

14) 김양희, 『한국 가족의 갈등 연구』, 중대 출판부, 1993. 82면.

것이다. 이것은 혁명에 참여하여 한 쪽 다리를 잃은 대학생 민호를 통해서 확인할 수 있다.

> **민 호** 난 이 다리를 잃어버렸습니다. 그러나 이건 어디까지나 내 몸이, 내 세포가 파괴된 거지 아버지하고는 상관 없습니다.…내가 누구를 위해서 다리를 자르구, 우리 동지들은 누구를 위해서 피를 흘렸죠?…지금 세상 꼴을 좀 보세요. 병원에 앉아서 신문을 보구 친구들 얘기를 듣구 하자니 기가 막히는 군요.…독재정권에 아부하던 놈들이 언제 그랬더냐 하구 꼬리를 흔들구 다니지 않나요? …(중략)… 아버지가 이 사람들하구 다른게 뭡니까?…난 허허 웃어 넘길 수도 있어요. 그렇지만…우리가 그 사람들 좋으라구 빗발치는 총탄 앞에 몸을 내어 던졌던건 아니라는 것을 알아야 해요. 아버지 돌아오시라구 내 다리를 잘린 건 아니란 말이에요.…(허공을 바라보며) 4월 혁명…분화구를 터뜨린 그 젊은 피의 폭발은 야당에게 정권을 물려주기 위한 것두 아니었어요. …(허공의 일각을 응시하며) 그것은 부정과 악에 대한 미움과 이 부정과 악을 거꾸러뜨리지 못하는 무력하고도 낡은 세력에 대한 반발과 안타까움이 맞부딪쳐서 터졌던 것인지도 모르지요.…(하며 눈을 사르르 내려감는다.)15)

민호의 아버지에 대한 분노는 단지 가장으로서의 책임을 저버린 행동에 국한되어 있지 않고 혁명 후에도 타락한 정치 행태와 부정부패가 만연한 사회적 현실에 대한 분노이다. 작품에서 보여주는 타락한 선거운동(7·29총선)은 독재 정권이 무너진 후에도 반혁명 세력이 득세하는 현실의 반영이다. 학생들은 혁명의 이상을 배반한 현실을 목도하면서 이승만의 하야 후 들어선 지배권력(민주당)이 이승만의 자유당 일파와 본질적으로 동일한 계급적 기반에 있다는 사실을 자각하게 된다. 따라서 기성세대에 대한 극도의 불신과 보수정객에 대한 적대의식은 세대

---

15) 이용찬, <피는 밤에도 자지 않는다>, 《가족》, 예니, 1986. 234~235면.

의식의 형태로 표출되었다.[16]

　그러므로 신세대는 과거와 결별하려는 의지를 강하게 보인다. 특히 민호는 돌아온 아버지의 사회적으로 부정한 행위와 관련하여 아버지의 진심을 의심하고 마음으로부터 용서하기가 어렵다. 그래서 자신에게 생명을 준 존재로서의 아버지로 인정하지 못한다.[17] 피를 나눈 혈연관계라는 것만으로 아버지와 자식의 관계를 형성하기가 어렵다는 것이다. 민호와는 달리 혈연의 정을 강하게 느끼면서 자식의 도리로 고민하는 경호도 아버지의 사회적 부정행위까지 감싸지 않는다. 최종수는 다시 속임수로 부정한 선거자금을 뜯어낸다. 그 돈은 과거와는 달리 가족을 위해 쓰기 위한 것이지만 비윤리적인 행동으로 얻어낸 부당한 것일 뿐이다. 결국 최종수가 내놓은 돈은 그가 의도한 대로 가족에 대한 가장의 역할을 해내지 못하고 거절당한다. 경호는 '깨끗한 돈으로 건강하게' 살겠다는 의지를 보여준다. 작가는 가족이라는 집단이 혈연관계에 의해서 형성되는 '자연적 운명적인 것일 뿐만 아니라 윤리적 사회적인 것'[18]임을 주장하는 것이다. 또한 4·19 혁명의 주역인 신세대를 통해 구세대의 이기적이고 비윤리적인 삶과 결별하고 새로운 세계를 향한 실천적 의지를 표명하고 있다. 이것은 늙고 병든 최종수와 새생명인 경호의 아들로 상징화되어 사라지는 구시대와 탄생하는 새로운 시대로 대비되고 있다.

　그런데 문제는 아버지를 용서하고 화해하는 방식이다. 실질적인 가

---

16) 김동춘, 앞의 논문, 267면.
17) 경호　그래두 우리의 존재라는걸 인정하는 한 아버지라는 걸 부인할 수는 없지 않아?
　　　민호　그렇지만 우린 아버지의 분신은 아니에요. 자기 몸의 세포를 파괴해서 우리의 생명을 불어 넣어 주셨다면 그건 차라리 어머님입니다.…아버지가 어떻게 하셨어요? 대중 없이 내쏟은 수억의 정충중에서 한 마리가 되다 보니까 다행인지 불행인지 나라는 인간이 된 것에 불과해요.(후략) 234면.
18) 한상철, 「이용찬론-가족의 의미와 전통적 가치」, 『한국현역극작가론』2, 예니, 1994. 144면.

장인 경호는 아버지로 인해 가장의 책임을 지고 고통스럽게 지내온 인물이다. 그러면서도 가족을 버렸던 아버지의 무책임을 비난한다든가 애국자인 양 행세하면서 벌이는 타락한 정치적 행동을 비판하지 않는다. 경호는 아버지를 비난하고 비판하는 동생 민호와는 달리 아버지의 행동을 '약해진 자존심을 엄폐하기 위한 허세'로 동정한다. 경호는 '자식의 도리'라는 생각 때문에 아버지를 용서하게 된다. 그것은 인위적으로는 끊을 수 없는 혈연의 힘 때문이다. 따라서 죽음을 앞둔 아버지의 존재는 부자간의 갈등을 더이상 지속시키지 못 한다. 그러나 이러한 갈등의 해결은 개인과 사회를 분리시켜 개인의 책임을 세상에 돌리고 합리화하는 구세대의 부정[19]을 묵인하는 결과를 가져온다.

이 작품에서는 개인과 사회적 책임의 문제가 전통적인 가족관계의 해체를 통해서 제기되고 있다. 즉 개인은 사회적 존재로서 가족은 물론이고 사회에서도 그 역할과 윤리적 책임이 있음을 세대의식으로 드러낸 것이다. 이는 작가가 가족 관계와 부자를 중심으로 한 세대간의 갈등을 바라보는 관점이 가정이라는 영역에 국한되지 않고 사회로 확대되어 있다는 점에서 의미가 있다. "단지 혈연 때문에…라는 것보다 한차원 높은 인간애로 승화되고 폭넓게 포용"되어야 하며 나아가 이타적인 인간관계의 형성을 추구함으로써 국가 사회의 구성원으로써 보람 있는 기능을 할 수도 있게 될 것이라는[20] 작가의 생각이 투영된 결과라고 할 수 있다. 그렇지만 늙고 병든 아버지의 존재는 아들에게 혈연에서 비롯된 애정과 자식의 도리를 환기시키는 역할을 하고, 그 무엇보다 혈연의 힘이 강하다는 것을 보여줌으로써 이 작품의 사회적 의미

---

19) 종수 (전략)(애절하게) 그 길밖에 없었다. (열을 띠어) 너희들한테 돈은 주구 싶은데 방법이 그것밖에 없었어…(허탈하게 웃고) 내가 서울에 돌아와서 망명을 갔다온 것처럼 꾸민 걸 아니? 세상이란 할수없었어. 바른말 정직한 말만 해가지고는 통하질 않으니까 말이다…경호 민호 너희 세상이나 그렇게 안해도 되게 만들럼. 내가 살아온 세상은 다 썩었어.(246면)

20) 이용찬, 앞의 글, 426면.

를 축소시키고 있다.

3. 소외계층의 삶과 시민정신의 발휘

하유상도 차범석, 이용찬 등과 함께 등장한 전후세대 극작가로서 사회 변동과 가치관의 변화를 최대의 작품주제로 삼았다. 그는 전후세대 극작가들과 공통적으로 신구세대의 갈등을 주요 모티프로 삼아 시대의 변화에 따른 고통과 신세대의 출현을 긍정적으로 제시한다. 그런데 50년대 후반에 발표한 작품인 <딸들 자유연애를 구가하다>와 <젊은 세대의 백서>등에서 다루고 있는 세대간의 갈등은 전후 사회의 피폐한 현실이 배제된 것으로 풍속극21)의 범주에 들어간다고 할 수 있다. 이들 작품의 신구세대 갈등이 전후 사회에서 일어난 가치관의 변화를 반영하고는 있으나 중·상류층 가정의 애정문제에 국한되어 당대의 암울한 현실과는 동떨어진 것이기 때문이다.

그러나 4·19를 소재로 하거나 시대배경으로 삼은 작품에서는 전후의 사회 경제적 모순이 곧 생존의 문제가 되는 소외계층을 등장인물로 하여 개인의 삶이 역사와 사회적인 맥락에서 다루어진다. 1961년에 발표한 <절규>와 <종착지>가 여기에 속한다. 두 작품은 4·19혁명에 참여하여 죽음을 당하거나 부상당한 대학생을 주인공으로 삼아 현실의 문제를 개인적인 갈등의 차원으로 축소하지 않고, 개인의 비극을 초래한 현실에 대한 관심을 보여주고 있다. 이들 작품에서도 신세대의 주체로서의 자각이 나타난다. 신세대는 개인의 삶을 규정하는 억압적인 현실을 부정하고 회의함으로써 세계에 대한 부정적 인식을 가진다. 이러한 인식은 과거와는 다른 삶을 살아가려는 의지로 표현22)되고 있으

---

21) 김성희, 앞의 논문, 68면.

며 새로운 삶을 향한 실천으로 이어진다. 이것은 물론 4·19라는 역사
적 변혁의 경험을 통해서 가능한 것이다.

1) 삶의 성찰과 절망의 극복

<절규>는 1961년 4·19 일주년 기념으로 상연하기 위해 쓴 작품[23]
으로 60년 4월 19일, 하루를 작품의 때로 설정하고 있다. 1막 3장으로
구성된 단막극에 혁명에 참여하여 순사하는 대학생 광식의 현실에 대
한 절망과 새로운 삶에 대한 절박한 의지를 집약적으로 담고 있다.

이 작품에서 전쟁은 가정을 파괴하고 현숙과 광식 남매의 불행을 초
래한 원인으로 제시되고 있다. 아버지의 납치, 어머니의 죽음, 양공주
로 전락한 현숙 그리고 현실에서 삶의 대안을 찾지 못 하는 광식은 전
쟁이 결과한 분단과 이데올로기의 양극화, 독재 정권과 사회 경제적
모순과 궤를 같이 하는 것이다. 따라서 불행한 개인의 삶은 사회, 역사
적 맥락에서 해석되고 있다.

광식과 현숙 남매는 전쟁통에 부모를 잃고 어렵게 생계를 꾸리며 성
장했으나 모든 것을 앗아간 전쟁의 상처는 10년이 지난 현실에서도 지
속되고 있다. 현숙은 불우한 환경 속에서 가족의 생계를 책임지는 역
할을 해야했으며 그 과정에서 양공주가 된다. 그래서 세상과 단절된

---

22) 하정일은 60년대 문학이 전쟁체험을 객관적으로 성찰하기 시작한 문학이라
고 규정한다. 현실에 대한 성찰은 합리주의의 회복으로 가능해졌으며 그것
이 바로 '결별'의 모티프로 나타난다고 지적한다. 결별의 모티프란 50년대의
문학이 현실을 존재론적 운명으로 받아들여 절망하고 체념했던 것과는 달
리 삶을 규정하는 조건들을 성찰함으로써 체념과 절망을 극복하고 새로운
삶을 살아가겠다는 의지의 표현이다. 하정일, 「주체성의 복원과 성찰의 서
사」, 『1960년대 문학연구』, 깊은샘, 1998. 17~21면.
23) <절규>는 4·19 일주년 기념으로 상연 예정이었으나 상연하지 못 하고 후
에 라디오 드라마로 개작하여 MBC에서 4·19특집극으로 방송되었다. 하유
상, ≪하유상 단막극선≫, 국제영화출판사, 1977. 373면.

채 체념의 삶을 살아간다. 하물며 동생인 광식과도 온전한 소통이 불
가능하다. 대학생인 광식도 부정한 현실에 회의하고 자신의 삶에 확신
을 갖지 못한다. 그러나 이들은 개인적 불행을 초래한 원인을 사회적
모순에서 찾음으로써 개인과 현실의 관계를 인식하고 있다.

> **광 식** 세상의 모든 건 부정투성이오. 심지어는 일국의 헌법이 몇 사
> 람의 농간으로 이럭 저럭 되고, 국민의 권리인 선거권마저 짓
> 밟히는 지경인데 난 뭣 때문에 살고 있는지 무슨 보람을 느끼
> 며 살아야 할지 모르겠소.[24]
> **현 숙** 야단야. 그 지긋지긋한 6·25를 치르고도 정신을 못차리고 흥
> 청거리니말야. 소위 나라를 다스린다는 자들이 너무 엉뚱해.
> 그러니 실업자들만 늘어나고 우리같은 여성들은 불행의 구렁
> 텅이를 헤매게 되고……(102면)

그런데 이들의 현실인식은 상처입은 삶이라는 피해의식과 관련되어
철저하게 객관화되지 못하고 다분히 개인적이고 주관적인 감정의 세계
안에 갇혀있다. 그것은 현숙의 체념적인 삶과 광식의 자기 모순적 감정
으로 드러난다. 현숙은 생활고에 시달리다가 실연을 계기로 하여 양공
주가 된다. 그녀는 자신이 양공주가 된 근본적인 원인은 '자존심을 잃
었기 때문'(98면)이라고 생각하고 있으나 모든 꿈을 상실하고 자기 멸시
의 감정에 시달린다. 광식은 개인의 자유와 권리를 억압하는 사회현실
에 대해 회의하고 부정하면서도 개인적 불행에 정직하지 못한다. 그는
누나를 이해하면서도 누나의 존재를 부끄럽게 여기고 숨기는데, 또한
이러한 자신을 견디지 못한다. 즉 이들은 사회적 현실이 개인의 삶을
규정하는 조건임을 인식하고 있으나 개인적 불행에서 시작된 절망의 무
게를 이기지 못하고 분열된 의식세계를 형성하고 있다. 따라서 누나의
생활을 육체적, 정신적으로 부패한 것이라고 매도하고 갈등한다.

---

24) 하유상, 앞의 책, 101면.

현숙과 광식의 갈등은 늘 합일점을 찾지 못하고 서로에게 상처를 입힌다. 현숙은 찾아온 동생을 냉정한 태도로 대하는데, 그 이유는 광식이 자기와 같이 자존심을 잃은 삶을 살아서는 안된다는 데 있다. 광식은 그러한 누나를 진정으로 이해하지 못하고 질책하기를 반복한다. 갈등의 중심은 양공주인 현숙의 존재에 있다. 양공주는 한국전쟁이 낳은 비극적 존재이다. 전통적으로 순결이나 정절의 관념이 강한 한국 사회에서 이들은 감추고 싶은 어두운 존재이다. 양공주의 삶이 현숙에게나 광식에게 있어 분명한 현실이지만 어두운 과거로 감추어지길 원한다. 양공주는 타락한 존재로 멸시의 대상일 뿐[25]이라는 자학적 생각에서 벗어나지 못하기 때문에 현재의 삶과 미래에 대한 전망을 갖기가 어렵다.

그러나 이 작품은 개인의 비극을 자존심의 상실과 같은 개인의 몫으로 국한하지 않고 전쟁이나 전후 사회의 구조적 모순과 궤적을 같이 하는 것으로 확대시킨다는 점에서 의의가 있다. 광식은 평화적 데모가 테러를 당하는 상황 속에서 누나의 절박한 삶을 이해하게 되었고, 부정선거로 개인의 권리를 무력화시키는 '욕된 현실'에서 애인에게 누나의 존재를 감추는 자신의 거짓을 미워하게 된다. 따라서 경주에게 누나의 존재를 밝히는 행동으로 현실을 직시하고 과거의 상처와 현재의 피해의식에서 헤어나지 못했던 삶과 결연하려는 의지를 표현한다.

> **광 식**   (머리를 두 손으로 움켜쥐고) 아! 이 무거운 머리! 권총으로 쏘
> 아 산산 조각을 냈으면…….
> **현 숙**   (광식의 목덜미를 휘어잡고) 이 녀석아, 누굴 챙피 줄려고 그러

---

25) 양공주에 대한 멸시의 태도는 현숙과 광식에게 동일하게 나타난다. 현숙은 환경의 절대적인 영향력을 의식하면서도 양공주가 된 근본적인 원인을 자존심의 상실에서 찾고 있기 때문에 자신의 삶을 멸시하는 태도를 벗어날 수 없다. 광식도 누나의 삶을 '천사와 같이 순결한' 경주와 대비시키고 '정신적인 자살'로 보고 있다. 그러므로 광식의 누나에 대한 이해나 연민의 정 이면에 감추어진 멸시의 감정을 읽을 수 있다.

　　　　는 거냐!
광 식　챙피 줄려는 게 아냐! 이 욕된 현실을 똑바로 보라는 거야! 헛
　　　　된 꿈의 세계로 회피하지 말고…….(104면)

　<절규>는 양공주와 대학생 남매의 비극적 삶이 전쟁과 전후 사회의
모순에서 비롯된 것으로 파악함으로써 개인의 삶을 사회적 맥락에서
해석하고 있다. 그런데 인물들은 환경에 의한 피해의식을 극복하지 못
하고 자기 모순적 감정을 발전적으로 해소하지 못한다. 즉 부정한 사
회적 현실에 대한 인식이 개인적인 삶에 대한 절망과 뒤섞여있기 때문
에 과거의 삶과 결별하고 사회적 변혁을 위한 실천의지를 행동으로 옮
기고 있으나 그것이 뚜렷한 신념으로 내면화되지 못한다. 그런 의미에
서 이 작품의 신세대는 과도기적 세대의식을 보여준다. 또한 세상 물
정에 어둡고 로맨틱한 환상에 사로잡혀있던 경주가 광식의 뒤를 이어
데모대에 참여하는 설정도 극히 감정적이고 충동적이다. 그러므로 광
식이 4·19혁명의 대열에 참여하는 것은 개인의 권리가 보장되는 현실
로 변화시킬 수 있다는 신념을 행동으로 옮긴 것이라기보다는 현재적
삶에 대한 절망의 역설적 표현으로서의 의미가 강하다.

2) 시민사회 건설의 이상

　<종착지>는 민주당 집권기인 1961년을 시대적 배경으로 하여 도시
빈민들의 궁핍한 삶을 그리고 있다. 이 작품은 도시빈민들의 터전인
판자촌이 철거당하는 상황을 설정하여 소외계층의 절박한 삶을 보여줄
뿐만 아니라 이에 대응하는 빈민들의 행동과 갈등을 통해 진정한 시민
정신이 무엇인지에 대한 문제를 제기하고 있다. 이것은 4·19혁명이
궁극적으로 목표했던 시민사회 건설의 이상이 정권의 교체라는 가시적
인 성과로 무산된 현실에 대한 회의를 포함하고 있지만 그럼에도 불구

하고 절망하지 않으려는 4·19세대를 통해 긍정적으로 형상화된다.

<종착지>의 무대공간은 '도시 속에 자리잡은 너절한 무허가 건축지대'로 무대 뒤의 고층빌딩들과 대비되어 도시라는 공간에서 소외되어 있는 지역이다. 무허가 판잣집을 짓고 모여 사는 인물들은 전국 각 도에서 모여든 사람들이며 하루의 생계를 걱정해야 하는 비참한 사회적 존재들[26]이다. 이들에게는 정부의 철거명령이 생존을 위협하는 것이었으므로 그들의 집이 '시유지'(市有地)에 '무허가'로 지어진 것이라는 이유를 정당한 것으로 받아들이기 어렵다. 그렇기 때문에 이들은 생존을 위협하는 상황에 직면하여 시민으로서의 자율적이고 윤리적인 행동규범을 내면화하여 따르기가 어렵다. 법의 이름으로 행해지는 철거 명령 앞에 무력하기만 한 사람들이 할 수 있는 것은 반대데모밖에 없다.

혁명으로 이승만 독재정권이 무너진 후 들어선 민주당 정권은 혁명의 정신과 이상을 실현하려는 정부로서의 역할을 하지 못하고 파쟁으로 분열을 거듭하고 있었고 자유당과 다름없는 권위주의적 체제를 유지하였다. 사회의 경제적 불균등 상태가 지속되었으며 빈곤에 시달리는 민중들의 삶은 달라진 것이 없었다. 이렇듯 변하지 않은 현실은 4·19가 결과한 현실적 성과를 회의하게 만들었다. 그러나 4·19는 시민의식을 성숙시켰으며 최소한 민주주의를 거론할 수 있는 사회적 분위기를 형성하였다. 철거 반대데모는 더 이상 갈 곳이 없는 사람들의 저항이면서 권리의식이 발현된 것[27]이라고 할 수 있다.

---

26) 도시빈민 실업자군은 한국 전쟁과 전후 사회의 총체적 모순을 반영하는 계층이라고 할 수 있다. 북한으로부터의 이주민, 전쟁고아, 농촌으로부터의 거대한 이농민들이 도시의 변두리에 퇴적하여 형성되었으며 수적으로 도시의 고용노동자를 능가하였다. 이들은 열악한 생활환경, 불안한 취업조건 등으로 인한 절대적 빈곤의 상태에서 벗어나기 어려운 비참한 사회적 존재였다. 김동춘, 「4·19혁명의 재조명」, 앞의 책, 232면.

27) 영감 내 못칠 게 뭐야. 아니 그래 내 나라 내 땅에 계딱지 만한 판자집 하나도 못짓구 산대서야 말이 되냐 말씀이야. 하유상, <종착지>, 앞의 책, 112면.

그런데 이 작품에서 빈민으로 형상화되어있는 민중은 대체로 개인적 이익과 안위만을 위해 살아가는 인물들이다. 무능력하거나 탐욕스러운 행동양식이 습관화되어있는 기성세대가 그들이다. 철거 반대 데모를 선동하는 떠버리 영감은 순박한 사람들을 꾀어 술을 마시고 노름판을 벌인다. 노름꾼인 딱부리는 도둑질로 무고한 사람들을 모함하고 싸움을 일으킨다. 또 순박하지만 무능력하여 아내에게 의존하여 살아가는 영배 등은 성실한 삶을 위해 노력하기보다는 요행수를 바라거나 체념적인 생활을 산다. 그러므로 이들의 권리주장은 4·19세대인 경수에게 정당한 것으로 받아들여지지 않는다. 경수는 혁명에 참여했다가 다리 부상을 입은 대학생이다. 그는 다른 인물들과 마찬가지로 민주당 집권 하의 정국에 대해 환멸을 느끼고 있으며 혁명에 참여했던 '순수한 열정'과 '피의 대가'가 보답받지 못하는 현실에 회의를 느낀다. 그러나 그는 4·19부상학생임을 내세워 데모의 정당성을 얻으려고 하는 사람들의 의견에 반대한다.

> **경 수** 여러분, 우린 현실의 판자집보다도 우리 맘 속에 자리잡고 있는 너절한 맘의 판자집부터 철거해야겠습니다. 남에게 의존하구, 요행수를 바라구, 게으름만 떨며 남을 시기하구, 모함하구, 파벌만 만들려구 드는 이 무법적인 지저분한 맘 속의 판자집들… 우린 하루 속히 절망과 손을 끊어야겠습니다. 난 맘 속으로부터 부르짖겠습니다. 절망과 손을 끊어라! 하구….(135면)

경수는 4·19 혁명이 개인적인 이익이나 보상을 위한 것이 아니었음을 환기시킨다. 그리고 판자집을 허가 없이 지은 것이 '위법'이며 자진 철거로 법을 준수해야 한다고 역설한다. 경수의 생각과 행동은 시민사

영감 시유지가 됐든, 정부지가 됐든, 내가 살아온 이상 철거 못하겠다 그런 말씀이야.(113면)

회의 건설이라는 이상을 표명한 것이라고 할 수 있다. 시민 사회는 진정한 시민정신을 원동력으로 건설될 수 있다. 근대의 시민사회는 자기 안에 스스로 규칙을 세우고 그것에 따르는 자율적 인간관계가 형성될 때 가능하다. 자기입법과 자기통제의 능력을 지닌 이성적 존재[28]만이 개인의 이해와 권리가 충돌하는 시민사회의 조화와 발전을 가져올 수 있다. 경수의 주장은 개인적인 욕망의 충족이나 사회 전체의 '공동선'[29]에 위배되는 개인적 권리의 추구는 이기적인 것이며 진정한 시민의식이 아니라는 것이다.

이것은 4·19의 선도세력이었던 학생들이 이승만 정권의 퇴진 이후 펼친 사회운동과 관련하여 생각해볼 수 있다. 사회개혁적 인식을 근저로 한 국민계몽운동과 신생활운동이 그것이다. 당시 한국 사회 구조적 모순의 한 표현으로서 정신적, 문화적 타락을 개개인의 자각과 주인의식의 함양을 통해 극복하려 한 운동이다. 그러나 이러한 운동은 국민들의 해이한 정신자세를 타락한 사회 문화적 풍조의 원인으로 삼고 있기 때문에 그것이 어떠한 구조적 배경에서 유래되는가에 대한 인식을 결여한 낭만적, 계몽주의적 운동의 한계를 지닌다.[30]

---

28) 이마무라 히토시, 이수정 옮김, 『근대성의 구조』, 민음사. 153~154면.
29) 장동진, 「민주사회 운영의 기본원칙에 관한 정치이론적 논의」, 『국가, 시민 사회, 정치 민주화』, 한울아카데미, 1995. 49~51면.
30) 4·26 이승만 하야 이후 학생운동은 4·19 당시 주장했던 정치변혁의 요구를 학원민주화 운동과 사회운동의 차원으로 활동을 확대했다. 이러한 운동의 전개는 '민주주의는 제도의 개선만으로 성취될 수 없고 정치에 참가하는 국민들의 정치의식 고양, 새로운 정치문화의 정착을 통해서 가능하다'는 사회개혁적 인식을 바탕으로 하고 있었다. 국민계몽운동은 주로 농촌 봉사로, 신생활운동은 양담배 등 외래 밀수 사치품의 배격, 향락산업·유흥가 등의 퇴치운동으로 전개되었다. 그런데 이러한 운동은 혁명의 과업을 외양만 바꾼 구정치인에게 맡기고 급격히 분출되는 민중의 욕구를 수렴하지 못 한 채 점진적 개혁을 꾀한 개량주의적 운동으로 비판받는다. 김동춘, 「민족민주운동으로서 4·19시기 학생운동」, 앞의 책, 265~266면, 한상진, 앞의 논문, 67~69면 참조.

경수가 자진 철거를 주장하고 나선 것은 국가의 법을 준수하는 시민으로서의 자각으로 볼 수 있다. 개인의 권리를 주장하기 이전에 윤리적 규범을 내면화한 자율적 인간관계와 생활을 형성해야 한다는 주장이다. 학생들이 펼친 사회운동과 마찬가지로 다분히 계몽적이다. 마음 속의 판자집부터 철거해야 한다는 경수의 말은 궁핍한 생활 속에서도 희망을 잃지 말고 올바로 살아가야 한다는 작가의 발언이기도 하다.31) 그러나 당시 민주당으로 외양만 바뀐 권위주의적 정치체제가 지속되었다는 점을 상기해 본다면 경수를 통한 작가의 발언은 현실과 동떨어진 이상으로 볼 수 있다. 사회 · 경제적 불균등과 그로 인한 모순이 생존을 위협하는 빈민들에게는 개인의 권리 추구 이전에 법을 우선하여 지키자는 것은 현실성이 없다. 또한 이 작품은 민주당 집권하의 사회에 대한 비판을 전제로 하고 있으나 빈민들을 탐욕스러운 욕망으로 비윤리적인 행동을 일삼거나 선량하지만 나태하고 무능한 인물들로 그림으로써 이들의 궁핍한 삶의 원인을 사회구조적 모순이 아닌 개인의 문제로 돌리는 문제점을 안고 있다.

작품의 결말 역시 작위적인 해결방식을 보인다. 판자촌에서 오해와 싸움을 유발하는 인물인 딱부리가 시비 끝에 뚝보를 살해한 뒤 취하는 행동방식과 순경의 등장은 경수의 발언을 뒷받침해주는 역할을 한다. 여기서 순경은 판자촌 사람들의 갈등을 해결하는 존재로 등장하며 법을 상징한다. 또 딱부리는 스스로 순경에게 광주댁의 월급과 덕실 아버지의 리어커를 훔쳤다고 자백하고, 응당한 벌을 받고 새 사람이 되겠다는 의지를 보인다. 탐욕스럽고 거친 딱부리의 자백과 반성은 동기가 불충분하며 충동적이다. 이러한 해결방식은 경수를 통한 작가의 주

---

31) 유민영, 『한국 현대 희곡사』, 홍성사, 1982. 480면.
　　<종착지>는 일명 <절망과 손을 끊어라>라고도 부르며, <판자촌 점경(點景)>
　　이라는 이름으로 『현대일막극선』(1961)에 실렸던 작품과 <복권>의 상황을
　　더해서 개작한 것이다. 하유상, 앞의 책, 374면.

제의식을 강화시키기 위한 장치로 보인다. 그러므로 작품의 중심문제였던 판자촌 철거와 판자촌 사람들의 시민적 권리에 대한 언급없이 개인 상호간의 이해갈등을 해결하는 법과 법에 의지하고 따르는 사람들의 관계만 보여질 뿐이다. 그러나 이 작품은 4·19를 계기로 한 시민의식의 태동과 진정한 시민정신이 무엇인지에 대한 문제를 제기한다는 점에서 의의가 있다.

4. 맺음말─4·19와 세대의식의 의미

1960년대 문학은 전쟁 체험의 직접성을 지양하고 제반 현실에 대한 객관적 시각을 형성하고 있다. 희곡 역시 전쟁의 후유증 속에서 겪는 실존적 방황에서 벗어나 새로운 삶을 향한 모색을 시작한다. 이는 전쟁과 분단 문제에 대한 거리를 형성할 만큼의 시간적 흐름과 4·19혁명을 계기로 역사와 현실에 대한 비판적 인식이 구체화되었다는 점에 힘입은 것이라 하겠다. 50년대와 60년대의 경계선상에 위치한 4·19혁명은 60년대에 등장한 신진작가들뿐만 아니라 전후세대 작가들의 정신적 뿌리가 되었다고 할 수 있다. 특히 전후세대 극작가들에게 있어서 4·19는 현실에 대한 문제의식을 구체화할 수 있는 역사적 경험으로 작용하였다.

차범석, 이용찬, 하유상은 전후에 등장한 사실주의극작가들로 50년대 작품에서 신구세대의 갈등을 주요 모티프로 삼아 전후 사회의 변동과 가치관의 변동에 따른 고통을 주제화했다. 전후세대답게 시대와 가치관의 변화를 인정하고 신세대의 출현을 긍정적으로 제시하고 있다. 그러나 대개 현실의 변화에 적응하지 못하고 좌절하거나 전통적 가치와 질서에 회귀하는 양상을 띠고 있어 건강한 세대의식을 실현하지 못하고 있다. 이것은 신구세대의 갈등과 세대의식이 혼란한 전후사회라는 일반적 현실 속에서 가치관이나 도덕의 문제로 국한되어 다루어졌기 때문이라고 할 수 있다. 그러나 4·19혁명을 작품의 시대적 배경이나 소재로 삼고 있는 작품에서는 혁명의 직접적 원인이 되었던 부정한 정치 사회적 현실을 구체적으로 다루고 있으며 개인의 존재와 삶은 역사와 사회적인 맥락에서 해석하고 있다. 개인과 현실의 관계는 역사적 주체로서의 자각과 실천의 과정으로 옮겨지며 현실은 인간의 삶을 억압하는 실체로 존재하는 것이 아니라 변화시킬 수 있는 대상으로 인식된다. 따라서 4·19혁명은 작품 안에서 신세대가 지향하는 새로운 삶과 세계를 현실화시키려는 실천으로서 의미를 지닌다.

4·19혁명은 한국사회의 획일적이고 권위주의적인 지배질서에 대한 도전이며 민주주의를 기초로 한 시민사회 건설 의지라고 할 수 있다. 한국에서의 시민사회 형성은 일본의 식민지 지배와 미국의 영향, 그리고 6·25전쟁 이후 등장한 정권들이 주로 반공이데올로기에 의존하는 권위주의체제가 계속되면서 많은 제약을 받게 되었다. 또한 유교적 전통에 입각한 정치질서가 국가와 시민사회 관계에 있어서 지배적이었으므로 평등한 인간관계를 기초로 한 시민사회의 성립이 어려웠다. 그러나 4·19혁명을 기점으로 하여 국가의 통제가 우위를 점하던 상황에서 탈피하여 자율성을 갖는 독자적 영역으로서의 시민사회로 기초를 다지기 시작하였다.[32]

이 글에서 다루고 있는 작품에서는 공통적으로 시민사회 건설을 저해하는 요인을 탐색하고 시민사회 건설에 대한 이상을 세대의식으로 드러내고 있다. <껍질이 째지는 아픔없이는>과 <피는 밤에도 자지 않는다>에서는 가정과 정치 사회 구조에서 지속되어온 가부장적 위계질

---

32) 신명순, 「한국에서의 시민사회 형성과 민주화과정에서의 역할」, 『국가, 시민 사회, 정치민주화』, 한울아카데미, 1995. 80~85면.

서를 신구세대의 갈등을 통해 문제삼고 있다. 신세대는 아버지로 상징되는 구시대 정치권력에 대해 도전하고 있으며 개인의 사회적 책임을 역사적 실천으로 보여준다. <절규>와 <종착지>에서는 소외계층의 절망적인 삶을 통해 개인의 삶이 역사와 사회적인 맥락에서 다루어진다. 그러므로 신세대는 개인의 삶을 규정하는 억압적인 현실을 부정하고 회의함으로써 과거의 삶과는 다른 새로운 삶을 살아가려는 의지와 실천을 보여준다. 이들이 지향하는 새로운 세계와 삶은 개인, 가족, 사회에서 윤리적이고 자율적인 인간 상호관계를 전제로 했을 때 가능하므로 시민사회 형성을 저해해왔던 가족과 사회의 가부장적 위계질서에 저항한다. 바로 여기에서 전통적 가치관과 질서가 무너지는 현실을 안타까움과 온정의 시선으로 바라보던 50년대 세대의식과는 다른 변별점을 찾을 수 있다.

이 작품들은 모두 4·19혁명의 주역이었던 대학생을 주인공으로 설정하고 있다. 대학생은 사회적 의식과 실천의 역량면에서 가장 민중성이 강한 집단으로서 사회변혁의 주도적 세력으로 등장하였다. 그런데 작품 속에 형상화된 대학생의 역사적 주체로서의 자각과 실천은 민중의 소외와 빈곤을 초래한 한국 사회의 구조적 모순에 대한 인식을 결여하고 있다는 점에서 한계를 보인다. 그것은 혁명을 일으킨 근본적 원인인 사회 경제적 모순을 간과한채 혁명의 직접적 원인으로 작용한 정치악과 정치인의 비윤리성에 집중된 비판으로 나타나거나 민중을 역사적 주체로서 인식하지 못하고 궁핍한 삶의 원인을 개인의 문제로 돌리는 계몽적 한계로 드러난다. 따라서 이들이 혁명에 참여하는 행동은 뚜렷한 신념으로 내면화되지 못한다. 그리고 부정을 참지 못하는 신세대의 순수한 열정을 역사적 실천의 동력으로 삼고 있기 때문에 새로운 세계로의 지향은 지극히 관념적이다.

그럼에도 불구하고 이들 작품에 나타난 세대의식은 구체적 현실인식에서 비롯된 것이며 개인의 삶을 사회 역사적인 삶으로 자각하고 실천한다는 점에서 그 의미를 찾을 수 있다. 또한 4·19혁명이 의미하고 있는 시민사회 건설의 이상을 과거와는 다른 새로운 삶을 살아가려는 의지로 그려냄으로써 전후세대 작가들이 50년대 작품에서 보여준 세대의식의 한계를 극복하고 있다는 점에서 의의가 있다.

참고문헌

1. 기본 자료

이용찬, <피는 밤에도 자지 않는다>, ≪가족≫, 예니, 1984.
차범석, <껍질이 째지는 아픔없이는>, ≪껍질이 째지는 아픔없이는≫, 정
　　신사, 1960.
하유상, <절규>, ≪하유상 단막극선≫, 국제영화출판사, 1977.
＿＿＿, <종착지>, ≪하유상 단막극선≫, 국제영화출판사, 1977.

2. 단행본

김양희, 『한국 가족의 갈등연구』, 중대출판부, 1993.
유민영, 『한국 현대 희곡사』, 홍성사, 1982.
이마무라 히토시, 이수정 옮김, 『근대성의 구조』, 민음사, 1999.

3. 논문

김도현, 「이승만노선의 재검토」, 『해방전후사의 인식』, 한길사, 1980.
김동춘, 「4·19혁명의 재조명」, 『분단과 한국사회』, 역사비평사, 1977.
＿＿＿, 「민족민주운동으로서 4·19시기 학생운동」, 『분단과 한국사회』,
　　역사비평사, 1977.

김성희, 「1950년대 한국희곡에 나타난 가정문제 고찰」, 『한국연극학』9호, 1997.

신명순, 「한국에서의 시민사회 형성과 민주화과정에서의 역할」, 『국가, 시민사회, 정치민주화』, 한울아카데미, 1995, 80~85면

유민영, 「희곡문학의 다양성」, 『한국현대문학사』, 현대문학, 1993.

장동진, 「민주사회 운영의 기본원칙에 관한 정치이론적 논의」, 『국가, 시민사회, 정치민주화』, 한울아카데미, 1995.

전철환, 「4·19혁명의 사회경제적 성격」, 『현대사를 어떻게 볼 것인가』3, 동아일보사, 1990.

하정일, 「주체성의 복원과 성찰의 서사」, 『1960년대 문학연구』, 깊은샘, 1998.

한상진, 「4·19혁명과 학생운동」, 『현대사를 어떻게 볼 것인가』3, 동아일보사, 1990.

한상철, 「이용찬론-가족의 의미와 전통적 가치」, 『한국현역극작가론』2, 예니, 1994.

〈Abstract〉

The 4.19 Revolution and the Generation Mind Shown in the 1960s Plays

Jeong, Ho-Soon

This paper dealt with four Plays Cha Bum-suk's "Without A Skin-Peeling Pain", Lee Young-chan's "Blood Does Not Sleep At Night, Too", And Ha Yoo-Sang's "Chulkyu"(Scream), Chongchakji(Terminal), Which showed the ideology and orientation of 4.19 Revolution as a generation mind. These plays publicated between 1960 and 1961 started from the consciousness of the problems about social reality before and after 4.19 Revolution. At the same time, this paper studied the cause disturbing the building of civil society and showed the ideal to build a civil socity through the generation mind.

"Without A Skin-Peeling Pain" and "The Blood Does Not Sleep At Night, Too" questioned patriarchism maintained in the family, politics, and society through conflict between old and new generation. New generation defied the political power of old generation symbolized as a father and showed social responsibility of individual by meas of historical practice. "Scream" and "Terminal" described individual life historically and socially through the hopelss life of alienated class. Therefore, new generation

Showed a will and a practice to live a new life different from the past life by denying and doubting oppressive reality prescribing an individual life. A new World and life, they dream, realized only if in the premise of moral and autonomous human relationship , defied patriarchism having disturbed the building of civil society. At this point, we could find the characteristics different from 1950s' generation who looked at the reality, the collapse of traditional view and order, with a pitiful eye.

All these plays set University students, the subject of 4.19 Revolution, as heroes. But the students' consciousness and practice as a historical subject had a limit that lacked the understanding about structural contradiction of Korean society. Therefore, the new generation's intention to a new world was too ideal.

Nevertheless, the generation mind, shown in these works, arose from the concrete recognition of reality and at the same time an individual life was perceived and practiced as a social and historical life. Besides, all these plays have also a significance that they overcame the generation mind's limit of postwar playwrights' 1950s' works by describing ideal of construction of civil society, that 4.19 Revolution means, as a will to live a new life defferent from the past.

1960년대 오태석 희곡 연구

백 로 라*

―――――――――――――― <목 차> ――――――――――――――

1. 서 론
2. 근대적 시간의 체험
   1) 단절과 분열의 시간 : <웨딩드레스>
   2) 질주와 혼돈의 시간 : <교행>
3. 통제와 구속의 사회적 공간 :
   <육교 위의 유모차>
4. 불신과 소외의 일상 공간
   1) 불신의 은폐와 진정성 회복 욕망 :
      <환절기>
   2) 배반의 반복과 인간 소외의 심화 :
      <유다여 닭이 울기 전에>
5. 1960년대 오태석 희곡의 의미

1. 서 론

1960년대는 국가 주도 아래 고도의 산업사회를 이루어가던 시기였
다. 그러나 경제 일변도의 발전 논리는 내적으로 분단의 고착화, 독재
정권의 장기화 조짐, 소외 계층의 발생, 공동체적 유대감 상실 등의 문
제를 잉태하고 있었다. 특히 비대해진 국가 권력은 사적 공간을 침해
하며 개인의 자유를 적지 않게 억압하는 부작용을 초래하였다. 해방
전의 근대화가 주권이 박탈당한 상태에서 이루어진 왜곡된 것이었다
면, 60년대의 근대화도 시민의 자율성이 유보된 채 이루어진 절반의 근
대화였다. 특히 산업화가 진행됨에 따라 불균형한 근대화는 사회 곳곳

―――――――――――――

* 숭실대 강사.

에 그늘을 드리우게 되었는데, 60년대의 문학은 이러한 문제적 상황에 대한 하나의 대응이었다고 볼 수 있다. 이 시기에 참여 문학에 대한 목소리가 높아졌던 것도 시대적 분위기와 무관하지 않은 것이다.

희곡계에서는 60년대에 많은 신진 작가들이 배출되었지만, 시나 소설의 영역에서처럼 민감하게 정치적 상황에 반응한 것은 아니었다. 이것은 상연으로 이어지는 장르의 특성이나 근대 희곡의 역사가 상대적으로 짧다는 사실과 어느 정도 관계되는 것으로 보인다. 더구나 50년대 중반부터 나타나기 시작한 사실주의 연극에 대한 회의와 이로부터 비롯된 새로운 연극 형식의 모색은 60년대의 연극이 외적 현실과 어느 정도의 거리를 갖게 된 원인이 될 수 있다. 그러나 우리가 주의해야 할 것은 외적 현실을 그대로 재현해내는 사실주의 연극만이 현실에 대한 비판적 대응은 아니라는 점이다. 본 연구에서 다루고자 하는 오태석 역시 현실을 개혁하고자 하는 적극적인 의지를 드러낸 작가였다고는 볼 수 없다. 60년대 후반에 등장하여 연극계에 새로운 반향을 일으켰다는 평가도 대부분 기존의 리얼리즘극을 넘어서는, 형식면에서의 새로움을 추구했다는 점에 한정되어 있다. 그러나 우리가 간과하고 있는 것은 형식면에서의 새로움이라는 것이 변화된 사회적 환경과 무관하지 않다는 점이며, 그가 비록 적극적인 자세를 보이지는 않았다 하더라도 분명 현실에 대해 비판적 태도를 견지하였다는 점이다.

오태석은 1967년 <웨딩드레스>로 등단하여 <환절기>, <고초열>, <육교 위의 유모차>, <여왕과 기승>, <유다여 닭이 울기 전에>, <교행>, <롤러스케이트를 타는 오뚜기> 등의 작품으로 초기부터 눈부신 활동을 하였는데, 그에 대한 평가는 찬반으로 나누어지고 있다.[1] 이것은 그가 연극의 기본적 틀을 서양 연극에 의존하고 있다는 점[2]과 그의 작품에

---

1) 유민영, 『한국현대희곡사』, 기린원, 1991. 537~538면 참조.
2) 『한국연극』, 1986. 4. 33면 참조.

나타나는 전위성과 난해성3) 때문이라고 할 수 있다. 특히 60년대 작품
은 서구극의 흔적이 지나치게 드러날 뿐만 아니라 "극작가로서의 특징
이 형성되기 이전의 작품"4)이라고 하여 논의에서 배제되는 경향이 있
었다. 이 시기의 작품은 70년대 이후에 선보이는 전통극적인 요소라든
가 오태석 작품 세계의 핵심으로 지적되는 한국적인 것의 근원을 파악
하려는 노력이 엿보이지 않기 때문에 크게 주목받지 못하였던 것이
다.5)

 그러나 한 작가의 초기작은 기법이나 사상 면에서 완성도가 결여되
기 마련이지만, 바로 이러한 점 때문에 세계를 바라보는 시선이 보다
꾸밈없이 노출되는 경우가 많다. 이것은 오태석의 경우에도 예외는 아
니라고 할 수 있다. 특히 그가 등단한 60년대 후반은 근대화(산업화)가
빚어낸 문제점이 본격적으로 돌출되기 시작한 시기였다는 점, 그리고
대부분의 작품이 상연으로 이어졌다는 점은 그가 사회적 현실과 무관
할 수 없었던 이유가 될 수 있다. 그의 작품이 난해하고 전위적인 모더
니즘의 경향을 드러내고 있는 것도 같은 맥락에서 이해될 수 있다.

 서구의 모더니즘은 2차 산업혁명과 독점 자본주의에 의해 야기된 19
세기 말엽에서 20세기 초엽의 긴박한 역사적 전개와 연관되며, 부르주
아적 근대성이 병폐적 모순을 드러낸 일정한 역사적 단계에 나타났다.
그것은 자본주의의 병리적 모순인 사물화 현상 및 그로 인한 소외와

---

3) 유민영, 앞의 글, 538면.
4) 김방옥, 「오태석론」, 『한국희곡작가연구』(기념논총간행위원 편), 태학사, 1997.
 384면.
5) 배남옥의 석사학위 논문「오태석 희곡의 공간연구」의 경우 초기작을 대상으
 로 하고 있는데, <초분>까지를 초기작으로 구분하고 있는 것이 특징적이다.
 이 논문은 '안'과 '밖'이라는 공간 구조 분석을 통해 오태석의 공간의식을 드
 러내고 있다. 그러나 구체적인 분석을 하고 있음에도 불구하고 논의의 심도
 가 떨어지고 있는 것은 공간보다는 시간에 대한 의식이 두드러지게 나타나고
 있는 초기작을 공간으로 분석하였다는 점, 근대에 대한 인식을 바탕으로 하
 고 있는 작품들을 구조주의적인 방법으로 분석하였다는 점 때문이다.

관련되어 있다. 모더니스트들은 총체적 현실인식이 불가능해지자 파편화된 현실을 통해 총체성을 획득하려고 시도하였던 것이며, 이로 인해 재현원리 대신 다양한 미학적 혁신을 추구하였던 것이다. 사실 모더니즘에서 서사성이 희석되는 이유도 이러한 재현원리의 상실과 관련된다.6)

오태석의 초기작에 나타난 실험적인 기법들은 이러한 모더니즘과 관련이 있다. 문제는 그의 작품에 나타난 근대를 바라보는 시각이 서구극을 수용하면서 모방적 차원에서 이루어진 것인지, 한국적 상황을 의식한 비판적 수용의 차원에서 이루어진 것인지의 여부에 있다. 따라서 그의 초기작에 대한 논의는 세계에 대한 미학적 저항이라는 모더니즘의 본질 때문에 형식적인 측면에만 초점이 맞추어져서는 안될 것으로 생각된다. 오태석이 서구의 모더니즘 형식을 가지고 60년대 후반 우리 사회의 모순을 어떻게 그려내었는지 살펴볼 필요가 있는데, 이를 밝히기 위해서는 형식 그 자체보다는 그 속에 담겨진 정신성을 밝혀내는 데에까지 이르러야 하는 것이다. 이에 대한 면밀한 검토가 이루어져야 초기작의 성과와 한계가 규정될 수 있는 것이며, 이후 그의 작품을 관통하는 내적 통일성의 문제가 이야기될 수 있는 것이다.

따라서 본 연구에서는 <웨딩드레스>(1967), <환절기>(1968), <육교 위의 유모차>(1968), <유다여 닭이 울기 전에>(1969), <교행>(1969) 등을 대상으로 하여 작품에 나타난 오태석의 현실 인식 태도에 대해 살펴보고자 한다.7) 그가 추구한 새로운 극 형식은 60년대 후반 우리 사회의 혼란과 무관하지 않기 때문이다. 사실 오태석이 60년대에 발표한

---

6) 나병철, 『근대성과 근대문학』, 문예출판사, 1995. 149~151면 참조.
7) 1969년에 발표된 일인극 <롤러스케이트를 타는 오뚜기>의 경우, 소외된 개인의 불안의식을 담고 있다는 점에서 <환절기>와 <유다여 닭이 울기 전에>와 크게 다르지 않은 작품이라고 할 수 있다. 따라서 논의의 편의상 본 연구에서 제외하기로 한다.

일련의 작품들은 우리에게 익숙하지 않은 형식과 내용을 다루고 있기 때문에 접근이 쉽지 않다. 각 작품들에 나타나는 사건들이 파편화되어 있으며, 엉뚱한 이미지들이 급작스럽게 삽입되어 있어서 한 작품 내에서 혹은 각 작품간의 내적 통일성을 찾는 것이 간단하지 않은 것이다. 이러한 어려움을 해결하기 위해 본 연구는 작가가 세계를 바라보는 시선을 포착하여 작품에 흐르는 내적 논리를 밝혀보려고 한다. 그가 60년대에 관심을 두었던 것은 50년대와는 분명하게 구분되는 60년대적 상황이었으며, 급격하게 추구된 근대화로 인해 개인의 현존재가 위협당하는 현실이었다. <웨딩드레스>와 <교행>에는 근대적 시간에 대한 비판적 의식이, <육교 위의 유모차>에는 특수한 한국적 상황, 즉 안보와 경제의 논리에 의해 개인의 사적 영역을 통제하고 감시했던 체제에 대한 조롱이, <환절기>와 <유다여 닭이 울기 전에>에는 왜곡된 인간 관계가 불러 올 비극적 상황을 경계하는 태도가 담겨 있다.

본 연구는 오태석의 작품에 나타난 시간과 공간, 그리고 개인의 존재 양상을 살펴봄으로써 60년대 우리 사회에 드러난 사회병리적 현상을 고찰하고자 한다. 이를 통해 비록 적극적인 태도를 취하지는 않았지만 오태석이 모순으로 가득찬 현실에 대응하는 또 하나의 방법을 우리 연극계에 제시하였음을 밝히고자 한다.

2. 근대적 시간의 체험

1) 단절과 분열의 시간 : 〈웨딩드레스〉

시간 의식은 공간과 마찬가지로 사회적으로 형성되고 변화되는 것이며, 사회적 변화가 사람들의 삶에 스며들고 영향을 미치는 또 하나의 중요한 축이 된다.8) 특히 근대 세계에서의 시간의 크기는 물리적 시간의 양적, 누적적 단위들에 해당되어 현실적으로 사회세계와 산업세계에 이전되었다. 시간이 귀중한 가치를 가진 상품으로서 기능하면서 양면적 가치를 가진 것으로 인식되는데, 시간의 낭비가 죄악으로 여겨지는 한편, 닳아 없어지는 순간 쓸모없게 된다는 것이 바로 그것이다. 여기서 후자의 측면은 과거를 죽은 것, 쓸모 없는 것으로 생각하거나 역사를 되돌아보는 행위 자체를 시간의 낭비로 여기는 태도와 관련된다. 이로부터 과거로부터의 내면적 거리, 심리적 소실감이 생기게 되어 우리 자신의 과거와 현재 사이의 경험적 연계가 분리되는 현상이 일어나게 되는 것이다.9)

조선일보 신춘문예에 당선된 <웨딩드레스>는 이와 같은 분리 현상이 초래하게 될 혼란을 보여 준다. 이 극은 한산한 고궁의 파라솔에서 상대를 잃어버린 남녀, 웨딩드레스를 입은 여자를 사랑하게 된 사내, 웨딩드레스를 들고 있는 청년 사이에서 일어나는 일련의 사건을 그리고 있다. 아주 짧은 시간에 일어나는 사건이지만 그것이 하나의 서사적 줄기를 형성하지 않고 인물의 대사를 통해 파편화되어 나타나기 때문에 관객(독자)은 당혹감을 느끼며 혼란에 빠지게 된다.

그러나 이 극에서 중요한 것은 일련의 사건들이나 인물 상호간의 갈등이 아니라 비논리적인 상황과 위기에 처한 개인의 실존적 상황 그 자체이다. 극적 공간인 고궁과 파라솔이라든가 대립적 이미지를 형성하는 사물들은 이 극이 단절된 시간 의식과 관련된 개인의 실존 문제를 다루고 있음을 암시한다. 극의 배경이 되고 있는 고궁은 유물들이 전시된 박물관이 존재하는 곳이며, 파라솔은 트랜지스터 라디오에서

8) 이진경, 『근대적 시·공간의 탄생』, 푸른숲, 1997. 28면.
9) 한스 메이어호프, 『문학과 시간의 만남』(이종철 역), 자유사상사, 1994. 134~137면 참조

'새드 무비'가 흐르고, '콜라'를 마시는 익명의 인간들이 우연한 마주침을 반복하는 공간이다. 박물관을 배경으로 한 파라솔이라는 극적 공간은 과거나 역사가 이미 독자적인 가치를 잃어버리고, 그 자리에 새로운 현재가 자리하고 있지만 그것 또한 이질적인 서구의 문화로 가득찬, 60년대 한국의 근대화의 현장을 환유하는 것이다. 이러한 세계에서 개인은 과거와 현재의 연속성을 인식할 수 없게 되며, 결과적으로는 그들이 가치를 두고 있는 현재적 시간의 의미도 상실하게 되어 세계로부터, 타자로부터 소외를 경험하게 된다. 이 극의 서사를 교란시키는 이질적인 이미지들, 즉 박물관의 유물과 웨딩드레스, 사진 속의 어머니와 어머니를 닮은 현재의 여자, 여인의 검은색 투피스와 흰 구두 등은 소외나 단절의 상황을 환기하는 기능을 한다. 즉 선명하게 대립되는 이미지들은 과거와 현재의 시간, 그리고 개인과 개인간의 소통 '단절'의 기표로 기능하는 것이다.

근대의 인간은 과거와의 시간의 연속성을 인식하지 못하기 때문에 현재 자신에게 포착된 시간만을 의미있는 것으로 여기게 된다. 고궁은 여가를 즐기기 위한 하나의 휴식처일 뿐이며, 박물관에 진열된 도자기들은 사물 이상의 의미를 지니지 못한다. 인물들에게 과거나 역사는 경험될 수 없는 것으로서 박물관의 유물들처럼 죽어있는 것으로 인식된다. 오히려 고궁이나 박물관은 현재의 인간들에게 하나의 '배경'으로서의 가치를 지닐 뿐이다.

> **손 님** 그건 평곕니다. 그곳은 박물관이고, 박물관인 이상 으레 역사적 유물들이 유리갑 속에 진열되어 있게 마련이고 유리갑 속에 진열되어 있는 유물은 도자기이거나 기왓장일 수밖에 없는 일이지요. 그런데 도자기라고 해서 고려자기만 있는 건 아닙니다. 이조자기는 왜 없습니까. 그런데다가 색으로 고려자기와 이조자기는 구별할 수 있지요. 그러니까…….

청　년　하지만 도자기라는 점에서는 마찬가집니다. 제가 지금 배경이
　　　라고 말씀드린 것은 하나의 고려자기나 이조자기가 아니라, 여
　　　러 개의 고려자기와 이조자기……. 적어도 하나의 진열실 안에
　　　진열되어 있는 수 만큼의 도자기를 가리킨 것입니다. 그러니까
　　　제가 그 신부를 그 진열실에서 보았을 때 그 배경이 되는 것은
　　　그 진열실 안에 있는 도자기 전붑니다. 그런데 진열실마다 진
　　　열되어 있는 도자기가 다 비슷비슷하단 말입니다. 그래서 제게
　　　있어, 그 신부의 인상은, 이층 진열실 전부가 그 배경으로 돼
　　　있는 지경입니다.
손　님　그건 할 수 없는 일이지요. 우리의 배경이 되고 있는 역사가 비
　　　슷비슷한 이상은 ……. 10)

　두 인물이 웨딩드레스를 입은 여자가 어느 장소에 서 있었는가를 기
억해내는 부분이다. 여기서 박물관의 유물들은 '역사'를 환기하는데, 이
들은 역사를 도자기의 그것처럼 '비슷비슷한' 것으로 인식한다. 역사는
유리갑 속에 들어간, 죽은 것이며, 그것이 고려의 것이든 조선의 것이
든 현재의 인물들에겐 어떠한 감동도 주지 못한다. 유물들이 개별적인
가치를 잃고 하나의 '도자기'로 일반화되듯이 과거나 역사도 특수성을
잃고 사물화되고 있는 것이다. 이들에게 관심이 있는 것은 여자가 서
있었던 박물관이나, 여자의 정체가 아니라 그녀가 서 있었던 시간과
공간이다. 이들이 신부나 그녀가 서 있었던 시간과 공간에 집착하는
것은 사실 지나간 시간 속에 자신이 존재했었다는 사실을 입증할 내적
근거를 찾지 못하기 때문이다.
　이처럼 시간의 연속성을 인식하지 못하는 개인들은 주로 세계의 어
느 곳, 어떤 것, 누구와도 관계되지 않은, 익명의 이방인, 즉, 과거도 없
고 미래도 없는 잘못 놓여진 인간의 문학적 표현이 될 수 있다.11) 이

---

10) 오태석, <웨딩드레스>, 『조선일보』, 1967.
11) 한스 메이어 호프, 앞의 글, 141면 참조.

극에서 인물들에게 중요한 의미를 가진 것처럼 제시되는 '신부'는 사실
정체성을 상실하고 '잘못 놓여진' 극중 인물들 자신의 모습이기도 하다.

청 년 말씀하신 것이 사실이라면, 그 신부의 배경이 그렇게 분명한
만큼 그 신부는 선생님의 것입니다.
손 님 감사합니다.
청 년 그리고 선생님이 말씀하신 것처럼 분명하지는 않지만, 제가 만
난 신부한테도 어느 진열실이라는 배경이 있는 이상, 그 신부
는 제것입니다.
손 님 그럼 신부가 둘이란 말입니까?
사 내 청년은 한 벌의 신부 옷만을 들고 있었습니다.
…(중략)…
사 내 아니, 그게 아니라 두 개의 신부가 될 수도 있다는 말씀입니다.
손 님 그건 또 무슨 소리요? 두 개의 신부라니?
사 내 시간의 조화지요.

웨딩드레스를 입은 여자는 분명 하나지만 두 인물은 각각 다른 장소
에서 그녀를 보았기 때문에 신부가 둘이라고 결론 내린다. 그러나 신
부 옷을 입은 여자는 바로 파라솔에서 음료수를 마시던 여자이며, '청
년'이 잃어버린 연인이다. 그녀는 두 남자에게는 각각 그들만이 소유한
신비한 여자가 되는 것이고, 신부 옷의 주인에게는 어머니를 대신하는
여자이며, 청년에게는 잃어버린 애인이 된다. 그러나 두 남자는 박물관
이 아닌 곳에서는 그 여자를 구별하지 못하며, 청년은 자신의 애인을
검은 투피스에 흰 구두를 신은 여자로밖에 기억해내지 못한다. 이것은
그녀가 '누구인가'보다 과연 내가 존재했던 그 시간과 공간에 '존재했
었는가'에 보다 큰 가치를 두는 태도 때문이다. 그리고 그것은 사실 타
인의 존재 자체에 대한 관심이 아니라 내 존재성을 입증받을 만한 아
무런 근거도 찾을 수 없는 상황 때문이다. 무의미하게 흘러가는 시간

속에서 존재의 근거를 찾을 수 없기 때문에 인간에게 '누구인가'라는 정체성은 모호해지는 것이며, 가변적인 것이 되는 것이다. 따라서 개인의 존재가 소멸되는 자리에 허상이 자리하게 되는 것이다.

이 극에서 개인이 다른 존재로 인식되는 것은 표면적으로는 웨딩드레스라는 옷 때문이지만, 궁극적으로는 그가 존재하고 있었던 시간과 공간이 변화되었기 때문이다. 시간의 연속성을 의식하지 못하고, 자신이 순간적으로 경험한 현재적 시간만을 의식할 경우 개인은 오히려 그 시간에 의해 구속될 수 있으며, 이로 인해 타인이나 외부 세계와 단절되어 자기만의 세계에 고립될 위험이 있다. 극의 초반부터 인물들 사이에 끼어 들어 대화를 방해하는 트랜지스터의 소리는 단절과 분리 현상을 상징적으로 보여주는 것이다. 과거와 단절되어 현재라는 시간의 섬 속에 사는 인간들은 타인과의 단절을 경험할 수밖에 없다. 이것은 물리적 시간이 인간의 의지와 상관없이 기계적으로 흘러가는 반면, 존재성을 상실한 인간의 경험적 시간은 단절되고 파편화되기 때문이다. 인간은 시간 속에서 의지적으로 의미를 만들어 낼 때 그 존재성을 입증할 수 있는데, 극중 인물들은 허상을 통해 자신의 존재를 입증하려 들기 때문에 아무런 역사도 만들어내지 못하고, 무의미한 일상의 반복만을 경험하게 되는 것이다. 고궁의 폐쇄 시간을 알리는 종소리는 그것이 새벽의 두부 장수의 종소리를 환기한다는 점에서 이러한 상황의 반복성을 암시하는 것이라고 할 수 있다.

2) 질주와 혼돈의 시간 : 〈교행〉

<교행>(1969)은 경부선 상행 열차 안, 식당칸을 배경으로 하여 노인과 노파, 나정과 상기, 은주와 대빈 등 세 부부를 등장시켜 각 장면을 삽화적으로 보여 주고 있는 작품이다. 극적 공간이 기차의 내부로 한

정되어 있기 때문에 이 극은 기차의 시간과 공간에 지배되는 양상을 보이는데, 여기서 기차의 시간과 공간은 근대적 시간-기계로서의 측면을 지닌다.

시계적 시간은 단지 시간을 측정하는 수단일 뿐만 아니라 사람들의 활동을 특정한 방식으로 절단하고 채취한다는 점에서 '기계'라고 말할 수 있다. 시계로 인해 근대적 시간-기계는 '선분화'라는 분절 방식을 갖게 되며, 이를 통해 시간적 통제도 가능해진다. 철도는 시간에 의한 통제를 나라 전체로 확장하는 역할을 한다. 철도는 합리화된 운행표를 중심으로 정확함을 수행하는 새로운 시간관리의 장이었기 때문이다.[12] <교행>의 극적 공간이 되고 있는 기차 역시 이러한 시간-기계가 가진 속성을 보여준다.

> (이때 천장의 스피커에서 코드를 끼는 듯한 소리가 딸그락거리고 나서)
>
> 소 리 안내의 말씀 올리겠습니다. 본 열차는 현재 시각 열시 십 이분 정각에 왜관역을 통과, 시속 九二킬로미터의 속력으로 정상 운행 중이옵고, 다음 정착역인 김천에는 앞으로 삼십 칠분 후에, 그러니까 열시 사십 구분 정각에 도착할 예정으로 있습니다. 김천에서는 제 十二 하행 열차와의 교행 관계로 오분 간 정차하겠사오니, 내리실 손님께서는 충분한 시간 동안 번잡을 피하시어 하차하시기 바랍니다. 갑사합니다.[13]

노인과 노파의 대화의 사이에 끼어든 스피커의 안내 방송 소리이다. 여기에서 숫자로 나타나는 시각과 속력, 기계화된 스피커의 소리 등은 기계적, 획일적, 분절적인 기차 시간의 특성을 보여 준다. 일반적으로

---

12) 이진경, 「사회적 시간의 역사 이론을 위하여」, 『근대성의 경계를 찾아서』(서울 사회과학연구소 편), 새길, 1997. 265면 참조.

13) 오태석, <교행>, 『초분』, 현암사, 1979. 82면.

178

역(驛) 혹은 기차의 시간은 시계 원판 위에 규칙적으로 표시되어 있는 숫자에 의해 균등하게 분절되는 시간에 의해 지배당하며, 여기서의 시간은 도착과 출발이라는 물리학적 시간구조에 의해 의미를 띠게 되는데,[14] 이 극에 등장하는 인물들은 모두 자신의 의지와는 관계없이 이러한 시간의 힘에 의해 통제당하고 있다.

극의 공간이 되는 경부선 상행 열차는 국토를 하나로 가로지르는 선적 이미지와 기차가 지닌 질주의 이미지가 결합되어 진보를 지향하는 현재라는 시간을 상징한다. 그러나 흥미로운 것은 상행선을 타고 있는 인물들에게 계속적으로 하행선의 존재가 환기된다는 점이다. 이것은 극의 초반부터 '교행'을 예고하는 방송이 흘러나오는 것과 관련된다. 상행선과 하행선이 일정한 지역에서 교차하는 교행은 물리적으로는 두 기차의 마주침을 의미하지만 극의 의미론적 차원에서는 기차라는 특수한 시간과 공간에서 우연하게 만난 사람들 사이의 마주침을, 각각 도착해야 할 역의 방향으로 질주하는 과거와 현재라는 시간의 부딪침을 암시한다.

극에서 기차 안의 노부부와 신혼 부부의 일상은 영화의 장면처럼 교차적으로 보여진다. 뚜렷한 사건이 인과적으로 연결되는 것이 아니라 각 부부의 대화 장면이 병치되는 삽화적 구성을 취함으로써 서사가 교란되는 것이다. 영화의 몽타쥬 기법을 연상하게 하는 이러한 장면 제시는 인물의 시간의식을 보여주고자 하는 장치에 해당한다.

①
노인 솔밭 참 좋다.
노파 저거 내외간인가보죠?
노인 내외라니?
노파 저기 앉아 있는 쌍묘 말예요.

---

14) 박명진, 『한국 희곡의 이데올로기』, 보고사, 1998. 253면 참조.

노인　저기 묘가 있었구만.
　　　(잠시)
노파　보리 좀 봐. 좀 잘됐수.
노인　건 밀이지.
노파　그럼 메밀인가봐요.
노인　임잔 봄에 피는 메밀도 봤던가?
노파　여름이지요. 곧 유두라면서요.15)

　　　②
나정　또 찍어! (주먹을 쥐고 두 눈을 가린다) 페드라.
상기　(셔터를 누르고) 손 치워.
나정　(한쪽 손만 치우고) 죤 포드. (주먹을 콧잔등에 얹고) 칼 말덴.(83)

　극 초반에 등장하여 자연 풍경에 대해 이야기하는 노부부의 행위와 이후에 등장하여 사진 찍기에만 열중하는 신혼 부부의 행위는 관객의 의식 속에 병치되어 시간관의 차이를 뚜렷하게 인식시킨다. 노부부는 보리와 밀의 구분조차도 봄, 여름, 유두 등 자연의 절기와 관련짓는, 전근대적 시간관을 가진 인물들이다. 근대 이전의 시간은 태양의 운행과 계절의 순환을 기반으로 하는 순환적 시간인데, 이러한 순환의 시간은 과거 중심적인 가치관, 동일한 채로 보존되고 유지되지 않으면 안된다는 사회적 규범의식을 표상한다.16) 노부부는 철저한 부부간의 위계질서를 지키는가 하면 가족 중심의 화제로 대화를 이끌어 간다. 반면 신혼 부부의 시간은 사진 찍기의 그것처럼 순간적으로 단절되는 시간이다. 나정이 '페드라', '죤 포드', '칼 말덴'을 흉내내며 사진을 찍는 장면은 나정 개인으로서의 정체성이 사라지는 자리에 생경한 배우들의 존재가 자리함을 보여주는 것인데, 이처럼 정체성을 상실한 인간은 인위

---

15) 오태석, <교행>, 『초분』, 현암사, 1979. 81면.
16) 이마무라 히토시, 『근대성의 구조』(이수정 역), 민음사, 1999. 66~67면 참조.

적으로라도 자신의 존재성을 입증하려는 행위를 하게 된다. 신혼 부부가 사진 찍기에 열중하는 것도 사실은 빠르게 흘러가는 시간 속에서 존재의 근거를 입증하려는 일종의 '알리바이'(84) 만들기에 해당한다. 즉, 기계적이고도 습관적인 포즈를 만들어내는 사진 찍기는 직업을 선택해줄 여자를 구하기 위해, 안정된 남자의 장래에 '브레이크'를 걸기 위해 결혼했다는 신혼 부부의 장난스러운 결혼 사유를 의미있는 것으로 가장하고 기념하기 위한 행위이기도 하다. 이들에게 과거와 미래는 존재하지 않는다. 단지 빠르게 흘러가는 현재적 시간의 단편만이 있을 뿐이다. 이것은 노부부의 대화 사이에 나타나는 '잠시'라는 지문이 환기하는 시간이 신혼 부부의 대화 사이에는 숨가쁜 셔터 누르기로 대체되어 있는 것에서도 발견된다.

이러한 시간 의식의 차이는 '교행'에 대해 언급하는 부분에서도 드러난다. 노부부는 '외나무 다리'에서 '내려가는 열차하고 엇바뀌는 것'(82면)이므로 비켜주는 것으로 그것을 이해하는 한편, 신혼 부부는 '내려오는 열차하고 수인사를 나누는' 것이고, '갈아탈 수도 있는' 것이기 때문에 '도루묵'(92면)이 되는 것이라고 이해한다. '외나무 다리'는 결코 둘이 건널 수 없는 다리이다. 노부부가 교행을 외나무 다리로 이해한 것은 과거와 현재라는 시간은 공존하거나 거슬러 갈 수 없다는 인식 때문이다. 한편, 신혼 부부가 '도루묵'이라고 이해한 것은 과거와 현재라는 시간 구분 자체를 의식하지 않는 태도로서 언제든지 왔던 길을 거슬러 갈 수도 있다는 생각을 보여주는 것이다. 신혼 부부는 결국 하행선으로 갈아타기로 함으로써 '도루묵'이 되어 버리는 일상의 무의미한 반복을 보여주게 된다.

결국 인간은 질주하는 기차에서 뛰어내리거나 하행선으로 갈아타는 반복적인 삶을 살아갈 수밖에 없는데, 이와 같이 시간과 속도에 의해 지배되는 세계가 인간 존재를 얼마나 무력하게 만드는지 보여 주는 것이 바로 전보이다. 극에서 전보는 기차가 가진 근대의 속성을 보다 극대화한다. 전보는 기차의 속력보다 빠른 속도를 가진, 신속함과 정확성을 전제로 한 근대의 산물이다. 그러나 바로 이 신속함과 정확함으로 인해 인간은 혼란을 경험한다. 나정의 스승인 동숙은 직업상 일주일에 두 번씩 경부선 기차를 왕복한다. 그러나 한달 전부터 열차에서 친구의 죽은 부인 앞으로 온 전보를 받아보게 된다. 문제는 3년 전에 죽은 부인 앞으로 전보가 왔다는 점, 발신인이 자신의 이름으로 되어 있다는 점, 그리고 분명 자신은 상행선을 타고 있는데 하행선을 타고 있는 것처럼 쓰여져 있다는 점, 사적 관계를 맺지 않은 그녀와 밀회 약속을 하고 있다는 점에 있다. 동숙은 '몸뚱이가 두 개가 되어'(86~87면)야 하는 이 사건을 무시하지 못하고 계속 습관적으로 전보를 받는다. 동숙이 전보의 내용을 무시하지 못하는 것은 전보가 가진 정확성 때문이며, 몸뚱이가 두 개가 되어야 한다고 생각하는 것은 그것의 신속성 때문이다. 또한 스피커를 통해 들리는 안내 방송은 그로 하여금 어쩔 수 없이 전보를 받아가도록 한다. 인간의 편리에 의해 만들어진 전보에 의해 인간이 혼란에 빠지고 소외되는 것이다. 이러한 상황은 일주일에 두 번씩 경부선 상행선과 하행선을 반복적으로 타야 하는 동숙의 일상과 관련되어 있으며, 반복적인 열차 갈아타기에서 비롯된 시간의 혼란을 상징적으로 제시한 것이라고 할 수 있다.

질주하는 근대의 시간 속에서 일상의 궤도를 벗어나는 것은 죽음을 의미하거나 어디인지 모를 과거의 시간과 공간 속에 남겨지는 것을 의미한다. 이 극에서 기차의 시간의 궤도를 벗어나는 상황은 그것이 인간의 의지에 의해서 이루어지는 것이 아니라는 점에서 현재의 인간에게 어떠한 흔적도 남기지 못한다. 극의 후반에 노인은 전보치는 장소를 찾지 못하여 떨어져 죽고, 이로 인해 기차가 멈춘 틈을 타 동숙이 목적지를 이탈한다. 그 역시 날라간 전보 쪽지 때문에 기차에서 내리는 것이다. 노인은 '가늘게', '꺼지는 듯' 세계로부터 사라지고, 동숙은 '저쪽' '어디'라는 막연한 곳으로 거슬러 간다. 이때 기차가 멈추는 상황은 예정된 시간과 공간에서 이루어지는 것이 아니기에 기차 안의 인물들에게 잠시 혼란을 준다. 그러나 그것은 흔들림을 경험하고 기계의 마찰음을 듣는, 육체적인 차원에서 이루어지는 혼란과 불편함이다. 이들에게 중요한 것은 기차를 멈추게 한 존재가 아니라 멈춤 그 자체이다. 따라서 노인의 죽음은 소의 죽음(89면)과 별다른 차이를 갖지 않는다. 안내 방송에서 교행 시간 단축을 통해 곧바로 정상 궤도로 들어설 것임을 알리자 인물들은 다시 안정을 찾는다. 그러나 이들의 안정은 일시적인 안정이다. 기차가 계속 질주하는 이상 인간이 혼란에 빠지는 상황이 계속될 것이며, 현실 공간에서 인간이 배제되는 위기의 상황이 반복될 것이다. 이것은 동숙이 이미 전보를 받고 기차에서 내렸음에도 불구하고 또다시 그것을 찾아가라는 안내 방송이 들리는 결말 부분에서 암시되고 있다.

3. 통제와 구속의 사회적 공간 : 〈육교 위의 유모차〉

앞에서 다룬 <웨딩드레스>나 <교행>이 근대적 인간의 존재 양상을 다소 추상적으로 보여주었다면, <육교 위의 유모차>(1968)는 그것을 구체적인 한국적 상황에서 보여주고 있기 때문에 이전 작품보다는 공감의 폭을 높이고 있다. 그러나 오태석이 택한 방법은 현실 재현이 아니라 우회적인 풍자이다. 이 극이 공연되었던 시기는 박정희 정권이 일인 독재 체제를 구축해 가던 시기였다. <육교 위의 유모차>는 개인의 영역을 통제하고 억압하였던 체제에 대한 작가의 현실 대응의 한 방법이었다고 할 수 있는데, 그 대응 방식이 현실 개조의 차원이나 '병리 현상의 치유'[17]의 차원에까지 이르지는 못한 것으로 보인다. 오히려 오태석이 취한 방법은 조롱에 가까운 것이다. 조롱이라는 것은 조롱의 주체가 대상보다 우월할 때에 이루어지거나 소극적인 의미에서 대상을 공격하거나 패배시킬 의지가 결여되었을 때 취하는 태도라고 볼 수 있다. 오태석의 경우 작가의 대결정신이 부재하였기 때문에 우회적인 방법을 택하였다기보다는 국가의 강력한 통제력에 대한 역설적 대응으로서의 의미가 더 컸다고 볼 수 있다.

먼저 우리가 이 작품에서 눈여겨보아야 하는 것은 비대해진 국가의 힘이 어떻게 개인을 억압하는가에 있으며, 국가의 통제 이데올로기가 어떻게 개인을 배제시키는가에 있다. 국민국가는 이질적인 개인들을 동질적인 시민으로 개조하는 장치 그 자체이다. 따라서 한편으로는 공동체 내부에서의 차별 없는 인간공동체라는 이상주의적 이념을 만들어 내지만 동시에 이질성의 배제라는 부정적 측면을 내포하게 되는 것이다. 인간이 존재한다는 것은 물체적으로 정지해서 존재하는 것이 아니라 자기의 존재를 가능한 한 완전하고 충분하게 보존해 나간다는 것을 의미한다. 인간적 현존재의 양식이 자기보존의 양식이며, 현존재가 자기보존의 힘 그 자체라고 할 때, 국가가 요구하는 사회적 인간(시민)은 이러한 자기보존의 힘을 위협 당할 수밖에 없다.[18]

<육교 위의 유모차>는 보건우려처가 갑작스런 이상 고온 기후 때문에 3세 미만의 유아의 건강에 문제가 생길 수 있다는 이유로 시민들에게 긴급 보건 보호령을 내리는 것으로 시작된다. 유아들에게 일당 두 시간 이상 외출을 이행할 것을 명령으로 규정하는 긴급 외출령 때문에

---

17) 윤석진, 「오태석 1인극 연구」, 『한국극예술연구』 6집, 태학사, 1996.7. 286~288면 참조.
   필자는 이 작품이 시대 상황을 비극적으로 풍자하고, 권력에 의한 병리 현상을 극적으로 치유하는 기능을 수행하고 있다고 밝히고 있다.
18) 이마무라 히토시, 앞의 책, 182~183면 참조

주인공을 비롯한 모든 부모들의 생활에 비상이 걸린다. 거리로 쏟아져 나온 유모차 때문에 교통이 마비되는 혼란이 야기되고, 유모차를 끌고 다닐 장소를 찾지 못한 주인공은 육교 위로 아이와 함께 올라오게 된다. 사실 시민들은 이 조치가 불합리하다는 것을 알고 있지만 반발하지 못한다.

> 하기는 보건 우려처에서는 그 문제를 가지고 관계부처와 대체위와 협의 중이라지만 실상 보건 우려처 측의 요청이 비합리적이라는 시민 여론입니다. 시아타, 월남의 낮잠 자는 시간 같은 걸 만들자는 것이지요. (중략) 안될 소리지요. 수도 서울이 두 시간 반 동안 요것들 때문에 마비가 된다는 소린데, 그래서 국력에 미치는 위기도와 지엔피에 끼치는 손실을 종합, 통계국 전자계산기가 산출해낸 수위가. (목에 두르고 있던 호루라기를 급히 불고) 네? 알겠습니다. 주의하지요. 네, 국가 기밀에 속하는 것이었습니다.[19]

유아의 건강을 이유로 외출령을 내린 것은 낮잠 자는 시간을 만들자는 제안만큼이나 무모하다. 그러나 시민들은 '합리'와 '비합리'의 차이에는 민감하면서도 사적 생활이 침해당하는 상황에 대해서는 무감하다. 오히려 당연하게 자신들의 권리를 양도한다. 그것은 '국가 위기'와 '지엔피' 때문인데, 이것은 당시 시민의 자유를 억압했던 '반공 이데올로기'와 '경제발전정책'을 환기한다. 그리고 누구나 알고 있는 사실이 '국가기밀'로 부쳐지면서 개인을 억압한다. 이러한 상황에서는 개인의 사적 공간이 축소될 수밖에 없다. 이와 같은 '육교 위'는 사적 영역의 협소함과 부자유함을 암시해 주고 있는 곳이 바로 인물이 현재 존재하는 '육교 위'라는 공간이다.

---

19) 오태석, <육교 위의 유모차>, 앞의 책, 118면.

네, 그래서 이 육교 위로 유모차가 올라오게 된 것입니다. 가장 안전할 뿐만 아니라 적외선 감도 최적, 그것이면 충분했습니다. 그리고, 저 킬리만자로의 눈 위에 누운 하이에나처럼 우리 부녀는 수수께끼도 만들고 환상적인 이야기를 하면서 폭 이십 팔 미터 육교 위를 일혼 아홉 번에서 여든 일곱 번을 왔다 갔다 하면서, 하루하루 정다와져 갔습니다.(119면)

육교는 도시화·산업화의 산물이며, 시민의 안전을 보장하는 동시에 도보의 영역을 제한하는 공간이다. 따라서 등장 인물이 느끼는 '안전'은 실상 '폭 이십 팔 미터'만큼의 안전이라는 의미를 갖는다. 또한 육교는 현상적으로 개방된 공간이지만 본질적으로는 노출의 의미가 큰 공간이다. 언제든지 호루라기 소리에 의해 통제될 수 있는 감시 가능한 공간인 것이다. 이곳에서 인간은 그저 '수수께끼'나 '환상적인 이야기'만을 만들어내며 반복적인 일상을 살아갈 수밖에 없다. 이처럼 법이나 명령에 의해 시민의 자유가 구속되는 공간에서 사회에 편입되기 위해서는 국가 이데올로기에 동화되어야만 한다. 앞의 작품과는 달리 인물에게 혼란이나 정체성 상실의 징후가 드러나지 않는 것은 이미 현실 비판 능력이나 개혁의 의지가 거세된 길들여진 시민이 되었기 때문이다. 돌아갈 시간이 되었다는 호루라기 소리를 듣고도 육교 아래로 내려가지 못하는 것은 시민의 길들여진 삶을 보여주는 것이다. 이것은 60년대 이후 우리 사회의 시민의 모습이기도 하다.

따라서 극의 결말 부분에 나타나는 상황의 반전은 시민 의식이 회복된 상태를 보여주는 것이라기보다는 작가 특유의 유희적 태도가 개입된 것이라고 볼 수 있다.

소 리 시 경찰국에서 시민에게 알려드리는 급보입니다. 시민 여러분! 유모차를 밀고 다니시는 시민 여러분께서는 한시 빨리 귀가하시기 바랍니다. 시경 특별 수사반에 의해 여러분의 유모차 외출이 실상 근절되어야 할 비위생적, 비생산적, 비교통적 비행임이 밝혀졌습니다. 그럼에도 불구, 여러분이 그동안 시민으로서의 사명을 다 하고 긍지를 잃지 않고 곤경을 극복, 국민보건에 이바지하신 노고에 대해 심심한 사의를 표하는 바이며, 아울러 그러한 시민 여러분의 지고한 노고가 터무니없게도 몇몇 협잡배들에 의하여 훼손되고 말았다는 사실을 밝히게 됨을 당국은 여러분과 함께 슬퍼하는 바입니다.

…(중략)…

(두 번, 나팔 불 듯 길게 호루라기를 불고, 고개를 들고 인형을 다리로부터 거꾸로 들고) 당초 협잡인 줄은 저도 알고 있었습니다. 그래서 제 어린 것의 인형을 대신 싣고 나온 것이지요. 여러분, 정말 제 아이를 데리고 나왔더라면 제 극은 과연 결말이 달라졌을까요?(120~121면)

시민들의 일상을 흔들었던 조치가 유모차 생산업자와 보건 우려처 직원의 결탁으로 이루어진 해프닝이었다는 급보가 발표되자 주인공이 이미 모든 사실을 알고 있었다는 듯 인형을 꺼내드는 장면이다. 시 경찰국에서 부정한 세력을 추출해내어 이젠 육교로부터 내려올 수 있게 되었다는 사실 때문에 쉽게 정의가 실현된 것으로 단정지어서는 안될 부분이다. 당국을 대표하는 시 경찰국도 '시민으로서의 사명'과 '노고'를 강조하며, 귀가를 '명령'한다. 명령의 주체가 보건 우려처에서 시 경찰국으로 바뀐 것일 뿐 시민은 여전히 국가에 예속되어 있는 것이다. 이러한 상황의 변화에 대해 등장 인물은 여태까지의 순종적인 시민의 모습에서 벗어나 비판적인 태도를 취한다. 그가 말하는 '결말'은 관객에게 던져진 말이라기보다는 상황이 결코 달라지지 않을 것이라는 작가의 내면에 반향하는 말이라고 보아야 한다. 시민의 안전을 담보로한 비합리적인 정책에 대응하는 방법은 속임수밖에 없다는, 일종의 조롱의 태도를 취하는 것이다.

<육교 위의 유모차>는 60년대에 발표한 작품 중에서 유독 사회적인 성격을 드러낸 작품이다. '명령', '규정', '비상령', '초비상국', '통행법', '위법 행위', '긴급'이라는 어휘가 대사의 곳곳에서 나타나듯이 억압된 60년대적 상황을 전제로 한 것이다. 자동차 소음과 호루라기 소리가 뒤섞인 난장판의 도시 공간, 감시와 통제가 가능한 육교라는 협소한 공간에 '시민'을 감금하고 있는 사회, 통제된 사회에서 오태석이 현실 부정의 방법으로 선택한 것은 바로 풍자와 조롱이었던 것이다.

4. 불신과 소외의 일상 공간

1) 불신의 은폐와 진정성 회복 욕망 : 〈환절기〉

도구적 합리성이나 교환가치에 지배되는 일상 속에서는 현실에 순응할 경우 개인은 외견상 아무 문제없이 조화된 삶을 살아가게 된다. 그러나 이러한 현실에 지배된다는 것은 인격성을 잃은 채 살아가는 것을 의미하며, 무력하게 살아갈 수밖에 없음을 의미하는 것이다. 따라서 인간은 즉자적인 소외로부터 벗어나기 위해 화해를 시도하지만 현실은 그것을 허용하지 않는다. 동일성 논리[20]의 일상과 진정으로 화해하기 위해서는 동일성의 논리를 거부하는 동시에 그것을 자발적으로 받아들여야 한다. 그래야만 주체가 내적·외적 억압에서 벗어날 수 있기 때문이다.[21]

<환절기>의 극적 현실은 일상적인 가정의 공간이다. 여기서 가정은

---

20) 여기서 동일성의 세계는 나병철의 개념을 인용한 것으로 도구적 가치와 교환가치가 지배하는 세계의 논리를 의미한다.
21) 나병철, 『모더니즘과 포스트모더니즘을 넘어서』, 소명, 1999. 182~187면 참조.

동일성의 논리가 작용하는 외부 현실과 다르지 않은 공간으로서 이미 이전의 고유한 가치를 잃어버린 공간이기도 하다. 가정 내에서 오히려 개인의 소외가 심화되고 있기 때문이다. 따라서 개인은 자신의 존재 양식에 불안을 느끼고 관계 회복을 욕망하게 되는 것이다. 이와 관련되는 것이지만 <환절기>(1968)가 젊은 남녀의 애증과 삼각관계를 다루고 있음에도 통속물로 떨어지지 않는 것은 현대인의 불안과 황폐한 정서를 드러내고 있기 때문이다.[22] 이 극이 남녀 관계를 다루고 있는 것은 개인간의 결속이 가장 단단하게 구축되어야 할 연인이나 부부 관계에서 단절 현상이 심하게 드러나는 모습을 통해 인간의 존재성이 위협당하는 상황을 보여주기 위해서이다.

부부인 나영과 대빈은 겉으로는 아무런 문제없이 일상 생활을 영위하고 있지만 나영은 약에, 대빈은 술에 의지하며 하루하루를 보낸다. 이들이 화합하지 못하는 것은 자신이 사랑하던 상대를 잃은 상실감에서 상대와 결합하였기 때문이다. 나영-형주와 대빈-정애는 5년 전 설악산에 갔다가 정애의 죽음으로 형주가 정신 이상이 되고, 이후 짝을 바꿔 결혼하여 부부가 되었던 것이다. 따라서 두 인물에게는 본래의 애인에게 향한 죄의식과 현재의 배우자에 대한 불신이 동시에 존재하게 된다. 이러한 불신은 습관적으로 반복되는 일상에 의해 은폐되며, 죄의식은 약과 술에 의해 일시적으로 망각된다. 극 속에 빈번하게 나타나는 혼선된 전화는 소통 불가능한 두 인물의 관계를 암시하는 것이다. 그러나 이것은 역설적으로 이들이 얼마나 관계 회복을 욕망하고 있는지 알 수 있게 한다. 대빈이 나영의 마음 속에 여전히 자리잡고 있다고 믿는 형주를 집에 데려와 그녀를 정신적으로 학대한다거나 나영이 원시적 제의 형식을 통해 '도깨비'를 불러내는 것은 관계 회복을 향한 욕망의 표현이라고 볼 수 있다.

---

22) 유민영, 앞의 책, 538면 참조.

나 영 저보구 무당을 하란 말씀이에요?

(꽃꽂이 분에서 갈꽃을 뽑아 들며 날렵하게 몸을 솟구치는가, 어느새 테라스로 가서 몸을 움츠리고 딱 정지한다. 너무 급작스럽게 일어난 일이라 조대빈이까지도 어떻게 해서 한나영이 테라스까지 갔는지, 그리고 다음에 어떠한 일이 벌어질 지 짐작할 수 없다. 이윽고 정지했던 한나영의 몸이 차츰 율동하기 시작한다. 그리고 한나영의 입에서는 마치 주문처럼)

붉은 머리 매춘부와 링샌드에 살고 싶네. 붉은 꼬리 도깨비와 링샌드에 살고 싶네.

(가, 원시적인 선율을 타고 낮게, 혹은 높게, 혹은 부르짖듯, 속삭이듯이 되풀이된다. 한나영의 몸이 응접실을 종횡으로 누빈다. 유정기와 성은주는 손뼉을 친다. 무대에는 갑자기 원시종교에서 보는 선정적인 홍분과 피와, 분비물의 냄새, 죽음의 냄새가 휩쓴다. 적당한 시간이 흐른 다음 한나영은 소파 위에 몸을 던진다.)

…(중략)…

(천둥치는 소리와 함께 테라스 쪽에서는 등나무 잎사귀가 흔들린다. 응접실 전등이 깜박 꺼지려다가 희미하게 부들부들 떤다. 테라스, 등나무 뒤쪽에 어떤 모습이 실루엣처럼 등장한다.)[23]

대빈의 집에 건축가인 정기와 카페 여급인 은주가 방문하여, 두 부부의 과거를 재현해 보이는 장면이다. 이들이 벌이는 제의는 과거를 불러내기 위한 형식에 해당하는데, 이로 인해 실제로 과거의 상황이 인물만 바뀌어 재현되고, 나정의 심층에 자리하고 있는 도깨비도 등장하게 된다. 현대적인 무대에서 벌어지는 원시종교의 분위기는 이질적이며 충격적이다. 그리고 갑자기 천둥이 치며, 인간의 내면에 존재하던 추상적인 존재가 나타나는 것은 초현실적이며 비논리적인 상황에 해당

---

23) 오태석, <환절기>, 앞의 책, 137~139면.

한다.

전통적 세계에서 제의는 강압적인 양상을 지니기도 하지만, 동시에 그것은 깊은 안정감을 제공한다. 이것은 과거와 현재, 미래의 연속성에 대한 믿음을 유지시키는 하나의 근본적인 방식으로서 삶의 존재론적 안정성에 기여하며, 관례화된 사회적 행위들에 연속성의 믿음을 부과하는 것이다.[24] 그러나 모더니즘의 신화·환상·제의 등은 주술 시대의 미메시스로 되돌아가려는 열망의 표현이 아니라 합리성을 전제로 한 화해의 표현이다.[25] 이 극에서 행해지는 제의도 전통적인 형식에서 벗어나 있다. 서사 무가 대신 생경하고도 무의미한 이국적인 노래가 불려지며, 신대 대신에 응접실의 갈꽃이 사용되고 있는 것이다. 이들의 제의는 현재 자신의 존재를 억압하는 추상적 존재의 정체를 밝히기 위한, 일종의 근대적인 제의에 해당한다.

이러한 행위를 통해서 드러나는 것은 인간 관계의 어그러짐이며, 죄의식의 실체이다. 제의 과정 이후에 벌어지는 과거 재현 장면에서 나영—대빈의 짝 바꾸기가 대빈—은주, 정기—나영의 짝 바꾸기로 변형된다. 놀이의 형식으로 전개되지만 사실 이것은 나영과 대빈 사이의 관계를 보여주고 있다. 이들의 짝 바꾸기, 혹은 자리 바꾸기는 그것을 통해서라도 타인과 관계를 유지하려는 근대인이 황폐한 내면을 드러내주는 것이다. 그러나 진정성이 결여된 결합은 그저 자리를 바꾼 것에 지나지 않는 것으로, 나영과 대빈의 관계처럼 단절을 경험하게 할 뿐이다.

한편, 제의의 과정에서 나타난 도깨비는 나영과 대빈의 내면에 자리한 죄의식이 표현주의적인 기법을 통해 가시화된 것이다. 이들은 친구나 애인을 배반했다는 사실 때문에 죄의식을 공유하는데, 이러한 죄의

---

24) Anthony Giddens, *The Consquences of Modernity*, Polity Press, 1992, 105면.
  (박혜경, 「황순원 문학 연구」, 동국대 대학원, 1994. 62면 재인용)
25) 나병철, 『모더니즘과 포스트 모더니즘을 넘어서』, 189면 참조.

식을 망각하려고 노력하거나 자학과 가학의 형태를 통해 그것으로부터 벗어나려고 한다. 약을 먹거나 술을 마시는 행위, 아이를 지우거나 죄의식의 원인에 해당되는 형주를 데려다 놓는 행위가 이에 해당한다. 그러나 망각하려는 노력에도 불구하고 죄의식은 극의 곳곳에서 붉은 색의 이미지를 통해 환기된다. 그것은 '피' '도깨비', '홍당무', '불바위', '빨간 머리의 매춘부'를 통해 변용되어 나타나면서 인물의 내면을 억압한다. 이들이 느끼는 죄의식은 그들만의 특수한 체험으로부터 비롯된 것이지만, 그 이면에 도사리고 있는 근원적인 죄의식을 인식하게 되는 계기를 제공한다. 제의의 그로테스크한 분위기에서 공포감이 형성되는 것도 객관 세계 이면에 존재하는 또 다른 힘의 실체를 느끼게 되기 때문이다. 이 극에서 반복적으로 드러나는 죄의식의 이미지들은 사실 신으로부터 이탈하여 세계를 지배하기 시작한 근대인이 느낄 수밖에 없는 근원적인 죄의식을 상징하는 것이기도 하다. 죄의식은 개인의 현존에 대한 불안을 유발하며, 인간이 사물화되어 고립될수록 심화된다. 따라서 근대인은 불모한 관계일지라도 타인과 관계를 맺으려 하는 것인지도 모른다.

이 극은 결말 부분에서 나영이 아이를 낳기로 결정함으로써 불모한 관계 맺기가 일단락 될 조짐을 보이게 된다. 나영과 대빈이 처음으로 마음을 열어 대화를 나누고, 서로에게 상처를 안겨 주었던 형주를 돌려보냄으로써 잠정적인 화해가 이루어지는 것이다. 홈통으로 나간 다람쥐를 집안으로 끌어들이기 위해서는 누군가가 입구를 막아줘야 하듯이 관계 회복을 위한 협조자가 필요한데, 나영의 집에 수시로 드나드는 친정 어머니가 이러한 역할을 훌륭하게 해내었기 때문이다. 그러나 여기서 잠정적인 화해라고 하여 낙관적인 전망을 보류한 것은 이들의 화해가 안고 있는 문제점 때문이다. 김형주를 다시 정신병원으로 돌려보내는 행위는 그의 가치가 소모되었기 때문인데, 자신들의 일상을 회복하기 위해 또 다른 인간을 배제시키는 잠정적인 해결책을 선택하고 있기 때문이다. 근본적인 문제를 남겨둔 채 이루어진 화해는 낙관적인 전망을 유보하게 한다. 대빈과 나영의 과거 재현 놀이에 참여한 인연으로 정기와 은주가 결혼하게 되는 것이 과거 대빈과 나영의 결합 상황과 다르지 않다는 점, 그리고 형주를 돌려보내기 위해 병원으로 전화를 걸 때 신호음이 '떨어지지 않는'(165면)다는 점 등은 문제적 상황이 극복되지 않고 유보되고 있음을 보여주는 것이다. 이와 관련하여 결말 부분에서 휠체어를 힘겹게 굴리며 '도올리어, 도올리어'(165면)라고 말하는 형주의 대사나 형주가 떠난 뒤 테라스로 밀려나가는 휠체어를 부부가 지켜보는 장면은 복합적인 의미를 담고 있다고 할 수 있다. 즉, 대빈과 나영이 회복한 일상이 힘겹게 휠체어를 돌리는 행위처럼 무의미한 일상의 또 다른 반복을 의미하는 것일지도 모른다는, 혹은 그것이 테라스로 밀려나가지만 언제든지 다시 부부 앞으로 굴러올 지도 모른다는 우려를 남겨두고 있는 것이다.

2) 배반의 반복과 인간 소외의 심화 : 〈유다여 닭이 울기 전에〉

<환절기>가 유대감이 상실된 인간 관계와 단절된 관계를 회복하고자 하는 욕망을 다루고 있다면, <유다여 닭이 울기 전에>[26](1969)는 허위와 배반으로 맺어지는 인간 관계의 비극성을 보여주고 있다. 이 극

---

26) 오태석의 <유다여 닭이 울기 전에>는 ≪초분≫에는 <유다의 닭>으로 실려 있으나, 이후의 희곡집에서는 <유다여 닭이 울기 전에>로 실려 있다. 또한 대부분의 연구자들이 <유다여 닭이 울기 전에>로 통일하여 지칭하고 있다. 따라서 본 연구에서도 통일성을 위해 편의상 <유다여 닭이 울기 전에>로 표기한다. 그리고 이 작품은 각 희곡집마다 내용이 조금씩 다르게 나타나고 있으나, 논의의 전개에 별다른 영향을 미치지 않는 관계로 개작의 양상에 대해서는 다루지 않기로 한다.

에서는 더 이상 진정성 회복을 위한 어떠한 노력도 나타나지 않을 뿐만 아니라, 개인의 현존이 타인의 배제를 통해 이루어지는 양상마저 보이고 있다.

준상, 이순, 국정의 부부 관계, 연인 관계는 각 인물이 추구하는 가치에 따라 상대를 선택하는 가변적인 관계로 나타난다. 즉, 준상은 마약 트렁크에, 국정은 돈에, 이순은 거짓 사랑에 집착하는데, 이들은 자신이 추구하는 것을 얻기 위한 수단으로서만 타인과 관계를 맺는다. 이것은 사용가치의 시대로부터 교환가치의 시대로 변화된 근대의 모습을 왜곡된 인간 관계를 통해 극단적으로 제시한 경우라고 할 수 있다. 이 극은 인간이 고유한 자신의 가치를 상실하고 거래의 대상이 되어 상품으로서 기능하는 상황을 보여주기 위해 배반을 환기하는 유다와 베드로라는 성서적 인물을 끌어오고 있다.

　①
국 정　이건 횡잰데……. 뜻밖이야. 세상에 이럴 수가 있나. 자네 목숨보다 더 귀한 것이 무엇인지 아나? 트렁크라네. 목숨보다 못한 것이 사랑이지.[27]

　②
준 상　자네도 예수를 팔았나?
국 정　그보다 더 몹쓸 짓을 했어. 그 몹쓸 짓을 당한 여자가 바로 자네 아내구. 알겠나. 나는 지금쯤은 미쳐 있거나, 천장에 목을 매고 늘어져 있어야 될 몸이란 말야. 알겠나. 지금 또 자네 아낼 괴롭힐 입장은 천만두 아니란 말이네. 이제 또 자네 아낼 데려다가 팔았다가는 그땐 미치는 정도가 아냐. 목을 매서 될 일이 아니라니까, 알겠지. 게다가 자네가 아내를 내게 맡긴다면, 그 트렁크 대신에 맡긴다면…….자네두 아내를 파는 거나

27) 오태석, <유다여 닭이 울기 전에>, 앞의 책, 32면.

마찬가지가 되는데 그렇게 되면 자네는 두 번째로 파는 입장
이 될지도 모르니. (후략) (45~46면)

③

준 상 (중략) 그렇다 치구, 자네가 하루당 소모하는 정신적, 육체적 손
실이 그게 현찰로 얼마나 되겠나? (61면)

④

국 정 나를 기다렸다구?

이 순 절 사셨다구요. 아니면 바꾸는 건가요.(67면)

위의 인용문은 모두 인간을 돈이나 사물과 바꿀 수 있다는 의식을 드
러낸 부분이다. ①은 마약운반책인 정가로부터 안경을 뺏어들고 국정이
하는 대사이다. 정가는 트렁크를 뺏기지 않으려고 목숨과도 같은 안경
을 벗어주고야 만다. ②와 ④는 트렁크와 이순을 바꾸려는 국정과 준상
의 거래와 관련된 대사이며, ③은 국정의 손실을 돈으로 계산하려는 준
상의 태도가 반영된 대사이다. 이들에게 트렁크는 목숨과도 같은 안경
이나, 사랑, 가정보다 더 중요한 가치를 지닌 것으로 인식된다. 인간의
감정마저도 교환가치의 대상이 되어 버린 현실에서는 인간의 관계는 가
변적일 수밖에 없다. 따라서 사용가치를 잃은 인간은 사물처럼 버려지
는 것이다. 이순이 아내로서, 애인으로서의 가치를 상실하고 돈이나 트
렁크의 가치보다 못한 짐스러운 존재로 인식되자 두 남자가 서로 담합
하여 그녀를 죽여버리는 결말은 이를 극명하게 드러내는 것이다.

교환가치의 시대에는 타인을 사물로서 인식하기 때문에 진정한 신뢰
가 구축될 수 없다. 이들이 타인과 관계를 맺을 수 있는 것은 허위를
통해서이다. 이순과 국정이 서로 자신이 상대를 팔아넘겼다고 주장하
는 부분이나 결코 이순을 국정에게 넘기지 않을 것이라는 준상의 단호
한 말은 간단하게 전복된다. 부부 관계나 연인 관계도 이해 관계에 의

해 새롭게 형성되며, 여성은 하나의 성적 대상으로서만 기능할 뿐이다. 국정이 옥자에게 농락의 대가로 금팔찌를 주는 장면이나 준상이 국정으로부터 트렁크를 뺏기 위해 이순을 이용하려는 장면에서 여성은 성적 대상 이상의 의미를 갖지 않는다. 여성 역시 자신의 육체를 상품화한다. 옥자는 국정이나 정가에게 몸을 허락하며 어떠한 저항도 하지 않으며, 이순도 준상과 불화하자 쉽게 국정에게 잠자리를 요구한다. 남녀의 육체적 관계는 사랑을 확인하기 위한 행위가 아니라 일정한 대가를 얻기 위한 하나의 수단이 될 뿐이다.

이러한 세계에서 인간이 존재하는 방법은 약에 의존하여 현실로부터 도피하거나 끊임없이 타인을 배반하는 것이다. 이순은 정신 병원을 왕래하며 약에 의존해야 하는 신경 쇠약증에 걸려 있다. 그녀가 약에 의존하는 것은 자신이 버림받을지 모른다는 생각에서 비롯된 불안 의식과 공포감 때문이다. 이를 잊기 위해 약을 먹지만 점점 타인으로부터 가치를 상실한 인간으로 인식될 뿐이다. 이순은 정신병원과 다를 바 없는 가정으로부터 벗어날 수 있는 새로운 탈출구를 찾아보려고 하지만 국정과 준상의 거래로 소모품으로 남게 된다. 극의 결말 부분에서 암시되듯이 이 세계에서 살아남을 수 있는 인간은 거래에 성공한 배반자들뿐인 것이다.

극 속에서 거래와 배반의 의미는 성서의 서사를 현재의 공간 속에 재배열함으로써 분명하게 드러난다. 특히 국정이 아끼는 닭은 베드로라는 이름을 가졌다는 점에서 배반 행위의 의미를 성서의 그것과 다르게 읽히게 한다. 성서 속에서 베드로의 배반 행위를 명확하게 인식시켜 주었던 닭은 이 극에서 베드로의 이름으로 존재한다. 이처럼 닭과 베드로가 분리되지 않음으로써 죄를 인식하는 반성적 주체는 부재하고, 배반 행위를 환기하는 닭 울음 소리만 존재하는 상황이 전개되는 것이다. 결말 부분에서 이미 죽었다고 생각한 닭의 울음 소리가 들리자 닭이 부활했다며 축배를 드는 국정의 행위는 어떠한 반성의 과정도 없이 인물들의 배반이 반복될 것임을 암시하는 것이라고 할 수 있다.[28] 이처럼 불신과 허위로 가득찬 세계에 유다형 인물들만이 존재하게 되는 극적 현실은 비전없는 근대 세계의 암울한 풍경을 보여주는 것이다.

5. 1960년대 오태석 희곡의 의미

1960년대는 개인의 실존을 위협하는 실체가 50년대의 그것처럼 확실하지 않은 시기였다. 이것은 50년대의 이데올로기나 가난의 문제처럼 집단이 공유할 수 있는 분명한 극복 대상이 없었기 때문이다. 60년대는 분단의 고착화와 경제 발전으로 인해 외형적으로는 안정된 사회를 이루어 나가던 시기였으나, 내부적으로는 개인이 극심한 소외와 불안을 경험하고 있었다. 우리의 경우 그것이 서구의 근대화 과정에서 나타나는 문제보다 더 심각한 양상을 보였는데, 억압적인 정치 현실 속에서 근대화가 단기간에 이루어졌기 때문이다. 정치적인 측면에서는 퇴보한 반면, 경제적인 측면에서는 발전한, 불균형한 현실 속에서 개인이 혼란에 빠지게 되는 것은 당연한 것이라고 할 수 있다.

이러한 모순된 사회 현실을 분석하고 해독하기 위해서 오태석이 선택한 것이 바로 모더니즘의 방법이다. 근대라는 사회는 총체화를 지향하는 리얼리즘의 방법으로는 더 이상 접근할 수 없을 만큼 비합리적인 측면을 드러내고 있었기 때문이다. 그의 초기작 <웨딩드레스>, <교행>, <육교 위의 유모차>, <환절기>, <유다여 닭이 울기 전에> 등에서 서사가 교란되거나, 서로 다른 시간과 공간이 교차·공존하거나, 극적인 문

---

28) 졸고, 「한국 현대 희곡에 나타난 기독교의 수용 양상」, 『숭실어문』(숭실어문학회 편), 1998. 6. 402~403면 참조.

맥과 관계없는 이미지들이 삽입되는 것은 모더니즘의 형식과 관련되어 있다. 재현 원리를 부인하는 모더니즘은 현실의 형상화 대신 현실과 주체의 자기 인식을 직접적으로 드러내게 된다. 이러한 자기 인식 속에는 주체와 화해할 수 없는 모순된 현실에 대한 부정이 내포되어 있다. 즉, 모더니즘은 리얼리즘처럼 내용적으로 현실을 비판하는 것이 아니라 자기 인식적 형식 자체 속에 그 힘을 포함시키는 것이다.[29]

오태석의 작품에서 부정적 현실은 바로 근대화된 세계이다. 구체적으로 그것은 과거와 단절된 현재라는 시간의 섬 속에서 개인이 정체성을 상실하고 허상으로 존재하며(<웨딩드레스>), 기계적인 시간이 지배하는 세계에서 혼란을 경험하며 현실로부터 배제되거나 무의미한 일상을 반복해야 하고(<교행>), 개인의 사적 공간이 위축되거나(<육교 위의 유모차>), 개인이 타인과의 유대를 잃고 고립되어 존재성마저 위협당하는(<환절기>, <유다여 닭이 울기 전에>) 세계로 나타나고 있다. 오태석이 작품 속에서 근대 세계의 부정적인 모습을 뿌리째 드러내고 있는 것은 근대 이전의 과거로 돌아가자고 주장하기 위해서가 아니다. 그는 근대의 상황이 합리의 탈을 쓴, 근대 이전의 세계보다 더욱 비합리적인 세계임을 비판하고, 궁극적으로는 진정한 의미에서의 합리화된 사회의 모습을 갖추어야 한다고 말하고 있는 것이다.

이러한 의미에서 오태석의 60년대 작품은 근대 안에서의 근대 비판이며, 근대를 통한 근대 극복의 작업이 될 수 있다. 그가 선택하고 있는 낯설고 새로운 형식은 화해할 수 없는 세계에 대한 작가의 미학적 대응에 해당한다. 부정적인 현실을 일탈된 형식으로 그려내는 역설적 방법은 난해한 그의 작품 세계를 관류하는 하나의 미적 원리가 되고 있는데, 그의 작품이 적극적인 현실 참여의 성격을 띠지 않는 것도 그가 현실에 대해서 정면적 공격이 아닌 측면적 응시의 방법을 택하고

---

29) 나병철, 『근대성과 근대 문학』, 앞의 책, 186면.

있기 때문이다. 그러나 대부분의 모더니스트들이 그러하듯 오태석 역시 내적으로는 총체성에 대한 열망과 상실한 것들에 대한 회복 욕망을 담고 있었는데, 70년대 이후 오태석이 보여주는 한국적 전통에 대한 관심30)은 이것이 출구를 찾게 된 경우라고 할 수 있다.

---

30) 텍스트는 구할 수 없지만 공연 자료로 보아 전통에 대한 관심이 엿보이기 시작한 것은 1969년에 발표한 <여왕과 기승>부터라고 할 수 있다.

참고 문헌

1. 기본 자료

오태석, <웨딩드레스>, 조선일보, 1967.

＿＿＿, 《초분》, 현암사, 1979.

2. 참고 자료

김방옥, 「오태석론」, 『한국희곡작가연구』, 김호순 교수 정년기념논총간행
　　　위원회 편, 태학사, 1997.

나병철, 『근대성과 근대문학』, 문예출판사, 1995.

＿＿＿, 『모더니즘과 포스트모더니즘을 넘어서』, 소명, 1999.

박명진, 『한국 희곡의 이데올로기』, 보고사, 1998.

박혜경, 「황순원 문학 연구」, 동국대 대학원 박사 학위 논문, 1994.

배남옥, 「오태석 희곡의 공간 연구」, 이하여대 대학원 석사 학위 논문,
　　　1987.

백로라, 「한국 현대 희곡에 나타난 기독교의 수용 양상」, 『숭실어문』, 숭
　　　실어문학회 편, 1998.

유민영, 『한국현대희곡사』, 기린원, 1991.

윤석진, 「오태석 1인극 연구」, 『한국극예술연구』6집, 태학사, 1996.

이진경, 『근대적 시·공간의 탄생』, 푸른 숲, 1997.

＿＿＿, 「사회적 시간의 역사 이론을 위하여」, 『근대성의 경계를 찾아서』,
　　　서울 사회과학연구소 편, 새길, 1997.

이마무라 히토시, 이수정 역, 『근대성의 구조』, 민음사, 1999.

한스 메이어호프, 이종철 역, 『문학과 시간의 만남』, 자유사상사, 1994.

⟨Abstract⟩

The Study on the Play of Tae-Seok Oh in the 1960's

Paek, Ro-Ra

In the 1960s did the adherence of the division of the Korean peninsula and the economic development externally establish the stable society, but internally made individuals experience extreme alienation and uneasiness. The phase of our country was more serious than that of the western country on the process of modernization. It was because our country achieved the modernization in a short term under the suppressive political situation. It was natural that the individuals came into confusion in the unbalanced reality of the political regression and the economical progression.

Tae-Seok Oh selected the method of modernism to decode this kind of inconsistent reality. The modern society revealed irrational aspect because it couldn't be accomplished by the realism that was toward all things considered. Of his first works, <The wedding dress>, <Going together>, <The baby carriage over the footbridge>, <A change of season>, and <Judas, before a rooster crows>, It was related to the form of modernism that a narrative was disturbed, different time and places crossed, and images irrelevant to the dramatic contexts were inserted. Modernism, which denied the principle of reappearance, directly showed self-cognition of reality and a self instead of the formation of reality. In this self-cognition was connoted the negation on inconsistent reality which couldn't be in harmony with a self. In other words, modernism included its power in the self-cognitive form.

The negative reality was the modern society in his works. Concretely, in the discontinuous with the past, did the negative reality exist with the a virtual image deprived of self-identity (<wedding dress>), experienced the confusion in the world dominated with mechanical time, was excluded from the reality and repeated meaningless lives (<going together>). In the negative reality did the private place shrink (<the baby carriage over the footbridge>), the individuals lost the links with others and their beings were threatened (<a change of season>, <Judas, before a rooster crows>).

Tae-Seok Oh intended to indicate the negativeness of the modern society and the spiritual deformity of the modern through his works. Namely, he criticized that the modern situation under the mask of rationality was more irrational than pre-modern society. Extremely, he said that the modern society should be rational in the real meaning.

His works in the 1960s in this context were the criticism for the modernity in the modern society and the process of the work to overcome the modernity through itself.

His unfamiliar and novel method was his response to the irreconcilable world.

His paradoxical way describing the negative reality by the innovative form was one of aesthetic principles, which flew through his difficult works. His works didn't actively participate in the reality because he looked at the reality in the flank, not attack in front.

Like most modernists, he also had the desire for wholeness and for recovering the lost.

It was reflected on his attention on Korean tradition that he showed from the 1970s's works.

메타연극 연구(1)

― 윤대성의 희곡을 중심으로

김 성 희*

1. 머리말

현대예술의 주요한 경향 중의 하나는 예술을 예술로서 드러내기, 예술적 장치를 의도적으로 드러내기이다. 근대 리얼리즘이 충실한 미메시스, 곧 현실반영을 주요 목표로 삼았다면, 20세기의 현대예술은 예술그 자체를 대상으로 삼음으로써 형식이 주제가 되는 특성을 두드러지게 보인다. 종래의 예술이 감추어 왔던 인위성과 허구성을 일부러 드러내거나 그에 대해 언급함으로써 자의식적 특성을 드러내는 것이다. 연극에 국한시켜 볼 경우, 이러한 자의식적 경향의 연극은 19세기 사실주의극처럼 인생을 충실하게 재현하여 실제 삶을 관객이 몰래 엿보고있다는 착각을 불러일으키는 게 아니라, 무대 위의 현실이 허구임을드러내며 극장주의적 기법으로 연극이 놀이임을 분명히 한다. 이처럼극적 환상을 의도적으로 깨트리며, 관객에게 연극이 실재(reality)를 가장하고 있지만 사실은 실재가 아니라는 것, 연극을 보고 있다는 사실을 일깨우는 연극이 메타연극(metatheatre)이다.

모든 예술이 그 예술형식을 창조한 문화와 시대배경을 반영한다고
할 때, 20세기에 메타연극이 어떻게 해서 등장했고 연극의 정체성을 가
장 잘 드러내는 대표적인 형식이 되었는가, 또 한국에서는 1960년대부
터 오늘날까지 30여년 동안 어떤 요인 때문에 가장 인기있는 연극형식
중의 하나로 자리잡았는가를 살펴볼 필요가 있다. 그러한 목적을 위하
여 먼저 메타연극이 태동하게 된 시대적 배경과 미학을 고찰하고 한국
의 연극적 상황에서 메타연극이 특히 인기있는 형식으로 받아들여진
원인에 대해 생각해 보고자 한다. 그리고 일찍이 메타연극 기법을 활
용하여 뛰어난 연극적 성취를 얻은 윤대성의 메타연극 작품들을 대상
으로 삼아 그 주제와 연극적 효과, 기법들을 분석하고자 한다.

2. 메타연극의 개념과 한국의 메타연극

(1) 메타연극의 시대적 · 정신적 배경과 개념

메타연극은 일반적으로 '연극에 대한 연극'으로서 연극 자체를 무대
에서 재구성하는 것이다. 메타연극의 지시대상이 되는 것은 종래의 연
극에서처럼 세상이나 인생의 일상적 또는 도덕적 문제가 아니고 연극
적 구도로 짜여진 인생 모습의 폭로이거나, 극장과 극작술, 그리고 연
극에 대한 연극적 언어행위라고 볼 수 있다.[1] 사실 연극은 일찍이 모
방대상인 인생과 가장 유사한 형식 때문에 인생의 메타포로 유추되어
왔다. 그러나 메타연극은 바로 연극이라는 거울을 통해 연극과 인생을
대비하거나 혹은 실재(reality)와 환영(illusion)의 관계를 탐구한다. 이는

---

1) 송원덕, 「셰익스피어의 메타연극과 현대 메타연극의 동질성에 대한 연구」,
　한국드라마학회 편, 『드라마 논총』 8집, 1996, 100면.

셰익스피어 시대에 보편화되었던 세계관의 계승으로, 세계가 곧 무대요, 인생이 연극이라는 'Theatrum Mundi' 사상의 발현이다.

연극의 역사를 보면 크게 두 가지 전통이 있어 왔다. 하나는 연극이 실제 삶이라 가장하지 않고 허구라는 걸 표명하는, '자의식적 연극'의 계열이다. 또 하나의 전통은 무대 위에 꾸며진 허구를 실제 현실로 믿게끔 극적 환상을 구축하는 '재현적 연극'의 계열이다. 물론 자의식적 연극이 재현적 연극보다 리얼리티에 더 가깝다고 말할 순 없지만, 자의식적 연극이 인식론적 위상에서 현대적인 것은 부인할 수 없는 사실이다. 서구 연극의 경우, 제의에서 시작된 연극이 정교한 플롯과 인물 성격의 창조에 의한 문학적 연극으로 뿌리를 내리면서 후자의 전통이 주류를 이루어왔다. 무대위 현실이 꾸며낸 허구이고 연극 자체가 한판의 놀이라는 것을 분명히 하는 전자의 연극전통은 연극의 기원과 가장 밀접한 관련을 맺으면서 연극 본연의 리얼리티를 드러낸다는 점에서 진실에 더 가까운 것이지만, 연극이 '인생의 모방'이란 명제를 문자 그대로 추종하면서 이 전통은 억압되어 왔거나 또는 민중극에서만 연면히 맥을 이어왔던 것이다. 그러나 극적 환상을 의도적으로 깨뜨리거나 자의식을 드러내는 메타연극의 전통은 서구 드라마의 역사에서 연극의 위대한 시기마다 활짝 개화했다. 극에 논평이나 해설을 하거나 또는 관객의 입장을 대변하는 그리스 비극의 코러스는 극작가의 예술적 자의식을 표명하고 있는 것으로, 연극사상 첫 번째로 출현한 메타연극 기법이라 할 수 있다. 또, 중세 드라마나 중세극의 전통을 이어받은 영국 극 역시 극적 환상을 깨트리는 연극을 고수해 왔다. 16세기 말부터 17세기 초의 영국 연극은 공공연히 극작가의 자의식을 드러내는데, 이를테면 프롤로그와 에필로그, 방백, 관객을 향한 직접 진술, 극중극 등이 바로 그 대표적인 예이다. 이러한 기법은 관객에게 연극이 실재를 가장하고 있을 뿐 실재가 아니며, 관객은 실제 삶이 아닌 연극을 보고 있다는 걸 일깨우는 것이다.2) 20세기 초의 현대극에도 극중 인물이 작가의 대변자로서, 즉 허구적 인물의 역을 수행하면서 동시에 작가의 철학적·사회적 사상을 표명하는 역할을 하는 작품들이 드물지 않다. 버나드 쇼의 <파니의 첫 번째 극>(*Fanny's First Play*; 1910)에서는 인물들이 장난스럽게 쇼의 토론극에 대해 논쟁한다. 쏜톤 와일더의 <우리 읍내>(*Our Toun*)에서는 무대감독이 연극 전체를 주재하며, <위기일발>(*The Skin of Our Teeth*)에서는 극중인물 사비나가 그녀의 역할에서 걸어나와 자신이 극의 참여자라는 자의식을 드러내면서 관중에게 직접 이야기한다.

이러한 극적 환상의 공공연한 무시는 현대예술의 전반적 특징인 자의식 현상과 관련있는 것이다. 특히 현대예술의 자의식은 그 초점을 내면으로 맞추는 경향이 있고, 자의식을 극단으로 추구하면 예술작품의 형식이 곧 내용이나 주제를 이루게 되기도 한다.3) 연극에 국한하면, 연극이란 형식을 통해 연극을 말하는 작품들이 이 경우로서, 연극 만들기나 극중극이란 형식을 통해 인생과 연극의 동질성이란 내용 및 주제를 만들어내는 것이다. 인생이나 세계에 대한 모방 대신, 무대 위에서 행해지는 연극 만들기나 또는 연극적 형식으로 재구축한 인생의 리얼리티를 보면서 관객은 무대라는 거울에 투영된 자신의 모습을 보게 된다. 메타연극의 등장인물들이 극중인물인 동시에 배우임을 드러내는 모습, 또 극중극에서 배우가 관객의 역할을 맡는 모습을 보며 우리 역시 인생이라는 무대의 배우임을 깨닫게 되는 것이다.

작가가 직접 작품 속에 끼어들어 작품에 대한 자의식적 진술을 늘어놓는 현대예술의 자의식적 경향을 우린 버지니아 울프, 제임스 조이스부터 존 바쓰에 이르는 모더니즘 및 포스트모더니즘 작가군의 소설에

---

2) June Schlueter, *Metafictional Characters in Modern Drama* (New York: Columbia Univ. Press), pp.2~4.
3) 앞의 책, 3면.

서 볼 수 있다. 극작품에 있어서도 '작가의 진술'을 직접 작품의 플롯 속에 결합시켜 놓은 작품들이 많이 쏟아져 나왔다.4) 브레히트나 쏜톤 와일더의 서사극 등은 물론, 버나드 쇼, 피란델로 등의 사상극, 사무엘 베케트, 핀터 등의 부조리극, 또 장 주네, 톰 스토파드, 에드워드 올비, 한트케 등의 많은 작품들이 극작가의식이나 연극만들기, 혹은 연극과 인생의 동질성을 표명하는 메타연극 작품들이다. 그외에도 많은 현대 작가들이 극장주의적 기법으로 연극임을 현시하거나 연극의 놀이성을 강조하는 태도, 극중극 기법 등을 보편적으로 활용하고 있어서, 확실히 20세기 후반의 연극은 재현적 연극보다는 메타연극이 주류를 이루고 있다고 볼 수 있다.

그렇다면 현대연극에 나타난 자의식적 경향은 어떠한 시대적 · 정신 적 토대 위에서 배태되었으며, 어떤 연극미학과 관련을 갖는 것일까?

첫 번째로는 존재의 이원론, 정체성의 혼돈, 실재와 환영 사이의 문 제 등을 인식론의 주요 주제로 삼게 된 지적 · 철학적 태도를 들 수 있 다. 20세기는 양차 세계대전과 정치, 경제, 사회적 격변과 급속한 과학 발전의 시대였다. 물질문명의 발전과 대중소비사회로의 진입은 현대인 에게 가치관의 혼란과 정체성 상실, 기성 가치에 대한 회의를 갖게 했 으며 그로 말미암아 소외와 불안을 느끼게 만들었다. 존재가치의 근원 인 신의 죽음으로 중심과 확실성을 잃은 현대인은 허무주의와 함께 불 확실성, 정체의 상실감을 느끼게 되었고, 그 결과 정체성의 추구나 꿈 과 현실의 갈등, 진실의 상대성, 역할놀이 등이 주요 테마와 형식으로 대두하게 된 것이다.

이와 같이 20세기 예술의 주요 주제는 극단적으로 대립된 것의 통일 과 가장 모순된 것들의 종합이다.5) 현대연극에서 '새로운 형식의 연극'

---

4) 황계정, 『메타드라마』, 연세대출판부, 1992. 6~8면.
5) 아놀드 하우저, 백낙청 · 염무웅 역, 『문학과 예술의 사회사─현대편』, 창작과 비평사, 1977. 237면.

곧 메타연극의 장을 연 피란델로의 <작가를 찾는 6명의 등장인물>
(1921)은 작가가 쓰다가 그만두어 버린 희곡의 등장인물 6명이 한 연극
리허설 무대에 나타나 배우들에게 자신들의 이야기를 연극으로 만들어
미완성의 존재인 그들을 완성해달라고 요구하는 내용이다. 작가와 등
장인물 사이의, 아니 허구적인 존재와 '실제적'인 존재 사이의 관계가
그 주제이며 형식인 것이다. 작가는 우리가 극적 환상의 조작을 통해
서, 불신의 정지를 통해서 현실 자체라고 믿는 연극을 벗어나 그 바깥
쪽에 있는 리얼리티의 이미지라는 가식을 철저히 부숴 버린다.6) 작가
의 상상력의 소산인 허구적 등장인물이 연습중인 무대에 나와서 자신
들의 멜로드라마틱한 이야기를 공연해 달라고 요구하는 상황, 그리고
배우들이 등장인물들의 진정한 정체성을 표현해내지 못함으로 해서 촉
발된 이들간의 논쟁은 바로 이 극이 연극과 인생과의 관계를 문제삼고
있는 지극히 새로운 형식의 연극이라는 걸 웅변한다. 근대 리얼리즘과
는 달리 인생 자체를 연극적인 것으로 보는 관점7), 그리고 실제적 존
재인 배우(actor)와 허구적 존재인 등장인물(character)의 갈등이라는 구
도로 실재와 환영 사이의 연극미학적 갈등을 형상화해냄으로 해서, 본
격 메타연극의 미학이 바로 시대정신의 산물이라는 것을 전세계에 알
렸던 것이다. 이처럼 1차 세계대전 직후에 등장한 피란델로의 <작가를
찾는 6명의 등장인물> 뿐 아니라 <당신이 그렇게 생각한다면 당신이
옳아>8) 같은 메타연극에서도 정체성의 문제와 진실의 상대성이란 문

6) 리처드 길만, 김진식·박용목·이광용 역, 『현대드라마의 형성』, 현대미학사,
   1995. 200~201면.
7) 프란시스 퍼거슨, 이경식 역, 『연극의 이념』, 현대사상사, 1980. 269면.
8) 이 작품은 가정 통속극이란 장르와 중심인물들의 정체확인에 관련된 미스테
   리를 파헤치는 플롯을 가지고 있는데, 특히 '피란델로적'이란 명칭을 얻게 한
   중요한 특성을 드러낸다. 그것은 재래의 낯익은 장르의 문법을 비튼 데서 만
   들어진 것이다. 가정 통속극의 관습에 따르면, 극의 궁극적 '액션'은 미스테
   리를 말끔히 해소시키는 것이고, 표면 아래에 숨어있는 진실을 밝혀내는 것
   이다. 그러나 이 극은 그런 관객의 기대감을 배반하고 오히려 극의 결말에

제적 주제를 발견할 수 있다.

두 번째로는 무대에 불어닥친 혁명적인 예술사조 상의 변혁을 들 수 있다. 20세기초에는 외부 세계를 객관적으로 재현하는 근대 리얼리즘에 대한 반동이 일어나 눈에 보이지 않는 내면세계를 탐구하는 표현주의, 상징주의, 초현실주의, 다다 등이 실험되었다. 또 이 과정에서 예술의 대상은 오직 예술일 뿐이라는 극단적 미학도 나오게 되었다. 모더니즘 문학의 자의식성과 궤를 같이 하여 연극에도 자기반영적 경향이 나타났으며, 피란델로가 대표하듯이 연극에서 연극 자체를 반영하는 연극적 실험이 빈번하게 시도되었다. 그리하여 예술의 세계 재현 가능성을 믿지 않게 된 현대의 연극 형식으로 메타연극이 매우 적절하다는 것이 확인된 것이다. 특히 영화나 텔레비전 드라마 같은 현실재현기능이 빼어난 영상 드라마에 관객을 뺏기고 있는 현대극으로선 메타연극이 연극의 고유한 정체성을 확인시켜주는 대안이었기 때문이다.

세 번째로 20세기 연극무대에 영향을 미친 요인은 리얼리티에 대한 인식의 변화로 대두한 주관성의 강조이다. 현대의 인식론에서 리얼리티는 절대적, 불변적, 객관적 실체가 아니고 상대적, 가변적, 주관적으로 인식된다.[9] 자아나 주관성의 문제는 서구 휴머니즘 전통의 근간을 이루어온 매우 중요한 개념이다. 20세기 초반의 모더니즘은 자아와 주관성, 그리고 그것에 기초하고 있는 개인주의를 중시했다. 그러나 니체가 일찍이 '주체'를 허구에 불과한 것으로 파악한 이래, 20세기 중반 이후 지배적 미학이 된 포스트모더니즘은 자아나 주체의 소멸을 그 출발점으로 삼고 있다.[10] 이처럼 서구문화의 지주가 되어왔던 자아에 대

가서, 혼란된 정체를 명백히 가려주는 대신 자신이 그렇게 생각한다면 다 옳다고 말함으로써 인간에 관한 정확한 진실은 알 수 없다는 것, 따라서 진실은 상대적이라는 주제를 제시한다.
리처드 길만, 앞의 책, 194면.
9) 송원덕, 앞의 글, 111면.
10) 김욱동, 「포스트모더니즘의 개념과 본질」, 김욱동 편, 『포스트모더니즘의 이

한 확고한 신념과 확실성이 깨어지게 되자 중심(center) 혹은 근원(origin)이라 그동안 믿어왔던 것이 그 권위를 상실하게 된 것이다. 이때 등장한 프로이트의 무의식이론과 아인슈타인의 상대성이론 등은 절대적 진실은 있을 수 없으며, 리얼리티도 주관적이란 생각을 확산시켰다. 이런 정신적 기반에서는 정체성(identity)도 고정된 실재가 아니며 개인의 의식에 의존하는 극히 주관적인 것이 되는데, 이제 객관적 실재란 것은 없고 단지 개인의 의식만이 리얼리티로 인식된다. 또 그 의식은 개인들에 따라 다르고, 한 개인의 의식도 일관적이지 않고 가변적이므로, 정체성은 상대성을 띠게 된다.11) 따라서 작가의 의식과 상상력에서 창조된 극과 리얼리티는 모두 인간 의식의 투영에 불과한 것이므로 결국 실재와 환영의 구별이 모호하게 되어 버린다.12)

이러한 시대정신적 상황에서 배태된 메타연극은 연극이 연극일 수밖에 없음을 인정하고 연극이라는 형식 안에서 연극과 현실의 괴리를 좁혀보려는 시도를 한다. 즉 작가와 텍스트의 존재를 인정하고 배우와 관객의 관계에서도 관객이 배우(등장인물)에 동일시하게 하는 게 아니라 서로의 구분을 뚜렷이 한다. 연극이라는 장치를 의도적으로 드러내는 연극적 세계 안에서 현실과 연극을 넘나드는 극중인물들을 내세움으로써 연극과 현실의 구분을 희석시킨다. 그러므로 사조상으로 보면, 형식을 고수한다는 점에선 모더니즘에 속하지만, 연극은 단순히 현실의 모방과 재현으로써 존재한다는 전통적 사고를 배제하고 연극세계 그 자체와 연극이 안고 있는 문제, 즉 연극과 현실의 관계를 연극의 주제로 삼고 있다는 점에서 포스트모더니즘에 속한다. 이는 달리 말하면 현실을 다각도로 비추되 거울의 존재 자체를 감추는 게 모더니즘의 특성이라면, 그 거울을 표면화시키고 극중인물과 실제 관객에게 거울과

해』, 문학과 지성사, 1991. 433~434면.
11) June Schlueter, 앞책, 10~11면.
12) 송원덕, 앞의 글, 111면.

거울이 만드는 세계를 대면하도록 하는 시도가 포스트모더니즘의 특성
이라 할 수 있는 것이다.13)

메타연극에 관한 개념은 비평가에 따라 크게 두가지로 대별된다. 첫
째는 콜더우드(Calderwood)가 대표하는 '반영극'(metadrama) 개념인데,
극의 허구성은 그대로 유지시키면서 극 예술에 대한 시학을 작품 안에
은유적으로 반영한 극을 의미한다. 콜더우드는 연극의 메타포와 연극
자체 사이에 의미있는 상호작용이 있으며, 극행동과 극의 언어 사이에
상호작용이 드러나는 작품, 은유적으로 창작행위와 그 과정을 반영시
키고 있는 연극을 메타드라마로 정의한다.14) 두 번째는 에이블 (Lionel
Abel)이 새로운 장르로 주창한 '메타연극'(metatheatre) 개념으로서, 극작
가나 등장인물들이 '인생은 연극'이라는 사상을 투철하게 지니고 있어
서 주요 등장인물들 개개인이 극작가 의식을 가지고 플롯의 속박을 벗
어나 자유자재로 사색하고 행동하는 극을 의미한다.15) 그에 의하면 메
타연극은 기존의 장르를 벗어난다는 점에서 하나의 새로운 장르로 제
안되며, 작가가 창조한 극중인물이 허구 밖으로 나와서 관객의 환영을
깨는 역할을 하는 연극을 지칭한다. 이런 인물의 자의식적 언행은 환
영과 실재의 구별을 모호하게 할 뿐 아니라 인생과 예술이 하나의 형
태로 어우러지게 한다. 극과 인생에 대한 작가의 예술적 자의식이 극
중극 또는 역할행위 등 환영적 극작 기법에 의해 표현되는 것이다. 연
극은 인생의 연극적 속성을 비추는 거울이며 극장은 인생에 대한 메타
포가 된다. 작가는 무대와 관객을 격리시키던 벽을 허물어 관객이 연
극을 보고 있다는 의식을 일깨워서 인생의 연극적 특질과 극장, 배우,

---

13) 김진나, 「포스트모더니즘과 연극」, 김욱동 편, 『포스트모더니즘과 예술』, 청
  하, 1991. 123면.
14) J. L. Calderwood, *Shkespearean Metadrama* (Minneapolis: Univ. of Minnesota
  Press, 1971), pp. 5~6.
15) 황계정, 앞의 책, 10~14면.

관객 등 연극의 매체에 대한 작가의 자의식을 전달하는 것이다.16)

그러나 위에서 살펴본 이 두가지 용어나 개념은 뚜렷이 구별된다기 보다는 혼용되어 사용된다. 샤피로(Michael Shapiro)는 정체와 역할, 환영과 실재, 무대와 관객의 문제를 다루는 극을 메타드라마의 범주 안에 포함시키고 있으며, 혼비(Richard Hornby)는 극중극, 극중 의식(ritual), 역할 속의 역할, 극중 문학 및 실생활에 대한 지시, 자기 지시 등을 포함한 극을 메타드라마로 부르고 있다.17) 이와 같이 연극적 자의식을 드러내는 연극은 메타드라마와 메타연극이란 용어로 비평가에 따라 혼용되고 있음을 알 수 있다. 본고에서는 메타연극이 메타드라마라는 용어보다 연극성이나 공연을 더 강조하는 용어이기 때문에 메타연극이란 용어를 받아들이면서, 동시에 두 가지 개념을 포함시킨 연극을 지칭하는 연극이란 의미로 사용할 것이다.

(2) 메타연극의 등장인물

메타연극의 등장인물은 일반 연극의 등장인물과 어떻게 다른가?

일반 연극의 등장인물은 배우(actor)와 인물성격(character)의 이중적 성격을 지닌다. 연극은 관객으로 하여금 이런 이중성을 인식하면서도 우리 앞에 묘사된 인물성격을 실제 인물로 받아들이도록 극적 환상을 제공한다. 그러나 메타연극은 환상에 대한 관습적 몰입보다는 극중인물의 허구적 본질을 잊지 않도록 연극이라는 의식을 일깨우는 연극이다. 이때 관객이 극의 인물에 대해 갖는 이중 초점의 시각은 바로 실재와 환영의 변증법 그 자체이다. 진짜 자아(essential self)인 배우와 역할(role-playing self)인 등장인물(dramatic character) 사이의 균열을 강조하는 것이 바로 메타연극인 것이다. 실재(reality)와 환영(illusion)의 분리 또는 결합이나 현실(real)과 허구(fiction) 두 차원의 분리 또는 결합은 연극 뿐 아니라 인생에서도 존재한다. 왜냐하면 연극에서 배우가 자신의 자아에 가면을 씌워 역할을 창조함으로써 허구적 인물이 되듯이, 인생에서도 우리는 사회적 역할을 하기 위해 스스로의 자아에 가면을 씌우기 때문이다. 메타연극에 대한 심도있는 연구서를 남긴 슐루어터는 2차 대전 후의 연극의 특성을 '메타픽션적 인물'(metafictional character)의 등장이라고 말한다. 이 메타연극의 등장인물인 '메타픽션적 인물'은 일반 극의 등장인물(dramatic character)과 달리 2개의 허구적 정체성을 가지고 있다. 하나는 전통적 역할인 등장인물이고, 또 하나는 '현실'과 '허구'가 혼용된 이중적인 허구적 정체성이다. 바로 이 이중성이 현대예술가들에게 가장 큰 관심인 메타포를 만들어내는 데 기여한다. 그러므로 연극은 등장인물을 창조해내는 데 있어 두가지 전통을 가지고 있는 셈이다. 하나는 허구적 인물 창조의 전통이고, 또 하나는 현실과 허구가 융합된 이중적 인물 창조의 전통인 것이다.[18]

(3) 한국의 메타연극

오늘날 공연되는 연극들을 보면, 메타연극이 매우 인기있는 형식이라는 것을 인정하게 된다. 거칠게 일반화시켜 보면, 60년대에는 부조리극이, 70년대에는 전통 수용 연극이, 80년대에는 서사극과 마당극이, 90년대에는 메타연극이 특징적 현상을 이루고 있는 것으로 보인다. 90년대에 메타연극이 유행하게 된 것은 문화적 주체성 찾기 혹은 암울한 정치현실에 대한 비판의 틀로 전통수용 연극이나 서사극을 채용하던 70-80년대와는 매우 달라진 시대정신과 관련이 있을 것이다. 흔히 탈이

---

18) June Schlueter, 앞의 책, 13~16면.

넘의 시대로 불리워지며 포스트모더니즘이 맹위를 떨치는 90년대의 문화적 현상은 무거움보다는 가벼움을 지향하고, 진지한 주제를 파고들기보다는 놀이의 가능성을 추구하며 영상매체나 가상현실의 리얼리티가 그러하듯 현실과 허구가 뒤섞인 세계를 담아낸다. 특히 포스트모던 미학은 실제 삶에 가깝게 모방하여 환상을 만들어내는 게 아니라 오히려 예술적 장치를 폭로함으로써 우리를 둘러싼 현실도 인위적이고 허구적이라는 인식을 전달하고자 한다.19) 연극의 경우, 일부러 연극적 장치를 폭로한다든지 관객에게 잘 알려진 고전이나 역사적 사건을 '연극 만들기'라는 액자와 극중극으로 만드는 작업20) 등은 오늘의 시각과 감각으로 리얼리티를 재구성하려는 시도라 볼 수 있다.

이처럼 오늘의 한국연극에서 메타연극이 주요한 양식으로 자리잡은 이유는 무엇일까? 그 이유로 필자는 다음의 두 가지를 들고자 한다. 첫째는 번역극의 영향이다. 앞에서 고찰한 바와 같이 1960년대 이후의 서구 연극에서 베케트, 올비를 비롯한 많은 극작가들이 메타연극 계열의 작품을 발표하였으며, 또 많은 창의적인 연출가들이 셰익스피어를 비롯한 고전 작품들을 메타연극 기법으로 재창조했다. 특히 메타연극이 선호된 이유는 연극이 세계 재현 능력에 있어서는 영화 등 영상매체 드라마와 경쟁할 수 없게 된 오늘의 시대의 한 대안으로서, 또 그 때문에 더욱 연극의 본질적 정체성과 존재이유를 탐구해야 한다는 문제의식에 적절한 형식이었기 때문이라고 볼 수 있다. 두 번째는 메타연극이 우리의 전통극의 미학과 민족정서에 맞기 때문이라 생각된다. 우리

---

19) 처음엔 고급예술 분야에서 파격적으로 실험된 이 미학은 대중예술에 파급되어 보편화되었다. 쇼, 혹은 방송 코미디나 시트콤 등에서 흔히 보여주는, 연출가 드러내기나 'N.G 모음' 등이 그 예이다.

20) 이런 액자극의 구조는 창작극 뿐 아니라 번역극을 새롭게 번안하는 놀이형식의 연극에 두드러지게 시도된다. 특히 젊은 연극인들에 의한 셰익스피어의 「햄릿」, 「로미오와 줄리엣」「리어왕」 등의 번안 공연은 90년대에 와서 메타연극을 그 형식으로 채택하는 경우가 많다.

의 전통극은 주지하듯이 연극의 놀이성을 강조하며 극적 환상을 고의적으로 깨트리는 자의식적 연극이다. 일반적으로 우리 민족정서가 해학과 풍자, 신명이라고 하듯, 연극에 있어서도 창조 측이나 관객 양자가 논리적 구성보다는 분방한 구성을, 관객의 몰입과 카타르시스보다는 극의 구조 속에 함께 참여하는 신명풀이식 연극을 편안하게 느끼는 경향을 보여왔다. 이러한 가정은 서사극이나 부조리극, 마당극, 총체극 등이 공연 측면에서도 성공하고 관객의 호응이란 측면에서도 성공한 사실로도 입증된다고 하겠다. 또 이근삼, 윤대성, 오태석, 이강백, 이현화 등 많은 극작가들이 서사적 극작이나 메타연극 스타일의 희곡을 발표하고 작품성을 인정받은 점에서도 확인할 수 있다. 이와 같이 작가나 연출가, 관객 모두가 잘 짜여진 환영주의 연극보다는 연극적 장치를 의도적으로 드러내는 연극, 분방한 줄거리 전개, 현실과 허구를 넘나드는 등장인물, 연극과 현실의 관계를 문제삼는 연극을 좋아하는 한국인의 성향이 메타연극의 유행을 가져온 것으로 생각해도 무리가 아닐 것이다.

우리나라에서 메타연극은 신명순의 <전하>(1962)를 필두로 1960년대부터 본격적으로 시도되었다. 물론 1950년대 후반 이용찬의 희곡들이나 1960년에 발표된 이근삼의 <원고지> 같은 경우에도 해설자를 등장시켜 관객에게 직접 진술하고 있다는 점에서 메타연극 기법이 보이지만, 연극 만들기 형식이나 인생을 연극적 구도로 구성하여 정체성과 역할, 환영과 실재, 무대와 관객의 문제를 주제로 다루고 있는 것이 본격 메타연극이란 의미에서 보면 <전하>를 그 첫머리로 볼 수 있는 것이다. <전하>는 세조의 왕위찬탈과 그에 대한 신숙주와 성삼문의 대응태도라는, 우리 역사극에서 자주 다뤄온 사건을 소재로 삼고 있다.[21]

---

21) 이 극에 대한 해석으로는 김성희, 「한국역사극의 이념적 성격과 그 변모」, 『연극의 사회학, 희곡의 해석학』, 문예마당, 1995. 365~368면 참조할 것.

그러나 이 극의 새로운 점은 학자와 학생들이 연극만들기 형식을 통해
기존의 역사 해석을 탈피해 보고자 하는 시각에 있다. 이 극은 먼저 학
자와 학생 신숙주 ─그는 역사적 인물 세조나 신숙주의 행동에 대해
가장 비판적인 학생이다─ 간의 역사 해석에 대한 토론을 액자로 해서
중심극(main play)인 역사극이 펼쳐지는 구성을 취하고 있다. 중심 줄거
리인 역사적 사건이 극중극 형식으로 펼쳐지지만 끝에 가서 극중 현실
인 학자 ─학생들 장면으로 돌아가면서 극이 완결되는 형식을 취하고
있지는 않다. 아마도 학자─ 학생들 플롯으로 돌아가서 끝맺었다면 구
조적 완벽성을 줄지는 몰라도 이미 관객들이 알게 된 작의를 관념적으
로 설명하는 사족이 되고 말았을 것이다.

어쨌든 이런 '액자 장치'(framing device)를 시도하여 작가가 얻고자
한 효과는 무엇이었을까? 이는 극이 추구하는 리얼리티를 서로 반대
방향으로 비추어 봄으로써 궁극적으로 정체와 역할, 환영과 실재, 무대
와 관객의 문제를 전경화(foregrounding)하려는 효과를 노린 것으로 해
석할 수 있다. 우리가 믿어온 권위있는 역사해석이라는 것도, 절대적
진리라는 것도 실재가 아니라 허구일 수도 있다는 것이다.

기존의 역사해석만을 금과옥조처럼 믿는 학생 신숙주는 "역사는 왕
왕 자체의 타당성을 위해 진실을 은폐"한다는 사실을 깨닫지 못하는,
기성의 권위에만 매달려 있는 인물이다. 내부 극(inner play)은 찬탈과
반역이란 측면에서 부정적으로 해석되어 왔던 세조와 신숙주란 인물의
성격구현이 중심 줄거리로서, 그들은 '인습과 관습'에 저항하는 진보적
개혁주의자로 매우 매력적으로 그려진다. 이처럼 인물의 해석이란 어
떤 절대적 룰이 있는 게 아니라 상대적이고 주관적인 것이다. 학생들
의 이름이 개별적 고유명사로 명명되어 있지 않고 숙주나 세조, 성삼
문 등으로 지칭되고 있는 사실을 보더라도, 이 극의 인물들이 객관적
이고 절대적인 주체가 소멸된, 현실과 허구가 융합된 이중적 정체를

가진 메타연극적 인물이라는 것을 말하고 있다.

1960년대는 번역극 공연이 양적으로 무척 많이 늘어난 시기이다. 여전히 사실주의극이 주류를 이루긴 하나, 셰익스피어의 대부분의 극작품들과, 이오네스코, 베케트, 뒤렌마트, 아누이, 올비 등 부조리극과 서사극 계열의 메타연극들이 공연되었다. 또 1970년대에도 사실주의극이 지배적인 가운데 이오네스코, 베케트, 뒤렌마트, 핀터, 올비, 한트케 등의 부조리극이 선호되었다.[22] 이들 극은 연극을 인생의 메타포로 취하며 극적 환영을 고의로 깨트리는 자의식적 기법을 쓰고 있다. 또 중심주제도 진실이나 정체성의 상대성, 환영과 실재의 변증법, 인생의 연극적 성격이며, 등장인물들이 극작가의식을 드러낸다. 이와 같이 60-70년대에 집중적으로 수용된 메타연극 계열의 번역극의 영향으로 창작극에도 메타연극기법이 시도되기 시작한 것이다.

1980년대의 번역극 수용 양상을 보면, 전반부에는 표현주의 수법이 가미된 사실주의극(윌리엄스, 셰퍼, 뷔흐너, 밀러, 놋트, 입센, 커비, 토마)이 주를 이루었지만, 후반부에는 뮤지컬(버러우스의 <아가씨와 건달들>)과 대중극(사이먼)이 연극계를 휩쓸었다. 한편 60-70년대에 강세를 보였던 부조리극은 약세를 보이고 대신 브레히트의 서사극이 상당한 관심을 불러일으키게 된다.[23] 브레히트의 서사극은 그가 공산주의자란 이유로 80년대 말까지 공연금지 되었지만 대학가에선 열렬히 수용되었으며, 제도권 연극에서는 본격 서사극의 장을 연 <한씨연대기>(1985) 등 주로 연우무대를 통한 일련의 정치참여극에 연극적 방법론을 제공했다. 특히 메타연극기법을 세련되게 구사함으로써 연극계에 커다란 반향을 불러 일으킨 아돌 후가드의 <아일랜드>나 피터 셰퍼의 <에쿠우스> 등은 장기흥행에 돌입하기도 했다.

---

22) 신현숙, 「광복 50년의 번역극과 그 수용 양상」, 한국연극학회 편, 『한국연극학』 제 7호, 1995. 302~303면.
23) 앞의 글, 310면.

80년대의 연극현상 중 가장 괄목할 만한 것이 민중극인 마당극의 확산이다. 마당극은 전통적 연극미학에 서사극 방법론을 접목시킨 것으로, 전통극의 에피소드적 구성이나 창, 춤 등의 기법과 민족정서를 현실참여의 내용에 담은 '민족극'이다. 이 마당극은 70년대에 일어난 전통의 현대적 수용 운동과 현실비판과 참여의 방편으로서의 미학적 효용성이 맞물려 큰 호응을 얻은 것인데, 사실 마당극의 원형인 우리 가면극이나 탈춤 자체가 메타연극 전통이기 때문에 마당극 스타일의 많은 창작극이 메타연극 기법을 활용하고 있는 것은 당연하다 하겠다. 극 자체가 실제의 삶을 가장하지 않고 허구임을 드러내는 연극, 또 관객을 극 구조로 끌어들여 연극에 참여시키는 메타연극은 20세기의 서구극에선 새로운 형식의 실험으로 받아들여질 정도로 충격을 주었으나, 우리에겐 전통적으로 아주 친숙한 연극 정서와 무대 개념을 담고 있는 연극형태이기 때문에 자연스럽게 오늘날 인기있는 연극양식이 된 것으로 생각된다. 리얼리즘극의 수립은 신극 초창기부터의 한결같은 목표였으나 지금까지 창조 측이나 관객의 반응 양 면에서 성공과 호응을 얻지 못했음은 주지의 사실이다. 반면에 대조적으로 마당극이나 서사극 스타일의 메타연극 계통의 수용이 그처럼 빨리 열렬한 추종과 성취를 거둔 사실을 보면, 메타연극이 우리 연극전통과 민족정서와 관련 있다는 가정이 무리가 아님을 알 수 있다. 윤대성의 <망나니>(1969)[24]

---

24) 윤대성이 가면극과 서구적 극술을 결합하여 창작한 극이 「망나니」이다. 1969년 실험극장에 의해 공연 (연출 김동훈)되었는데, 윤대성의 진술에 의하면 "우리나라에서 처음으로 시나위 악사들이 무대에 앉아 직접 연주하고 배우들은 가면을 쓰고 우리의 몸짓으로 연극을 한 첫 실험무대"였으며, "관객의 호응도 컸던 만큼 신랄한 비평도 많았다. 나는 내 시도가 실패였음을 자인했다. 형식만 어설프게 우리 것을 도입했을 뿐 극 전개는 셰익스피어의 극술에 불과했기 때문이다." (윤대성, 「나의 작품을 위한 몇가지 변명」, 『한국연극』, 1993. 4. 18면.)
　이 진술은 1960년대 말에 불기 시작한 탈춤부흥운동, 우리것 찾기 운동이란 문화적 배경과 60년대에 가장 많은 빈도수를 차지했던 셰익스피어극 공

<노비문서>(1973)를 필두로 해서 최인훈의 <옛날옛적에 훠이훠이>
(1979) 등의 성공 이후 마당극 스타일의 작품들이 잇따라 창작되었던
것도, 암울한 정치현실에 대한 비판이란 주제를 적절히 담아낼 수 있
는 연극미학적 틀을 전통극의 열린 구조와 메타연극 기법에서 찾아냈
기 때문이라 할 수 있다.

메타연극 기법을 일찍이 활용했던 윤대성은 1980년대에 이르면 연극
만들기 형식 혹은 극중극이란 장치로 연극의 본질과 형식에 대한 자의
식을 드러내는 본격적인 메타연극작품들을 발표한다. <꿈꾸는 별들>을
위시한 '별들' 3부작이라든지 <사의 찬미> 등은 인생과 연극의 동질성,
무대와 관객, 환영과 실재의 문제를 주제로 삼고 있다. 그런가 하면 오
태석은 몰리에르의 희극 <스카펭의 간계>를 마당극 스타일로 번안한
<쇠뚝이놀이>(1972)를 비롯해서 <춘풍의 처> <약장수> 등의 마당극 계
열의 작품을 발표한 후 <자전거> <심청이는 왜 두 번 인당수에 몸을
던졌나> 등 자기반영적 성격의 본격 메타연극작품을 발표한다. 이현화
의 <불가불가> <카덴자>, 이강백의 <동지섣달 꽃본 듯이> <영자와 진
택> <영월행 일기>, 이근삼의 <유랑극단> <이성계의 부동산> 등도 인
생의 연극적 특질을 연극이라는 거울로 비쳐보고 있는 메타연극의 대
표작이라 할 수 있다.

3. 윤대성의 메타연극, 그 주제와 형식

윤대성의 많은 희곡들은 인생이 곧 연극이고 세계가 무대로서 유추
되며 인간은 배우라는 메타연극적 세계관을 드러내고 있다. 이런 연극

연의 영향이 극작가의 창작 방향에 절대적 영향을 미쳤다는 사실을 알게
해준다.

과 현실의 상호치환성을 극단으로 밀고 나가면 연극이 인생을 모방한다
기보다는 오히려 인생이 연극을 모방한다는 것으로 표현된다.[25] 그는
연극과 현실의 등가관계를 연극 메타포, **환영 깨트리기**, 극중극, 극작가
의식, 역할행위, 연극에 대한 언급, 극장주의적 제시 기법 등으로 표현
해내고 있다. 따라서 그의 희곡에는 연극의 자기반영적 성향을 지닌 메
타연극적 인물들이 많이 등장한다. <출세기>의 홍기자나 매니저 등 매
스컴의 역기능을 상징하는 인물들은 배우인 동시에 다른 인물의 역할
행위를 지시한다는 점에서 극작가(연출가)의식을 가진, 이중성을 지닌
인물이다. <신화 1900>의 '작가'는 전체 극을 통괄하는 작가 윤대성의
자기반영적 인물로서 극작가의식을 드러내는 인물이며, 극작가-배우-
관객의 역할을 행함으로써 한 연극을 구성하는 삼자의 관계를 인식하게
만든다. 인생의 연극성 개념이 가장 확대되어 나타나는 작품인 <사의
찬미>에서 난파와 연출가는 환영과 현실, 혹은 극과 인생을 다룬 두 개
의 플롯에서 각각 극작가-배우-관객이란 3중의 성격을 지닌다. 또 윤
대성의 청소년극 3부작, 소위 <별들>시리즈도 연극 만들기나 극중극 기
법을 활용하는 메타연극이다. 그러나, 본고에서는 <출세기> <신화
1900> <사의 찬미>에 국한하여 심층적으로 분석해 보고자 한다.

1) 인생의 연극성 : 〈출세기〉

이 작품은 현대인이 겪고 있는 정체성 상실과 인생의 연극적 성격을
뛰어난 희극적 감각과 메타연극적 기법으로 그리고 있다. 현대 대중사
회가 부여한 허구적 정체가 한 인간의 자아를 어떻게 역할로 바꾸어
버리는가, 즉 배우로 만들어 버리는가를 그리고 있는 것이다. 실화사
건[26]을 소재로 취하고 있지만, "매몰 탄광부와 매스콤의 관계"를 통해

---

25) 김성희, 「현실과 연극의 겹침구조」, 『연극의 사회학, 희곡의 해석학』, 496면.

"매스콤의 역기능"[27]을 그리려 한 작가의도는 이 소재를 확대되고 일 그러진 거울로 비쳐냄으로써 오히려 현대사회의 본질에 대한 인식을 관객이 성찰하게끔 하는 데 성공하고 있다.

이 극의 구조는 전형적인 '상승-하강'(rise and fall) 플롯을 취하고 있 다. '주인공의 매몰―구출(출세)―출세(세속적 출세)―몰락'으로 이루어 진 본 줄거리(주인공의 사회적 관계)에 아기의 임신―사산을 중심으로 한 주인공의 가족사가 겹쳐진 구성, 달리 말하면 매스컴 플롯과 김창 호 가족 플롯의 두가지가 교직된 구성이다. 거기에 텔레비전 드라마처 럼 많은 장면으로의 분절과 빠른 장면 전환이란 자기지시적 형식을 취 하여 형식과 내용(텔레비전 비판)을 일치시키는 전략을 구사하고 있다. 홍기자의 선정적 보도 태도나 다른 방송기자들의 취재 경쟁, 또는 TV 쇼 등 일종의 극중극을 이루고 있는 '텔레비전 메타포'를 통해 우리 현 실에 깊숙이 침투해 들어와 있는 텔레비전이란 매체가 그려내는 리얼 리티의 허구성과 상업성을 폭로한다. 영향력이란 측면에서 우리 사회 와 문화를 규정짓는 TV가 우리에게 바람직한 정체성과 가치관 형성보 다는 허상의 이미지와 역할을 제공함으로써 오히려 진정한 자아로부터 소외시키고 마는 데 대한 비판의 메시지를 담고 있는 것이다.

말하자면 이 극은 우리 사회의 출세신화가 어떤 이미지 조작을 통해 만들어지고 단기간 냄비 끓듯 각광을 받다가 곧 스포트라이트의 어둠 저편으로 사라져 가는가 하는 과정을 희극적 과장과 패러디를 통해 생 동감 있게 형상화한다. 주인공 김창호가 유명해진 후 광부라는 자신의 정체성을 버리고 새롭게 부여된 역할로 정체성을 바꾸어나가는 배우같 은 모습은 인생의 연극적 성격을 보여주는 것이며, 텔레비전 쇼 장면, 인터뷰, 현장 뉴스 등의 패러디 장면들은 우리를 둘러싼 현실의 인위

---

26) 이 극의 소재는 1967년 광산이 무너져 지하 1500미터의 갱내에 16일 동안 갇혀 있다가 극적으로 구조된 광부 양창선의 실화이다.
27) 윤대성, 「나의 작품을 위한 몇가지 변명」, 『한국연극』, 1993. 5월호. 48-49면.

성과 허위성을 폭로시키는 것이다.

　윤대성은 현대사회에서의 매스컴의 위력과 영향력을 보여주기 위해, 매스컴과 관련된 인물들이 극작가―연출가가 되어 다른 인물들에게 배역과 무대지시를 주고, 나머지 인물들이 주어진 역할에 따라 배우처럼 움직이는 모습을 회화적으로 그린다. 방송국 기자인 홍기자, 다른 방송기자, 의사들, 공개홀 장면의 사회자, 매니저 등은 김창호에게 배역을 주고 역할을 지시한다는 점에서 극작가의식을 보여주는 인물들이다. 이중 가장 두드러진 인물인 홍기자는 텔리비전 마이크와 녹음기를 들고 매몰 현장에 나타나 김창호 가족들이나 광부들, 현장소장, 다른 신문기자들에게 방송에 나갈 말을 지시한다. 그는 다른 인물들의 행동을 지시하고 역할을 부여하고 여러 무대지시를 한다는 점에서 극작가 혹은 연출가이기도 하지만, 또한 방송의 위력을 맹신하고 추종하는 배우의 역할도 한다.

> **홍기자**　(홍분했다) 16일간 세계 기록을 수립하고 지하 갱 속에서 굶주림과 추위를 이겨낸 초인적인 사나이 김창호 선수의 모습이 서서히 지상에 나타나기 시작합니다. 5미터, 3미터....2미터.... (250면)[28]

　이와 같이 16일만에 구조되는 광부 김창호의 초인적 인내력을 선정적인 스포츠 중계 스타일로 패러디하는 장면이라든가, 혹은 대중사회의 영웅으로 조작하는 과정이 장엄한 어조로 중계되는 패러디 장면의 과장과 인위성은 무대 위 현실의 비현실성을 폭로함으로써 연극을 보고 있다는 걸 일깨운다.

　이와 같이 홍기자는 매스컴의 은유적 인물로서, 선정적이고 상업적

---

28) 본 논문에서 인용되는 윤대성의 작품은 『윤대성 희곡집』(청하, 1990)에서이며, 면수만 밝히겠음.

속성을 보여주는 매스컴 플롯의 연출가 역할 뿐 아니라 스스로 매스컴에 대한 메타비평을 시도하는 평론가 역할을 겸한다. 그 때문에 이 인물의 허위성과 이중성이 두드러지게 강조된다. 특히 순진한 광부였던 김창호의 출세와 타락, 몰락을 연출한 장본인이 매스컴의 인간 부재의 성향에 경종을 울리는 메시지를 낭독하는 것은 이 극의 일관된 시각인 아이러니의 극치를 이룬다.

> **홍기자** (.....) 매스컴은 20세기적인 종교가 되었고 종래의 어떤 종교나 예술보다 긴요한 현실적 가치로 받아들여지고 있다. 그러나 우리는 그 무한한 기능으로 인해 인간 부재의 매스컴에 이르지 않는가를 부단히 경계하고 자각해야 할 것이다. 매스 커뮤니케이션! 매스컴! 이 얼마나 위대한 단어냐? (270면)

이 극에서 가장 핵심이 되는 인물은 물론 김창호이다. 그는 매스컴 플롯이나 가족 플롯에서 정체성의 상실과 혼돈을 겪는 가련한 배우로서, 정체와 역할, 실재와 환상, 현실과 허구 사이에서 방황하는 현대 소시민의 모습을 표상한다. 그는 무너진 갱에 갇혀 있을 때, 소장이나 의사, 홍기자, 비서관 등의 연출 지시를 받는다. 그 지시는 김창호의 생존에 대한 인간적 애정과 진심어린 걱정에서 나온 것이 아니라 회사의 경제적 이익을 위한 계산 혹은 상품성에 대한 고려에서 나온 것이다. 그들 뿐만 아니라 현장에 몰려든 종교인들, 기자들, 장사치들, 다방 마담, 구경꾼 등이 벌이는 떠들썩한 난장판은 현대 사회를 움직이는 메카니즘이 상업주의화한 종교와 소비와 매스컴이란 것을 확대된 거울로 비쳐 보여주는 장면이다.

구출된 후 김창호는 가족과 만날 겨를도 없이 진료실로 끌려가 의학계에 보고할 자료를 위해 진료받고, 또 기자들과 인터뷰하게 된다. 이러한 영웅화 과정(출세)과 이미지 조작과정을 거치면서 김창호는 내적 자아를 상실하고 매스컴이 새롭게 부여한 배역을 맡는 배우가 되는 것이다. 창호는 기자들의 주문대로 능숙한 포즈를 취하며 사진을 찍고, 집에 온 소감을 말하라는 주문에 "국민 여러분, 대단히 감사합니다."라는 통속화된 영웅의 말을 흉내낸다. 또 극중극인 텔리비전 쇼프로에 출연해서는 "개선장군 마냥 손을 흔들며" 나온다. 이제 그는 매스컴 종사자들의 무대지시를 받고 출연자 역을 하는 숙련된 배우가 되는 것이다. 그러나 그의 출세는 일회적 화제성 뉴스로 갑작스런 조명을 받고 급조된 것이었기 때문에 상품가치가 떨어진 순간 매스컴으로부터 거부당한다. 이 극의 주제는 김창호가 방송이 만들어낸 허상의 이미지를 진짜 자신의 정체로 믿음으로써 진정한 자신의 정체를 상실해 버린다는 데 있다. 그의 비극은 거짓된 사회가 부여한 역할행위를 자신의 존재양식으로 받아들인 데서 온 것이다. 그러므로 마지막 장면에서 광부들의 매몰사고가 난 순간 김창호의 존재가 매스컴에 의해 어떤 식으로 이용당하고 결국은 소외당하는가가 통렬한 아이러니 수법으로 배치되어 있는 것이다.

> **홍기자** 시청자 여러분! 여러분 기억에도 새로운 매몰 광부 김창호 씨가 이 자리에 나오셨습니다. 지난 해 10월 갱구 매몰로 16일간 갱구에 갇혀 있다 무쇠 같은 의지와 강인한 육체로 살아 남은 김창호 씨!
> 구경꾼들 일제히 김창호 씨에게 시선 주며 박수친다. 김창호는 머뭇거린다. 웃으며 손을 들어 답례한다. (272면)

김창호가 새롭게 부여받은 정체성과 존재가치를 확인받을 수 있는 순간, 생존자의 사망이 알려진다. 그러자 홍기자는 김창호의 마이크를 빼앗고 카메라를 치운다. 구경꾼들은 이젠 흥미없다는 듯 카메라를 따라 나간다. 박수를 치다가 카메라를 따라 나가는 무대 위 구경꾼들은 바로 연극을 보는 관객 자신의 모습으로 비치게 된다. TV의 리얼리티와 가치관을 만들어내는 제작자와 배우, 무비판적으로 추종하고 받아들이는 시청자라는 삼자의 관계는 물론 연극의 극작가(연출가), 배우, 관객의 관계를 은유적으로 함축하고 있는 것일 수도 있다.

2) 무대 위 거울들의 동심원 : 〈신화 1900〉

이 극은 환자들의 사이코드라마 공연이라는 극중극 기법을 능숙하게 구사함으로써 리얼리티가 오히려 환영의 틀 안에서 밝혀질 수 있다는 것, 역할놀이를 통해 사회가 진실로 포장하고 있는 허위를 벗겨낼 수 있다는 것을 보여준다. 이 작품 역시 살인 누명을 쓰고 수감되어 고문으로 파괴된 한 인간의 실화사건을 소재로 다루고 있다. 이 작품의 형식에 대해서 작가는, 고문으로 인간을 황폐화시킨 법 집행의 모순과 암울했던 한 시대의 아픔을 정면으로 다루기엔 80년대의 시대상황과 검열이 엄혹했으므로 영화 <뻐꾸기 둥지 위를 날아간 새>에서 힌트를 얻어 싸이코드라마로 구성했다고 술회한 바 있다.29) 어쨌든 이 극의 특이성은 환자들의 공연이 극중극으로 내부극을 형성하면서 메타연극적 인물들의 다중성을 창조한다는 데 있으며, 극중인물인 '작가'가 실제 작가 윤대성의 자기반영적 인물로 등장하여 연극의 창조과정과 창조행위 및 연출을 은유적으로 보여준다는 점에 있다. 극중극 자체가 극작가, 연기자, 관객을 지니고 있는 하나의 연극의 형식이므로 실제 연극의 자기지시적 형식인데, 이는 공연에서 관객에게 보이지 않는 존

---

29) 윤대성, 「나의 작품을 위한 몇 가지 변명」, 앞의 글, 51면.
　　그러나 정신병원에서 환자들의 극중극을 통해 정상인들의 허위와 광기를 역으로 고발한다는 발상은 페터 바이쓰의 「마라/사드」를 연상시키며, 남자 간호사가 스스로 믿는 정의의 법에 따라 김기창을 처형하는 결말, 곧 정신 병자를 치료하는 정상인이 오히려 정신병자라는 반전의 결말은 뒤렌마트의 「물리학자들」을 연상시키기도 한다.

재인 작가와 연출가의 역할에 대해 생각하게 만든다. 뿐만 아니라 배우가 맡고 있는 무대 위의 관객들을 보며 관객 역시 자신도 인생이라는 무대에서 맡고 있는 배우와 관객으로서의 역할을 인식하게 한다. 그러므로 이 극에서 극중극 형식은 우리가 일상적으로 역할 행위를 해야 하는 사회적 구조와 관습에 대해, 그리고 사회제도가 표출하는 진실과 허구의 문제, 인간성에 있어서 정상과 광증의 문제에 대해 생각하게 만드는 주제적 효과를 창출하는 것이다.

1장에서 정신과 의사 서박사는 살인누명을 쓰고 사형언도를 받았던 충격으로 발작을 일으킨 환자 김기창을 치료하기 위해 작가에게 "그 사람이 겪었던 사건 경험의 내용을 재구성해서 그 속에 환자를 집어넣는 방법을 시도"(278-279면)하겠다며, 싸이코드라마를 써줄 것을 제안한다. 이 작품의 대부분을 이루는 극중극에서 작가는 극작가와 연출가를 겸하면서 다른 환자들과 서박사 등에게 배역을 나누어주고, 스스로도 재판장 역을 맡은 배우가 된다. 또 극중 현실과 극중극을 넘나들기도 하고, 동시에 실제 관객에게 직접 진술하는 등 실제 배우와 극중인물로서의 이중적 정체성을 지니고 있다. 그러므로 전체 극의 이야기 구조는 극중 현실과 극중극, 극중—극중극을 넘나들며 진행된다.

> **작 가**   (나레이터) (……) 한 인간이 전혀 자신의 책임으로서가 아니라 타인에 의해 살인자가 되는 과정이 저를 놀라게 한 것입니다. 그 타인 중에는 여기 앉아 계신 여러분과 저도 포함이 되어 있습니다. 이제부터 환자 김기창 씨의 사건 내용을 때로는 재판극으로 때로는 현장으로 재구성해 보겠습니다. 먼저 양해드리고 싶은 것은 이 재판극이 실제 재판의 모든 절차를 무시하고 진행된다는 사실입니다. (2장; 281면)

액자극(frame play)의 서막 격인 1장과 극중극의 서막 격인 2장의 작가의 해설을 종합해보면, <신화 1900>의 구조가 드러난다. 서박사 —작가 플롯에서는 서박사가 연극의 제작자가 되고, 극중극인 작가— 김기창 플롯에서는 작가가 극작가 겸 연출가이고 다른 환자나 간호원 등은 연기자 및 관객이 된다. 그리고 끝으로 이 극 전체를 총괄하는 극작가 윤대성이 있고 이 극의 등장인물 모두가 연기자이며, 이 극을 관람하는 실제 관객들이 있게 된다. 그리고 환자들이 연기하는 도중 현실과 허구 혹은 자기 배역과 정체성에 혼동을 일으키며 소란스러울 때마다 의사와 간호원이 개입하여 극을 중단시키고 극중 현실로 돌아온다. 또 극중극은 재판극의 형식으로 이루어지기 때문에 배우들은 좀 높은 연단에 착석하는데, 이는 실제 인생무대에서의 배우이며 관중인 스스로의 모습을 무대라는 거울로 비쳐 보게 하는 효과를 지닌다.

이 극의 인물들은 메타연극적인 이중성을 갖는다. 의사니 작가니 환자니 하는 인물들은 허구적 자아로서 일반 연극의 인물과 다를 바 없다. 그러나 이들은 연극의 성질과 배우로서의 정체성을 자각하는 인물들이라는 점에서 메타연극적 인물들이다. 이 극의 각 인물들은 허구적 세계 안에 이중적 정체성을 소유하고 있다. 예를 들면, 극이라는 허구 세계 속에서 '환자 3'은 환자라는 실제 정체성과 역할놀이 속의 배역인 기자라는 허구적 정체성을 자각하고 있다.

> **환자3** 재판장님. 신문이란 건 시간 시간을 다투며 만들어내는 대중매체입니다. 돈벌이 상업성이 우선한다는 점을 잊지 말아 주십시오. (......)
>
> **환자3** 아니 할 얘기 더 있어요. 나도 신문에 대해 일가견이 있단 말이오. 더구나 오늘 이 연극에 대비해서 연구하라고 하지 않았소? 짚고 넘어갈 것은 짚고 갑시다.
>
> **작 가** 아니, 글쎄 그만하면 됐다니까요.
>
> **환자3** 야, 니가 신문이란 것이 무언지 그걸 얘기하래서 열심히 연구해서 나왔는데 중간에서 끊어? 야, 이 새끼야. 난 적어도 진실하게 연구했어. 이거 도무지 내가 얘길 하면 모두 중간에서 끊

어버리는데.....나 내 마누라 죽이지 않았어. 보트가 뒤집혔을 뿐야....그 때 내가 술에 취해서.....그런데 남들이 날 미친 놈이라구 제 여편넬 죽였다구 손가락질하는 게 견딜 수 없어..... (2장; 283~284면)

환자3은 기자 역을 맡은 연극배우로서 자신의 역할놀이에 충실하나 작가(극작가-연출가)가 자꾸 중단시키자 현실의 정체로 돌아와 자신에게 씌워진 누명에 대해 항거한다. 이는 실제 연극에서 배우의 자의식을 억누르는 극작가-연출가에 대한 배우의 반항과 동일시되는 이중적 문맥을 지닌다.

기창은 삐뚤어진 소영웅주의에 빠진 한돌과 순범의 무고로 유괴사건의 범인으로 잡혀간다. 이 재판극에서 작가와 서박사는 재판장과 변호사라는 배우 역할을 맡는다. 작가와 서박사가 기창 편에 서서 무죄를 입증해나가는 배역은 치료자가 환자의 정신적 아버지 역할을 한다는 점과 조응한다.

진실을 투시하기 위한 무대 위 거울 역할을 하는 이 극중극 속에는 또하나의 거울이 존재하는데, 이는 극중-극중극(play-within-a-play-within-a-play)기법이다. 이 거울은 검사역의 환자1이 극작가가 되어 비추어내는 것으로서, 철수의 혼령을 불러내 용의자인 삼촌에게 항의하는 장면을 연출하여 용의자의 양심에 호소, 자백하게 하려는 의도를 지닌 거울이다. 그러나 실제 진실이 아니라 조작이라는 점에서 역설적으로 연극에서의 거울의 역할을 강조한다. 말하자면 극중극은 진실을 투사해내는 거울이지만 거울을 비추는 사람의 의도에 따라서는 역으로 허구를 만들어낼 수도 있다는 이중성을 보여주는 것이다.

성 우   나 또 놀러가고 싶어. 아저씨! 왜 날 죽였어요? 난 아저씨를 이렇게 좋아하는데 아저씨!

이동욱 (통곡하며 주저앉는다) 철수야, 나 좀 살려다오!
환 자1 보십시오. 울면서 자백했습니다. (3장; 296면)

이 극중-극중극은 혼령을 등장시킨다든지, 여자 간호원이 죽은 철수 역을 맡는다든지 하는 점에서 매우 비현실적이고 인위적인데, 바로 그 점으로 해서 환자1(검사)이 극작가가 되어 연출하는 이 장면이 비현실적이고 거짓이라는 것을 폭로한다. 뿐만 아니라 재판 과정에서 혼령까지 등장시켜 용의자들의 살인을 기정사실화 해버리는 검사 측의 선입견과 심증수사를 고발하고 있다.

다음에 이어지는 현장검증 장면에서도 김한돌과 정순범의 배우로서의 자의식이 두드러지게 나타난다. 탤런트가 된 것 같다든지, 마이크에 대고 영웅처럼 우쭐대며 상투적인 말을 늘어놓는 장면은 소시민이 매스컴에 대해 갖는 선망의식의 패러디이다. 이러한 여러 형태의 연극적 패러디는 그 자체가 역시 일종의 거울 역할을 하는 것이며, 이 과장되고 일그러진 거울이 바로 무대와의 거리를 만들어내면서 관객의 심리적 동화작용을 차단하는 소외효과를 만들어낸다.

5장에서 작가는 자신의 문학관을 관객에게 직접 진술하는데, 이는 작가 윤대성의 자의식을 드러내는 것이기도 하다. 그는 예술을 사회와의 관련하에서 인식하고 있으며 예술과 사회, 작품과 관중, 등장인물과 작가라는 이원적 세계에 대한 작가의 입장을 표출하고 있다.30) 김기창

---

30) 작가가 극중극에서 빠져 나와 관객에게 직접진술의 형태로 하는 대사를 통해 바로 세가지를 확인할 수 있다. "나는 내가 살아있는 동안에 가치를 부여하기 위해 그래서 내가 존재한다는 의미를 확인하기 위해 글을" 쓴다는 진술, "좀더 나은 사회, 좀더 올바른 인간생활을 위해 창조에 열을 올립니다."라는 진술은 먼저 이 극의 작가 혹은 실제 작가인 윤대성의 문학관을 말하고 있다. 즉 자신의 창작목표가 사회의 개선을 위한 것이라는 것으로서 예술과 사회의 관계를 규정하고 있다.
"오늘 이 연극의 주인공 김기창이란 인간 우리 주변에 흔한 소시민, 어쩌면 나자신일 수도 있는 한 인간의 몸부림과 그를 무참히 짓밟아 버리는 제

232

을 포함한 환자들이 싸이코드라마를 하는 과정에서 환자들이 현실과 허구를 혼동하고 너무 흥분하자 서박사는 중단하려고 한다. 그러나 연극에 대한 강한 신뢰를 가진 작가는 김기창을 포함한 다른 환자들도 "이 연극 속에서 자기 훈련을 하고 있"다는 점을 들어 싸이코드라마를 밀고 나간다. 그리고는 마침내 연극이란 거울로 진실을 밝혀내고 예술을 통해 사회의 거짓을 바로잡을 수 있다는 자신의 믿음을 증명하는 데 성공한다.

이처럼 이 작품은 '연극 메타포'(play metaphor)를 매개로 리얼리티를 비추는 두 개의 거울을 서로 반대의 방향에서 비춤으로 해서 진실과 거짓을 대조시키고 있다. 첫 번째는 작가가 진실을 밝히기 위해 극작가-연출가가 되어 만들어가는 재판극과 김한돌과 정순범이 극작가가 되어 만든 거짓의 연극과의 대조이다.

김한돌　지금까지 한 모든 내 진술은 거짓입니다. 난 연극을 한 겁니다. 난 죄없는 이 사람들 끌어들여서 연극을 해본 겁니다. (제 7장; 311면)

정순범　(.....) 평생에 신문에 얼굴 내보긴 처음이었어요. 배우가 되려던 제 소원을 풀 것 같았어요. (제7장; 313~314면)

이 극중극에는 두 개의 줄거리를 가진 연극이 서로 반대방향에서 거

───────────

도, 법, 폭력!" 이라는 진술은 두 번째로 작가와 자신이 창조한 등장인물 사이의 관계를 말하고 있다. 등장인물은 작가 자신의 반영일 수 있다.
"나는 어쩌면 패배하기 위해 글을 씁니다. 나는 절망하기 위해 창조합니다. 나는 울기 위해 수없이 공허한 웃음을 웃어댑니다. 때로는 여러분과 같이.....김기창과 같이...."라는 진술에서 세 번째로 작품과 관중, 등장인물과 관중 사이의 관계를 말하고 있다. 작품은 생산과정이 중요한 것이 아니라 관중에게 어떻게 수용되느냐, 그리고 어떤 영향력을 갖느냐가 중요하다는 것이다.

울을 비추어대고 있다. 하나는 유명해지고 배우가 되고 싶었던 김한돌
과 정순범이 극작가가 되어 만든 연극으로 김기창을 살인범으로 무고
하는 내용이다. 또하나의 줄거리는 이 연극의 거짓을 밝히기 위해 작
가가 극작가-연출가가 되어 만들어나가는 재판극이다. 그런데 이 두
개의 거울은 다시 각 장면마다 무수히 증식하여, 마치 수많은 거울을
무대에 세워놓은 것 같은 효과를 만들어낸다. 검사 역의 환자1이 극작
가가 되어 만들어내는 극중-극중극(3장)이라든지, 검사와 변호사가 극
작가가 되는 증인 신문 장면들, 현장검증 장면에서 범인들과 기자들이
극작가 또는 연출가가 되어 배역을 주고 행동을 지시하는 장면 등 무
수한 거울들이 연속되는 장면들을 통해 마치 양파껍질이 하나씩 벗겨
지듯 진실이 조금씩 맨얼굴을 드러내는 것이다. 여기에는 연극이란 방
편이 진실을 밝혀나가는 데도, 그 역으로 거짓을 만들어 가는 데에도
유용하게 쓰여진다는 인식이 반영되어 있다. 따라서 관객은 현실이 연
극을 닮았다는 점과, 사회구조나 제도 역시 넓게 보면 거대한 극장이
고 연극이라는 걸 깨닫게 된다.

　두 번째로는 극중 현실과 극중극, 극중극을 넘나드는 구조, 또 역할
바꾸기 기법을 통해 연극 자체가 무수한 거울들의 동심원으로 이루어
진 것이란 사실을 깨닫게 해준다. 극 속에 또 하나의 극이, 그 극 속에
또 다른 하나의 극이 들어있는 무수한 '거울'의 반복작용임을 나타내주
는 것이다.[31)]

　김기창　그런데도 고문당하지 않았다고 진술한 이유는 무엇이지?
　작 가　그 정도 맞는 것은 고문 축에도 들지 않았습니다. 나를 정말 고
　　　　　문하고 괴롭힌 것은 신문입니다. 나를 살인범으로 몰고 내 가
　　　　　족과 친지들을 들볶아서 살 수 없도록 만든 신문기자들! 그 펜

---

31) 여석기, 「환각과 현실」, 여석기 외, 『환각과 현실』, 동화출판공사, 1982.
　　16~17면.

끝이 더 아팠습니다. 수사관의 매보다도……내 친구의 어처구니

없는 무고보다도!

　　　(……중략……)

김기창　그만! 그만해요! 피고인은 바보다! 죽어 마땅해! 차라리 혀를

깨물고 죽어 버려라!

작 가　재판장! 정의의 심판을 내려주십시오! 억울한 생명이 암흑 속에

서 고통받지 않도록……그래서 이 땅에 다시는 나같은 사람이

생기지 않도록 현명한 판결을 내려주십시오.

김기창　(정신차린다) 철수군 유괴 살해사건에 대해 판결한다. 피고인

은…… 무죄! (제 7장; 315면)

작가는 극중극 속에서 또하나의 극중극(극중−극중극)을 만들고 배

역을 바꾼다. 즉 자신이 맡았던 재판장 역을 김기창에게 주고, 자신은

피고 김기창 역으로 역할을 바꾸는 것이다. 그러므로 액자극에서는 서

박사가 제작자이고, 그 속의 극인 극중극에서는 작가가 극작가−연출

가이며, 극중−극중극에서는 김기창이 극작가(재판장 역)가 되어 자신

의 배역을 맡은 작가에게 무죄를 선고하는 것이다. 스스로에게 잘못

내려진 재판 판결을 뒤집어 정의를 실현하는 '환상 재판'을 통해 김기

창의 광증은 치유될 수 있을 것이다. 그것이 바로 역할전환기법을 고

안하고 연출한 작가의 기대였다. 실재 인물(김기창)과 연기된 인물(작

가)의 대면은 마치 거울 앞에 서서 자신의 모습을 보고 있는 것 같은

효과를 자아낸다. 이러한 이중 역할행위는 역할과 정체성이 환영 속에

서 뒤섞이게 하여 관객에게 거울에 비치는 정체의 무수한 반사상들을

경험하게 만드는 것이다.

그러나 기창이 무죄를 선고한 후의 극중 현실은 여전히 그를 '살인

자' '전과자'로 대하는 편견으로 가득찬 사회이다. 그 때문에 기창은 정

신병 발작을 일으킨다. 이처럼 기창의 발작과 전기 충격이 가해지던

극의 서막의 시점으로 돌아가는 순환구조를 통해 관객은 다시 거울의

무수한 반복작용을 인식하게 된다. 정체성과 역할이 서로 자리를 바꾸고 행위의 이분화를 보였던 것처럼 정상과 광증의 이분화된 구분도 그 자리를 바꾸고 그 경계를 지워 버린다. 남자간호원이 기창의 '사형집행'을 했노라며 미친 듯이 웃어대는 결말 장면은, 의료인과 환자가 그 상징적 층위에서 각각 사회와 감금된 자를 표상한다고 볼 때 결국 사회가 병든 사회, 미친 사회임을 의미하는 것이다. 그러므로 작가가 객석을 향해 "오늘 우리의 신들은 누구입니까? (.....) 신과 인간이 함께 숨쉬며 살았던 그 시절의 신화는 이미 막을 내렸습니다. 오늘의 신화는 파괴의 신화일 뿐입니다."라고 하는 진술은 곧 파괴원리에 따라 움직이면서도 첨단 문명을 자랑하는 현대사회의 신화에 대한 해체이며 인간성이 병든 현대사회의 정체에 대한 고발인 것이다.

3) 인생은 연극을 모방한다 : 〈사의 찬미〉

연극(예술)은 인생을 모방하지만 인생 또한 연극(예술)을 모방한다. 아리스토텔레스의 미메시스론에 대한 오스카 와일드의 이 유명한 역설을 떠올리게 하는 메타연극이 <사의 찬미>이다.

이 극은 한 극단의 사무실과 분장실, 그리고 극중극으로서의 공연 장면을 병렬시키는 이원구조로 이루어져 있다. 사무실과 분장실 공간에서 벌어지는 현실 플롯의 연극과 1920년대 김우진－윤심덕 플롯의 연극이 극중극으로 병렬되고, 또 그 안에 조명희의 <김영일의 사>가 극중－극중극으로 들어 있다. 그러므로 이 극 역시 <신화 1900>처럼 극중 현실과 극적 환상이 동심원의 형태를 이루고 있다. 그러나 <신화 1900>의 구조가 정상과 광증, 진실과 거짓이라는 서로 다른 거울을 각기 반대편에서 비쳐대는 대립적 형태였다면, <사의 찬미>는 극중 현실과 극중극, 극중－극중극들의 거울을 서로 마주보게 세워놓아 무수한 거울에 비치는 반사상들이 대칭으로 늘어서게 한 형태이다. 실존 선각 예술가 김우진과 윤심덕의 비극적 사랑과 숨막힐 것 같은 식민지 상황, 예술에 몰이해한 사회구조, 인습, 스캔들, 극장문제 등은 오늘의 극단과 배우들이 처한 현실과 거울을 맞댄 것처럼 대칭적으로 조응된다. 극중 현실과 극중극을 조각보처럼 대칭적으로 이어나가는 병렬 테크닉은 극의 외부와 내부의 경계를 허물고 현실 플롯의 극과 극중극이, 극중극과 극중−극중극이 서로를 반영하는 무수한 거울을 의미심장하게 증식시킨다. 그래서 예술(연극) 안에 내재한 질서의 역동적 패턴이 리얼리티, 즉 실제 현실 안에 실현되는 구조를 보여준다.[32] 따라서 현실 차원의 극과 극중극이 서로 동심원의 형태를 이루면서 두 극에 참여하는 극중인물에게 행위의 이분화가 일어나게 된다. 현실 플롯의 등장인물들(배우들)이 다 김우진, 윤심덕, 홍난파, 후미꼬 등 극중극의 등장인물의 이름으로 명명되어 있듯이 현실과 연극(극중극)이 거울을 맞대어 비추고 있는 것처럼 서로 닮아 있는 것이다. 또 극중극 안에서는 또 하나의 극인 <김영일의 사>가 공연되고, 김영일의 체제비판적 대사가 문제되어 공연이 중지되는, 연극과 극중 현실과의 넘나듦이 일어난다. 그런가 하면 극중극보다 더 큰 둘레의 극인 현실 플롯의 극에서는 극중극이 끝난 다음 배우들이 나와 무대인사를 한다. 실제로 이 모든 동심원 형태의 극중극들을 포괄하는 전체극 <사의 찬미> 공연이 끝난 후에는 실제 배우들의 무대인사가 다시 반복될 것이다. 극중극의 배우들과 관객들이 다 퇴장한 무대에 연출가와 조연출만이 남아 연극과 현실에 대해 얘기를 나누는 결말의 장면은 다시 전체극이 끝나고 관객이 퇴장한 후 실제 연출가에 의해 똑같이 반복될 것이다. 그리고 도망갔던 배우 김우진과 윤심덕은 다시 돌아와 연극 무대에 설 것이고, "연극에서

---

32) Robert Egan, *Drama Within Drama*, New York: Columbia Univ. Press, 1972, p.3.

제대로 감정을 살리기 위해선 둘이 연애해야 한다"(16면)는 연출가의
말처럼 그들이 공연하는 무대위의 허구에 스스로를 일치시킬 것이다.

이처럼 몇 개의 연극과 현실을 서로 맞대는 무수한 거울의 반복작용
은 관객으로 하여금 극적 환상과 리얼리티와의 관계, 연극과 인생과의
동질성을 생각해 보게 만든다. 연극 안에 연극이 공연되는 자기반영적
극작기법은 연극과 인생, 예술과 현실 사이의 갈등, 허구적 존재와 현
실적 존재 사이의 관계를 효과적으로 밝혀준다. 환영과 현실, 연극과
인생의 두 공간을 넘나드는 메타연극적 인물들의 이중성이 형상화되어
있으므로 관객들은 무대 밖에서 벌어지는 인생도 연극의 구조를 닮아
있다는 인식을 하게 된다. 달리 말하면 연극이 무대 위에서만 일어나
는 게 아니라, 무대와 객석 사이, 그리고 분장실과 사무실이라는 인생
무대에서도 일어나는 것이라는 걸 깨닫게 되는 것이다.

연극이 인생보다 더 진실하다는 것, 세계의 참모습은 연극이라는 거
울을 통해서만 드러난다는 윤대성의 일관된 연극관은 이 작품에서 <신
화 1900> 못지 않게 '연극 메타포'의 능숙한 사용을 통해 드러나고 있
다. 이 '연극 메타포'는 앤 라이터(Anne Righter)에 의하면 3가지 기능을
갖는다. 첫째는 연극 안에 연극을 끌어옴으로써 세계가 연극에 비유되
고 인생이 연극으로 유추되게끔 하여 연극 세계 자체의 리얼리티와 깊
이를 규정하는 데 기여한다. 두번째는 실제 관객은 극중극의 배우-관객
을 봄으로써 연극이 대표하는 가상세계와 관중이 대표하는 현실과의
관계를 생각하게 한다. 세 번째는 관중을 연극의 가상 세계에 참여시
킴으로써 인생의 연극적 성질을 일깨우며, 나아가 인생과 무대 사이에
유사성이 있다는 것을 인식하게 한다.[33]

이 극의 인물들은 모두 연극적 언행과 연극적 사고를 하고 있다는

33) Anne Righter, *Shakespeare and the Idea of the Play*, Penguin Shakespeare Library, 1967, pp. 61~78.

점에서 연극적 자의식을 드러내는 이중적 인물들이다. 김우진, 윤심덕, 홍난파, 후미꼬는 인생과 연극 두 차원에 동시에 참여하는, 극중인물로서의 정체성과 현실의 배우라는 정체성을 동시에 가진 메타연극적 인물들이다.

분장실과 사무실 공간에서 벌어지는 현실 차원의 연극과 무대 공간에서 펼쳐지는 극중극의 각 장면들은 마치 거울을 맞대어놓은 것처럼 대칭적으로 일치한다. 즉 연기하는 역할이 실제 배우의 인생을 반영하면서 극행동을 이끌어간다. 따라서 연극과 인생(현실) 사이의 구별이 희미해지며, 연극이 인생의 모방일 뿐 아니라 오히려 인생이 연극을 모방하는 경향을 드러내 보여준다. 곧 연극과, 연극이 거울로 비추어내는 현실은 하나로 겹쳐지는 것이다. 실존인물 김우진과 윤심덕의 연극을 하면서 배우 김우진과 윤심덕은 불륜의 사랑에 빠지고, 그들의 스캔들이 주간지에 폭로된다. 극중극의 결말인 김우진과 윤심덕의 현해탄 정사 사건은 실제로 연극이 끝난 후 두 배우가 함께 달아나는 것으로, 상징적 차원에서 실현된다.

이 극의 등장인물들이 살고 있는 사실과 허구, 실제적 자아와 역할이라는 이분화된 이중의 세계는 무대 안과 무대 밖의 공간(분장실과 사무실)이 한 무대 위에 마련됨으로써 시각적으로 구현되며, 이 이분화된 공간구조가 연극과 현실을 서로 비추어주는 거울 역할을 하고 있는 것이다.

김우진 나가주시죠. 지금 공연중이에요.
박사장 관객이 무대 뒤를 볼 수 있다면 이쪽이 더 흥미진진한 멜로드라마가 있는 걸 알텐데 유감이군.
　　　　　(…중략…)
윤심덕 오늘로 연극은 그만이야. 본격적으로 벗는 영화에 출연할 거야. 거기선 스캔들이 빛나는 곳이니까……

김우진 무너지면 안돼. 싸워서 이겨내야 돼. 연극이 뭔데? 삶의 어려움
        을 극복해내는 시험장이야. 배우가 뭔데? 배우는 자기의 몸을
        태워 세상을 밝히는 촛불이라고 했잖아?
윤심덕 바람 앞에 쉽게 꺼지는 촛불?
김우진 내가 막아주지. 어떤 바람이든! 꺼지면 다시 불꽃을 일으키지.
        우린 무대 위에서 재가 돼야 해.
        윤심덕 보다가 김우진에게 안긴다. 조연출 고개 내민다.
조연출 뭐하세요. 윤심덕 등장할 차례예요! 야 이건 어느 쪽이 진짜 연
        극하는 건지 모르겠구나. (52~53면)

    무대 위보다 무대 뒤가 '더 흥미진진한 멜로드라마'라는 박사장의
대사나 '어느 쪽이 진짜 연극인지 모르겠'다는 조연출의 말처럼 배역과
현실이 일치하고 무대위 장면과 무대밖 장면이 서로의 거울이 되는 상
황을 보여주고 있다. 이처럼 현실차원의 이야기와 극중극의 허구 이야
기가 병렬되어 나가는 이 극의 구조는 '거울' 구조라는 용어로도 설명
할 수 있다. 거울 구조는 두 개 또는 그 이상의 거의 비슷한 비중을 가
진 이야기가 독립해서 진행되어 나가나 테마의 동일 유사성으로 해서
때로는 병행하고 때로는 날카로운 대조를 이루는 형식을 말한다. 마치
하나가 거울의 이미지이고 다른 하나가 현실인 것처럼 주제적 비교,
보완, 대응의 관계를 갖는 것이다.[34]
    극적 환상과 현실, 두 차원의 장면들이 서로의 거울이 되는 구조는
바로 현실의 세계 역시 연극과 마찬가지로 허구적이며 '연극'과 같은
것이라는 생각을 일깨우게 된다. 극중극이 끝나고 무대인사 시간에 배
우 김우진과 윤심덕이 없어진 사실을 알고 연출은 막을 닫으려 하지만,
막이 고장나서 닫히지 않는다. 무대인사하는 배우들과 관객 사이를 가
리고 구분짓는 경계인 막이 고장나서 열려 있는 상황은 무대와 객석의
경계를 지우며 나아가 무대와 관객의 리얼리티, 연극과 세계(인생)의

---

34) 여석기, 「환각과 현실」, 23면.

리얼리티가 동일한 것으로 확장되는 느낌을 준다. 극중극(연극)은 끝났지만 현실의 연극은 끝나지 않은 것이다. 그래서 연출가는 조명을 꺼서 극중극의 관객을 돌려보낸 다음 텅빈 무대에서 객석을 바라보며 연극에 대해 조연출과 대화를 나눈다.

> **연출가** 배우는 늘 있어. 집집마다 드라마가 있는 것처럼……사람들은 모두 자기 얘기를 해주기를 바래! 자긴, 자살을 꿈꾸면서 절대 자살은 안하는 게 인간이야. 무대에서 배우가 대신 죽어주길 바라지.
> (…중략…)
> **조연출** 두 사람 진짜 자살하는 거 아니에요? 김우진과 윤심덕처럼.
> **연출가** 그런 용기가 있을까? 아마 다시 나타날 걸? 무대와 그 주변의 술집과 다방 연습장이 그 사람들의 삶이야. 그 밖엔 다 허구다. 두 사람의 사랑, 그것도 무대 밖에선 허구일 뿐이야. 그리구 이 시대는 말야, 멋지게 죽을 줄 아는 사람도 없어. 구차하게 살려구 발버둥치는 속물들 뿐.
> (…중략…)
> **연출가** 믿음을 갖는다는 거 자체가 중요한 거야. 난 인생은 못 믿지만 연극은 믿는다. 거기선 배신이 단죄되니까. (62~63면)

연출가의 연극에 대한 강한 믿음은 인간의 본질이 곧 인생무대에서 배우이며, 인생보다 연극이 더 진실하다는 언명으로 표출되고 있다. 바로 중심구조를 이루는 '연극 메타포'를 통해 윤대성은 자신의 연극에 대한 예술적 자의식을 다양하게 표현하고 있는 것이다. 연출가는 공연을 완성한다는 점에서 극작가와 등가이고, 연극이 공연되는 극장은 분장실이나 사무실이 상징하는 현실, 곧 세계의 축도가 된다. 허구와 현실이라는 두 개의 줄거리가 서로 거울이 되어 비추어내는 양자의 관계는 실제 관객으로 하여금 인생도 연극 못지 않게 환영적 성격을 갖고 있음을 일깨우면서 무대 뒤의 세계에 대한 시각을 갖게 만드는 것이다.

4. 맺음말

본고는 현대연극의 주요한 양식으로 대두한 메타연극의 개념과 그 시대적 배경 및 대표작품을 살펴보고자 하였다. 인생을 연극으로 보고 세계를 무대에 유추하는 연극관에서 태동한 메타연극은 극적 환상을 고의적으로 깨트리는 자의식적 기법을 사용하고 환영과 실재, 정체와 역할, 무대와 관객의 관계를 주로 탐구하며, 현실과 허구가 융합된 이중적 성격의 인물들이 등장한다. 사실 메타연극이 현대극의 주요한 경향으로 자리잡은 것은 리얼리티를 상대적이고 가변적, 주관적으로 인식하는 현대의 지적, 철학적 분위기와 포스트모더니즘 사조와 관련이 깊다.

한국에서도 오늘날 메타연극이 인기있는 형식으로 자리잡은 것은 60년대 이후부터 메타연극 계열의 번역극들이 활발하게 공연되어 서구에서의 메타연극의 붐과 맥을 같이 하게 된 점과, 우리의 전통적인 연극 미학의 개념과 민족 정서에 친숙한 형식이기 때문으로 추정할 수 있다.

본고는, 영화나 TV드라마 등 세계재현능력이 빼어난 영상예술과 경쟁해야 하는 현대극으로선 리얼리스틱한 재현보다는 메타연극이 연극의 고유한 정체성과 본질을 확인할 수 있는 대안이 되기 때문에 중요한 장르로 부상했다고 보고, 메타연극의 미학을 심층적으로 분석해 보고자 했다. 그리고 윤대성의 대표작 세 편을 텍스트로 삼아 메타연극이란 관점에서 새롭게 작품 해석을 시도해 보았다. 이러한 접근방법과 시각은 한국의 희곡작품 분석에 있어 처음으로 본격적으로 행해지는 것이며, 작품읽기에 있어 풍부하고도 다양한 스펙트럼을 제공한다는 점에서 그 의미를 찾을 수 있으리라 생각한다. 본고에서 언급된 다른 작가들의 메타연극 작품들에 대한 분석은 계속 다음 작업으로 이어질 것임을 밝힌다.

참 고 문 헌

1. 작품

윤대성, 『윤대성 희곡집』, 청하, 1990.

2. 저서

김욱동 편, 『포스트모더니즘의 이해』, 문학과지성사, 1991.

황계정, 『메타드라마』, 연세대출판부, 1992.

길만, 리처드, 김진식·박용목·이광용 역, 『현대드라마의 형성』, 현대미
    학사, 1995.

퍼거슨, 프란시스, 이경식 역, 『연극의 이념』, 현대사상사, 1980.

하우저, 아놀드, 백낙청·염무웅 역, 『문학과 예술의 사회사--현대편』, 창
    작과 비평사, 1977.

Calderwood, J. L, *Shakespearean Metadrama*, Minneapolis: Univ. of Minnesota
    Press, 1971.

Egan, Robert, *Drama Within Drama*, New York: Columbia Univ. Press,
    1972.

Righter, Anne, *Shakespeare and the Idea of the Play*, Penguin Shakespeare
    Library, 1967.

Schlueter, June, *Metafictional Characters in Modern Drama*, New York:
    Columbia Univ. Press, 1979.

3. 논문

김성희, 「현실과 연극의 겹침구조」, 『연극의 사회학, 희곡의 해석학』, 문
    예마당, 1995.

_____, 「한국역사극의 이념적 성격과 그 변모」, 『연극의 사회학, 희곡의 해석학』, 문예마당, 1995.

김진나, 「포스트모더니즘과 연극」, 김욱동 편, 『포스트모더니즘과 예술』, 청하, 1991.

송원덕, 「셰익스피어의 메타연극과 현대 메타연극의 동질성에 대한 연구」, 한국드라마학회 편, 『드라마 논총』, 8집.

신현숙, 「광복 50년의 번역극과 그 수용 양상」, 한국연극학회 편, 『한국연극학』 제 7호.

여석기, 「환각과 현실」, 여석기 외, 『환각과 현실』, 동화출판공사, 1982.

윤대성, 「나의 작품을 위한 몇가지 변명」, 『한국연극』, 1993년 4-5월호.

⟨Abstract⟩

A Study Of Metatheatre
— Focused on Yoon Dae Sung's plays —

Kim, Sung-Hee

(Hanyang women's College)

In Korea, metatheatres have been actively published and performed since 1960s. It has two reasons: one is the translated foreign metatheatres into Korean had been much staged and the other those plays suited our traditional conception of theatrical aethetics and national feelings.

On the other hand, such plays as represented the proper identity and property of play, conpared with the realist plays, aroused our interest as a major genre of modern play. They also were thought of as an alternative overcoming the competitive situation with movies and TV dramas that showed the representation of surprising images.

Many of Yoon Dae Sung's plays are typical metatheatres in that they express and represent the relationship between play and reality with such devices as theatrical metaphor, illusion breaking, play-within-a-play, characters of playwright consciousness, role-playing, speech about play, and representation reflecting theater.

From this point of view, this paper examine and analyse Yoon's major plays, *A Success Story*, *Myth 1900*, and *A Glory of Death*.

In his *Success Story* Yoon represents a modern man's loss of identity and theatrical characteristic of life with wonderful comic sense and metadramatic techniques.

A mine worker rescued from a collapsed mine tunnel is first admired as a public hero through the image fabrication of mass media, but he who loses his commodity value is finally ruined. Through the hero's fall from glory, the play shows how badly mass media function.

Especially, it uses 'television metaphors' as characters act and play their roles by the directions of characters related to media, who act as playwrights and producers.

Myth 1900 contains the play-within-a-play of patients' psychodrama, which shows that reality can be revealed even in illusion and that falsehood disguised as truth by public can be found out through the role-playing.

Especially, the play contrasts truth with falsehood through 'theater metaphors' using two mirrors reflecting the reality in the opposite directions.

The play itself also shows the structure of a number of concentric circles by a series of plays-within-a-play and role-exchange techniques.

A Glory of Death has the two-dimensional structure having two parallel scenes between an office and a make-up room in a theater company and between the play proper and the play-within-a-play. The play on the actual dimension and the play on the fictional dimension present the box-within-a box structure, and characters taking their parts together in each of the two plays show the double acting.

The self-reflecting drama of performing a drama within a drama effectively portrays the relationship between play and life, art and reality, the actual and the fictional.

사무엘 베케트의 〈고도를 기다리며〉와 박조열의 〈목이 긴 두 사람의 대화〉의 대비연구

송 정 애*

<목 차>

1. 서 론
2. 기다림의 유사성
  1) 기다림의 원인의 유사성
  2) 유사한 인물들과 그 기다림의 유사성
3. 유사한 결말 속에 제시된 의미들
  1) 자아각성
  2) 통일을 위한 각성
  3) 화합
4. 극 형식의 유사성
5. 결 론

1. 서 론

부조리 연극의 대표적 희곡 작가인 사무엘 베케트(Samuel Beckett, 1906~1989)의 <고도를 기다리며 En attendant Godot>(1952 출판)과 통일에의 집념을 지니고 남북 분단의 문제를 작품화한 작가 중 한 사람인 박조열(1930~)의 <목이 긴 두 사람의 대화>(1966)는 박조열이나 그의 희곡 연구가들에 의해서도 그 유사성이 이미 언급되었었다. 박조열은 이 작품을 쓰기 시작하자마자 자기회의 때문에 멎었다가 베케트의 <고도를 기다리며>를 읽을 후 자신감을 지니고 작품을 계속해 쓸 수 있었

* 서강대학교 불어불문학과 강사.

다)라고 밝혔고, 그의 희곡 연구가들도 요약적으로 그 유사성과 차이
성을 언급하였다. 이 연구에서는 좀 더 깊이 있게 두 작품을 대비연구
해 그 유사성과 차이성, 그리고 그 차이성 속의 연관성들도 숙고해 보
기로 하겠다.

박조열은 1930년 함경도에서 태어나 북한에 살다가 6.25 전쟁 중 육
군에 입대해서 12년간 복무했고, 이 전쟁으로 그는 가족들을 만날 수
도, 고향산천을 가볼 수도 없는 실향민이 되어, 통일에 대한 염원을 지
니고, <목이 긴 …>을 쓰게 된다. 베케트 또한 그가 겪은 전쟁의 경험
을 <고도 …>에 반영한다. 1906년 아일랜드에서 태어난 베케트는 1937
년 파리에 정착하기로 결정했고,[2] 제2차 세계대전이 일어나자 안전한
자신의 조국 아일랜드에 있지 않고, 프랑스 친구들에 대한 우정으로
레지스탕스(Résistance)에 가담했고, 이 지하운동이 발각될 위기를 맞게
돼, 그는 그의 부인 수잔느(Suzanne)와 함께 남부 프랑스로 피신하게
된다. 연극이론가이며 평론가로서, 1961년 뉴욕에서 『부조리연극 The
Theatre of the Absurd』을 출판함으로써 부조리연극이란 용어를 처음으
로 사용한 마틴 에슬린(Martin Esslin)은 피신한 베케트 부부는 전쟁이
끝나기만을 기다렸고, 그것이 언제쯤일지 예측할 수 없었으며, 그래서
그들 부부와 대부분의 다른 피난자들은 대화를 위해 주제를 찾는 일로
시간을 보냈다[3]라고 베케트 부부의 전쟁 중 기다림의 삶을 지적했다.
이렇듯 <고도 …>에는 박조열처럼 베케트의 전쟁경험이 반영되었으나,
박조열은 이 경험을 우리의 분단상황에 국한시켜 현실적 문제를 다룬
희곡으로 창조해냈다면, 베케트는 전쟁으로 인한 절망적 기다림뿐만
아니라, 그의 전쟁 경험을 깊이 있게 사고해 거대한 우주 속에 거주하

---

1) 박조열, 『박조열 희곡집』, 학고방, 1991, 139면.
2) Deirdre Bair, Samel Beckett, Fayard, 1979, 16면.
3) 마틴 에슬린, 오증자 역, 「서구와 한국의 공연」, 『고도를 기다리며』, 정우사,
   1995. 159~160면.

는 인간의 상황으로 그려냈고, 그래서 그의 극 속의 기다림은 그 기다림의 대상이 각자에 따라 다를 수 있는, 즉 인간의 삶 속에서 누구나 지닐 수 있는 보편적 기다림으로 그려내 공감대를 무한대로 확대시킨다. 이것은 박조열이 더욱 더 처참한 전쟁을 경험했고, 그 전쟁 후 가족과의 이별의 고통이 계속되어서 분단문제, 통일문제에 더욱 더 집착하게 되었고, 베케트는 전쟁 이후 우리보다는 평화로운 프랑스에서 살았기 때문에, 전쟁에서 벗어나 좀 더 깊은 문제를 다루었다고도 하겠으나, 그것은 절대적인 이유는 될 수 없다. 베케트가 자신의 조국도 아닌 프랑스를 위해 항독운동을 했던 것은 세계인으로서 정의를 위한 활동이었다. 그런데 부조리작가들이 제2차 세계대전 동안의 잔악한 행위와 의미없는 파괴를 보고 그 경험을 정치나 전쟁문제에 국한시켜 작품을 창작하기 보단, 이 인간이 만든 재앙 앞에서 좀 더 근본적인 문제인 인간의 조건에 대해 숙고하고, 그 조건 안에서의 인간의 역할에 대해 고뇌했었기 때문에 작품 안에 현실적 상황보다는 좀 더 큰 시선의 본질적 상황을 담아내게 되었듯, 베케트 또한 인간의 보다 근본적인 상황을 작품에 담아냈던 것이다. 또한 베케트에게 전쟁은 인생의 고통의 일부이지 전부는 아니었다. 허영이 그의 저서 『부조리연극』에서 밝혔듯, 베케트는 제2차 세계대전을 겪기 전 이미 불타는 더블린시(市)의 모습을 모았고, 폐결핵에 걸린 몇몇 가족들의 죽음, 특히나 가깝게 지냈던 사촌누이의 죽음도 보았다.[4]

그리고 베케트를 깊이 사랑하고 감싸주었던 그의 아버지가 1933년 심장마비로 사망한 것은 그에게 여러 모로 타격을 준다.[5] 그래서 그 후에 겪은 제2차 세계대전은 베케트에겐 인생 자체가 고통이라는 것을 재인식시켜 주는 많은 사건들 중 하나였을 뿐이다. 그러므로 그는 정

4) 허영, 『부조리연극』, 한신문화사, 1985. 169면.
5) 김소임, 『사무엘 베케트』, 건국대학교 출판부, 1995. 22~23면.

치문제나 전쟁으로 인한 문제나 사회적 사건 등을 그의 작품들에 담지 않고, 모든 인간들의 관심의 대상인 삶과 인간의 보편적 상황을 망상 없이 직시케 하려 했기 때문에, <목이 긴 …>과 <고도 …>는 두 작가가 공통적으로 전쟁경험을 바탕으로 쓴 작품들이며 이 두 작품이 모두 기다림을 그리고 있으면서, 박조열은 한국의 현실적 고뇌를, 베케트는 모든 인간의 실존적 고뇌를 다뤘다는 차이성을 지니게 된다. 그래서 박조열의 <목이 긴 …>에서의 기다림의 대상은 통일로 한정되어 있다면, 베케트의 <고도 …>에서의 기다림의 대상은 어떠한 상황이던 황폐한 상황 속에서의 모든 이들의 염원의 대상으로 여러 면으로 해석이 가능하다.

이 연구에서는 기다림의 원인의 유사성, 유사한 인물들과 그 기다림의 유사성, 극 형식의 유사성 등을 연구할 것이고, 두 작품은 하나의 결말로 마무리되지 않고, 설명적이지 않으며, 추상적인 부조리극이므로, 두 작품의 유사한 결말 속에 제시된 의미들을 베케트와 박조열의 다른 희곡들 속에서 찾아내 보도록 할 것이다. 베케트는 <고도 …>에서 기다림을 통해 자아각성에 이르길 목적했다면, 박조열은 <목이 긴 …>에서 기다림을 통해 통일이 이루어지길 염원했으므로 매우 연결성이 없어 보이는 듯 하다. 그러나 자아각성을 위해선, 우선 인물들이 고통받는 외부적 내부적 원인들을 분석해서, 타인들이 아닌 자아가 자아의 구원자가 되어야 한다는 각성을 해야 한다. 그런 후 자신의 삶의 주인이 되어 자신뿐 아니라 타인까지도 포용해야 하는데, 통일을 이루기 위해서도 우선 분단의 외적 내적 원인들을 분석하고, 우리 스스로 허약성에서 벗어나 외부세력에 타격받지 않고 우리 자신이 통일의 주체자가 되어, 우리와 다른 이념의 이들을 포용해 화합해야 한다. 그러므로 통일을 위한 각성의 과정이 자아각성의 과정과 유사하다는 것과, 또한 자아각성과 통일은 우리가 부조리한 세상에서 살고 있다는 삶의 근본조건을 깨닫고 이 조건을 받아들이지 않고는 불가능하다는 것도 분석될 것이다.

2. 기다림의 유사성

1) 기다림의 원인의 유사성

<고도 …>와 <목이 긴 …>에서 그 기다림의 대상이 각자에 따라 여러 가지로 해석되던, 그 대상이 한정적이던, 이 두 작품 속에서 인물들이 기다리게 된 원인은 불일치 때문이라는 공통성을 발견하게 된다. 부조리(l'absurde)라는 말을 처음으로 사용한 알베르 까뮈(Albert Camus, 1913~1960)는 그의 수필 『시지프스 신화 Le Mythe Sisyphe』(1942)에서 인간의 상황을 정의하기 위해 이 용어를 사용했는데, 그는 인간조건의 부조리에 대한 발견은 발견될 수밖에 없는 우리의 조건으로 부조리는 비교에서 생겨나고, 부조리는 본질적으로 불일치(divorce)이다[6]라고 했다. 이 불일치는 여러 상황들에서 발견될 수 있는데, 인간의 이상과 그것을 이룰 수 없는 현실 사이, 구원을 갈망하는 인간과 그것에 대답 없는 신 사이, 의지대로만 살려는 인간과 그것을 불가능하게 만드는 이해할 수 없는 운명 사이, 영원한 우정을 바라는 자아와 그것을 저버리는 타인 사이, 이념과 이념이 다른 자아와 타인 사이 등에서 불일치를 발견하게 되고, 이 불일치 앞에서 인간은 우선 불안감과 불만감을 지니며 서성이게 된다. 베케트의 <고도 …>에서는 신과 인간의 불일치를 다루고 있다. 두 차례의 세계대전을 겪으면서 20세기의 인간들은 전쟁을 일으킨 인간의 악을 신이 막아 주길 바랬었지만 신은 방관자였을

---

6) Albert Camus, *Le Mythe de Sisyphe*, folio, 1985. 50면.

뿐이었고, 전쟁 후 폐허화된 황량한 환경 속에서 인간은 아직도 신이 인간에게 안식처를 제공해 주길 갈망하지만 신은 이 소망을 저버리고 있듯, 이 극에서는 인간의 소망과 그것을 저버리는 신 사이의 불일치를 추상적으로 잘 담아내고 있다. 그런데 이것은 좁은 의미로는 자아의 소망과 그것을 저버리는 타인 사이의 불일치라고도 볼 수 있으며, 또한 자신의 소망을 자기 스스로 이루어내려 노력하지 않으며 자신의 삶에 무관심한 자아와 자아의 삶 사이의 불일치, 즉 자아와 자아 사이의 불일치도 그리고 있다고 볼 수 있다. <목이 긴 …>에서는 신과 인간 사이의 불일치를 그린 것이 아니라, 북한의 이념과 남한의 이념의 불일치로 인해 분단된 후, 이 두 이념의 거리를 극복하고 통일이 되길 열망하는 실향민과 그 열망을 저버리는 북한과 남한 정부와의 불일치를 다루고 있다고 볼 수 있다. 이것은 같은 민족 사이의 불일치로, 좁게는 형제와 형제 사이의 불일치이고, 형제는 같은 피를 나눈 혈육이며 자아의 분신이므로, 결국 자아와 자아의 분신 사이의 불일치이기도 한 것이다. 그러므로 이 두 작품에서 인물들이 기다리게 된 원인은 그들이 바라는 소망과 그것을 저버리는 현실 사이의 불일치 때문이라는 유사성이 있음을 알 수 있다.

2) 유사한 인물들과 그 기다림의 유사성

<고도 …>와 <목이 긴 …> 속의 등장인물들은 유사하다. 우선 <고도 …>의 블라디미르(Vladimir)와 에스트라공(Estragon)과 <목이 긴 …>의 인물 A와 B는 모두 고향을 잃은 실향민이다. 블라디미르와 에스트라공은 황폐한 인간조건 속에서 살아가야만 한다. 알 수 없는 운명 속에서, 시간의 흐름과 함께 늙어가며 주위의 모든 것이 변화하는 불안전하고 불확실한 상황을 인식하며, 매번 비슷비슷한 일상을 지루하도록 반복

하며 살아가야 하며, 서로 다른 기질의 타인과 진정한 우정을 나누지도 못하면서도 홀로는 살아갈 수 없는, 이 황폐한 모든 조건들을 벗어날 수 없다. 그래서 그들은 그들의 정신의 안식처를 제공해줄 고도(Godot)를 기다리며, 낯선 고장에서 떠돌이 생활로 삶을 메꾼다. 이들은 진정한 정신적 평온을 마음껏 누리며 살 수 있는 모든 인간의 근원적인 고향을 잃은 실향민인 것이다. <목이 긴 …>의 인물 A와 B는 현실적 고향을 잃은 남과 북의 실향민이다. 이들은 자신들의 고향이 아닌, 지명이 불분명한 앙상한 마른 나무들이 있는 황량한 벌판 위에 철조망 같은 경계책을 사이에 두고 마주 서서 각자의 대장들이 오길 기다린다. 이들은 남과 북의 지도자들이 모여 하루 속히 평화적 합의를 이루어 통일을 이뤄 고향에 갈 수 있게 되길 희망하는 실향민이다. <목이 긴 …>의 인물 A와 B가 통일을 바라는 이유를 우리는 박조열의 <관광지대>(1963)의 주인공, 육군 일등병, 한남북을 통해 구체적으로 알 수 있다. 한남북은 전쟁으로 부모를 잃고, 누나는 북쪽에 자신은 남쪽에 살고 있는데, 전쟁 전이 자신의 집은 흔적도 없이 사라지고 지금은 휴전회의실이 되어 있어, 전쟁 전의 자신의 땅을 되찾기 위해 판문점이 명도를 요구하는 소송을 내려 하고 있다. 그가 이 소송을 하려는 이유는 통일이 되면 지금의 휴전회의실 자리에 관광호텔을 꾸며 누나와 매부와 조카와 함께 따뜻하게 자신의 집터에서 가족들에게 의무를 다하며 살려고 지금부터 땅을 되찾으려 노력하는 것이다. 그런데 한남북은 통일은 아직 먼 얘기임을 안다. 지금은 어린 자신의 조카가 커서 처녀들을 쫓아다닐 정도의 나이에나 통일이 될 것으로 예측한다.[7] 통일은 20년 정도 후의 일로 예상하면서도 가족들을 위해 현시점에서 자신이 할 수 있는 것을 찾아 준비하는 한남북은 왜 인물 A와 B가 통일을 기다리고 있나를 구체적으로 보여주는 인물이고, 한남북이 통일을 먼 훗날

---

7) 박조열, <관광지대>, 『박조열 희곡집』, 학고방, 1991, 33면.

로 예상하듯 <목이 긴 …>에서도 대장들은 나타나지 않아 인물 A와 B
가 고향에 갈 날은 막연하다.

영혼의 고향이던 현실적 고향이던 고향을 잃은 실향민, 블라디미르,
에스트라공, 그리고 인물 A와 B는 유사한 인물들이다. 이들은 가족에
대한 어떠한 언급도 없고, 자신이 속해 살고 있는 사회를 위해 자신이
해야 할 의무에 대한 토론도 없이, 아무런 일도 하지 않으며, 자신의
삶을 최대로 열심히 살려는 정열도 지니지 않고, 자신의 열망을 자기
스스로 이루어내려는 적극적인 자유의지도 지니지 않은 채 수동적 삶
을 사는 정신적으로 허약한 인물들이라는 유사성을 지닌다.

그러나 <목이 긴 …>의 인물 A와 B는 블라디미르와 에스트라공처럼
수동적이나 자신들의 삶의 방관자는 아니라는 차이성도 있다. 1966년
인물 A와 B의 상황은 전쟁의 직접성은 벗어났으나 분단이 고착화됨에
따라 오히려 분단 비극이나 실향민의 통일기원은 더욱 간절한 염원을
대두되었고[8] 분단은 이들 삶의 치명적인 아픔이고 치료되어야 할 상처
였다. 그리고 이들은 수동적일 수밖에 없었는데 1966년 이들의 수동성
에는 충분한 이유가 있었다. 거대한 힘을 지닌 국가에 비해 미세한 능
력밖에 지니지 못한 실향민 A와 B는, 이들의 소망을 스스로 이루어내
려 움직일 때의 힘은, 남한과 북한 정부간의 통일을 위한 교섭의 힘에
비해 너무나 미세하고 비효율적인 힘일 뿐이다. 게다가 실향민 A와 B
가 국가가 원하지 않는 방법대로 통일을 위해 개인적으로 움직일 때
이들은 간첩이나 반공정신이 없는 위험인물로 몰려 감금되기 쉬운 입
장에 있다. 우리는 국가에 의해 희생된 개인을 박조열의 <오장군의 발
톱> (1974)에서 잘 볼 수 있다. 순박한 농부 오장군은 꽃분이와 어머니
를 모시고 욕심없이 자연과 더불어 평화롭고 정직하게 살 수 있었으나,
국가는 그에게 잘못된 소집영장을 보내 그가 원하는 삶과는 정반대의

---

8) 오영미, 「분단희곡연구 Ⅰ」, 『한국연극연구』, 국학자료원, 1998, 346면.

삶인 군대생활을 하게 만들며, 군은 그의 순박함을 이용해 역정보 공작에 투입시켜 오장군은 총살당하고 만다. 이 순박한 한 농부의 비극은 국가라는 거대한 힘이 일개의 개인의 얼마나 쉽게 이용하고 희생시킬 수 있나를 보여준 것으로, 인물 A와 B도 서로에게조차 모든 것을 다 털어놓지 못하면서 미세한 존재로서의 자신들의 위치에 연민을 지니며 오로지 기다리는 수동적 자세를 지닌 채 고향에 갈 날이 오기를 기다릴 수밖에 없다고 생각하는 것이다.

이렇게 <고도 …>의 두 인물들과 <목이 긴 …>의 두 인물들의 수동적 자세에 차이성이 있음에도 불구하고, 블라디미르와 에스트라공처럼 인물 A와 B도 한 인물과 같은 인물이라는 유사성이 있다. 블라디미르와 에스트라공의 특징은 많은 연구가들이 이미 분석했듯이, 블라디미르는 사색적이며 기억력이 좋고 침착하며 에스트라공을 돌보고 위로하며 낙천적인 반면, 에스트라공은 육체적 욕구에 얽매여 수면욕과 식욕에 얽매이고, 기억력이 없고, 의심이 많으며, 자살을 생각할 정도로 염세적이다. 이러한 뚜렷한 특징들 때문에 분석가들은 블라디미르는 한 인간의 정신이고, 에스트라공은 같은 인간의 육체에 해당되므로, 이들은 잠시 헤어졌다가도 다시 만나는 떼어놓을 수 없는 한 인간으로 본다. <목이 긴 …>의 인물 A와 B는 한 민족이므로, 블라디미르와 에스트라공처럼 뚜렷이 다른 성격을 지니진 않는다. A와 B가 서로 주고받는 대화 속에 나타난 것들은 A가 독선적이고 소심하다면, B는 대담하고 불안감을 지니지 않으며, 이들은 서로를 스파이라고도 부르기도 하지만 적대감은 없고, 두 사람 모두 대장이 될 수 없는 자신들의 위치에 침울해 한다. 작가가 특정한 이름을 부여하지 않고 A와 B로 명명했듯 이들은 상반된 특정한 성격이 없는 일반적 실향민들이어서, 블라디미르와 에스트라공이 합쳐서 한 인물이듯, A와 B는 각각의 개체이지만 서로 닮은 한 민족이므로 한 인물 같은 인물들로서, 외롭지 않으려고

256

서로 다투기도 하지만, 서로 의지하며 기다리며 함께 희망을 지니는 인물들인 것이다.

<고도 …>와 <목이 긴 …>에서는 블라디미르와 에스트라공과 인물 A와 B가 유사한 인물일 뿐만 아니라, 이들이 소망을 이루기 위해 기다리는 고도와 대장들 또한 유사성을 지니고 있다. 고도는 신, 포조(Pozzo), 접근하기 어려운 자아, 희망, 사랑, 침묵, 죽음 등을 의미할 수도 있고, 1957년 한 형무소에서 <고도 …>가 공연되었을 때 죄수들은 고도를 바깥세상이나, 빵이나, 자유 등[9] 각자가 소망하는 대상들로 해석했다고 한다. 박조열에게 이 고도는 기다려도 나타나지 않는 <목이 긴 …>의 대장들이나, 그와 모든 이들이 염원하는 통일로 해석되었을 것이다. 이렇게 고도는 대장들이나 통일로 해석이 가능할 뿐 아니라, 고도의 성격 또한 대장들과 유사하다. 우선 블라디미르와 에스트라공에게 고도는 황량하고 메마른 시골길에서 그들을 구제해줄 구원자이며, 조건 없이 사랑을 베풀어주고 보호해주는 보호자로 상상이 되어 기다리는 것이고, 고도의 집에 가면 배불리 먹을 수 있고 따뜻하게 잠잘 수 있을 것이라 기대하듯, 두 방랑자가 고도의 집에서 느낄 것은 어머니의 품안 같은 온화함일 것이다.[10] <목이 긴 …>의 A와 B도 대장들을 기다리는 것은 이들에 의해 A와 B는 어머니 품 같은 고향 품에 따뜻하게 안겨 근심걱정 없이 잠들 수 있고, 가족들에게 의무를 다하면서 풍요로운 삶을 살아갈 수 있는 기회를 마련해줄 현실적 구제자여서 기다리는 것이다.

그러나 고도와 대장들은 나타나지 않는다. 박조열은 이 희곡의 제목에서 대장들이 나타나지 않아 목이 길어질 정도로 기다림이 오래된 두 사람이 나누는 대화가 극 내용이 될 것임을 즉시 짐작케 만든다. 베케

---

9) 오증자, 오증자 역, 「작품해설」, 『고도를 기다리며』, 정우사, 1995. 14면.
10) Émile Lavielle, en attendant godot, Hachette, 1973. 66~67면.

트는 극 속에서 언급될 뿐 실제로 극에는 등장하지 않는 고도를 제목에 넣어, 극이 끝날 때까지 관객은 블라디미르와 에스트라공처럼 고도라는 인물이 나타나길 기대하게 만든다. 고전극에서는 주인곡의 이름이 희곡의 제목이 되는 경우가 많은데, 예를 들어 프랑스 고전비극의 거장인 꼬르네이유(Pierre Corneille, 1606~1684)는 남자주인공 로드리그(Rodrigue)가 영웅이 되어 얻은 칭호인 르 시드(Le Cid)를 그대로 희곡의 제목으로 썼고, 또 다른 고전비극의 거장인 라신느(Jean Racine, 1939~1699)의 <페드르 Phèdre>(1677)라는 제목도 이 극의 여주인공의 이름을 그대로 사용한 것이다. 이렇게 희곡의 제목으로 인물의 이름이 사용되었을 때 독자나 관객은 그 인물에게 집중케 된다. 희곡의 제목에서부터 언급되었으면서 끝까지 등장하지 않는 인물은 최초의 부조리 연극인 유젠 이오네스코(Eugène Ionesco, 1912~1994)의 <대머리 여가수 La Contatrice Chauve> (1950)에서도 볼 수 있다. 이 극에 등장하는 인물들은 등장은 하지만 서로 진정한 대화를 나누지도, 진정한 감정을 나누지도 못할 만큼 진정한 인간관계를 만들어가지 못한다. 또한 삶의 근본적 문제들에 대해 생각하거나 질문을 던져 숙고할 줄도 모르며, 단지 평범한 일상 속에서 하찮은 일에나 관심을 지니며 의미없는 말들로 시간을 흘려보내기 때문에 존재하고는 있지만 진정으로 그들의 삶 안에서 존재하고 있다고는 인정할 수 없는 인물들이다. 그러므로 이 극에 등장하지 않는 부재의 인물 대머리 여가수를 제목으로 한 이 극의 제목에는 등장인물들이 그들의 삶 안에서 부재인 것과 인물들이 진정으로 인간관계를 맺으려 하지 않는 인물들 사이의 부재의 관계 등이 이 극의 제목에 상징적으로 담겨 있음을 찾아낼 수 있다. <고도 …>에서 제목 안에 사용되면서도 나타나지 않는 고도는 인간에게 비참한 조건만을 주고, 인간의 고통에 도움도 주지 않으며 방관해, 존재할지는 모르나 인간에게는 부재인 신 같은 존재여서 작품에 등장하지 않는 것이다. 또한 신이 인간을 구제해주지 못하므로 인물들이 이 조건을 그대로 받아들이고 인물들 스스로 자신들이 원하는 소망을 스스로 이루게 노력할 기회를 주기 위해서도 고도는 나타나지 말아야 하므로 등장하지 않는다. 그러므로 고도는 인물들에게 도움을 주지 않아 인물들을 비극 속에 머물게 하나, 동시에 그의 부재 때문에 인물들이 자신의 삶을 스스로 적극적으로 살아갈 기회를 갖게 되므로 고도는 긍정적 의미를 지닌 존재이기도 한 것이다.

고도처럼 <목이 긴 …>에서 등장하지 않는 대장들이 나타나지 않는 것은 인물 A와 B의 소망을 실질적으로 들어주려 노력하지 않고 서로 적대적이라 나타나지 않는 것이다. 박조열이 <목이 긴 …>에서 대장들에 대해 언급한 것을 보면 :

> 이것은 내가 퍽 오래 전에 들은 우화이다. …… 가장 결정적인 결함은 꼭 등장해야 할 인물 —그것도 주인공이라고 할 수 있는 두 사람의 대장— 들이 누락돼 있다는 사실이다. 그래서 나는 오랫동안 이 우화의 소개를 주저하였다. 그러던 중 얼마 전 꿈속에서의 일이다. …… 아마 대서소의 대기실이었던 것 같다. ……
> 나 당신들 무슨 일로 오셨소 ?
> 갑 저 사람에게 물어보시오.
> 나 당신들은 무슨 일로 오셨소 ?
> 을 저 사람에게 물어보시오.
> 나는 홀연히, 이 두사람이야말로 그 대장들이라는 것을 깨닫게 되었다. …… 나는 그들과 나눈 저 짧은 대화의 의미만이라도 알아야겠다는 생각이 들었다. 그러자 드디어 모든 것을 깨닫게 되었다. <그들이 우화에 나타나지 않은 것은, 그들이 원했기 때문이라는 것> 그때 그들의 거만하고 음울하고 회피적인 표정과 말투의 의미는 바로 이것이었던 것이다.[11]

---

11) 박조열, <목이 긴 두 사람의 대화>, 『박조열 희곡집』, 학고방, 1991. 107면.

현실적으로 남한과 북한측이 회담을 시작하게 된 것은 박정희 대통령이 1971년 8월 12일 적십자사를 통해 '남북 가족찾기 회담'을 제의하여 북한측의 동의를 얻음으로써 돌파구를 열었고, 남북 적십자회담을 계기로 하여 1972년 '7.4 남북공동성명'이 발표되고 첫 남북회담이 1972년 8월 30일에야 열리게 되었으므로,[12] 1966년 이 희곡이 발표되었을 때까지 통일을 위해 회담해야 할 남·북의 관계자들의 만남은 없었다. 그러므로 박조열은 이 현실적 상황을, 꿈속에서 본 대장들이 대서소의 대기실, 즉 판문점의 회의실 같은 장소에 나타나서 자신들이 서로 만난 목적조차도 서로에게 미루며 설명하지 않고 대화가 단절돼 대장들로서의 임무인 통일을 위한 진지한 토론과 남·북의 화해를 위한 적극적인 노력들을 하지 않는 것으로 작품 속에 그려넣고 있다. 이 대장들의 태도는 <고도 …>의 소년이 고도는 아무 것도 하지 않는다고 말한 것처럼 이 두 대장도 통일을 위해 아무 것도 하지 않으며, 또한 고도처럼 대장들도 회피적이어서 고도와 유사성을 지닌다.

　<고도 …>와 <목이 긴 …>의 고도와 대장들은 구제자이면서도 나타나지 않는다는 유사성을 지니고 있음을 보았고, 또한 에스트라공이 포조를 고도로 착각하듯, 포조와 럭키(Lucky)와의 관계는, 고도와 블라디미르와 에스트라공과의 관계, 그리고 대장들과 인물 A, B와의 관계들과 유사하다. 포조는 럭키에게 폭군적 신과 같은 존재로, 럭키에게 인간의 업보 같이 느껴지는 무거운 짐을 들게 하고, 인간의 운명의 끈을 신이 쥐고 있듯 럭키의 목에 끈을 묶어 끌고 다닌다. 포조는 손에 채찍까지 들고 있어 별도 주는 존재로서, 포조의 이러한 모습은 인간에게 운명을 주고 벌을 주기도 하는 폭군적 신의 모습과 유사하며, 어린 소년들에게 염소나 양들으 르 지키게 하면서 곳간에 재우고, 두 소년 중 한 소년을 때리기까지 하는 고도의 폭군적 성격과도 유사하다. 그래서

---

12) 강만길, 『한국현대사』, 창작과 비평사, 1985. 188~189면.

260

블라디미르와 에스트라공은, 럭키가 포조에게 그리고 인간이 신에게 묶여 있듯, 고도에게 묶여 약속장소를 떠나지 못하고 있고, 그리고 만일 고도를 기다리지 않고 이 낯선 고장을 떠나려 해도 그가 벌을 줄까봐 두려워 떠나지 못한다. 대장들도 실향민 A와 B의 운명을 손에 쥐고 마음대로 처분할 수 있는 존재들로, 실향민 A와 B는 통일에 대한 어떠한 언급이나 통일을 위한 움직임도 자유롭게 할 수 없는 수동적 존재로 머물러야 하며, 사형집행에 사인이나 하며 회피적이고 오만하기만 한 대장들의 태도에도 침묵하며, 대장들의 변화만을 기대하며 모든 아픔을 감당해야 하는 대장들의 예속인이다. 그래서 대장과 인물 A와 B와의 관계는, 고도와 블라디미르와 에스트라공과의 관계와 유사하고, 포조와 럭키와의 관계도 유상성을 지닌다.

이같이 유사성을 지닌 블라디미르와 에스트라공, 그리고 인물 A와 B는 고도와 대장들을 기다리는 동안 초조하고 불안하고 지루한 반복된 나날들을 메꾸는 방법 또한 유사하다. 이들은 기다리면서 진정한 대화를 나누지 않고, 불확실한 미래에 대한 생각을 하지 않으려 계속해서 말을 하고, 잠을 자거나, 침묵하거나, 시간을 빨리 보내기 위해 공허한 말장난을 하거나, 흉내내기나 체조 등으로 시간을 보내며, 어제나 오늘에 대한 날자 의식도 없이 반복된 나날을 보낸다. 극이 끝날 때까지 아무런 상황변화도 없이, 고도도 대장들도 나타나지 않아 절망하면서도 블라디미르와 에스트라공은 약속장소를 떠나지 못하고, 인물 A와 B도 대장들이 올 때가지 서로 의지하며 확신을 지니고 기다리기로 하는 것으로 두 연극은 유사한 결말을 내린다.

3. 유사한 결말 속에 제시된 의미들

<고도 …>와 <목이 긴 …>은 부조리연극이다. 부조리연극은 사건을 논릿거이며 설명적으로 전개해 나아가 분명한 결말을 보여주는 극이 아니라, 추상적으로 보여줄 뿐이어서 결론은 관객 스스로가 내려야 하는 적극적인 참여를 요구하는 극이다. 그러므로 우리는 이 두 작품과 이 두 작가의 다른 작품들을 통해서 <고도 …>와 <목이 긴 …>의 결말 속에 제시된 의미들을 찾아보기로 한다.

1) 자아각성

베케트의 <고도 …>에서는 극이 끝날 때까지 고도는 나타나지 않는다. 베케트는 이렇게 함으로써 인물들의 자아각성의 계기를 마련해 준다. 김소임이 『사무엘 베케트』에서 정리했듯 20세기에는 신의 의지로 세상사를 설명하는 기독교적 가치체계는 붕괴한다. 20세기에 들어와서 두 차례의 세계대전을 겪으면서 서양 세계를 정신적으로 지탱해 온 기독교 신앙이 그 뿌리가 흔들리게 된 것이다.13) 베케트의 <고도 …>에는 서구인들의 정신적 지배자였던 신이란 존재에 대한 혼란이 담겨 있다. 그러나 베케트의 주요관심은 신이 아직도 존재하는가에 대한 질문이나 신이 아직도 인간이 구원해 주는 존재인가에 대한 것이 아니다. 그의 관심은 인물들 스스로 명확히 설명할 수도 없고 일관된 성격으로 묘사할 수도 없는 자신들 스스로 만든 구제자에게 스스로를 구속해 자신들이 만든 감옥 안에 갇혀 벗어나지 못하고, 고도를 기다린다는 핑계로 자신들의 삶 자체에 무관심하며 모든 것을 회피해 삶을 흘려보내

---

13) 김소임, 『사무엘 베케트』, 건국대학교 출판부, 1995. 41면.

는 인물들을 각성시키는데 있다. 이것은 에스트라공이 자신의 발을 아프게 하면서 잘 벗겨지지도 않는 신발 때문에 발이 아프다고 말하는 것과 같은데, 그가 구두를 벗어 속을 보자 그에게 아픔을 주는 어떤 것도 발견되지 않았다. 에스트라공처럼 인간은 주위상황에만 몰두하면서 인간조건의 조건의 힘듦만을 탓하며 아파하기 쉬운 존재이고, 냉정히 자신의 삶의 자세 때문에 스스로 만들고 있는 아픔에 대해 숙고하지 않으며 구제자만을 기다리며 삶을 더 힘들게 만들기 쉬운 존재이기도 하다. 베케트는 이러한 인간들에게 어떠한 구제자도 없으니 각자가 자기 스스로의 구제자가 되어 자신의 안식처를 스스로 만들어야 한다는 자아각성의 계기를 이 극의 결말을 통해 제시한다. 이것은 부조리극이 우주 안에서의 인간의 불안정한 위치를 스스로 의식케 만들며, 비현실적 망상이나 낙천주의에서 벗어나 망상 없이 살게 하는 것을 목적으로 하듯이, 베케트의 <고도 …>도 이러한 목적을 지니고, 어떠한 위안적 환각에도 넘어가길 단호히 거부하며 최악의 것을 알 각오로[14] 작품을 썼기 때문에 이 극의 결말은 비극이면서도 인간의 자아각성에 대한 희망을 담고 있는 것이다.

베케트는 또한 <고도 …>와 그 외의 작품들에서 계속해서 **환상**을 제거하고 자신에게 일어난 모든 고통스런 변화를 그대로 직시하게 하는데, 그는 신뿐 아니라 자아와 긴밀한 인간관계를 유지하는 타인들도 자신의 은신처를 만들어 주거나 구제해 줄 수 없고, 우리의 육체는 파괴되어 가고 죽음은 피할 수 없다는 것을 직시하게 만든다. 우리는 <고도 …>에서 블라디미르와 에스트라공이 오십년쯤 된 오랜 친구이나 함께 있을 때 에스트라공은 블라디미르의 마늘냄새를 싫어하고, 블라디미르는 잠든 에스트라공을 외로워서 깨우고 나서는 에스트라공의 악

---

14) 마틴 에슬린, 「인간상황의 고귀성」, 『연극평론』 제13호, 연극평론사, 1975. 66면.

몽 애기를 듣기 싫어하고, 서로 말싸움을 하는 등, 자신들의 고독을 피하고 현실을 직시하기 싫어 함께 있을 뿐 진정한 우정을 나누는 친구 사이는 아닌 것을 볼 수 있었다. 그렇다고 서로에게 적대적이진 않으나, 이들은 정신적으로 건강한 독립된 두 사람이 만나 우정을 나누는 관계가 아니고, 허약해서 함께 뿐이어서 이들은 서로에게 구원자가 될 수는 없는 것이다.

베케트는 사랑하는 사이에서도 각자의 삶의 구원자가 될 수 없음을 <오 행복한 나날들 *Oh les beaux jours*>(1963 출판)과 <연극 *Comédie*>(1966 출판)에서 잘 그리고 있다. <오 행복한 나날들>에서 위니(Winnie)는 자신의 비참한 상황을 인식하면서도, 이 비참한 상황에 왜 자신이 갇혀 있는지에 대한 질문으로 시간을 낭비하지 않고, 자기 앞에 놓인 권총으로 삶을 포기하지 않고, 무기력하게 자신을 묶어 놓은 비참한 환경 속에서도 죽음이 올 때까지 끊임없이 얘기를 늘어놓는다. 그녀는 전적으로 홀로 얘기하는 것은 견딜 수 없는 것이므로, 흙더미 기슭에서 낡은 신문을 보면서 위니의 말들에 거의 반응을 보이지 않고 드물게 짧은 대답들만 할뿐인 남편 윌리(Willie)가 있다는 것만으로도 행복을 느끼려 한다. 이 장면은 이오네스코의 <대머리 여가수>의 1장에서의 장면과 유사한데, 영국의 중류층의 한 부부가 저녁식사를 마친 후 안락의자에 앉아 스미쓰 부인은 저녁식사에 대한 일상적 얘기를 길게 늘어놓고, 그녀의 남편 스미쓰씨는 신문만 보며 부인의 얘기를 듣지 않아, 이 부부의 대화의 단절을 통해 현대인의 비극적인 인간관계를 보였던 이 장면과 유사한 것이다. <오 행복한 나날들>에서 남편 윌리는 사랑을 고백하고 청혼하던 날 이후로는 별말없이 신문이나 보고 있어 무관심 속에서 대화의 단절을 보이고 있고, 이 세상의 모든 것이 변해가듯 사랑의 모습도 다양히 변해갈 수 있음을 보여준다. 이 극의 마지막 장면에서 윌리는 정장차림으로 흙더미를 어렵게 기어올라와 위니를 쳐다보며 영어의 승리의 뜻인 윈(Win)이라고 말한다. 분석가들은 이 Win은 Winnie의 애칭 Win이라고도 분석하고, 비참한 환경 속에서도 삶을 포기하지 않고 행복한 날을 잃지 않고 살려는 위니의 최대의 노력에 대한 찬사로 분석하기도 하며, 정반대로 위니의 낙천성은 진정한 용기가 아니라, 그녀의 조건에 눈먼 낙천주의로 분석하기도 한다. 베케트의 극은 언어가 논리적으로 인간의 상황을 설명해주는 극이 아니다. 위니는 남편과 있다는 것만으로 행복을 느끼고 그 남편이 자신에게 관심을 보여주는 정도에 따라 그녀의 행복감도 변화해, 타인에게 의존해서 얻는 그녀의 행복은 지속적이고 평화로운 행복이 아니다. 위니는 정신적으로 불안하고 허약해 윌리가 필요한 것이므로 윌리는 위니의 위안자가 될 수 있을지는 몰라도 위니의 정신적 구제자는 될 수 없는 것임을 알 수 있다.

<오 행복한 나날들>에서 보다 더 사람의 비극성을 보이는 희곡은 <연극>이다. 무덤과 같은 항아리 세 개에 나이도 짐작이 안가는 여자 2(F2 Deuxième Femme), 남자(H Homme), 여자 1(F1 Première Femme)이 얼굴만 내놓고 있다. 여자 1은 남자의 부인이었고, 여자 2는 남자의 정부였었다. 남자는 두 여자를 동시에 사랑했었고, 그러한 사실을 안 두 여자들은 서로 그를 독점하려고 질투하며 집착했었고, 자신들에게로 남자가 돌아왔다고 착각할 때는 행복을 느꼈으나, 다시 정리되지 않은 이중적 사랑을 확인할 땐 고통을 느꼈다. 이 혼잡한 사랑 속에서 남자는 어느날 모든게 지겨워졌고 정열이 사라지자 지난 사랑은 아무것도 없었던 것 같이 느껴지고 고통도 없었던 것처럼 평화를 느낀다고 말한다. 복잡한 상황을 스스로 만들어 버리고 그 고통 속에서 사랑의 의미를 찾을 수 없었던 지난날에 대한 남자의 직시는 이 세상의 모든 것이 변화하듯 사랑의 감정도 변하기 쉬운 것이므로 사랑하는 사람들 사이에서 영원하고 절대적인 정신적 안식을 얻으려는 열망은 실현되기 힘

닮을 보이고 있다. 이렇듯 베케트는 그의 희곡들을 통해 신도 친구도 남편도 애인도 자아의 구제자가 될 수 없고, 변함없는 마음의 안식처를 제공해 줄 수 없음을 직시케 했다.

또한 인간의 육체는 파괴되어 가고, 인간은 죽을 수밖에 없는 존재임을 베케트는 직시하게 만든다. <고도 …>의 2막에서 포조는 장님이 됐고 럭키는 벙어리가 되어 나타나 시간과 함께 인간의 육체는 파괴되어 감을 보였듯, 그의 또 다른 희곡 <승부의 끝 *Fin de Partie*>(1957 출판)에서도 인물들의 상황은 비참하다. 불구인 햄(Hamm)의 부모들은 아들에게 경멸당하며 아들집 쓰레기통에서 죽음을 기다리며 살고 있고, 극이 진행되는 동안 햄의 어머니 넬(Nell)은 죽은 것 같고, 폭군적 지배자인 햄은 장님에다 설 수도 없고 또한 피를 흘리고 있다. 그의 양자이며 하인격인 클로브(Clov)도 걸어는 다녀도 앉을 수는 없다. 이들은 밀폐된 방안에서 폭군적 지배자 햄에게 종속되어 진정한 인간관계를 형성하지 못하는 불구자들이며, 햄도 시간이 흐를수록 죽음을 향해 서서히 자신의 육체가 파괴됨을 인식하며 고통스러워 한다. 전체적으로 회색빛 분위기인 <승부의 끝>과는 달리 <오 아름다운 나날들>은 강렬한 햇빛에 모든 생명이 없어질 불모의 땅에, 아직은 아름다움을 지닌 위니가 거대한 우주 안에서 인간이 누릴 수 있는 공간의 한계를 상징하는 듯한 원구모양의 흙더미 안에 파묻혀 있다. 그녀는 1막에서 상체만을 움직일 수 있고, 2막에선 목까지 파묻혀져 시간은 그녀를 머리도 움직일 수 없는 비극적 상황으로 몰고 간다. 그래서 1막에서는 가혹한 상황 안에서도 일상생활을 행복하고 아름답게 꾸미려는 위니의 작은 소망들은 이루어지지만, 2막에서는 일상적 용품조차 사용할 수 없을 정도로 파묻혀져, 그녀는 흙더미 안에 갇힌 채 시간이 지날수록 죽음을 향해 간다. 베케트는 인간의 육체는 파괴되어 가고 죽음은 누구나 피할 수 없다는 것을, 언어로서가 아니라 시각적으로, 흙더미 속에서 도

망칠 수 없이 죽어가야 하는 피할 수 없는 인간의 상황을 보여주는 것
이다.

　베케트의 극들의 분석을 통해 베케트는 망상 없이 자아란 어떠한 고
통을 지닌 존재인가를 객관적으로 파악함으로써 변화 앞에서 침착할
수 있는 지혜를 주는데, 그래서 베케트의 극은 매우 불교적인 것임을
알 수 있다. 베케트가 신이 있고 없는 것은 인간의 행복과 불행에 도움
을 주는 것이 아니므로 신이 존재하나에 대한 질문을 하지 않은 것처
럼 불교는 신에 대한 질문 밖에 위치해 있다.15) 그리고 서양의 신은 인
간과 구분되어 주종관계라면, 불교에서는 인간 누구나 원하고 노력하
면 부처가 될 가능성을 자신들 안에 지니고 있다고 보고,16) 인간은 진
실을 볼 능력을 스스로 지니고 있으므로 불교는 맹세나 맹목적인 믿음
을 강조하지 않고, 정확히 보고, 알고, 깨달을 것을 강조한다.17) 이것은
베케트가 <고도 …>에서, 외부에서 희망을 찾지 말고 자기 자신에게
시선을 돌릴 것을 얘기하며 인물들이 지닌 낙천적 망상을 제거해 이
세상의 모든 현상들을 정확히 파악하는데서 오는 희망을 그린 것과 같
다. 그리고 불교에서는 부처님을 믿거나 의지하는 것이 아니라, 그의
가르침에 따라, 자기 자신이 자신에게 의지하며, 부처가 되는 자기 실
현의 길을 걸어야 하므로18) 부처도, 사랑하는 사람도, 친구도, 가족들
도 구제자가 될 수 없고 자신이 자신의 안식처를 스스로 만들어야 하
는 것을 강조하는데, 이것 또한 베케트가 그의 극들을 통해 제시한 것
들과 같다. 그리고 불교에서는 인간에게는 생(生) 노(老) 병(病) 사(死)
가 괴로움이고, 사랑하는 사람들과 헤어지는 괴로움, 미운 사람과 만나
는 괴로움, 구해도 얻지 못하는 괴로움, 온갖 욕망이 불타오르는 괴로

---

15) Serge-Christophe Kolm, Le bonheur-liberté, PUF, 1982. 190면.
16) Walpola Rahula, Lénseignement 여 Bouddha, Seuil, 1978. 17면.
17) 같은 책, 25~26면.
18) 법정, 『말과 침묵』, 샘터사, 1996. 22~23면.

움이 있고, 이 괴로움의 원인은 인간의 욕망과 애착에 있으므로,[19] 이 현상을 염세주의적으로 바라보지 말고 객관적으로 정확히 파악해, 어떠한 것에도 집착하며 근심하지 말고, 모든 변화와 사라짐 앞에서 평정을 지닐 것을 말하듯, 베케트 극과 부조리극의 궁극적 목적도 우주 안에서의 불안정한 위치를 파악하고 비현실적 망상이나 낙천주의를 벗어나, 망상 없이 건강히 살기 시작하게 만드는 긍정적 측면을 지니고 있다. 그러므로 블라디미르와 에스트라공은 외부에서 희망을 찾으며 무의미하게 일상을 흘려보내지 말고, 각자가 자신의 구원자가 되어 자아와 자아가 화합해 건강한 삶을 스스로 만들어 나가고, 자신의 마음의 안식처를 자기 스스로 만들어야 함을 베케트 극들을 통해 찾아낼 수 있었다.

2) 통일을 위한 각성

박조열의 <목이 긴 …>의 결말 부분에는, 고도가 안 오면 자살까지도 꿈꾸며 자살하지도 못하고, 약속 장소를 떠나지도 못하는 블라디미르와 에스트라공의 연약함과는 달리, 대장들이 안 옴에 지침은 있어도, 언제고 양측의 대장들이 만나 통일을 위한 회의를 하는 날이 반드시 올 것이고 그런 후 통일이 이루어질 것이라는 확신으로 끝난다. 이 작품은 국토분단과 그로 인한 실향민의 아픔을 기다림으로 추상화시킨 작품이고,[20] 이들의 기다림의 결과는 <고도 …>에서처럼 인간을 비극적 상황에 더욱 머물게 하는 기다림이 아니라, 포기해서는 안될 희망이 기다리고 있는 기다림이다.

박조열의 <목이 긴 …>도 부조리극이어서 구체적으로 인물 A와 B의

---

19) 같은 책, 16면.
20) 유민영, 『한국현대희곡사』, 기린원, 1991. 529면.

기다림의 목적인 통일을 어떻게 해야 이룰 수 있나에 대한 구체적인 제시는 없다. 그러나 이 인물들이 포기해서는 안 될 희망의 기다림이고 박조열이란 작가가 통일에 집착하는 작가였으므로, 우리는 <목이 긴 …>과 박조열의 다른 작품들을 통해 박조열이 통일에 대한 기다림을 기다림으로 그치지 않게 하기 위해 어떻게 통일 문제에 접근했나를 알아보아야 한다. 베케트가 <고도 …>와 그 외 그의 희곡들을 통해서 자아각성에 이르려면, 외부상황을 직시해서 자기 자신에게 주어진 조건들을 받아들이고, 이 한계적 조건 속에서 자신이 자신의 구제자가 되지 못해 자신의 삶을 더 불행하게 만들었다는 깨달음이 있은 후 자신이 자신의 삶의 주인이 되어야 한다는 인식이 있어야 된다는 것을 보여주었듯, 통일에 대한 기다림이 그치기 위해선 이 유사한 단계들을 거쳐야 한다. 우선 분단의 외부적 원인들을 분석해야 하고, 또한 이 분단의 원인에는 우리 스스로도 분단의 한 원인이 되었음을 깨달은 후, 외부적 영향으로 반복된 불행을 겪지 않고 또한 다른 이념을 지닌 민족을 포용하기 위해서는 우리 스스로 튼튼한 통일의 주체자가 되어야 한다는 각성을 해야 가능하므로, 자아각성과 통일에 이르는 여정은 유사한 과정을 거쳐야 가능한 것임을 알 수 있다.

우선 베케트는 작품들을 통해 신도 인간을 구제해주지 못하고 가까운 타인들도 자아에게 안식처를 제공해 주지 못한다는 외부상황들을 직시케 해 인간을 각성시켰듯, 박조열의 작품들에서는 통일을 위한 각성을 위해 먼저 분단의 원인을 외부에서 찾는다. <목이 긴 …>에서 인물 A와 B가 고향을 잃은 날은 1945년 8월 15일로 그 날은 해방이 되어 태양이 세 배나 커 보였던 날이었으나, 그 날은 또한 국토분단의 시작이었고 그 날 이후 많은 이들이 고향을 잃은 것[21]으로 작가는 설명하고 있고, 인물들의 대사 속에다 간략히 이 상황을 언급하고 있다. 남

---

21) 박조열, <목이 긴 두 사람의 대화>, 『박조열 희곡집』, 학고방, 1991. 139면.

자인지 여자인지 구분이 없고 A에게는 그의 아버지와 닮고, B에게는
그의 어머니 같은 모습을 지니고 있고, 그 역시 대장을 찾아 경계선을
타고 이리저리 땅바닥을 살피는 또 다른 실향민 C가 나타나 A와 B에
게 언제부터 기다렸냐고 질문했을 때 다음과 같이 말한다

B ······ 여름, 어느날, 정오, ······ 태양이 세 배나 커졌던.
A ······ 만세에. ······
B ······ 만세에! ······
C (A B를 번갈아 보다가 침울하게) 만세(한번만). 내가 고향을 잃
   은 날. ······
A 곧 다시, 태양은 작아지고 그때부터 우리 두 사람은, 여기서 만
   나게 되었습니다. ······
B 그리고 대장 각하를 기다렸던 것입니다. ······22)

<고도 ···>처럼 <목이 긴 ···>은 추상적이며, 기다림의 원인들을 구체
적으로 설명하지 않고 기다림의 이미지를 그린 작품이어서 우리는 이
작품 속의 의미를 박조열의 다른 작품 속에서 찾아내야 한다. 그가
1945년 8월 15일 이후를 국토분단의 시작으로 보는 이유를 그의 희곡
<가면과 진실>(1976)에서 잘 정리해 놓았는데, 즉 미소 양국은 일본국
의 항복을 접수키 위해 38선을 그었고, 소련군은 진주하자마자 38선을
정치적 경제적 분계선으로 고정화시키려는 작업에 착수하였고, 좌우익
세력은 한반도의 통일을 추구한다며 급속히 양극화를 심화시켰고, 5년
이라는 짧은 기간에 38선은 급속히 고정화되고, 남과 북이 적대관계로
분극화되고, 드디어는 한국전쟁으로 치달아 남과 북이 완전히 갈라지
게 된 것이다23) 라고 쓰고 있다. 박조열은 일본에 의해 지배당하다 소

---

22) 같은 책, 118면.
23) 박조열, <가면과 진실>, 『박조열 희곡집』, 학고방, 1991. 313~314면 참조.

련과 미국에 의해 민족이 분열된 상황을 지적하고 있고, 또한 반미감 정, UN에 대한 불신, 공산주의에 대한 적대감도 <관광지대>에서 이미 드러내고 있다. 즉, 주인공 한남북의 아버지는 인민군에 의해 사살되었 고, 그의 어머니는 미군의 폭격에 맞아 집과 함께 폭사했고, 1963년 4 월 1일, 판문점에 있는 휴전회의실에선 제1234차 정전회담이 열렸는데, 차갑고 교활하게 생긴 UN군측 수석대표와 냉혹하고 저돌적인 북측 수 석대표가 남파간첩과 북에서 납치해간 황소와의 교환을 둘러싸고 우스 운 구경거리 같은 회의를 진행해, 결국 3년만에 처음으로 양측은 합의 를 본다.24) 박조열은 UN을 통한 남북통일정책을 위반했고, 미군대표에 대한 묘사가 냉소적인 점을 지적받아 경찰조사까지 받게 된다.25)

인간은 홀로이며 동시에 타인들과 함께 살아야 하는 조건 속에 있으 므로, 베케트가 자아에게 불행감을 느끼게 하는 타인들과 자아 사이의 문제들을 냉철히 직시하게 했듯이, 우리나라는 독립된 국가이면서 동 시에 외세의 힘에 영향을 받을 수 있는 조건 속에 있으므로 박조열은 분단의 외적 원인들을 냉철히 분석해 더 이상 외세의 힘에 의해 불행 을 맞는 역사를 반복하지 않기 위해 분단의 외부적 원인을 언급했던 것이다.

이렇게 남·북의 분단의 상황의 외부적 원인들에 대해 불만을 갖고 냉철히 분석했던 박조열은 그의 또 다른 희곡 <조만식은 아직도 살아 있는가>(1976)에서는, 베케트가 외부에 구속돼 자신들의 삶의 고통을 스스로 더 떻고 있는 인물들의 상황을 직시케 해 인간의 불행의 원인 을 각자에게서 찾아 각성하길 바랐듯, 박조열도 국토분단의 원인을 외 부에서 찾기보다는 이젠 우리 민족 자체의 잘못된 행동들을 시인해야 한다는 결의를 조만식을 빌어 제시한다.

---

24) 박조열, <관광지대>, 『박조열 희곡집』, 학고방, 1991. 17·18·22면 참조.
25) 같은 책, 355면.

> **조만식** …… 역사에서 교훈을 찾을 땐 먼저 우리들 자신의 잘못부터
> 찾아내야 하는 거요. 1차적 책임은 우리 국론의 분열에 있었소.
> 그것을 소련과 미국이 뒤에서 부채질 했건 말건.
> ……
> …… 난 우리가 일치단결했더라도 분단이 불가피했으리라는 생
> 각이 드오. 하지만 우리는 단결해 보지도 않았다는 것을 기억
> 해야 하오. 우리는 민족끼리 손잡는 걸 거절하고 외세와 손잡
> 았소. 그 순간부터 한반도 분단은 결정된 거요.26)

조만식(1882~1950)은 평안남도 강서 출신으로, 평생을 기독교정신의
실천가로서 생활하였고, 일제에 대하여는 비폭력, 무저항, 불복종의 간
디즘으로 대항하였던 독립운동가였으며, 광복 후 북한 내의 민주세력
의 정신적 지도자로서 조선민주당을 창당하여 반탁운동을 전개하다
1946년 1월 5일 소련군에 의해 고려호텔에 연금당했고, 1950년 공산군
의 평양철수시 그들에 의해 총살당했던 역사적 인물이다.27) 역사적으
로 우리 스스로가 남·북을 분단하게 만든 과오는 많이 있겠으나 몇
가지로 요약한다면, 좌우익의 사상적 대립은 이미 식민지시대의 독립
운동 과정에서부터 있었고, 그러나 이 사상적 대립을 극복하고 독립운
동에 전력을 다하기 위한 협동전선도 한때나마 형성되었고 해방 후의
민족국가 수립방안이 상당히 합의된 민족연합전선도 형성되어 가고 있
었으나, 정작 해방이 된 후에는 이 연합전선세력이 정치적으로 도태되
었던 것이 잘못이고,28) 1945년 12월 모스크바 3상회의를 열고, 미국·

---

26) 박조열, <조만식은 아직도 살아 있는가>, 『박조열 희곡집』, 학고방, 1991.
    304~305면.
27) 『한국민족문화대백과사전』 20, 한국정신문화연구원, 웅진출판, 1991. 336~337
    면.
28) 강만길, 『한국현대사』, 창작과 비평사, 1985. 164~165면.

영국·소련·중국 등 4개국 정부가 공동관리하는 최고 5년 기한의 신탁통치를 실시할 것 등을 결정 발표하자, 우익은 반탁을, 좌익은 찬탁을 하면서 좌우대립이 급격히 심화되어 갔던 것이 잘못이고,[29] 또한 반탁운동을 펴가던 우익진영도 두 갈래로 나뉘어져, 이승만과 그의 추종세력은 남한만의 단독정부 수립을 주장함으로써 분단국가를 성립시키려 했고, 김구를 중심으로 하는 한국독립당 계열은 단독정부 수립을 반대하고 미·소 양군의 철수와 남북요인의 협상에 의한 총선거를 주장했으나, 결국 이승만을 대통령으로 하는 분단국가로서의 대한민국이 성립되었고, 분단국가 수립을 준비해오던 북한도 조선민주주의인민공화국을 수립했던 것 등이[30] 우리 스스로 남북을 분단하게 만든 잘못들이다. <고도 …> 속의 인물들의 불행이 전적으로 고도 때문만이 아니고, 인물들 스스로도 불행을 쌓고 있음을 인식시켰듯, 박조열은 <조만식 …>에서 인물 조만식의 대사를 통해 우리 민족의 불행의 원인은 우리들에게서 먼저 찾아야 한다고 결론을 내린 것이다.

박조열은 분단의 원인에 대해 숙고하게 할뿐 아니라, 분단 이후에도 우리 민족이 통일을 위해 제대로 노력을 하지 않았음도 분석한다. 박조열은 <가면과 진실>에서 남과 북은 각기 통일방안들을 제시해 왔지만, 실질적 진전 없이 남·북은 더욱 대립만 해왔다고 밝히고, 그는 북의 평화통일 5대 강령의 헛점을 드러내고자 한 이 반공극[31]에서, 북한측은 외적으로는 평화적 통일방안을 제시하면서, 실제로는 전투력을 보다 강화하고 사상적 준비를 철저히 하며 무력통일을 꿈꾸고 있음을 비난한다. <가면과 진실> 속에서는 경제대통령으로 인정받는 박정희 대통령의 통일방안도 제시된다. 박 대통령은 1973년 6월 23일 선언된 6.23 평화통일 외교정책 7대 방안, 1974년 1월 8일 기자회견 석상에서

---

29) 같은 책, 170면.
30) 같은 책, 170면.
31) 이마원, 『한국근대극연구』, 현대미학사, 1994. 406면.

제안된 남북간의 불가침협정 체결 제안 등을 통해 남과 북이 서로 대화를 활발히 하고,[32] 모든 국가에게 문호를 개방할 것이니 우리와 이념과 체제를 달리하는 국가들도 우리에게 문호를 개방할 것을 촉구했다.[33] 박조열은 <가면과 진실> 안에 박 대통령도 평화적 통일과 개방적 자세를 지니려 했음을 알 수 있는 선언들을 이렇듯 제시해 놓았던 것이다. 그런데 남북적십자회담을 계기로 하여 1972년 자주적이며 평화적으로 통일을 이루고, 사상과 이념, 제도의 차이를 초월하여 민족적 대단결을 도모해야 하며, 다방면적인 제반 교류를 실시할 것을 합의하는[34] 7.4 남북공동성명이 발표되고, 첫 남북회담이 1972년 8월 30일에 열렸으나, 박 대통령은 5.16 쿠데타(1961)를 일으킨지 11년, 3선 연임 금지의 헌법을 고친지 3년, 4.27 선거로 8대 대통령에 취임한지 1년 반만인 1972년 10월 17일 또 다시 군대를 동원하여 헌법기능을 마비시키고 반대세력의 정치활동을 전면 봉쇄하는[35] 10월 유신을 단행했었고, 통일주체국민회의에서 대통령을 간접선거로 선출하는 유신헌법을 국민투표를 통해 확정하고 반대운동들이 나올 때마다 계속 긴급조치를 선포했었다. 박 대통령은 평화통일과 이념을 초월한 개방정책을 내세우면서도, 남한 내에서 평화와 개방 대신 국민들을 탄압하여 폐쇄정치를 한 가면적 태도를 지녔던 것인데, 박조열은 박 대통령의 가면적 태도는 비판하지 않는다. 민주주의를 발전시키지 못하고 파괴시킬 뿐인 유신체제는 통일을 방해하는 가장 큰 요소가 될 수 있고, 그 시대에 통일이 이루어졌다 하더라도 남북의 모든 국민들이 그의 체제 하에서 평화와 자유를 누렸으리라고는 예상할 수 없는 것이다. 단지 작가는 1991년 자신의 희곡집 꼬리말에다 이 극을 쓰게 된 동기를 밝히고 있는데, 당

---

32) 박조열, <가면과 진실>, 『박조열 회곡집』, 학고방, 1991. 332면.
33) 같은 책, 317면.
34) 같은 책, 333면.
35) 김상웅 편저, 『사료로 보는 20세기 한국사』, 가람기획, 1997. 315면.

시는 불과 수년 전의 7.4 남북공동성명 정신은 흔적도 찾을 수 없었을 뿐만 아니라 유신체제 하의 공포분위기가 극에 달해 있었는 데다가 북에서는 극렬한 대남공작노선을 채택하고 있는 시기였고, 그러면서도 남북의 압제권력은 각기 통일방안을 제시하고 선전함으로써, 통일방안은 남·북의 대립을 더욱 자극하는 요소로 작용하기까지 해서, 북의 통일방안을 기록적 토론극 형식을 빌어 비판하고 싶은 충동을 느껴[36] <가면과 진실>을 쓰게 되었다고 밝히고 있다. 즉, 그는 박정희 대통령의 반민주주의적 정치체제를 분석했으면서도, <가면과 진실>의 부제를 "북의 통일방안에 대한 연극적 브리핑"이라고 정해 처음부터 북한의 통일방안만을 비판하기로 한정짓고 극을 쓰면서, 박 대통령의 정치태도에도 통일에 방해되는 요소가 있음을 지적할 수 없었던 것이다. 박정희 정권에 대한 비판은 <가면과 진실>(1976)보다 앞서 1970년 그의 희곡 <흰둥이의 방문>에서 볼 수 있다. 그는 희곡집 꼬리말에 이 극의 극작의도는, 10년에 걸친 박 정권의 강권정치가 빚어낸 사회갈등과 그에 대한 저항이 드디어 극대화되기 시작한 분위기를 표현하려는 것[37]이었다고 밝히고 있다. 그는 이 극에서도 <목이 긴 …>에서처럼 정치적 상황 때문에 직접적인 분석과 설명을 피하면서, 데모대원을 초로의 개로 추상화시켜, 이 개가 데모대를 진압하는 직업을 가진 38세의 개띠인 소시민 ㄱ씨의 아파트를 한밤중에 방문하게 해, 데모하는 자나 데모를 진압하는 자나 선량한 사람들임을 확인시킨다. 그러나 데모가 일어나자 ㄱ씨는 경찰복을 입기 시작하면서부터 호인스러운 인상이 점점 가려지고, 권총을 차자 정반대의 풍김을 지녀,[38] 데모를 하는 이들을 개 취급하는 그 시대의 상황과 이 데모를 진압하려고 선량한 데모진압대에게 개처럼 사납게 다룰 것을 명령하는 박 정권 하에서 데모하는

36) 박조열, 『박조열 희곡집』, 학고방, 1991. 360면.
37) 같은 책, 359면.
38) 박조열, <흰둥이의 방문>, 『박조열 희곡집』, 학고방, 1991. 208면.

이나 그것을 진압하는 이나 모두 인간 이하의 짐승처럼 타락해 인간의 존엄성은 무시당하므로, 자유로운 발언 대신 말 못하는 개처럼 침묵해야 하는 반민주주의적 박 정권의 체제를 박조열은 간접적으로 비판했던 것이다.

박조열은 <흰둥이의 방문>을 통해 간접적이나마 비민주적 정치에 대한 비판을 했지만, 통일을 방해하는 우리 스스로의 가장 큰 문제가 이 비민주적 정치체제였음에도, 이것을 통일에 대한 각성문제와 연결시켜 긴밀히 다룬 적은 없다는 아쉬움을 남긴다. 박조열은 통일이 암담해 보이는 시기에 희곡을 썼고, 통일문제를 제재로 한 작품을 금기시했던 정치적 상황 속에서 창작활동을 하였기 때문에[39] 그는 남북분단문제와 통일에 대한 집착을 보이며 통일을 방해하는 요소들을 분석해 극화하기는 했으나, 그가 줄곧 부조리극을 쓰는 작가가 아님에도 불구하고 정치적 상황 때문에 간접적인 방법을 통해 제시하거나 덜 분석적이었다. 그역시 최근의 정치상황의 변화를 인식하며 여러 구상을 하고는 있다고[40] 밝히고 있는데, 그는 지금까지 분단의 원인의 요소였던 외부세력에 대한 분석을 했고, 우리 스스로의 문제로서는 북한의 모순성을 지적했고, 그리고 통일에의 강한 염원을 강하게 그려, 현재까지 일어난 사건들에 얽매이며 우리는 무엇 때문에 여기에 있게 되었나에 관한 보고나 비판을 주로 극에 담았다고 볼 수 있다. 그가 갈망하는 통일을 이루기 위해서 우리는 어디에 있어야만 하는가에 대한 미래지향적인 숙고는 부족했다. 작가는 현실에 끌려 다니기만 해서는 안 된다. 그리고 현실에 대한 비판도 작가의 역할로서 중요한 부분이지만, 이 사회의 건강한 미래를 위한 지혜를 예술 속에 담아내는 것도 사회인으로서의 그들의 몫일 것이다. 우리는 모든 일을 따스한 마음과 지혜를 지니며 대해야 하는데,

---

39) 박조열, 『박조열 희곡집』, 학고방, 1991. 353면.
40) 같은 책, 361면.

통일문제도 분단으로 인한 민족의 아픔을 깊이 느끼며 동시에 통일을 이루기 위한 지혜와, 통일 후의 여러 가지 문제들을 해결해나갈 능력을 갖추려는 자각과 노력이 있어야만 한다. 이런 것들이 없이 무조건 통일이 되기만을 감정적으로 갈망하기만 할 때 <목이 긴 …>의 인물들의 목은 한없이 길어져만 갈 것이기 때문이다.

3) 화 합

<고도 …>와 <목이 긴 …>에서의 기다림은 무관심이 아니라 관심이며 기대와 희망이다. 그리고 이 기다림의 궁극의 목적은 <고도 …>에서는 고도에게 기대하는 안식처를 블라디미르와 에스트라공 자신이 스스로 만들어 자아가 자아의 삶의 주인이 되어 내적으로 충실한 삶을 살도록 자신이 자기 자신과 화합하는 것이다. <목이 긴 …>에서는 외부세력에 영향받거나 타격받지 않는 튼튼한 자유민주주의를 발전시켜, 우리 스스로가 통일의 주체자가 되어 우리와 다른 이념의 동포들과 화합하게 돼 평화를 이루는 것이 기다림의 궁극의 목적이다.

베케트는 <승부의 끝>에서 그의 극들 속의 허약한 인물들이 스스로 그들의 안식처를 만들어 평정을 지니는 이미지를 제시한다. 신이 인간을 구제해주지 못했듯 주종관계인 포조가 럭키를 구제해주지 못했고, <승부의 끝>에서도 햄은 클로브를 구제해줄 수 없었다. 이 글의 모든 인물들은 신체뿐 아니라 정신적으로도 불구이고, 그들은 서로에게 종속되어 함께 있기는 하나 진정한 인간관계를 형성하지 못한다. 그런데 햄에게 예속되어 그의 명령에 따라 움직이는 충실한 하인으로 지내며 햄을 증오하면서도 쉽게 그의 곁을 떠날 수 없었던 클로브는, 럭키와는 달리, 그의 정신을 구속하는 독재자 햄과의 관계를 끝내고, 자신의 정신적 해방을 위해 떠나기로 한다. 이 결심은 클로브가 한 소년이 땅

에 앉아 움직이지 않고 중심을 응시하고 있는 것을 발견한 후 타인에게 의지해 사는 수동적이며 절망적인 삶을 정리하기로 한 것이다. 그래서 클로브는 길 떠날 준비를 다 갖추고, 종말을 직면하는 햄을 응시한 채 떠나지 못하는 것으로 끝나 습관화된 종속적인 삶에 익숙해져서 독립적인 삶을 향해 떠나는 것을 두려워하는 것처럼 보이기도 하고, 햄에 대한 연민의 정 때문에 못 떠나는 것 같기도 하다. 그러나 베케트 극은 상황만을 보여줄 뿐 설명을 모두 해주지 않으므로, <고도 …>에서 블라디미르와 에스트라공의 출발을 극의 끝 부분에서 예감할 수 있었듯, <승부의 끝>에서 외부세계에 있는 소년의 이미지는 타인에게 예속되지 않고 환경에도 흔들림 없이 자기 스스로 자아발견의 길을 떠나 고통과 욕망을 다 끊고 평정으로 흔들림 없는 열반의 세계에 들어간 미래의 클로브의 자아완성의 이미지일 것임을 간접적으로 제시한 것이었음을 알 수 있다. 열반이란 온갖 번뇌를 일으키는 어리석음, 탐욕, 애욕, 악, 속박 등 모든 부정적인 것으로부터 자아를 지혜에 의해 해방시켜, 자아를 텅 비워 평온한 상태에 이르게 하는 것인데, 부처가 교사나 의사처럼 많은 이들에게 번뇌에서 벗어나 해탈을 얻는 방법을 가르쳐 타인들을 사랑했듯, 베케트가 제시한 클로브의 미래의 이미지에서 우리는 <고도 …>의 블라디미르와 에스트라공이 고통에서 벗어나려 고도를 기다리는 것에서 오히려 더 고통을 받게 되는 그 기다림을 끝내고 그들의 마음의 안식을 위해 스스로 실천해야 할 하나의 길이 될 수 있음을 알 수 있다. 이렇게 자아 스스로 마음의 평정을 찾아 자신을 모든 고통에서 스스로를 구제했을 때, 자신과 자신의 삶은 화합하게 되어 자신의 삶의 주인이 될 것이고, 내적으로 건강하고 평온하고 충만한 자아는 이 힘으로 타인들을 진정으로 포용하고 사랑해 화합하는 마음과 마음이 통일된 건강한 세상을 만들기에 최선의 노력을 할 것이다. 이 세상은 낙원이 될 수 없다. 그러므로 오히려 우리는 우리가 원하는 마음의 낙원에 최대로 접근하도록 최선을 다해야 한다. 베케트 극들을 통해 얻을 수 있었던 인간으로서의 자세는 우리가 통일을 이루기에 지녀야 할 자세이기도 한 것이다.

박조열의 <목이 긴 …>에는 이념과 이념의 불일치로 분단된 우리 민족이 화합하여 통일될 날을 통일이 될 때까지 인물들이 기다릴 것이 예상되며 극이 끝난다. 우리는 우리 민족의 화합을 위해 인간은 부조리한 세상에서 살고 있다는 것을 인식해야만 한다. 즉, 이 세상에는 절대적인 것이란 아무 것도 없으며, 모든 것이 연결되어 있으며, 비영원적이며, 모든 것이 변화한다는 이 세상의 조건을 인식해야만 통일이 가능하다는 것이다. 이미 과거에 우리는 이 세상에는 절대적인 것이란 없다는 것을 인식하지 않고, 단일민족이라는 것만을 강조하며, 단일민족은 이념도 완전히 통일된 민족이어야 함을 고집하며, 좌·우익 모두 자신들의 이념만이 존재하는 나라를 만들려다 화합하지 못하여 나라는 분단되었다. 분단 후에도 남·북 각자의 정치체제만이 절대적으로 옳은 것으로 주장할 때마다, 남·북은 무력충돌에 대한 불안감을 지니며 긴장상태를 반복하기도 했다. 부조리한 세상에는 모든 시대 모든 상황에서도 단 하나의 유일하고 완벽하며 영원한 정치이념은 존재할 수 없다. 시대와 상황에 따라 적절히 이념들을 변화 발전시켜야 하며, 하나의 정치체제 속에서도 다양성은 존재할 수 있다는 것을 인정해야만 한다. 통일을 위해선, 즉 서로 화합하며 평화로이 살기 위해선 각각의 이념이 분쟁의 원인이 되는 것이 아니라, 각각의 이념이 유용히 실제 생활 안에서 활용될 수 있고 이념의 단점들은 과감히 버리고 이념의 장점들은 끊임없이 발전시키려는 열린 자세가 필요하며, 모든 것이 변화하는 이 세상의 조건 속에서 그 변화가 더욱 평화롭고 유익할 수 있도록 노력해야만 할 것이다. 우리가 사는 부조리한 세상을 이해하고, 이 삶의 근본조건을 받아들이고, 다양성이 존재하는 이 세상의 조건을 긍정적으로 이끌어 나갈 때 화합은 이루어질 것이기 때문이다.

베케트는 블라디미르와 에스트라공이 자신의 삶의 구제자가 되어 안식을 찾을 하나의 방법인 열반의 이미지를 그의 다른 작품 안에 제시했다. 그러나 그 이후 그의 극들은 더욱 더 실험적이고 시각적이며 모호한 이미지를 담은 극들을 이어서, 열반의 이미지 후 블라디미르와 에스트라공이 자신과 자신의 삶을 화합하여 자신의 삶의 주인이 되어 살아가는 또 다른 모습의 이미지는 찾을 수 없게 된다. 박조열은 <목이 긴 …>과 그의 다른 희곡들 안에서, 분단의 아픔, 분단의 원인분석, 통일지연의 이유, 그리고 통일에 대한 강한 열망을 그렸을 뿐, 서로 다른 이념의 민족이 화합해 통일을 이루기 위한 이미지를 제시하지 않았다. 그래서 우리는 박조열과 우리가 갈망하는 통일에 이르는 길을 실제로 독일 통일의 과정에서 보면서, 그의 극의 미래의 인물들을 기다려 보기로 한다.

독일의 경우를 우리나라에 모두 적용시킬 수는 없지만, 서독은 통일보다는 자유와 평화를 우선 순위에 놓을 만큼 통일문제를 감상적으로 접근하지 않고 지혜롭게 접근했고, 민주주의와 경제력을 발전시켜 그들의 튼튼한 안식처를 스스로 만들면서 동독과 교류를 했기 때문에 동독인들을 자연스럽게 포용할 수 있었다. 1997년 주독일대사 홍순영은, 서독인들은 자유와 평화를 희생하고서라도 통일을 이룩하겠다는 통일지상주의에 빠지지 않았고, 그들이 제일 중요시한 것은 전체주의, 권위주의 체제를 무너뜨리는 강력한 무기인 자유를 최우선의 가치로 선택했고, 그 다음으로 평화, 그리고 그 다음으로 통일을 중요시했다[41]라고 서독인들이 통일에 대해 지녔던 자세를 밝히고 있다. 『독일통일과 동독 재건과정』을 쓴 김영탁과『한 지붕 유럽, 그리고 분단한국』을 쓴 주

---

41) 홍순영, 「추천사」, 김영탁, 『독일통일과 동독 재건과정』, 한울아카데미, 1997. 3면.

성일이 밝힌 통일을 이룬 요소들을 참고해 보면, 서독은 하나의 독일이라는 1민족 1국가 원칙을 고수하였고,42) 서독은 자유왕래 정책을 일찍이 실행해 동독 시민에게 체제상의 우위성을 널리 선전하는 계기를 마련했고,43) 그래서 서독의 개입 없이 동독인들이 자발적으로 들고 일어나 공산당정권을 타도하고 이념의 장벽인 베를린 장벽을 무너뜨렸고,44) 분단 40년간 동서독은 정치적으로는 분단되어 있었지만 경제·사회적으로 다방면으로, 한번도 교류가 끊어진 일이 없었고,45) 어떤 이론이나 사상보다도 통일을 주도하는 바탕이 되는 힘의 우위를 확보해 통일을 이룩했는데, 힘의 우위는 군사력뿐만 아니라 정치적으로 민주주의를 정착시키고, 경제적으로 선진국 수준에 걸맞는 경쟁력을 확보했던 것46) 등이 통일을 이룬 요소들이었다고 쓰고 있다. 우리도 독일과 같이 점진적을 교류와 접촉을 통한 평화적 통일을 희망하고 있고 그 가능성이 높은 시대에 와 있다. 그러나 우리는 구 동독의 공산주의자들보다 폐쇄적이고 융통성 없이 하나만을 고집하여 경제적으로 위기 속에 빠져 있는 북한과의 통일을 생각해야 하기 때문에 독일의 통일보다는 더 많은 노력과 인내와 그리고 무엇보다도 관용의 정신이 필요하다. 그러므로 통일을 이루기 위해서는 우리가 부조리한 세상 속에 살고 있음을 잊지 말아야 한다는 것이다. 부조리한 세상에서의 덕목은 이 세상에 존재하는 다양한 현상을 이해하고 포용하는 것이다.

　세계는 제2차 세계대전 후 크게 민주주의와 공산주의로 갈라졌으나, 지금은 공산주의 국가들에도 민주화 바람이 불고 있다. 현시점에서 다른 체제보다는 민주주의가 최선이라고 보는 것이 일반적 시선이다. 이

---

42) 같은 책, 408면.
43) 주성일, 『한 지붕 유럽, 그리고 분단한국』, 도서출판 장락, 1994. 257면.
44) 같은 책, 6~7면.
45) 김영탁, 『독일통일과 동독 재건과정』, 한울아카데미, 1997. 168면.
46) 같은 책, 429면.

민주주의는 다양성을 존중하는 민주주의이고, 우리는 공산주의만을 고집하는 북한과의 통일을 희망하고 있기 때문에, 서구의 민주주의의 지혜를 눈여겨보아야 한다. 서구의 민주주의는 자유를 억압하는 공산주의에게 권력을 양보하지 않는다. 그러나 서구의 민주주의는 이 세상에는 다양성이 존재하는 세상임을 인식하고, 이것을 받아들여 민주주의 안에 공산주의를 통합시킨다. 현대적 의미의 민주주의는 드골 장군(Charles De Gaule, 1890~1970)으로부터 시작되었다. 제2차 세계대전 기간 중에는 우선 히틀러를 타도하는 것이 최대 과제였는데, 소련이 대독항전에 진입하면서부터 공산주의자들도 항독운동에 가담해, 히틀러의 독재와 전체주의에 대항해 투쟁했다. 그래서 드골은 공산주의자들이 공동의 적인 나치독일에 항전한 부분에 대해 정당한 평가를 내려, 2차대전 후 임시정부에 6명의 공산주의자들을 입각시켜 사회복지제도를 축조했다.[47] 드골은 공산주의자들을 민주주의 정치 안에 끌여들여 민주주의를 한층 더 발전시켰고, 1958년 12월 21일 대통령으로 선출된 후 수세기간의 적대관계였던 독일과도 화해했고, 이탈리아와도 친선관계를 유지하는 등 큰 정치인으로서 국위의 선양과 강화된 프랑스 정부의 평화유지에 힘쓴다.[48] 서독도 1968년에 공산당을 합법화해 모든 이념이 공존할 수 있는 자유의 민주주의를 수립했듯,[49] 서구의 민주주의는 각 이념의 장점들을 사회에서 유용히 쓰일 기회들을 가지며, 다양한 이념을 포용해 진정한 의미의 발전된 자유민주주의를 실천해 나갔던 것이다. 우리는 통일에 대해 감정적으로만 집착하지 말고, 현명한 판단을 하면서, 평화를 유지하면서 접촉과 교류를 통해 통일을 이뤄야 하며, 이 세상에는 아무것도 영원한 것이 없듯이 영원한 화합은 존재하

---

47) 주성일, 『한 지붕 유럽, 그리고 분단한국』, 도서출판 장락, 1994. 59~60면 참조.
48) 앙드레 모로아, 『프랑스사』, 신용석 역, 기린원, 1994. 48면.
49) 주성일, 『한 지붕 유럽, 그리고 분단한국』, 도서출판 장락, 1994. 277면.

지 않으므로 통일 후에도 화합을 유지하기 위해 최대의 노력을 해야만 한다. 또한 통일 후에도 불일치는 항상 생길 수도 있음도 염두에 두어야 한다. 이것이 이 세상의 조건이며 한계이기 때문이다. 우리는 1948년 8월 15일 대한민국정부가 수립됐고, 1948년 9월 9일 조선민주주의인민공화국이 수립돼, 50년간 분단국가체제 하에 살고 있다. 통일 후 민주주의 체제가 계속되어도 일부 공산주의자들은 있을 것이고, 이념과 이념의 차이뿐만 아니라, 문화의 차이, 남한과 북한 주민과의 적대감도 나타날 수 있는 현상이다. 그래서 우리는 우리의 민주주의를 끊임없이 발전시켜야 한다. 우리는 우리 자체의 문제들인 지역감정, 대립을 위한 여·야의 대립, 노사문제 등 갈등의 문제들을 줄이고 우리부터 화합해 평화로운 우리들의 안식처를 스스로 만들고, 공존하는 정신을 길러 진정한 자유민주주의를 이룩해 모든 이들이 화합하고 평화로이 공존하는 안식처가 되게 해야 한다. 또한 하루 빨리 통일보다는 통일의 시기를 적절히 정하는 것도 독일이 통일 후 겪는 문제들을 줄일 수 있는 것이고, 북한의 경제가 활성화되게 교류하고, 북한 주민들이 세계 속의 북한의 정치체제의 위치를 스스로 인식해 단점을 파악하게 돕고, 국가에 얽매인 수동적 삶에서 스스로 벗어나 자신의 삶의 주인이 되어 자신의 안식처를 스스로 만들며 창조적인 삶을 살 수 있는 자유민주주의 체제에 대해 새로운 인식을 하게 도운 후, 남과 북의 격차가 심하지 않을 때 남북이 거의 동등한 위치에서 통일하는 것도 하나의 방법이 될 것이다.

이제 가족과 고향을 위해 아무 것도 할 수 없어 무능감을 느끼며 통일이 오길 그저 기다릴 수밖에 없었던 <목이 긴 …>의 실향민들의 역할은 더욱 중요해진 시기에 와 있다. 이념의 화합은 긴 시간이 필요하고, 국가에 비해 개인의 힘은 미세하지만, 실향민들도 민간통일운동에 적극 참여한다면 마음과 마음이 화합하여 통일을 이루는데 큰 성과를 올릴 수 있을 것이다. 그러므로 <목이 긴 …>에서처럼 실향민들의 아픔에 대해 연민의 감정을 지니고 따뜻한 마음을 지니는 것은 중요하지만, 감상적으로 통일문제에 접근하며 염원만 하는 허약한 실향민보다는, 정신적으로 자신의 삶의 주체자가 되어 타인들을 관대히 포용할 수 있고, 지혜롭게 각자의 역량에 따라 마음과 마음이 화합해 통일을 이루는데 한몫을 실천해 나가는 새로운 모습의 실향민들이 이미지로나마 무대 위에서 움직여, 관객들이 통일을 위해 신선하고 다양한 활동 방향들을 숙고하고 실천하게 되는 계기들을 연극들을 통해서 얻을 수 있게 되길 기대해 본다.

4. 극 형식의 유사성

베케트의 <고도 IV>와 박조열의 <목이 긴 IV>은 프랑스 고전주의극의 규칙인 3일치법을 활용한 부조리극이라는 유사성이 있다. 3일치법은 프랑스의 고전주의 이론가들이 아리스토텔레스(Aristotle 기원전 384~332)의 『시학』을 기초로 해 만든 법칙이다.

아리스토텔레스는 『시학』에서 행동의 일치의 법칙은 한 사람을 취급한다고 해서 이루어지는 것이 아니고, 주인공에게 일어난 사건을 모두 취급하지 말고 통일적인 한 행위를 중심으로 극을 그려야 한다고[50] 했듯이, 이 법칙은 한 인물이 겪을 수 있는 많은 이야기들 중에서, 통일성 있는 하나의 줄거리만을 그리자는 법칙인데, 일반적으로 부차적인 줄거리가 있다 해도 주된 줄거리에 긴밀히 연결돼 있다면 이것은 행동의 일치의 법칙을 지킨 것으로 본다. 프랑스 고전주의 작품인 <페드르>는 이 법칙을 잘 지킨 극인데, 라신느는 페드르가 겪은 많은 경험들 중에서 사랑

---

50) 아리스토텔레스, 천병희 역, 『시학』, 휘문출판사, 1982. 57~58면 참조.

을 중심 줄거리로 통일되게 그리고 있다. 페드르는 작품이 시작되기 이전에 이뽈리뜨(Hippolyte)를 사랑하기 시작했고, 페드르는 이뽈리뜨를 사랑하는 마음을 지닌 것에 자살을 생각할 만큼 수치심을 느끼지만, 남편 떼제(Thésée)가 죽었다는 오보에 이뽈리뜨에게 사랑을 고백하게 된다. 그러나 떼제는 살아 돌아오고, 죄의식에 시달리는 페드르에게 페드르의 유모는 페드르의 명예를 지켜주기 위해 떼제에게 이뽈리뜨가 페드르를 사랑한다고 모함해 떼제의 저주로 이뽈리뜨는 죽게 되고, 유모도 자책하여 자살하고, 페드르도 독약을 먹고 떼제에게 모든 진실을 얘기하며 참회하며 죽는 것으로, 하룻동안에 일어난 얘기이기엔 많은 사건이 담기어 있지만, 페드르의 사랑이라는 일관된 얘기로 줄거리가 통일돼 있다. <고도 …>와 <목이 긴 …>에서도 줄거리 전개가 일관되게 기다림이라는 하나의 통일된 이야기를 담고 있어 행동의 일치의 법칙이 지켜졌다고 볼 수 있다.

그러나 이 두 작품은 <페드르>처럼 극의 모든 사건들이 일어나고 대단원에 가까운 사건들이 집약되어 있는 날을 그린 것이 아니라 기다림의 진전을 주는 어떤 사건도 일어나지 않고, 언제 끝날지 기약도 없는 어제와 오늘과 내일이 같은 특별하지 않은 반복된 일상의 기다림을 그린 것이어서 도입부, 중간부, 종결부를 지니며 하나의 극적인 완결된 이야기로 완성되어 있지 않다. 아리스토텔레스는 『시학』에서 행동의 일치의 법칙은 통일성 있는 한 행위를 그려야 할뿐 아니라, 그 사건의 여러 부분은 그 중 한 부분을 다른 장소로 옮겨 놓거나 빼버리게 되면, 전체가 변형되거나 혼란에 빠지도록 구성돼야 하는데 왜냐면 있거나 없거나 간에 현저한 변화를 초래하지 않는 것은 전체의 부분이 아니기 때문이다[51]라고 덧붙여 말했는데, <페드르>는 이것을 잘 지키고 있으나 <고도 …>와 <목이 긴 …>은 기다림 자체의 정지된 상태를 일관되

---

51) 같은 책, 58면.

게 담고 있을 뿐, 극 중 한 부분을 떼내어도 극 전체가 변하지 않아야
한다는 법칙은 지키고 있지 않음을 알 수 있다.

　시간의 일치의 법칙은 관객이 극장에서 관람하는 시간은 두세 시간
정도인데 극 속의 시간이 여러 날 여러 해에 걸친 이야기를 담고 있다
면 극 속 인물이 하는 행위는 믿을 수 없는 일이 행해지는 것으로 인
식케 만들기 때문에 극중에 흐르는 시간과 관극 시간이 일치되어야 한
다는 법칙으로, 극 중 시간이 적어도 하루를 넘어서는 안된다는 법칙
이다. 그래서 작가는 극의 모든 갈등을 집어넣을 수 있는 날을 선택해
그려야 했던 것이다. 꼬르네이유의 <르 시드>는 꼬르네이유가 이 법칙
을 지키려고 애썼어도 이틀에 걸쳐 일어난 일을 담고 있다. 라신느처
럼 내면적 이야기를 담는 작가에겐 하룻동안에 일어난 일을 담는 것이
어려운 일이 아니나, 꼬르네이유처럼 행동이 많은 이야기를 즐겨 쓰는
작가에게는 이 법칙은 매우 불편한 것이었다. <르 시드>는 우선 첫날
아침 왕자의 스승을 선택하는 회담이 이루어지고, 왕자의 스승자리를
차지하지 못한 쉬멘느(Chimène)의 아버지(Don Gomès)는 로드리그의 아
버지(Don Dièque)에게 모욕을 주고, 로드리그는 사랑하는 쉬멘느의 아
버지를 결투해 죽인다. 그리고 무어족을 물리치러 떠난다. 그 다음날
아침 그는 승리해 돌아와서, 로드리그를 재판해 줄 것을 왕에게 요구
하는 쉬멘느 때문에 쉬멘느를 사랑하는 동 상슈(Dong Sanche)와 결투
를 하고, 이 결투에서 이겨 쉬멘느와의 결혼이 가능해진다. 꼬르네이유
는 이 법칙을 지키기 위해서 무어족과 싸우고 승리해 르 시드 칭호를
얻은 영웅 로드리그에게 2~3일의 휴식도 주지 않고 2시간 후 바로 동
상슈와 결투하게 했고, 쉬멘느도 모든 사람들에게 영웅 대우를 받게
된 로드리그가 돌아오자마자 개인적인 복수를 위해 왕에게 재판해 줄
것을 요구했고, 어제 자신의 아버지를 죽인 로드리그와 그 다음날 그
와 결혼할 수 있는 사이가 되어, 1년 후 결혼하게 될 것이다. 이렇듯

극 속의 사건들이 빠른 시간 내에 일어나고 모두 해결나는 것은 오히려 진실다움을 보이려 이 규칙을 만들었던 의도와는 달리, 시간의 일치의 법칙을 지키려 했기 때문에 오히려 비현실적인 얘기가 되어버리는 결과를 낳기도 했던 것이다. 꼬르네이유는 고대 그리스 사람들을 위해 만든 법칙들을 17세기 프랑스 사람들을 위해 그대로 사용할 필요는 없다고 생각하며 17세기 프랑스 사람들에게 맞는 법칙을 만들자는 주장을 펴기도 했으나, 결국 그도 그 시대가 요구하는 이 법칙을 최대로 지키려 노력했던 것을 엿볼 수 있다.

<고도 …>와 <목이 긴 …>은 시간의 일치의 법칙을 매우 잘 지킨 극들이다. 2막극 <고도 …>의 1막은 아직 해가 지지 않은 저녁에 시작되어 고도를 기다리다 소년이 와서 고도는 오지 않는다는 말을 전하고 떠나자 인물들의 마음처럼 순식간에 어두워지고 블라디미르와 에스트라공이 자러 가기 전까지가 1막이다. 2막의 시작은 이튿날 같은 시간 같은 장소이고, 고도를 기다리다 소년이 와 고도는 오지 않는다는 말을 전해주고 떠나자 달이 떠오르고, 두 인물은 자살을 얘기하며 약속 장소를 떠나기로 하나 움직이지 않은 채 막이 내리는 것으로 끝나, 24시간 안에 일어난 일을 이 극은 담고 있는 것을 알 수 있다. 단막극 <목이 긴 …>의 경우도 하루종일 기다리다 저녁이 되고 점점 더 어두워져 A와 B가 서로 의지하며 깊은 잠에 빠지는 것으로 막이 내려 하룻동안에 일어난 일을 담고 있다. 그러나 베케트와 박조열은 <르 시드>에서처럼 사건이 모두 모여 있는 어느 특별한 날의 얘기를 담으려고 이 법칙을 지킨 것이 아니다. 두 작가는 어제와 오늘의 의미를 상실한 매번 반복되는 기다림이 일상이 된 특별하지 않은 날 중 하루의 이야기를 두 극에 담아, 극이 끝나고 다음날이나 그 다음날을 극에 담는다 해도 비슷비슷한 이야기가 그려질 것이다. 그리고 <르 시드>에서처럼 시간의 흐름과 함께 사건이 해결되고 마무리되는 것이 아니라 이 두

극 속에선 인물들이 정체된 고통의 시간만을 반복해 겪으며 어떠한 사건의 진전도 얻을 수 없게 된다. 부조리극은 상황만을 보여줄 뿐 사건의 시작, 중간, 끝을 설명하는 극이 아니기 때문이다.

그런데 이 두 극의 시간의 구조에는 약간의 차이가 있다. <목이 긴 …>에서는 인물 C가 나타나는데, 이 인물 C도 A와 B처럼 반복된 기다림을 무대 뒤에서도 똑같이 계속할 인물이어서 <목이 긴 …>에는 순환적 시간 구조만이 있게 된다. 그런데 <고도 …>에는 두 가지의 시간의 구조가 존재한다. 즉, 포조와 럭키에 있어서의 시간은 직선적 방향으로 전개되고, 블라디미르와 에스트라공의 시간은 순환적 구조 속에 있는 것이[52) <목이 긴 …>에서의 시간의 구조와의 차이이다. 블라디미르와 에스트라공은 정체되고 반복되는 시간 속에서 고통을 느끼며, 동시에 포조와 럭키가 병들고 늙어 죽음을 향해 가는 절망의 시간 속에 있는 것을 바라보게 된다. 그래서 이들은 고도를 기다리며 자신들 또한 시간과 함께 변화한다는 생각을 피하고 싶었으나, 자신들의 지루한 나날들이 파괴의 시간들을 비켜가지 못하고, 그 지루한 나날 속에 파괴의 날들이 있음을 인식하게 된다. 그리고 포조와 럭키는 하룻만에 장님과 벙어리가 되었다기보다는 시간과 함께 파괴되어 가는 육체와 죽음을 향해 흐르는 시간을 압축해 보임으로써, 24시간이라는 한정된 현실적 시간이 아니라 피할 수 없는 시간의 조건과 인생이 하루처럼 짧다는 것을 인식하며 기다림으로 이 한정된 짧은 삶의 시간을 낭비하지 말고 허약성과 수동성에서 벗어나 삶을 열심히 여행하라는 각성을 시키기 위해 시간의 일치의 법칙이 지켜진 것이라고도 볼 수 있다.

<고도 …>와 <목이 긴 …>은 외형적으로 시간의 일치의 법칙을 지키고는 있으나 반드시 현실적인 24시간을 의미하는 것은 아니고, 또한

---

52) Thérèse Malachy, *La mort en situation dans le théâtre contmporain*, Nizet, 1982. 73~74면.

이 두 극의 시간은 고전극에서처럼 사건들이 일어나는 어느 특별한 날의 시간이 아닌 것을 보았는데, 우리의 삶을 들여다보면 사건이 일어나는 날보다는 사건이 없는 날들이 더 많은 것이 현실이므로, 이 두 극은 더욱 우리의 삶 중 더욱 더 일상적이고 사실적인 하루의 시간을 그려낸 것이라 하겠다.

장소의 일치의 법칙은 아리스토텔레스의 『시학』에서 언급되지 않았으나, 프랑스 고전주의에서 이 법칙은 시간의 일치의 법칙에 연결되어 24시간 안에 다다를 수 있는 장소를 극 속 장소로 사용해야 한다는 법칙으로, 한 도시와 그 주변까지로 한정시킨다. <고도 …>와 <목이 긴 …>에서도 이 법칙은 잘 지켜진다. <고도 …>에서는 나무 한 그루만 서 있는 삭막하고 낯선 시골길이고, <목이 긴 …>에서도 <고도 …>에서의 장소와 분위기가 유사한 장소로, 인물 A와 B의 바짝 마른 볼품없는 몸처럼 멀리 앙상한 마른 나무들이 있는, 지명도 불확실한 황량한 벌판이다. 두 작품 속의 장소는 고전극에서처럼 행동이 일어나는 장소를 의미하면서, 동시에 <고도 …>에서는 영혼의 고향을 잃은 모든 인간의 황량한 마음을, 그리고 <목이 긴 …>에서는 실제 고향을 잃은 황량하고 쓸쓸한 실향민의 마음을 상징하는 것으로, 두 작품 모두 인물들의 심리상태를 즉시 알아볼 수 있게 시각적으로 표현한 배경이라고 할 수 있다.

지금까지 본 바와 같이 이 두 극이 3일치법을 지킨 것은 불 고전주의 작가들처럼 3일치법의 장단점을 알면서도 그 시대가 요구해서 지키려 했던 것과는 다르다. 베케트의 경우는 많은 것을 모두 쓰려 하지 않고 버릴 수 있는 것은 버려 극을 단순화시키려 했기 때문에 동양화처럼 여백이 있고 단순하며 깊이 있는 극을 그려내려 3일치법을 이용한 것이고, 박조열의 경우는 통일문제를 제재로 한 작품을 금기시했던 정치적 상황 때문에 많은 설명 없이 극을 단순화시키고 추상화하려 했기 때문에 3일치법이 지켜진 것이다. 결과적으로는 이 두 극이 하나의 이야기를 집중적으로 그려 최대의 연극적 효과를 낼 수 있었던 것은 3일치법을 사용한 효과이기도 한 것이다.

<고도 …>와 <목이 긴 …>은 3일치법이 지켜진 고전극이 아니라 3일치법을 활용한 부조리극이다. 전통적인 극 형식은 사건 사이에 원인과 결과가 있고, 하나의 사건이 발달해 행동의 방향을 변경시킬 만큼 중요한 사건들이 발견되고, 적대자와의 대립이 형성돼 위기감이 조성되다가, 적대자와 충돌해, 한쪽이 쓰러지지 않고는 더 이상 사건이 진전될 수 없는 긴장된 상황이 만들어지다가 주인공과 적대자 중 한쪽이 쓰러져 사건이 해결되고, 관객의 마음까지도 진정시켜 주는 과정으로 마무리짓는 연속적인 발전을 추구한다면, 부조리극은, 우리가 사는 세상은 명확한 원인에 따라 그에 대한 결과가 항상 존재하는 세상이 아니므로, 연달은 사건이나 모험들을 표현하지 않고 원인과 결과도 설명하지 않으며 단지 상황만을 보여준다. <고도 …>와 <목이 긴 …>에서도 기다림의 원인을 구체적이고 논리적으로 설명하지 않으며 아무런 사건도 일어나지 않는 기다림의 상태를 추상적으로 그리고 있고, 전통극이 명확한 결말을 제시하는 반면, 이 두 극은 아무런 결과도 얻지 못하고 극의 끝에서 다시 처음 상황을 돌아오는 순환구조를 지닌다. 아무 것도 한 것이 없다는 공허감을 지니고 언제 끝날지도 모를 기다림의 지루한 반복을 끝없이 해야 하는 상황에 가장 알맞은 구조는 순환구조일 것이고, 결국 반복되는 되풀이 속에서 인물들은 자신들의 상황을 점검케 될 것이다.

부조리극의 작가들은 전통적 형식의 극을 거부하고 이 세상의 모든 것은 논리적으로 설명할 수 없고 해결할 수 없는 것이 현실이듯 그들의 극 형식도 이 세상처럼 비논리적이고 추상적이고 미해결적이다. 그래서 에슬린이 부조리극은, 지적인 개념들에 의해 전개되는 극이 아니

라, 시적 이미지에 의해 전개된다[53]라고 했듯이, 부조리극은 논리적으로 모두 설명할 수 없는 잊기 힘든 시적인 이미지를 심어준다. <고도 …>와 <목이 긴 …>도 논리적인 설명으로 극을 그리지 않고, 시적인 이미지로 작품을 그리고 있는데, 그 시적 이미지는 다른 부조리극들이 그렇듯이 아름답지 않고 참담하다.

부조리극은 관객의 감성을 자극해 비판성과 판단력을 잃게 하는 극이 아니라, 브레히트(Bertolt Brecht, 1898~1956)의 서사연극의 영향을 받아 관객이 이성을 지니고 극을 관찰케 하며, 결과를 보여주는 폐쇄적인 극이 아니라, 질문들을 제시해 관객으로 하여금 생각하게 만드는 극이다. 그래서 우리는 부조리극을 본 후 그 추상성으로 인해 난해함을 느끼고, 현실은 망상 없이 직시케 만들므로 우울해지고, 문제제기 때문에 머리 속이 복잡해짐을 느끼나, 그러면서도 끊임없이 그 극의 의미를 나름대로 찾아내려 노력하게 된다. 그래서 우리는 우리가 보기를 꺼렸던 현실적 한계들을 직시하며 모든 비현실적 환상을 걷어내게 되고, 우리의 삶의 조건들을 그대로 받아들이게 되고, 더 나아가 그 한계적 인간조건 속에서 긍정적 측면까지도 발견해 삶을 긍정적으로 최선으로 살게 되는 것도 <고도 …>와 <목이 긴 …>과 부조리극들에서 얻을 수 있는 힘인 것이다.

5. 결 론

베케트의 <고도 …>와 박조열의 <목이 긴 …>과의 대비연구를 통해 정신적 고향이던 현실적 고향이던 고향을 잃은 실향민들의 고향을 되찾기 위해서는, 자신들에게 주어진 조건들을 파악하고, 자기 스스로 지

---

53) Martin Esslin, *Théâtre de l'absurde*, Buchet/Chastel, 1977, 395면.

혜로운 방법으로 자신들의 바램을 스스로 해결해 나가야 함을 알 수 있었다.

또한 두 작품은 유사한 인물들을 등장시켜 기다림을 유사한 극 형식 속에서 추상화시켜 그렸다는 유사성을 지니고 있음도 알 수 있었다. 그러나 <고도 …>에서는 실존적 고뇌를, <목이 긴 …>에서는 현실적 고뇌를 담고 있고, 특히나 전자는 자아각성을, 후자는 통일에 대한 염원을 담고 있어, 이것이 두 작품에 있어서 차이성으로만 인식되기 쉬웠었다. 그러나 자아각성에 이르기 위해서나 통일을 이루기 위해서나 우리는 우리 인간의 삶의 조건인 부조리에 대한 인식 없이는 이것들을 이루기가 불가능하다는 공통성을 발견할 수 있었다. 우리가 사는 세상은 절대적인 하나의 논리가 존재해 모든 것이 이 논리에 따라 질서있게 움직여 나갈 수 있는 세상도 아니고, 움직여 나가는 세상도 아니다. 이 세상에는 우연성이 존재하고 논리적으로 설명될 수 없는 수많은 상황들이 벌어질 수 있다. 그래서 우리가 우리의 의지대로만 산다 해도 결과는 반드시 그 의지의 결과가 아니기 쉽고 의지를 무력하게 만드는 재앙도 닥칠 수 있다. 우리는 각자 홀로이지만 동시에 타인들과 함께 살아야 하는 조건 속에서 살아야 하므로 서로 영향을 미치고, 또한 서로의 생각들은 다양할 수 있어 불일치하기 쉽다. 그래서 베케트는 이러한 세상의 조건을 인식하며, 신도 타인도 자아의 구제자가 될 수 없으므로, 자아가 자아의 구제자가 되어, 자아와 타인들이 만들어내는 온갖 고통으로부터 자아를 해방시킬 것을 각성시킨다. 우리는 박조열의 <목이 긴 …>과 그 외 작품들을 통해 다양성이 존재하는 세상에 우리가 살고 있다는 인간조건을 인식하지 않고 하나의 이념만을 고집하며 서로가 서로에게 폐쇄적 자세를 지녀 분단되었다는 우리 스스로의 문제점을 발견하면서, <목이 긴 …>의 인물들의 통일에 대한 염원은 다양성이 존재하는 부조리한 이 세상의 조건을 인식하고 모든 이들의 생각의 통일을 의미하는 것이 아니라, 모든 이들의 조금씩 다른 생각의 다양성을 서로 열린 자세로 받아들여 화합하며 공존하는 것을 의미함도 인식할 수 있었다.

부조리연극은 우리들의 위치를 파악할 기회를 주는 극으로, 관객은 관극하며 스스로 인간의 한계점과 비극적 조건을 망상 없이 인식하며, 그 조건들에 절망하기보다는 관객 스스로 능동적으로 인간이 지니고 있는 능력을 최대로 발휘해, 이 비극적 조건 속에 동시에 들어 있는 긍정적 측면을 찾아내고, 그것을 각자의 삶 속에서 각자 나름대로 다양하게 실천해 나가게 숙고할 기회를 주는 극이다. 우리는 <고도 …>와 <목이 긴 …>의 대비연구를 통해 이 두 극의 비극적 상황 속에서 긍정적 측면을 발견할 수 있었다. 이것은 우리가 비영원적이며 모든 것이 변화하는 비극적 조건 속에서 살고 있다는 인식이고 이 비극적 조건 속에 나와 타인들이 함께 있다는 인식이다. 그러므로 우리는 블라디미르와 에스트라공의 관계처럼, 인물 A와 B의 관계처럼, 서로의 차이성에 멀어지기도 하지만 또한 같은 조건 속에 있음을 인식할 땐 서로에게 연민의 정을 느끼며 가까이 다가가기도 한다. 이 관계는 남과 북의 관계이기도 하고, 나라와 나라 사이의 관계이기도 하다. 그런데 우리 인간은 한정적 삶을 살수밖에 없다. 이 비극적 인간조건을 인식할 때 우리는 서로에게 결별보다는 서로 서로 화합하는 시간을 그 한정적 삶의 시간 속에서 최대로 갖길 희망하게 된다. 또한 우리는 모든 것이 변화한다는 비극적 조건 속에 살고 있다. 그런데 우리는 이 변화란 반드시 나쁜 쪽으로만 변화하는 것이 아니라 좋은 방향으로도 그 변화가 가능하다는 것을 알고 있으므로 그 변화를 최대로 좋은 방향으로 움직여 나가야 함도 그 비극적 조건 속에서 인식할 수 있는 긍정적 측면이다. 그러나 우리는 완벽한 세상은 가능하지 않다는 것을 인식하고, 현재보다 좀 더 나아진 세상을 만들기 위해 최대로 노력하며 인내해야만 한다. <고도 …>와 <목이 긴 …>의 인물들이 현재보다 더 나아진 세상을 만들려면 우선 자기 스스로 자신의 정신적 구제자가 되어 자신의 삶을 건강히 살면서, 자아와 타인 사이의 차이성까지도 포용하여 마음과 마음이 화합하는 세상을 만들어 나가는 것일 것이다. 그래서 통일이란 국토의 통일만이 아니라 서로의 차이성과 그 차이성이 지닌 장점들을 서로 키워 나가며 사회 안에서 유용히 실용되게 협력하며, 마음이 서로 화합하는 것이 진정한 통일의 의미일 것이다.

전쟁의 아픔이 반영된 <고도 …>와 <목이 긴 …>에서 우리는 외적·내적 원인으로 비극적 현실에 처한 우리의 상황에 직면했었고, 현재에도 지구 한편에서는 전쟁이 계속되고 있다. 그러나 두 작품의 대비연구에서 우리 스스로 우리의 안식처를 만들어야 한다는 것을 인식할 수 있었듯이, 실제로 현재 세계 속에는 건강한 흐름이 존재하고 있다. 즉, 각 개인은 한 나라의 국민이기보다는 세계 속의 하나의 시민으로 자신을 인식하길 부추기는 흐름이고, E한 이념의 차이로 전쟁을 치르거나 서로 외면하는 자세나 자신들의 이념만을 고집하기 위해 자신들의 이념의 단점을 인정하지 않았던 과거의 자세를 버리고, 각각의 이념의 장점을 서로 인정하며 보완하려는 경향을 지니며, 이제 영토를 확대하려는 외적 탐욕은 버리고, 마음과 마음이 화합해 지구의 평화와 화합을 위해 최대로 노력하려는 추세로 변화하고 있다. 그래서 인류는 스스로 인류의 구제자가 되길 노력하며 우리의 안식처는 우리가 만들어야 한다는 인식을 절실히 지니며, 이제 세계의 변화는 건강하고 발전적인 변화이어야 한다는 인식을 실천하려 한다는 것이다.

<고도 …>와 <목이 긴 …>의 대비연구를 이 작품들이 쓰여진 시기의 시선에서만 보지 않고, 두 작품의 현재와 미래 속에서의 위치도 숙고해 봄으로써, 두 작품이 제시한 비극적이며 불안정한 상황에만 머물지 않고 이 두 작품 속에서 끌어낼 수 있는 긍정적이며 발전적이며 실

재 현실에서 모습을 드러내야 할 모습들을 찾아내 볼 수 있었다. 그래서 이 모습들이 충만한 자아의 삶과 통일로서만이 아니라 더 나아가 인류가 꿈꾸는 평화로운 세상으로 구체적으로 현실 속에서 모습을 드러낼 것을 기대해 본다.

참고문헌

강만길, 『한국현대사』, 창작과 비평사, 1985.

김상웅, 『사료로 보는 20세기 한국사』, 가람기획, 1997.

김소임, 『사무엘 베케트』, 건국대학교 출판부, 1995.

김영탁, 『독일통일과 동독 재건과정』, 한울아카데미, 1997.

마틴 에슬린, 「서구와 한국의 공연」, 『고도를 기다리며』, 정우사, 1995.

_____, 「인간상황의 고귀성」, 『연극평론』 제13호, 연극평론사, 1975.

박조열, <가면과 진실>, 『박조열 희곡집』, 학고방, 1991.

_____, <관광지대>, 『박조열 희곡집』, 학고방, 1991.

_____, <오장군의 발톱>, 『박조열 희곡집』, 학고방, 1991.

_____, <조만식은 아직도 살아 있는가>, 『박조열 희곡집』, 학고방, 1991.

_____, <흰둥이의 방문>, 『박조열 희곡집』, 학고방, 1991.

법 정, 『말과 침묵』, 샘터사, 1996.

아리스토텔레스, 『시학』, 천병희 역, 휘문출판사, 1982.

앙드레 모로와, 『프랑스사』, 신용석 역, 기린원, 1994.

오영미, 「분단희곡연구 Ⅰ」, 『한국연극연구』, 국학자료원, 1998.

오증자, 「작품해설」, 『고도를 기다리며』, 정우사, 1995.

유민영, 『한국현대희곡사』, 기린원, 1991.

이미원, 『한국근대극연구』, 현대미학사, 1994.

주성일, 『한 지붕 유럽, 그리고 분단한국』, 도서출판 장락, 1994.

『한국민족문화대백과사전』 20, 웅진출판, 1991.

허영, 『부조리연극』, 한신문화사, 1985.

Albert Camus, Le Mythe de Sisyphe, folio, 1985.

Deirdre Bair, Samuel Beckett, Fayard, 1979.

Émile Lavielle, en attendant godot, Hachette, 1973.

Eugéne Ionesco, La Cantatrice Chauve, folio, 1991.

Jean Racine, Théâtre complet II, Gallimard, 1988.

Martin Esslin, Théâtre de l'absurde, Buchet/Chastel, 1977.

Pierre Corneille, Théâtre II, GF-Flammarion, 1980.

Samuel Bechett, Comédie, Minuit, 1985.

_____, En attendant Godot, Minuit, 1985.

_____, Fin de Partie, Minuit, 1985.

_____, Oh les beaux jours, Minuit, 1985.

Serge-Christophe Kolm, Le bonheur-liberté, PUF, 1982.

Thérèse Malachy, La mort en situation dans le théâtre contemporain, Nizet, 1982.

Walpola Rahula, L'enseignement du Bouddha, Seuil, 1978.

〈Abstract〉

The comparison between 〈Waiting for Godot〉 of Samuel Beckett and 〈The conversation between two men with long necks〉 of Jo Yeol PARK

Song, Jung-Ai

Both Beckett and Jo Yeol Park experienced the wars before they wrote <Waiting⋯> and <The conversation⋯>. Beckett wrote about the suffering of the existence while Park wrote about suffering of the reality.

In spite of the difference between the two pieces, the protagonists of the two works are common in having lost their home. Vladimir and Estragon lost their mental and spiritual home while personage A and personage B lost their real home-town.

They all have to comprehend the absurdity of the world in drder to recover their home. Vladimir and Estragon should understand the disagreement between others and themselves then, they have to create their own mental and siritual comfort by themselves. Personage A and personage B should understand the non-existence of the absolute, and there fore have to accept the variety of the real world. More specifically, they should accept the variety of the real world for the unification.

Through the two pieces, we need to be the masters of our own existence to resolve the conflict of the absurd world; we also need to maintain the generosity against the variety of the absurd world.

새로운 성 역할 정체성의 추구:

캐롤 처칠(Caryl Churchill)의 극 클라우드 나인(*Cloud Nine*)을 중심으로

전 연 희*

──────────────< 목 차 >──────────────

1. 서론
2. 처칠(Churchill)의 사회주의 페미니즘
   이론의 형성
3. *Cloud Nine*: 새로운 성 역할 정체성
   의 탐색

1) 연속적 시간의 해체
2) 다원적 캐스팅
3) 내러티브의 연속성의 해체
4. 결론

1. 서 론

1960년대 후반 영국의 페미니즘 극은 남성위주의 전통 극에 대한 반성으로부터 시작되었다. 그동안 주변적 위치에 머물러왔던 여성의 문제들은 연극에서 소외되었으며, 이러한 문제를 표현하는 데에 있어 기존의 극 양식은 적지 않은 한계를 드러냈다. 왜냐하면 여성의 경험인 출산, 양육, 모녀간의 유대감, 여성에 대한 성적 억압과 같은 주제가 남성들에 의해 만들어진 전통적 극의 양식으로는 적절히 표현될 수 없었기 때문이다.

여성 극작가들에 의해 주도된 페미니즘 극은 1960년대 말 영국의 정

---

* 성신여대 강사. 영문학.

치·문화적 변혁기에서 비롯되었다고 할 수 있다. 당시에는 1900년대 초 최초의 여성의 참정권 획득을 위한 노력에 그 연원을 둔 여성들의 정치적 시위가 벌어지기 시작했고 여성들은 자신들에 대한 기존의 통념에 강한 의문을 제기하였다. 오랫동안 여성을 성적 대상물로 여겨온 가부장제가 초래한 억압에 대한 인식은 개인적 혹은 집단적인 형태로 의식의 함양을 유발하는 정치적인 운동으로 발전하게 되었다. 영국의 여성 운동은 점차적으로 성의 정치적 의미가 나타내는 이슈를 학문적 토론의 장으로 끌어냈을 뿐만 아니라 다양한 공연 매체들을 통해 그것을 표현하기 시작했다.

　여성 극작가들 역시 현 사회에서의 성적 정체성이 성, 성 역할, 인종, 계급과 같은 다양한 사회적 요소 및 문화적 편견과 상관하여 나타나는 것으로 인식하고 이를 연극이라는 대중적 매체를 통해 부각시키는 데에 관심을 쏟았다. 그들은 당시 남성정치 극작가[1]들의 극이 남성중심의 극적 양식으로 이루어졌을 뿐 아니라 여성의 문제를 도외시했기 때문에 여성들의 삶에는 거의 영향을 미치지 못했다고 판단했다. 따라서 그들은 성의 정치적 의미와 관련된 여성적 자각과 의식의 함양(consciousness raising)을 위한 다른 수단을 강구해야만 했고, 이러한 노력은 조직화된 페미니즘 극단의 형성으로 구체적으로 현실화된다. 페미니즘 극은 정치적 관심을 가진 여성들에 의해 공연되었으며 그것은 단순히 문학이

---

1) Oscar Wild 에서 시작되어 Terrence Rattigan으로 이어지는 전통적인 'well-made play'에 의해 명맥을 유지해오던 20세기 영국 극계는 1956년 Royal Court Theatre에서 공연된 John Osborne의 Look Back in Anger 를 계기로 극의 활력을 되찾기 시작한다. 극을 통해 사회주의 리얼리즘을 표방하는 John Osborne을 비롯한 정치적 극작가들은 귀족 또는 중산층의 생활을 주로 묘사한 'well made play' 형식의 진부한 극에 도전하여 극작술의 혁신을 가능케 한 작가들이었다. 이들은 주로 2차대전 이후 영국의 복지 정책에 힘입어 대학교육을 받은 중하류계급 노동계급 출신들로 자신들을 포함한 주변세계에 존재하는 계급이라는 장벽을 인식하고 이로 인한 좌절과 분노를 표현하고 심리적이고 사회적인 문제들을 극을 통해 나타내기 시작했다.

나 연극의 차원을 넘어서 여성의 정체성을 인식하고 여성의 진정한 사회적 위치를 일깨우는 역할을 했던 것이다.

페미니즘 극의 다양한 극적 형태는 지금까지의 남성중심의 서구철학의 이분법적 도식 속에서 부정적인 위치를 점유했던 여성의 개념을 새롭게 보려는 노력에서 비롯된 것이며, 이는 페미니즘 극이 표출하는 힘의 원동력이 되고 있다. 그리고 그것은 극의 주제와 형식면에서 전통극 양식에서 나타나는 모든 억압적 요소들에 대해 저항하는 형태로 표출되어 있다.

본고에서 논의하고자 하는 Caryl Churchill(1938~　)은 다양한 극적 내용과 독창적 기법으로 여성의 삶을 표현하는 사회주의 페미니즘 작가이다. 사회주의 페미니즘에서는 여성을 물질적 (materialistic) 조건과 사회 상황에 의해 억압받는 계층으로 파악함으로써 그 동안 여성을 포장해 왔던 신비를 벗겨내고 남성과 여성간의 생물적인 차이보다는 인종, 계급, 역사, 그리고 성 역할의 차이를 더욱 중요시한다. 따라서 기존의 이론들이 간과해 온 여성 문제의 이러한 다양한 측면들이 사회주의 페미니즘을 통해 부각될 수 있었고 그것은 극을 통해 드러나게 되었다.

1972년에 작품 *Owners*를 Royal Court Theatre 에서 공연하게 되면서 Churchill은 라디오 극을 중단하고 본격적으로 연극무대를 위한 창조작업에 착수했다. 1972년부터 Churchill의 작품의 대부분은 주로 Joint Stock이나 Monstrous Regiment 두 여성극단과의 공동작업으로 이루어진다. 집단적 공동작업은 페미니즘 극의 독특한 방법론이다. 작가들은 페미니즘 극단과의 공동작업을 통해 여성의 경험을 직접 극작에 반영하기 시작했으며, 이는 여성의 경험을 성이 갖는 정치적 의미를 통해 표현하고 이를 연극의 정치적 미학과 연결시키는 데에 매우 효과적인 작업 방식이었다. 1978년 연출가 Max Stafford Clark 의 요청으로 성의 정치학이라는 주제를 중심으로 한 작품 *Cloud Nine*을 통해서 Churchill은 전통적인 성 역할의 전형을 해체할 수 있는 가능성을 시도해 보았으며 점차 성 역할에 대한 정치적인 탐색의 폭을 넓혀가게 된다. 그 이후 *Top Girls* (1982), *Fen* (1983)을 발표하고 *Serious Money* (1987)와 *Mad Forest* (1990)를 잇달아 발표하며 영국 극단뿐 아니라 미국의 브로드웨이에까지 진출하여 대대적인 성공을 거두게 된다. 그녀는 페미니즘 극단에서 뿐 아니라 정부 보조금을 받는 레퍼토리 극단과 상업적인 West End 극장에 이르기까지 다양한 공연 무대에서 작품을 발표하고 있다. 이러한 측면에서 볼 때 Churchill은 폭넓은 대중의 지지 속에서 페미니즘 극이라는 정치적 연극을 무대에 올려 연극의 주류로 부상시키는데 크게 공헌했다.

Churchill의 극에서는 과거와 현재의 사건들을 객관화시키며 낯설게 보이게 하는 서사극의 역사화 기법이 변용되어 나타난다. 연속적인 역사로 나열되어 온 극의 연대순 적인 순서는 해체되고 시간의 변화와 흐름은 갑작스럽게 이루어진다. Churchill은 이와 같은 서사극 기법의 변용을 통해 현재와 과거간의 불연속성을 강조하며 사회의 표면구조 내부에 존재하는 이데올로기를 드러낸다.

페미니즘 극이 남성중심의 담론에 의한 가부장제적 재현구조에 반기를 들고 새로운 연극적 시도의 한 가지 예가 된 것처럼, Brecht의 서사극도 과거의 극작형식에만 집착하여 사회질서와 현실과의 관계를 반영하지 못한 리얼리즘 연극에 대한 반성에서 비롯된 새로운 극의 형식이라 할 수 있다. 페미니즘 극이 여성이 직면한 현실의 문제를 극의 중요한 주제로 삼으려 한 것처럼 서사극도 현실을 반영하고 극적 표현의 진실성을 전달하기 위해 여러 가지 기법을 시도했다. 즉 서사극에서는 전통적인 소재, 언어, 기법을 해체하고 기존의 연극이 직면한 무대적 한계에 도전하게 된다. 페미니즘 극과 Brecht 극의 공통점은 이처럼 기존의 연극적 인습과 대결하여 과거의 공연 기호를 해체시키려는 데 있다.

전통적인 역사를 통해 부정되어 왔던 현상에 주목하는 이와 같은 서사극의 역사화 기법들은 Churchill의 극이 보여주는 포스트모던적인 특성이다. 문화와 역사의 모든 이질적 요소들을 드러내는 포스트 모던 이론의 핵심은 중심과 자아를 해체시키는데 있다. 그리고 재현의 구조 속에서 나타난 이데올로기적 가정을 드러내며 주체는 이데올로기 속에서 형성된 사회적 구축물임을 전제하고 있다.

Churchill의 극에서는 이러한 포스트 모던 이론을 서사극의 기법과 결합하여 사실주의 극에서 볼 수 있는 내러티브 형식의 고정된 전개나 또는 연대순적 기술로 이루어진 극적인 표현적 한계를 해체하게 된다. 이러한 극 작업은 권력의 작용과 통제장치들이 가부장제 이데올로기 속에서 스며들어 있다는 것을 밝혀 내는 저항의 실천이라 평가 할 수 있다.

본고에서는 Churchill의 주요 작품인 *Cloud Nine*(1978)에 나타난 역사화 기법의 변용양상을 중심으로 주인공 Betty를 포함한 여성 인물들이 가부장 사회의 의존적 자아에서 독립적 자아로 변화해 가는 과정과 새로운 성 역할 정체성(gender identity)을 탐색해 가는 과정을 고찰할 것이며 이 가운데 나타난 제국주의와 가부장제 담론의 해체 과정을 밝혀 보고자 한다. 아울러 그녀가 자신의 사회주의 페미니즘의 신념을 어떻게 전달하고 있는지를 규명하고자 하며 이러한 그녀의 극적신념이 포스트 모던적 극적 전략과 어떻게 융화되어 해체적 변용으로 나타나고 있는지에 대한 구체적인 예와 그 이론적 배경도 자세히 고찰하고자 한다.

2. 처칠(Churchill)의 사회주의 페미니즘 이론의 형성

Churchill의 사회주의 페미니즘 극이 형성되기까지에는 초기 페미니즘의 기본이념과 페미니즘의 정치적 신념을 극화시킨 여성 극작가들의 극작태도와 양식이 큰 영향을 미친다. 뿐만 아니라 포스트모던 이론가인 Foucault의 연구에서 제시된 담론이론과 권력에 대한 상세한 분석과 Althusser나 Williams의 이론에서 제시된 맑스주의적 전제들도 그녀의 페미니즘적 신념의 근저에 자리잡고 있다.

"개인적인 것이 정치적이다 (the personal is the political)"이라는 명제는 페미니스트들의 정치적 사상을 나타내는 말이다. 이 때 '정치적'이라는 말은 사회라는 조직의 가장 멀리 떨어지고 숨겨진 구석이라고 생각했던 부분에서도 그 사회의 구성원은 그들을 영속적으로 합법화시키려는 권력구조에 의해서 움직인다는 것을 뜻하며, '개인적인 것'이라는 말은 소외된 사회에 속한 구성원들이 정치적인 자각을 갖기 시작하는 출발점이 개인적인 영역이라는 의미이다. Nancy S. Reinhart는 페미니즘 연극이 해체하려는 전통적인 극 구조가 남성위주로 구성된 것이라고 언급하며 이에 대해 다음과 같이 비판한다.

> "행위의 모방"인 전통적 서구 연극의 구조는 갈등과 긴장의 단계를 거쳐 클라이막스와 대단원의 구조로 이루어져 있다..... 극에서 큰 비중을 차지하는 갑작스럽게 이루어지는 클라이막스와 카타르시스적인 결말로 이루어진 공격적 극 구조는 특별히 남성적인 성적 반응을 나타내는 것이라고 할 수 있다.
>
> [T]he structure of traditional Western drama, an "imitation of an

action," is linear, leading through conflict and tension to a major climax and resolution....One could say that this aggressive build-up, sudden big climax, and cathartic resolution suggests specifically the male sexual response.[2]

초기의 페미니즘 극작가들은 극의 내용면에서 뿐 아니라 극적인 전략 면에서 Churchill에게 큰 영향을 미치게 된다. Joan Littlewood가 극의 제작과정에서 시도한 집단적인 창작과정을 받아들인 Churchill은 이러한 작업방식을 Joint Stock, Monstrous Regiment 극단과의 공동작업을 통해 실천해 왔다. 이와 같은 극적 방법의 수용은 Churchill을 페미니즘 극의 집단적 창작작업을 가장 성공적 방식으로 소화한 작가로 인정받게 하는 결과를 가져왔다. Francis Gray는 이러한 공동작업이 그녀의 정치적 신념을 극화시키는 데 훌륭한 도구가 되고 있다고 평한다.

> 조인트 스탁 극단이나 몬스트러스 레지먼트 극단과의 공동 작업은 치밀하고도 예리한 작업 능력을 가진 처칠의 완숙한 재능을 정치적인 구조로 구체화 시킬수 있게 만들었으며, 그녀가 좀더 넓은 화판에 그림을 그릴수 있도록 하였다.

> Working with Joint Stock and Monstrous Regiment enabled her to place a developed talent for intricate and subtle work into a political frame and gave her the support she needed to paint on a larger canvas.[3]

Churchill은 또한 페미니즘의 주제를 효과적으로 나타내기 위해 리얼리즘극 구조를 해체하는 실험적 양식을 취한다. 그녀는 아리스토텔레

---

2) Nancy S Reinhart., *The Structure of Traditional Western Drama*, (London: Methuen, 1983) p.107.

3) Francis Gray, "Mirror of Utopia: Caryl Churchill and Joint Stock", *British and Irish Drama since 1960*, ed. James Acheson,(New York: St. Martin's Press), 1993, p.51.

스 적인 극 구조를 해체함으로 새로운 주체가 요구하는 관객과의 관계 등을 창조한다. 특히 Churchill의 극이 강조하는 관객과의 새로운 관계 모색은 극의 장면들을 '낯설게' 보이게 함으로써 관객에게 끊임없이 극에 대해 비판적 시각을 갖게 하고 극에서 제기하는 문제에 대한 답을 모색하게 한다. 이를 통해 Churchill은 전통적 "여성"의 개념을 해체하고 관객에게 여성을 끊임없이 변화하는 주체로 나타낸다. 이 과정을 통해서 Churchill은 여성의 정체성을 재구성하며 여성의 위치를 재해석하는 과정 속에서 새로운 인간 관계를 모색하는 극적 재현을 이루어낸다.

Churchill은 극적인 재현과정에서 여성의 경험 중 특히 사회적으로 규정된 여성의 성 역할을 유물주의적인 관점에서 표현한다. 이와 관련해 그녀는 개인과 시간에 따라 다르게 규정되며 항시 변화해 가는 주체를 극적인 맥락 속에서 어떻게 제시할 것인가 하는 점에 관심을 기울인다. Churchill은 극을 통해 주체의 위상을 재규정 하기 위한 새로운 형태의 공연 맥락을 창조한다. 이를 위해 사회의 표면구조와 그 표면 아래에 있는 주체의 정신적 영역을 탐구하기 위한 다차원적 극적 방법을 전개한다.

새로운 시각에서 여성의 위치를 규정하려는 Churchill에게 Kate Millet이 주장한 성의 정치적 의미는 매우 중요한 사회적 정치적 시각을 제공하게 된다. Churchill은 Millet의 주장에서 진일보하여 극 속에서 성(sex)의 개념뿐만 아니라 성역할(gender) 의 정치적 의미를 탐구하는 것으로 극의 영역을 확장해 나가며 이를 통해 가부장제적 이데올로기를 해부한다.

페미니즘의 극적 표현 방식은 여성뿐 아니라 남성들에게도 그들의 차이를 고정시켜온 담론들과 직면하게 하여 담론 속에 내재한 사회·정치적 이슈를 인식하게 한다. 페미니즘 극은 이러한 이슈를 인식하고 극적으로 표현하는 의식과 행동의 총체적 표현이라고 평할 수 있다. 바로 이 속에 페미니즘의 포스트 모던적 특성이 존재하며 동시에 Churchill의 페미니즘과 포스트모더니즘의 공유점이 존재하게 된다.

페미니즘은 현 사회에 존재하는 남성위주의 가부장제 이데올로기의 억압을 인식하고 이에 대한 비판과 대안을 제시하며 이성, 지식, 자아에 대한 고정관념을 해체하고자 한다. 이와 같은 사고는 현대 서구사회에서 당연시되며 또 그 문화를 합법화시켜온 진리 또는 언어에 대한 확고한 개념들에 대해 회의를 품고 고정관념을 해체시키는 포스트모더니즘의 특성과 일치한다.

Churchill의 극은 포스트모던 이론을 페미니즘과 접목시켜 창작한 페미니즘 이론 극이다. 그러나 Francis Gray는 Churchill의 극이 단순한 이론의 나열에 그치는 것이 아니라 육체적·사회적 존재로서의 인간관계를 모색해나가는 복합적 성격을 띠고 있다고 언급한다.

> 처칠의 극은 직선적인 논쟁의 나열이 아닌 하나의 모자이크와 같다; 이때 각각의 부분들은 신체적, 정신적 혹은 사회적 존재와 관계 없이 모두 중요하다. 즉 그녀의 극은 단순히 사물을 비추기만 하는 것이 아니라 정치적이고 사회적 관계들을 변형시켜 나타내는 하나의 거울이다.

> A Churchill play is not a linear argument but a mosaic ;
> Each piece, whether concerned with bodily, spiritual or social being, is equally important. It makes up a mirror which does not simply reflect but transforms political and social relations.[4]

정치적 극으로서 Churchill극이 갖는 중요성은 사회주의 페미니즘이 추구하는 사회적, 정치적 관심들을 유발시킨다는 데 있다. Churchill은

---

4) Frances Gray, op. cit., p.58.

자신의 극을 관람하는 관객들이 정치적 시각으로 극을 대하길 원한다고 밝혔다.[5]

사회의 모든 억압과 해방의 개념을 권력과 그로 인해 생성된 담론이론의 시각에서 Churchill은 성별에 따른 관계도 복잡한 사회적 관점들이 관련되어 있는 지배와 복종의 권력관계로 본다. 그리고 이러한 제반관계들을 통해 가부장제의 권력의 중심부에 있는 남성들은 여성을 타자로 규정해 왔음을 인식한다. 특히 Foucault의 담론이론을 통한 접근방식은 성적 조건들의 물질적 조건이 되는 관계들을 해부하고 분석해나가는 Churchill의 극작이론에 중대한 방법론을 제공하게 된다.

3. *Cloud Nine* : 새로운 성 역할 정체성의 탐색

Churchill은 자신의 극을 통해 전달하려는 사회주의 페미니즘의 이슈에 대해 관객들이 좀더 진지하게 받아들이기를 원했으며 관객과의 새로운 관계를 모색하고 있다. 이를 위해 그녀는 서사극의 역사화 기법을 중요한 극적 양식으로 사용한다. Churchill이 이러한 극적 양식을 사용하게 된 배경에는 역사를 연속된 개념으로 이해하지 않고 단편적이며 불연속적인 속성을 갖는 것으로 이해하는 포스트모던적인 해체적 역사관이 자리잡고 있다.

*Cloud Nine*은 모두 2막으로 구성되어 있다. 1막의 배경은 빅토리아 시대의 아프리카 영국 식민지이며 2막은 현대의 영국 사회이다. 1막의 배경이 되는 아프리카 식민지는 가부장적 사회구조에 대한 적절한 은유로 나타난다. 식민지의 통치권을 쥐고 있는 Clive는 여왕을 대표하여

---

5) Alisa Solomon, "Witches, Ranters and Middle Class : The plays of Caryl Churchill", *Theatre*, Vol.12 no.2. Spring 1981.p.49.

그곳의 주민들을 다스리는 권력자이며 동시에 한 가정의 가장으로서 부인 Betty 와 아들 Edward, 딸 Victoria를 거느린다. 이들 외에도 그의 집안에는 Betty의 엄마 Maud, 가정교사 Ellen, 흑인 하인 Joshua가 함께 거주하고 있다. 그 외에도 이들의 가정을 방문하는 두명의 인물 Mrs. Sanders와 Harry Bagley가 잠시동안 이들과 거주하게 되며 이들의 행동은 가족 구성원들의 삶에 커다란 변화를 일으키는 요인이 된다.

2막에서는 현대의 영국이 배경이 되고 있다. 여왕으로부터 부여받은 식민지 통치권을 대행하면서 가족들에게도 권위주의적인 가장으로 군림했던 Clive는 2막에서는 거의 모습을 드러내지 않는다. 2막에서는 주로 Clive의 부인 Betty와 그의 두 자녀들과 그들의 파트너들을 중심으로 극이 전개되고 있다. 특히 2막에서는 그녀의 성적 자유와 경제적 독립의 과정을 통한 성 역할 정체성의 재확립 과정을 극화하고 있다. 이들은 남성 가부장제의 담론이 규정한 성 역할에서 벗어나 자유로운 성 역할을 시도하며 사는 삶의 양상을 만화경처럼 다양하게 보여준다.

1) 연속적 시간의 해체

*Cloud Nine*에서는 1막과 2막 사이에 존재하는 100년이라는 시간적 간격으로 인해 관객들은 현재 그들이 속해있는 사회와 과거의 전통적인 가부장제 사회를 비교하여 검토할 수 있게 된다. Churchill은 이 작품에서 등장인물들이 권위주의적 남성이 규정한 정체성으로부터 벗어나 새로운 성적 정체성을 재정립해 가는 과정을 효과적으로 나타내기 위해 시간의 전이(time-shift)기법을 사용하고 있다. 1막과 2막에서 동시에 나타나는 인물들은 100여년이 넘는 두 시대를 경험하며 살게 되나 이 기간은 25년 정도로 단축되어 나타난다. Churchill은 긴밀한 시간적 연속성을 해체하고 교란함으로써 관객들에게 현사회의 역사와 여성적

정체성의 문제점을 과거의 시각에서 비추어 볼 수도 있게 하고, 또한 과거의 여성의 위치를 현재의 시각에서 재조명할 수 있게 한다.

관객들은 과거의 역사적 사건을 통해서 불변하는 것처럼 보였던 여성들의 성적주체성이 해체되고 있음을 감지하게 되면서 2막에서의 변화를 좀 더 쉽게 받아들일 수 있게 된다. 1막에 이어 2막에서 등장인물들이 연속해서 등장할 때 어떤 다른 동기나 논리가 없이 100여년이나 된 시간의 간격을 뛰어넘어 변화하는 과정은 성 역할과 역사에 대한 비판을 강조하는 소외효과를 초래하기 위함이다. 1막에서 생물학적인 남성이 여성의 역할을 맡고 반대로 여성이 남성 역할을 하는 역 배역 (cross-gender casting)과 함께 나타났던 등장인물들은 더 이상 외적으로 남성담론의 통합적 자아에 밀접하게 묶여있지 않다. 2막에서는 느슨한 유토피아적 분위기, 주인공들의 불확실한 태도와 변화의 가능성 그리고 인물들은 권위주의적인 태도에서 벗어나 자유로운 태도로 나타난다. 이것은 남성 지배적이며 견고하게 짜여진 1막과는 명백한 대조를 이루고 있다. 여기에 빠른 장면 전환의 기법이 더해져 이들의 삶이 빅토리아적 가치관에 정면 대항하고 있음을 보여준다. 젊은 세대는 전과는 다른 대안적인 생활방식을 취하게 된다. Betty의 딸 Victoria는 여자 친구 Lin, 그녀의 딸 Cathy, 오빠 Edward, 그리고 남편을 제외한 자신의 딸 등 다섯 식구가 한 침대를 쓰고 한 살림을 이루며 기존의 전통적 가족구조를 해체하며 살고 있다.

2막에서 Churchill은 관객으로 하여금 우리가 어떻게 보여지는가에 의해서가 아니라 우리가 어떻게 자신을 규정하느냐에 따라서 남성이나 여성으로 규정될 수 있다는 것을 보여주며, 남성, 여성을 폭넓게 인간의 개념으로 수용하고 있다. 이것은 전통적 성 역할 개념의 해체를 의미하는 것으로 정체성은 우리 자신이 선택하는 변화된 가치에 따라 사회제도 속에 뿌리내릴 수 있다는 것을 의미한다. 1막과는 달리 2막에서는 성 역할의 관계에서 오직 사회적인 관계의 중요성만을 인정한다. 가능성을 향한 가치와 이상에 초점을 맞추기 위해 Churchill은 2막에서 등장인물들의 양면적 정체성을 심리적인 변화와 함께 표현하는데 심혈을 기울인다. 가부장제 사회에서 문화적으로 구축되어온 성 역할 담론이 해체된 상황에서 인물들은 남성적 또는 여성적이라고 규정된 역할을 벗어나 자유로운 성 역할을 충분히 수행할 능력이 있으며, 이러한 양면성을 효과적으로 나타내기 위해 등장인물들은 성 담론 이데올로기의 비판자로 나타난다.

다양한 사회적 성 역할 코드의 실행의 장소로서 나타나는 인물들의 자아는 이데올로기적이며 정치적인 투쟁을 할 수 있는 능력을 가지도록 변화된다. 2 막에서 Victoria와 Lin 그리고 Edward의 기원(Invocation) 장면은 그들의 변화를 기원하는 장면이다.

> 우리에게 역사를 주옵시고, 우리가 될 수 없었던 여성으로 우리를 만드시옵소서.

> Give us the history, we haven't had, make us the women we can't be. (CN, p. 55.)

성과 성 역할에 관해 이미 우리들이 지배적 담론에 의해 실제경험이 절충된 상태라는 것을 잘 인식한 Churchill이 새로운 재현을 공들여 만들어 내려는 뚜렷한 증거가 위의 대사를 통해 나타난다. 성, 성 역할, 성 정체성에 관한 왜곡된 개념을 바로잡고 새로운 성의 개념을 만들어 가기 위해 *Cloud Nine*의 2막에서는 성이 단지 억압의 장소로서만 조명되는 것이 아니라 투쟁의 장소로 인식된다. 이들이 기원을 한후 그들 앞에 나타난 상처투성이의 군인인 Martin은 이를 나타내는 상징적인 인물이며, Victoria는 "섹스와 경제는 분리할 수 없거든. You can't separate fucking and economics"(CN, p.56.)이라고 언급하면서 현실과 성 개념의 문제를 분리시킬 수 없다고 말한다. 이 작품에서의 Betty의 성 적인 해방도 그녀의 경제적인 독립과 함께 이루어진다. 1막에서 관객들은 그녀가 Clive에게 성적으로 종속되어 있는 동안 경제적으로도 완전히 그에게 예속되어 있다는 것을 알 수 있다. 이는 성적 정체성의 의미가 성(sexuality) 뿐 아니라 계급, 인종, 사회적 관계 등의 복잡한 권력 체계 관계 속에서 나타나고 있다는 것을 의미한다.

2막의 초반에서 성적 정체성을 재확립하지 못한 채 혼돈스러워 하는 Betty는 빅토리아 사회가 종식된 지 이미 100여년이 지난 현대까지도 여성을 비하하고 여성에 대한 혐오감을 나타낸다. 그녀는 Clive와 함께 살았던 Victoria시절부터 Edward를 사내답게 양육한 반면 딸 Victoria는 말을 하지 못하는 인형으로 취급해왔다. 이러한 그녀의 양육태도 역시 남성적 가치중심의 사회가 규정한 여성에 대한 편견에서 비롯된 것이다. Betty는 여성성에 대한 전통적인 이분법적인 개념에 의해 여성을 규정한다.

> 베 티 여자들은 남자만큼 재미있는 얘기꺼리가 없어. 여자 천재 작곡자도 여태 없었지. 여자들은 유머감각 없어. 감정에 치우쳐 일을 망쳐 버리기만 해. 난 여자를 좋아하지 않아, 정말이야.

> Betty They don't have such interesting conversation as men. There has never been a woman composer of genius. They don't have a sense of humor. They spoil things for themselves with their emotions. I can't say I do like women very much, no. (*CN*, p. 49)

Clive와 헤어지려는 생각을 굳히고 혼자 살아갈 아파트를 찾아다니면서도 Betty는 의지할 수 있는 대상인 남성이 없다는데 대해 막연한 불안감을 갖게 된다. 그러나 같은 여성으로서 Betty가 그녀의 엄마인

Maud와 심리적인 공감대를 갖지 못한 것처럼 Victoria는 Betty의 이러한 심리적인 불안감에 공감하지 못한다.

> **베 티** 그렇지만 난 이혼을 앞두고 아주 두려움에 빠져있단다.
> **빅토리아** 뭐가 두려워요, 엄마?
> **베 티** 빅토리아, 너는 항상 모든일에 당장 해답이 나온다는 듯이 물어보는구나.

> **Betty** But I'm so frightened.
> **Vic** What are you frightened of?
> **Betty** Victoria, you always ask that as if there was suddenly going to be an answer. (*CN*, p. 47)

*Cloud Nine*에 나타나는 Maud와 Betty 그리고 Betty와 Victoria로 이어지는 모녀관계는 그들이 이전의 자신이 속했던 사회에서 독립하고 개별화하려는 의지로 인해 심리적인 갈등관계로 나타난다. 이미 Betty로부터 떨어져 나가 자신만의 성적 성체성을 확립하고 살아가는 Victoria와 아직도 혼돈된 상황에서 길은 찾아야만 하는 Betty는 서로의 입장을 이해하지 못하고 있다. 그러나 Betty는 남성에 의해 지배 당해온 수동성을 깨고 성의 속박에서 벗어나기 시작하면서, 동시에 이전에 가졌던 여성에 대한 스스로의 혐오감을 깨뜨리기 시작하고 자신의 여성성에 대한 애정을 회복하기 시작한다. 그리고 그녀와 Victoria의 관계도 서서히 심리적인 동일성을 회복해 나가게 된다. Betty는 빅토리아 시대의 성의 속박과 여성에 대한 성적 관습과 성적으로 금기시되어 오던 행위를 해체하고 자신의 성(sexuality)적인 잠재 능력을 드러내고 있다. 이것은 가부장제의 제 조건이 여성의 생물학적 성구조의 기초에 부과한 물리적 금기와 왜곡을 감소시키고 그 영향에서 벗어나기 시작하는 것을 의미한다. 이는 성이 언어의 기표처럼 역사적, 사회적 맥락 속에서 움

직이고 있는 권력관계의 상징임을 나타낸다. Churchill은 성(sexuality)을 통해 한 개인과 관련된 모든 것을 설명하고 있다. 성(sexuality)의 자유를 느끼게 된 Betty는 여성에 대한 애정을 회복하였을 뿐 아니라 경제적인 자립을 이루며 새로운 정체성을 확립해 가게 된다. Betty는 자신을 재창조하고 독립적인 여성이 되기 위해서는 경제적으로 독립하는 것이 중요하다고 말한다.

> 베티   이제 네 아버지와 헤어질꺼야. 그리고 내겐 직업이 필요해, 물론 정원사는 아니고.

> Betty   I'm going to leave your father and I think I might need to get a job, not a gardener really of course. (*CN*, p43)

점차 Betty는 자신을 압박 해오는 주변의 시선에 대해 오히려 당당해진다. 그녀는 변화해 가는 자신에 대한 Maud의 걱정과 경고에 대해 다음과 같이 말한다.

> 모드   손더스 부인을 경고로 삼도록 해라. 베티. 보호받지 못하는게 어떤 것인지 나는 안다.
> 베티   그러나 엄마. 난 직업이 있어요. 난 돈을 벌어요.
> 모드   난, 네가 클라이브의 아내가 되길 원한다. 이 모든 변화를 받아들이기에는 난 너무 늙었단다.
> 베티   그렇지만 나는 위태로운데에 처해보고 싶어요.

> Maud   Let Mrs. Sanders be a warning to you, Betty. I know what it is to be unprotected .
> Betty   But mother I have a job. I earn money.
> Maud   I need you to be Clive's wife. I am too old for all this fun.

Betty But I want to be dangerous (*CN*, p. 60)

Betty는 점차 자신의 성적 정체성 및 성역할의 정체성을 빅토리아 시대의 강박관념과 규율과 표준화의 인식에서 벗어나 새로운 시각으로 재정립해 가기 시작한다. 또한 그녀는 1막에서와는 달리 아들 Edward 의 양성성(bisexuality)을 인정하게 된다. 다양한 성적 정체성을 수용하기 시작하면서 Edward와 Gerry와의 관계를 인정하고 동시에 Edward가 Lin과 동거할 수도 있다는 사실을 수용하게 된다.

> **베티** 린과 에드워드가 결혼을 하지 않고 그렇게 사는 거랑 또, 린이 애가 있다는 거 난 전혀 아무렇지도 않아. 우린 알고 있잖아. 첫 결혼이 항상 성공적이지만은 않다는 걸 말야.

> **Betty** I'm not at all shocked that Lin and Edward aren't married and she already has a child, we all know
> first marriage don't always work out. (*CN*, p.59.)

Betty는 더 이상 전통적인 성 담론의 희생자가 아닌 자신만의 해방적 담론 속의 주인공으로 나타나게 된다. Churchill은 Betty의 성역할 정체성이 점진적으로 변화되는 과정을 통해 주체란 결코 안정된 것이 아니라는 포스트 모던적 전제를 강조하며, 이러한 이슈들은 서사극의 역사화 기법을 통해 나타난다. 즉, 시간의 연속성을 해체하는 기법과 급격한 시간의 변이기법은 관객으로 하여금 Betty의 의식의 변화를 객관적으로 깨닫게 하는 효율적 장치이다. 뿐만 아니라 극에서의 구체적각 장면들은 우리가 익숙하게 길들여진 시간의 순차적 흐름에서 벗어난 낯선 에피소드적 구조들로 이루어져 있다.

Betty는 그를 지배해온 Clive를 떠나 그녀만의 특별한 감각에 도달하게 된다. 이는 Irigaray가 말한 '자기 희열'(auto-erotic jouissance)를 뜻하는 것이기도 하다. 극의 종반에 이르러 Betty는 성적 불감증이라는 수동적 위치에 속했던 과거의 자신과 결별하게 된다. 과거의 Betty가 속했던 Victoria사회에서는 불감증으로 자기 몸을 지키는 것, 이로인해 독립성을 보존하는 것이 문학의 공통된 주제였을 정도로 억압된 성 담론이 여성들을 지배하였다. Betty는 성에 대한 불감증에서 벗어나 자신이 남성에게 하나의 독립된 인격체로 서게된 승리감에 대해 독백하고 있다.

Betty의 자기 재발견의 대사는 여성들이 더 이상 담론의 희생물이 아니라 독립적인 존재로 살아갈 수 있는 가능성을 확인해주는 효과를 창출하고 있다. Cloud Nine의 Betty는 1막은 남성이 2막은 여성이 연기함으로서 하나의 주체가 자아와 타자로 분리되어 왔음을 나타내고 있다. 이와 같이 시간적인 연속성을 해체하고 배우에게 생물학적인 성과는 반대되는 역할을 배분하는 등의 역사화 기법의 변용을 통한 소외기법을 통해, Betty는 전혀 다른 두 모습으로 나타난다. 이를 통해 관객들은 자아를 재발견하기까지 여성들은 다른 여성들로부터 분리되어 왔음을 인식하게 될 뿐만 아니라 그 자신들로부터도 소외되어 있음을 인식하게 된다. 관객들은 자신을 재창조하려는 Betty의 투쟁을 1막에서부터 서서히 인식할 수 있다. 그리고 자신과 싸워나가는 그녀의 모습을 통해서 Victoria사회의 전통적인 담론 속에서의 안정된 주체가 해체되는 것을 느끼게 된다.

극은 1막의 Betty와 2막의 Betty의 포옹으로 끝난다. 2막의 현대적 사고방식을 가진 Betty가 이전의 남성적 가치관에 물들여 살던 빅토리아 시대의 자신의 옛모습을 껴안는다. 이들 Betty와 Betty의 포옹은 주체와 객체, 자아와 타자의 구분을 거부하고 있음을 보여주는 Brecht적 순간이다. 즉 Churchill이 의도하는 성의 정치 이슈가 극적인 재현을 통해 전달되는 순간이며 이를 전통적 표현 방식이 아닌 '낯설게 하기' 기법을 통해 관객에게 제시하고 있다. 또한 지금까지의 권위의 개념을 해체하고 여성이 가지는 주체성을 중요히 여기기 시작했다는 것을 의미하는 순간이기도 하다. *Cloud Nine*의 마지막 장면에서 이전의 자신의 모습과 만난 Betty는 독립된 자아가 갖는 두려움과 희열을 동시에 느낀다.

Churchill은 *Cloud Nine*에서 성역할의 경제적, 사회적 요소들을 폭로하기 위해 재현의 장을 역사화 시키는 기법을 사용한다. 극을 통해 관객들이 100여년 전의 과거의 시대를 역사적인 시각으로 보게 함으로서 현재 그들이 처한 상황과 비교하고 또한 현재의 처지를 인식할 수 있는 객관적인 시각을 제공한다. 1막을 통해 과거를 비판했듯이 이를 통해서 과거와 현재의 모습을 모두 비판할 수 있게 된다. 이처럼 성 역할의 경계를 역사화시키는 것이야말로 관객의 의식 그 자체를 변화시킬 수 있다고 생각한 Churchill은 이러한 기법을 통해 지금까지의 담론을 해체하고 여성의 정체성을 회복시키려 노력한다.

2) 다원적 캐스팅

Churchill은 *Cloud Nine*에서 역사화 기법을 독창적으로 변용한 다원적 캐스팅 기법을 통해 성 역할이 이데올로기적 산물임을 드러낸다. 역사화 기법이 소외효과를 위한 주요 기법인 것과 같이, 다원적 캐스팅 기법 역시 소외효과를 나타내기 위해 전통적인 배역의 개념을 해체한다. Churchill은 변화하지 않는 성별화된 근원으로 나타나는 주체성을 해체해야할 필요성을 인식하고 이를 위해서 등장인물들의 성, 인종 등의 생물학적인 본질과는 반대로 이루어지는 'cross-gender casting', 'race casting' 등을 사용하고 있다. Churchill은 다원적 캐스팅 기법을 사용하여 성에 대한 정치적인 의미를 조명하며 현 사회가 가부장제 사회로서 남성들은 타고난 권리에 의한 우위성을 지니고 있음을 드러낸다. 그리고 양성간의 상황은 지배와 복종의 관계이며 개인적 자아(individual self)가 성에 대한 이데올로기적 지배 속에서 형성된 구축물이라는 점을 제시한다.

*Cloud Nine*에서 7명의 배우들은 자신과 나이, 성 역할, 인종이 다른 13명의 역할들을 맡게 된다. 1막에서 역 배역 (cross-casting)과 함께 나타나는 기표들인 각 등장인물들은 자기 확신과 자아의 통합에 밀접하게 묶여 있다. *Cloud Nine*에 나타난 독창적인 역 배역(cross-casting) 기법은 병렬 기법이 아닌 강렬한 대조 기법으로 소외효과가 시각적으로 구체화된 결과라 하겠다. Churchill의 역 배역(cross-casting) 기법이 등장인물의 성(sex), 인종, 나이 등 그들이 부여받은 생물학적인 본질들과는 반대로 이루어져 있다는 것은 우리가 구체적으로 어떤 것을 자신의 정체성으로 받아들이는가 하는 자기 동일화 과정 속에서 작용하는 복잡한 권력관계를 의미한다. *Cloud Nine*의 1막에서 Cilve의 부인인 Betty는 남성이, 그의 아들 Edward는 여성이 연기하며, 딸 Victoria는 인형이 그 역할을 대신하며, 그리고 흑인 하인인 Joshua는 백인 남성이 연기한다. 이는 한 개인에게 작용하는 지배 권력의 훈육적 기술을 더 극명하게 드러내는 극적 기교로서, 극속에서 표현되는 자아 및 사회적 역할과 지배적 이데올로기 사이의 긴장감을 고조시키고 있다. Churchill은 그들이 속한 이데올로기를 시각화하여 개인을 기의가 새겨진 기표로 나타낸다. 동시에 이들의 연기뿐 아니라 각 장면들도 이데올로기를 시각화하여 보여주게 된다. Betty의 아들 Edward는 태어나면서부터 여성적인 성향을 보여주고 있기 때문에 그의 배역은 여성이 연기한다. 하인 Joshua는 흑인이지만 백인으로 취급받기를 원하고, 정신적으로 자신을 백인으로 규정한다. 그는 자신의 모든 행동은 백인인 Clive에 위해 지배받기를 원하며 따라서 백인이 Joshua의 역을 맡는다.

Churchill은 다양한 성적 형태를 서사극의 소외효과의 다양한 변용을 통해 제시함으로 지금까지의 개인의 통합적 재현(unitary representation)을 지시하는 전통적 극적 장치에 정면으로 도전하고 있다. Elin Diamond는 이러한 Churchill의 캐스팅 기법은 어떠한 극보다도 연기자와 등장인물의 분리를 통해 관객들이 거리감을 갖게 되고 역사화되는 소외효과의 시각적 예라고 인정하고 있다.

> 처칠의 역 배역 기법은 현대 영국 연극에서 브레히트적인 관객의 삼각구도가 가장 도식적으로 적용된 예이다.

> Churchill's cross casting establishes the most graphic example of Brechtian spectatorial triangle in British contemporary theatre.6)

이러한 기법을 통해 Churchill은 등장인물들이 안정적인 의미 속에서 존재하지 않으며 극적인 실천 속에서 급격히 변화되어져야 할 주체의 이상임을 제시하고 있다. 특히 Amelia H. Kritzer는 이와 같은 기법을 연기자와 역할의 모순되는 관계를 부각시키는 변증법적 패러다임이라고 주장한다.7) 등장인물들의 각 행동은 이데올로기의 내면성을 드러내는 Brecht적 게스투스로8) 나타나며 이로 인해 관객들은 객관적으로 극에 접근할 수 있게 된다.

---

6) Elin Diamond, "Refusing the Romanticism of Identity: Narrative Interventions in Churchill, Benmussa, Duras" *Theatre* 37.3 (1985) p.273.

7) Sanelle Reinelt, *After Brecht* (Micigan : The University of Micigan Press), p.91.

8) Brecht는 극을 통해 밖으로 표출되는 사회관계의 외적표시를 일컬어 게스투스(Gestus) 라고 부르는데 여기에는 등장인물의 태도, 억양, 얼굴표정등이 포함된다. 이를 통해 등장인물들이 다른 사람에 대해 어떻게 '행동'하고 있는가를 강조하고 있으며 이데올로기적으로 구축된 신념, 무의식적인 습관적 인식을 전경화시키는 소외효과라 말할 수 있다. 이것은 손동작이나 제스처를 쓰는 것을 의미하는 것이 아니라 총체적. 복합적 성격의 태도와 사회적 관계의 표현이라는 것을 의미한다.

Churchill은 이러한 서사극의 기법들을 통해 은밀하게 작용하고 있는 가부장제 이데올로기를 드러내고 여성의 위치를 전경화 한다. 그녀는 제국주의의 남성 이미지에 의해 결정된 정체성을 가진 여성의 위치를 나타내기 위해 Betty를 비롯한 여성 인물들을 극적 기호로 표시한다. 1막의 전체에서 Churchill은 여성들이 결핍된 존재인 'lack'으로서 남성에게 종속되어 있음을 반복적으로 제시하고 있다. 그리고 극을 통해 빅토리아 시대를 우리 시대의 거울에 비추어 이 시대에도 변화하지 않고 풀리지 않는 담론들을 제기하려 한다. 이를 위해 그녀는 성 역할과 역사의 전통적인 개념을 극적으로 변형시키고 혼돈 시킨다. 등장 인물들에게 표시된 극적 기호를 나타내기 위해 다수 남성문화의 습관적 공연 기호는 해체된다.

3) 내러티브의 연속성의 해체

Churchill은 겉으로 보기에 잘 짜여진 표면들을 해체시켜 그 속에 존재하는 다양한 담론들을 꺼내 불연속성과 차이들을 증명한다. Betty의 성적 정체성의 해체와 재확립의 과정들이 갑작스런 시간의 변이와 함께 시작되듯이 내러티브의 긴밀한 연결 또한 조각으로 파편화 된다. 이러한 기법들을 통해 겉으로 보기에는 평온하게 유지되고 있는 빅토리아 시대의 질서 속에 존재하는 가부장제의 권력의 훈육기술과 다양한 담론이 드러난다. 2막에서 Churchill은 가부장제가 억압하고 부정하고 있 주체적인 여성들을 제시함으로서 여성들이 변화하고 도전할 방법을 찾아야할 특수하고 국지적인 권력투쟁의 장소를 인식시킨다. Churchill의 극은 '진실' 그 자체의 개념에 도전하고 있으며, 권력관계를 추적하고 특별한 담론의 연구를 통해서 그것의 실체를 밝히고 대조해 나가는 포스트모던적 작업이다. 더 나아가 이러한 극 작업은 사회의

통제 속에서 침묵 해온 여성들의 종속적인 위치들을 밝혀내고 그들을
소외된 위치에서 중심으로 부각시키려는 Churchill의 노력이며, 이러한
그녀의 포스트모던적 작업은 역사화 기법의 변용이라는 극적 양식으로
인해 독창적으로 이루어졌다.

Churchill은 Cloud Nine에서 제국주의라는 권력의 메커니즘이 미세한
그물망처럼 퍼져나가 개인의 삶을 통제하며, 이 가운데 여성에게 가해
지는 억압도 성적, 정치적 형태로 그들의 삶에 작용하고 있음을 나타
낸다. Churchill은 여성의 위치를 제국주의의 피 식민지배자의 위치로
조명하여 권력을 가진 식민지배자와의 관계를 나타내며, 흑인 하인
Joshua의 반란이라는 하나의 상징적 사건을 통해 제국주의의 붕괴를
암시하고 있다. Joshua가 Clive에게 총을 겨누는 행동은 그가 부모가 살
해당했다는 소식에도 감정의 동요를 보이지 않던 모습과는 상반되는
행동이다. 자신의 피부는 검지만 자신의 영혼과 신념은 백인 남성의
것과 동일하다고 고백해온 그가 Clive에게 총을 겨누게 되는 장면에는
어떠한 외적인 사건의 암시도 주어지지 않는다. Joshua의 행동은 Clive
가 권한을 부여받은 제국주의와 그의 피 식민지배자와의 상징적인 대
결이며 또한 제국주의를 해체하는 정치적 의미를 띤 행동이라 규정할
수 있다. Churchill은 제국주의의 붕괴를 단순히 가시적인 역사적 사건
으로 보는 것이 아니라 피 식민지배자들의 성적 정체성이 재확립되는
계기로 제시한다. 그러나 극에 나타나는 이러한 내적인 의미들은 일관
성있게 작가에 의해 설명되고 있지 않으며, 갑작스런 몇 가지의 사건
들을 통해 내러티브의 연속성이 해체되는 가운데 낯설게 관객들에게
제시되고 있다.

Churchill은 Cloud Nine의 초반부터 Clive의 삶에 대한 '표준'적 자세
가 보여주는 불안정성과 위선을 나타낸다. 그는 부인에게는 도덕과 정
절을 강요하면서도, 자신은 성욕을 절제하지 못하며 Mrs. Sanders와 혼

외정사를 맺게 된다. 뿐만 아니라 그는 아내를 비롯한 가족들의 의식과 사고에 대해 자신의 편향적인 기준에 의거하여 판단할 뿐 그들의 억눌린 내면의 자아는 발견하지 못한다.

이미 자신의 주체성을 확립한 Mrs. Sanders와는 달리 Betty는 Harry의 출현과 Joshua의 반란이라는 두 가지 사건을 계기로 제국주의 가부장 사회에서 구축된 자아로부터 벗어나 서서히 해방된 자아를 추구해 나가게 된다. Teresa de Lauretis는 주체는 생물학이나 이성적인 의도에 의해 결정되는 것이 아니라 경험에 의해 결정되어 진다고 주장한다. 그리고 인간의 의식은 주어진 역사적 순간에 따라 새로운 지식과 의미의 범주 속에서 해석되며 재조명된다고 주장한다. 따라서 한 개인의 정체성은 끊임없이 변화하는 담론적 경계선 때문에 결코 고정될 수 없는 역사적 의식 과정으로 구성되어 있다고 밝히고 있다. 극의 초반에서 두 여성 Betty 와 Mrs. Sanders가 싸우는 장면은 Betty가 결별하게 될 가부장 사회와의 투쟁을 예고하는 것이며, 그녀가 곧 Mrs. Sanders와 같이 사회의 억압과 모순을 인식하고 이를 극복해 가는 독립적인 여성이 될 준비라 하겠다.

*Cloud Nine*의 2막에서는 '해방'된 여성들이 나타난다. 이들은 가부장제의 억압으로부터의 해방된 자아(freed-self)의 소유권을 주장한다. Churchill은 2막에서 '여성'의 범주를 전통적으로 규정된 속성과 상반되는 경험적 탐색을 통해 이론화시키고 재 규정하려는 시도를 하고 있다. 동시에 이들이 추구하는 새로운 성 역할 정체성의 탐색을 위해 성과 성 역할에 대한 작가의 관심은 성 개념(sexuality)과 관련된 권력의 기능분석으로 확장된다.

4. 결 론

*Cloud Nine*에서 Churchill은 남성중심의 이분법적인 사고가 자연적이며 본질적이라고 규정한 성 개념의 정의에 대해 저항의 가능성을 제기하고, 개인적 주체의 형성과정에서 권력의 역할과 관련된 문제에 의문을 제기한다. 이처럼 Churchill은 포스트모던 이론과 서사극의 이념에서와 같이 권력의 기능에 대한 조사방법을 저항의 형태와 분석에 근거하고 있다. Churchill은 성 담론에 나타난 이데올로기적이며 제도적인 합리화를 *Cloud Nine*을 통해 예증하고 있다. 그리고 이를 성(sex)의 문화적 구축물인 성 역할(gender)과 관계된 사회적 역사적 맥락을 드러내고 고립시켜 성적 정체성의 복합적 의미를 보여주고 결과적으로 각 주체들이 그들의 정체성을 '재정립' 하도록 그들을 해방시키고 있다. Foucault는 해방의 집결지점으로서 정체성을 받아들이기 위해서 해방의 시작점은 주체 자신이어야 한다고 설명하고 있다. 이러한 분석 결과를 바탕으로 주체들은 '비 착취적인 희열'(non-exploitive pleasure)의 이미지를 가지게 되며, Churchill은 소외효과를 통해 관객들도 이러한 착취를 인식하도록 강화시키는 탁월한 능력을 보여주고 있다.

*Cloud Nine*에 나타난 Churchill의 내러티브는 자아와 정체성의 이슈와 일차적으로 관련이 되어져 있다. 해방되어져야할 주체들은 자신의 힘으로 존재해야 하는 여성으로서 그들 자신의 내러티브 속에서 자신들의 정체성을 재정립하게 된다. Churchill은 1막과 2막의 연결부분을 시간의 변이 기법을 통해 나타내면서 공간적 시간의 개념과 실제 등장인물들에게 관통하는 시간의 흐름을 일치시키지 않는다. 또한 다원적인 캐스팅의 기법들을 사용함으로서 주체는 이데올로기의 구성물임을 나타내면서 동시에 전통적 자아의 해체를 통한 주체성의 재확립이라는

포스트모더니즘적 실천을 모색한다. 포스트모더니즘의 특성인 빈틈없이 연결된 사건들의 인과관계 해체는 내러티브의 연속성의 해체라는 역사화 기법의 변용으로 나타나고 있다.

〈Abstract〉

Pursuing New Gender Identities in Caryl Churchill's *Cloud Nine*

Chun, Yeon-Hee

Feminist drama coming out of Britain in the nineteen sixties were concerned with the position of woman, and expressed women's experiences such as childbirth, the bonds between mother and daughter, and sexual oppression that couldn't be expressed properly in male-centered dramatic tradition. Caryl Churchill, as a socialist feminist playwright, described women's diverse experiences with unique dramatic techniques and attended to the social construction of gender, class, race and history as it interacts with gender oppression. In Chuchill's plays, we can see her socialist-feminist ideas interacting with eric dramatic techniques as well as post-modernism.

Owing to Churchill's dramatic encouragement, feminist drama, which had been performed on the 'fringes' as marginal and radical plays, has entered the center of the political stage. With grounding in Brechtian epic theatre and post-modernism, Chuchill challenged traditional dramatic conventions and deconstructed typical dramatic technique and language codes. She also exposed and emphasized the ideological implications of representation with gender assumptions, demystifying their apparent inevitabilities through the Brechtian theatre practice of 'historization'.

In *Cloud Nine*, this 'historization', one of the important dramatic devices for the alienation effect in Brecht's epic drama, is transformed into Chuchill's unique 'historization', in which deconstructions of chronological order, casting method, and narrativity appear. By introducing the transformation of 'historization' with a deconstruction of imperialism and patriachy, Churchill insists that a traditionally-defined signifier of sex, gender, and class doesn't exist in a stable status. In *Cloud Nine*, Churchill identifies these unstable signifiers, exploring new gender identities through Betty and other women who are changed from dependent to independent states. In Act I , Betty begins by a woman holding the line of subservient tradition, but Betty in Act II are struggling to survive and find her identity in contemporary life. She pursues new gender identity by deconstructing the identity associated with historical feminine traits as well as ideological ideas formed in this society through knowledge of self and recognition of ideology in male-dominated society. Chuchill's unique and versatile attempts to dramatize women's experiences, exposing societally-enforced male oppression of women by Brechtian and post-modern methodology will be designated as a desirable therotico-practical methodology to advance feminist drama.

살아있는 Stanislavsky System, 그 실제적 활용에 대한 연구

시작하는 글
1. 체험-즉흥-신체적 행동법
(The Method of physical action).

2. 신체적 행동법과 에쮸드
3. 에쮸드(Etüde)의 활용
마치는 글

시작하는 글

 '스타니슬랍스끼 시스템'이라 불리는 스타니슬랍스끼의 연기방법론이 인류의 연극예술에 지대한 영향을 미쳤음은 그 누구도 부정하지 않는 사실이다. 그리하여 20세기초부터 현대에 이르기까지의 세계 모든 연극사조와 그것에 따른 연극양식과 연기형태는 스타니슬랍스끼의 연극이론으로부터 자유롭지 못하며, 바탕이 되고 있는 그의 '시스템'의 범주를 결코 벗어나지 못하고 있음을 세계 여러 극장의 연극형태와 그 것의 평가에서 우리는 어렵지 않게 알 수 있다. 한국의 연극예술도 여기에 예외는 아니다.

 학계의 평가대로 한국연극에 본격적으로 스타니슬랍스끼 시스템이

---

* 연극학 박사(Ph.D), 세종대 교수

소개되는 것은 1930년 6월, 홍해성이 일본 유학에서 돌아온 이후부터이다.[1] 물론, 홍해성이 스타니슬랍스끼에게서 직접 가르침을 받았거나 '모스크바 예술극장'의 공연을 직접 관람한 것은 아니었다. 그러나 유민영 교수의 지적대로[2], 그는 스타니슬랍스끼의 연극관에 강한 영향을 받은, 일본의 소산내훈(小山內薰)문하에 있었기에, 자연스럽게 스타니슬랍스끼의 연극론을 섭취하게 되었고, 그것은 귀국 후, 그가 왕성하게 벌이는 연극작업과 그가 쓴 여러 글에서 확연하게 베어 나오는 것이었다.[3]

이렇게 한국연극에 알려지게 되는 스타니슬랍스끼 시스템은, 이후 여러 일본 유학파와 특히 대표적으로 미국의 '액터즈 스튜디오'를 직접 방문하고, 그것에서 크게 감명을 받는 이해랑에 의해[4], 그리고 이후 미국에서 시스템을 익히고 돌아온 사람들에 의해, 여러 수용의 단계를 거치면서 계속 변천되고 발전되어 왔다. 또한 주지하다시피, 이 과정에서 스타니슬랍스끼 시스템을 받아들인 세계의 여러 나라들이 그러했듯

1) 홍해성의 일본의 소산내훈을 통한 스타니슬랍스끼 영향관계를 거론하고 있는 국내의학계의 주요 글은 다음과 같다.(발행년도별)
  . 이두현『한국신극사 연구』, 서울대 출판부, 1966.
  . 안광희「홍해성 연구」, 단국대학교 석사학위논문, 1985.
  . 안숙현「한국 근대극에 미친 러시아 문학과 연극의 영향에 대한 연구」, 단국대학교 석사학위논문, 1994.
  . 신정옥『한국신극과 서영연극』, 새문사, 1994.
  . 유민영「해성 홍주식 연구 ― 홍주식 선생 탄생 100주년을 맞이하여」,『한국연극』, 1994.11.
  . 서연호「홍해성을 다시 생각한다」,『한국연극』, 1994.10.
    「한국의 대표 연출가론 1) 홍해성―홍해성의 연극사적 위치」,『우리극 연구』, 1996, 가을호.
  . 나상만『스타니슬랍스키, 어떻게 볼것인가』, 예니, 1996.
  . 유민영『한국근대 연극사』, 단국대학교 출판부, 1996.
2) 유민영,『한국근대 연극사』, 단국대학교 출판부, 1996, 717 · 723면.
3) 앞의 책, 714~735면
4) 유민영,『이해랑 評傳』, 태학사, 1999, 295~296면.

이, 한국연극에서도, 시스템은 턱없이 왜곡되기도 하고, 때로는 편협된 이해로 기형적인 결과를 가져오기도 하였다.

물론, 한국연극에서의 스타니슬랍스끼 시스템 이해가 굴절되게 된 가장 큰 이유는, 전쟁과 동서냉전에 따른 교류단절이었다. 그러나, 보다 본질적인 문제가 있었음을 스타니슬랍스끼의 제자인, Br 쁘로코피에프는 다음과 같이 지적하고 있다.

> 스타니슬랍스끼 시스템은 오랫동안 말로 전달되는 정통으로 존재해왔다. 왜냐하면 스타니 슬랍스끼는 자신이 연구하던 각 사항들이 무대실천에서 섬세하게 검증 될 때까지 연구결과를 절대로 출판하지 않으려 했기 때문이다. 그 결과로 스타니슬랍스끼와 함께 일하지 않은 배우들과 연출들은 대부분시스템에 대하여 소문으로 알고 있었고, 그것에 대하여 부분적으로, 때때로 대단히 왜곡된 개념을 가지고 있었다. 스타니슬랍스끼 저서들이 10년 이상의 간격을 두고 발표되었던 것도 각종 오해를 만드는 요소였다. 처음 『자신에 대한 배우의 작업 제1부』5)가 소개된 후, 많은 사람들이 시스템은 창작의 심리에만 매달리고 무대에서의 구현문제, 예술적인 형식의 표현력의 문제를 무시하고, 배우가 역할을 올바르게 체험만 하면 나머지는 저절로 나타날 것이라는 그릇된 이해를 낳게 하였다. 시스템에 대한 이러한 단순한 인식은 제작업에 있어 무대예술의 형식이 낮게 평가되는 결과로 이어졌다. 40년대 말에 발행된 『자신에 대한 배우의 작업 제2부』는 배우의 역할 구현에 대한 것으로서, 많은 연출가들과 교육자들에게 놀라운 인상을 주게 되었다........ "자신에 대한 배우의 작업"에 대한 제1, 2부의 책이 발표된 후에 희곡과 역할에 대한 작업 방법을 다룬 시스템의 후반에 관한 스타니슬랍스끼의 원고는 오랜 기간동안 미지의 것으로 남아 있었다. 그의 새로운 방법에 대해서 많은 소문이 있었고, 연극과 영화에서 활동하는 사람들의

---

5) 러시아판 『자신에 대한 배우의 작업』 제1부는 영문판의 *An Actor Prepars*로, 우리에게는 『배우수업』으로, 제2부는 *Building a Character*와, 『성격구축』으로 번역, 발간된 책이다.

의식을 혼란스럽게 만드는 전설들이 만들어져 갔다...... 그리고 총8
권으로 된 스타니슬랍스끼의 전집이 출간되었을 때에야 비로소, 연
극계에는 시스템의 폭넓은 이해가 이루어 졌고, 자료의 부족으로 인
한 오해가 풀리게 되었다.[6]

하물며, 러시아내의 연극계와 인접한 국가들, 그리고 영어권의 극장
들에서도 그러할진대, 동양의 한국이라는 나라가 스타니슬랍스끼 시스
템의 전체를 올바르게 이해하고, 수용하여 활용하기에는 지리적으로나,
상황적으로 너무도 멀리 떨어져 있었다. 더욱이 한국연극의 스타니슬
랍스끼 시스템 유입은 얼마전까지만 해도 반드시 제3국을 경유해야만
했었다.

이러한 관점에서 필자는, 기존의 한국연극에서의 시스템에 대한 연
구와 이해를 편협이나, 왜곡으로 비판하기보다는, **수용의 과정에서 당
면하게 거치게 되는 한 단계로 분류, 평가**하고자 한다.

익히 잘 알려진 바와 같이, 스타니슬랍스끼의 제자였으나 그의 이
론을 정면으로 부정하고 '바이오메카니즘'을 창안한 메이에르홀드(K.
Meyerhold)나, 그의 이론을 이용하여 '환타스틱 리얼리즘'을 추구한 박
흐탄코프(E. Vakhtangov) 뿐 아니라, '가난한 연극(Poors Theater)'을 주
장한 폴란드의 그로토프스끼(Jerzy Grotowski)는 스따니슬랍스끼의 이론
에서 '배우신체의 도구화'와 '목적(objective)'을 보다 강하게 취득한 경
우이고, 또한 미국의 리 스트라스버그(Lee Strasberg)의 '메소드(Method)
연기'는 스따니슬랍스끼 시스템에서 '주의 집중(Concentration)'과 '정서
적 기억(Memory of Emotion)'을 핵심으로 하여 재창조, 발전한 연기방
법론의 한 형태인 것이다[7]. 그러나 여기서, 그 누구도 이러한 변형이

---

6) G.크리스찌, 『스타니슬랍스끼 학파에 의한 배우교육』, Br. 쁘로코피에프 서문,
Moscow, 1978, 7면.

나, 필요한 부분의 취사취득을, 스타니슬랍스끼 시스템의 '잘못 이해된 오류', 또는 '편협된 왜곡'등으로 평가하지는 않는다.

물론, 한국연극에서의 스타니슬랍스끼 시스템 연구가, 앞서 언급한 것과 같은 어떤 하나의 완성된 형태로까지 발전된 것은 아니다. 그리고 한계 된 해석과 이해 따른 무대작업에서의 기형적인 적용, 또한, 스타니슬랍스끼 저서의 편집된 번역 등이 시스템의 본질과 전체를 이해하고, 실제적으로 활용하는 것에 장애가 되었던 것도 사실이다.

그러나 궁극적으로, 그러한 오류를 동반한 연구와 수용에 대한 시도가 있었기에, 한국연극은 이 만큼이나 시스템에 대한 새로운 정보를 확보하고 하나하나 익힐 수 있었던 것이다. 그리고, 그것이 앞서 언급한 시스템 수용의 각 단계별에 따라, 조금씩 시스템이라는 양분을 섭취하여, 오늘날과 같은 연극예술과 배우예술이 성장 할 수 있게 되었던 것이다. 더욱이 그러한 스타니슬랍스끼 시스템에 대한 연구와 수용이, 초기 한국에서의 신극 형성과 발전에 지대한 공헌을 했음은 익히 주지하고 있는 사실이다.

이제, 스타니슬랍스끼 시스템을 전체적으로 이해하고, 그 본질을 취득하여 한국연극의 무대작업과 교육현장에 실제적으로 활용하는 작업은 후학들의 몫이 될 것이다.

따라서 본고는 그 동안 한국연극에서의 스타니슬랍스끼 시스템연구가 미진했던 부분과 그것을 포함하는 것으로서, 직접적인 모스크바 유학도로서의 의무와도 같은, 시스템의 실제적인 활용에 대한 부분을 연구하는 것을 그 목적으로 한다. 정리하면 다음과 같다.

---

7) Jean Norman Benedetti, *Stanislavski: An Introduction*, London, 1982. p.73.

첫째, 기존에 '시스템'의 전반부에만 집중되어 있던 한국연극에서의
       시스템연구를, 시스템의 후반부를 포함하는 전체적 이해로 확
       장하여, 관통하는 시스템의 본질과 그 가치를 연구한다.

둘째, 따라서 '시스템'의 마지막 단계로 총집결체라 일컫는 '신체적
       행동법'에 대해서 알아보고, 그것을 실제 작업에 활용하는 에
       쮸드(Etude)의 개념이해와 구체적 실행방안을 연구한다.

즉, 한국연극에서 시스템의 각 요소(만일에 내가, 상상력, 집중, 교류,
정서적 기억, 리듬&템포, 등)는 시스템의 전반부에 해당하는 것으로서,
익히 잘 알려져 있으며, 각각 따로 떼어진 상태에서, 이미 기존에도 충
분한 미학적인 연구로서 배우훈련이 가능한 요소들이다. 그러나 그것
을 '총체적으로 배우의 역할 구현과 창조과정에 어떻게 적용시킬 것인
가' 하는 것은 또 다른 문제이며, 이것이 궁극적으로 시스템이 배우예
술에 반드시 필요한 이유일 것이다. 본고는 이것에 관한 연구이다.

참고로, 본고는 필자의 박사학위(Ph.D) 논문, '한국연극에서의 스타니
슬랍스끼 시스템-시스템에 의한 배우교육(Stanislavsky System in the
Korean Theater-Education of actor by System)'에서 일부분을 발췌하여,
학술발표의 성격에 맞게 정리한 것이며, 본고에 인용된 러시아저서의
인용구는 필자의 번역에 따른 것임을 밝혀둔다.

1. 체험-즉흥-신체적 행동법
(The Method of physical action)

스타니슬랍스끼가 왜 '체험의 예술'을 중요시했고, 따라서 그의 시스
템은 궁극적으로 '체험의 연기'를 지향하고 있다는 것을 우리는 다음의
글에서 알 수 있다.

체험은, 배우가 연극예술의 본질적인 목적, 즉, '인간정신의 삶을 구현하고, 그 삶을 아름다운 무대예술의 형식에 담아 전달하는 것'을 수행하는 것에 도움을 준다.[8]

아울러, '체험의 예술'을 그는 다음과 같이 설명한다.

체험의 예술은 창조하는 배우의 내적 정서로서 관객의 심리적 감화를 지향하는 예술이다.
.... 배우의 매 걸음, 각각의 모든 움직임과 행동은 내면 정서에 의해서 정당성이 부여되고, 그때에 비로소 살아있는 활기(活氣)를 가질 수 있다. 오직 그 경우에만 **'진실과 자연스러움과 아름다움이 있는 연극'**이 만들어지는 것이다.[9]

즉, 그가 생각하는 연극예술의 가장 본질적인 목적을 위해서는, '체험의 예술'이 필요로 하며, 이를 위해 배우는 '체험을 하는 연기'를 하여야 하는 것이다. 따라서 이러한 스타니슬랍스끼의 연극사상은, 그의 전체 시스템에서 가장 중요한 핵심이 되고 있으며, 시스템의 모든 요소들과 각 과정이, 결국 이러한 연극예술의 근본목적을 지향하고 있는 것은 당연한 일이다.

단지, 여기서 우리는 스타니슬랍스끼가 말하는 '체험'이라는 것에 대해서, 다시 한번, 그 의미를 되 새겨볼 필요가 있다. 무엇이 체험의 연기이고, 무엇을 체험한다는 것인가?

먼저, 앞서 인용한 문구에서 스타니슬랍스끼가 말하는 '체험의 연기'

---

8) 스타니슬랍스끼, 「자신에 대한 배우 작업 제1부」, 『스타니슬랍스끼 전집 2권』, Moscow, 1954, 25면.
9) N. 블라토바, A. 스바보진 공동 편집, 저술 『스타니슬랍스끼 시스템 전문용어 사전』, Moscow, 1994, 14면.

의 의미를 알아보도록 하자. 그는 앞에서 '배우의 모든 움직임과 행동이 내면정서에 의해서 정당성을 부여받게 되는 것'이 '체험의 연기'라고 설명하며, 그때야 비로소 '살아있는 **활기**를 가질 수 있다'고 규정짓고 있다. 즉, 다시 말해, '체험의 연기'는, '살아있는 연기를 지칭하는 것'이라는 것이다. 그렇다면 배우가 살아있는 연기를 한다는 것은 무엇인가? 어떻게 그것은 가능한 것인가?

우리는 보통 '배우가 연기한다'(play)라고 말한다. 그러나 스타니슬랍스끼 시스템에서 배우는 연기하는 것이 아니라 '살아있고, 존재하는 것'(I am)이다. 그의 설명이다.

> **'내가 있다'**는 것은 역할과 똑같이 내가 존재하고, 내가 살고, 내가 느끼고, 내가 생각하는 것을 뜻한다. 다시 말해 그것은 살아있는 정서와 느낌과 체험을 이끌어 내는 것이다. **'내가 있다'**는 것은 아주 함축적인 의미로, 거의 완전한 무대에서의 진실을 말하는 것이다.10)

곧, 살아있는 배우의 연기는 배우가 직접 역할로서 무대에서 살고, 느끼고, 존재하고, 모든 상황을 체험할 때 가능하다는 것이다. 도식적인 의미로서, 배우가 역할의 정서를 무대의 조건과 상황, 그리고 이야기의 사건에 따라 연기(재현)하는 것이 아니라, 진실한 의미로서, 역할과 같은 심적 상태를 유지한 상태에서, 무대에서 벌어지는 사건, 그리고 각 상황의 조건에 직접적으로 반응하고 느끼며, 삶을 살아간다는 것이다.

결론적으로, 스타니슬랍스끼가 요구하는 '체험의 연기'란, 배우가 역할의 내적 심리상태를 유지한 후, 무대에서도 지나가는 매순간 순간의 시간을 자신의 일상처럼 느끼고, 반응하며, 삶을 살아가는 것을 말하는

---

10) 스타니슬랍스끼, 『스타니슬랍스끼 전집 2권』, Moscow, 1936년판, 202~203면.

것이다.

이와는 다르게, 일반적으로 '체험의 연기'는, '배우자신이 과거에 직접 경험하고 느꼈던 내면정서를 가지고, 역할 구현의 필요 순간에 무대에 되살리는 것', 그래서 시스템 연구의 초기에서의 경우, 배우에게 '무엇이든지 자신이 내면적으로 경험하지 않고서는 그것을 외면적으로 표현하려 들지 말라'[11])는 등으로 이해되어 있다. 물론 이것은 시스템을 수행해 가는 과정에서 반드시 필요한 것들이다. 그러나 궁극적으로, 스따니슬랍스끼 말하는 시스템에서의 '체험의 연기'는 이러한 단순 이해를 넘어서 앞서와 같은, 보다 본질적이고, 포괄적인 의미가 있음을 위에서 알 수 있다.

물론, '살아있는 체험'을 하기 위해서, 무대는 일상과는 다르게, 이미 정해진 이야기와 사건이 있고, 그에 따른 결말이 있다. 그러나, 일상에서 배우의 정서가 예견치 않은 상황과 맞 부닥쳤을 때, 자신의 의식과 관계없이 잠재 의식적으로 생겨나듯이, 무대에서 역할의 심리상태로 어떠한 상황에 맞는 정서를 꺼내기 위해, 이미 계획된 조건으로, 정서의 기관들을 유도하는 것은 배우의 의식이고, 결국, 이 의식이 유도한 상황에 부딪쳐, 상황에 필요한 정서를 유발시키는 것은 잠재의식의 기관인 것이다.

그리고 중요한 것으로, 무대는 일상과는 다르게 우연이라는 것이 있을 수 없으며, 압축된 필연으로 만들어진 진실만이 있다는 것이다. 이것은 스타니슬랍스끼 시스템이 '단지, 사실주의 연극에 국한된다'오해를 불식시키는 논리근거가 되기도 한다. 스따니슬랍스끼의 설명을 들어보자.

　　　체험의 예술은 배우전체가 희곡의 이야기로 사로 잡혀져 있는 연

---

11) 오사량 역, 『배우수업』, 성문각, 1970, 48면.

극예술이다. 이 경우 배우는 자신이 어떻게 느껴야 하는지, 무엇을 해야 하는지를 절대적으로 염두에 두지 않으면서, 자신의 의지 밖에서 역할의 삶을 익숙하게 살고, 모든 것은 잠재 의식적으로 행해진다. 체험의 예술의 가장 주된 원칙 중에 하나는 배우의 **'의식적인 심리-신체기술을 통한 본성의 잠재 의식적 창조의 세계'**라는 것이다.12)

앞의 설명과 같이, 여기에 스타니슬랍스끼가 말하는 '체험'을 위해서는, 배우의 잠재 의식적인 '즉흥'이 필요하게 된다. 즉, '의식적인 심리-신체기술을 통한 본성의 잠재 의식적 창조'에서 배우의 의식이 요구하는 정서를 꺼내오기 위한 과정에, 배우의 의식과 잠재의식을 넘나드는 '즉흥'이 작용하게 되는 것이다.

그러면 이제, 시스템이 필요로 하는 '즉흥'의 의미를 알아보도록 하자. 먼저, 스타니슬랍스끼는 다음과 같이 '즉흥'을 설명한다.

> 우리의 예술에서는 하나의 공고히 정해진 주제에 따른 많은 것들이, 순차적인 즉흥의 단계로 행해진다. 이러한 창조는 연기에 살아 있는 신선함과 천진함을 주게 되는 것이다.13)

즉, '예견되지 않은, 또는 계획되지 않은 상태에서 발생하는 창작의 과정'14)으로서, 배우 스스로 예견치 못한 상태에서, 상황과 사건에 즉각적으로 반응하는 정서, 또는 행동, 대사 등을 유발하여 역할구현에 도움을 받고자, 사전 단계로서 배우교육이나 훈련과정에 '즉흥연기' 훈련시키는 것이다.

예를 들어, 사전 준비 없이 교육에 참가하고 있는 배우 A, B에게, 'A

---

12) N.블라토바, A.스바보진, 앞의 책, 23면.
13) 스타니슬랍스끼, 『스타니슬랍스끼 전집 2권』, Moscow, 1936년판, 30면.
14) N.블라토바, A.스바보진, 앞의 책, 21면.

와 B는 10년만에, 길거리에서 우연히 만나는 친구로서, 처음에는 서로를 잘 못 알아보지만, 점차 옛일을 기억하고는 반가워서 서로 연락처를 주고 헤어진다'라는 이야기가 있으니, 지금 바로 즉흥적으로 실시해보라는 경우이다.

이 경우, 사전에 구체적으로 약속된 것이 없는 두 배우는, 즉각적으로 인식한 자신의 역할을 가지고 상황에 부닥쳐 즉흥적으로 대사, 행동하고 반응하게 된다. 그리고 이러한 훈련에 익숙하지 못한 배우들의 경우, 예상치 못한 상황에 당황하고, 집중을 잃어, 즉흥극 훈련이 요구하는 결과를 얻어 내지 못하기도 한다.

물론, 이러한 '즉흥'에 대한 이해와, 적용도 시스템을 습득하고 수행해 가는 과정에서 거쳐야 하는 중요 단계이며, 이것은 '즉흥연기'라는 궁극적 의미의 목표를 달성하기 위해 반드시 필요한 과정이다.

그러나 이것만으로는 부족하다. 즉, '즉흥'은 앞서의 경우를 포함하는 보다 궁극적이고, 구체적인 이해와 적용이 있는 것이다. 스타니슬랍스끼의 제자인, 미하일 체홉(Maikr Chehov)은 그것을 다음과 같이 말한다.

> 즉흥을 하는 배우는 작가에 의해 주어진 주제, 대사, 인물의 성격들을 개성적인 창조를 위한 자유로운 사고력의 촉발로서 활용한다..... 그가 똑같은 무대에서 똑같은 역할을 몇 번 한다 해도, 매순간 무대에서 체험하고 있는, 그는 매번 다른 새로운 뉘앙스의 연기를 보여준다.[15]

즉, 앞서의 例에서, 이를 즉시 실행했을 때, 나타나는 것은, 단지 배우의 즉각적인 단순반응이다. 그리고 이것은 두 세 차례 반복 실행할 때에도 마찬가지로 나타난다.[16] 그러나 여기서 A, B 배우에게 제

---

15) A.미하일 체홉, 『문화적 유산』, Moscow, 1986, 253면.

시된 상황, 곧, 인물개인에 대한 Biography는 물론 이고, 어디서 왔는
가? 어디로 가는가? 무엇을 원하는가? 장소와 시간은? 등 이성적으
로 구체화시킬 수 있는 모든 환경 조건을 세밀히 정한 후, 사건(오랜
친구와의 만남)과 만나게 되었을 때, 그리고 이것을 많은 연습을 통
하여 신체적으로 익숙하게 익힌 후, 집중의 상태에서 보이게 될 때,
나타나게 되는 배우의 섬세한 정서는, 단순한 즉흥적 유발과는 확연
히 다른 것이다.

즉, '즉흥'은, 배우가 자신이 의도하는 정서를 유발하기 위하여, 모
든 환경조건을 그것에 합당하게 의식적으로 유도한 후, 그러한 의식
이 필요한 정서를 촉발시키는 잠재의식으로 넘어가기 위한 과정의
단계를 의미하는 것이다. 그리고 잠재의식의 세계에 있는 즉흥은, 배
우의 노력여하에 따라 자유롭게 반응하며 살아있게 되는 것이다. 따
라서 같은 장소, 같은 시간, 같은 이야기라 할지라도, 배우가 진실로
체험을 한다면 잠재의식에 의한 정서의 반응이 결코 똑같을 수 없는
것이다.

예를 들어, 한달 정도를 같은 장소에서, 공연을 하는 배우에게 있
어, 공연 전까지의 배우 자신의 생활이 매일 매일 다르듯이, 공연 또
한, 매일 달라야 하고, 또 다른 것이 당연한 이유인 것과 같은 이치
인 것이다.

이러한 의미에서 시스템에서의 '즉흥'은, 본질적으로 '의식으로 제어
된 배우의 신경, 정서기관을 자극하여 잠재 의식적인 살아있는, 신선한
구체적인 정서를 불러내기 위한, 섬세하고, 조심스러운 도구'인 것이며,
그것은 스타니슬랍스끼의 '체험의 연기'에 있어 가장 중요한 요소가 된
다. 그래서 미하일 체홉은 '즉흥'을 배우직업의 본질'[17]이라고 표현하

---

16) 반복에 의해 자연스럽게 약속되어지는 경우를 제외하고.
17) A. 미하일 체홉, 앞의 책 252면.

기도 하였다.

이렇게 배우가 자신의 역할 구현에 필요한 모든 환경 즉, 심리-
신체행동의 요소를 의식적으로 자극하여, 잠재의식의 창조 세계에
다가가는 것, 진실한 체험을 통해 잠재의식 적인 즉흥을 유발하는
것, 이것이 바로, 스타니슬랍스끼가 후기에 이르러, 이전에 자신이
연구한 시스템의 모든 각 요소를, 하나로 통합시키고, 전체에 일관
된 통일성을 부여한 '신체적 행동법(The Method of Physical action)'
인 것이다.

이제, 스따니슬랍스끼가 이전에 연구한 시스템의 각 요소는, '신
체적 행동법'안에서, 서로 유기적인 관계로 연결되어 도움을 주고,
보완되며, 연습, 훈련되어져 시스템의 본질을 추구하는 것이다. 스
타니슬랍스끼는 '신체적 행동법'의 중요성을 다음과 같이 설명한
다.

> 이것은 배우의 일상적인 본성과 그의 인물로서의 행위 사이에 일치
> 를 확립하고, 배우가 신체적인 행동을 통해서 진정한 정서(감정)과 진
> 실한 체험의 영역으로 들어가는 것에 도움이 되는 배우의 역할에 대
> 한 작업의 과정이다. 이것은 역할에 대한 작업의 과정에서 배우를 올
> 바른 길로 인도 할뿐 아니라, 배우의 역할 형상화에 주된 수단이 되는
> 것이다. 이것이 중요한 이유는, 일련의 신체적인 행동보다, 인간의 심
> 리상태를 더욱 명확하게 전달하는 것이 없기 때문이다.[18]

그리고, 그것의 원리를 이렇게 설명한다.

> 우리는 본성, 잠재의식, 본능, 직관, 습관에 의해서 서로 복잡하게

---

18) N.블라토바, A.스바보진, 앞의 책, 23면.

연결되어 있는 신체적인 행동을 일으킨다. 따라서 반대로 우리는 그 행동을 통해서, 그것을 유발시킨 내적인 동기, 체험의 개별적인 계기, 역할에 제기된 상황에서의 정서(감정)의 논리와 일관성을 알게 되는 것이다. 또한 우리는 그 선(계통)을 따라서 신체적인 행동의 내적인 의미도 인식하게 된다. 그러한 인식이 이성적인 것보다, 먼저 정서의 단계를 거친다는 것이, 대단히 중요하게 되는 것은 우리는 자신의 느낌으로 역할의 심리 어떤 부분을 인식하기 때문이다.19)

따라서 '신체적 행동법'안 에서, 배우의 정서(감정)를 직접적으로 자극하는 일은 없다. 오히려 그러한 경우일수록 '정서'는 더욱 움츠려 들고, 긴장의 상태에 빠져들고 경직되어 버리기 때문이다. 단지, 행동20)을 구체적으로 규정하고, 이를 자극하는 것이 필요하다. 이때야 비로소 즉흥에 의해 촉발된 '정서'는 잠재의식을 통하여, 아무런 구애 없이, 배우의 역할 창조세계에 나타나게 되는 것이다.

그리고 반대로 '정서'도 '행동'을 통하여 그 정당성을 획득하게 되고, '행동'은 배우의 '지성' 통하여 그 근거를 마련하게 되는 것이다. 물론 발생한 '정서'를 '지성'을 통하여 반증해 볼 수도 있다. 그러나 '지성'이 직접적으로 '정서'를 자극해서는, 원하는 살아있는 정서를 찾아낼 수 없는 것이다. 이를 도표로 보면 다음과 같다.

그리고 반대로 '정서'도 '행동'을 통하여 그 정당성을 획득하게 되고, '행동'은 배우의 '지성' 통하여 그 근거를 마련하게 되는 것이다. 물론 발생한 '정서'를 '지성'을 통하여 반증해 볼 수도 있다. 그러나 '지성'이

---

19) 스타니슬랍스끼, 「역할에 대한 배우의 작업」, 『스타니슬랍스끼 전집 4권』, Moscow, 1957, 356면.
20) 여기서의 '행동'이 단순한 신체 동작을 의미하는 것이 아님은 물론이다. 곧, 무대에서의 행동을 유발하는 심리-신체 행동을 말하는 것이다.

직접적으로 '정서'를 자극해서는, 원하는 살아있는 정서를 찾아낼 수 없는 것이다. 이를 도표로 보면 다음과 같다.

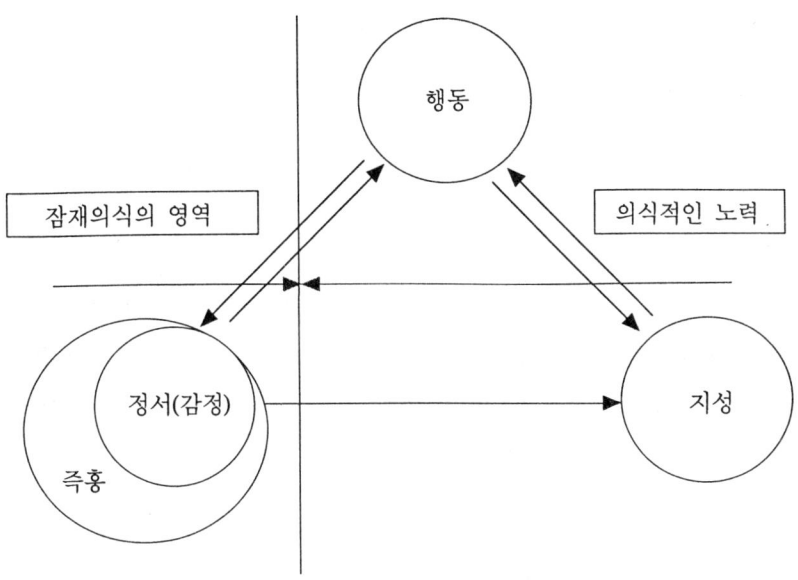

　여기서 '행동'을 규정하는 기준이, 작품이 제시하는 성격과 목적, 그리고 구체적인 상황에 있음은 물론이다. 따라서 올바른 정서를 만들기 위해서는, 올바른 심리-신체 행동을 찾아내야 하고, 인물이 일관된 정서를 가지고, 하나의 성격을 구축하기 위해서는, 논리적이고 일관성 있는 신체적 행동을 만들어 내야 하는 것이다. 이것의 중요성을 스타니슬랍스끼는 이렇게 설명한다.

　　신체적 행동의 구체적인 조그만 진실이 배우의 사고(思考)와 정

서에 커다란 진실을 불러오고, 신체적 행동의 작은 거짓이 사고와 상상력에 커다란 거짓을 가져온다.[21)]

즉, 제시된 상황에서 진실하고 구체적으로 수행된, 꼭 필요한 신체적 행동만이 진정한 정서를 불러올 수 있는 것이다. 그것이 매 순간 실현될 때, 배우는 '잠재 의식적 즉흥'에 의한 '살아있는 체험의 연기'를 하게 되는 것이며, 그것은 본질적으로 자연의 법칙과 조화하는 인간의 삶의 모습과 다르지 않다.

다만, 무대라는 특수성과 그것의 법칙이 '시스템'이라는 기술과 방법을 필요로 하게 되는 것이다.

필자는 지금까지 체험과 즉흥, 그리고 신체적 행동법을 통해 스타니슬랍스끼 시스템의 본질과 전체적 이해를 알아보았다. 이제 이러한 시스템의 본질을 구현하는 실제적 활용, 즉, '신체적 행동법'을 실제작업에서 활용하는 구체적인 방법에 대해서 알아보도록 하자.

2. 신체적 행동법과 에쮸드

스타니슬랍스끼 시스템을 실제 창조 작업에 활용하는 것에 있어 '에쮸드(Etude)'의 개념을 이해하는 것은 매우 중요하다. 왜냐하면 에쮸드는 시스템을 통한 역할창조의 작업과 배우교육에 있어, 가장 기초의 단위이자 전체이기 때문이다.

에쮸드를 한국어로 번역하면 '상황극' 또는 '즉흥극'으로 이해되어질 수 있다. 그러나 번역된 단어의 의미가 주는 단순한 이해만으로는, 시

21) N.블라토바, A.스바보진, 앞의 책, 59면.

스템에서의 에쮸드의 역할과 개념을 이해하기에 턱없이 부족하다.

기존 한국연극에서의 경우, 즉흥극이나 즉흥연기를 지칭하는 'Improvisation'의 개념으로 이해되어 질 수 있으나, 이 또한 단어자체가 주는 이해에 따른 활용범위의 협소함으로 에쮸드를 대신하기에는 모자람이 많다. 아마도 영어권의 시스템 연구자들이, 라틴어가 어원인 에쮸드를, 'Improvisation'이라 번역, 사용하였고, 한국연극도 이를 그대로 수용, 번역하여 '즉흥극', 또는 '즉흥연기'로 이해, 사용했다고 짐작된다.

이 과정에서, 문제가 되는 것이, 국내는 물론이고, 영어권의 경우에도, 자료에 근거한 이론적 연구, 또는 시스템에 대한 책에만 의존하여, 주로 시스템 연구가 진행되었기에, 단지, 번역된 단어 자체가 주는 협소한 의미로, 에쮸드의 전체 개념 자체가 축소되어졌다는 것이다.[22] 즉, 실기적으로 스타니슬랍스끼의 영향권에서, 시스템을 몸으로 직접 교육을 받거나 연극작업을 했을 경우, 상황은 달라졌을 것이다 라는 것이다.

여기서 필자가 지적하는 것은, 단지 용어 번역의 문제나 용어 사용에 대한 것이 아니다. 그로 인해 스타니슬랍스끼가 말하는 에쮸드의 본질적인 개념과 궁극적인 목적이 배제되어 있다는 것이다.

물론, 에쮸드는 시스템을 단계별로 또는 부분적으로 훈련해 나가는 과정에서, 완성된 에쮸드를 위한 사전단계로서, 단편적인 '상황극' 또는 '즉흥극'으로 사용되어 지기도 한다. 그러나 본질적으로 에쮸드는 시스템의 전체 요소를 하나의 테두리 안에서 종합적으로 훈련시키고, 이를 배우의 역할 창조과정에서 시스템의 본질이 요구하는 방향으로 인도하는 창구역할을 하는 것에 그 목적이 있다. 즉, 스타니슬랍스끼의

---

22) 스따니슬랍스끼, 「자신에 대한 배우의 작업 2부」, 『스타니슬랍스끼 전집 3권』, 1955년판에는 스타니슬랍스끼의 '연극학교 프로그램과 배우교육에 대한 메모'라는 부록이 수록되어 있는데, 이미 여기에는 '에쮸드' 개념과 그에 의한 훈련방법 예가 소개되어 있다. 393~454면.

'신체적 행동법'을 실제 무대작업과 교육현장에 적용하는 가장 기초단위이자, 유기체적인 활용법인 것이다.

먼저, 에쮸드의 사전적 의미는 다음과 같다.

> '1) 그림의 에스키스 (esquisse), 삽화, 가장 중요한 핵심
> 2) 연습과제의 종류
> 3) 짧은 문학 작품, 그러나 앞으로 계속 발전되는
> 4) 음악의 소품'[23]

이러한 사전적 의미에, 스타니슬랍스끼는 '즉흥성'과 '정확히 짜여진 극(劇)구조'를 첨가하여, 자신의 시스템 수행에 끌어 들였다. 즉, 시스템에서의 에쮸드는 제시된 상황과 인물의 목표, 그리고 사건에 발전과 결말 등 구체적으로 짜여진 극구성 안에서 배우의 즉흥을 요구하는 것이다. 여기서의 즉흥이 앞장에서 언급했듯이 단순한 의미의 즉흥이 아님은 물론이다.

물론, 배우교육에 있어 학생들을 위한 가장 기초적인 훈련에서의 에쮸드는 이러한 극 구성을 갖추지 않아도 된다. 이 경우의 에쮸드는 삽화, 또는 에스키스의 의미로서 훈련이 요구하는 목적을 달성하기 위한 단순 도구일 뿐이다. 그러나 에쮸드가 시스템의 각 요소들을 부분별로, 또는 종합적으로 수행해 보는 의미로서, 그리고 역할의 성격과 행동을 구축하기 위할 때, 그것은 잘 짜여진 극적 구성을 가지고 있어야 하고, 배우는 이것을 충분히 인식한 후에 무대에 서야 한다.

필요한 것은, 배우가 책상에 앉아 상황에 필요한 인물의 정서(감정) 변화나, 대사, 그리고 무대행동[24] 등을 미리 정해서는 안된다는 것이

---

23) C.I.오고제프, N.U.쉬베도바, 『러시아 대사전』, Moscow, 1994.
24) 여기서의 '행동'은 단순한 의미의 '움직임'을 뜻하는 것이며, 심리-신체행동의 경우에도, 외형적으로 비쳐지는 행동을 말하는 것이다.

다. 그것은 배우의 창조적인 즉흥성을 억압하는 가장 큰 방해 요소가
되기 때문이다.

단지, 배우는 에쮸드 전에, 이제 진행될 이야기는 어떠한 이야기인
가?(중심사상), 나는 무엇을 원하는가?(인물의 목표), 여기는 어디인가?
(이야기의 장소) 나는 어디서, 어떠한 상태로 등장하는가?(제기된 상
황), 어떻게 이야기가 끝나야 하는가?(사건의 결말, 주제)를 아주 구체
적으로 마음에 인식한 후, 무대의 상황에 부닥치면 되는 것이다. 여기
서, 마지막 질문, '어떻게 이야기가 끝나야 하는가?'는 희곡의 관통된
행동선 분석을 위한 경우나, 인물의 성격 구축을 위한 경우, 또는 사건
진행에 필요한 인물의 동기유발을 위한 경우 등, 이야기가 꼭 그렇게
끝나야 하는 경우를 제외하고는, 반드시 염두에 둘 필요는 없다. 이 또
한 배우의 잠재의식적인 창조적 즉흥을 움츠려 들게 하는 요인이 될
수 있기 때문이다.

에쮸드의 과정에서 배우는 무엇보다, 그 어떤 육체적인, 정신적인 장
애요소에 얽매이지 않아야 하며, 이를 위해 기초 신체훈련과 감성훈련
이 반드시 지속되어야 함은 당연한 전제 조건이다.

아무런 육체적, 정신적 장애를 느끼지 않은 상태에서[25], 이때 제시된
상황에 의해 무대에 등장한 배우는, 무대의 상황에 자연스럽게 적응하
고, 내면독백에 의해, 상대 배우와 교류를 시작하며, 만나지는 사건에
반응하고, 평가를 내리며, 제시된 상황에 의해 인물의 행동을 점차적으
로 아무 장애 없이 발전시켜 나가게 되는 것이다. 따라서 이러한 목적
을 위해서는 많은 양의 에쮸드를 실시하는 것보다, 하나의 에쮸드를
끝까지 완벽하게 수행하는 것이 필요하다. 반복은 의식을 익숙하게 함

---

25) 사실 이러한 상태를 만들고 유지하기는 매우 힘들다. 배우가 기본적으로 가
  진 신체, 정신적 조건에서 가장 최대치의 가능한 상태를 요구하는 것이다.
  그리고 그것을 발전해 나가는 상태를 말하는 것이다.

으로서 잠재의식의 폭을 넓혀주고, 그 만큼 상대적으로 즉흥의 유동성이 활발해 지기 때문이다.

그리고 중요한 것은, 일단 시작됐으면 그냥 나두는 것이다. 어디로, 어떻게 흘러가든지, 그것은 인물이 원하는 것이며, 배우의 잠재의식에서 나오는 '본성적인 존재'인 것이다. 이렇게 꽉 짜여진 틀에서 배우의 본질적인 본성을 이끌어 내는 것, 이것이 시스템이 요구하는 에쮸드의 의미인 것이다.

스타니슬랍스끼가 언제부터 자신의 무대작업과 배우훈련에 에쮸드라는 용어와 그 개념을 사용했는지는 분명하지 않다. 다만, 러시아의 스타니슬랍스끼 연구가들은, 그가 <예술극장> 전, 1888년 11월에 문을 열어 약 10 여년간 운영한 <예술-문학협회>의 수많은 공연에서 에쮸드의 개념이 연구되어졌을 것이라 분석한다.26) 즉, 협회의 주체인 스타니슬랍스끼는 협회에 오는 손님들을 위하여 매일 저녁 4~5개의 짧은 소품을 무대에서 보여 주었는데, 수년이 계속되는 과정에서 소품은, 자연스럽게 어떤 하나의 틀을 가지게 되었으며, 이후 그 틀은 어떤 이야기를 하든 변함이 없게 되었다. 그리고, 이 과정에서 같은 이야기의 반복이라도(하루에도 몇 번씩) 자신의 잠재의식에 따라 조금씩 달라지는 것을 스타니슬랍스끼는 느끼게 되어, 이것을 연구의 모티브로 삼았다는 것이 시스템 연구자들의 분석인 것이다.27)

이러한 스타니슬랍스끼는 '에쮸드'의 중요성을 이렇게 설명한다.

에쮸드는 배우의 역할 형상화를 위한 가장 좋은 방법 중의 하나이다. 그것은 에쮸드를 수행하는 과정에서, 배우의 잠재의식적인 유기적 본성이, 예술적 창조의 법칙과 심리표현에 대한 수법에 대한

---

26) I.N.살로비에바 『K.S. 스타니슬랍스끼』, Moscow, 1985, 28면.
27) N.고르챠코프, 『스타니슬랍스끼 연출수업』, M, 1952, 327면.

연구를, 아주 실질적으로, 겉으로 보이지 않게 자연스럽게 하고 있기 때문이다.[28]

곧, 배우의 심리-신체행동을 의식적으로 자극하여, 잠재의식적인 창조의 세계에 다가가는 '신체적 행동법'에서, 깊이 숨어 있는 창조적 잠재의식을 아무 장애 없이, 자연스럽게 창조의 순간에 불러내오고, 이를 지속적으로 유지하는 상태에서, 의식이 원하는 방향으로 흘러가도록, 즉 의식의 지시를 받도록 유도하는 방법이, 바로 에쮸드인 것이다.

이것이 궁극적으로 배우의 역할구현의 창조 작업에 실제적으로 도움을 주고 있음은 물론이며, 또한 번역에 의한 여느 다른 이해와는 다른 에쮸드의 가장 큰 가치가 되는 것이다.

이제 에쮸드가 어떤 단계별로 적용되고 활용될 수 있는지를 알아보도록 하자.

3. 에쮸드(Etŭde)의 활용

에쮸드의 활용은 크게 세 가지로 구분될 수 있는데, 그것은 다음과 같다.

> 첫째, 시스템을 통한 배우교육에서의 활용.
> 둘째, 희곡을 분석하고 인물을 창조하는 작업과정에서의 활용.
> 셋째, 정해진 희곡 없이, 줄거리와 주제만을 가지고 집단창작으로 연극을 만드는 경우.

첫 번째의 경우는 시스템의 각 요소들, 즉, '만일에 내가..', '적응',

---

28) N.블라토바, A.스바보진, 앞의 책, 56면.

'상상력', '교류', '진실과 신뢰'등을 개별적으로 훈련, 연습시키려 할 때와 이것을 총체적인 전제로 하여, 유기적이 훈련을 목적으로 하는 경우로 나뉠 수 있다. 이 때 전자의 경우, 앞에서 언급했듯이 에쮸드는 단지, 에스키스나 즉흥극으로 이용할 수 있고, 이후 완벽한 에쮸드를 요구하는 여러 단계로 활용될 수 있으며, 후자의 경우는, 궁극적으로, 배우를 희망하는 초보의 한 학생이, 초기 자신의 일상으로부터 출발하여, 점차 타인으로 옮겨가는, 즉 완벽한 역할구현을 수행할 수 있게 함을 목적으로 하는 것으로서, 이 과정에서 에쮸드는 다음의 단계로 나뉘어 적용되어진다.

1. 자신 일상의 한 단면을 무대에 옮기기
2. a. 비(非)물체 훈련
   b.극 구성을 포함한
3. 1人, 2人 非언어 에쮸드
4. 2人이상 언어 에쮸드
5. 관찰훈련(동물, 식물)
6. 테마가 있는 에쮸드(그림, 음악)
7. 분석을 위한 에쮸드(소설, 희곡)
8. 역할창조를 위한 에쮸드

그리고 각 단계는 수행자의 조건과 훈련목적에 따라, 또 여러 세밀한 단계로 나뉘어 지기도 하고 응용되어 적용되기도 한다.

예를 들어, 두 번째 단계인 배우의 비(非)물체 훈련의 경우, 훈련의 목적에 따라, 배우의 '즉흥성'이나 '극구성'을 강조하기도 하고, 또는 배제하기도 한다. 이 경우 에쮸드는 단순한 사전 단계로서 이용되어지는 것이다. 그러나 이 때에도, 반복에 의해 어느 정도 훈련의 목적이 달성된 경우, 에쮸드의 가장 기본 형식, 즉, 제시된 상황과 목표에 의한 구성단계를 가지는 것이, 좀 더 풍요로운 에쮸드를 만들 수 있으며, 이

것이 본래 의도했던 훈련의 목적을 보다 효과적으로 이룰 수 있음은 물론이다.

그리고 무엇보다 이상은 필자의 경험과 연구에 의해 구분된 것이지, 이것이 모든 경우에 해당되는 보편성이라고 볼 수는 없다. 배우교육만큼 개별적이고, 상대적이며 조심스러운 것이 없기 때문이며, 이러한 단계의 적용은 수행자의 창조적 본성을 이끌어 내는 것에 영향을 주게 되기 때문이다. 또한 각각의 단계는, 다시 실행과정에서 여러 단계로 나뉘어져 훈련되는 것이기에, 실로, 전체 과정은 광범위하면서도, 구체적인 체계를 가지고 있는 것이다.

염두에 두어야 할 것은, 각각의 세밀한 단계가, 모두 체계적으로 전체 하나의 훈련목적을 지향하고 있어야 하는 것이며, 그것은 본고의 1장에서 서술한 내용이다

두 번째 경우는, 실제 연극 작업에서 에쮸드를 이용하는 방법이다. 즉, 행동과 사건을 통하여 희곡을 분석하고, 인물의 성격구축을 위해 사용하는 것이다. 따라서 에쮸드를 위한 재료는 당연히 희곡에서 가져오게 되는데, 그것은 전체 희곡에서의 인물들의 행동과 사건을 찾고, 그것을 각 장면별로 구분하여, 다시금 세분화 한 다음, 명확히 인식 한 후, 작품의 목적을 위한 조건에 따라 실행하게 되는 것이다. 이것을 구체적으로 구분하면 다음과 같다.

1) 희곡의 각 상황(장면)을, 그것에 따른 목표와 인물의 행동, 그리고 제시된 상황과 사건 등으로 구 체적으로 분석한 후, 이것에 따라 에쮸드를 실시하는 것이다. 여기서 배우는 희곡이 제시하는 대사를 반드시 할 필요는 없다. 오히려 대사의 표면적인 의미에 집착하지 말고, 대사 아래 숨겨져 있는 의미를 인식하고자 노력하고, 그에 따라 자유롭게

움직여야 하는 것이다. 따라서 이 경우, 배우는 희곡에서의 자신의 인물과 다르게 말하기도 하고, 내면의 의미 또는 내면독백을 직접 대사로 말하기도 하게 된다. 이렇게 실시된 에쮸드로서 배우는 작가가 의도하는 희곡의 중심사상을 익히게 되고, 자신이 어떤 이야기를 하고 있는가를 몸으로 인식하게 되며, 또한 이때에 배우는 작가가 주는 문자로서의 대사를 실제 자신의 언어로서 가지게 되어 살아있는 생동감 있는 대사를 만들게 되는 것이다. 그러나 희곡의 분석을 위한 에쮸드의 과정이 지나면, 무대형상화를 위한 에쮸드에서, 인물의 대사는 좋은 희곡일수록 작가가 제시하는 인물의 대사로 돌아가기 마련이다. 결국 희곡안에서의 에쮸드는 어찌됐든 본래 전체 작품이 요구하는 주제와 목표를 지향하고 있기 때문이며, 그것은 정제되고, 간결하게, 함축된 언어이기 때문이다.

2) 희곡에 나타나 있지 않은 상황, 즉 인물의 대사나 지문, 또는 예상될 수 있는 상황을 직접 에쮸드로 실행하는 것이다. 마찬가지로 희곡의 분석과정으로서, 희곡에 제시된 상황, 사건을 좀 더, 극적으로, 좀 더 명확하게 하게 하고, 무엇보다 희곡에 제시된 상황(장면)이, 전체 희곡의 구성 안에서 반드시 있어야 하는 근거를 부여함으로서 극구조(劇構造)를 탄탄하게 만들어 준다. 또한 이 에쮸드는 배우의 정서구축에 따른 성격창조에도 도움을 주게 된다. 따라서 에쮸드를 위한 소재는 희곡이 시작하기 전의 상황, 또는 사건의 줄기에서 희곡에 제시되지 않은 장소, 그리고 인물이 말로서 회상하는 상황 등에서 가져오게 되고, 배우는 일정한 대사나 행동에 얽매이지 않고, 사건에 따른 상황에 충실함으로서 자유롭게 정서를 표출하면 된다. 그러나 이 경우는 대부분이 반드시 꼭 그렇게 끝나야 하는 결말을 필요로 한다. 희곡의 분석과정을 넘어 완성된 에쮸드라 할지라도 그것은 결국, 희곡이 제시하는 다음의 사건(장면)에 이어져야 하기 때문이며, 그리고 그것이 이 경우

의 에쮸드가 목적하는 바이기 때문이다.

　3) 인물 분석과 성격구축을 위해 인물의 과거를 에쮸드로 실행하는 것이다. 물론 1), 2)번의 경우에도 배우는 인물을 접근하는 데에 도움을 받게 된다. 그러나 본격적으로 인물의 목표와 행동을 분석하고, 그에 따른 상황, 사건으로 인물의 성격을 구축하기 위해 에쮸드를 사용하는 것이다. 이때 에쮸드는 인물의 모든 과거, 즉 태어나서 희곡의 극이 시작하기까지의 모든 상황과 희곡이 제시한 인물의 행동에서 연유한 상황에서 소제를 가져오게 된다. 따라서 에쮸드를 위해 필요한 제시된 상황이나, 사건 등은 배우나 이를 주도하는 연출가의 상상력에 따라 임의대로 실시하게 된다. 그러나 이 경우의 에쮸드가 목적하는 바대로, 그것을 정하는 기준은 결국 희곡에서 제시된 인물의 목표를 에쮸드의 상황과 사건이 지향하고 있느냐 하는 것이며, 희곡이 제시한 인물의 목표와 행동을, 도대체 왜 이 인물이 하게 되었는가, 즉 정확한 동기부여를 하는 것에 따르게 된다. 결국 이것이 그 인물을 하나의 살아있는 성격으로 창조하는 데에 도움을 주게 됨은 물론이다.

　이렇게 구분하여 에쮸드를 희곡과 인물의 분석과 형상화에 활용할 수 있는데, 중요한 것은 각 경우 모두에 있어, 한번, 두 번으로 에쮸드를 실시하여, 단순한, 즉각적인 배우의 즉흥을 유발하는 것이 아니라, 많은 반복 속에 작가가 제시한 희곡의 중심사상, 인물의 대사와 행동 속에 내재된 의미에 배우가 차츰 젖어 들어가는 것이 필요하다. 즉, 작가의 사상을 배우의 잠재의식적 본성이 반응, 평가하여, 예술적 창조형식에 의한 제3의 구체적 인물을 만들어 가는 과정인 것이다. 따라서 배우는 에쮸드 전에 희곡의 대사에 얽매일 필요는 없지만, 반드시 에쮸드의 대 전제 조건, 즉,

- 이제 진행될 이야기는 어떠한 이야기인가?(중심사상).
- 나는 누구이며, 무엇을 원하는가?(인물의 목표).
- 나는 어디서 어떠한 상태로 등장하는가?(제기된 상황).
- 어떻게 이야기가 끝나야 하는가?(사건의 결말, 주제).
- 나는 어디로 퇴장하는가?

를 구체적으로 인식하고, 많은 반복의 실행에서도 계속 환기를 시킨후, 무대에 올라가야 한다. 그리고 앞서의 경우에서, 이러한 조건들을 결정하는 기준이, 희곡이 제시하는 작품의 주제와 인물의 목표에 있음은 물론이고, 결국 이것을 예술적 형식에 담아, 살아있는 배우의 정신세계를 통해 관객에게 전달하고자 하는 것이 본 경우에 해당하는 에쮸드의 목적이다.

세 번째의 경우는, 결국 두 번째의 경우를 반대로 접근하는 방법이다. 즉, 두 번째의 경우는 에쮸드를 이용하여 희곡을 분석하고, 무대 형상화해 가는 과정인 반면, 세 번째는 이를 이용하여 하나의 작품을 만들고, 그에 따른 희곡을 완성에 나가는 경우이다.

이러한 방법은 근래 세계의 여러 극장에서 이용하고 있는 방법으로, 연출가와 배우들이 미리 정해진 희곡 없이, 단지 그들이 하고자 하는 이야기만을 가지고 집단으로 창작을 해나가는 형태인데, 이 경우 에쮸드는 아주 유용하게 사용된다. 연출가와 배우들이 하고자 하는 전체 줄거리를, 구성의 단계에 따라, 여러 개의 단락으로 나누고, 그것을 사건과 목표에 따라 지속적으로 에쮸드를 실시하는 것이다.

물론, 작가에 의해 정해진 탄탄한 극 구성이 없기에, 각 에쮸드들이 목표를 잃고 산만해 질 수 있다는 단점이 있으나, 생생히 살아 있는 언어와 움직임의 에쮸드를 통해, 한편의 연극을 만들 수 있다는 장점을 가지고 있다. 따라서 이때의 연출가는 집단참여자의 객관자로서 작가의 역할을 함께 하여야 할 것이다. 그리고 무엇보다, 이 경우에 배우는 시스템의 '신체적 행동법'을 통해 시스템의 각 요소를 훈련받고, 에쮸드의 개념과 형식을 잘 이해하고 있어야 한다. 또한 배우개인의 인생관과 세계관, 철학 등이 다른 어떤 경우보다도 중요하게 작용된다. 서로 서로에게 영향과 충격을 주며 만들어지는 집단창작의 에쮸드는, 결국 그것들의 결과물이기 때문이다. 따라서 이 경우에, 질 높은 양질의 연극은, 에쮸드에 익숙한 것을 전제로 하여, 좋은 참여자들을 필요로 하게 된다.

다른 방법으로, 잘 짜여진 극적 구성의 희곡을, 이와 같이 단지, 줄거리와 주제, 목표만을 정리하고, 완전히 해체시킨 후, 각 장면별로 에쮸드를 통해 만들어 가는 방법도, 무대에서 살아있는 연극을 만드는 하나의 방법론이 될 수 있을 것이다. 이 경우, 완성된 에쮸드를 극 구성별로 배치하여 만든 연극이, 작가의 희곡과 전혀 다른 작품이 되지 않기 위해서는, 희곡이 제시하는 인물의 중심 목표와 일관된 행동선을 각 장면별 에쮸드에서 결코 잃지 말아야 할 것이다.

이렇게 에쮸드는 여러 가지 목적에 의해, 여러 가지 방법으로 활용되어 질 수 있다. 각각의 경우에 중요한 것은 배우가 반드시 행동의 '논리와 일관성'을 가져야 하는 것이다. 곧, 그것이 희곡을 하나의 관통선으로 분석하게 하고, 또 하나의 인물을 구축, 창조하게 하는 것이기 때문이다.

또한, 시스템의 원리가 그러하듯, 에쮸드에서의 주워진 환경과 사건에 대해 인물의 내적조건을 가지고 반응하는, 배우의 필연적인 즉흥성과 그 논리의 상상력은, 결국 배우의 잠재된 본성인 것이다.

따라서 앞에서도 언급했듯이 에쮸드를 통하여, 희곡을 분석하고, 인물을 창조하는 경우, 올바른 예술적 가치관의 배우의 본성은, 그 어느 때보다 중요한 것이며, 그것이 실현되어 작품이 완성된 경우, 그 작품은 어떤 작품보다 살아있는 인물에 의한 예술적 가치가 뛰어나게 될 것이다.

마치는 글

지금까지 필자는 스타니슬랍스끼가 자신의 '시스템' 연구의 후기에 이르러 집대성한, '신체적 행동법(The Method of physical action)'을 통해서 '시스템' 의미와 원리, 그리고 그것의 구체적 실천방법인 에쮸드(Etude)에 대해서 알아보았다.

궁극적으로 이것은, 그가 배우의 연기 훈련과 역할구현을 위해 연구한, 시스템의 전체 요소를 포함하는 것이며, 그것을 실제작업에 활용하기 위해 창안된 도구인 것이다.

따라서 '과장을 일삼는 낭만주의'에 환멸을 느껴, '사실적이고, 있는 그대로의 일상적인 무대와 배우연기를 창조하였다'는 그의 초기 연구에 대한 이해만으로는, '신체적 행동법'의 개념과 원리를 이해하는 폭이 좁아 질 수밖에 없을 것이며, 무엇보다 그의 전체 '시스템'의 본질에 다다르는 것에 무리가 생기게 될 것이다. 곧, '무대'라는 공간의 특수성을 충분히 대 전제로 하여, 그의 '사실적이고 있는 그대로의 일상적임'은 다시금 재편성되게 되었던 것이다. 그의 연극형식에 대한 생각의 변화는 다음의 인용에서 확인되어 진다.

이것은 1907년 2월, 스타니슬랍스끼의 연출에 의해 '예술극장'에 공연된, 누트 함순作의 작품 <삶의 드라마>에 대한 설명이다.

세계의 종말을 앞두고, 깊은 바다에서부터 나온 듯한 바다의 괴물들이 춤을 추며, 시장에서 흥정을 하고 있는 군중들 위의 장대로 올라와 무대 위의 그물로 연결한 가름대위에 앉아 내려다보고 있다.

빛이 통하는 칸막이로 판매자들의 그림자주변에, 구매자들의 그림
자가 서로 밀치는 모습이 보이고 있으며, 중간이 텅 빈 오케스트라
가 음악을 연주하고 있는데, 단지 한 쪽에 플롯과 바이올린만 있고,
건너편에는 콘트라베이스와 둔한 소리를 내는 터어키식 북만 있으
며, 프렌치호른의 알아들을 수 없는 소리가, 마치 꺼져 가는 인간의
목소리처럼 들리고 있다.[29]

즉, 그의 무대는 '사실주의적인 형태'라기 보다는 표현주의의 형식에
보다 가까워지고 있는 것이다. 또한, 그해 12월, 그는 레오니드 안드레
에프의 <인간의 생활>을 연출하여, 무대에 올리는 데, 여기에서도 그의
변화 된 형식을 엿볼 수 있게 된다.

........그는 '존재의 우연성'과 '원죄에 대한 무대형상과 형식'으로
서 검은 빌로드를 찾아내었다. 그것으로 덮여진 무대는 텅 빈, 공허
한, 그리고 무한함을 느낄 수 있게 해 주었다. 흰색과 장미 빛, 또는
황금빛의 선으로 방과 가구, 문과 창문의 윤곽을 표시하였으며, 사
람들은 문으로 나가지 않고 무대전면의 어디서나, 또는 어디론가 몰
래 불쑥 나타났다가 사라지곤 하였다.[30]

여기에 1911년 12월, <예술극장>에서, 영국의 골든 크레이그와의 상
징주의 형식을 띤[31], <햄릿> 공연까지, 스타니슬랍스끼는 그 동안 자신
이 해오던 예술형식에 변화를 주고 있었던 것이다.

곧, 사실주의나 자연주의만으로는 그가 이상(理想)하는 연극예술의
목적인, '인간 정신의 삶을 구현' 하는데 부족하며, 어쨌거나 '일상적인
사실'과 '무대적 진실'은 다른 것이기 때문이다. 즉, 일상적인 사실만으
로는, 궁극적으로 행위자체가 목적하는 필요한 사상을 전달하기 어렵

29) I.N.살로비에바, 앞의 책, 85면.
30) 앞의 책, 91면.
31) 앞의 책, 95면.

거나, 또는 가능하더라도 너무도 많은 시, 공간을 필요로 하게 되는 것이다.

그리하여, 일상과 같은 자연스러움을 가장하여 압축된 '무대적 진실'을 객석에 전달하는 것이 필요하게 되는 것이다. 곧, 무대에는 우연이 있을 수 없으며, 필연에 의한 진실만이 존재하게 되는 것이다. 이것이 모여 무대에 '환영(Illusion)'을 만들어 주는 것이며, 이것이 곧, '극적 사실주의(Dramatic-Realism)'를 만들어 주게 되는 것이다.

스타니슬랍스끼의 '배우의 연기 훈련과 역할 구현 체계' 연구인 '시스템'이 변화를 가지게 되는 것은 당연한 일이다.

즉, 초기, 체험을 통한 '정서적 기억'에 의한, '내적 정서', 즉 '내면의 진실'만이, 그리고 그것이 충족되었을 때만이, 무대에서의 '진실된 외형' 즉, '형상화된 진실'을 만들어 낼 수 있다는 것이 그의 주된 연극사상이었다. 그리고 여기까지가 제3국을 통해 한국연극에 소개된 일반적인 그의 시스템에 대한 연구이다. 그러나 그것만으로는 인간정신의 삶이 완벽하게 구현 될 수 없고, 어째든, 무대는 배우 자신의 일상이 아니며, 보는 관객 또한, 우연이 연장되고 있는 일상을 보고자 하는 것이 아니라, 필연에 의한 극적 진실을 보고자 하는 것이기에, 궁극적으로는 그것을 충족 시켜주는 연기체계가 필요하게 되는 것이다. 이제, '일상 같은 자연스러움'은 관객에게 주는 '믿음과 신뢰'를 위해서, 그리고 보다 중요하게, 배우에게는, 배우의 자신의 본질적인 '잠재의식적 본성'을 창조의 순간에 불러 내오기 위해서, 이것이 연기예술에 필요하게 되는 것이다.

결과적으로 스타니슬랍스끼의 시스템은, 그의 후기에 이르러, 그가 정의한 연극예술의 목적을 보다 잘 달성하기 위하여, 다시금 재정립되게 된 것이며, 이것이 바로 시스템의 총집결체인 '신체적 행동법'인 것이다.

따라서 '신체적 행동법'은, 배우의 연기에 필요한, 시스템의 부분적인 각 요소를, 전체적으로 통합하여 유기적이고, 일관된 연기훈련을 시키는 것은 물론, 그러한 시스템 각 요소에 의해, 훈련된 배우의 창조적 본성이, '무대'라는 특수성에 접목되는 것을 돕고, 그것에 조화하여 자유롭게 존재하는 방법을 익히게 하는 훈련인 것이다. 요컨대, '연기'라는 행위가 이루어짐에 있어, 자연의 법칙과 무대의 법칙이 만나는 지점, 그래서 서로 조화, 공존하게 돕는 것이, 바로 '신체적 행동법' 인 것이다.

신체적 행동법의 구체적 활용도구인 '에쮸드'의 개념과 이를 이용한 각 과정별, 목적별 활용을, 여러 단계로 나누어 살펴보았는데, 언급했듯이 본고에 제시한 각 단계는, 궁극적으로 필자가 지향하는 '훈련체계'인 것으로, 활용, 수행자의 상황과 조건에 따라 여러 단계, 여러 가지 형태로 변형, 응용되어 이용되어 질 수 있다. 이것이 '에쮸드'의 장점이자, 그 본질적 속성이기 때문이다.

필자가 재차 이 부분을 언급하는 것은, 특히, 배우교육에서의 체계적 용은 매우 조심스러운 것으로, 그것이 배우 본성의 창조적 장점을, 보다 예술적으로 이끄는 데에 영향을 미치기 때문이다.

그러나, 결국 중요한 것은, 어떠한 단계의, 어떤 형태의 에쮸드든 그것은 궁극적으로 '시스템의 본질'을 지향하고 있어야 한다는 것이다. 스타니슬랍스끼는 시스템의 본질을 다음과 같이 설명한다.

> 예술의 법칙은 자연의 법칙이다. 아기가 태어나서, 나이가 들고, 본성(가치관)이 생기게 되고,.... 모든 것은 하나의 자연스러운 질서에 의해 이루어진다. 그러나 무대에서는 관객이 앞에 있다는 강한 조건으로 인하여, 자유롭던 자연의 창조 작업이 헝클어지고, 그 과

정이 방해를 받기 때문에, 시스템은 이것을 다시 확립하는 데에 필
요하게 된다. 시스템은 '자연적 인간'을 그 '정상적 본질'로서 이끄
는 것이다. 당황(긴장), 대중(大衆)공포증, 그릇된 성향, 잘못된 습관
등은 이 '자연'을 파괴하게 되는 것이다.[32]

곧, 시스템은, 인류가 '연기'라는 행위를 지금까지 해왔듯이, 앞으로
도 끊임없이 지속 해 나가는 한, 항상 인류 곁에서 숨쉬며, 존재하게 될
것이며, 앞서의 본질로 인해, 우리 곁에 계속 살아 있게 되는 것이다.

본고가 한국에서의 시스템의 전체적 이해와 수용에 따른 실제적 활
용에 도움을 주기를 바라며, 아울러, 굳이 스타니슬랍스끼의 연극사상
이 변화되는 시점과 그 근거를 거론한 이유가 여기에 있다.

---

32) 스타니슬랍스끼, 「자신에 대한 배우의 작업 제2부」, 『스타니슬랍스끼 전집3
권』, Moscow, 1955. 309면.

참고문헌

1. 국내 자료

오사량, 『배우수업』, 성문각, 1970.
유민영, 『한국근대 연극사』, 단국대학교 출판부, 1996.
_____, 『이해랑 評傳』, 태학사, 1999.

2. 국외 자료

A. 미하일 체홉 『문화적 유산』, M, 1986.
C.I.오고제프, N.U.쉬베도바, 『러시아대사전』, M, 1994.
G.크리스찌, 『스타니슬랍스끼 학파에 의한 배우교육』, Moscow, 1978.
I.N.살로비에바, 『K.S.스타니슬랍스끼』, M, 1985.
J.N.Benedetti, 『*Stanislavski: An Introduction*』, London, 1982.
K.S.스타니슬랍스끼, 『자신에 대한 배우의 작업 제1부』, M, 1954.
_____, 『   "   제2부』, M, 1936.
_____, 『   "   』, M, 1955.
_____, 『역할에 대한 배우의 작업』, M, 1957.
N.고르챠코프, 『스타니슬랍스끼의 연출수업』.
N.블라토바, A.스바보진, 『스타니슬랍스끼 시스템 전문용어 사전』, M, 1994.

⟨ABSTRACT⟩

The Aliving Stanislavsky System, the Studying about that Practical Use.

Kim, Tae Hun

It is a fact that Stanislavsky System has a great effect in the human dramatic performance history. However, his System has not introduced in the Korean theatrical world differently with this fame.

Specially, "The Method of physical action" which he had created in his late period has known name only, and the Korean theatrical world has not have known about its general idea(concept), its principle and the practical use.

Move over this is important for us. Because of, this method is renew arranged for general Stanislavsky System. Also, it is useful the essential method of actor stage work and a educational scene for our stage.

So, we can figure out that it is able to do 'the understanding of whole System', also, 'the essential grasp of System', and 'the practical addimission of System, for Korean theater. This article is the studying about the System.

It is very important of understanding for "experience" and "extempore" for inclusive the general concept. Because of it makes "subconsciousness" instinct acting for meaning of "living" and "being". Generally, the actor world like to find out the emotion under the intellect and world like to show up using with "physical-mental" action.   But this case, it does not show the actor's emotion easily in a difference with the general idea, the player rather shrinks as stimulates(excites).

In this processing, the positively necessary thing is a instrument the calling of 'extempore' which frequent(go and come of then) the actor between consciousness and unconsciousness. And the actor can do experience acting, within whole body in every moment by this.

The theory of 'The Method of physical action', is planterly different with the realism acting through side the which is the first term in the system, Stanislavsky found out the limit of 'Realism' and he would like to express 'stage' as a space and use that freely. so, above creating system's each sources(Magic if, imagination, pay attention, relationship, etc) have rearranged with the 'stage's special characteristics.

In a word, 'the method of physical action, is helping way which matches with the law of nature and the existing human on the stage as that law.

In this processing "Etude" is the general idea which is using for the unit of the meaning & theory for 'the method of physical action'. It applies 'theatrical drama' and 'the actor education & training' at the premise processing with dividing each level extensively. Specially it can be helped that the begging actor realizes to divide the work for 'the work of actor for himself' & 'the work of actor for character' in the actor education. The each level's detail practical using find their place in the text of the essay.

In conclusion, Etude which can be use in the drama work, whole education with verity form has fixed for system's basic under 'the Method of physical action'. This is not different with "Natural human being". The System is a object of this.

〈물고기 남자〉의 연출과정 연구

이 은 경*

─── 〈목 차〉 ───

Ⅰ. 문학과 공연의 상관성
Ⅱ. 〈물고기 남자〉의 연출과정
  1. 개별화 과정
    (1) 희곡의 선택과 분석
    (2) 배역 선정(casting)
    (3) 동작선(blocking) 설정

2. 통일화 과정
  (1) 무대장치
  (2) 조명
Ⅲ. 의미 살리기, 그 구체적 제안

Ⅰ. 문학과 공연의 상관성

희곡이 공연 텍스트라는 점은 주지의 사실이지만 우리의 희곡 연구는 대개의 경우 문학적 관점과 공연적 관점으로 나누어져 개별적으로 이루어지고 있다. 그 결과 작가의 의도가 연극집단에 의해 어떻게 해석되고, 그것이 어떻게 구체화되었는가의 실제과정이 배제된 채 작가와 관객의 관점만이 강조되었다. 그러나 희곡과 연극은 분리시켜 논할 수 있는 대상이 아니다. 공연성이 부족한 희곡을 좋은 작품이라 할 수 없듯이 문학성이 결여된 연극을 좋게 평가할 수 없기 때문이다.

---

* 숙명여대 강사

희곡이 연극공연으로 생명력을 부여받기 위해서는 연극집단의 개입이 필연적이기 때문에 작가 → 연극집단 → 관객으로 이어지는 공연 메커니즘의 이해는 작품을 올바르게 이해하는 데 절대적으로 필요한 전제조건이 된다. 그리고 희곡의 문학성과 연극성을 동시에 조망할 때에만 희곡작품에 대한 진정한 이해와 평가가 가능하게 될 것이다.

본 논문은 희곡작품이나 연극 공연에 대한 객관적 평가는 유보한 채, 희곡 <물고기 남자>가 연출가에 의해 어떻게 해석되어 공연되었는가 하는 연출과정을 실제적으로 살펴보려는 목적에서 집필되었다. 배우 중심 극단을 표방한 연극세상이 이강백의 신작 희곡 <물고기 남자>를 지난 1999년 2월 5일부터 5월 2일까지 이상우 연출로 동숭동 성좌 소극장(현 아룽구지 소극장)에서 공연하였다. 필자는 극단 연극 세상의 자문위원으로 활동하고 있기에 작품의 제작과정에 참여하여 전 공연과정을 함께 하였다. 이러한 작업을 통해 공연텍스트인 희곡을 문학의 관점에서만 연구하는 것이 얼마나 편협한 태도인가를, 문학에 대한 이해가 없는 좋은 연극의 공연이 얼마나 불가능한가를 깨닫게 되었다.

서양의 경우 스타니슬라브스키의 『연출노트』와 같은 탁월한 저서가 현재까지 필독서로 읽히고 그 효용성이 연극 작업과정에서 입증되고 있지만 우리의 경우 이해랑, 이윤택 정도가 자신의 연출관점을 단편적인 기록으로 남겨두고 있을 뿐이다. 더구나 작품과 연출가의 해석을 관련시킨 연구는 기의 진행되지 못하고 있다. 이는 연구자늘 스스로 연극집단과 거리를 두어 온 연구풍토에 기인한다. 최근에 이르러 이러한 폐쇄성에 도전하는 미약하지만 바람직한 변화가 나타나고 있다. 극소수이기는 하지만 연극공연에 직접 참여하는 비평집단이 형성되고 있기 때문이다.

희곡의 연출과정을 이해하는 것은 공연을 염두에 두고 집필해야 하는 작가 뿐만 아니라 독자들의 창조적 독서를 위해서도 필요하다. 뿐

만 아니라 연극집단의 제작작업에도 실제과정의 기록은 유익한 지침서
가 될 것이다. 이런 점에서 온전한 독서와 공연의 심층적 이해를 위해
희곡 <물고기 남자>의 연출과정을 살펴보는 것도 연구의 당위성을 획
득할 수 있을 것이다.

Ⅱ. 〈물고기 남자〉의 연출과정

연극의 연출과정은 크게 두 단계로 이루어진다. 공연할 희곡을 선
택·분석하고 배역선정된 배우들의 연기를 완성시켜 가는 개별화 과정
과 이러한 개별적 요소들을 작품의 주제 하에 무대 위에서 조화·통일
시켜가는 통일화 과정이 그것이다.

1. 개별화 과정

(1) 희곡의 선택과 분석

1) 희곡의 선택

물고기 남자는 작가 이강백이 극단 연극세상의 의뢰를 받고 쓴 작품
이다. 1998년 초여름 대학로의 한 까페에서 이강백과 연극세상 대표 김
갑수가 만나 진지한 대화를 나누었는데, 그 대화의 핵심내용은 집단이
기주의와 익명성에 의한 폭력1)에 관한 것이었다. 이러한 대화 내용을

---

1) 이날의 대화에서 이강백이 했던 이야기를 요약하면 다음과 같다.
　 "세상의 변화에 따라서 내 행동이 달라진다는 사실을 알고 있다. 세상이 평
　화롭고, 넉넉하고, 희망적인 때는 내 행동은 가족에게 다정하며 이웃에게
　너그러우며, 모르는 사람에게도 친절하다. 그러나 갈등과 분쟁으로 세상이

주제로 하고 양식장을 하다 적조로 망해버린 작가 인척의 경험담을 소재로 하여 그 해 10월 <물고기 남자>가 탈고되었다. 그 이후 연출가로 이상우가 섭외되었다. <칠수와 만수><비언소> 등을 연출했던 이상우는 '풍자와 해학, 조롱'[2])의 연출가로 평가받아 왔는데, 진지한 주제의식과 무거운 분위기의 작품 <물고기 남자>에 활력을 불어넣을 것이라는 기대감에 섭외된 것이다.

2) 희곡의 분석

① 주제분석

연출가 이상우는 원작의 내용과 주제를 훼손하지 않기 위해 극히 일부분만을 수정하여 조정하였다. 신작 희곡을 처음 연출하는 연출가는 '해당 극작가의 관점을 무대화시켜야만 하는 책무와 강제성'[3])을 느낄 수 밖에 없다. 이상우도 이러한 구속에서 자유로울 수 없었다. 그러나 한번의 공연을 통해 명백한 주제를 관객에게 전달해야만 하는 연극적

시끄럽거나 경제적인 어려움이 생길 때는, 내 행동은 달라진다. 우선 세상 살기 어려워진 첫 단계, 나는 모르는 사람에게 친절하지 않다. 더욱 어려워진 두 번째 단계, 나는 아는 사람에게 더 이상 너그럽지 않다. 가장 어려운 단계, 나는 내 가족에게도 다정하지 않다.

지금은 어떤가. 굉장히 살기 힘든 모양이다. 나의 관심은 겨우 내 가족에게만 머물러 있다. 아는 사람을 봐도 못 본 척하고, 모르는 사람은 아예 몰라도 되는 것이다. 그런데 나만 그렇게 행동하는 건 아닌 것 같다. 다른 사람이 나를 어떻게 대하는지, 그 행동에 실망하는 경우가 많다. 어떤 사람에게 있어서 나라는 존재가 전혀 모른다는 이유로 철처히 무시당하는, 인간 취급도 못 받는 때가 많고 많다. 이런 잔혹하고 비인간적인 세상 속에, 우린 지금 살고 있는 것이다."

(공연 팜플렛 「작가의 말」 중에서)

2) 『문화일보』『조선일보』『경향신문』 등에 게재된 <물고기 남자> 공연평에서 언급된 연출가 이상우에 대한 일반적 평가.

3) 리 앨런 모로우 · 프랭크 파이크, 이원기 옮김, 『연극 창조의 신비』, 예니 1996, 121면.

상황을 고려하여 일부 구체적인 대사들을 삽입하였다. 만일 주제가 모호하다거나 혹은 심도있게 객관화되지 못한다면 관객들이 단 한번의 공연을 관람함으로써 희곡으로부터 어떤 의미를 찾아낸다는 것은 쉬운 일이 아니다. 그렇기에 공연 텍스트는 원작 희곡보다 구체적인 대사를 요구한다. 원작과 달리 연출가에 의해 덧붙여진 대사들의 예를 들면 다음과 같은 부분들이다.

> **김진만** 염병헐, 바로 그거야! 만약 우리가 당신 친구나 친척이었다면 말해 줬겠지! 양식장에 투자하면 안된다. 보기엔 멀쩡하지만 적조현상이 일어나 물고기들이 다 죽어버린다… 당신은 분명히 모든 걸 말해 줬을 거라구! (1장)

> **김진만** 정말 염병앓고 있군! (침대 위에서 상반신을 일으켜 세우며) 도대체 저 남자와 무슨 상관이 있다는 거야? 형제도 아니고 친척도 아니잖아! 학교 동창은커녕, 고향 사람도 아냐! 전혀 알지 못하는, 서로 아무 관계도 없는 인간이라구!

> **이영복** 바로 그거야…

> **김진만** 그거라니?

> **이영복** 우리가 브로커에게 당한 것과 똑같잖아. 자네도 그런 말을 했어. 브로커가 우리를 아는 사람 취급했다면, 그는 결코 우리한테 물고기가 죽는 양식장은 팔지 않았을 거라구. 지금 우리가 그래. 저 남자를 모른다는 그 이유만으로 우린 그를 죽도록 내버려 두고 있어! 이건 너무 끔찍한 일이야! (8장)

이러한 대사의 반복을 통해 타인에 대해 배려할 줄 모르는 현대의 이기성을 비판하려는 작가의 의도가 구체적으로 강조되었다. 특히 연출가는 이 작품의 화두를 '낯익은 곳에서 길잃은 자의 좌표찾기'[4]라고

---

4) 『경향신문』 1999. 1. 29.

설명한 뒤 '느림을 선택하는 지혜가 필요하다'고 덧붙인다. 속도전에 동원되어 타인을 배려하는 마음을 잃어버린 현대인에게 관찰과 반성의 시간이 절실하다는 의미이다. 이러한 주제를 명확히 하기 위해 연출가는 몇 개의 중요 이미지를 강조하고 있다.

> 이 연극에는 몇 개의 중요한 이미지가 있다. 적조… 기르는 곳이 아닌 죽음의 도가니가 되어버린 바다 양식장, 산 남편이 아니라 죽은 남편을 찾아 다니는 여자, 무한히 반복하는 거래의 세상, 우리들 사이에 난무하는, 그러나 보이지 않는 그리고 소리도 없는 아주 이기적인 폭력들…5)

② 인물분석

<물고기 남자>에는 다섯 명의 인물이 등장한다. 이강백의 기존 작품들에 나타나던 우화적 성격이 적지 않게 살아있는 인물들은 연출가에 의해 현실적 인물인 이영복, 김진만, 남자와 비현실적 인물인 여자, 브로커로 나누어진다. 인물분석에 있어서도 연출가는 작가와 달리 브로커와 여자만을 비현실적 인물로 설정하여 남자에게 현실성을 의도적으로 부여하고자 한다. 특히 연출의 중심이 이영복과 남자에게 맞추어지는데 이는 연극 결말부분에서 두 가지 삶의 선택을 강조하고자 하는 연출의도에 기인한다. 현실적으로 가장 보편적인 선택이 될 김진만의 경우는 의도적으로 의미를 약화시키고 반대로 이영복과 남자의 선택을 강조하려는 연출의 의도는 다음과 같은 연출메모에서도 확인할 수 있다.

> 이 연극은 마지막에 두 개의 선택을 제시한다.
> 하나, 남자의 선택. 떠난다. 그는 이승에 몸을 두지 못하고 도피

---

5) <물고기 남자> 공연 팜플렛 「연출의 말」에서.

한다. 혼자만의 시공간으로 떠난다. 남자는 현실에 절망하는 꿈꾸는 자이다. 이런 자들은 늘 자살을 선택하는 법이다. 그러나 이승이 이런 마음을 지닌 자들로 가득하다면 훨씬 따뜻해질 수 있을 것이다. 이 연극에서는 이 남자의 죽음으로 얻은, 남은 자들의 생명과 기쁨이 무슨 가치가 있을까를 반문할 것이다.

둘, 영복의 선택. 기다린다. 느림의 선택이다. 어쩌면 여기에 인류의 희망이 있을지도 모른다. 영복은 기다리기로 했다. 모르면서 살아도 되는 삶 속에서 어느 날 문득 눈을 들고 둘러보니 길을 잃었다. 모호한 곳에 서서 헤메는 나… 그래서 그는 선택했다. 느림의 선택을. 기다리자. 알 때까지 기다리며 천천히 기다리면서 생각해보자. 우리는 어디서 길을 잃었던가?

이 두가지 선택은 중요하다. 슬픈 현실이지만, 망가져 가는 인류의 지구에서 생각하는 자들, 또는 지성인들이 선택할 수 있는 두 가지 대안일 것이다.

결국 연출가는 작품이 설정한 공간적 범위를 지구 전체로 확대시키면서 행동의 주체는 생각하는 자들, 또는 지성인들로 국한시키고 이 대상을 이영복과 남자로 구체화하려 한다. 이러한 설정은 연출가가 염두에 둔 구체적 관객층이 대학생 이상의 지성인들이라는 점을 확실하게 드러낸다.

ㄱ. 현실적 인물

현실적 인물에는 자신의 삶의 방법을 스스로 선택하는 이영복·김진만·남자가 있다. 40대 동년배인 이영복과 김진만은 물고기 양식에 대한 경험이 없으면서 손쉽게 돈을 벌 수 있다는 브로커의 꾐에 빠져 양식장을 공동명의로 구입한다. 그러나 희망했던 것과는 달리 무더운 여름에 발생한 적조현상으로 물고기들이 집단 폐사하여 파산 직전에 놓여 있다. 도서관 책납품업, 주식투자, 택지사업 등을 계속 성공적으로 동업해 오면서 사업에 대한 이해없이도 돈을 벌자 두 사람은 자아인식

370

의 필요성을 느끼지 못한 채 관성적인 삶을 살아 왔다. 그러나 양식장의 실패로 절망에 빠지자 지금까지와는 다르게 서로 다른 인생의 길을 모색하게 된다.

ㄱ 이영복

작품 처음부터 이영복은 '뭔가 알고 했던 건 하나도 없이' 살아왔던 지금까지의 삶에 대해서 진지하게 '생각하기' 시작한다. 모르면서도 문제없이 살아왔던 그에게 양식업의 실패는 더 이상 알지 못하고 살 수 없다는 것을 인식하도록 하는 전환점이 된다. 그런 이영복에게 남자와의 해후는 깨달음의 결정적 계기가 된다. 유람선 사고로 이영복의 간호를 받게 된 남자는 자신의 죽음을 기뻐할 많은 사람들을 위해 스스로 죽음을 선택하는 인물이다. 남자의 절망과 확신과 자살의 과정을 가장 가까이에서 지켜보는 관찰자이며, 남자의 물통을 들어준 동조자이고, 죽은 남자를 수조에서 '두팔로 껴안아' 꺼낸 수습자로서 이영복은 남자의 죽음에서 벗어날 수가 없다. 더구나 남자의 죽음으로 받게 된 3천만원 때문에 자신의 삶이 회복될 수 있게 되었다는 현실의 아이러니도 받아들일 수 없다.

결국 남자로 인해 이영복은 자신이 알지 못하던 타인의 삶이 자신의 삶에까지 영향을 미칠 수 있음을 깨닫게 된 것이다. 결국 관계가 없다는 이유로 타인에게 무관심하고 심지어 알지 못하는 사이 잔인한 폭력까지 행사했던 기존의 삶을 반성하고 타인과의 관계를 인정한다.

브로커 (계속 침묵하는 영복에게) 적조 때문에 아무 것도 살지 못합니다. 실컷 고생만 하고, 잔뜩 손해만 보고… 선생이 직접 경험하셨잖아요.
이영복 그래서 나 자신이 갖기로 한 겁니다. (중략) 내가 팔면… 산 사람은 나처럼 실컷 고생만 하고, 잔뜩 손해만 볼 겁니다. 그걸

알면서 양식장을 팔 수는 없죠.　　　　　(10장)

작품 처음부터 알아야겠다고 생각해오던 이영복은 삶의 의미를 타인과의 관계 속에서 찾아낸 것이다. 남자와 물고기 남자 그림에 대한 공통된 기억을 가지고 있던 그에게 물 속에서 죽은 남자는 물고기 남자로 환치되고 그의 의식 속에 남게 된다.

ⓛ 김진만

이 희곡에서 가장 현실적인 성격으로 설정된 인물이다. 지금까지 살아온 방식으로 앞으로도 계속 삶을 살아갈 인물로 그려진다. 생각보다는 행동이 앞서고, 자신의 욕망에 대해 충실하면서도 모든 일의 책임은 자신이 아닌 타인에게서 찾는다.

양식장의 실패가 브로커의 말만 믿은 자신의 경박함과 성급함으로 인한 예정된 결과였음에도 불구하고 '사기꾼 브로커' '염병할'이란 말을 반복적으로 내뱉음으로써 자신의 실수를 회피하려고 한다. 또한 산 사람보다 죽은 사람이 경제적 가치를 지닌 대상으로 인정되는 현실에 불만을 느끼면서도 남자가 살아 있다는 사실에 분노한다. 그리고 현실적 이익을 위해 남자의 자살을 방조하다 못해 적극적으로 유도하면서도 남자에 대한 죄책감을 갖고 있는 이율배반적 인물이다.

김진만은 이영복과는 달리 남자와의 관계를 부정하며 자신만을 위한 삶을 선택한다. 오히려 이영복이 타인을 위한 삶을 선택하자 이를 이해하지 못해 받아들이려 하지 않는다.

이영복　내가 아는 건… 그 남자는 죽었어. 그리고… 그 남자가 죽었기 때문에… 우리가 살게 됐어. (중략) 자넨 상관없다지만, 난 있어!

김진만　완전히 미쳤군. 죽을 때 겨우 물 한통 날라다 줬다고 그 남자와 자네가 무슨 특별한 관계가 생긴건 아냐! 깨끗이 잊어버려, 그 남자는! 그 남자가 살고 있을 때도 우린 몰랐었고, 죽을 때 도 몰랐었고, 더구나 죽은 다음엔 알게 없지!　　　(9장)

결국 김진만은 이영복의 요구대로 양식장을 이영복에게 넘기고 시체 보상금을 가지고 양식장을 떠난다. 김진만에게는 동업자로서 자신과 관계를 맺고 있던 이영복은 관심의 대상이 되지만 동업관계가 깨어진 현재에는 걱정할 필요조차 없는 타인이 된 것이다. 김진만은 가장 일 상적인 인물이고, 그의 선택 역시 현실에서는 가장 보편적인 선택이 될 것이다.

③ 남자

30대 중반으로 말끔한 용모와 교양있는 태도로 호감을 주는 인물이 다. 파라다이스호의 관광포스터 속에 그려진 물고기 남자의 형상을 보 고 '인간은 과거에 본 것만을 미래에서 보게 된다'는 중학교 시절 미술 선생의 말을 기억해내어 자신의 '끝, 미래를 보기 위해' 배를 탄다. 과 거의 삶이 현재 뿐만 아니라 미래까지 규정한다고 생각한 그는 자신의 삶에 대해 고뇌한다. 결국 자신의 죽음을 슬퍼할 사람보다 기뻐할 사 람이 많다는 사실을 깨달은 그는 자신의 미래가 죽음에 귀결될 수 밖 에 없음을 깨닫는다.

기뻐할 많은 사람들을 위해 자신의 죽음을 준비하는 남자는 이 과정 에서 이영복과 유대감을 느끼게 된다. 이영복이 집착하는 '주파수조정 이 안되는 고장난 라디오'를 남자가 죽기 직전 고쳐준다는 상징적 행 위는 결국 인생의 의미를 알지 못해 고장난 라디오처럼 혼란에 빠진 이영복의 삶을 주파수가 맞추어지는 라디오와 같이 명확하게 해준다는 의미를 담고 있다. 이영복의 삶 속에 존재하게 된 남자는 물고기 남자 로 환치되는데, 이러한 설정은 남자의 삶을 처음부터 암시하고 있다.

물고기도 인간도 아닌 중간적 존재가 생명력을 잃어버린, 적조가 가득한 세상에서 존재한다는 것은 불가능하기 때문이다. 결국 남자는 이상을 꿈꾸지만 현실에 좌절하고 마는 인물이라 할 수 있다.

ㄴ. 비현실적 인물

㉠ 여자

남자의 아내인 여자는 30대 초반으로 품위있는 말과 행동을 하면서도 비정함이 강조되는 인물이다. 사고 소식을 듣고는 남편의 생존 가능성은 배제한 채 죽음을 기정사실로 만들어버린다. 남편의 마음 속에 있던 그 알 수 없는 괴로움이 남편을 죽게 만들었다고 생각하지만 남편의 생존을 받아들이려 하지 않는 주된 이유는 남편이 남긴 재산과 보상금 그리고 5억쯤 되는 보험금을 자신이 상속받고, 또 새로운 삶을 시작할 수 있다는 이기심 때문이다. 작가의 말에서 언급되었던 자신의 가족에게조차 다정할 수 없는 부조리한 현실에 대한 작가의 비판의식을 엿보게 하는 인물이다.

㉡ 브로커

인물 중에 가장 희극적으로 설정되어 있는 브로커는 이영복과 김진만에게 양식장을 판 인물이다. 나이는 분명하지 않지만 얼핏 보면 이영복·김진만보다 늙어 보이기도, 반대로 젊어 보이기도 한다. 자신의 목적을 위해서 회유·협박을 능수능란하게 구사하며 감정을 극도로 자제하는 인물이다. 특히 자신의 사회적 효용성에 대한 확신이 강하며, 이를 통해 자신의 행동에 정당성을 부여한다.

브로커   별 희한한 생각을 하셨군요. 도대체 선생이 다른 사람과 무슨 상관이 있습니까? 선생을 잘 아는 사람이 양식장을 살 리는 없고, 전혀 모르는 사람이 사게 되면 될텐데요? (손가락으로 자

기 자신을 가리킨다) 자, 나를 보십시오! 선생과 다른 사람 사
이에, 그 중간에, 브로커인 내가 있습니다. 선생은 일단 양식장
을 나에게 넘겨 주세요. 그럼 나는 적조가 사라지기를 기다렸
다가, 그걸 살 사람을 찾아내 파는 겁니다. 그 경우 선생은 누
가 샀는지 모르며, 산 사람 역시 누가 팔았는지 모릅니다. 실
컷 고생을 하고 잔뜩 손해를 봐도, 중간에 있는 나를 욕할 뿐
모르는 사람을 욕하진 않죠. 그러니 얼마나 편리합니까, 나라
는 존재가? 선생이 들을 욕을 내가 중간에서 대신 듣고 선생이
받을 원망을 내가 대신 받습니다. 선생은 아무 걱정마시고 나
에게 양식장을 팔기만 하면 되는 겁니다.   (10장)

　　현대사회는 생산자와 소비자가 직접 관계하는 것이 아니라 여러번의
유통과정을 통해 간접적으로 만나게 된다. 이와 같은 상거래관계의 부
정적인 면을 대변하는 인물로 상징되는 브로커는 거래가 반복되면서
확대재생산되는 경제가치에 집착한다. 그렇기에 '나의 기록이 계속되지
못하고 여기에서 끝나버릴 경우, 아무 의미가 없다'고 단언하며 경제적
이윤까지 포기하면서 양식장 인수에 집착하지만 이영복의 선택에 의해
좌절하게 된다. 이에 절망한 브로커는 "당신 말이야, 이 세상의 모르는
사람들과 무슨 관계가 있는 듯이 착각하지마! 아무 상관없어! 중간에는
언제나 내가 있지. 아무도 없다구!"라고 외친다.

　　김진만의 선택이 작품의 결말이었다면 브로커는 성공의 기쁨을 맛보
았겠지만 이영복의 선택에 의해 패배하게 된 것이다. 결국 타인에 대
한 무관심이 지속되는 한 브로커의 거래는 기록을 경신해 갈 것이기에
관객이 이영복의 선택을 지지하기를 염원하는 작가의 의도를 우회적으
로 드러내 준 인물이다.

(2) 배역선정(casting)

'어떤 이가 이 빈공간을 가로지르고 또 다른 누군가가 그것을 지켜 보고 있다면 이것만으로도 하나의 연극행위로서의 구성요건은 충분하다'[6]라고 주장한 피터 브룩의 말을 빌리지 않더라도 연극의 핵심이 배우와 관객이라는 것은 주지의 사실이다. 그러므로 연극공연에서 배역 선정은 공연의 성패를 가늠케 하는 기준이 된다. 그렇기에 연출가는 배역선정에 고심하게 된다.

그러나 <물고기 남자>의 배역선정은 순조롭게 이루어졌다. 처음부터 이 작품은 연극세상 배우들의 연극적 성격[7]을 염두에 두고 창작되었기 때문이다. 배우중심의 극단을 표방한 연극세상의 가장 큰 장점은 '어떤 배역이든 신뢰감을 주는 배우들'[8]의 동인집단이라는 점이다. 다만 극단 내부에서 적역을 찾지 못한 이영복은 개인적 오디션을 통해, 여자는 공개적인 오디션을 통해 외부에서 캐스팅[9]하였다. 그 결과 이영복 은 박지일, 김진만은 이대연, 여자는 최혜원이 선정되었고, 남자는 조재현·노승진, 브로커는 김갑수·고인배가 더블 선정되었다. 실제로 이강백은 이영복을 김갑수라는 배우의 캐릭터를 염두에 두고 창작하였으나 실제 배역선정에서는 연출가의 의도에 따라 박지일로 결정되었다.

---

6) 피터 브룩, 김선 옮김, 『빈 공간』, 청하 1989, 11면.
7) 연극적 성격이란 배우의 개인적인 성격이 아니라 공연을 통해 무대 위에서 설정된 성격을 말한다.
8) 『문화일보』 1999. 1. 28.
9) 일반적으로 캐스팅은 오디션이라 부르는 면담을 통해 이루어지는데, 오디션 에는 개인적인 오디션과 공개적인 오디션이 있다. 개인적인 오디션이란 기성 배우를 대상으로 대체로 이미 알고 있거나 혹은 다른 무대를 통해서 접한 간접경험을 기준으로 인물을 캐스팅하는 방법이다. 상설로 단원을 유지하기 어려운 대부분의 소규모 극단은 주로 개인적인 오디션을 통해 주연을 비롯한 중요한 배우를 선택한다. 공개적인 오디션은 공개적인 방법을 통해 배우를 캐스팅하는 방법이다.
  김균형 편저, 『연극제작 이렇게 한다』, 예니 1998, 59~68면 참조.

이러한 결과가 이루어진 데에는 연출가가 배역선정의 중요원리를 '대조'에서 찾았기 때문이다.

배우들의 연기력에 믿음을 가지고 있었기에 연출가는 현실의 부조리함을 관객이 쉽게 변별할 수 있도록 배우의 시각적·청각적 이미지를 고려하여 선정한 것이다. 가장 확연하게 드러나는 것은 외형적인 대조로 이영복과 남자에 비교적 마르고 왜소해 보이는 배우가 선정되고, 이들과 대립관계를 형성하고 있는 김진만·브로커·여자는 키가 크고 볼륨감이 있는 외모의 배우로 선정되었다. 이들의 외형은 인물들이 현실공간에서 차지하는 비중과 연관이 있다. 부정적인 인물들이지만 아직 현대사회의 중심세력인 김진만·브로커·여자에게는 크고 강한 외모가, 긍정적인 인물이지만 현대사회의 중심세력에 밀려 그 위치를 잃어가고 있는 이영복·남자에게는 작고 유약한 외모가 의도적으로 고려된 것이다. 대사와 행동도 이영복·남자는 '기다리면서 생각'하고 있는 상황이 느껴지도록 조용하면서 느린 템포, 이에 비해 김진만·브로커는 빠른 템포의 이미지를 가장 잘 살릴 수 있는 데 촛점이 놓였다. 여자는 남편의 죽음을 설명할 때와 자신의 인생을 계획할 때의 분위기가 예상치 못하게 반전될 수 있도록 느린 템포에서 빠른 템포로 급격한 변화를 줄 수 있어야 하므로 양면적 이미지가 여배우 선정의 핵심이었다.

(3) 동작선(blocking) 설정

연출가는 다음과 같은 설명으로 연기의 기본 노선을 설정하고 있다.

> 이 연극을 시작하는 시공간은 생명의 근원인 물이며, 생명을 기르는 곳인 양식장이다. 그러나 이 양식장은 더 이상 생명의 근원이 아니다. 적조가 들어 여기 양식장에서는 물고기들이 집단 폐사하고

있다. 진만과 영복은 양식장에서 지금 물고기를 기르는 것이 아니고 죽은 물고기를 건져내 태워 버리고 있다. 그래서 무대공간은 생선썩 은 냄새로 가득하다. 배우들의 연기에 이 냄새가 보여야 한다.

이러한 설명을 통해 연출가는 배우들에게 단순히 보여주기만을 위한 연기가 아니라 공감각적으로 느낄 수 있는 연기를 요구한 것이다. 연출가는 '배우들의 본능적인 음모에 의해 신과 같은 절대적인 조정자'[10]의 역할을 담당해야 한다. 그렇기에 연출가는 무대의 시각화를 위해 배우들의 동작선 설정에 절대적 결정권을 가지고 배우들의 능력을 고려하여 자율적 해석에 맡기거나 구체적으로 설명하는 자세를 취하게 된다. 이번 공연의 경우 배우들의 능력을 인정하여 자율적으로 동작선을 설정하도록 하였지만 주제에 통합될 수 있도록 조정자의 역할을 연출가가 담당하였다.

개별인물에 대한 연출가의 요구는 세밀한 것보다 기본 성격의 설정에 관한 것에 집중되었다. 이영복의 경우 작품 전반에는 무대 위에서 벌어지는 사건에 적극적으로 개입하지 않고 김진만과 브로커나 여자의 대사를 엿듣는 경우가 많으므로 연출가는 항상 다른 인물의 대사를 듣고 그것에 반응하라는 것과 '알 때까지 기다리며 생각하는' 인물로 섬세하게 그려내라고 요구하였다. 김진만은 말과 행동이 모두 앞서 성급하고, 사물을 자신의 관점으로만 이해하는 단편적인 인물로 설정되었다. 그렇기에 김진만의 행동은 매우 다양하면서 동작을 커보이게 하는 데 중점을 둔다. 연출에 의해 조정된 대본에 의하면 김진만의 행동은 매우 과장된다. "진만은 침착하지 못하다, 마치 맹수처럼 영복의 주위를 사납게 돌아다닌다, 야전침대 위에 넘어진다, 들어서는 브로커에게 달려들어 멱살을 붙잡는다" 등 1장에 나타난 지문만을 통해서도 김진

---

10) 피터 브룩, 앞의 책, 57면 참조.

만의 동작선이 얼마나 크고 다양할지 짐작할 수 있다. 무대 전체를 행동공간으로 삼고 있는 유일한 인물로, 항상 분주한 인물로 그려지기를 연출은 요구하였다. 남자는 현실에 절망하는 꿈꾸는 인물로 연출에 의해 설정되었다. 그렇기에 선량하면서도 몽상가적 기질을 드러내며 현실성이 부족한 인물로 표현하기를 요구하였다. 이러한 행동을 통해 현실에 뿌리내리지 못하고 자살하는 남자의 선택이 필연성을 가질 수 있도록 연기되어지기를 요구한 것이다.

브로커는 설득과 협박을 동시에 표현해 낼 수 있는 양면적인 인물로 그려지기를 연출가는 요구하였다. <파우스트>에 등장하는 메피스토펠레스와 같은 다면적 인물로 브로커를 설정했기 때문이다. 이러한 분위기를 살리기 위해 붉은 색안경, 붉은 넥타이, 붉은 양말까지 갖추어 입을 것과 성격의 변화가 설득력 있게 표현되기를 요구하였다. 여자 역시 천사와 악마의 양면성을 가지고 있는 인물로 연기해 줄 것을 요구하였다. 남편의 죽음을 처음 슬퍼할 때는 천사의 이미지를 가지고 있지만 남편의 보험금으로 새 생활을 꿈꾸는 장면에서는 관객이 경악할 정도로 사악한 이미지를 표현해 내야 한다.

배우들의 동작선을 설정하기 위해서는 어떤 인물을 무대 위에서 강조할 것인가가 연출가에 의해 미리 구상되어야 한다. 그리고 이러한 강조는 주제와의 관련하에 이루어져야 한다. 연출가가 인물을 강조하기 위해 가장 기본적으로 활용하는 방법이 배우의 위치와 시선에 의한 것이다. 인물의 강조를 이해하기 위해 먼저 무대공간을 살펴보도록 하자.

윗무대 오른쪽 (Up Right)	윗무대 중앙 (Up Center)	윗무대 왼쪽 (Up Left)
아랫무대 오른쪽 (Down Right)	아랫무대 중앙 (Down Center)	아랫무대 왼쪽 (Down Left)

일반적으로 무대공간을 6등분 해보면 배우위치가 어디에 설정되느냐에 따라 강조되는 정도가 다르다. 가장 강조되는 지점부터 살펴보면 아랫무대 중앙 → 아랫무대 오른쪽 → 아랫무대 왼쪽 → 윗무대 중앙 → 윗무대 오른쪽 → 윗무대 왼쪽 순이다.[11]

<물고기 남자>에서 배우들의 동작선이 설정되는 공간은 어느 정도 규칙성을 가지고 있다. 연출자의 의도에 따라 이영복과 남자는 주로 아랫무대 오른쪽과 중앙에서 행동하며, 김진만·브로커·여자는 아랫무대 중앙과 왼쪽에서 행동한다. 연극의 시작부터 끝까지 퇴장하지 않고 무대에 남아있는 이영복은 아랫무대 왼쪽에 위치한 씽크대를 이용할 때와 남자를 위해서 물통을 들어줄 때 외에는 모든 행위를 아랫무대 중앙과 오른쪽에서 연기한다. 남자 역시 등장할 때와 수조를 채우기 위해 물통을 나를 때 외에는 이영복과 같은 공간에 위치한다. 이렇게 강조되는 지점에 배우의 위치가 설정되는 것은 이영복과 남자의 유대감 및 이들의 선택을 강조하려는 연출의도에 기인한 것이다.

그리고 윗 무대 중앙에 침대가 위치하고 있는 김진만은 침대 위에서 대사할 때와 등퇴장시, 남자 간호시를 제외하고는 아랫무대 중앙과 왼

---

11) 여기서 왼쪽·오른쪽의 방향지정이 객석에서 보는 것과 반대로 설정되어 있다는 사실에 유의해야 한다.

쪽이 중심 행위공간이다. 이러한 설정은 브로커와 여자에게 있어서도 마찬가지이다.

배우의 시선도 인물을 강조하는데 효과적일 뿐만 아니라 동작선을 설정하는데 '무대의 인물들이 서로의 눈을 통해서 접촉하게'[12] 하는 것은 기본전제[13]이다. 무대 위에 1명이나 2명의 인물만이 행위할 때에는 시선에 의해 크게 강조되지 않는다. 이영복과 김진만, 이영복과 남자, 이영복과 브로커가 무대 위에서 행위할 경우 배우들 간의 기본 접촉선인 Ⓐ ──── Ⓑ는 무대 앞 쪽에 설정되고 무대 중심점은 관객석 가까이에서 만들어진다. 그러므로 관객은 두 인물의 대사와 행위를 동시에 똑같이 듣고 볼 수 있다. 그래서 두 인물의 균형을 아주 흥미있게 느낄 수 있다.[14] 그러나 3명 이상이 무대 위에서 행위를 한다면 연출가의 의도에 따라 강조할 인물이 설정된다.

6장의 개시장면은 무대 중앙에 위치한 탁자를 중심으로 이영복·남자·김진만이 식사하는 행위로부터 시작된다. 이 장면에서 가장 강조된 인물은 남자이다. 대사와 행위가 매우 절제되어 있지만 다른 배우들의 시선에 의해 그의 의미가 강조되는 것이다. 남자는 삼각형의 꼭지점이 되는 탁자 뒤쪽에 위치하고 이영복과 김진만은 탁자 양 옆에 마주 앉아 있으며, 남자는 탁자 위에 시선을 고정하고 있지만 이영복과 김진만의 시선은 남자를 향하고 있다. 특히 김진만의 경우 몸은 객석 쪽으로 일부 향한 채 시선만을 남자에게 두고 있어 남자에 대한 거부감을 간접적으로 드러낸다. 여자가 등장하는 5장에서도 앞무대 중앙에 위치한 여자에게 김진만·이영복이 계속 시선을 두고 있으므로 여

---

12) 새뮤얼 셀던, 김진식 옮김, 『무대예술론』, 현대미학사 1993, 218면.
13) 이러한 전제는 특히 사실주의 연극에서 강조되어 왔지만 요즈음 이러한 전제를 지키지 않는 일련의 실험적인 연극들이 공연된다. 특히 오태석의 경우 최근 작품에서 배우들이 항상 관객을 정면으로 마주보며 대사하도록 연출하고 있다.
14) 새뮤얼 셀던, 위의 책, 229면～230면 참조.

자는 매우 강조된다. 여자는 남자의 죽음에 필연성을 제공하는 결정적 인물이므로 강조될 수 밖에 없다.

2. 통일화 과정

연극은 무대장치와 조명을 통해 관객과 맨 처음 만나게 된다. 연극을 형성하는 분야로서의 무대장치, 조명은 각기 독자성을 갖고 있는 개별적인 분야이지만 연극 속에서는 서로 분리시킬 수 없다.15) 무대장치와 조명을 통해 개별적인 영역에 놓여 있던 희곡과 배우들이 하나의 주제로 통일되게 된다.

연출가는 연극이 그 안의 모든 요소들이 잘 조화되어야 하는 하나의 통일체라는 견해에 의해 출현하게 되었다.16) 결국 연출가는 자신이 생각하는 효과를 창조하기 위해 연극을 구성하는 모든 요소를 스스로 통제하고 자신이 생각한 대로 짜맞춤으로써 단일한 분위기를 창조하여 연극을 통일성을 띠는 창작으로 전환17)시켜야 한다.

(1) 무대장치

이 작품의 무대장치는 현실적이며 구체적이다. 실제적인 무대 위에 현실적 인물들과 비현실적 인물들이 공존하고 있다. 공간적 배경은 남해 연안의 양식장, 그 중에서 양식업자가 기거하는 창고를 중심에 놓고 있다.

바닷가 양식장. 무대 중앙에 가건물처럼 허술하게 지은 창고가

---

15) 이원경, 『연극연출론』, 현대미학사 1997, 153면.
16) 피터 브룩, 앞의 책, 58면 참조.
17) 김균형 편저, 앞의 책, 90면.

있다. 창고 안에는 싱크대, 낡은 군용 야전침대 두 개, 칠이 벗겨진
탁자 하나, 의자 세 개, 식기들, 소주박스, 물통, 기타 잡동사니들…
그리고 물고기 양식에 사용하는 도구들 — 치어(稚魚)를 담아두는
수조(水槽), 기다란 손잡이가 달린 뜰채, 좁은 통로에서도 운반 가능
한 외바퀴 수레, 사료 포대들, 양철통들이 구석구석을 차지하고 있
다.

창고 앞으로 좁은 뜰이 있다. 객석은 바다. 바다는 적조(赤潮)로
피처럼 붉다. 특히 저녁 무렵 황혼에는 그 붉은 색깔은 바다 뿐만
아니라 하늘까지 온통 차고 넘친다.

창고 뒤. 무대 후면을 횡단하는 길이 있다. 왼쪽이 읍내로 가는
방향. 오른쪽이 다른 양식장들 쪽으로 가는 방향.

특히 객석을 바다로 설정하여 관객들의 실제적 공간을 적조가 가득
한 바다로 상징한 것은 의미심장하다. 관객 역시 작품으로부터 자유로
울 수 없고, 결국 현실사회의 부조리함을 새삼 인식하게 하려는 작자
의 의도가 읽힌다.

무대는 고정되어 있지만 무대 후면에 있는 길을 통해서 이영복을 제
외한 등장인물들의 등퇴장이 이루어짐으로써 변화를 주며, 배우들의
연기는 창고와 무대 전면의 좁은 뜰, 무대 후면의 길, 세 공간에서 이
루어지게 된다. 만 4일 동안 진행되는 사건이 고정된 무대를 중심으로
전개되는데 작가가 설정한 무대를 연출가가 디자인하였고, 이를 무대
디자이너가 무대 상황을 고려하여 제작하였다. 공연장인 성좌 소극장
은 우리 소극장 중에서 무대공간이 넓으며, 전형적인 프로시니엄무대
를 가지고 있다. 그렇기에 작가가 설정한 무대를 별 무리없이 장치할
수 있었다. 다만 김진만이 해먹에서 잠자는 설정을 군용침대로 대치하
고 중심공간인 창고 밑이 모두 수조로 설정된 것을 변경하여, 수조의
규모를 무대 후면 오른쪽으로 축소하여 배치하였다.

오늘날 무대장치는 크게 두 가지 경향으로 모색되고 있다. 희곡의

부분적인 메시지에 대한 구속력을 어느 정도 배제하고, 무대미술가 스스로의 자주적 비전을 창조하려는 심미적 제시주의와 원작을 충실히 분석, 사실적으로 처리하려는 재현주의가 그것이다.18) <물고기 남자>의 경우는 재현주의에 충실한 무대장치였다. 이 무대의 실제 공연사진을 살펴보면 다음과 같다.

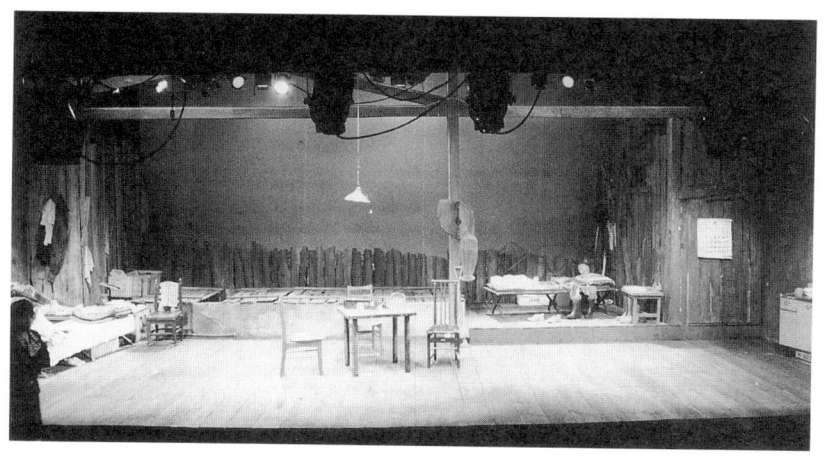

바람직한 무대장치는 연극에서 장치 자체가 돋보이는 것이 아니라 연기를 가장 돋보이게19) 해주는 기능을 담당한다. 가설창고라는 느낌을 살리기 위해 무대 중심과 천장 좌우에까지 닿아 있는 기둥을 세웠지만 넓은 무대 때문에 배우들의 행동을 제약하거나 가리지 않게 연출할 수 있었다. 그리고 읍내로 나가는 뒷 길을 열려있도록 디자인하여 인물의 등퇴장을 관객들이 볼 수 있도록 하였다. 무대 후면의 호리존

---

18) 최상철 글·사진, 『무대미술 감상법』, 대원사 1997, 132면.
19) 이원경, 앞의 책, 162면.

트는 조명에 의해 하늘, 적조가 든 양식장, 수조의 물을 표현하는 데 활용되었다. 그리고 윗 무대는 아랫무대보다 약간 높게 디자인[20]되었는데, 이는 수조를 무대보다 높이 배치하기 위한 의도였다.

(2) 조명

현대 연극에서 조명의 역할은 중요하다. 조명의 기본적인 기능은 관객이 연극을 볼 수 있도록 하는 것이지만, 그 외에도 시간의 흐름을 보여주고 분위기를 조성하며, 특정 사건이나 인물을 강조하는 기능 등이 추가되기 때문이다.

이 연극에서 조명의 역할이 특히 강조되는 두 부분이 있는데, 남자가 수조에 빠져 자살하려는 장면과 이영복이 혼자 남아 있는 마지막 장면이 그것이다. 자살장면은 이 연극의 클라이막스로 관객의 감정상태를 최고조로 끌어올려야 했는데 희곡 자체가 평면적 구성을 이루고 있기에 긴장감을 고조시키는 데 특별한 노력이 필요했다. 그래서 이 장면에서는 조명효과가 적극 고려되었다.

먼저 남자가 수조에 바닷물을 부으면 조명이 켜진다. 미리 수조 안에 설치된 반사판에 젤라틴 용지[21] 165번을 끼운 소(小) 파라이트(par light)를 비추어 수조 아래쪽에서 푸른 바닷물빛 조명이 퍼지고, 동시에 읍내로 나가는 길 아래쪽에 설치된 반사판에도 젤라틴 용지 132번을 끼운 소 파라이트를 비추어 호리존트에 조명이 들게 하였으며 물의 흔들림을 살려내기 위해 스탭이 후면 막을 낚시줄로 묶어 흔들었다. 이

---

20) 무대를 디자인하는 과정에서 무대 바닥을 단순한 평면으로 디자인하기 보다는 서로 다른 여러 가지의 높이를 이용하여 배우들의 행동을 다양하게 구성할 수 있도록 미리 설계되어 있어야 할 것이다.
   김균형 편저, 앞의 책, 107면.
21) 젤라틴 용지는 투명한 색 비닐로 색깔 프레임에 끼워 조명기 앞에 장치하며, 색조명을 위해 활용된다.

러한 조명에 의해 무대 위의 수조 안과 호리즌트에 연푸른 바닷물빛이 넘실거리는 상황이 재현되었다. 이러한 푸른 조명으로 남자의 죽음에 비장미가 강조되었다. 그리고 남자가 수조 앞에 위치한 순간 그를 강조하기 위해 컨벡스(convex spot) 조명기와 프레즈넬(fresnel spot) 조명기22)를 사용하여 스포트를 주었다. 두 조명기의 사용으로 빛의 경계를 나타내지 않으면서 은은히 빛이 퍼지도록 하여 남자를 효과적으로 강조할 수 있었다.

마지막 장면은 무대 중앙의 탁자 위에 앉아서 행위없이 침묵하는 이영복을 1분 정도 보여주는데, 이는 이영복의 선택을 강조하기 위해 연출된 장면이다. 장면의 의미도 살리고 관객의 지루함도 없애기 위해 조명이 가장 중요하게 활용된다.

젤라틴 용지 22번을 무대 뒤쪽 조명기의 색깔 프레임에 끼워 이영복에게 집중시키고 수족관 안에도 같은 색의 조명기를 장치하여 이영복뿐만 아니라 무대전체를 적조에 의해 붉게 물든 공간으로 보여준 뒤 느린 속도로 조명을 줄여 암전한다.

중심인물을 강조하는 역할 이외에도 관객의 주의를 전략적으로 가장 중요한 행동영역에 집중되도록 하고 징후를 암시23)하는 데에도 조명은 효과적이다. 특히 1장 끝 부분에 호리즌트에 투영된 붉은 섬광은 파라다이스호의 재난을 암시하며 이 재난이 작품의 사건에 중요한 역할을 담당할 것임을 관객에게 예감케 하였다. 이러한 효과를 위해 젤라틴 용지 22번을 끼운 파라이트를 켜고 조도를 높였다 낮추는 것을 반복하였다. 이러한 조명 외에도 밤의 사실성을 드러내기 위해 호리즌트에

---

22) 컨벡스 조명기는 빛을 모아서 원하는 부분만 집중적으로 조명할 수 있으므로 강도 있는 조명을 위해 사용되고, 프레즈넬 조명기는 빛이 한 곳으로 모이는 것이 아니라 사방으로 퍼져나가기 때문에 전체적으로 그림자가 생기는 부분이라든가 혹은 빛의 차이가 생기는 부분들의 차이를 없애기 위해 사용된다.

23) 새뮤얼 셀던, 앞의 책, 256면.

별빛을 만들기도 하였다. 이를 위해 무대 천장 제일 뒤에 붙은 허라이즌 스트립(horizon strip)을 사용하여 검푸른색 조명을 투사하고 트리용 소전등을 후면막 뒤에 설치하여 별이 반짝이는 밤하늘을 재현하였다.

Ⅲ. 의미 살리기, 그 구체적 제안

지금까지 <물고기 남자>의 연출과정을 두 단계로 나누어 살펴 보았다. 초연된 작품이기 때문에 연출의 기본 방향은 가능한 원작에 충실하게 무대화하는 데 놓여 있었다. 그렇기에 익명성을 바탕으로 타인에게 이기적으로 폭력을 행사하는 현대사회를 비판하는 주제를 구체적으로 드러내는 데 연출의 핵심이 놓여 있다.

배역선정도 이기적 집단과 이타적 집단의 대조를 명확히 드러낼 수 있게 결정되었고, 동작선 설정도 작가가 의도했던대로 이영복과 남자의 선택을 강조하는 데 촛점을 맞추었다. 그리고 이러한 개별적 요소를 무대 위에 통합하는 무대장치, 조명을 디자인하는 과정에서도 이러한 연출의도는 견지되었다. 이를 위해 무대장치는 작가가 설정한 무대설명을 가능한 구체화하였고 조명도 이영복의 결단과 남자의 희생을 두드러지게 하는 데 적극 활용되었다.

결국 이러한 과정을 거쳐 문자로만 존재하던 희곡이 생명력을 가진 구체적 형상성을 띄게 되었다. 원작에 충실한 연출작업이었지만 이 과정에서 <물고기 남자>는 작가가 행간에 은폐시켜 두었던 의미를 찾아내고, 설명하지 않았던 구체적 행위를 표현해 냄으로써 새롭게 해석된 것이다. 이러한 결과 <물고기 남자>의 경우, 원작의 모호성과 상징성이 상당부분 해소되어 구체성을 띄게 되었다.

앞으로 희곡연구의 방향은 문학과 공연을 총체적으로 조망하는 관점으로 나아가야 한다. 이러한 접근이 올바르게 이루어질 때 희곡작품의 은폐된 의미가 살아나거나 더욱 다양한 관점에서의 해석이 가능할 수 있을 것이다. 이러한 방향의 연구들은 희곡문학의 특성을 살리고 자생력을 키우는 데 든든한 밑거름을 제공할 것이다.

참고문헌

1. 기본자료
이강백 <물고기 남자>
이상우 <물고기 남자> 조정대본 및 연출메모
<물고기 남자> 공연 팜플렛
『경향신문』『조선일보』『중앙일보』 등의 공연평

2. 저서
김균형 편, 『연극제작 이렇게 한다』, 예니 1998
이원경, 『연극연출론』, 현대미학사 1997
최상철 글·사진, 『무대미술 감상법』, 대원사 1997
한국문화예술진흥원 간, 『공연예술총서Ⅱ 연출』, 예니 1990
한국문화예술진흥원 간, 『공연예술총서Ⅳ 장치조명』, 예니 1988
리 앨런 모로우·프랭크 파이크, 이원기 옮김, 『연극창조의 신비』, 예니
        1996
피터 브룩, 김선 옮김, 『빈 공간』, 청하 1989
————, 허순자 옮김, 『열린 문』, 평민사 1996

⟨Abstract⟩

A Study on the Producing Process of ⟨A Fish-man⟩

Lee, Eun-Kyung

The producing process of <A fish-man> was observed in two steps, in this paper. <A fish-man> being a play for the first time, the producer aimed to move the original work into a stage completely as far as possible. So the kernel of production was placed at exhibiting concretely the theme, which criticized the modern society in which one person used violence to another person on the basis of anonymity.

The cast was settled to reveal the contrast between a egoistic group and a altruistic group. Establishment of moving lines was focused on emphasizing the choice of Youngbok Lee and a man's as the writer had intended. And these intentions of producer's was maintained firmly in the process of designing the sets and the stage lighting. For these purposes, the sets were settled concretely as far as possible, like the writer had depicted. And the stage lighting was applied to make Youngbok Lee's decision and a man's sacrifice be remarkable.

In conclusion, after these processes a drama as a literature acquired concreteness vividly in a stage.

체홉 희곡작품 飜譯의 문제점
― 해방후 번역된 체홉희곡작품들을 중심으로

안 숙 현*

1. 서론

  문학작품의 번역은 정보의 단순한 전달만을 목적으로 하는 것이 아
닌 또 하나의 '새로운 예술작품의 창작'을 의미한다. 따라서 다른 어느
분야의 번역보다도 문학작품의 경우에는 번역가로 하여금 '이상적인
독자이자 또한 작가로서의 소양과 능력'[1]을 요구하게 된다. 즉, 가장
이상적인 번역가는 그 나라의 언어, 역사, 문화, 사상 그리고 생활풍습
등 사회전반에 대한 해박한 지식뿐만 아니라 모국어에 대한 풍부한 언
어구사력과 작가로서의 예술적 재능까지 지녀야 하는 것이다. 하지만
실제로 이러한 완벽한 번역가를 찾기란 쉬운 일이 아니다. 따라서 체
홉을 비롯한 번역비관론자들은 문학작품을 외국어로 번역한다는 것 자
체에 대하여 매우 부정적인 견해를 보이고 있다.
  체홉은 순수한 러시아인만이 느낄 수 있는 독특한 러시아 문화의 바
탕 위에서 창조된 자신의 극문학 세계와 자신만의 특징적인 문체 그리

---

1) 김효중, 『번역학』, 민음사, 1998, 35면.

고 극의 내적 긴장감 유지 등 '새로운 演劇' (Новая драма)의 기법들이 과연 이들 외국 번역가들에 의하여 제대로 외국독자들에게 전달될 수 있을 지에 대하여 강한 의문을 제기하고 있다.

체홉은 아내 끄니뻬르(Книппер)에게 보내는 1903년 10월 24일자 편지에서 다음과 같이 번역에 대한 불만을 토로한다.

> 무엇 때문에 나의 희곡을 프랑스어로 번역한다는 거요? 이것은 정말 쓸데없는 짓이오. 프랑스인들은 결코 예르몰라이[2])에게서 어떤 것도 이해하지 못할 것이고 영지경매 역시 이해하지 못할 것이오. 단지 지루해 할 것이오. 어떤 것에도 필요 없소. 번역가는 작가의 허락 없이 번역할 권리를 가지고 있지 않단 말이오. 그리고 우리 사이에는 어떤 협정도 없소. 가령 이 문제에 있어서 내가 어떠한 책임을 지지 않아도 될 수 있을 정도로 꼬르쏘프가 번역을 할 것이라 해도 말이오.[3)]

사실 한국에서의 체홉작품들 번역을 살펴보면 이러한 체홉의 견해가 어느 정도 타당성이 있다는 것이 증명되고 있다.

1916년 체홉의 단편소설 <사진첩>이 瞬星에 의하여 최초로 번역 발표된 이후 한국에서는 체홉의 수많은 단편 및 중편소설들과 희곡작품들이 번역되었다. 특히 20·30년대 번역된 외국문학 중에서 똘스또이와 더불어 체홉 작품이 가장 많이 번역될 정도로 한국독자들에게 체홉작품은 커다란 사랑을 받았으며 이러한 상황은 이데올로기로 인하여 러시아작가들의 작품이 소외되기 시작한 해방후에도 꾸준히 이어지고 있었다. 또한 1990년 러시아와 외교수립이 된 이후 한국에서는 '러시아 붐'이 일어나기 시작했고 이러한 영향아래 체홉작품 번역도 놀랄정도

---

2) 라빠힌을 의미함.

3) А. П. Чехов, Полное собрание сочинений и писем в тридцити томах, П. Т.11 (Москва : Наука, 1982), p. 284.

로 증가되었다. 하지만 양적으로만 증가되었을 뿐 번역의 질적인 면에서는 해방 전 초기상황과 별로 달라진 점이 없었다. 특히 희곡작품 번역의 경우 대부분의 번역가들은 러시아문학 전공자가 아닌 비전공자로서 원본이 아닌 영어 및 기타외국어 번역본을 통해 체홉회곡 작품들을 번역하였던 것이다. 또한 러시아문학 전공자인 경우에도 체홉극에 대한 전문적인 지식이 없이 체홉 희곡작품들을 번역하였다. 사실 이러한 희곡작품 번역의 문제점들은 희곡작품 공연에도 그대로 반영되기 마련이다. 따라서 우리 독자들과 관객들은 단순히 줄거리 파악에만 만족해야 했으며 체홉극 속에 내재되어 있는 독특한 체홉식 언어와 미적 분위기 등 진정한 체홉극의 세계를 맛볼 수가 없었던 것이다.

따라서 본고에서는 이러한 체홉 희곡작품 번역의 문제점들을 하나하나 살펴봄으로써 지금까지도 제대로 전달되고 있지 못했던 체홉극의 진정한 세계를 규명해보고자 한다. 또한 번역의 문제점과 함께 우리 번역 작품들에서 나타난 독특한 특성들 역시 연구해봄으로써 앞으로 우리 번역이 나아가야 할 올바른 방향을 제시하고자 한다.

본고에서 그 연구 대상으로 삼고자 하는 것은 해방 후부터 현재까지 번역된 희곡작품들[4]이다. 그리고 본고에서는 크게 어휘론적(лексическ

---

4) 1) 백인환·차영근 번역, <곰> <청혼> <갈매기> <와아냐아저씨> <세자매> <벚동산>, 『세계희곡전집』 제3권, 성문각, 1960.

2) 김학수 번역, <갈매기> <바냐아저씨> <세자매> <벚꽃동산>, 『(체홉) 희곡선』, 삼중당, 1977.

3) 김성호 번역, <갈매기> <바냐아저씨> <세자매> <벚꽃동산>, 『바냐아저씨』, 청목, 1990.

4) 김숙향 번역, <갈매기> <바냐아저씨> <세자매> <벚꽃동산>, 『벚꽃동산』, 금성, 1991.

5) 맹후빈 번역, <갈매기> <바냐아저씨> <세자매> <벚꽃동산>, 『귀여운 여인』, 홍신문화사, 1994).

6) 권영선 번역, <갈매기> <바냐아저씨> <세자매> <벚꽃동산>, 『체호프 4대 희곡』, 혜원출판사, 1995.

7) 동완 번역, <갈매기> <바냐아저씨> <세자매> <벚꽃동산>, 『갈매기』, 신

ие трудности), 통사론적 번역의 문제점(синтаксические трудности)과 무대·드라마적 개념(сценическо-драмату-ргическая концепция)이라는 세가지 측면에서 체홉희곡작품 번역의 문제점들을 살펴보도록 한다.

2. 본론

첫째로 어휘론적 번역의 문제점(лексические трудности)과 관련하여 본고에서는 러시아어의 독특한 지소어(指小語)와 애칭의 접미사형, 전문용어, 단어 비틀기(искажение)가 만들어낸 新語, 의성어, 속담, 격언 그리고 관용어 등의 번역들을 살펴보도록 한다.

우선 지소어와 애칭 번역의 경우 няня(유모)의 애칭형인 "нянечка"와 мама(엄마)의 애칭형인 "мамочка" 그리고 отец(아버지)를 의미하지만 보통 상대방을 향해 보다 더 친근함과 경의를 가지고 부르는 호칭인 동시에 신부님을 의미하기도 하는 "батюшка"를 번역가 백인환과 차영근, 동완과 김학수는 그저 "할멈" "어머니" "나리" 등으로 번역을 하였고 그외 대부분의 번역가들은 아예 이들 호칭 번역 자체를 작품들에서 생략하고 있다. 사실 애칭이 보편화되어 있지 않는 우리나라에서는 이들 번역이 쉬운 작업은 아니다. 특히 엄마의 애칭인 "мамочка"의 경우 비록 가장 친근한 관계인 부모일지라도 웃어른에 대한 존경의 표시로 존칭을 사용하는 것에 익숙해져있는 우리의 번역가들에게 러시아의 지소형과 애칭형의 의미는 번역에 있어서 별로 관심의 대상이 될 수 없었던 것 같다. 따라서 거의 모든 번역가들이 "мамочка"를 "мать"에 해당하는 "어머니"로 번역을 하고 있다.

또한 사랑하는 마음을 가지고 가까운 사람들을 향해 일반적으로 부르는 애칭형의 호칭인 "голубчик"(사랑하는 사람) "милый мой"(귀여운 나의 사람) "душа моя"(나의 마음) "душечка" (아리따운·귀여운 처녀)를 백인환과 차영근은 아예 번역을 하고 있지 않고 그외 다른 번역가들은 자주 생략하고 있다. 하지만 다음과 같은 문장에서는 이들 몇 번역가들이 다음과 같이 이 문장의 語調를 유지하면서 독자들에게 애칭형의 의미를 전달하고자 노력한다.

"Коньячком от тебя попахивает, **милый мой, душа моя!**"5)

　　　"이 귀여운 사나이에게선 꼬냑 냄새가 약간 나는군" (동완, 김성호 번역)
　　　"이 귀여운 사나이에게선 코냑 냄새가 나는군" (맹후빈, 권영선 번역)
　　　"사랑하는 친구여, 코냑냄새를 살짝 풍기면서!" (김숙향 번역)

　사실, 이 문장을 '자네한테서 꼬냑 냄새가 나는구먼, 귀여운 친구 같으니!'라고 번역을 할 경우 애칭형뿐만 아니라 체홉식 문장이 어느 정도 파괴되지 않고 전달될 수 있는 것에 비해 위의 번역들에서는 문장의 파괴뿐만 아니라 자연스럽지 못한 문어체로 인해 공연에 적합하지 않는 단점이 드러나게 된다.
　이외에도 огурец (오이)의 지소형이지만 원기왕성한 청년을 의미할 때 사용하는 호칭인 огурчик을 "귀여운 오이" "괜찮은데" "귀엽게 생겼군" "귀여운 복숭아 아가씨" 등으로 번역한 사실은 흥미롭다.
　이와 같이 애칭형의 호칭 번역은 번역가로 하여금 작가로서의 창작적인 능력을 요구하게 된다. 하지만 대부분의 우리 번역가들은 러시아

---

5) Чехов А. П. 『Полное собрание сочинений и писем』, Т.13, (Москва : Наука, 1978). p. 239.

어에서 이들 형태들이 이미 본 의미를 잃어버린 채 애교스러운 호칭으로 정착되어 사용되고 있다는 사실을 전혀 고려하지 않고 이를 직역하고 있다. 문제는 바로 번역가들이 이들 단어들이 갖는 의미의 뉘앙스를 느끼지 못할 뿐만 아니라 이것의 번역에 있어서도 자연스럽지 못하고 거북한 표현을 만들어 내는 것에 있다고 할 수 있다.

체홉 희곡작품 번역의 또 하나의 어휘론적 문제로 체홉식의 окказио нализм (偶因論)과 체홉식 造語번역의 어려움을 들 수 있다. 예를 들어 희곡 <갈매기>에서 샴라예프는 다음과 같은 코믹한 말을 하고 있다.

"... надо было сказать :"Мы попали в **западню**", а Измайлов - "Мы попали в **запендю**"..."6)

번역들을 살펴보면 :

"<우리는 **올가미**에 걸렸다>라고 해야 될 걸 이즈마일로프는 <우리는 올■미에 걸렸다>라고 말했거든요" (백인환 번역)
"<우리는 **함정**에 걸렸다>라고 말해야 하는 걸 이즈마일로프는 <우리는 **함지**에 걸렸다>라고 말했답니다" (김학수 번역)
"<우리는 **올가미**에 걸렸다>라고 할 것을 이즈마일로프가 <우리는 **가오리**에 걸렸다>라고 했어요" (김숙향 번역)
"<아뿔사. **함정**에 빠졌구나>라고 말해야 하는 것을 이즈마일로프는 그만 <아뿔사. **항아리**에 빠졌구나>라고 해서 말이오" (김성호, 맹후빈 번역)

원문에서 '**западня**'는 덫, 함정 등을 의미하지만 '**запендя**'라는 단어는 사실 러시아어에는 존재하고 있지 않다. 체홉은 실제 존재하고 있지는 않지만 어떤 단어들을 쉽게 연상시키고 있는 새로운 단어들을 만

---

6) 위의 책, 43면.

들어냄으로써 체홉만의 특이한 유머를 창조시킨다. 따라서 우리의 번역가들은 단어 'западня'(함정, 덫, 올가미)와 발음적으로 유사한 단어들을 사용함으로써 체홉식의 독특한 단어 비틀기(искажение)와 유머를 전달하는데 노력을 하고 있다. 예를 들면, '올가미'와 '올빼미'의 경우 비록 이 단어들의 의미가 서로 다르더라도 이 단어들의 처음과 마지막 음절이 서로 같기 때문에 발음상으로 쉽게 연상될 수 있다는 점이다.

희곡 <바냐 아저씨>에서도 역시 이러한 체홉식의 표현들이 발견된다.

> "**Идеть**? У меня есть фельдшер, который никогда не скажет "**иде т**", а "**идеть**"[7].

> "**가안다**? 우리 집에 조수가 있는데 이 사람은 언제나 '**가안다**'라고 하지 '**간다**'라고는 하지 않거든" (차영근 번역)
> "**가는교**? 우리 집에 조수가 있는데 그 자는 언제나 '**가는교?**'라고 하지 '**갑니까**'라고는 하지 않거든" (김학수 번역)
> "**알겠지**? 우리집 조소녀석은 '**알겠지**'라고 안하고 언제나 '**좋은교**'라고 한단 말이야" (김성호, 맹후빈 번역)
> "**좋은고**? 우리 집 조수 녀석은 '**좋지**'라고는 절대로 안 한다네. 언제나 '**좋은고**'라고 한단 말야" (권영선 번역)

여기에서도 идеть라는 단어는 идти (간다)의 3인칭 현재 단수형인 идет를 연상시키지만 사실 러시아어에는 존재하고 있지 않다. 그런 의미에서 몇몇의 번역가들(김성호와 맹후빈 등)을 제외한 대부분의 번역가들은 물론 어설프지만, 이러한 사실들을 고려하여 번역을 하고자 한 것을 볼 수 있다.

희곡 <세자매>에도 이러한 예들이 다수 발견되고 있다. 우선 살론느

---

7) 위의 책, 82면.

이의 코믹한 대사를 살펴보도록 하자.

> "Если философствует мужчина, то это будет **философистика** или
> там софистика : если же философствует женщина или две женщины,
> то уж это будет - потяни меня за палец."8)

> "남자가 철학을 늘어놓으면 그 또한 필로스피스틱스 (역시 틀리
> 게 한 발음) 그러니까 궤변(詭辯) 즉 소피즘이 되는 것이지만 여자
> 가 혼자 또는 둘이서 철학을 늘어놓기 시작하면 이건 반드시 *내 손*
> *가락을 잡아당겨 주세요*라고 하는 것이지." (동완, 김성호, 맹후빈,
> 권영선 번역)

우선 이 문장에서 모든 번역가들은 '쓸데없는 바보 같은 말을 지껄
이는 것' 또는 '너무나 이야기가 길어지는 것'을 뜻하는 표현인 'потян
и меня за палец' 라는 표현의 의미를 이해하지 못한 채 문자 하나 하
나를 직역하여 독자들에게 잘못 전달함으로써 체홉극의 분위기를 어색
하게 만들고 있다. 또한 백인환과 김학수의 경우에는 체홉식의 단어비
틀기(искажение) 표현인 'философистика'를 이해하지 못하고 그냥 단순
히 'философ'(철학자)라고 번역하고 있다.
  이외에도 <세자매>의 꿀리긴은 학교에서 있었던 우스운 사건을 다
음과 같이 이야기한다.

> "В какой-то семинарии учитель написал на сочинении "чепуха",
> а ученик прочел "реникса" - думал, что по латыни написано"9)

이러한 체홉식의 표현을 대부분의 번역가들은 다음과 같이 주석을

---

8) 위의 책, 125면.
9) 위의 책, 174면.

통해서 독자들에게 전달하고 있다.

"어느 학교에서 작문시간에 선생이 <чепуха(체뿌하)>(러시아말로
대수롭지 않다는 뜻의 명사)라고 썼더니 어떤 학생이 <레니크사>라
고 읽었더라군요. 라틴어로 썼는지 알았던게지." (백인환, 김학수 번
역)

"어느 신학교에서 작문시간에 교사가 '체푸하'라고 썼더니 어떤 학
생이 그걸 '레니크사'로 읽었다는군요 (체퓨하를 필기체로 쓰면 로마자
의 'renyxa'라고 쓰게 된다) 라틴어인줄 알았던 모양이야." (동완, 맹후
빈, 김성호, 권영선 번역)

그밖에도 다음과 같은 체홉식의 코믹한 표현도 있다.

Соленый. Как здоровье? **Чебутыкин** (сердито) Как масло коровь
е.[10]

솔료온느이 안녕하세요? 췌부뛰이낀 : (성이난 듯) 나리께서는 어떠세
요? (백인환 번역)
솔료느이 건강은 어떠세요? 체부드이낀 : (성을 내며) 건강이구 뭐구
귀찮아 (김학수 번역)
솔료느이 기분은 어떠십니까? 체부트이킨 : (짜증이 나는 듯이) 말할
수 없이 나빠 (동완, 맹후빈, 김성호, 권영선 번역)

어느 한사람의 번역가도 직역을 하고 있지는 않지만 대부분의 번역
가들은 운율적으로 맞추어진 이 대사 안에 바로 웃음의 핵심이 있다는
사실을 전혀 고려하지 않고 있다. 살론느이가 '건강 어때?'라고 묻자

---

10) 위의 책, 179면.

체부뜨이긴은 화를 내며 '(암소의)버터같다'라고 대답한다. 물론 한국어로 직역을 하였을 경우 코믹한 체홉식의 특성이 제대로 전달될 수 없음은 사실이지만 그럼에도 불구하고 번역가는 이를 독자와 관객들에게 제대로 전달하는데 노력해야 할 것이다. 하지만 백인환을 제외한 번역가들은 체홉식 단어비틀기(искажение)의 코믹한 색채 전달에는 전혀 관심을 두지 않고 있다. 이는 대부분의 번역가들이 체홉 드라마투루기의 특징을 제대로 이해하지 못하고 있다는 사실을 보여주는 것이다.

희곡 <세자매>의 제일막에서 마샤는 меланхолия(우울, 우울증)라는 단어 대신에 ме-рлехлюндия라는 단어를 사용하고 있는데 백인환과 김학수는 이러한 체홉식 표현을 전혀 고려하지 않고 그저 'меланхолия'에 해당하는 단어인 '신경질'로 번역하고 있다. 하지만 그 외 다른 번역가들은 독자의 이해를 돕기 위해 주석을 달아 주기도 하였는데 그 중 특히 맹후빈의 경우엔 다음과 같이 이 표현의 의미를 정확하게 전달하려고 노력하고 있다.

> "오늘 나는 멜랑콜로지(우울증(멜랑콜리)이라는 말을 일부러 멜르레프륀쟈라고 되지도 않은 엉터리 외래어로 만들어서 말하고 있다. 그녀 자신의 착각이라기보다 오히려 남편 콜르이긴의 현학벽을 비꼰 것이라고 해석해야 할 것이다. 여기서는 독자의 이해를 위하여 멜랑콜로지로 옮겼다)여서 울적하다니까" (맹후빈 번역)

다음으로 번역의 어휘론적 문제점으로 속담, 격언, 속어 등의 관용구 번역을 들 수 있다.

<바냐아저씨>의 제일막에서 바냐아저씨는 쩰레긴에게 격분하여 "За ткни фонтан, Вафля!"라고 소리치고 있다. 대부분의 번역가들은 "닥쳐! 바플랴" (김성호, 맹후빈, 동완 번역) "아가리 좀 닥쳐! 바플랴같으니" (김학수 번역)라고 의역을 하고 있는데 반하여 차영근만은 이러한 문장

의 의미를 제대로 파악하지 못하고 다음과 같이 직역을 하고 있다 :
"분수(噴水)에 마개를 해! 와훌랴"

희곡 <벚꽃동산>의 제3막에서 삐쉭크는 영지경매에서 돌아오는 라
빠힌을 향하여 "Вид-ом видать, слыхом слыхать"[11]라고 말하며 마중하
고 있다. 본래는 '보이지도 들리지도 않는다'라는 뜻이지만 반어적으로
사용되어 쓰여진 이 문장의 번역들을 살펴보면 :

> 오오, 그렇구면 (백인환, 김학수 번역)
> 아니 이거, 진짜로 왔어, 눈에도 보이고 귀에도 들리잖아 (김숙향
> 번역)
> 어서 오십시오. 잘오셨습니다 (김성호, 맹후빈, 동완, 권영선 번
> 역)

백인환, 김학수는 이러한 관용구의 의미를 제대로 전달하지 못하고
있고 김성호를 비롯한 다른 번역가들은 완전히 다른 새로운 문장을 만
들고 있다. 그나마 김숙향은 이러한 표현의 의미를 제대로 전달하려고
노력은 하고 있지만 필요 없는 말들을 덧붙임으로써 체흡식의 함축된
언어를 파괴시키고 있다.

또한 관용구 번역과 관련하여 <바냐아저씨>의 제3막에서 세레브랴
꼬브의 표현을 살펴보도록 하자.

> Повесьте, так сказать, ваши уши на гвоздь внимания.[12]

세레브랴꼬프는 '주의해서 잘 들어주시기 바랍니다'라는 뜻으로 '당
신들의 귀를 주의라는 못에다 걸어주시기 바랍니다'라고 코믹스럽게

---

11) 위의 책, 239면.
12) 위의 책, 98면.

말을 한다. 하지만 이렇게 직역을 한다면 우리 독자들과 관객들이 제대로 이해를 할 수 없을뿐더러 코믹스러운 색채도 사라지게 된다. 따라서 몇몇의 번역가들은 비록 이 관용구의 코믹적인 표현을 제대로 전달하지 못하고 있지만 이 문장의 뜻인 '주목해서 들어주기 바란다' 등으로 의역을 한다. 하지만 차영근, 맹후빈과 동완은 다음과 같이 그대로 직역을 하고 있다.

> 여러분의 귀를 말하자면 주의의 못에 매달아 주세요 (차영근 번역)
> 어디 여러분의 귀를 주의라는 못에다 잘 걸어 두시기 바랍니다. (맹후빈, 동완 번역)

희곡 <벚꽃동산>의 제1막에서 가예프는 돈을 빌려달라고 부탁하고 있는 삐식크에게 "держи карман"이라고 말을 한다. 이 말은 남에게 물건 주기를 거부할 때 비꼬는 표현으로 '호주머니를 크게 벌리고 기다리고 있어라'라는 의미를 지니고 있다. 하지만 백인환은 "주머니를 꼭 닫아주게"라고 번역함으로써 완전히 틀리게 의미를 전달하고 있다.

다음으로 의성어와 감탄사의 번역 문제점을 살펴보도록 한다. 예를 들어 <바냐아저씨>의 제1막에서 마리나가 닭을 부르는 다음의 의성어가 그것이다 : "Цып, цып, цып..." 대부분의 번역가들은 보통 한국인들이 닭을 부를 때 사용하는 용어인 "구구구, 구구구"로 번역하고 있지만 차영근만은 다음과 같이 부적절한 직역을 하고 있다 : "찌이브, 찌이브, 찌이브.

희곡 <세자매>의 제1막에서 베르션닌이 세자매의 成長에 대하여 놀라움을 표시하는 다음과 같은 부분에서 : ... Какие вы стали! Ай! Ай! - 백인환은 놀람움의 표현인 '어이!'에 해당하는 "Ай! Ай!"를 애석함을 표시하는 의성어 "츠! 츠!"로 잘못 번역하고 있다. 또한 김학수는 비록 놀라움의 표현은 제대로 전달하고자 했지만 의성어가 아닌 단어들을 사용하여 다음과 같이 번역하고 있다 : "정말 이건!". 하지만 더욱 더 큰 문제는 그 외 다른 번역가들이 이런 의성어를 아예 번역하고 있지 않다는 사실에 있다고 할 수 있다.

다음 <세자매>의 제4막 중 정들었던 사람들과 헤어지는 장면에서 로제는 "Гоп-гоп!"라고 소리를 지른다. 사실 "Гоп-гоп"는 아이들이 팔딱 팔딱 뛰며 기뻐할 때 사용하는 감탄사이다. 즉, 체홉은 슬픔이 무대 가득히 그려지는 헤어짐의 장면에서 이러한 상황과 모순되는 감탄사를 사용함으로써 슬픔과 웃음이 어우러진 코믹한 무대를 보여주고자 했다. 하지만 우리의 번역가들은 이러한 코믹적 요소를 전혀 고려하지 않고 이해할 수 없는 이상한 감탄사로 번역함으로써 체홉의 의도를 제대로 전달하지 못하고 있다. 백인환은 "흡! 흡!"이라고 번역을 함으로써 러시아 직역도 아니고 그렇다고 한국말로도 이해할 수 없는 감탄사를 만들어내고 있으며 김학수의 경우에는 "어이! 어이!"라고 번역함으로써 단순히 헤어짐만을 표현하는 감탄사로 만들어버리고 만다. 그 외 다른 번역가들은 기쁨을 표현하는 "야호!"라는 단어로 번역하고 있다.

이외에도 어휘적 번역의 문제점으로 순수 러시아어의 번역을 들 수 있다. 예를 들어 "кофточка"(얇은 부인용 짧은 상의, 자켓), "валериановые капли"(쥐오줌풀로 만든 물약(신경 진정제)), "квас"(끄바스 : 곡류, 주로 나맥과 엿기름으로 만든 러시아 청량음료), "кофейник"(커피폿, 커피 주전자), "брюнет"(모발(피부 · 눈)이 짙은 갈색인 사람), "блондин"(금발인 사람), "скворцы"(찌르레기), "цапля"(황새, 왜가리) 등이 그것이다. 우선 "кофточка"는 "좋은 옷"(백인환, 차영근 번역), "화려한 옷"(김학수 김숙향, 김성호, 맹후빈, 동완 번역) 이라고 번역이 되어 있고 "валериановые капли"는 "길초유(吉草油)" (백인환, 차영근 번역) "скворцы"는 "새"(백인환, 차영근 번역)로 "цапля"는 "뻐꾸기" (백인환, 차영

근, 맹후빈 번역)과 "새" (김학수 번역)로 번역되어 있다. 특히 몇 명의
번역가들 경우에는 "кофейник" "квас" "брюнет" "блондин"와 같은 단어
들을 어떠한 주석도 없이 직접적으로 소리나는 그 자체로 옮겨놓음으
로써 이 단어들의 의미가 독자들에게 전혀 전달되지 못하게 되는 요인
이 되고 있다.

다음으로 통사론적(Синтаксические) 번역의 문제점을 살펴보도록 한
다.

간결한 문체와 압축적인 언어는 체홉 작품의 중요한 특징이다. 하지
만 한국 번역가들은 이러한 체홉식의 특징들을 전혀 고려하지 않고 체
홉 문장들을 부적절하게 확대시켜 번역함으로써 체홉식 언어의 특징을
파괴시키고 있다.

우선 <갈매기> 제2막에서 :

       Нина (подходит к рампе ; после некоторого раздумья). Сон![13]

모든 번역가들은 한 단어에 불과한 "Сон"(꿈)를 문장으로 번역하고
있다 : "꿈인지 생시인지 모르겠다!" (백인환 번역) "모든게 꿈이야"(김
학수, 김성호, 맹후빈, 동완, 권영선 번역) "이건 꿈이야 (김숙향 번역).
또한 <세자매>의 제1막에서도 이러한 예가 발견된다 : "**Тузенбах. Шут
ник**, Василий Васильич". '익살꾼' 또는 '광대'라는 뜻의 'Шутник'를 번
역가들은 : "농담 마세요" (백인환, 김학수 번역), "시시한 소린 집어치
우게" (김성호, 맹후빈, 동완, 권영선 번역) 라고 번역하고 있다. 특히 <
벚꽃동산>의 제2막에서 가예프의 대사 "**Все равно умрешь**"를 백인환은
다음과 같이 긴 문장으로 번역하고 있다 : "죽을 목숨들인데 이러나 저
러나 한평생이지 뭐"

---

13) 위의 책, 32면.

희곡 <갈매기>의 제4막에서 아르까진나야의 압축된 다음 대사도 살펴보도록 하자. "아들이 작가여서 좋으시죠?"라고 묻는 도른에게 아르까진나야는 "글쎄요. 전 아직 읽어보지도 못했는데요. (그리고) 결코 언제까지라도 (안 읽을 것 같네요)"라고 특명스럽게 대답을 하고 있다 :

"Представьте, я еще не читала. Все никогда"14)

   "별 것 있나요. 전 아직 읽지도 못했는데요. 읽을 시간이 있어야지요" (백인환 번역)
   "그런데 어떤지 아세요? 전 아직 아들의 작품을 읽어보지도 못했다니까요. 어디 시간이 있어야죠"(김학수 번역)
   "그렇게 생각하시겠지만, 전 아직 그 애 작품을 하나도 못 읽어봤거든요. 언제나 일에 쫓기기만 해왔으니까" (김숙향 번역)
   "글쎄요, 선생님. 아직 읽어보질 못했답니다. 틈이 없어서 말예요." (권영선 번역)
   "그게 글쎄, 선생님, 아직 읽어본 적이 없어요. 틈이 없어서 말예요." (맹후빈 번역)

   이외에도 무인칭 不定구문이라든가 형동사구문 등은 번역의 어려움을 가중시킨다. 예를 들어 <갈매기>의 제3막 중에서 니나와 뜨리고린과의 대화를 살펴보자. "누군가 충고라도 해주었으면"이라고 말하는 니나에게 뜨리고린은 "거기엔 충고란 있을 수 없어요"라고 말을 한다. :

   "Нина : ...Хоть бы посоветовал кто. Тригорин : Тут советовать нельзя"15)

   사실 번역가들에게 있어서 러시아어의 무인칭 부정구문을 원문과 같

---

14) 위의 책, 54면.
15) 위의 책, 34면.

이 압축된 형태로 번역하는 것은 거의 불가능할 뿐만 아니라 문장의 정확한 의미전달 역시 힘겨운 작업이다. 따라서 대부분의 번역가들은 이러한 문장들을 다음과 같이 번역하고 있다 : "그런데 무슨 의논이 필요하겠어요" (백인환 번역) "거기엔 상담이고 뭐고가 있을 수 없어요" (김학수 번역)

"그런 말을 해줄 사람이 어디 있어요?" (김성호, 맹후빈, 동완, 권영선 번역) "상담이고 뭐고 할 성질의 문제가 아니지요" (김숙향 번역)

그 외에도 가정문의 번역 역시 문제점들이 발견된다. <세자매>의 제1막에서 올가는 "...но мне кажется, если бы я вышла замух и целый день сидела дома, то это было бы лучше. (Пауза) Я бы любила мужа"[16] (하지만 내 생각엔, 내가 시집을 가서 하루 종일 집에 있었다면 그게 훨씬 좋았을 것 같아. (사이) 난 남편을 사랑했을 거야.) 하지만 번역가들은 이러한 가정문을 제대로 이해하지 못하고 단순히 미래 희망을 내포하고 있는 문장으로 번역하고 있다.

> "그렇지만 난 시집을 간 뒤 온종일 집에 있게 되었으면 그게 훨씬 좋을 것 같애(사이) 난 남편을 사랑할 거야" (백인환과 김학수 번역)
> "만약에 시집을 가서 하루종일 집에 있을 수 있다면, 그게 더 좋을 거라고 말이야. (사이) 나는 아마 남편에게 잘 할거야" (김성호, 맹후빈, 동완, 권영선 번역)

다음 통사론적 번역의 어려움의 하나로 체홉식 대화가 가장 잘 반영되어 있는 구어문들을 살펴보도록 하자.

희곡 <벚꽃동산>의 제3막 마지막 장면에서 영지경매에서 돌아온 라빠힌은 자신이 벚꽃동산을 사게 된 과정을 다음과 같이 밝힌다 :

---

16) 위의 책, 122면.

"... Дериганов сверх долга надавал тридцать. Вижу, дело такое, я схватился с ним, надавал сорок. Он   сорок пять. Я пятьдесят п ять. Он, значит, по пяти надбавляет, я по десяти..."17) (... 데리가노 프는 저당액 위에 30을 더 불렀죠. 이거 안되겠다 싶어 내가 그와 싸우기 시작했어요. 전 40을 불렀죠. 그자가 45를. 나는 55를. 즉 그 놈이 오단위씩 올리고, 난 십단위씩...)

이 문장에서 금액 번역의 경우, 번역가들은 비록 원전에는 금액이 완벽하게 쓰여져 있지 않았음에도 불구하고 '천'이나 '만'이라는 숫자를 덧붙여서 전체 금액으로 번역하고 있다. 이는 번역가들이 축약된 형태의 금액으로는 우리 독자들에게 그 의미가 제대로 전달되기가 힘들다고 생각했기 때문인 것이다. 그렇지만 특히 김숙향의 번역은 매 순간 완벽한 금액과 함께 필요도 없는 단어 '루블'을 넣음으로써 압축과 간결을 특징으로 하는 체홉式 언어를 길고 지루하게 만들고 있다. 또한 모든 번역가들이 '천' '만'이라는 숫자가 더해진 전체 금액 앞에 "(값·금액을)부르다" "올리다"라는 동사를 더함으로써 체홉식 언어의 특징을 파괴시키고 있다.

하지만 무엇보다도 가장 심각한 번역의 문제점으로는 번역가들이 원전의 문장(통사론적 구문)을 제대로 유지하고 있지 않고 번역한다는 점이다. 개별의 문장들을 합친다거나 단어들뿐만 아니라 전체 구문 등의 번역도 생략한다는 것이다. 예를 들어 <갈매기>의 제1막에서 : "Трепл ев ... Сорок лет будет ему еще не скоро, но он уже знаме-нит и сыт, сыт по горло... Теперь он пьет одно только пиво и может любить толь ко немолодых. Что касается его писаний, то... как тебе сказать?18)

---

17) 위의 책, 240면.
18) 위의 책, 9면.

이상하게도 모든 번역가들이 "Теперь он пьет одно только пиво и мож
ет любить только немолодых" (지금 그는 단지 맥주 하나만 마시고 나
이 든 사람들만 좋아할 수 있지요) 라는 문장을 번역하고 있지 않다.
그리고 동완을 비롯한 몇 명의 번역가들은 <세자매>에서 간혹 대사들
번역을 빼먹고 있기도 하다.

대체로 희곡은 단순히 읽을 때보다 공연된 후에 더욱 더 특별한 의
미를 획득하게 된다. 그런 의미에서 체홉의 희곡들은 특히 주목될 만
하다. 따라서 번역가들은 이러한 사실을 고려하여 연출가와 배우들을
포함한 관객들에게 체홉극에 나타난 무대 드라마적 개념을 정확하게
전달하도록 노력해야 한다.

우선 무대 묘사 번역은 극 공연을 위해 아주 중요하다. 왜냐하면 번
역가에 의해 잘못 전달되어진 무대는 드라마의 독창적인 분위기 창출
에 실패할 수 있기 때문이다. 희곡 <세자매>의 제1막의 무대묘사를 살
펴보도록 하자.

> "В доме Прозоровых. Гостиная с колоннами, за которыми виден б
> ольшой зал. Полдень : на дворе солнечно, весело. В зале накрываю
> т стол для завтрака. Ольга в синем форменном платье учительницы
> женской гимназии, все время поправляет ученические тетрадки, ст
> оя и на ходу : Маша в черном платье, со шляпкой на коленях сидит
> и читает книжку, Ирина в белом платье стоит задумавшись."[19]

백인환의 번역에는 'на дворе солнечно, весело'(마당에는 햇빛이 빛
나고, 유쾌하다)라는 지시가 번역되어 있지 않고 'большой зал'(큰 홀)
이 단순히 'зал'(홀)이라는 뜻으로 정확하게 번역되어 있지 못하다. 다
른 번역가들도 'весело'(유쾌하다)라는 단어를 번역하지 않았으며 특히

---

19) 위의 책, 119면.

맹후빈의 경우에는 '서있다'라는 의미의 동사 'стоять'에 주목하지 않고 그냥 '일리나는 흰옷을 입고 생각에 잠겨 있다'라고 번역하고 있다. 게다가 몇몇의 번역가들은 'книга'(책)의 지소형인 'книжку'에 주목하여 '자그마한 책'이라고 번역하기도 한다. 그리고 번역가들이 'завтрак'(아침식사)이라는 단어의 번역에 있어서 '아침(우리나라에서는 점심 식사)' 라고 주석을 달고 있다는 사실은 흥미롭다. 즉, 이들은 지루한 일상생활의 시작을 보여주는 세자매의 늦은 정오의 아침기상을 이해하지 못한 채 단순히 해석이 없이는 이 단어가 독자들에게 혼란을 가져올 수도 있다고 생각했던 것 같다.

다음 희곡 <벚꽃동산>의 제1막에서 :

"Комната, которая до сих пор называется детскою. Одна из дверей ведет в комнату Ани. Рассвет, скоро взойдет солнцею Уже май, цветут вишневые деревья, но в саду холодно, утренник. Окна в комнате закрыты."[20]

김숙향은 다음과 같이 새로운 문장을 만들어냄으로써 옳지 않은 무대지시를 전달하고 있다 : "아이들의 침실로 사용되었었기 때문에 지금까지 '아이들의 방'이라 불리는 방. 몇 개의 문중에 하나가 아냐의 방으로 통해있다. 이른 아침, 해가 막 솟아 오르는 순간이다. **닫힌 방의 창문들을 통해서 만발해 있는 벚꽃동산이 내다보인다. 5월인데도 동산에는 아침서리가 내려있다.**"

이외에도 이들 번역들에서는 연출을 위한 지문전달이 제대로 되어 있지 않다. 우선 <갈매기>의 제2막에서 : **"Тригорин** : ... Об этом я никогда не думал. (Подумав.) Что-нибудь из двух ... "[21] 백인환은 'Подум

20) 위의 책, 197면.
21) 위의 책, 28면.

ав'(잠깐 생각에 잠겼다가)를 'Заду-мывается'라는 의미의 표현인 '생각
에 잠긴다'라고 번역을 하고 있다. 또한 이 희곡의 제3막에서 : "Нина
(задумчиво). Да, чайка..." 백인환은 역시 'задумчиво'라는 무대지시를
'задумавшись'라는 의미의 표현인 "생각에 잠겼다가"로 번역하고 있다.
따라서 백인환의 번역에 따라 배우가 니나역을 연기를 할 경우 그녀는
조용한 어조로 "그래, 갈매기..."라고 독백해야 할 체홉극의 상황에서
그와 반대로 강한 톤으로 이러한 대사를 말해야 한다. 또한 이 희곡의
제4막에서 : "Кресло останавливается в левой половине комнаты; Поли
на Андреевна, Маша и Дорн садятся возле; Медведенко, опечаленный,
отходит в сторону."22) 백인환은 슬픈 모습으로 한쪽으로 비키고 있는
메드베젠꼬의 행동을 그려야 할 상황에 오히려 이와는 반대로 "메드베
젠꼬는 어색한 듯 옆에 다가선다"라고 틀리게 번역하고 있다. 이외에도
백인환은 몇몇의 무대지시를 전혀 번역하고 있지 않기도 하다.

이외에도 희곡 <갈매기>의 제3막 중에서 : "**Аркадина** (про себя). Т
еперь он мой. (Развязно, как ни в чем не бывало)..."23) 번역가들은 다
음과 같이 지시문을 전달하고 있다 : "마치 아무일도 없었던 듯이 대견
스럽게" (백인환 번역) "마치 아무일도 없었던 것처럼 허물없는 어조
로" (김학수 번역) "아무일도 없었던 것처럼 쾌활하게" (김숙향 번역)
"시치미를 떼고 마이동풍격으로" (김성호, 맹후빈, 동완 번역)

다음은 체홉극의 언어 특징이 정확하게 반영되어 있는 대화의 번역
을 살펴보도록 하자. 체홉식 대화는 등장인물간의 컴뮤니케이션의 단
절과 부적절한 대화들을 특징으로 하고 있다. 대체로 체홉 극의 등장
인물들은 마치 서로가 서로의 이야기를 듣고 있지 않는 것처럼 행동하
고 있으며 또한 만약 서로의 말을 듣고 있을 경우에도 서로의 질문에

---

22) 위의 책, 48면.
23) 위의 책, 42면.

맞지 않는 엉뚱한 대답을 하곤 한다. 따라서 이러한 체홉식 언어에 대하여 까따예프(Катаев В.Б.)는 다음과 같이 문제를 제기하고 결론을 내리고 있다 : 이러한 대화들의 건설 뒤에는 무엇이 있는 것일까? 크게 있을 수 있는 것들을 향한 갈구(삶에서 일어나곤 하는 것을 보여주기 위한 것)일까? 그렇다, 하지만 이것뿐 만은 아니다. 격리된 상태, 자기 몰두, 다른 사람들의 입장에서는 보지 못하는 무능력 - 이것을 체홉은 사람들과의 교제에서 보고 있으며 또한 보여주고자 한다.24)

그렇지만 대부분의 번역가들은 이러한 중요한 사실에 전혀 관심을 두고 있지 않다. 예를 들어 <벚꽃동산> 제2막에서 가예프는 벚꽃동산을 살릴 수 있는 방법을 제시하며 그렇게 따를 것을 부탁하는 라빠힌의 답변 요구에 당황하면서 부적절한 대답인 "Кого?" (누구를?)라는 엉뚱한 물음을 되던지고 있다 : "**Лопахин** : Только одно слово! (Умоляюще) Дайте же мне ответ! **Гаев** (зевая) Кого?"25) 번역들을 살펴보면 : "무엇을요?" (백인환 번역) "뭐라구?" (김학수, 김숙향 번역) "무엇을 말인가" (김성호 번역) "무엇 말인가?" (동완 번역). 이와 같이 번역가들은 체홉 대사의 특징인 '등장인물들간의 컴뮤니케이션의 부재'라는 문제를 고려하지 않은 채 가예프의 엉뚱한 대답인 "Кого?"를 "뭐라구?" 또는 "무엇 말인가?"등으로 번역함으로써 체홉 의도를 제대로 독자들에게 전달하지 못하고 있다.

체홉式 對話 - 이것은 응답을 가지고 있지 않는 요구인 "대답 좀 해 주십시오"라는 것과 같다.26) 따라서 라빠힌은 절망에 빠져 다음과 같이 말한다 : **Лопахин** : Я или зары-даю, или закричу, или в обморок упаду. Не могу! Вы меня замучили! (Гаеву) Баба вы! **Гаев**: <u>Кого</u>?27) 이

---

24) В.Б. Катаев, Постигая "Вишневый сад", От Крылова до Чехова (М.; МГУ, 1995), p. 160.

25) Чехов А. П. 앞의 책, p. 218.

26) З. Паперный, Вопреки всем правилам (М.: Искусство, 1982), p. 230.

문장에서도 역시 번역가들은 가예프의 부적절한 물음 "Koro?"(누구를?)를 "뭐라구"라는 표현으로 번역함으로써 독자들과 관객들은 체홉식 언어의 독특성을 느낄 수 없게 되는 것이다.

희곡 <벚꽃동산>에서 자주 되풀이되는 가예프의 "Koro?"라는 답변 속에는 가예프라는 인물의 특성이 잘 반영되어 있다. 그는 모든 질문에 대한 답변으로 의미없는 엉뚱한 말을 되풀이한다. 이것은 체홉식 대화의 중요한 특성 중에 하나이다. 희곡 <갈매기>의 쏘린의 대사에서도 역시 쏘린이라는 인물의 괴벽스러움이 잘 반영되어 있다. 제3막에서 쏘린은 모든 대사 끝에 "и все"(전부 다)라는 단어를 자주 사용하고 있다 : "... Голова кружится.(Держится за стол.) Мне дурно и все. /.../... Уже прошло... и все... "28)

한 단어 혹은 한 문장의 반복은 체홉 등장인물들이 가지고 있는 언어의 독특한 특징 중의 하나이다. 희곡 <세자매>에서 자신의 학교 교장선생님과 닮기 위해서 노력하는 꿀뤼긴의 대사를 살펴보자 : "Он мне говорит : "Устал, Федор Ильич! Устал!" ... Да, говорит, устал!" "Устал. Не поеду. (встает) Устал"29) 하지만 김학수를 제외한 대부분의 번역가들은 이러한 같은 구절의 반복을 고려하지 않은 채 한 문장에 "устать"와 의미적으로 유사한 여러 단어들 즉, '고단하다' '지치다' '피곤하다' 등으로 일관성이 없이 번역하고 있다. 김학수는 'устать'에 해당하는 동사 '피곤하다'를 사용하고 있지만 "Устал. Не поеду. Устал"(피곤해. 안갈거야. 피곤해)이라는 문장에서 "전 피곤해서 그만두겠읍니다"와 같이 첫째 구절과 둘째 구절을 결합시켜 번역함으로써 체홉식 언어를 파괴시키고 있다.

희곡 <벚꽃동산>에서의 피르스는 어떤 인물에 대하여 또는 어떠한

---

27) Чехов А. П. 앞의 책, p. 218.
28) 위의 책, 36~37면.
29) 위의 책, 134면.

상황에 대하여 불만족스러울 때 "Эх ты, недотепа!"(어흐 넌, 머저리야!)
라는 말을 되풀이하고 있다. 우선 제1막에서 그는 커피에 넣기 위해 크
림을 가져와야 하는 것을 잊어버린 두냐샤를 향해 "Эх, ты недотепа..."
라고 질책하고 있다. 제3막에서는 야샤의 무례한 언행에 질린 피르스
가 "Эх ты... недотепа..."라고 말을 하고 있고 제4막에서는 죽은 시체와
같은 자신을 향해 "Эх ты... недотепа!"라고 말을 한다. 하지만 번역가들
은 이러한 구절을 상황에 따라 여러 다른 단어들로 번역함으로써 독자
들과 관객들은 피르스의 특징적인 언어를 눈치채지 못하게 된다.

> "망할 년 같으니라구 / 애끼, 이녀석... 망할 녀석 같으니라구 / 응
> 여보게. 무능력자같으니..." (백인환 번역)
> "에잇, 저 바보 같으니라구 / 에끼, 이녀석... 덜된 놈 같으니라구 /
> 에잇, 이 등신 같은 놈아!" (김학수 번역)
> "에잇 망할 계집애 같으니라고 / 뭐야. 이 못된 녀석 같으니라구!
> / 에이 이... 머저리 같은 놈" (맹후빈 번역)
> "에잇, 저 바보 같으니라구 / 뭐야, 이 못된 녀석 같으니라구! /
> 이.... 머저리 같은 놈" (김성호, 동완 번역)

　이외에도 <벚꽃동산>의 제3막에서 뜨라피모프와 라녭스까야부인이
'고상한 사랑' (выс-шая любовь)에 대한 문제로 서로 말다툼을 벌이고
있는 장면에서 "недотепа"라는 단어가 사용되어 있지만 번역가들은 이
미 사용된 단어들을 이용하는 것이 아니라 여러 다른 단어들을 사용하
여 번역함으로써 이 장면에 나타난 코믹성이 제대로 전달되지 못하고
있다.

> "Трофимов : ... Мы выше любви! Любовь
>
> Андреевна : А я вот должно быть, ниже любви. /.../ Любовь Андрее
> вна : "Я выше любви!" Вы не выше любви, а просто, как вот говорит

наш Фирс, <u>вы недотепа</u>. В ваши годы не иметь любовницы!

　　Трофимов. (в ужасе). Это ужасно! Что она говорит! (Идет быстро в зал, схватив себя за голову) Это ужасно... Не могу, я уйду... (Ух одит, но тотчас же возвращается) Между нами все кончено! (Уходит в переднюю)"30)

　이들 중 동완의 번역을 살표보면 코믹하면서도 심각한 분위기가 아닌 지루한 듯한 분위기가 전해져 오는 것이다 : "**트로피모프** : 우리는 연애를 초월하고 있습니다. **라녜프스까야** : 그럼 아마 난 연애이하인 가보지 /.../ **라녜프스까야** : 연애를 초월하고 있다구요? 초월하기는커녕 당신은 우리 피르스의 말처럼 반편이예요. 그 나이에 애인하나 없다니... 트로피모프 (기가 막혀서) 이건 너무 하군. 무슨 소리를 하는 거예요? (머리를 감싸쥐고 홀쪽으로 간다) 정말 너무하군. 도저히 못참겠어. 가야지... (퇴장. 그러나 곧 돌아와서) 이제 당신과는 절교입니다! (다음방으로 퇴장)"

　또한 뜨라피모프가 삐쉬크를 '당신은 정말 말이야'라고 놀리는 웃긴 장면에서도 역시 번역가들은 코믹분위기를 강조하기 위해서 단어순서가 바뀐 사실에 주의하지 않고 번역을 함으로써 극 분위기를 지루하게 만들고 있다.

　　"**Трофимов** (хлопает Пищика по плечу). <u>Лошадь вы этакая</u>..."31)

　　"당신은 정말 바보같은 말이로군요" (맹후빈, 권영선 번역)

　특히 이들 번역들 중에서 커다란 실수 하나가 발견되고 있다. 희곡

---

30) 위의 책, 233~235면.
31) 위의 책, 231면.

<세자매>의 제1막에서 이리나, 뚜젠바흐와 마샤는 췌부뜨이낀의 뜻밖의 선물을 받고 다음과 같이 동시에 놀라움을 표현하고 있지만 모든 번역가들은 이러한 중요한 지시상황을 전혀 전달하고 있지 않다. 지금까지의 한국에서의 체홉극공연이 바로 이러한 번역들에 의하여 공연되었다는 사실에서 볼 때 큰 문제가 아닐 수 없는 것이다. .

Ирина : Голубчик Иван Романыч, что вы делаете!

ВМЕСТЕ   Тузенбах : (смеется). Я говорил вам.

Маша : Иван Романыч, у вас просто стыда нет!32)

이린나 귀여운 이반 로만느이취, 뭐하시는 거예요!

동시에 뚜젠바흐 (웃는다). 내가 말했지요.

마 샤 이반 로만느이취, 당신은 정말 부끄러움도 없군요!

체홉은 등장인물들간의 대화에서 프랑스어를 비롯한 외국어를 자주 삽입시키고 있는데 김학수와 권영선 이외의 어느 번역가들도 원전에 있는 그대로 이를 정확하게 전해주지 못하고 있다. 대부분의 번역가들은 어떠한 주석없이 프랑스어와 독일어를 한국어로 마음대로 직접 번역함으로써 체홉식 언어를 완전히 파괴시키고 있다. 특히 김숙향의 번역에서는 의미가 제대로 전달되지 않는 부적절한 구절이 나타나 있다는 점이 문제점으로 드러난다. 희곡 <갈매기> 제1막에서 :

"Шамраев Не могу с вами согласиться. Впрочем, это   дело вкуса. De gustibus aut bene, aut nihil"33)

---

32) 위의 책, 125면.

33) 위의 책, 12면.

414

번역에서는 :

> **"싸므라예프** 그 의견엔 동의 할 수가 없군요. 원래 이것은 취미의 문제
> 니까요. 송충이는 솔잎을 먹습니다!"

또한 등장인물들의 이름 번역과 관련하여 번역가들은 체홉의 원전을 그대로 따르고 있지 않다. 즉, 등장인물들의 러시아이름은 상황에 따라 성, 부칭, 애칭, 또는 완전한 이름 전체로 불려지기 때문에 한국독자들과 관객들에게 당연히 복잡하게 인식될 수 밖에 없다. 따라서 번역가들은 이러한 사실을 고려하여 비록 원전에는 때로는 성만으로 또는 부칭, 이름만으로 씌여져 있음에도 불구하고 등장인물의 성으로 통일하여 번역하고 있다. 예를 들어 "Любовь Андреевна"(류보비 안드레예브냐) 를 "Раневская"(라녭스까야)로 번역을 하고 있다. 희곡 <벚꽃동산>의 제3막에서 경매에서 돌아온 라빠힌이 벚꽃동산을 사게된 과정을 설명하면서 가예프의 이름을 언급하고 있다 : **"У Леонида Андрейча** был о только пятьна-дцать тысяч, а Дериганов сверх долга сразу надавал тридцать. ...."[34] 대부분의 번역가들은 독자들과 관객들의 혼동을 피하기 위하여 "Леонид Андреич"(레오니드 안드레이취)라는 이름을 단순히 "Гаев"(가예프)라고 번역하고 있다.

이외에도 희곡 <바냐아저씨>의 번역들에서 한국전통과 관련있는 흥미로운 특징 하나가 발견된다. 제1막 첫 장면의 아스트롭흐와 마리나와의 대화에서 모든 번역가들은 그들의 사회적인 위치를 반영시키고 있다. 즉, 아스트롭흐는 마리나에게 반말을 사용하고 반대로 마리나는 존대말을 사용하고 있다. 하지만 원전에서는 이들 두 사람이 가까운 사람들 사이에 사용하는 鄙語를 사용하고 있으며 높고 낮음을 보이고

---

34) 위의 책, 240면.

있는 그들 위치는 전혀 반영되어 있지 않다. 예를 들어 체홉의 원전에
는 :

марина (наливает стакан) Кушай, батюшка. **Астров** : (нехотя принимае
т стакан) Что-то не хочется. **Марина** : Может, водочки выпьеш
ь, ... Люди не помянут, зато бог помянет. **Астров** : Вот спасиб
о. Хорошо ты сказала.35) **(마리나** : (컵에다 차를 따르며) 자네,
좀 들게나. **아스트롭흐** : (마지못해 컵을 받는다) 별로 생각이
없는데. **마리나** : 보드카라면 마시겠지. ... 사람들은 기억하지
못하더래도 대신 하느님은 기억하고 계실걸세. **아스트롭흐** :
그래. 고맙소. 정말 좋은 말을 해주었어.

백인환의 번역에서는 :

마리나 (차잔에 차를 따른다) 마셔요. 나리 **아스뜨로프** : (못이기는 듯
이 잔을 받는다) 어쩐지 마시고 싶지 않아. **마리아나** : 그러면
보드까(火酒)를 마시렵니까? ... 사람들이 추억해 주지 않는 대
신에 하나님이 추억해 주실거예요. **아스뜨로프** : 고마워 참 말
잘했어.

여기서 우리는 가까운 사람들을 향한 호칭의 "батюшка"가 "나리"로
번역된 것을 알 수 있다. 이러한 번역은 '의사'와 '유모'라는 사회적 위
치에 따라 상위가 나뉘어져 있었던 과거 한국봉건 전통사회의 영향에
서 비롯된 것으로 볼 수 있다.

해방 전 초기 번역들의 중요한 특징은 독자들의 이해를 돕기 위하여
한국적 표현의 사용 즉 한국 속담과 격언 그리고 한국적 관용구를 자
주 사용했다는 점이다. 이와 마찬가지로 해방 후 현대 번역에서도 간

---

35) 위의 책, 63~64면.

혹 이러한 한국적인 표현이 사용되고 있다. 예를 들어 원전에서 :

"**Вершинин** (кланяется) Я, кажется, попал на именины. ..." "**Андрей** : ... Что же ты молчишь, Оля" "**Лопахин** : ... а я вот в белой жилет ке, желтых башмаках. Со свиным рылом в калашный ряд..." "**Гае в** : ... Не хвалят это время, но все же могу сказать, за убежд ения мне доставалось немало в жизни"[36] (**베르쉬닌** : (인사를 한다) 제가 생일날에 온 것 같군요. ... **안드레이** : ... 왜 잠자코 있는 거야, 올랴. **라빠힌** : ... 이렇게 흰 조끼에 노란색 구두를 신고 있지만. 이건 내 신분에 어울리지 않아...) (**가예프** : 이 시 대를 좋게 평하지는 않지만 그래도 이렇게 말할 수 있지. 신념 을 위해 나도 적지 않게 고통을 당해 왔다고 말이야.)

백인환의 번역에서 :

"**베르시이닌** (머리를 숙인다) 오는 날이 장날이라고 마침 명명일에 오 게 됐군요... / **안드레이** : 어째 꿀먹은 벙어리 같으냐. 오올랴 야? / **로빠아힌** : ... 나는 이처럼 흰자케트에다 노란 구두를 신 고 있지만, 이게 사실은 개발에 비단 구두란거지. / **가아예프** : ... 세상사람들은 이 연대의 사람들을 좋지 않게 이야기하지만 나로서는 자기의 신념으로 해서 제법 산전수전(山戰水戰) 다 겪었다고 말할 수 있겠지"

끝으로 완전히 잘못된 번역들 중에서 한가지 예를 들어보도록 하자. <세자매>의 4막에서 :

"**Ирина** : ... Мы с бароном завтра венчаемся, завтра же уезжаем на кир пичный завод, и послезавтра я уже в школе, начинается новая жизнь"[37] (내일 남작님과 결혼식을 올리고, 우린 내일 벽돌공

---

36) 위의 책, 213~214면.

장으로 떠날거예요. 그리고 모렌, 전 이미 학교에 가 있을 거예
요. 새로운 생활이 시작되는 거예요.)

　백인환의 번역에서는 : "저는 내일 남작과 결혼식을 올리고 곧 벽돌
공장에 다니겠어요. 그리고 모레는 학교로 가서 새로운 생활을 시작하
겠어요" 즉, '내일 우리는 벽돌 공장으로 떠날거예요'라는 뜻의 'завтра
же уезжаем на кирпичный завод'를 번역가는 '벽돌공장에 다니겠어요'
라고 잘못 전달하고 있다.

3. 결론

　지금까지 살펴본 결과 한국에서의 체홉 희곡작품 번역은 많은 문제
점을 가지고 있음을 알 수 있다. 사실 체홉 드라마투루기의 복잡하고
다양한 특성들을 제대로 이해하고 이를 정확하게 독자들에게 전달한다
는 것은 매우 어려운 일임에는 틀림없다. 특히 체홉식 언어의 독특한
특성 즉 간결한 문체와 압축성을 다른 언어로 번역한다는 것은 사실
거의 불가능한 일이라고 할 수 있다. 하지만 그럼에도 불구하고 이러
한 체홉식 특징들은 반드시 독자들과 관객들에게 전달되어야 한다. 그
런 의미에서 우리 번역가들의 작업은 아직은 초보적인 상태에 머물러
있다고 할 수 있다. 그들은 단지 희곡의 내용만을 전달할 수 있었을 뿐
진정한 체홉극의 세계를 전달하지는 못했다. 이것은 대부분의 번역가
들이 러시아문학 전공자가 아니었으며 또한 러시아 원전에서 직접 번
역한 것이 아니라 영어 및 기타 외국어로 된 번역본에서 이중역을 했
다는 사실과도 깊은 관련이 있다. 또한 김학수와 동완과 같은 러시아

---

37) 위의 책, 175면.

문학 전공자인 경우에도 체홉 희곡문학에 대한 이해가 없었기 때문에 이러한 체홉극의 특성들을 정확하게 전달시키는 것은 사실 거의 불가능한 작업이었던 것이다. 따라서 일반 독자들과 관객들은 진정한 체홉극의 세계를 접할 수가 없었으며 또한 체홉 드라마투르기를 전공서적 등을 통해서 이미 알고 있었던 독자들의 경우에는 오히려 이런 잘못된 번역들을 통해서 체홉 희곡문학 자체에 대한 실망을 하게 되는 것이다.

번역문제에 대한 결론을 내리자면, 우선 어휘론적(Лексические) 번역의 문제점과 관련해서 번역가들은 지소형과 애칭형의 호칭, 속담, 격언, 관용어적 표현 등 러시아만의 독특한 언어형태 및 표현들을 제대로 번역하지 못하고 있다. 특히 체홉식의 окказионализм(偶因論)의 번역에 있어서 번역가들은 체홉식 단어 비틀기 (искажение)의 의미를 전하기 위해서 노력은 하고 있지만 그 속에 들어 있는 체홉식 문체의 특성과 리듬 그리고 코믹적 분위기 등은 제대로 살리지 못하고 있다.

통사론적(Синтаксические) 번역의 어려움과 관련하여 번역가들은 체홉식 문체의 특징인 압축성과 간결성을 전혀 고려하지 않고 체홉식 문장들을 필요이상으로 늘여놓기도 한다. 또한 무인칭구문과 형동사적 표현(причастные обороты), 체홉식 대화가 가장 잘 반영되어 있는 구어 문장의 번역들은 이들 번역가들에게 어려운 작업이다. 하지만 가장 심각한 번역의 문제점은 무엇보다도 그들이 원전의 문장들을 그대로 유지하지 못한 채 각 구절들을 합친다거나 아니면 단어들을 번역하지 않고 생략한다거나 또는 문장들 자체 번역을 아예 생략하고 있다는 점이다.

무대 드라마적 개념(сценически-драматургическая концепция)의 번역 문제점으로 무대묘사와 연출을 위한 지시문들의 잘못된 번역을 들 수 있다. 이러한 오류들은 체홉극의 독창적인 분위기 파괴라는 결과를 가져오게 된다. 체홉극의 대사들에서는 등장인물들간의 커뮤니케이션의 부재(некоммуникация), 언어의 반복(повторение) 그리고 등장인물들 대사의 코믹 분위기가 매우 중요하다. 하지만 번역가들은 이러한 미묘한 특성들을 감지하지 못한 채 이를 전혀 독자들에게 전달하지 못하고 있다. 또한 체홉극에서 자주 발견되는 외국어 문장의 경우 대부분의 번역가들은 어떠한 주석도 없이 이들 외국어를 임의대로 한국어로 잘못 번역함으로써 체홉극의 특성을 파괴시키고 있다.

이외에도 흥미로운 사실은 번역가들이 우리 독자들의 이해를 돕기 위하여 복잡한 러시아 이름들을 성만으로 번역한다든가 아니면 한국속담 격언 또는 고대성어를 사용하여 번역하고 있다는 점이다. 물론 이러한 번역은 한국식 표현으로 인해 우리 독자들에게 체홉작품을 보다쉽게 이해할 수 있게 도와준다는 장점이 있는 반면 체홉만의 독특한 표현과 언어들이 파괴되고 있다는 단점도 보여준다.

보통 문학 작품 번역가에게 '가장 이상적인 독자이자 또한 작가로서의 소양과 능력'을 요구한다지만 체홉 회곡작품 번역의 경우는 이 외에도 '가장 이상적인 관객이자 연출가로서의 소양과 능력'까지 요구한다고 할 수 있다. 다시 말하면, 번역가는 체홉극에 대한 정확한 이해와 더불어 연출가적인 태도로 외국회곡작품인 체홉극을 어떻게 한국 무대에 제대로 올릴 수 있을 지에 대해 연구하고 재해석하고자 노력해야한다는 사실이다. 따라서 앞으로의 체홉회곡작품 번역가들에게 남은 과제란 바로 내용 전달에만 충실했던 과거 번역가들의 태도에서 한 걸음 더 나아가 '체홉극과 우리 극에 대한 보다 적극적인 연구'라고 하겠다. 그리고 이렇게 탄생된 번역 작품이야말로 진정한 한국 연극 발전의 밑거름이 되는 것이다.

참고문헌

1. 기본 자료

Чехов А. П. 『Полное собрание сочнений и писем』 т.11-13, М.: Наука, 1978.

『세계희곡전집』 제3권 (백인환 차영근 번역), 성문각, 1960.

『(체홉) 희곡선』 (김학수 번역), 삼중당, 1977.

『바냐아저씨』 (김성호 번역), 청목, 1990.

『벚꽃동산』 (김숙향 번역), 금성, 1991.

『귀여운 여인』 (맹후빈 번역), 홍신문화사, 1994.

『체호프 4대 희곡』 (권영선 번역), 혜원출판사, 1995.

『갈매기』 (동완 번역), 신원, 1995.

2. 국내 논저

김학동, 『비교문학론』, 새문사, 1990.

김효중, 『번역학』, 민음사, 1998.

_____, 「번역텍스트 선정과 번역태도의 문제」, 『영남어문학』 13집, 영남
　　　어문학회, 1986.

_____, 「한국의 문학번역 이론」, 『비교문학』 15집, 한국비교문학회, 1990.

안정효, 『번역의 테크닉』, 현암사, 1996.

유영난, 『번역이란 무엇인가』, 태학사, 1991.

이창룡, 『비교문학의 이론』, 일지사, 1990.

정기수, 「한국번역문학연구」, 『비교문학』 12집, 한국비교문학회, 1987.

3. 국외 논저

Бердников Г. П. 『Чехов - драматург』, М.; Искусство, 1981.

Горький М. А. 「А. П. Чехов」, 『Чехов в воспоминаниях современников』 Государственное издательство художественной литературы, 1954.

Ермилов И. 『Драматургия Чехова』, Советский писатель, 1959.

Жирмунский В. М. 『Сравнительное литературоведение』Л., 1979.

Зингерман Б. И. 『Театр Чехова и его мировое значение』, М.; Наука, 1988.

Катаев В. Б. Постигая "Вишневый сад" // От Крылова до Чехова, М., 1995.

Конрад Н. И. Запад и Восток, М., 1966.

Паперный З. С. 『Вопреки всем правилам』, М., 1976.

Семанова М. Л. 『Чехов - художник』, М., 1976.

Собенников А. С. 『Драматургия А. П. Чехова』. Новосибирск. 1983.

『Чехов и Германия』 М. 1996.

Шах-Азизова Т. К. 『Чехов и западно-европейская драма его врмени』. М.: Наука, 1966.

〈Abstract〉

A Study on Translation Problem of Anton Chehov's Drama

Ahn, Suk-Hyeon

This thesis is based on studying about the translation problem of Anton Chehov's drama.

First of all, as for the problem of lexical translation, korean translators doesn't translate exactly diminutive and term of endearment, proverb, saying, phraseological expression and distinctive russian words etc. Particularly in translation of Chehov's окказионализм(occasion) korean translators try to transmit meaning of Chehov's distortion, but they doesn't maintain distinctive quality of Chehov's style, rhythm, and comic atmosphere.

As for the problem of syntactical translation, translators completely doesn't consider distinctive quality of Chehov's language : conciseness and simplicity, - excessively expand Chehov's phrase, combine separate sentences or omit words and even whole phrases. It is very most serious problem. It is also very difficult for these translators to translate impersonal construction, participial expression and particular feature of colloquial, which is very exactly expressive of Chehov's dialogue.

As for the problem of stage-dramatic conception, wrong translation of stage description and direction break distinctive atmosphere of Chehov's dramaturgy. Problems like <uncommunicative> between characters, <words repetition> and comic colour of character's dialogues are very important in dialogues of Chehov's drama, but translators doesn't perceive these delicate matter and entirely doesn't deliver it to readers. And as for sentences of foreign language in Chehov's drama, most of translators wrong translate into Korean without any commentary of their own accord and dreak distinctive quality of Chehov's drama.

It is very interesting, that translators translate complicated russian full names into just surname and use korean proverb, saying or idiom for readers. These translations have strength and weakness : helping readers to easily understand Chehov's drama, breaking Chehov's distinctive expression and language.

Literature translators need attainments and ability as a ideal reader and writer, but translators of Chehov's drama need even attainments and ability as a spectators and director in addition to these quality. Exactly translators must study and make an effort to reinterpret, how well Chehov's drama put on the korean stage with correct comprehension and attitude as a director.

연극의 담론과 창조

인쇄일 초판 1쇄   1999년 11월 15일
　　　　 2쇄   2015년 07월 13일
발행일 초판 1쇄   1999년 11월 25일
　　　　 2쇄   2015년 07월 26일

지은이 한국연극사학회
발행인 정 찬 용
발행처 **국학자료원**
등록일 2006.113.02 제2007-12호

서울시 강동구 성내동 447-11 현영빌딩 2층
Tel : 442-4623~4 Fax : 442-4625
www. kookhak.co.kr
E- mail : kookhak2001@hanmail.net
ISBN 978-89-8206-440-1 *03810
가 격 20,000원

*저자와의 협의 하에 인지는 생략합니다.